中國文學史 下

適合中文系師生、國學愛好者及研究者參考

國學大師 鄭振鐸 著

五南圖書出版公司 印行

自序

我寫作這部《中國文學史》，並沒有多大的野心，也不是什麼「一家之言」。老實說，那些式樣的著作，如今還談不上。因爲如今還不曾有過一部比較完備的中國文學史，足以指示讀者們以中國文學的整個發展的過程和整個的眞實的面目的呢。中國文學自來無史，有之當自最近二三十年始。然這二三十年間所刊布的不下數十部的中國文學史，幾乎沒有幾部不是肢體殘廢，或患著貧血症的。易言之，即除了一二部外，所敘述的幾乎都有些缺憾。本來，文學史只是敘述些代表的作家與作品，不能必責其「求全求備」。但假如一部英國文學史而遺落了莎士比亞與狄更斯，一部義大利文學史而遺落了但丁與鮑卡契奧，那是可以原諒的小事麼？許多中國文學史卻正都是患著這個不可原諒的絕大缺憾。唐、五代的許多「變文」，金元的幾部「諸宮調」，宋、明的無數的短篇平話，明、清的許多重要的寶卷、彈詞，有哪一部「中國文學史」曾經涉筆記載過？不必說是那些新發見的與未被人注意著的文體了，即爲元、明文學的主幹的戲曲與小說，以及散曲的令套。他們又何嘗曾注意及之呢？即偶然敘及之的，也只是以一二章節的篇頁，草草了之。每每都是大張旗鼓的去講河汾諸老，前後七子，以及什麼桐城、陽湖。難道中國文學史的園地，便永遠被一班喊著「主上聖明，臣罪當誅」的奴性的士大夫們佔領著了麼？難道幾篇無靈魂的隨意寫作的詩與散文，不妨塗抹了文學史上的好幾十頁的白紙，而那許多曾經打動了無量數平民的內心，使之歌，使之泣，使之稱心的笑樂的眞實的名著，反不得與之爭數十百行的篇頁麼？這是使我發願要專一部比較的足以表現出中國文學整個眞實的面目與進展的歷史的重要原因。這願發了十餘年，積稿也已不少。今年方得整理就緒，刊行於世，總算是可以自慰的事。但這部中國文學史也並不會是最完備的一部。眞實的偉大的名著，還時時在被發見。將來盡有需要改寫增添的可能與必要。惟對於要進一步而寫什麼「一家言」的名著的諸君，這或將是一部在不被摒棄之列的「爝火」吧。

公元一九三二年六月四日　鄭振鐸於北平

目錄

【上冊】

中卷　中世紀文學

【下 冊】

下卷　近代文學

第三十六章　江西詩派

黃庭堅陳師道的影響——苦吟詩人的故事——所謂江西詩派——呂本中的《江西宗派圖》——二十五人的一群——開山祖黃庭堅——寂寞的詩人陳無己——潘大臨謝逸等——洪氏兄弟及徐俯——韓駒與晁沖之——呂本中——江西詩派的擴大——一祖三宗之說——陳與義——無病而呻者的遁跡之所

一

宋代的五七言詩，經過了「西崑體」，經過了梅、蘇、歐陽，經過了蘇軾，已是風格屢變了；但還沒有一派規模極大，足以影響到後來詩人們的詩派出來。「西崑體」雖獨霸詩壇四十年，但只是台閣體。且他們也並不是什麼了不得的天才作家們，足以引導了一大群人走的，故對於一般詩人們無甚重大的印象與壓迫。當時歐陽修雖在錢惟演的幕中，卻也不受其所染。蘇軾雖是一位天才的詩人，他的風格卻是不名一宗的。他是行雲流水似的馳騁其橫絕一代的詩才，完全爲了自適其趣，並沒有要提倡什麼的意思。蘇門諸子，雖一時奔湊其門庭，卻各有其特殊的風格，並不怎樣跟隨了蘇軾走去，——其實他的闊大流轉的風格也眞不容易學。在他的詩裡，曾有一部分是寫得很深澀險峻，大似黃庭堅、陳師道的所作。但到底是東坡無意中受他們的影響呢，還是黃、陳是推演了東坡這一種的作風而發揚光大之的，卻還不可知。眞實的爲宋詩開闢了一條大道的，乃是黃、陳二人所領導著的江西詩派。在江西詩派裡，包括了蘇軾以後的許多偉大的詩人，其影響直到了南宋而未已。較之「西崑派」，其勢力是更爲可觀的；其活動是更深入於文人的社會裡的，不僅僅表現於浮面的館閣之士中間而已。他們並不以詩爲戲，並不以詩爲唱酬敷衍之具。他們是眞實的以詩爲其第二生命的。他們苦吟，他們專心一志的要將其全心全意表現在詩裡，他們寫出他們自己所要說的話，而又那樣的千錘百煉以出之。有一段故事，最足以表現這一派作家的精神。朱熹《語錄》說：「黃山谷詩云：閉門覓句陳無己，對客揮毫秦少游。陳無己平時出行，覺有詩思，便急歸擁被，臥而思之，呻吟如病者。或累日而後起。眞是閉門覓句者也。」《文獻通考》也說：「石林葉氏曰：世言陳無己每登覽得句，即急歸臥一榻，以被蒙首，惡聞人聲，謂之吟榻。家人知之，即貓犬皆逐去，嬰兒稚子亦抱寄鄰家。徐待詩成，乃敢復常。」這和唐詩人賈島的驢上吟詩，李賀的「嘔出心肝」的情形是無殊的。爲了他們是這樣認認眞眞地做著詩，一點也不苟且，一步也不放鬆，直是以整個生命赴之的，故遂卓然有了一個特殊的詩的風趣，成爲後人追蹤逐跡的中心之一。

二

所謂江西詩派，於黃、陳二人外，更有不少詩人們附於其中。宋陳振孫的《直齋書錄解題》（卷十五）著錄《江西詩派》一百三十七卷，《續派》十三卷，「自黃山谷而下三十五家（？）。又曾紘、曾思父子詩，詳見詩集類。」是所謂江西詩派者，連曾氏父子在內，共包括了三十七人了。陳氏不著此二書的編者。《宋史．藝文志》則著錄著：「呂本中《江西宗派詩集》一百十五卷，曾紘《江西續宗派詩集》二卷，（雖卷數有異，當即同書）。是二書的編者爲呂本中與曾紘。但據宋人的記載，呂本中所作者爲《江西詩社宗派圖》，其有無同時並編作此詩集，則不可知。或是書坊見呂氏《宗派圖》而集了派中詩人們之所作而編就的吧。本中《宗派圖》所列爲二十五人。《苕溪漁隱叢話》說：「呂居仁近時以詩得名，自言傳衣江西。嘗作《宗派圖》。自豫章（黃庭堅）以降，列陳師道、潘大臨、謝逸、洪芻、饒節、僧祖可、徐俯、洪朋、林敏修、洪炎、汪革、李錞、韓駒、李彭、晁沖之、江端本、楊符、謝薖、夏倪、林敏功、潘大觀、何覬、王直方、僧善權、高荷合二十五人，以爲法嗣，謂其源流皆出豫章也。」《雲麓漫鈔》曾載居仁〈宗派圖序〉的大略：

> 古文衰於漢末。先秦古書存者爲學士大夫剽竊之資。五言之妙，與《三百篇》、〈離騷〉爭烈可也。自李、杜之出，後莫能及。韓、柳、孟郊、張籍諸人，自出機杼，別成一家。元和之末，無足論者。衰至唐末極矣。然樂府長短句有一倡三嘆之致。國朝文物大備。穆伯長、尹師魯始爲古文，盛於歐陽氏。歌詩至於豫章始大，出而力振之。後學者同作並和，盡發千古之秘，亡餘蘊矣。錄其名字曰「江西宗派」。其源流皆出豫章也。

這把江西詩派的源流說得很明白。但居仁所錄者，並黃庭堅只有二十六人。陳振孫所謂「三十五家」，除呂居仁外（陳氏將呂氏列入宗派內），今已不知其他八人爲何姓名。或者，這八人乃是曾紘《續宗派》裡所選錄的吧。但曾氏《續宗派詩集》僅十二卷（《宋史》僅作二卷），未必便錄有八九人之多。也許陳氏所謂「三十五家」乃是「二十五家」的錯誤吧。曾氏所錄的《續宗派詩集》或僅增加了呂本中一家，或僅僅是補苴罅漏的吧。我們看了陳氏所著錄的江西派諸詩人的詩文集（陳氏著錄林敏功到江端本諸人詩集，明注出「皆入詩派」云云），無出二十六人（連呂本中）外者，便知這個假定是很有可能的。故現在所知的江西詩派，其中包括著黃山谷以下，到呂本中及曾氏父子，共只有二十九人。在這二十九人裡，當時雖各有詩集，但今日所存者則不過寥寥數人而已。

三

黃庭堅是江西詩派的開山祖。庭堅字魯直，洪州分寧人，舉進士。爲葉縣尉，歷秘書丞。紹聖初，坐事貶涪州別駕，黔州安置。建中靖國初召還，知太平州。復除名，編管宜州卒。自號山谷老人，後又自號涪翁。有《豫章集》①。庭堅與蘇軾交往甚密，世以爲蘇軾門六君子之一。他的詩極得時譽，或以爲在軾之上。王直方《詩話》說：「山谷舊所作詩文，名以《焦尾》、《弊帚》。秦少游云：每覽此編，輒悵然終日，殆忘食事，邈然有二漢之風。今交遊中以文墨稱者，未見其比。」《苕溪漁隱叢話》說：「元祐文章稱蘇、黃。時二公爭名，互相譏誚。東坡嘗云：魯直詩

*　　*　　*

①《山谷內外集注》，任淵、史容等撰，有明刊本，《聚珍板叢書》本，樹經堂刊本。又《豫章黃先生文集》三十卷，有《四部叢刊》本。

文，如蛑蝤江瑤柱，格韻高絕，盤餐盡廢。然不可多食。多則發風動氣。山谷亦云：蓋有文章妙一世而詩句不逮古文者。此指東坡而言也。張巨山云：山谷古律詩酷學少陵，雄健太過，遂流而入於險怪。要其病在太著意，欲道古今人所未道語也。」《詩林廣記》也載著：「〈豫章先生傳贊〉云：山谷自黔州以後，句法尤高，筆勢放縱，實天下之奇作。自宋興以來，一人而已。」時人是那樣的讚頌著他，而他的詩的謹嚴整密，別具風趣，也實足以傾倒了當時的許多人。陳無己爲詩高古，目無古人，獨自言師庭堅。這可見庭堅造詣的深邃程度了。像〈題花光爲曾公袞作水邊梅〉：

> 梅蕊觸人意，冒寒開雪花。遙憐水風晚，片片點汀沙。

雖是短短的一首小詩，也是錘煉得很細密的。又像〈題竹石牧牛圖〉：

> 野次小崢嶸，幽篁相依綠。阿童三尺箠，御此老觳觫。石吾甚愛之，勿遣牛礪角。牛礪角尚可，牛鬥殘我竹。

句法雄健，體制甚新，宜其足以開創了一大派。

陳師道也是蘇門六君子之一，卻自言其詩師庭堅，足見其對於庭堅的傾倒的程度。《後村詩話》說：「或曰黃、陳齊名，何師之有？余曰：射較一鏃，弈角一著，惟詩亦然。後山地位去豫章不遠，故能師之。」這話頗爲公允。他字無己，一字履常，彭城人。號後山居士。元祐中，以蘇軾等荐，授徐州教授。紹聖初歷秘書省正字。以疾卒。有集②。敖陶孫《集評》說：「陳後山如九臯獨唳，深林孤芬，沖寂自妍，不求賞識。」《詩林廣記》也說：「或言後山之詩，非一過可了，近於枯淡。彼其用意直追騷雅，不求合於世俗。亦惟恃有東坡、山谷之知也。自此兩公外，政使舉世無領解者，渠亦安暇恤哉。」然以這樣的一位孤芳自賞，不求諧俗的詩人，他的影響卻能夠那麼偉大，誠是他自己所想不到的。這是常有的事：一位寂寞自甘的天才的詩人，像無己，其所享的榮譽，往往是會出於自己所意想以外的，而喧然的在自己宣傳著的空虛的作家，卻終於無聞於世。群衆的賞鑒常是不會很錯誤的。無己的所作，雖若不經意的以淡墨寫就，卻是極爲飽滿豐腴的。像絕句：

書當快意讀易盡，客有可人期不來。世事相違每如此；好懷百歲幾回開？

雖是淡然的數語，卻以足耐人吟味而已。他的〈妾薄命〉二首中有：「葉落風不起，山空花自紅……天地豈不寬，妾身自不容」云云，也是蘊深情於常語裡的。至若〈答黃生〉：

我無置錐君立壁，春黍作糜甘勝蜜。綈袍不受故人意，樂餌肯爲兒輩屈！割白鷺股何足

* * *

②《陳後山集》二十四卷，有明刊本（三十卷），愛廬刊本。又《後山詩注》十二卷，宋任淵撰，有明弘治間袁氏刊本，《聚珍板叢書》本，《四部叢刊》本。

難，食鸕鷀肉未爲失。暮年五斗得千里，有愧寒檐背朝日。

其風趣更有如以燒焦的筆頭，蘸淡墨作速寫，雖若枯瘠，而實清韻無窮。無己又喜用俚語入詩，像：「昔人剜瘡今補肉，百孔千瘡容一罅」，「巧手莫爲無麵餅」，「驚雞透籬犬升屋」云云，卻仍無損其高古的風趣。爲的是用得很恰當。不像王梵志一流人，慣如插科打諢似的，以專說俚語俗言，談道德訓條爲其極致。故雖是俚語，一放在他手上，也會和他的詩思融合而爲一了。

潘大臨字邠老，齊安人。有《柯山集》。弟大觀，字仲達，皆在江西詩派中。惜所作傳者甚少。大觀至一語不存。大臨最有名的「滿城風雨近重陽」一詩，也僅存此一句而已。謝逸嘗用其語，作爲三絕句，以弔大臨。逸有《溪堂集》。其從弟薖，字幼槃，詩文媲美於逸，時稱二謝。有《竹友集》。薖所作像〈鳴鳩〉：

雲陰解盡卻殘暉，屋上鳴鳩喚婦歸。不見池塘煙雨裡，鴛鴦相並濕紅衣。

也很有深遠之趣。逸嘗有〈蝴蝶詩〉三百首，人號謝蝴蝶。像：「狂隨柳絮有時見，舞入梨花何處尋」，又「江天春晚暖風細，相逐賣花人過橋」云云，《豫章詩話》頗稱賞之。

洪朋、洪芻、洪炎兄弟三人，俱有才名，他們是南昌人，黃庭堅之甥。朋字龜父，舉進士不第，有《清非集》。芻字駒父，紹聖元年進士。金人陷汴，他坐爲金人括財，流沙門島卒，有《老圃集》。炎字玉父，元祐末登第。南渡後，官秘書少監。有《西渡集》。王直方《詩話》曾稱朋的「一朝厭蝸角，萬里騎鵬背」一聯，「最爲妙絕。山谷亦嘗嘆賞此句。」又芻的「深秋轉覺山形瘦，新雨能添水面肥」，爲《雪浪齋日記》所引。他竄海島時所作的「關山不隔還家夢，風月猶隨過海身」云云，也爲《老學庵筆記》所稱。

徐俯[③]也是山谷的外甥，七歲能詩。山谷嘗道：「洪龜父攜師川〈上藍莊〉詩來，詞氣甚壯，筆力絕不類年少書生。熟讀數過，爲之喜而不寐。老舅年衰力劣不足學。師川有意日新之功，當於古人中求之耳。」（見《豫章詩話》）他是如此的期望著師川。師川，俯字，洪州分寧人。以父禧死王事，授通直郎。紹興初，賜進士出身。累官端明殿學士，簽書樞密院事，權參知政事。有《東湖集》。《雪浪齋日記》稱其「佳樹冬不凋，橫塘春更綠」爲「頗平淡，無雕鐫氣」。呂居仁列他於宗派中，他嘗不平道：「我乃居行間乎！」（見《雲麓漫鈔》）是不甘爲黃、陳下也。

韓駒[④]爲江西詩派中黃、陳以外的一個大詩人。他也頗不甘於在這詩派中。《後村詩話》：「子蒼蜀人，學出蘇氏，與豫章不相接。呂公強之入派，子蒼殊不樂。」《雲麓漫鈔》也引其言道：「我自學古人！」駒字子蒼，蜀之仙井監人。政和中，賜進士出身。除秘書省正字。高宗時，知江州。有《陵陽集》。駒對於作詩，和無己的態度是很相同的。《後村詩話》說：「其詩有磨淬剪截之功，終身改竄不已。有已寫寄人數年而追取更易一兩字者。故所作少而善。」像〈和李上舍冬日〉：「北風吹日晝多陰，日暮擁階黃葉深。倦鵲繞枝翻凍影，飛鳴摩月墮孤音。推愁不去如相覓，與老無期稍見侵」云云，是很得人推賞的。

* * *

③ 徐俯見《宋史》卷三百七十二。

④ 韓駒見《宋史》卷四百四十五。

晁沖之在江西詩派中也是佼佼的一個。他字叔用，濟北人。授承務郎。紹聖以來，黨禍既作，他便不復出仕。有《具茨集》⑤。劉後村《詩話》說道：「余讀叔用詩，見其意度宏闊，氣力寬餘，一洗詩人窮餓酸辛之態。」觀其「少年使酒走京華，縱步曾遊小小家」（〈追往昔〉）云云，固與嘆窮說苦者有別。他雖不第，而過著隱居的生活，因其家世很好，又是貴遊弟子，所以沒有窮餓酸辛之態。

呂本中⑥是始倡江西詩派的這個名稱者，後人也以他附於這詩派裡。他字居仁。靖康初，官祠部員外郎。紹興中，歷中書舍人，權直學士院。以劾罷。學者稱東萊先生。謚文靖。有《東萊集》、《紫薇詩話》及《江西宗派圖》。《苕溪漁隱叢話》稱其詩「清駛可愛」。並引其雋句如「樹移午影重簾靜，門閉春風十日閒」，「往事高低半枕夢，故人南北數行詩」，「殘雨入簾收薄暑，破窗留月鏤微明」，這確都是值得流連吟誦的。

四

南豐曾紘，字伯容，及其子思，字顯道，皆有官而高亢不仕。陳振孫云：「楊誠齋序其詩以附詩派之後。」而曾紘嘗編《江西續宗派詩集》，固是以江西派爲宗的者。

* * *

⑤《具茨集》十五卷，有《海山仙館叢書》本。

⑥呂本中見《宋史》卷四百七。

宋末方回撰《瀛奎律髓》，也以江西詩派爲歸往。他更推廣呂本中之說，倡爲一祖三宗的主張。祖是杜甫，三宗是黃庭堅、陳師道、陳與義。與義生與本中同時，但本中不列之於詩派裡，而其詩實亦宗仰黃、陳的。與義字去非，號簡齋，有《簡齋集》⑦。《鶴林玉露》謂：「自陳、黃之後，詩人無逾陳簡齋。其詩繇簡古而發穠纖。遭值靖康之亂，崎嶇流落，感時恨別，頗有一飯不忘君之意。」劉後村《詩話》更推尊著他：「元祐後，詩人迭起。一種則波瀾富而句律疏，一種則鍛煉精而性情遠，要之不出蘇、黃二體而已。及簡齋出，始以老杜爲師。以簡嚴掃繁縟，以雄渾代尖巧。第其品格，當在諸家之上。」但他走的路，究竟和黃、陳走的一樣——同是學杜的尖新骨突處。所以方回把他列爲江西派三宗之列是不錯的。他所作，像〈江南春〉：

> 雨後江上綠，客悲隨眼新。桃花十里影，搖盪一江春。朝風逆船波浪惡，暮風送船無處泊。江南雖好不如歸，老薺繞牆人得肥。

又像：「泊舟華容縣，湖水終夜明。淒然不能寐，左右菰蒲聲。窮途事多違，勝處心亦驚。三更螢火鬧，萬里天河橫。腐儒憂平世，況復值甲兵。終焉無寸策，白髮滿頭生」云云，都是經過了大悲大痛的號呼，其窮愁之態是非出於作僞的。

*　*　*

⑦《簡齋集》十六卷，有《聚珍板叢書》本。又《增廣箋注簡齋詩集》三十卷，宋胡穉箋注。有《四部叢刊》本。

五

江西詩派的影響，不僅在宋，且也深切的盤踞於後來的詩壇裡。金王若虛大不滿之，嘗有詩罵之道：

文章自得方爲貴，衣缽相傳豈是眞。已是祖師低一著，紛紛嗣法更何人！

這話把一般自命爲江西派衣缽的詩人們挖苦得盡夠了。但那實在是那班「僞擬古」的詩人們的罪過。黃、陳諸人，其高處，本來便都在「文章自得方爲貴」一語上。《漁洋詩話》道：「蘇、黃惟在不屑擬古，故自成一派。」這話很對。後來凡是無病而呻，故作窮餓酸辛之態的詩人們，無不遁入江西派中，而江西派遂爲人詬病到今。其實，黃、陳是不任其咎的！

參考書目

一、《宋詩紀事》一百卷，清厲鶚編，有清乾隆十一年原刊本。
二、《宋詩鈔》，清吳之振等編，有原刊本，有商務印書館鉛印本（附《詩鈔補》）。
三、《江西詩派小序》，宋劉克莊著，有醫學書局《歷代詩話續編》本。
四、《苕溪漁隱叢話》一百卷，有明刊本，清刊本，《海山仙館叢書》本。
五、《紫薇詩話》，宋呂本中著，有《歷代詩話》本。
六、《宋文鑒》一百五十卷，宋呂祖謙編，有明刊本，蘇州書局刊本，《四部叢刊》本。
七、《聲畫集》八卷，宋孫紹遠編，有《楝亭十二種》本。
八、《瀛奎律髓》四十九卷，元方回撰，有清康熙間吳氏刊本，有《鏡煙堂十種》本。
九、《宋元詩會》一百卷，清陳焯編，有原刊本。

第三十七章　古文運動的第二幕

古文運動的第二次開幕——駢偶文本身的崩壞——柳開石介諸人的呼號——古文運動主盟者歐陽修——韓柳文研究者的蜂起——范仲淹司馬光等——曾鞏王安石等——三蘇的稱霸——蘇門六君子——所謂「道學家」的文字

一

北宋的散文，殆爲古文家獨霸的時代。韓愈以其熱情的呼號，開始古文運動的第一幕。但當時駢儷文的流毒尚深中於人心，一時無法擺脫。除了有志於不朽之業的文人們外，罕有光顧到所謂「古文」之門庭的。一般人仍是以駢儷文作爲通行的文字。宋初「西崑派」的諸作家，在散文方面也仍沿襲了這條通行的大路走去的。但到了歐陽修諸人起來後，形勢卻大變了。駢文經歷了千年的生命，已是衰老得不堪了，經不起這一而再，再而三的攻擊，遂在古文運動的第二幕裡，被古文家們一蹐之而不復能再爬起來。這古文運動的第二幕遂奠定了「古文爲散文之主體」的基礎。從此以後，幾有千年，無復有人敢向古文問鼎之輕重。當時，考試文及奏議，雖在公式上仍有必須作四六文者，但四六文的運命，也被僅限於此而已。她是永不復能再登文壇的主座之上的了。

二

宋初爲古文者有柳開①。開生於晉末，字仲塗，大名人。開寶六年進士。他少慕韓愈、柳宗元爲文，因名肩愈，字始元。然他的影響卻很小。眞實的掀開了古文運動的第二幕者乃是歐陽修、石介諸人。石介②是一位十足的黑旋風式的人物，具有韓愈似的衛道的熱情與宣傳的伎倆。他嘗寫了一篇〈怪說〉，專門攻擊楊億諸人。這個聲勢赫赫的呼號，便是古文運動的正式的開幕。同時有祖無擇③、李覯（ㄍㄡˋ）④、尹洙⑤、穆修⑥、蘇舜卿諸人，也皆爲古文，非韓、柳之言不道。覯有《盱江集》，在當時雖未甚有大名，而其文章實在尹、穆諸人之上。但其影響與勢力遠在他們之上者，則爲歐陽修。歐陽修在北宋散文壇上的地位，大類韓愈之在唐。石介雖大聲疾呼，但力量究竟太小。歐陽修則居高臨下，以衡文者的身份，主持著這個運動，天然的自會把整個文壇的風氣變更

* * *

① 柳開見《宋史》卷四百四十〈文苑傳〉。
② 石介見《宋史》卷四百三十二〈儒林傳二〉。
③ 祖無擇見《宋史》卷三百三十一。
④ 李覯見《宋史》卷四百三十二〈儒林傳二〉。
⑤ 尹洙見《宋史》卷三百九十五。
⑥ 穆修見《宋史》卷四百四十二〈文苑傳四〉。

過來了。修[7]有〈書韓文後〉一文，敘述當時古文運動的經過頗詳：

予少家漢東，有大姓李氏者，其子堯輔頗好學。予遊其家，見其敝簏貯故書在壁間。發而視之，得唐《昌黎先生文集》六卷。脫落顚倒無次序。因乞以歸讀之。是時天下未有道韓文者。予亦方舉進士，以禮部詩賦爲事。後官於洛陽。而尹師魯之徒皆在。遂相與作爲古文。因出所藏《昌黎集》而補綴之。其後天下學者亦漸趨於古。韓文遂行於世。

雖是記載著韓文的今昔，而韓文的行於世，便代表了古文運動的成功。在此時之前，有一段關於古文的事，頗可笑。《五朝名臣言行錄》說道：「穆參軍[8]家有唐本《韓柳集》。乃丐於所親，得金，用工鏤板印數百帙，攜入京師相國寺，設肆鬻之。有儒生數輩至肆，輒取閱。公奪取，怒謂曰『先輩能讀一篇，不失一句，當以一部相送。』遂終年不售。」有這樣熱忱的宣傳者，乘了「西崑體」之弊而出現，古文自然是終於要大行於天下了。一種風氣的流行，雖未必該完全歸功於一二人。然那一二人代表了時代的趨勢，而出來打先鋒，在蔓草叢中，硬闢出一條道路來，其自信不惑的勇氣自是很値得敬重的。

歐陽修肆力爲古文，其成就確在尹、穆諸人以上。其集中所有，以敷腴溫潤之作爲多，一洗當

* * *

⑦《歐陽修文集》，刊本極多。《四部叢刊》中有《居士集》。

⑧《河南穆公集》三卷，又《尹洙集》二十八卷，俱有《四部叢刊》本。

時鋟刻駢偶之習。相傳他主持考政時，凡遇雕琢劖削之作，一概棄之不顧。天下風氣爲之一變。朱熹嘗極稱其〈豐樂亭記〉。他又作〈本論〉，以攻佛家，其論旨和態度，正和韓愈的〈原道〉一般無二。凡是古文家便都是衛「道」者。這似已成了一個定例。

與歐陽修並時爲古文者，尚有范仲淹[9]、宋祁、劉敞[10]、司馬光[11]諸人。祁與修同修《唐書》。司馬光作《資治通鑑》[12]，以數十年之力赴之。積稿盈屋，久乃寫定。他敘事詳贍有法，又善於剪裁古人的材料，故《通鑑》遂成爲重要的史書之一。

三

略後於歐陽修之古文家，有曾鞏、王安石及眉山的三蘇。鞏[13]出於歐陽修的門下，字子固，建昌南豐人，登嘉祐二年進士。少與王安石相善。及安石得志，乃相違。安石爲文遒勁有力。鞏則穩

* * *

⑨《范文正公集》有《四部叢刊》本。

⑩劉敞見《宋史》卷三百十九。

⑪司馬光見《宋史》三百三十六。

⑫《司馬溫公集》有《四部叢刊》本，又其他刊本也很多。

⑬曾鞏見《宋史》卷三百十九。

妥而已⑭。

實際上大暢古文運動的弘流者不得不推蘇軾。軾與父洵、弟轍皆有才名。洵⑮字明允，年二十七，發憤爲學。歲餘，往應試不第。歸盡焚舊所作文，閉戶讀書。遂成通淹。轍⑯字子由，性沉靜簡潔。爲文亦澹遠有致。然惟軾最爲雄傑。⑰軾是一位充溢著天才的詩人，爲古文也富有詩意。他嘗自說道：「作文如行雲流水，初無定質，但常行於所當行，止於所不可不止。」這話恰可以拿來做他的文章的確評。

軾門下有黃庭堅、秦觀、張耒、晁補之、陳師道、李廌的六君子。在其中，補之、耒和廌尤以善古文稱。補之有《雞肋集》，耒有《宛邱集》，廌有《濟南集》。秦觀雖以詞掩其古文，但其所作，卻通贍可喜，富於風趣。《淮海集》⑱裡固不僅以「詞」爲獨傳也。

*　*　*

⑭《元豐類稿》五十卷，有《四部叢刊》本。

⑮蘇洵見《宋史》卷四百四十三〈文苑傳四〉。

⑯蘇轍見《宋史》卷三百三十九。

⑰三蘇文集刊本甚多，《四部叢刊》裡也俱有之。

⑱《淮海集》有明刊本，《四部叢刊》本。

四

凡古文家無不以衛「道」自命，自韓、柳以來皆然。但宋代的理學家，卻究竟自成爲一系，不和做古文的文士們同科。《宋史》也於〈儒林〉、〈文苑〉之外，別立〈道學〉一傳。原來古文家們雖然口口聲聲說是衛「道」，究竟不脫文士的習氣。至所謂道學家的，方眞實的以「道」爲主，以文爲輔。故許多的道學家，其文章往往自成爲一個體系，正像邵雍的詩一樣。在其間，有周敦頤、張載、程顥、程頤諸人⑲。張載作《正蒙》、《西銘》，周敦頤作《太極圖說》及《通書》，其文辭尙爲雅整。而二程之作，尤爲通贍，並不像後來「語錄」式的文章之好拖泥帶水。

* * *

⑲周敦頤等四人均見《宋史》卷四百二十七〈道學傳〉。

■參考書目

一、《宋文鑒》一百五十卷，宋呂祖謙編，有明刊本，蘇州書局刊本，《四部叢刊》本。

二、《古文關鍵》二卷，宋呂祖謙編，有冠山堂刊本，《金華叢書》本。

三、《三蘇文範》十八卷，明楊慎編，有明刊本。

四、《唐宋八家文鈔》一百六十四卷，明茅坤編，有明刊本，有坊刊本。

五、《唐宋八大家類選》十四卷，清儲欣編，有刊本。

六、《古文辭類纂》（姚鼐）及《經史百家雜鈔》（曾國藩）也當一讀，以見所謂「古文」的統系。這二書俱有通行本。

第三十八章 鼓子詞與諸宮調

敦煌「變文」的親裔——宋代敘事歌曲的發達——宋大曲的進展——由大曲到鼓子詞的過渡——〈蝶戀花〉鼓子詞——偉大的創作者孔三傳——諸宮調結構的宏偉——聯合諸「宮調」為一堂的第一次的嘗試——今存的三部偉大的諸宮調——董解元的《西廂記諸宮調》——無名氏的《劉知遠諸宮調》——王伯成的《天寶遺事諸宮調》——諸宮調生命的短促——張五牛大夫創作的「賺詞」

一

敦煌發現的「變文」，雖沉埋於中國西陲千餘年，但其生命在我們的文壇上並不曾一天斷絕過。——且只有一天天的成長孳生，而孕育出種種不同的文體出來。在宋的時代，由變文所感化而產生的新文體，種類很多，而鼓子詞與諸宮調的二種，最爲重要。我們的敘事詩，最不發達。但自變文的一體，介紹進來了之後，以韻、散交錯組成的新敘事歌曲卻大爲發達。這增加了我們文壇的極大的活氣與重量。原來我們視〈孔雀東南飛〉、〈木蘭辭〉、〈長恨歌〉諸作爲絕大的珍異者，但若以自變文出現以來所產生的敘事的種種大傑作與之相較量，則〈孔雀東南飛〉等等誠不免要慊然的自覺其童稚。在其間，變文與諸宮調，尤爲中世紀文學裡的最偉大的新生的文體，足以使後來的諸作家，低首於他們之前的。

諸宮調的產生，約在北宋的末年。在其前，則有同性質的「大曲」和「鼓子詞」的出現。在其略後，則更有「賺詞」的創作。這些文體，不僅在宋代是新鮮的創作，即在今日，對於一般的讀者似也還都是很陌生的。本章當是任何中國文學史裡最早的講到她們的記載吧。

二

先說「大曲」。《宋史・樂志》曾載教坊所奏十八調四十大曲的名目。其中的名稱，與唐代燕樂大曲的名目，頗有幾個相同的，像〈梁州〉、〈伊州〉、〈綠腰〉等。這些大曲，最原始的方式是怎樣的，今已不可知。但我們在宋人著作裡，所見的大曲，像董穎的詠西子事的〈道宮薄媚〉；曾布的詠馮燕事的〈水調歌頭〉等，都是長篇的敘事歌曲。〈道宮薄媚〉從〈排遍第八〉起，到〈第七煞袞〉止，共有十遍，〈水調歌頭〉則從〈排遍第一〉起，到〈排遍第七〉〈攧花十八〉止，共有七遍。姑舉〈水調歌頭〉的首二遍於下：

〈排遍第一〉魏豪有馮燕，年少客幽、并。擊球鬥雞爲戲，遊俠久知名。因避仇來東郡，元戎逼屬中軍。直氣凌貔虎，須臾叱咤，風雲凜凜座中生。偶乘佳興，輕裘錦帶，東風躍馬，往來尋訪幽勝，遊冶出東城。堤上鶯花撩亂，香車寶馬縱橫。草軟平沙穩，高樓兩岸，春風笑語隔簾聲。

〔排遍第二〕袖籠鞭敲鐙，無語獨閒行。綠楊下，人初靜，煙澹夕陽明。窈窕佳人，獨立瑤階。擲果潘郎，瞥見紅顏。橫波盼，不勝嬌，軟倚雲屏曳紅裳。頻推朱户，半開還掩。似欲倚伊啞聲裡，細訴深情。因遣林間青鳥，爲言彼此心期，的的深相許，竊香解珮，綢繆相顧不勝情。

這當是宋詞發展的自然的結果。「詞」在這時已不甘終老於抒情詩的範圍以內，而欲一試身手於敘事詩的場地上了。所謂唐的大曲，或和宋初的大曲，同是有「聲」而無「辭」，只是幾遍的舞曲，和〈水調歌頭〉諸作，當是大殊的。

別有所謂〈調笑轉踏〉者，也是大曲的一流。曾慥《樂府雅詞》曾錄無名氏的〈調笑集句〉，鄭彥能的〈調笑轉踏〉，晁無咎的〈調笑〉，皆是以詩與曲相間而組合成之的。先陳「入隊」的致詞，然後是一首詩，然後是一首曲，以後皆是以一詩一曲相間，末則結以「放隊」詞。這種體裁，已較大曲爲進步，似是由大曲到鼓子詞的一種過渡。

三

「鼓子詞」是最明顯的受有「變文」影響的一種新文體。在歌唱一方面，似頗受大曲的體式的支配，但其以散文的歌曲交雜而組合成之的方式，則全然是「變文」的格局。在文體的流別上說來，「大曲」是純粹的敘事歌曲，「鼓子詞」卻是「變文」的同流了。

宋人的鼓子詞，傳者絕少。今所知者，有趙德麟《侯鯖錄》中所載的詠〈會眞記〉故事的〈商調蝶戀花〉一篇。德麟採用唐元稹的〈會眞記〉原文，成爲其中「散文」的一部分，而別以〈商調蝶戀花〉十章，歌詠其事。他將〈會眞記〉分爲十段，每段繫以〈蝶戀花〉一章。如此構成了所謂「鼓子詞」的一體。姑舉其中的一段於下：

傳曰：余所善張君，性溫茂，美風儀，寓於蒲之普救寺。適有崔氏孀婦，將歸長安，路出於蒲，亦止茲寺。崔氏婦，鄭女也。張出於鄭。敘其女，乃異派之從母。是歲，丁文雅不善於軍，軍之徒，因大擾，劫掠蒲人。崔氏之家，財產甚厚，惶駭不知所措。張與將之黨有善，請吏護之，遂不及難。鄭厚張之德，因飾饌以命張。謂曰：姨之孤嫠未亡，提攜弱子幼女，猶君之所生也，豈可比常恩哉！今俾以仁兄之禮奉見。乃命其子曰歡郎，女曰鶯鶯，出拜爾兄。崔辭以疾。鄭怒曰：張兄保爾之命，寧復遠嫌乎！又久之，乃至。常服睟容，不加新飾，垂鬟淺黛，雙臉桃紅而已。顏色艷異，光輝動人。張驚，爲之禮。因坐鄭旁。凝睟麗絕，若不勝其體。張問其年幾？鄭曰：十七歲矣。張生稍以詞導之，宛不蒙對。終席而罷。奉勞歌伴，再和前聲；「錦額重簾深幾許？繡履彎彎，未省離朱户。強出嬌羞都不語，絳綃頻掩酥胸素。黛淺愁深妝淡注，怨絕情凝，不肯聊回顧。媚臉未勻新淚汙，梅英猶帶春朝露。」

四

但在這些新文體中，最重要，且最和「變文」有直接的淵源關係者，當爲「諸宮調」的一體。在結構的宏偉和局勢的壯闊上，也只有「諸宮調」方可和「變文」相拮抗。像鼓子詞和大曲等，實在只是簡短的歌曲，不足與他們列在同一的水平線上。諸宮調出現於北宋之末。王灼《碧雞漫志》（卷二）說道：「熙、豐、元祐間，兗州張山人以詼諧獨步京師，時出一兩解。澤州孔三傳者，首創諸宮調古傳，士大夫皆能誦之。」孟元老《東京夢華錄》（卷五）記載，崇、觀以來，在京「瓦肆伎藝（一）」中，也有「孔三傳，耍秀才諸宮調」的云云。其他耐得翁的《都城紀勝》，吳自牧的《夢粱錄》裡也都提到孔三傳和諸宮調的事。是諸宮調乃是熙、豐、元祐間的一位才人孔三傳所創作的了。但像這樣一位偉大的作家，我們在今日卻不能知道他的生平，並不能得到片言隻語的遺文，誠是一件憾事！三傳所首創的諸宮調古傳，既是「士大夫皆能誦之」，則必定是很有可觀的，其佚失似不是無足輕重的！

諸宮調是講唱的。其講唱的方式，當大類今日社會上的講唱彈詞、寶卷；也當正像唐代和尚們的講唱「變文」。《西河詞話》說：「《西廂》搊彈詞，則有白有曲，專以一人搊彈，并念唱之。」當和當日的實際情形，相差不遠。張元長《筆談》說：「董解元《西廂記》曾見之盧兵部許。一人援弦，數十人合座，分諸色目而遞歌之，謂之磨唱。」（焦循《劇說》引）這話很靠不住。當是盧兵部的「自我作古」，或「想當然」的可笑的復古的舉動。我們如果讀了石君寶的《諸宮調風月紫雲亭》一劇（見《元刊雜劇三十種》），當可於諸宮調的講唱情形略略的明瞭了。

諸宮調的名稱，從何而來呢？諸宮調的結構，和「變文」是全然不殊的。其所不同者，乃在歌唱的一部分。「變文」用的是七言或間以三三言，而「諸宮調」則用的是很複雜的「宮調」。原來大曲和鼓子詞，皆用同一宮調裡的同一曲牌，反覆的來歌詠一件故事。像上文所引的〈道宮薄媚〉，便是用「道宮」裡的〈薄媚〉一調，反覆到十遍，以歌詠西子故事。但諸宮調則不是這樣的。她是無限量的使用著各個宮調裡的各個曲調以歌詠一個很長篇的故事的。像《劉知遠諸宮調》的第二卷的首一部分，其歌唱的部分便是這樣的布置著的：

〈中呂調牧羊關〉，〈仙呂調醉落托〉，〈黃鐘宮雙聲疊韻〉，〈南呂調應天長〉，〈般涉調麻婆子〉，〈商角定風波〉，〈般涉調沁園春〉，〈高平調賀新郎〉，〈道宮解紅〉……

這比較所謂大曲和鼓子詞的單調的布置是進步得多少呢？難怪孔三傳一創作了這種新聲出來，便要轟動一時了。且這也是第一次把「諸宮調」聯絡起來敘述一件故事的嘗試。這個嘗試的成功，對於後來雜劇的產生和其結構是極有影響的。

五

「諸宮調」在宋、金的時候，流傳得很廣。《夢粱錄》和《武林舊事》所記載的以講唱諸宮調爲業的人也不少。《諸宮調風月紫雲亭》劇裡有：「我唱的是《三國志》，先饒十大曲；俺娘便

《五代史》，添續《八陽經》」的云云，又董解元《西廂記》的開卷，也有：

〔太平賺〕……比前覽樂府不中聽，在諸宮調裡卻著數。一個個旖旎風流濟楚，不比其餘。

〔柘枝令〕也不是《崔韜逢雌虎》，也不是《鄭子遇妖狐》，也不是《井底引銀瓶》，也不是《雙女奪夫》，也不是《離魂倩女》，也不是《謁漿崔護》，也不是《雙漸豫章城》，也不是《柳毅傳書》。

諸語，是諸宮調的著作，在那個時代是有很多種的。但今日所見者，除董解元的《西廂記諸宮調》、無名氏的《劉知遠諸宮調》、王伯成的《天寶遺事諸宮調》以外，卻別無第四本了。

董解元生世不可考，關漢卿所著雜劇有《董解元醉走柳絲亭》一本（今佚），說的便是他的故事吧。陶宗儀說他是金章宗（公元一一九〇—一二〇八年）時人。鍾嗣成的《錄鬼簿》列他於「前輩已死名公，有樂府行於世者」之首，並於下注明：「金章宗時人，以其創始，故列諸首。」涵虛子的《太和正音譜》也說他「仕於金，始制北曲。」毛西河《詞話》則謂他為金章宗學士。大約董氏的生年，在金章宗時代的左右，是無可置疑的。但他是否仕金，是否曾為「學士」，則是我們所不能知道的。他大約總是一位像孔三傳、袁本道似的人物，以製作並說唱諸宮調為生涯的。《太和正音譜》說他「仕於金」，恐怕是由《錄鬼簿》「金章宗時人」數字附會而來的。而毛西河的「為金章宗學士」云云，則更是曲解「解元」二字與附會「仕於金」三字而生出來的解釋了。「解元」二字，在金、元之間用得很濫，並不像明人之必以中舉首者為「解元」。故《西廂記》劇裡，屢稱張生爲張解元；關漢卿也被人稱爲「關解元」。彼時之稱人爲「解元」，蓋爲對讀書人之通稱或尊稱，猶今之稱人爲「先生」，或宋時之稱說書者爲某「書生」某「進士」某「貢士」，未必被稱者的來歷，便眞實的是「解元」、「進士」等等。

《西廂記諸宮調》的文辭，凡見之者沒有一個不極口的讚賞。明胡應麟《少室山房筆叢》說：

〈西廂記〉雖出唐人〈鶯鶯傳〉，實本金董解元。董曲今尚行世，精工巧麗，備極才情，而字字本色，言言古意。當是古今傳奇鼻祖。金人一代文獻盡此矣。

這話並不是瞎恭維。我們看，董解元把那麼短短的一篇傳奇文〈會眞記〉放大到如此浩浩莽莽的一部偉大的弘著，其著作力的富健誠是前無古人的。其故事的大略如下：

貞元十七年二月，張珙至蒲州，尋旅舍安止。有一天，遊蒲東普救寺，見寄居於寺中的崔相國女鶯鶯，莽欲追隨其後，闖入宅中，爲寺僧法聰從後拖住，責其不可造次。

張生因此決也移寓於寺中之西廂。是夜，月明如晝，生行近鶯庭，口占二十字小詩一首。不料鶯鶯在庭間也依韻和生一詩。生聞之驚喜。便大踏步走至跟前。被紅娘來喚鶯鶯歸寢而散。

自此以後，張生渾忘一切，日夜把鶯鶯在念。但千方百計，無由得見意中人。夜間，生與長老法本談禪。紅娘來向長老說，明日相國夫人待做清醮。法本令執事準備。生亦備錢五千，爲其亡父尚書作分功德。長老諾之。

第二天，生來看做醮，見一位六旬的老婆娘，領著歡郎及鶯鶯來上香。鶯鶯一來，僧俗皆爲其絕代的容光所懾，無不情神顛倒。直到第二天的日將出，道場方罷。

——以上第一卷

崔夫人和鶯鶯歸去。衆僧正在收拾鋪陳來的什物，見一小僧慌速走來，氣喘不定，口稱禍事。衆僧大驚。原來，唐蒲關乃屯軍之處。是年渾瑊死，丁文雅不善治軍。其將孫飛虎半萬兵叛，劫掠蒲中。叛兵過寺，欲求一飯。僧衆商議。主迎主拒者不一。或以爲有崔相國的夫人及女寄住於此，迎賊實爲不便。法聰也力主拒之。聰本陝右蕃部之後，少好弓劍，武而有勇，遂鼓動僧衆，得三百人，出與飛虎爲敵。聰勇猛異常，賊衆不能敵。但聰見賊衆難勝，便衝出重圍而去。三百僧衆，被賊兵殺死甚衆。飛虎捉住走不脫的和尚，問其何故拒敵。和尚說是爲了鶯鶯之故。飛虎便圍了寺，指名要索鶯鶯。

崔氏一門大震，飲泣無計。鶯鶯欲自殺以免辱。卻有人在衆中大笑。笑者誰？蓋張生也。生自言有退兵之計。夫人許以繼子爲親。生便取出其所作致白馬將軍一信，讀給衆聽。夫人謂：白馬將軍去此數十里，如何趕得及來救援？生說：適於法聰出戰之時，已持此書給白馬將軍了。夫人聞言，始覺寬心。

不久，果然看見一彪人馬飛馳而來，賊衆出不意，皆大驚投降。白馬將軍遂斬了孫飛虎，赦其餘衆，入寺與張生敘話而別。

賊兵退後，生託法本到夫人處提親。夫人說，方備蔬食，當與生面議。第二天，夫人差紅娘來請生赴宴。生以爲事必可諧。不料夫人命歡郎、鶯鶯皆以兄禮見生。生已失望。夫人最後乃說起相國在日，已將鶯鶯許配鄭恆事。生遂辭以醉，不終席而退。紅娘送之回室。生贈以金釵，紅娘不受奔去。

異日，紅娘復至，致夫人謝意。生說：今當西歸，與夫人訣絕了。便在收拾琴劍書囊。紅娘見了琴，忽有觸於中，說道：鶯鶯喜聽琴，若果以琴動之，或當有成。生喜而笑，遂不成行。

——以上第二卷

夜間，月色皓空，張生橫琴於膝，奏〈鳳求凰〉之操。鶯鶯偕紅娘逐琴聲來聽。聞之，大有所感，泣於窗外。生推琴而起，火急開門，抱定一人，仔細一看，抱定的卻是紅娘，鶯鶯已去。

那一夜，鶯鶯通宵無寐。紅娘以情告生。生託紅娘致詩一章於鶯。鶯見之大怒。隨筆寫於箋尾，令紅娘持去給生。紅娘戰恐的對生述鶯發怒事。但待得他讀了箋時，他卻大喜。原來寫的卻是約他夜間逾垣相會的詩。

生巴不得到夜。月上時，生逾牆而過。鶯至，端服嚴容，大訴生一頓。生憤極而回。勉強睡下。方二更時，驀聽得隔窗有人喚門。乃鶯自至。正在訴情，當當的聽一聲蕭寺疏鐘，鶯又不見，方知是夢。

生自此行忘止，食忘飽，舉止顛倒。久之成疾。夫人令紅娘來視疾。生託她致意於鶯，要她破工夫略來看覷他。紅娘去不久，夫人、鶯鶯便同去看他。夫人命醫來看脈。他們既歸，無一人至。生念所望不成，雖生何益，以條懸棟，便欲自盡。驀一人走至拽住了他。乃紅娘送鶯的藥至。這藥是一詩，說她晚間將自至。生病頓愈。

那一夜，鶯果至。成就了他們的私戀。自是朝隱而出，暮隱而入，幾有半年。

夫人生了疑，一夜急喚鶯。鶯倉皇而歸。夫人勘問紅娘。紅訴其情。並力主以鶯嫁生。夫人允之。

夫人令紅召生，說明許婚的事。但以鶯服未闋，未可成禮。生留下聘禮，說：今蒙文調，將赴省闈，姑待來年結婚。鶯聞之，愁怨之容動於色。自此不復見。數日後，生行。夫人及鶯送於道。

經於蒲西十里小亭置酒。

——以上第三卷

生與鶯徘徊不忍離別。終於在太陽映著楓林的景色裡，勉強別去。生的離愁，是馬兒上馱也馱不動。

那一夜，生投宿於村店。殘月窺人，睡難成眠。他開門披衣，獨步月中，忽聽得女人聲道，快走吧。生見水橋的那邊，有兩個女郎映月而來。大驚以爲怪。近來視之，乃鶯與紅娘，說：她與紅娘乘夫人酒醉，追來同行。正在進舍歸寢，但見群犬吠門，火把照空，人聲藉藉。一人大呼道，渡河女子，必在此間。一個大漢，執著刀，踹破門要來搜。生方待掙揣，卻撒然覺來。

那邊，鶯鶯在蒲東，也淒淒惶惶的在念著張生。

明年春，張生殿試以第三人及第。即命僕持詩歸報鶯。鶯正念生成疾，見詩大悅，夫人亦喜。但自是至秋，杳無一耗。鶯修書遣僕寄生，隨寄衣一襲，瑤琴一張，玉簪一枝，斑管一枝。生那時，以才授翰林學士，因病閒居，至秋未愈。爲憶鶯鶯，愁腸萬結。及讀鶯書，感泣。便欲治裝歸娶。

生未及行，鄭相子恆，至蒲州，詣普救寺，欲申前約。夫人說，鶯鶯已別許張珙。鄭恆說：張生登第後，已別娶衛尚書女。鶯聞之，悶極仆地，救之多時方蘇。夫人陰許恆擇日成親。不料，這時張生也到。夫人說：喜學士別繼良姻。但生力辯其無。夫人說今鶯已從前約嫁鄭恆。生聞道撲然倒地。過了半晌。收身強起，傷自家來得較遲。又不欲與故相子爭一婦人。但欲一見鶯。鶯出默然。四目相視，內心皆痛。生坐止不安，蘧然而起。

法聰邀生於客舍，極力地勸慰他。但生思念前情，心中不快更甚。

聽說：足下儻得鶯，痛可已乎？便獻計欲殺夫人與鄭恆。正在這時，鶯、紅同至望生。他們各自準備下萬言千語。及至相逢，卻沒一句。鶯念及痛切處，便欲懸梁自縊，生亦欲同死。但為紅及聽所阻。

聽說：別有一計，可使鶯與生偕老；白馬將軍今授了蒲州太守，正可投奔他處。二更時，生遂攜鶯宵奔蒲州。白馬將軍允為生作主。鄭恆如爭，必斬其首。恆果來爭奪，將軍嚴斥之。恆羞憤，投階而死。這裡張生、鶯鶯美滿團圓，還都上任。

——以上第四卷

這裡和〈會眞記〉大不同者，乃在結局的團圓。〈會眞記〉的結果，太不近人情。張生無故的拒絕鶯鶯，自從寄書之後，便不再理會她。反以君子善於改過自詡。以後男婚女嫁，各不相知。實是最奇怪的結束。這不能算是悲劇，實是「怪劇」。像《董西廂》的崔、張的大團圓，當是世俗的讀者們所最歡迎的，且也較合情理。自王實甫以下諸《西廂記》，其結構殆皆為董解元的太陽光似的偉著所籠罩，而不能自外。

六

《劉知遠諸宮調》是一個殘本，今存四十二頁，約當全書三之一。俄國柯智洛夫探險隊於一九〇七到一九〇八年間，考察蒙古、青海，發掘張掖、黑水故城。得古物及西夏文。書籍甚多，於其間乃有此《劉知遠諸宮調》在著。這是一個極偉大的發現。就種種方面看來，這部諸宮調當是宋、金之際的東西。

這書全文當爲十二則，今存者爲「知遠走慕家莊沙陀村入舍第一」，「知遠別三娘太原投事第二」，「知遠充軍三娘剪髮生少主第三」（此則僅殘存二頁），「知遠投三娘與洪義廝打第十一」，「君臣弟兄子母夫婦團圓第十二」。中間第三的大半和第四到第十的七則，則俱已佚去了。劉知遠事，自宋以來，講述者便已紛紛。今所見的《五代史平話》，已詳寫知遠事，而諸本〈白兔記〉傳奇，更是專述知遠和三娘的悲歡離合的。大約，這位流氓皇帝的故事，乃是最足以聳動市井的聽聞的。

《劉知遠諸宮調》的作者並不是很平凡的人物。他和董解元一樣，具有偉大的詩的天才，和極豐富的想像力。他能以極渾樸、極本色的俗語方言，來講唱這個動人的故事。其風格的壯遒古雅，大類綠鏽重重的三代的彝鼎，令人一見便油然生崇敬心。姑舉一小段於下：

〔般涉調〕〔麻婆子〕

洪義自約末天色二更過，皓月如秋水，欵欵地進兩脚，調下個折針也聞聲。牛欄兒傍裡遂小坐，側耳聽沉久，心中暢歡樂。◯記得村酒務，將人恁剉；入舍爲女婿，俺爺爺護向著；到此殘生看怎脱：熟睡鼻息似雷作，去了俺眼中釘，從今後好快活！

〔尾〕團苞用，草苫著，欲要燒毀全小可，堵定個門兒放著火。

論匹夫心腸狠，龐涓不是毒；說這漢意乖訛，黃巢眞佛行！哀哉未遇官家，性命亡於火內。

〔商角〕〔定風波〕

熟睡不省悟，鼻氣若山前哮吼猛虎。三娘又怎知與兒夫何日相遇。不是假也非干是夢
裡，索命歸泉路。◯當此李洪義遂側耳聽沉，兩回三度，知遠怎逃命。早點火燒著草屋。陌聽
得一聲響，諕匹夫急抬頭覷。

（尾）星移斗轉近三鼓，怎顯得官家福分，沒雲霧平白下雨。苦辛如光武之勞，脫難似晉
王之聖。雨濕火煞，知遠驚覺。方知洪義所爲，亦不敢伸訴。至次日，知遠引牛驢拽拖車三教
廟左右做生活。到日午，暫於廟中困歇熟睡。須臾，衆村老攜笻避暑。其中有三翁。

〔般涉調〕〔沁園春〕

絟了牛驢，不問拖車，上得廟階，爲終朝每日多辛苦，撲番身起權時歇。侍傍裡三翁守定
知遠，兩個眉頭不展開，堪傷處便是荊山美玉，泥土裡沉埋。◯老兒正是哀哉，忽聽得長空發
哄雷聲，驚天霹靂，眼前電閃，諕人魂魄幽幽不在。陌地觀占，抬頭仰視，這雨多應必煞，乖
傷苗稼，荒荒是處，飢饉民災。

（尾）行雨底龍必將鬼使差，布一天黑暗雲靄靄，分明是拚著四坐海。

電光閃灼走金蛇，霹靂喧轟檑鐵鼓，風勢揭天，急雨如注，牛驢驚跳，拽斷麻繩，走得不
知所在。三翁喚覺知遠，急趕牛驢，走得不見。至天晚，不敢歸莊。

〔高平調〕〔賀新郎〕

知遠聽得道，好驚慌，別了三翁，急出祠堂。不故泥汙了牛皮皷，且向泊中尋訪。一路裡

作念千場，那兩個花驢養著牛，繩綁我在桑樹上，少後敢打五十棒！方今遭五代，値殘唐，萬姓失途，黎庶憂徨，豪傑顯赫英雄旺，發跡男兒氣剛。太原府文面做射糧，欲待去，卻徊徨。非無決斷，莫怪頻來往，不是，難割捨李三娘！見得天晚，不敢歸莊。意欲私走太原投事，奈三娘情重，不能棄捨。於明月之下，去住無門，時時嘆息。

〔道宮〕〔解紅〕鼓掌笞指，那知遠目下長吁氣。獨言獨語，怎免這場拳踢。沒事尚自生事，把人尋不是，更何況今日將牛畜都盡失。若還到莊說甚底！怕見他洪信與洪義。勸人家少年諸子弟，願生生世世休做女婿。妻父妻母在生時，我百事做人且較容易。自從他化去，欺負殺俺夫妻兩個凡女。鴆著嘴兒廝羅執滅良，削薄得人來怎敢喘氣！道是，長貧沒富多不易，酸寒嘴臉只合乞，百般言語難能吃，這般材料怎地發跡！

〔尾〕大男小女滿莊裡，與我一個外名難指洗，都受人喚我做劉窮鬼。

天道二更已後，潛身私入莊中，來別三娘。

七

王伯成的《天寶遺事諸宮調》，產生的時代較後。伯成，涿州人。《錄鬼簿》放他在「前輩已死名公」之列。當是公元一三三〇年以前的人物。他寫有雜劇二本：《李太白貶夜郎》和《張騫泛浮槎》（前者今存於世）。而使他成大名者則為《天寶遺事》的一部偉著。但這部諸宮調從明以來便不傳於世。著者嘗從《雍熙樂府》、《九宮大成譜》諸書裡，輯出五十四套曲文，大約相當於全書的四分之一，僅能窺豹一斑而已。「天寶遺事」本是詩人們最好的題材之一。自白居易的〈長恨歌〉以後，宋人有《太眞外傳》，元關漢卿有《唐明皇哭香囊》（佚），白仁甫有《秋夜梧桐雨》，而明人傳奇之述及此事者，若《彩毫》、《驚鴻》諸記尤多。清初洪昇的《長生殿》便是一個總結束。在其間，伯成的《天寶遺事》似最不爲人所知。《遺事》的作風，已甚受雜劇作家的影響，非復純粹的諸宮調本色。但遺詞鑄局，卻也甚爲渾厚而奔放。其大略，可於下面的〈遺事引〉裡見到：

〔哨遍〕〔遺事引〕

天寶年間遺事，向錦囊玉罅新開創。風流醞藉李三郎，殢眞妃日夜昭陽恣色荒。惜花憐月寵恩雲，霄鼓逐天杖。繡領華清宮殿，尤回翠輦，浴出蘭湯。半酣綠酒海棠嬌，一笑紅塵荔枝香。宜醉宜醒，堪笑堪嗔，稱梳稱妝。〔么篇〕銀燭熒煌，看不盡上馬嬌模樣。私語向七夕間，天邊織女牛郎，自還想。潛隨葉靖，半夜乘空，遊月窟來天上。切記得廣寒宮曲，羽衣縹渺，仙佩玎璫。笑攜玉箸擊梧桐，巧稱雕盤按霓裳。不提防禍隱蕭牆。〔牆頭花〕無端乳鹿入禁苑，平欺誑，慣得個祿山野物，縱橫恣來往。避龍情子母似恩情，登鳳榻夫妻般過當。〔么篇〕如穿人口，國醜事難遮當。將祿山別遷爲薊州長。便興心買馬，軍合下手合朋聚黨。〔么篇〕恩多決怨深。慈悲反受殃。想唐朝觸禍機。敗國事皆因偃月堂。張九齡村野爲農，李林甫朝廷拜相。〔耍孩兒〕漁陽燈火三千丈，統大勢長驅虎狼。響珊珊鐵甲開金戈，明晃晃斧鉞刀槍，鞭颩剪剪搖旗影，衡水粼粼射甲光。憑驍健，馬雄如獅豸，人劣似金剛。

〔四煞〕潼關一鼓過元平蕩，哥舒翰應難堵當。生逼得車駕幸西蜀。馬嵬坡簽抑君王。一聲閫外將軍令，萬馬蹄邊妃子亡。扶歸路愁覩羅襪，痛哭香囊。

伯成的〈遺事〉，殆是諸宮調的尾聲。在公元一三三〇年左右編輯的《錄鬼簿》裡，已以能歌唱《董西廂》爲可羨詫的事，可見那時諸宮調的歌唱殆已成了秋天的殘蟬之鳴聲了。《張協狀元戲文》的開始，有一段不倫不類的說唱諸宮調的開場。諸宮調在元代或竟已成了幫襯的東西，而不復能獨立的成爲一場的吧。

這樣說來，諸宮調的開始，最早當在於宋神宗熙寧（公元一〇六八年）間，而其黃金時代的終了，則當在元代的中葉（約公元一三〇〇年以前）。只不過是兩個多世紀的生命耳。在中國文學裡，這已算是很短壽的一種文體了。但諸宮調雖然生存得不久，流傳的更少（亦有三部），但其生存實爲宋、金文學裡最大的一個光彩。像那樣宏偉如宮殿，精粹若珠玉的巨著，除了其親祖「變文」以外，諸宮調殆是空前的。

八

最後，更當一說「賺詞」。「賺詞」並不是諸宮調的同群，乃是「大曲」的一家。其產生較後於諸宮調。但後來諸宮調中的歌曲的結構，似頗受到她的影響。耐得翁的《都城紀勝》說：

唱賺在京師，只有纏令、纏達。有引子、尾聲爲纏令。引子後只以兩腔遞且循環間用者爲纏達。中興後，張五牛大夫。因聽動鼓板中，又有四太平令或賺鼓板（即今拍板大篩揚處是也），遂撰爲賺。賺者，誤賺之義也。令人正堪美聽，不覺已至尾聲。是不宜爲片序也。今又有覆賺；又有變花前月下之情爲鐵騎之類。凡賺最難，以其兼慢曲、曲破、大曲、嘌唱、耍令、番曲、叫聲諸家腔譜也。

已把「唱賺」的歷史說得很詳細。吳自牧的《夢粱錄》所載，全襲《都城紀勝》，僅加上了杭州能唱賺者竇四官人等二十餘人的姓名。「賺詞」的重要是在把「大曲」的反覆的單以一個曲調來歌唱的格局打破了；而在同一曲調裡，找到許多不同的曲牌，聯合組織起來歌唱的。王國維氏嘗於《事林廣記．戌集》裡，發現了名爲《圓社市語》的一篇賺詞；其結構如下：

〔中呂宮〕〈紫蘇丸〉——〈縷縷金〉——〈好女兒〉——〈大夫娘〉——〈好孩兒〉——〈賺〉——〈越恁好〉——〈鶻打兔〉——〈尾聲〉

這當是今日所見的唯一存在的賺詞了。《西廂記諸宮調》的歌曲裡有「賺」處，元劇的歌詞裡也有「賺」的使用。其影響是很大的。我頗疑心，張五牛大夫所創作的唱賺，乃是我們文學裡第一次把在同一宮調裡許多不同名的歌曲聯結在一處的嘗試。《劉知遠》、《董西廂》之間有使用這個歌唱的方式，殆皆受其感化的，這話或不會是很錯誤吧。

■參考書目

一、《唐宋大曲考》，王國維著，有《王忠慤公遺書》本。
二、《宋元戲曲史》，王國維著，有商務印書館鉛印本，有《王忠慤公遺書》本（《遺書》改「史」爲「考」）。
三、〈宋金元諸宮調考〉，著者作，見燕京大學《文學年報》第一期。
四、〈劉知遠諸宮調考〉，日本青木正兒著，賀昌群譯，見《北平圖書館館刊》第六卷中。
五、《都城紀勝》，耐得翁著，有《楝亭十二種》本，《涵芬樓秘笈》本。
六、《夢粱錄》，吳自牧著，有《武林掌故叢編》本。
七、《武林舊事》，周密著，有《武林掌故叢編》本。

第三十九章　話本的產生

「變文」影響的巨大——講唱故事的風氣的大行——所謂「說話人」——說話的四家——說話人的歌唱的問題——「銀字兒」與「合生」——今存的宋人小說——「詞話」與「詩話」——《清平山堂話本》及「三言」中的「詞話」——白話文學的黃金時代——從《唐太宗入冥記》到宋人詞話——煙粉靈怪傳奇——公案傳奇——〈楊思溫〉與〈拗相公〉——《取經詩話》——《五代史平話》——《宣和遺事》——〈梁公九諫〉——「說話人」在後來小說上的影響的巨大

一

在北宋的末年，「變文」顯出了她的極大的影響。「變文」的名稱，在那時大約是已經消失了。講唱「變文」的風氣，在那時也似已不見了。但「變文」的體制，卻更深刻的進入於我們的民間；更幻變的分歧而成為種種不同的新文體。在其間，最重要的是鼓子詞和諸宮調二種。這在上文已經說過了。但變文講唱的習慣還不僅結果在鼓子詞和諸宮調上。同時，類似變文的新文體是雨後春筍似的聳峙於講壇的地面。講壇的所在，也不僅僅是限於廟宇之中了；講唱的人，也不僅僅是限止於禪師們了。當然禪師們在當時的講壇上還占了一部分的勢力，像「說經」、「說諢經」、「說參請」之類。當時，講唱的風氣竟盛極一時；唱的方面也百出不窮；講唱的人物也「牛鬼蛇神」無所不有；講唱的題材，更是上天下地，無所不談。這種風尚，也許遠在北宋之末以前已經有了。不過，據我們所知道的材料，卻是以北宋之末爲最盛。這風尚直到了南宋之末而未衰，直到了元、明而仍未衰。而至今日也還不是完全絕了蹤跡。講唱的勢力，在民間並未低落。講壇也還林立在廟宇與茶棚之中。這可見，變文的軀骸，雖在西陲沉埋了千年以上，而她的子孫卻還在世上活躍著呢；且孳生得更多；其所成就的事業也更爲偉大。

在北宋之末，變文的子孫們，於諸宮調外尚有所謂「說話」者，在當時民間講壇上，極占有權威。「說話」成了許多專門的職業；其種類極爲分歧。孟元老的《東京夢華錄》記載北宋末年東京的「伎藝」，其中已有：「孫寬、孫十五、曾無黨、高恕、李孝祥等講史；李慥（ㄗㄠˋ）、楊中立、張十一、徐明、趙世亨、賈九等小說：吳八兒，合生……霍四究說三分；尹常賣《五代史》」的話。其後，在南宋諸家的著述，像周密的《武林舊事》，耐得翁的《都城紀勝》及吳自牧的《夢粱錄》，所記載的「說話人」的情形，更爲詳盡。《都城紀勝》記載「瓦舍眾伎」道：

說話有四家。一者小說，謂之銀字兒，如煙粉靈怪傳奇，說公案，皆是搏刀趕棒及發跡變泰之事；說鐵騎兒，謂士馬金鼓之事。說經，謂演說佛書；說參請，謂賓主參禪悟道等事。講史書，講說前代書史文傳，興廢爭戰之事。最畏小說人。蓋小說者能以一朝一代故事，頃刻間提破。合生與起令、隨令相似，各占一事。

《夢粱錄》所記，與《都城紀勝》大略相同。《武林舊事》則歷記「演史」「說經、諢經」等等職業的說話人的姓名。「演史」自喬萬卷以下到陳小娘子，凡二十三人；「說經、諢經」自長嘯和尚以下到戴忻庵，凡十七人；「小說」自蔡和以下到史惠英（女流）凡五十二人；「合生」最不景氣，只有一人，雙秀才。大約「說話人」的四家，便是這樣分著的。其中，「小說」最爲發達，分門別類也最多。大約每一門類也必各有專家。故其專家至有五十餘人之多。「演史」也是很受歡迎的。《東京夢華錄》既載著霍四究、尹常賣等以「說三分」、「五代史」爲專業，而《夢粱錄》裡也說著當時「演史」者的情況道：「又有王六大夫，元係御前供話，爲幕客請給，講諸史俱通。於咸淳年間，敷演〈復華篇〉及〈中興名將傳〉，聽者紛紛。蓋講得字眞不俗，記問淵源甚廣耳。」

凡說話人殆無不是以講唱並重者；不僅僅專力於講。——宋代京瓦中重要的藝伎蓋也無不是如此——這正足以表現出其爲由「變文」脫胎而來。今所見的宋人「小說」，其中夾入唱詞不少，有的是詩，有的是詞，有的是一種特殊結構的文章，慣用四言、六言和七言交錯成文的，像：

黃羅抹額，錦帶纏腰。皂羅袍袖繡團花，金甲束身微窄地。劍橫秋水，靴踏狻猊。上通碧落之間，下徹九幽之地。業龍作祟，向海波水底擒來；邪怪爲妖，入山洞穴中捉出。六丁壇畔，權爲符吏之名；上帝階前，次有天丁之號。

——〈西山一窟鬼〉

我們讀到這樣的對偶的文章，還不會猛然的想起《維摩詰經變文》、《降魔變文》來麼？但唐人的對偶的散文的描狀，在此時卻已被包納而變成爲專門作描狀之用的一種特殊的文章了。大約這種唐人用來講念的，在此時必也已一變而成爲「唱文」的一種了。又宋人亦稱「小說」爲「銀字兒」。而「銀字」卻是一種樂器之名（見《新唐書．禮樂志》及《宋史．樂志》）。白樂天詩有「高調管色吹銀字」，和凝〈山花子詞〉有「銀字笙寒調正長」，宋人詞中說及「銀字」者更不少概見。也許這種東西和「小說」的唱調是很有關係的。在「講史」裡，也往往附入唱詞不少。最有趣的是「小說」中，像〈快嘴李翠蓮記〉（見《清平山堂話本》），像〈蔣淑貞刎頸鴛鴦會〉（見《清平山堂話本》及《警世通言》），幾皆以唱詞爲主體。〈刎頸鴛鴦會〉更有「奉勞歌伴：先聽格律，後聽蕪詞」及「奉勞歌伴，再和前聲」的話。那麼，說話人並且是有「歌伴」的了。「合生」的一種，大約也是以唱爲主要的東西。《新唐書》卷一百十九〈武平一傳〉敘述「合生」之事甚詳。但據〈夷堅志〉八「合生詩詞」條之所述，則所謂「合生」者，乃女伶「能於席上指物題詠，應命輒成者」之謂，其意義大殊。惟宋詞中往往以「銀字合生」同舉，又「合生」原是宋代最流行的唱調之一；諸宮調裡用到它，戲文裡也用到它（中呂宮過曲）。這說話四家中的一家「合生」，難保不是專以唱「合生」這個調子爲業的；其情形或像張五牛大夫之以唱賺爲專業，或其他伎藝人之以「叫聲」，「叫果子」爲專業一樣吧。至於「說經」之類，其爲講唱並重，更無可疑。想不到唐代的「變文」，到了這個時代，會孳生出這麼許多的重要的文體來。

二

「合生」和「說經、說參請」的二家，今已不能得其隻字片語，故無可記述。至於「小說」，則今傳於世者尙多，其體制頗爲我們所熟悉。「講史」的最早的著作，今雖不可得，但其流甚大，我們也不能不注意及之。底下所述，便專以此二家為主。

「小說」一家，其話本傳於今者尚多。錢曾的《也是園書目》①，著錄「宋人詞話」十二種。王國維先生的《曲錄》嘗把她們編入其中，以為她們是戲曲的一種。其後繆荃孫的《煙畫東堂小品》把殘本的《京本通俗小說》刊布了。《也是園書目》所著錄的〈馮玉梅團圓〉、〈錯斬崔寧〉數種，竟在其中。於是我們才知道，所謂「詞話」者，原來並不是戲曲，乃是小說。為什麼喚做「詞話」呢？大約是因為其中有「詞」有「話」之故吧。其有「詩」有「話」者，則別謂之「詩話」，像《三藏取經詩話》是。

錢曾博極群書，其以〈馮玉梅團圓〉等十二種「詞話」為宋人所作，當必有所據。《通俗小說》本的〈馮玉梅團圓〉，其文中明有「我宋建炎年間」之語，又〈錯斬崔寧〉文中，也有「我朝元豐年間」的話。這當是無可疑的宋人著作了。其他《也是園書目》所著錄的十種：

〈燈花婆婆〉〈風吹轎兒〉〈種瓜張老〉〈李煥生五陣雨〉〈簡帖和尚〉〈紫羅蓋頭〉〈小亭兒〉（「小」當是「山」之誤）〈女報冤〉〈西湖三塔〉〈小金錢〉

想也都會是宋人所作。在這十種裡，今存者尚有〈種瓜張老〉（見於《古今小說》，作〈張古老種瓜娶文女〉），〈簡帖和尚〉（見於《清平山堂話本》，又見《古今小說》，作〈簡帖僧巧騙皇甫

＊　＊　＊

①《也是園書目》有《玉簡齋叢書》本。

妻〉），〈山亭兒〉（見於《警世通言》，作〈萬秀娘仇報山亭兒〉），〈西湖三塔〉（見於《清平山堂話本》）等四種。又在殘本的《京本通俗小說》裡，於〈錯斬崔寧〉、〈馮玉梅〉二作外，更有下列的數種：

〈碾玉觀音〉〈菩薩蠻〉〈西山一窟鬼〉〈志誠張主管〉〈拗相公〉繆氏在跋上說：「尙有〈定州三怪〉一回，破碎太甚；〈金主亮荒淫〉兩卷，過於穢褻，未敢傳摹。」今〈定州三怪〉（州一作山）見錄於《警世通言》（作〈崔衙內白鷂招妖〉）；〈金主亮荒淫〉也存於《醒世恆言》中（作〈金海陵縱慾亡身〉），則殘本《京本通俗小說》所有者，今皆見存於世。惟《京本通俗小說》未必如繆氏所言「的是影元寫本」。就其編輯分卷的次第看來，大似明代嘉靖後的東西[②]。故其中所有，未必便都是宋人所作，至少〈金主亮荒淫〉一篇，其著作的時代決不會是在明代正德以前的（葉德輝單刻的〈金主亮荒淫〉係從《醒世恆言》錄出，而僞撰「我朝端平皇帝破滅金國，直取三京。軍士回杭，帶得虜中書籍不少」的數語於篇首，故意說他是宋人之作）。其中所敘的事跡，全襲之於《金史》卷六十三〈海陵諸嬖（ㄅㄧˋ）傳〉。《金史》爲元代的著作，這一篇當然不會是出於宋人的手筆的。或以爲，也許是《金史》抄襲這小說。但那是不可能的。元人雖疏陋，決不會全抄小說入正史，此其一。以小說與正史對讀之，顯然可看出是小說的敷衍正史，決不是正史的節取小說，此其二。我以爲〈金主亮荒淫〉筆墨的酣舞橫恣，大似《金瓶梅》；其意境也大相諧合。定哥的行徑，便大類潘金蓮。也許二書著作的時代相差得當不會很遠罷。《金瓶梅》是

* * *

②詳見著者的《明清二代平話集》。

頗有些取徑於這篇小說的嫌疑。也許竟同出於一人之手筆也難說。但其他六篇，則頗有宋人作品的可能。《警世通言》在〈崔待詔生死冤家〉題下，注云：「宋人小說，題作〈碾玉觀音〉」；又在〈一窟鬼癩道人除怪〉題下，注云：「宋人小說，舊名〈西山一窟鬼〉」；在〈崔衙內白鷂招妖〉題下，注云：「古本作〈定山三怪〉，又云〈新羅白鷂〉。」馮夢龍指他們爲「宋人小說」，當必有所據。所謂「古本」，雖未必定是「宋本」，卻當是很古之作。又〈菩薩蠻〉中有「大宋高宗紹興年間」云云，〈志誠張主管〉文中，直以「如今說東京汴縣開封府界」云云引起，〈拗相公〉文中，有「後人論我宋之氣，都爲熙寧變法所壞，所以有靖康之禍」云云，皆當是宋人之作。就其作風看來，也顯然的可知其爲和〈馮玉梅團圓〉諸作是產生於同一時代中的。

但宋人詞話，存者還不只這若干篇。我們如果在《清平山堂話本》、《古今小說》、《警世通言》及《醒世恆言》諸書裡，仔細的抓尋數過，便更可發現若干篇的宋人詞話。在《清平山堂話本》裡，至少像〈陳巡檢梅嶺失妻記〉（文中有「話說大宋徽宗宣和三年上春間，皇榜招賢，大開選場，去這東京汴梁城內虎異營中一秀才」的話），像〈刎頸鴛鴦會〉（一名〈三送命〉，一名〈冤報冤〉，文中引有〈商調醋葫蘆〉小令十篇，大似趙德麟《商調蝶戀花》鼓子詞的體制，或當是其同時代的著作吧），像〈楊溫攔路虎傳〉，像〈洛陽三怪記〉（文中有「今時臨安府官巷口花市，喚做壽安坊，便是這個故事」的話），像〈合同文字記〉（文中有「去這東京汴梁離城三十里有個村」的話）等篇，都當是宋人的著作，且其著作年代有幾篇或有在北宋末年的可能（像〈合同文字記〉）。在《古今小說》裡，像〈楊思溫燕山逢故人〉（文中有「至紹興十一年，車駕幸錢塘，官民百姓皆從」的話），像〈沈小官一鳥害七命〉（文中有「宣和三年，海寧郡武林門外北新橋」的話），像〈汪信之一死救全家〉（文中有「話說大宋乾道淳熙年間，孝宗皇帝登極」的話〉，其作風和情調也很可以看得出是宋人的小說。《警世通言》所載宋人詞話最多，在見於《京本通俗小說》，《清平山堂話本》者外，尚有〈三現身包龍圖斷冤〉、〈計押番金鰻產禍〉、〈皀角林大王假形〉、〈福祿壽三星度世〉等篇，也有宋作的可能。在《醒世恆言》裡，像〈勘皮靴單證二郎神〉、〈鬧樊樓多情周勝仙〉、〈鄭節使立功神臂弓〉等數篇，也很可信其爲宋人之作。

三

就上文所述，總計了一下，宋人詞話今所知者已有下列二十七篇之多（也許更有得發現；這是最謹愼的統計，也許更可加入疑似的若干篇進去）。這二十七篇宋人詞話的出現，並不是一件小事。以口語或白話來寫作詩、詞、散文的風氣，雖在很早的時候便已有之（像王梵志的詩，黃庭堅的詞，宋儒們的語錄等等）。但總不曾有過很偉大的作品出現過。在敦煌所發現的各種俗文學裡，口語的成分也並不很重。《唐太宗入冥記》是今所知的敦煌寶庫裡的唯一之口語的小說，然其使用口語的技能，卻極爲幼稚。試舉其文一段於下：

「判官名甚？」「判官懆惡，不敢道名字。」帝曰：「卿近前來。」輕道：「姓崔名子玉。」「朕當識。」才言訖，使人引皇帝至院門。使人奏曰：「伏惟陛下且立在此，容臣入報判官速來。」言訖，使者到廳前拜了：「啓判官，奉大王處□太宗生魂到，領判官推勘。見在門外，未敢引□。」

但到了宋人的手裡，口語文學卻得到了一個最高的成就，寫出了許多極偉大的不朽的短篇小說。這些「詞話」作者們，其運用「白話文」的手腕，可以說是已到了「火候純青」的當兒，他們把這種古人極罕措手的白話文，用以描寫社會的日常生活，用以敘述駭人聽聞的奇聞異事，用以發揮作者自己的感傷與議論；他們把這種新鮮的文章，使用在一個最有希望的方面（小說）去了。他們那樣的勁健直接的描寫，圓瑩流轉的作風，深入淺出的敘狀，在在都可以見出其藝術的成就是很為高明的。這是中國文學史上第一次用白話文來描敘社會的日常生活的東西。而當時社會的物態人情，一一躍然的如在紙上，即魔鬼妖神也似皆像活人般的在行動著。我們可以說，像那樣的雋美而勁快的作風，在後來的模擬的諸著作裡，便永遠的消失了。自北宋之末到南宋的滅亡，大約便可稱之為話本的黃金時代吧。姑舉〈簡帖和尚〉的一段於下：

那僧兒接了三件物事，把盤子寄在王二茶坊櫃上。僧兒托著三件物事，入棗槊巷來。到皇甫殿直門前，把青竹簾掀起，探一探。當時皇甫殿直正在前面交椅上坐地。只見賣餶飿的小廝兒，掀起簾子。猖猖狂狂探一探了便走。皇甫殿直看著那廝，震威一喝，便是當陽橋上張飛勇，一喝曹公百萬兵。喝那廝一聲，問道：「做甚麼？」那廝不顧便走。皇甫殿直拽開腳兩步趕上，捽那廝回來，問道：「甚意思，看我一看便走？」那廝道：「一個官人教我把三件物事與小娘子，不教把來與你。」殿直問道：「甚麼物事？」那廝道：「你莫問。不教把與你。」皇甫殿直搭得拳頭沒縫，去頂門上屑那廝一摑道：「好好的把出來，教我看！」那廝吃了一摑，只得懷裡取出一個紙裹兒，口裡兀自道：「教我把與小娘子，又不教把與你。」皇甫殿直劈手奪了紙包兒，打開看，裡面一對落索鐶兒，一雙短金釵，一個簡帖兒。皇甫殿直接得三件物事，拆開簡子看時，……皇甫殿直看了簡帖兒，劈開眉下眼，咬碎口中牙，問僧兒道：「誰交你把來？」僧兒用手指著巷口王二哥茶坊裡道：「有個粗眉毛，大眼睛，蹶鼻子，略綽口的官人，教我把來與小娘子，不教我把與你。」皇甫殿直一隻手捽著僧兒狗毛，出這棗槊巷，徑奔王二哥茶坊前來。僧兒指著茶坊道：「恰才在撈裡面打底床鋪上坐地底官人，教我把來與小娘子，又不交把與你，你卻打我！」皇甫殿直再捽僧兒回來，不由開茶坊的王二分說。當時到家裡。殿直焦躁，把門來關上，攛來攛了。唬得僧兒戰做一團。殿直從裡面叫出二十四歲花枝也似渾家出來道：「你且看這件物事！」那小娘子又不知上件因依，去交椅上坐地。殿直把那簡帖兒和兩件物事，度與渾家看。那婦人看著簡帖兒上言語，也沒理會處。殿直道：「你見我三個月日押衣襖上邊，不知和甚人在家吃酒？」小娘子道：「我和你從小夫妻。你去後何曾有人和我吃酒。」殿直道：「既沒人，這三件物從那裡來？」小娘子道：「我怎知！」殿直左手指，右手舉，一個漏風掌打將去。小娘子則叫得一聲，掩著面哭將入去。

這和《唐太宗入冥記》的白話文比較起來，是如何的一種進步呢！前幾年，有些學者們，見於元代白話文學的幼稚，以為像《水滸傳》那樣成熟的白話小說，決不是產生於元代的。中國的白話文學的成熟期，當在明代的中葉，而不能更在其前。想不到在明代中葉的二世紀以前，我們早已有了一個白話文學的黃金時代了！

四

這些「詞話」，其性質頗不同，作風也有些歧異。當然絕不會是出於一二人的手下的。大抵北宋時代的作風，是較為拙質幼稚的，像〈合同文字記〉之類。而〈刎頸鴛鴦會〉敘狀雖較為奔放，卻甚受「鼓子詞」式的結構的影響，描寫仍不能十分的自由。但到了南宋的時代卻不然了。其揮寫的自如，大有像秋高氣爽，馬肥草枯的時候，馳騁縱獵，無不盡意；又像山泉出谷，終日夜奔流不絕，無一物足以阻其東流。其形容世態的深刻，也已到了像「禹鼎鑄奸，物無遁形」的地步。在這些「小說」裡，大概要以敘述「煙粉靈怪」的故事為最多。「煙粉」是人情小說之別稱，「靈怪」則專述神鬼，二者原不相及；然宋人詞話，則往往滲合為一，仿佛「煙粉」必帶著「靈怪」，「靈怪」必附於「煙粉」。也許《都城紀勝》把「煙粉靈怪」四字連合著寫，大有用意於其間吧。我們看，除了〈馮玉梅團圓〉寥寥二三篇外，哪一篇的煙粉小說不帶著「靈怪」的成分在內。〈碾玉觀音〉是這樣，〈西山一窟鬼〉、〈志誠張主管〉是這樣，乃至像〈定山三怪〉、〈洛陽三怪〉、〈西湖三塔記〉、〈福祿壽三星度世〉等等，無一篇不是如此。惟像〈碾玉觀音〉諸篇，其描狀甚為生動，結構也很有獨到處，可以說是這種小說的上乘之作。若〈定山三怪〉諸作，便有些落於第二流中了。自〈定山三怪〉到〈福祿壽三星度世〉，同樣結構和同樣情節的小說，乃有四篇之多；未免有些無聊，且也很是可怪。也許這一類以「三怪」為中心人物的「煙粉靈怪」小說，是很受著當時一般聽者們所歡迎，故「說話人」也彼此競仿著寫吧。總之，這四篇當是從同一個來源出來的。宋人詞話的技巧，當以這幾篇為最壞的了。

像「公案傳奇」那樣的純以結構的幻曲取勝者，在宋代詞話裡也爲一種最流行的作風。這種情節複雜的「偵探小說」一類的東西，想來也是甚爲一般聽衆所歡迎的。在這種「公案傳奇」裡，最好的一篇，是〈簡帖和尚〉。而〈勘皮靴單證二郎神〉的一作，也窮極變幻，其結構一層深入一層，更又一步步的引人入勝，實可謂之偉大的奇作。像〈錯斬崔寧〉、〈山亭兒〉之類，雖不以結構的奇巧見長，其描寫卻是很深刻生動的。〈合同文字記〉當是這一類著作的最早者。〈沈小官一鳥害七命〉則其結局較爲平衍（《古今小說》裡有〈宋四公大鬧禁魂張〉一篇，其作風頗像宋人；敘的是一個大盜如何的戲弄著捕役的事，和〈勘皮靴單證二郎神〉一篇恰巧是很有趣的對照）。

〈楊溫攔路虎傳〉大約便是敘說「搏刀趕棒及發跡變泰的事」的一個例子吧。但，「搏刀趕棒及發跡變泰的事」和「說公案」毫不相干。「說公案」指的是另一種題材的話本（《清平山堂話本》於〈簡帖和尚〉題下，明注著「公案傳奇」四字）。楊溫的這位英雄，在這裡描寫的並不怎樣了不得：一人對一人，他是很神勇，但人多了，他便要吃虧。這是眞實的人世間的英雄。像出現於元代的《水滸傳》上的李逵、武松、魯達等等，又《列國志傳》上的伍子胥，《三國志演義》上的關羽、張飛等，卻都有些超人式的或半神式的。大約在宋代，說話人所描寫的英雄，還不至十分的脫出人世間的眞實的勇士型吧。

〈汪信之一死救全家〉有點像楊溫的同類，但又有點像是「說鐵騎兒」的同類。這是一篇很偉大的悲劇。像汪信之那樣的自我犧牲的英雄，置之於許多所謂「迫上梁山」的反叛者們之列，是頗能顯出在封建社會裡被壓迫者的如何痛苦無告。

最足以使我們感動的，最富於淒楚的詩意的，便要算是〈楊思溫燕山逢故人〉一篇了。這也是一篇「煙粉靈怪」傳奇，除了後半篇的結束頗爲不稱外，前半篇所造成的空氣，乃是極爲純高，極爲淒美的。「今日說一個官人，從來只在東京看這元宵。誰知時移事變，流寓在燕山看元宵。」這背景是如何的淒楚呢！楊思溫當金人南侵之後，流落在燕山，國破家亡，事事足以動感。「心悲異方樂，腸斷〈隴頭歌〉」，恰正好形容他的度過元宵的情況吧。他後來在酒樓上遇見故鬼，終於死在水中，那倒是極通俗的結局。大約寫作這篇的「說話人」，或是一位「南渡」的遺老吧，故會那麼的富於家國的痛戚之感。

〈拗相公〉是宋人詞話裡唯一的一篇帶著政治意味的小說；把這位厲行新法的「拗相公」王安石罵得眞夠了。徒求快心於政敵的受苦，這位作者大約也是一位受過王安石的「紹述」者們的痛苦的虐政的，故遂集矢於安石的身上吧。

五

「詞話」以外，別有「詩話」。但二者的結構卻是很相同的；當是同一物。「詩話」存於今者，僅有《大唐三藏取經詩話》三卷，亦名《三藏法師取經記》③。共分十七章，每章有一題目，如〈行程遇猴行者處第二〉，〈入王母池之處第十一〉之類，正和《劉知遠諸宮調》的式樣相同。這是「西遊」傳說中最早的一個本子，其中多附詩句，像：

*　*　*

③《取經詩話》有上虞羅氏珂羅版印本；又《取經記》見於羅氏所印的《吉石盦叢書》中。

僧行七人次日同行，左右伏事。猴行者因留詩曰：「百萬程途向那邊，今來佐助大師前。一心祝願逢眞教，同往西天雞足山。」三藏法師答曰：「此日前生有宿緣，今朝果遇大明仙。前途若到妖魔處，望顯神通鎭佛前。」

《取經詩話》以猴行者爲「白衣秀才」，又會做詩，大似印度史詩〈拉馬耶那〉裡的神猴哈奴曼（**Hanuman**）。哈奴曼不僅會飛行空中，而且會做戲曲。相傳爲他所作的一部戲曲，今尚有殘文存於世上。

宋代「講史」的著作，殆不見傳於今世。曹元忠所刊布的《新編五代史平話》④，說是宋板，其實頗有元板的嫌疑。惜不得見原書以斷定之。《新編五代史平話》凡十卷，每史二卷，惟《梁史》及《漢史》俱缺下卷。其文辭頗好。大抵所敘述者，大事皆本於正史，而間亦雜入若干傳說，恣爲點染，故大有歷史小說的規模。其中，像寫劉知遠微時事，郭威微時事，都很生動有趣。其白話文的程度，似更在羅貫中的《三國志演義》之上。

又有《大宋宣和遺事》⑤者，世多以爲宋人作；但中雜元人語，則不可解。「抑宋人舊本，而元時又有增益」⑥耶？書分前後二集，凡十段，大似「講史」的體裁，惟不純爲白話文，又多抄他

* * *

④《五代史平話》有武進董氏刊本，有商務印書館鉛印本。

⑤《大宋宣和遺事》有《士禮居叢書》本，有商務印書館鉛印本。

⑥此語見《中國小說史略》第十三篇。

書，體例極不一致。所敘者以徽、欽的被俘，高宗南渡的事實爲主，而也追論到王安石的變法，其口吻大似〈拗相公〉。開頭並歷敘各代帝王荒淫失政的事，以爲引起。其中最可注意者則爲第四段，敘述梁山濼聚義始末。其中人物姓名以及英雄事跡，已大體和後來的《水滸傳》相同：當是《水滸》故事最早的一個本子。惟吳用作吳加亮，盧俊義作李進義爲異耳。

又有〈梁公九諫〉⑦一卷，北宋人作，文意俱甚拙質。敘武後廢太子爲廬陵王，而欲以武三思爲太子。狄仁傑因事乘勢，極諫九次。武后乃悟，復召太子回。當是「說話人」方起之時的所作吧。

六

話本的作者們，可惜今皆不知其姓氏。《武林舊事》雖著錄說「小說」者五十餘人；卻不知這些後期的說話人們曾否著作些什麼。講史的作家們，今所知者有霍四究（說「三分」）、尹常賣（「五代史」）及王六大夫（說〈復華篇〉及〈中興名將傳〉）等，而他們所作卻皆隻字不存。

爲了「話本」原是「說話人」的著作，故其中充滿了「講談」的口氣，處處都是針對著聽衆而發言的。如「說話的，因甚說這春歸詞」（〈碾玉觀音〉）；「自家今日也說一個士人，因來行在臨安府取選」（〈西山一窟鬼〉）；「這員外姓甚名誰？卻做出甚麼事來」（〈志誠張主管〉）。

*　　*　　*

⑦《梁公九諫》有《士禮居叢書》本。

也因此，而結構方面，便和一般純粹敘述的著作不同。最特殊的是，在每一篇話本之前，總有一段所謂「入話」或「笑耍頭回」，或「得勝頭回」的，或用詩詞，或說故事，或發議論，與正文或略有關係，或全無關係。這到底有什麼作用呢？我們看，今日的彈詞，每節之首，都有一個開篇（像〈倭袍傳〉），便知道其消息。原來，無論說「小說」或「講史」，爲了是實際上的職業之故，不得不十分的遷就著聽衆。一開講時，聽衆未必到得齊全，不得不以閒話敷衍著，延遲著正文的起講時間，以待後至的人們。否則，後至者每從中途聽起，摸不著那場話本的首尾，便會不耐煩靜聽下去的了。

到了後來，一般的小說，已不復是講壇上的東西了，——實際上講壇上所講唱的小說也已別有秘本了——然其體制與結構仍是一本著「說話人」遺留的規則，一點也不曾變動。其敘述的口氣與態度，也仍是模擬著宋代說話人的。說話人的影響可謂爲極偉大的了！

參考書目

一、《清平山堂話本》，明洪楩編刊，有明嘉靖間刊本，有古今小品書籍刊行會影印本。
二、《京本通俗小說》，不知編者，有殘本，編入《煙畫東堂小品》中，又有石印本，鉛印本。
三、《古今小說》四十卷，明綠天館主人編，傳本極少，唯日本內閣文庫有之。其殘本曾被改名爲《喻世明言》（？）。
四、《警世通言》四十卷，明馮夢龍編，有明刊本。今流行於世者皆三十六卷本，佚去其後四卷。
五、《醒世恆言》四十卷，明馮夢龍編，有明刊本，有翻刻本（翻刻者缺〈金海陵縱慾亡身〉一回）。
六、《中國小說史略》，魯迅著，北新書局出版。
七、〈明清二代平話集〉，鄭振鐸著，載《小說月報》二十一卷七月號及八月號。
八、〈宋朝說話人的家數問題〉，孫楷第著，載《學文》第一期。
九、《東京夢華錄》，宋孟元老著，有《學津討源》本。
十、《都城紀勝》，宋耐得翁著，有《楝亭十二種》本。
十一、《夢粱錄》，宋吳自牧著，有《武林掌故叢編》本。
十二、《武林舊事》，宋周密著，有《武林掌故叢編》本。

第四十章　戲文的起來

中國戲曲產生最晚——其原因——兩種不同的形式：戲文與雜劇——戲文的起源——戲文的產生當在雜劇之前——印度的影響——經商賈之手由水路輸入的理想——海客酬神說——國清寺裡的梵本戲曲——戲文和印度劇的五個同點——題材上的巧合或轉變——《趙貞女．蔡二郎》與《梭康特娌》——《王煥》的來歷——《陳巡檢梅嶺失妻》與印度的敘述拉馬故事的戲曲——今存的宋人戲文

一

中國戲曲的產生在諸種文體中爲獨晚。在世界產生古典劇的諸大國中，中國也是產生古典劇最晚的一國。當散文已經發生了許多次的變化，詩歌已有了諸般不同的式樣，小說也已表現著發展的趨勢時，中國的戲曲方始漸漸的由民間抬頭而與學士文人相見，方始漸漸的占據著一部分的文壇上的勢力。蓋中國最早的戲曲，其產生期，今所知者當在北宋的中葉（約第十一世紀），至宣和間（第十二世紀初半期）方才有具體的戲文，爲民衆所注意、所歡迎。金人陷汴京後，北曲一時大

盛，而北方的戲曲也便突現出異彩來。浸淫至於宋、金末造，戲曲的勢力，更一天天的熾盛。元代承宋、金之後，其文壇遂有以戲曲爲活動的中心之概。戲曲到了這個時代，方才正式的登上了文壇。大約劇本之開始創編，當在宣和的前後。然遺留於今的最早的完全的劇本，則其產生時代不能早於第十三世紀的前半葉（金亡之前的一二「年代」）。這樣看來，中國戲曲在諸古國中誠是一位「其生也晚」的後進。當中國戲曲方才萌芽之時，印度的古典戲曲早已盛極而衰的了（印度古典劇以公元第六世紀爲全盛時代）。希臘的悲劇、喜劇早已被基督教的勢力掃蕩到不知哪裡去的了（希臘悲劇以公元前第五世紀爲全盛時代）。他們的古典劇已經成了過去的僵硬的化石，而我們的古典劇方才「姍姍其來遲」的出現於世。中國戲曲爲什麼會產生得那麼遲晚呢？第一是：歷來民間所產生的或文士所創造的諸種文體，如駢文，如古文，如五七言詩，如詞，都只能構成了敘事、論議的散文與乎抒情的歌曲（以詩詞來敘事的已甚少），卻沒有一種「神示」或靈感，能使他們把那些詩、詞、駢、散文組織成爲一種特殊的複雜的文體，像戲曲的那種式樣的。戲曲遂也不能夠由天上落下來似的出現於世。第二是：無論宮廷或民間，都秉承著儒教的傳統的見解，極力地排斥著新奇的娛樂。略涉奇異的事物，他們便以爲怪誕而放斥之唯恐不速。他們的帝王僅知滿足於少女的輕歌妙舞與乎弄人的調謔說笑，民間也僅知備足於清唱、雜耍以及迎神賽會的簡樸的娛樂之中，從不曾進一步而發生所謂戲劇的。古來傳記中所載的優伶的故事，像王國維氏在他的《宋元戲曲史》所搜集的，大概都是「弄人」的故事，並非眞正的「伶人」的故事。他們大概至多只能想到要將歌舞連合於「故事」，卻不曾想到要將故事搬演出來而成爲戲曲的。戲曲原爲最複雜的文體，故其產生之難，也獨超於諸種文體之上。第三：外來的影響，也不容易灌輸進來。中國的音樂早已受外來的影響，宗教也早已爲外來教所壟斷。論理，印度戲曲，也應該早些輸入。然戲曲的藝術比較得複雜，其輸入自比較得困難。又佛教徒在古時雖也有所謂佛教戲曲（這幾年在中央亞細亞發現了幾部佛教戲曲的殘文，已印行一部分），然後期的佛教徒，對於戲曲卻似是持著反對的態度。因此對於印度古典劇固不至於輸入，即佛教劇也是不肯負輸入之責的。印度的戲曲至少受有希臘戲曲的多少的感應。當亞歷山大東征時，希臘文化是很流行於印度北部的。故其演劇的藝術很容易的便輸入印度去。中國與印度的關係卻比較的遼遠淺薄。一面既隔著高山峻嶺，一面又隔著汪汪無際的大洋，其交通是很不便的。除了帶著殉教精神的佛教留學生以及重利的商人以外，平常很少有人和印度相交往。爲了外來影響輸入的不易，也爲了戲曲的複雜藝術的更不易於輸入，所謂演劇的藝術，便當然要遠在宗教、音樂以及神話、傳說、變文、小說等等的輸入以後才能夠輸入的了。

二

中國的戲曲可分爲兩種很不相同的形式：一種名爲「傳奇」，別一種名爲「雜劇」。「傳奇」在最初是名爲「戲文」的。「戲文」流行於中國南方的民間，故所用的曲調，全都是所謂「南曲」的。「雜劇」之名極古，在宋眞宗時已有此稱。惟其與今雜劇卻是完全不同的（這將在下文論及）。他們是流傳於北方的，所以用的曲調都是所謂「北曲」的。但最可注意的是：雜劇的唱者嚴格的限於主角一人，其主角或爲正末，或爲正旦，俱須獨唱到底。與他或她對待的角色只能對白，不能對唱。傳奇的唱者卻不限定於主角一人；凡在劇中的人，都可以唱，都可以與主角和唱、互唱。又傳奇登場時，先要由一個「末」色或「副末」念說一篇開場詞。這些開場詞或爲頌讚之語，或爲作者說明所以作劇之意，並及那時所欲搬演的那本傳奇的情節。這篇詞，或謂之「副末開場」，或謂之「家門始末」，總之，乃是全劇的一個提綱，用以引起全劇的。雜劇則於劇首沒有此種「開場」。

這兩種不同型的戲曲，各有其不同的起源。而戲文的起來，其時代較雜劇為早，其來歷也較雜劇的來歷為單純。關於雜劇的話，將在下文再提到，這裡先說「戲文」。

三

「戲文」起源的問題，似乎還不曾有人仔細的討論過。王國維氏在《宋元戲曲史》上，雖曾辛勤的搜羅了許多材料，但其研究的結果，卻不甚能令人滿意。不過亦很有些獨到之見解。他說：「南戲之淵源於宋，殆無可疑。至何時進步至此，則無可考。吾輩所知，但元季既有此種南戲耳。然其淵源所自，或反古於元雜劇」（《宋元戲曲史》頁一百五十五）。這種見解，較之一般人的「傳奇源於雜劇」的意見，自然要高明得多。然究竟並未將中國戲劇的眞來源考出。我們如欲從事為戲劇的眞來源的探考，則非先暫時拋開了舊有的迷障與空談，而另從一條路去找不可。我們要有完全撇開了舊說不顧的勇氣，確切地知道一切六朝、隋、唐以及別的時代的「弄人」的滑稽嘲謔，決不是眞正的戲曲，也絕不是眞正的戲曲的來源。我們更要能遠矚外邦的作品，知道我們的戲曲，和他們的戲曲，這其間究竟有如何的關係。我對於這個問題，曾有七八年以上的注意與探討，但自己似乎覺得還不曾把握到十分成熟的結論。今姑將自己所認為還可以先行布露的論點，提出來在此敘述一下。

我對於中國戲曲的起源，始終承認傳奇決非由雜劇轉變而來，如一般人所相信的。傳奇的淵源，當「反古於（元）雜劇」。當戲文或傳奇已流行於世時，眞正的雜劇似尙未產生。而傳奇的體例與組織，卻完全是由印度輸入的。在佛教徒或史官的許多記載上，我們看不出一點的這樣的戲曲輸入的痕跡。但我們要知道，戲曲的輸入，或未必是由於熱心的佛教徒之手的。而其輸入的最初，則僅民間流布著。這些戲曲的輸入，或係由於商賈流人之手而非由於佛教徒，或竟係由於不甚著名的佛教徒的輸入也說不定。原來中國與印度的交通，並非如我們平常所想像的那麼稀罕而艱難的。經由天山戈壁的陸路，當然有如法顯、玄奘他們所描寫的那麼艱險難行。然而這裡卻另有一條路，即由水路而到達了中國的東南方。這一條路雖然也苦於風波之險，然重利的商人卻總是經由這條比較容易運輸貨物的路的。玄奘的《大唐西域記》曾記載著，他去謁見著名的印度戒日王（？）時，戒日王卻命人演奏著「秦王破陣樂」給他聽，並問及小秦王的近況。玄奘剛剛經過千辛萬苦的由中國來到印度，而這個「秦王破陣樂」卻早已安安舒舒的傳輸到了那邊了。究竟是什麼樣的人將它傳達到印度去的呢？且由北方的陸路走是不會的，那條路是那麼難走。除了異常熱忱的且具有殉教精神的玄奘們以外，別的人是不會走的。那麼，這個「秦王破陣樂」的流布於印度當然是由於商賈們的力量了。他們既會由中國傳了音樂、歌舞到印度去，便也會由印度輸了戲曲、音樂到中國來。這是當然的道理。且在法顯諸人的記載上，也曾頗詳細的描寫著中、印的海上交通的情形。大抵印度南方的人民，不信佛者居多，而戲曲又特別的發達。則印度的戲曲及其演劇的技術之由他們輸入中國，是沒有什麼可以置疑的地方。我猜想，當初戲曲的輸入來，或並非爲了娛樂活人，當係海客們作爲禱神、酬神之用的（至今內地的演劇還完全爲的是酬神）。其成爲富室王家的娛樂之具，卻是最後的事。

更有一件很巧合的事，足以助我證明這個「輸入說」的。前幾年胡先驌先生曾在天台山的國清寺見到了很古老的梵文的寫本，攝照了一段去問通曉梵文的陳寅恪先生。原來這寫本乃是印度著名的戲曲《梭康特蚳》（*Sukantala*）的一段。這眞要算是一個大可驚異的消息。天台山！離傳奇或戲文的發源地溫州不遠的所在，而有了這樣的一部寫本存在著！這大約不能是一件僅僅被目之爲偶然巧合的事件吧。

四

其實，就傳奇或戲文的體裁或組織而細觀之，其與印度戲曲逼肖之處，實足令我們驚異不置，不由得我們不相信他們是由印度輸入的。關於二者組織上相同之點，這裡不能詳細的說明、引證，但有幾點是必須提出的：

第一，印度戲曲是以歌曲、說白及科段三個元素組織成功的。歌曲由演者歌之；說白則爲口語的對白，並非出之以歌唱的；科段則爲作者表示著演者應該如何舉動的。這和我們的戲文或傳奇之以科、白、曲三者組織成爲一戲者完全無異。

第二，在印度戲曲中，主要的角色爲：㈠拿耶伽（Nayaka），即主要的男角，相當於中國戲文中的生，這乃是戲曲中的主體人物；㈡與男主角相對待者，更有女主角拿依伽（Nayika），她也是每劇所必有的，正相當於中國戲文中的旦；㈢毗都娑伽（Vidusaka），大抵是裝成婆羅門的樣子，每爲國王的幫閒或侍從，貪婪好吃，每喜說笑話或打諢插科，大似中國戲文中的丑或淨的一角，爲主人翁的清客、幫閒或竟爲家僮；㈣男主角更有一個下等的侍從，常常服從他的命令，蓋即爲戲文中家僮或從人；㈤印度戲曲中更有一種女主角的侍從或女友，爲她效力，或爲她傳遞消息的；這種人也正等於戲文中的梅香或宮女。此外尚有種種的人物，也和我們戲文或傳奇中的角色差不多。

第三，印度的戲曲在每戲開場之前必有一段「前文」，由班主或主持戲文的人，上台來對聽衆說明要演的是什麼戲，且介紹主角出場來。最初是頌詩祝福，或對神，或對人；其次是說明戲名，與戲房中出來的一個人相問答；再其次是說明劇情的大略或主人翁的性格（大抵是用詩句）。然後後台中主人翁說話的聲音可以聽得見。這位班主至此便道：「某某人（主角）正在做什麼事著呢」而退去。於是主角便由後台上場。這正和我們的傳奇或戲文中的「副末開場」或「家門始末」一模一樣。我們的「開場」是：先由「末」或「副末」唱念一首〈西江月〉等歌詞，這歌詞大抵總是頌賀，或說明要及時行樂之意。然後他向後房問道：「請問後房子弟，今日敷演甚般傳奇？」後台的人（不出場）答曰：「今日搬演的是某某戲。」他便接著說道：「原來是某某戲。」於是便將此戲的始末大概，用詩詞念唱了出來。唱完後，他用手指著後台道：「道猶未了，某某人早上。」便向下場門退去，而主角因以上場。爲了這是一場過於熟套了，所以通常刻本的傳奇常以「問答照常」四字，及必須每劇不同的唱念的〈西江月〉及「家門」等詩句了之，並不完全將這幕「開場」寫出。這便是中、印劇二者之間最逼肖的組織之一。

第四，印度戲曲於每戲之後必有「尾詩」（Epiloge）以結之。這些「尾詩」大都是讚頌勸戒之語，或表示主人翁的願望的。唱念著這「尾詩」的必是劇中人物，且常常是主角。如《梭康特婠》唱念「尾詩」的乃是主角國王。如The Little Clay Cart唱念「尾詩」的乃是主角Charudatta。他們的辭句，不外是禱求風調雨順，人民快樂，君主賢明，神道昭靈一類的話。這還不和我們戲文中的「下場詩」很相同的麼？所略異的，我們戲文中的下場詩，大都是總括全劇的情節的，如《琵琶記》的「自居墓室已三年，今日丹書下九天。官誥頒來皇澤重，麻衣換作錦袍鮮。椿萱受贈皆瞑目，鸞鳳銜恩喜並肩。要識名高並爵顯，須知子孝共妻賢」，《張協狀元》的「古廟相逢結契姻，才登甲第沒前程。梓州重合鸞鳳偶，一段姻緣冠古今」，《殺狗記》的「奸邪簸弄禍相隨，孫氏全家福祿齊。奉勸世人行孝順，天公報應不差移」都是。但說著「子孝共妻賢」及「奉勸世人行孝順」諸語，卻仍是以勸戒之語結的，與印度戲曲的「尾詩」性質仍相肖合。

第五，印度戲曲在一劇中所用的語言文字，大別之爲兩種：一種典雅語，即Sanscrit，一種是土白語，即Prakrits。大都上流人物，主角，則每用典雅語，下流人物，如侍從之類，則大都用土白。這也和我們傳奇中的習慣正同。在今所傳的傳奇戲文中，最古用兩種語調的劇本，今尚未見。然在嘉靖年間，陸采的《南西廂記》等，已間用蘇白。而萬曆中沈璟所作的《四異記》，則丑、淨已全用蘇人鄉語（見鬱藍生《曲品》）。今日劇場上的習慣更是如此。丑與淨大都是用土白說話的，即原來戲文並不如此者，他們也要將他改作如此。如今日所演李日華的《南西廂記》，法聰諸人的話便全是蘇白，全是伶人自改的。但主人翁，正當的角色，則完全用的是典雅的國語，決不用土白。這個習慣，決不會是創始於陸采或沈璟的，必是劇場上很早的已有了這種習慣。不過寫劇者大都爲了流行他處之故，往往不欲仍用土語寫入劇中。而依了劇場習慣，把土語方言寫入劇本中者，則或當始於沈、陸二氏耳。這與印度戲曲之用歧異語以表示劇中人物身分者，其用意正同。

在這五點上講來，已很足證明中國戲曲自印度輸來的話是可靠的了。像這樣的二者逼肖的組織與性質，若謂其出於偶然的「貌合」或碰巧的相同，那是說不過去的。波耳的《支那事物》（*J. Dyer Ball, Things Chinese*）說：「中國劇的理想完全是希臘的，其面具、歌曲、音樂、科白、出頭、動作，都是希臘的。……中國劇的思想是外國的，只有情節和語言是中國的而已。」如將「希臘的」一語，改爲「印度的」似更爲妥當。

五

最後，在題材上，也可以找出更有趣的奇巧可喜的肖合來。我們最早的戲文今所知者爲《趙貞女蔡二郎》、《王魁負桂英》等等。這些戲文雖或已全佚，或僅存零星的一二殘曲，不足使我們完全明瞭其內容。然據古人的記載看來，其情節是約略可知的。《趙貞女蔡二郎》敘的是蔡二郎得第忘歸，其妻歷盡艱苦，前往尋他，二郎卻拒之不見，不肯認她爲妻。《王魁負桂英》的情形也約略相同。王魁與桂英誓於海神廟，願偕白首，無相捐棄。但王魁中第得官以後，桂英派人去見他。魁卻沒煞前情，嚴拒於她，不給理睬。又，今存於《永樂大典》中的戲文，《張協狀元》，寫的也是張協得第後，變了心腸，棄了王氏女不顧。王氏女剪髮籌資，前往京師尋他，他卻命門子打她出去。爲什麼最初期的戲曲中，會有那麼多的「痴心女子負心漢」的故事呢？當然，像這樣的情事，在實際的社會上是不會很少的。但這種不約而同的情節，爲什麼在「戲文」一開始的時候就會用得那麼多呢？我們如果一讀印度大戲劇家卡里台莎（Kalidasa）的《梭康特娫》，我們大約總要很驚奇的發現，梭康特娫之上京尋夫而被拒於其夫杜希揚太（Dushyanta），原來和《王魁》、《趙貞女》乃至《張協》的故事是如此的相肖合的。如果我們更知道《梭康特娫》的劇文曾被傳到天台山上的一個廟宇裡的事，則對於這種情節所以相同的原因，當必然有以了然於心吧。

又，在最早的戲文《王煥》，及《崔鶯鶯西廂記》上（這些戲文也已佚，我們僅能在別的形式的劇文上約略的知道其情節），其描寫王煥與賀憐憐在百花亭上的相逢，與乎鶯鶯與張生在佛殿上的相見，其情形與杜希揚太初遇梭康特婠立於林中的情形也是很相同的；而《王煥》中的王小三和《崔鶯鶯》中的紅娘，則也爲印度戲曲中所常見的人物。

又，最早的戲文，《陳巡檢梅嶺失妻》（《永樂大典》作《陳巡檢妻遇白猿精》），其情節與印度的大史詩《拉馬耶那》（Ramayna）很有一部分相類似。而《拉馬耶那》的故事，卻又是印度戲曲家們所最喜歡採用的題材。這其間也難保沒有多少的牽連的因緣在內。

六

據徐渭的《南詞敘錄》，著錄「宋、元舊篇」凡六十五部，全都是宋、元遺留下來的戲文。最後的幾篇，是元末明初人高則誠等所作的《蔡伯喈琵琶記》、《王俊民休書記》等。作者大抵無姓氏可考。《永樂大典》第一萬三千九百六十五卷至一萬三千九百九十一卷，凡二十七卷，皆錄戲文，都凡三十三本。其中與《南詞敘錄》所著錄的名目相同者凡二十四本。其餘九本，則爲徐渭所未知者。這一類的戲文，除了《琵琶記》盛行於世外，其餘皆湮沒無聞。近幸在《永樂大典》第一萬三千九百九十一卷中，發現了戲文三部。又沈璟的《南九宮譜》及張祿的《詞林摘艷》，無名氏的《雍熙樂府》中也載有戲文的殘文不少。大抵，我們研究宋、元的戲文，所知的材料已略盡於此的了。惟其中以元人所作者爲最多。我們所確知的最早的宋人所作的戲文，不過下列數種而已。

一、《趙貞女蔡二郎》，作者無考。徐渭云：「即蔡伯喈棄親背婦，爲暴雷震死，里俗妄作也。實爲戲文之首。」此戲蓋即高則誠《琵琶記》的祖本。則誠因其結局的荒誕，故特易之爲團圓，而名之曰《忠孝蔡伯喈琵琶記》。將不忠不孝，易爲又忠又孝，當然是出於不忍見「古人的被誣」的一念。南宋陸放翁詩，有「斜陽古道趙家莊，負鼓盲翁正作場。死後是非誰管得，滿街聽說《蔡中郎》」，則當時不僅有《趙貞女》的戲文，且有《蔡中郎》的盲詞了。此戲殘文，今隻字無存。

二、《王煥》，宋黃可道撰。劉一清《錢唐遺事》云：「湖山歌舞，沉酣百年。賈似道少時，佻㒓尤甚。自入相後，猶微服間或飲於伎家。至戊辰、己巳間（公元一二六八—一二六九年），《王煥》戲文，盛行於都下。始自太學，有黃可道者爲之。一倉官諸妾見之，至於群奔。遂以言去。」《永樂大典》卷一萬三千九百七十八，載有《風流王煥賀憐憐》（今佚），大約即是此劇。元人雜劇中，亦有《百花亭》一本，敘及此事。《南詞敘錄》中載有《賀憐憐煙花怨》及《百花亭》各一本，不知是否也敘此事，或竟係《王煥》的別名。《王煥》的殘文，見《南九宮譜》中。

三、《王魁負桂英》，宋無名氏作。「明葉子奇《草木子》云：俳優戲文，始於《王魁》，永嘉人作之。」徐渭云：「王魁名俊民，以狀元及第，亦里俗妄作也。周密《齊東野語》辨之甚詳。」其殘文今亦存於《南九宮譜》中。

四、《樂昌分鏡》，宋無名氏作（《永樂大典》及《南詞敘錄》均作《樂昌公主破鏡重圓》，大約即是此戲）。周德清《中原音韻》云：「沈約之韻，乃閩、浙之音而制中原之韻者。南宋都杭，吳興與切鄰，故其戲文如《樂昌分鏡》等類，唱念呼吸，皆如約韻。」此戲今已全佚，殘文未見。

五、《陳巡檢梅嶺失妻》，未知撰人。此故事蓋亦南宋時盛傳於民間的。宋人詞話中，亦敘及此事。《永樂大典》作《陳巡檢妻遇白猿精》，大約即是此本。其殘文今存於《南九宮譜》中。

■參考書目

一、〈梵劇體例及其在漢劇上的點點滴滴〉，許地山著，載於《小說月報》號外《中國文學研究》中。

二、《宋元戲曲史》，王國維著，商務印書館出版，又被收入《王忠慤公遺書》中。

三、《南詞敘錄》，徐渭著，有《讀曲叢刊》本，《曲苑》本，《重訂曲苑》本。

四、《永樂大典目錄》六十卷，有連筠簃刊本。

五、《梵劇目錄》（*A Bibliography of the Sanskrit Drama*）M. Schuyler著，美國The Columbia University Press出版。

六、關於《梵文文學史》的著作頗多，專論梵劇者有：A. B. Keith的The Sanskrit Drama; K. P. Knlkarmi的Sanskrit Dramaand Dramatists等。

七、《印度文學史》，許地山著，在《萬有文庫》中。

八、《梭康特媩》的英譯本甚多，Everyman Library中即有之。

第四十一章 南宋詞人

南宋詞的三個時期——雅正的趨勢——趙鼎岳飛等——康與之與張孝祥——辛棄疾——陸游范成大劉過等——姜夔——史達祖等——吳文英——黃昇王炎等——蔣捷周密張炎王沂孫——陳允平文天祥汪元量等

一

南宋詞與北宋的一樣，亦可分爲三個時期。第一個時期是詞的奔放的時期。這時期恰當於南渡之後，偏安的局面已成，許多慷慨悲歌之士，目睹半個中國陷於「胡」人，古代的文化中心，千年以來的東西兩都，俱淪爲「異域」，無恢復的可能，頗有些憤激難平，「髀肉復生」之感。在這樣的一個局勢之下，詩人們當然也很要感受到同樣的刺激的。這個時候的詩人，做著「鼓舞昇平」或「漁歌唱晚」的詞，以塗飾爲工，以造美辭雋句爲能的當然也很有幾個。然而幾位可以代表時代的大詩人，如辛棄疾，如陸游，如張孝祥他們，卻是高唱著「馬作的盧飛快，弓如霹靂弦驚」（辛棄疾〈破陣子〉）的，高唱著「底事崑崙傾砥柱，九地黃流亂注，聚萬落千村狐兔」（張元幹〈賀新郎〉）的，高唱著「念腰間箭，匣中劍，空埃蠹，竟何成！時易失，心徒壯，歲將零」（張孝祥〈六州歌頭〉）的，高唱著「胡未滅，鬢先秋，淚空流。此生誰料，心在天山，身老滄州」（陸游〈訴衷情〉）的。總之，他們是奔放的，是雄豪的，是不屑屑於寫靡靡之音的。柳永直被他們視為輿台。周美成的影響，也不很顯著。蘇軾第一類的詞，即「大江東去」一類的政論似的詞，在這時卻大為流行。一時有許多人在模仿著。最初是幾位慷慨激昂的政治家在寫著，以後是有天才的辛與陸，再後是劉過諸人。這一類的詞的流行，完全是時代所造成。一方面為了金人的侵陵，一方面也為了蘇氏的作品，受了久壓之後，自然會引起了許多人的奔湊似的去欣讚他、模仿他了。

第二個時期是詞的改進的時期。在這個時期裡，外患已不大成為緊迫的問題了。因為金人有了他們的內亂與強敵，更無暇南下牧馬。南宋的人士，為了昇平已久，也便對於小朝廷安之若素。於是便來了一個宴安享樂的時代。像陸放翁、辛稼軒的豪邁的詞氣，已自然的歸於淘汰。當時的文人，不是如姜白石之著意於寫雋語，便是如吳文英之用全力於遣辭造句。這時代的作家自姜、吳以至高（觀國）、史（達祖）都是如此。他們唱的是「苔枝綴玉，有翠禽小小，枝上同宿」（姜夔〈疏影〉）；唱的是「柳邊深院，燕語明如剪」（盧祖皋〈清平樂〉）；唱的是「燕子重來，往事東流去。征衫貯舊寒一縷，淚濕風簾絮」（吳文英〈點絳唇〉）；唱的是「倦客如今老矣，舊遊可奈春何！幾曾湖上不經過。看花南陌醉，駐馬翠樓歌」（史達祖〈臨江仙〉）。這時候，蘇東坡氏的影響已經過去了，「大江東去」、「甚矣吾衰矣」一類的作品已被視為粗暴太過而遭唾棄。周邦彥的作風卻是恰合於時人胃口的東西。於是如姜氏，如吳氏，如高氏，如史氏，便都以雕飾為工，而不以粗豪為式了，便都以合律為能，而不以寫「曲子內縛不住」的作品自喜了。他們精斲細磨，他們知律審音，他們絜語低吟，他們更會體物狀情，務求其工致，務求其勝人。他們都是專工的詞人。他們除了詞之外，一無所用心。他們爲了做詞而做詞，一點也沒有別的什麼目的。他們有時寫得很好，很深刻眞切，有時卻不過是美詞艷句的堆砌而已，一點內容也沒有。張炎評、吳文英的詞，以爲「如七寶樓台，眩人眼目，拆碎下來，不成片段」。這話最足以傳達出這時代一部分的詞的裡面的眞相。

第三個時期是詞的雅正的時期。這一個時期，看見了元人的渡江與南宋的滅亡，應該是多痛哭流涕，感嘆悲愁之作；應該是多憤語，多哀歌的，應該滿是「藕花相向野塘中，暗傷亡國，清露泣香紅」的句子的。然而出於我們意料之外，目睹蒙古人的侵入與占據，且親受著他們的統治之痛楚的幾個大詞人，如張炎、周密、王沂孫諸人的詞，卻在表面上看不大出來他們的痛苦與哀悼。如張炎的詞頗多隱含著亡國之痛，卻都寓意於詠物。爲什麼他們發出的號呼，卻是那樣的隱秘呢？這個原因，第一點，自然是爲了蒙古人的鐵蹄所至，言論不能自由；第二點，卻也因爲詞的一體，到了張炎、周密之時，已經是凝固了，已經是登峰造極，再也不能前進了。他們只能在詠物寓意上用功夫。只能以「意內言外」的作風爲極則。張炎說：「詞欲雅而正。志之所至，詞亦至焉。一爲物所役，則失其雅正之音。」雅正二字，便是他們的風格。他們爲了要求雅正，要求一種詞的正體，所以排除了一切不能裝載於「詞」之中的題材。他們於音律諧合之外，又要文辭的和平工整，典雅合法。此外，所謂「詞人」多不過翻翻舊案，我學蘇、辛，你學周、張，他學夢窗、白石而已；很少有眞性情的作家。

詞到了這個時期，差不多已不是民間所能了解的東西了。詞人的措辭，一天天的趨向文雅之途，一天天的諱避了鄙下的通俗的習語不用。像柳永、黃庭堅那樣的「有井水飲處無不知歌之」的樣子已是不可再見的盛況了。即像毛滂、周邦彥那樣的一歌脫手，妓女即能上口的情形也是很少見的了。她獨自在「雅正」，在「修辭」上做功夫。而南曲在這時已產生於南方的民間，預備代之而興。金、元人所占領的北方，也恰恰萌芽著北曲的嫩苗。

二

南渡之初，前代的詞人，都由已淪爲異域的京城，奔湊於南方的新都裡來。朱敦儒仍在寫著，李清照也仍在寫著。更有幾個別的作家，像康與之，像趙鼎，像張元幹，像洪皓，像張掄諸人也都在寫著。趙鼎[①]是中興的一位很有力的名臣，但也善詞。他字元鎭，聞喜人。崇寧初進士。累官尚書左僕射，同中書門下平章事，兼樞密使。謚忠簡（一〇八五—一一四七）。有《得全居士集》，詞一卷[②]。黃昇以爲他的「詞章婉媚，不減《花間》。」我們在其詞裡，一點也看不出當時的大變亂的感觸。同時的名將岳飛，所作的詞卻活現出一位忠勇爲國的武將的憤激心理來。飛[③]字鵬舉，湯陰人。累官少保，樞密副使。秦檜主和，首先殺死了他，天下痛之（一一〇三—一一四一）。後追謚武穆，封鄂王。成了一個悲痛的傳說裡的中心人物。他的〈滿江紅〉：「靖康恥，猶未雪，臣子恨，何時滅？駕長車，踏破賀蘭山缺！壯志飢餐胡虜肉，笑談渴飲匈奴血。待從頭收拾舊山河，

*　*　*

①見《宋史》卷三百六十，《南宋書》卷九。

②《得全居士詞》一卷，有《別下齋叢書》本，有《四印齋所刻詞》本。

③見《宋史》卷三百六十五，《南宋書》卷五十。

朝天闕。」爲我們所熟知。張元幹字仲宗，長樂人。紹興中，以送胡銓及寄李綱詞除名，亦以此得大名。有《歸來集》及《蘆川詞》④一卷，他的〈送胡邦衡待制赴新州〉一詞：「夢繞神州路，悵秋風連營畫角，故宮離黍。底事崑崙傾砥柱，九地黃流亂注，聚萬落千村狐兔。天意從來高難問！況人情易老悲難訴，更南浦送君去」（〈賀新郎〉）。其情緒是很悲壯的。曾覿（ㄉㄧˊ）也頗寫這一類的詞。他的〈金人捧露盤〉（〈庚寅春奉使過京師感懷作〉）淒然有黍離之感：

記神京繁華地，舊遊蹤，正御溝春水溶溶，平康巷陌，繡鞍金勒躍青驄，解衣沽酒醉弦管，柳綠花紅。到如今，餘霜鬢。嗟前事，夢魂中。但寒煙滿目飛蓬，雕欄玉砌，空餘三十六離宮。塞笳驚起暮天雁，寂寞東風。

——〈金人捧露盤〉

覿⑤字純甫，汴人，紹興中，爲建王內知客。孝宗受禪，以覿權知閤門事。後爲開府儀同三司，加少保。有《海野詞》⑥一卷。

* * *

④《蘆川詞》一卷，有汲古閣刊《宋十六家詞》本。又二卷本，有《雙照樓景刊宋元明本詞》本。

⑤見《宋史》卷四百七十。

⑥《海野詞》一卷，有汲古閣刊《宋六十家詞》本。

康與之[7]字伯可。為渡江初的朝廷詞人，高宗很賞識他，官郎中，有《順庵樂府》五卷。他也很感受時勢喪亂的影響，然他的許多詞卻是異常的婉靡的。黃昇說：「伯可以文詞待詔金馬門。凡中興粉飾治具，及慈寧歸養，兩宮歡集，必假伯可之歌詠，故應制之詞為多。」王性之以為：「伯可樂章，令晏叔原不得獨擅。」沈伯時則以他與柳永並稱，以為二人「音律甚協，但未免時有俗語。」陳質齋也斥之為「鄙褻之甚」，然他的慢調之合律，卻與秦、柳、周並肩，非餘子所可比擬。在宋詞的幾個大作家中，他是無暇多讓的。

張孝祥[8]字安國，烏江人。紹興二十四年廷試第一。後遷中書舍人，領建康留守。有《于湖集》，詞一卷[9]。湯衡為他的《紫微雅詞》作序，稱其「平昔未嘗著稿。筆酣興健，頃刻即成，卻無一字無來處。」惟其出於自然，所以他的詞頗饒自然之趣，沒有一點雕鏤做作的醜態。這是南宋詞中所不多見的。他的題為〈聽雨〉的〈滿江紅〉：「無似有，游絲細，聚復散，真珠碎。天應分付與別離滋味。破我一床蝴蝶夢，輸他雙枕鴛鴦睡。當此際別有好思量，人千里。」是很可愛的。他的〈六州歌頭〉尤為激昂慷慨。當他在建康留守席上，賦歌此闋時，張魏公竟為罷席而入（見《朝野遺記》）。

*　*　*

⑦見《南宋書》卷六十三。

⑧見《宋史》卷三百八十九。

⑨《于湖詞》二卷，有汲古閣刊《宋六十家詞》本。又《于湖居士樂府》四卷，有《雙照樓景宋元明詞》本。又《于湖先生長短句》五卷，《拾遺》一卷，有《涉園景宋金元明詞續刊》本。

長淮望斷，關塞莽然平。征塵暗，霜風勁，悄邊聲，黯消凝。追想當年事，殆天數，非人力，洙泗上，弦歌地，亦羶腥。隔水氈鄉，落日牛羊下，區脱縱橫。看名王宵獵，騎火一川明，笳鼓悲鳴，遣人驚。　念腰間箭，匣中劍，空埃蠹，竟何成。時易失，心徒壯，歲將零。渺神京千羽，方懷遠，靜烽燧，且休兵；冠蓋使，紛馳騖，若爲情。聞道中原遺老，常南望翠葆霓旌。使行人到此，忠憤氣塡膺，有淚如傾。

——〈六州歌頭〉

三

辛棄疾⑩是這一期中的最大作家。詞到了周邦彥，已可急轉直下而到了吳文英、史達祖、周密、張炎他們的一條路上去了；棄疾卻以隻手障狂瀾，將這個趨勢的速率，減低了若干度。他與蘇軾同樣的被人稱爲豪放詞的代表。但蘇軾的詞最重要的，卻是他的清雋的名作。辛棄疾也是如此。他的代表作，決不是「我見青山多嫵媚，料青山見我應如是」，「不恨古人吾不見，恨古人不見吾狂耳」（〈賀新郎〉），與夫「千古江山，英雄無覓孫仲謀處。……憑誰問，廉頗老矣，尚能飯否」（〈永遇樂〉）之屬，而是那些很纏綿，很多情的許多作品，不過這些纏綿多情的調子卻被放在奔放不羈，舒卷如意的浩莽的篇頁之上罷了。我們且讀底下的一首詞：

*　　*　　*

⑩見《宋史》卷四百一，《南宋書》卷三十九。

東風夜放花千樹，更吹隕星如雨。寶馬雕車香滿路，鳳簫聲動，玉壺光轉，一夜魚龍舞。蛾兒雪柳黃金縷，笑語盈盈暗香去。衆裡尋他千百度，驀然回首，那人卻在燈火闌珊處。

——〈青玉案〉

我們還忍責備他的粗豪麼？我們還忍以「掉書袋」譏他麼？即他的悲憤慷慨之作，像：

醉裡挑燈看劍，夢回吹角連營。八百里分麾下炙，五十弦翻塞外聲，沙場秋點兵。馬作的盧飛快，弓如霹靂弦驚，了卻君王天下事。贏得生前身後名。可憐白髮生。

——〈破陣子〉

又何嘗有什麼粗豪的蹤影在著。棄疾字幼安，歷城人。初爲耿京掌書記。後奉表南歸。高宗授爲承務郎，累遷樞密都承旨。有《稼軒長短句》十二卷。⑪

* * *

⑪《稼軒詞》四卷，有汲古閣刊《宋六十家詞》本，又有《四印齋所刊詞》本（凡十二卷）。又《稼軒詞》甲乙丙三集，凡三卷，《稼軒長短句》十二卷，並有《涉園景宋金元明詞續刊》本。《蘇辛詞》一冊，葉紹鈞選，商務印書館出版。

陸游[12]與棄疾齊名，時人並稱爲辛、陸。游字務觀，山陰人。隆興初，賜進士出身。范成大帥蜀，爲參議官。人或譏其頹放，因自號放翁。後爲寶章閣待制。有《劍南集》（一一二五—一二一〇），詞一卷[13]。他與棄疾同被譏爲「掉書袋」。但他的詞有許多實是靡艷婉昵的，像〈春日遊摩訶池〉的〈水龍吟〉：「惆悵年華暗換，黯銷魂雨收雲散。鏡奩掩月，釵梁折鳳，秦箏斜雁。身在天涯，亂山孤壘，危樓飛觀。嘆春來只有楊花，和恨向東風滿。」

他娶妻唐氏，伉儷相得。但他的母親卻與唐氏不和。他不得已而出之。不久，她便改嫁了同郡趙士程。春日出遊，相遇於禹跡寺南之沈園。唐語其夫，爲致酒肴。陸悵然賦〈釵頭鳳〉云：

> 紅酥手，黃藤酒，滿城春色宮牆柳。東風惡，歡情薄，一懷愁緒，幾年離索，錯，錯，錯！　春如舊，人空瘦，淚痕紅浥鮫綃透。桃花落，閒池閣。山盟雖在，錦書難託，莫，莫，莫！

唐也和之。未幾，即怏怏卒。放翁復過沈園時，更賦一詩道：「落日城頭畫角哀，沈園非復舊池台。傷心橋下春波綠，曾見驚鴻照影來。」（見《耆舊續聞》）這眞是一件太可悲慘的故事了！

此外尚有好幾位詞人要在此一提及的。朱翌字新仲，龍舒人。政和中進士，歷官中書待制，

* * *

[12] 見《宋史》卷三百九十五，《南宋書》卷三十七。

[13] 《放翁詞》一卷，有汲古閣刊《宋六十家詞》本。又《渭南詞》二卷，有《雙照樓景宋元明詞》本。

有《灊山集》⑭（一〇九六—一一六七）。張掄字才甫，亦南渡的故老。有《蓮社詞》⑮一卷。曾慥、曾惇爲故相布的後裔，皆能詞。慥字端伯，編《樂府雅詞》頗有功於詞壇。惇字紘父，有詞一卷。

范成大⑯字致能，吳郡人，紹興中進士。後參知政事，又帥金陵。謚文穆（一一二五—一二〇四）。有《石湖集》，詞一卷⑰。中多可喜之作。像〈萍鄉道中〉：

> 酣酣日腳紫煙浮，妍暖破輕裘。困人天氣，醉人花氣，午夢扶頭。　春慵恰似春塘水，一片縠紋愁。溶溶曳曳，東風無力，欲皺還休。
>
> ——〈眼兒媚〉

其恬淡而多姿的風調和他的五七言詩很相類。葛立方字常之，丹陽人，紹興八年進士。官至吏部侍郎。有《歸愚集》，詞一卷⑱。姚寬字令威，剡川人。爲六部監門，有《西溪居士樂府》一卷。陳

* * *

⑭《灊山集》三卷，有《知不足齋叢書》本。

⑮《蓮社詞》一卷，有《彊村叢書》本。

⑯見《宋史》卷三百八十五，《南宋書》卷三十三。

⑰《石湖詞》一卷，有《知不足齋叢書》本。

⑱《歸愚詞》一卷，有汲古閣刊《宋六十家詞》本。

同甫[19]，名亮，永康人。有《龍川集》，詞一卷[20]。劉過字改之，襄陽人。有《龍洲詞》一卷[21]。他的詞，學稼軒，眞是一個「肖徒」。黃昇說：「改之，稼軒之客，詞多壯語，蓋學稼軒者也。」學稼軒而至於高唱著「被香山居士，約林和靖與東坡老，駕勒吾回。坡謂西湖正如西子，淡抹濃妝臨照台。」眞是稼軒的末日到了。岳珂詆之爲「白日見鬼」，眞是的評。但他亦有好句，像〈沁園春〉：「有時自度歌句悄，不覺微尖點拍頻」，「鳳鞋泥汙，偎人強剔，龍涎香斷，撥火輕翻」，這都是很纖麗可愛的。趙彥端者，字德莊，爲宋宗室。乾道、淳熙間以直寶文閣，知建寧府。有《介庵詞》四卷[22]。相傳孝宗趙奮讀他的〈謁金門〉，到「波底夕陽紅濕，送盡去雲成獨立，酒醒愁又入」，大喜，問誰詞。答云：彥端所作。孝宗云：「我家裡人也會作此等語！」

曹勛[23]字功顯，陽翟人。仕宣和，官至太尉，提舉皇城司，開府儀同三司。終於淳熙初。有《松隱樂府》三卷[24]。多應制應時及詠物之作。洪適，中博學宏詞科。累官尚書右僕射，同中書門

* * *

⑲見《南宋書》卷三十九。
⑳《龍川詞》一卷，《補遺》一卷，有汲古閣刊《宋六十家詞》本，有應氏刊本，有四印齋刊本（四印齋本僅刊《補遺》一卷）。
㉑《龍洲詞》一卷，有汲古閣刊《宋六十家詞》本。
㉒《介庵詞》一卷，有汲古閣刊《宋六十家詞》本。
㉓曹勛見《宋史》卷三百七十九。
㉔《松隱樂府》三卷，又《補遺》一卷，有《彊村叢書》本。

下平章事，兼樞密使。謚文惠。有《盤州集》，詞二卷。楊無咎字補之，清江人。高宗朝累徵不起。自號清夷長者。有《逃禪集》，詞一卷㉕。無咎喜作情語，其麗膩風流，迴腸盪氣之處，不下於三變。楊炎號止濟翁，廬陵人，有《西樵語業》一卷㉖。他與辛稼軒爲友。其詞間涉粗豪，也許是受稼軒的影響吧。王千秋字錫老，東平人。有《審齋詞》一卷㉗。他嘗自稱道：「少日羈孤，百口星分於異縣。長年憂患，一身蓬轉於四方。」其鑄辭間有甚爲新巧者，已是盧祖皋、吳文英他們的同道了。黃公度字師憲，號知稼翁，世居莆田。紹興八年，大魁天下。除尚書考功員外郎。不久病卒，年四十八。有《知稼翁集》十一卷，又詞一卷㉘。洪邁評其詞，以爲：「宛轉清麗，讀者咀嚼於齒頰間而不得已。」

四

開南宋第二期詞派的，遠者爲康與之，近者爲姜夔。與之艷麗，白石清雋。然白石究竟氣魄不大。他的詞往往是矜持太過。他選字，他練句，他要合律。如他的盛傳於世的〈暗香〉、〈疏影〉

*　*　*

㉕《逃禪詞》一卷，有汲古閣刊《宋六十家詞》本。

㉖《西樵語業》一卷，有汲古閣刊《宋六十家詞》本。

㉗《審齋詞》一卷，有汲古閣刊《宋六十家詞》本。

㉘《知稼翁詞》一卷，有汲古閣刊《宋六十家詞》本。

二詞，不過是詠物詩的兩篇名作而已，也未見得有多大的意義。趙子固說：「白石，詞家之申、韓也。」此言卻甚得當。周濟也說：「吾十年來服膺白石，而以稼軒爲外道。由今思之，可謂扪籥也。稼軒鬱勃故情深，白石放曠故情淺；稼軒縱橫故才大，白石局促故才小。」夔字堯章，白石其號，鄱陽人，流寓吳興。有《白石詞》五卷㉙。他的最好的作品，像：

過春風十里，盡薺麥青青。自胡馬窺江去後，廢池喬木，猶厭言兵。漸黃昏，清角吹寒，都在空城……

——〈揚州慢〉

漸吹盡枝頭香絮，是處人家，綠深門戶。遠浦縈回，暮帆零亂向何許？閱人多矣，誰得似長亭樹。樹若有情時，不會得青青如此！……只算有并刀，難剪離愁千縷。

——〈長亭怨慢〉

盧祖皋和高觀國、史達祖三人都是這期內的大作家。盧祖皋字中之，永嘉人，一云邛州人。慶元中登第。嘉定中爲軍器少監。有《蒲江詞》一卷㉚。黃昇說：「《蒲江詞》樂章甚工，字字可入律

* * *

㉙《白石詞》一卷，有汲古閣刊《宋六十家詞》本。《白石道人歌曲》四卷，別集一卷，有清乾隆間陸氏刊本，又有許氏刊本，又有《彊村叢書》本（七卷）。

㉚《蒲江詞》，有汲古閣刊《宋六十家詞》本。

呂。」

高觀國字賓王，山陰人，有《竹屋痴語》一卷[31]。陳唐卿評他與史達祖的詞，以為「要是不經人道語。其妙處，少游、美成亦未及也。」張炎則以他與白石、邦卿、夢窗並舉，以為「格調不凡，句法挺異，俱能特立清新之意。刪削靡曼之詞，自成一家。」但觀國詞的佳者，像：「春蕪雨濕，燕子低飛急。雲壓前山群翠失，煙水滿湖輕碧」（〈清平樂〉），也未能通首相稱。

史達祖在三人中是最好的一個。達祖字邦卿，汴人，有《梅溪詞》[32]。張鎡以為他的詞：「織綃泉底，去塵眼中，妥貼輕圓，辭情俱到。有瑰奇警邁，清新閒婉之長，而無訑蕩汙淫之失。端可分鑣清眞，平睨方回。」姜夔也很恭維他，以為「邦卿之詞，奇秀清逸，有李長吉之韻。蓋能融情景於一家，會句意於兩得者。其『做冷欺花，將煙困柳』一闋，將春雨神色拈去，『飄然快拂花梢，翠影分開紅影』，又將春燕形神畫出矣。」

做冷欺花，將煙困柳，千里偷催春暮，盡日冥迷，愁裡欲飛還住。驚粉重蝶宿西園，喜泥潤燕歸南浦。最妨他佳約風流，鈿車不到杜陵路。　沉沉江上望極，還被春潮晚急。難尋宮渡，隱約遙峰，和淚謝娘眉嫵。臨斷岸新綠生時，是落紅帶愁流處。記當日門掩梨花，剪燈深夜語。

*　　*　　*

㉛《竹屋痴語》，有汲古閣刊《宋六十家詞》本。

㉜《梅溪詞》一卷，有汲古閣刊《宋六十家詞》本，有《四印齋所刻詞》本。

吳文英在這期詞人裡，聲望特著。有許多人推崇他爲集大成的作家。他字君特，四明人。有夢窗甲乙丙丁稿四卷[33]。尹惟曉云：「求詞於吾宋，前有清眞，後有夢窗。此非予之言，四海之公言也。」然論詩才，夢窗實未及清眞。清眞的詞流轉而下，毫不費力，而佳句如雨絲風片，撲面不絕。夢窗的詞則多出之於苦吟，有心的去雕飾，著意的去經營，結果是，偶獲佳句，大損自然之趣。張炎說得最好：「吳夢窗如七寶樓台，眩人眼目，拆碎下來，不成片段。」眞實的詩篇是永遠不會被拆碎的。沈伯時說：「夢窗深得清眞之妙。但用事下語太晦處，人不易知。」他所以喜用晦語，便是欲以深詞來蔽掩淺意的。而深詞既不甚爲人所知，淺意也便因之而反博得一部分評者的讚頌了。他的〈唐多令〉頗爲張炎所喜，以爲「最爲疏快不質實」。但頭二句，「何處合成愁，離人心上秋」，便不是十分高明的句法。民歌中最壞的習氣，就是以文字爲遊戲，或拆之或合之。夢窗不幸也和魯直他們一樣，竟染上了這個風氣。但像「黃蜂頻撲秋千索」（〈風入松〉）之類的話，卻的確是很雋好的。

——〈綺羅香〉

何處合成愁？離人心上秋。縱芭蕉不雨也颼颼。都道晚涼天氣好，有明月，怕登樓。　年事夢中休，花空煙水流。燕辭歸客尚淹留。垂柳不縈裙帶住，謾長是繫行舟。

*　　*　　*

[33]《夢窗稿》四卷，《補遺》一卷，有汲古閣刊《宋六十家詞》本，有曼陀羅華閣刊本。

聽風聽雨過清明，愁草瘞花銘。樓前綠暗分攜路，一絲柳，一寸柔情。料峭春寒中酒，交加曉夢啼鶯。　西園日日掃林亭，依舊賞新晴。黃蜂頻撲秋千索，有當時纖手香凝。惆悵雙鴛不到，幽階一夜苔生。

——〈風入松〉

——〈唐多令〉

我們如果不責望夢窗過深，我們讀了他的詞便不至失望過甚。我們如以他為一個集大成的同時又是開山祖的一個大詞人，我們便將永不會得到了他的什麼，只除了許多深晦而不易為人所知的造語。我們如視他為一個第二期中的一位與姜、高、史、盧同流的工於鑄詞，能下苦工的作家，則我們將看出他確是一位不凡的人物。他的詞平均都是過得去的，且也都頗多好句。白石清瑩，他則工整，梅溪圓婉，他則妥貼。他是一個精熟的詞手，卻不是一位絕代的詩人。他是精細的，謹慎的，用功的，然而他卻不是有很多的詩才的。後來的作詞者多趨於他的門下。其主因大約便在於此。

這時代的詞人更有幾個應該一提的。陳經國的詞，也頗多感慨語，超脫語，言淡而意近，與當時的作風很不相類。經國，嘉熙、淳祐間人，有《龜峰詞》一卷[34]。他的〈丁酉歲感事〉的〈沁園春〉：「誰思神州，百年陸沉，青氈未還。悵晨星殘月，北州豪傑，西風斜日，東帝江山。說和說戰都難算，未必江沱堪晏安。」也未必遜於張孝祥的悲憤，辛稼軒的激昂。方岳字巨山，祁門人。

＊　＊　＊

[34]《龜峰詞》有四印齋刊本。

理宗朝為文學掌教。後出守袁州（一一九九—一二六二）。有《秋崖先生小稿》[35]。吳潛字毅夫，寧國人。嘉定間，進士第一。淳祐占中參知政事，拜右丞相，兼樞密使，封許國公。後安置循州卒。有《履齋詩餘》三卷[36]。他的詞多半是感傷的調子。如「歲月無多人易老，乾坤雖大愁難著」（〈滿江紅〉）；「歲月驚心，風埃昧目，相對頭俱白」（〈酹江月〉）之類，都是很平凡的。然〈鵲橋仙〉一首，卻是傑出於平凡之中，頗使我們的倦眼為之一新：

扁舟乍泊，危亭孤嘯，目斷閒雲千里。前山急雨過溪來，盡洗卻人間暑氣。　暮鴉木末，落凫天際，都是一番愁意。痴兒騃女賀新涼，也不道西風又起。

——〈鵲橋仙〉

黃昇字叔暘，號玉林。曾編《花庵詞選》，他自己也有《散花庵詞》一卷[37]。識者稱其人為「泉石清士」。游受齋則亟稱其詩，為晴空冰柱。他的詞，雖未見得有多大的才情，卻是不雕飾的。韓淲字仲止，潁川人，元吉之子。有高節。從仕不久即歸。嘉定中卒（一一五九—一二二四）。有《澗

*　　*　　*

[35]《秋崖詞》四卷，有四印齋刊本，又有《涉園景宋金元明詞續刊》本。

[36]《履齋詞》一卷，有舊抄本。

[37]《散花庵詞》一卷，有汲古閣刊《宋六十家詞》本。

泉詩餘》一卷[38]。淲詞纏綿悱側，時有好句，且在麗語之中，尚能見出他的個性來，這是時流所少有的。

張輯字宗瑞，鄱陽人。有《東澤綺語債》二卷[39]。朱湛盧云：「東澤得詩法於姜堯章，世謂謫仙復作。不知其又能詞也。」輯詞多淒涼慷慨之音。然與辛、陸之作，其氣韻已自不同。像〈月上瓜洲〉：

江頭又見新秋，幾多愁！塞草連天，何處是神州？　英雄恨，古今淚，水東流。惟有漁竿，明月上瓜洲。

王炎字晦叔，婺源人，有《雙溪詩餘》[40]（一一三八—一二〇八）。炎自序其詞曰：「今之爲長短句者，字字言閨閫事，故語懦而意卑。或者欲爲豪壯語以矯之。夫古律詩且不以豪壯語爲貴。長短句命名曰曲，取其曲盡人情，惟婉轉嫵媚爲善。豪壯語何貴焉！不溺於情慾，不蕩而無法，可以言曲矣。此炎所未能也。」這些話頗可以看出作詞的態度來。他慣欲在詞中處處以青春的愉樂，烘托出老境的頹放來，這卻是他的特色。

＊　＊　＊

[38]《澗泉詩餘》一卷，有《彊村叢書》本。

[39] 今存《東澤綺語》一卷，有《彊村叢書》本。

[40]《雙溪詩餘》一卷，有四印齋刊《宋元三十一家詞》本。

渡口喚扁舟，雨後青綃皺。輕暖相重護病軀，料峭還寒透。　老大自傷春，非爲花枝瘦。那得心情似少年，雙燕歸時候。

——〈卜算子〉

戴復古字式之，天台人，遊於陸放翁門下。有《石屏集》，詞一卷[41]。他的詞，深深染著稼軒的粗豪的影響。趙以夫字用甫。長樂人，端平中，知漳州（一一八九—一二五六）。有《虛齋樂府》一卷[42]。以夫詞，小令佳者絕少，慢調則頗多美俊者。像如：「欲低還又起，似妝點滿園春意」（〈征招·雪〉）；「雲雁將秋，露螢照夜，涼透窗戶。星網珠疏，月奩金小，清絕無點暑」（〈永遇樂·七夕〉）。

魏了翁[43]字華父，號鶴山，蒲山人，慶元五年進士。理宗朝，官資政殿學士，福州安撫使。卒謚文靖（一一七八—一二三七）。有《鶴山長短句》三卷[44]。鶴山雖爲理學名儒，然其詞則殊清麗，語意高曠。像〈八聲甘州〉：「多少曹苻氣勢，只數舟燥葦，一局枯棋。更元顏何事，花玉困重圍。算眼前未知誰恃！恃蒼天終古限華夷。還須念，人謀如舊，天意難知」云云，氣勢卻甚淒

*　　*　　*

㊶《石屏詞》一卷，有汲古閣刊《宋六十家詞》本。

㊷《虛齋樂府》一卷，有侯刻《名家詞》（《粟香室叢書》）本及江標刻《宋元名家詞》本。

㊸見《宋史》卷四百三十七，《南宋書》卷四十六。

㊹《鶴山先生長短句》三卷，有《雙照樓景宋元明詞》本。

豪。在栗栗自危之中，已透露出對於強敵無可抵抗的消息來了。郭應祥字承禧，臨江人。嘉定間進士。官楚、越間。有《笑笑詞》[45]一卷，壽詞頌語，頗凡庸可厭。南宋詞家蜂起，惟女流作家則獨少。當其中葉，僅有一朱淑眞而已。淑眞，海寧人，或以爲朱熹之侄女。她自稱幽栖居士。以匹偶非倫，弗遂素志，心每鬱鬱，往往見之詩詞，其集名《斷腸》，詞一卷[46]。其小詞，佳者至多：

山亭水榭秋方半，鳳幃寂寞無人伴。愁悶一番新，雙蛾只舊顰。　起來臨繡户，時有疏螢度。多謝月相憐，今宵不忍圓。

——〈菩薩蠻〉

獨行獨坐，獨倡獨酬還獨臥。佇立傷神，無奈輕寒著摸人。　此情誰見？淚洗殘妝無一半。愁病相仍，剔盡寒燈夢不成。

——〈減字木蘭花〉

* * *

五

第三期的詞人，大都是生於亡國之際，身受亡國之痛的。他們或託物以寓意，或隱約以陳詞。

[45]《笑笑詞》一卷，有《彊村叢書》本。

[46]《斷腸詞》一卷，有汲古閣刊《詩詞雜俎》本，有《四印齋所刻詞》本。

在實際的生活上，江南人的生活眞是要另起了一番變化。——一番很大的變化。蒙古民族紛紛的南下，臨安全爲他們所占領。江、浙一帶，南歌消歇，北曲喧騰。漢人或他們所謂爲「蠻子」的地位，不必說在蒙古人之下，且也在一切色目人之下！科舉停了，學校廢了，什麼政策的施行，都是漢人所不慣受的。在那麼困苦的境地之下，詞人們的心緒，自不能不受到深切的感動。在第二期中還有幾個人在叫著：「天下事可知矣！」在叫著：「說和說戰都難算，未必江沱堪晏安！」在叫著：「望長淮猶二千里，縱有英心誰寄！」在這一個時期，作家卻都半遁入細膩的詠物寓意的「寄託」的一條路上去，不能有什麼明顯的憤語的呼號。他們雕飾字句，以纖麗爲工，他們致力新語，以奇巧爲妙。而在其間，則隱藏著深刻的難言之痛。

這期的詞人以蔣捷、周密、張炎、王沂孫爲四大家。這四大家的詞，都是純正的典雅詞。他們的選辭擇語，眞都是愼之又愼的。他們如一顆顆的晶瑩的明珠，我們在那裡找不出一點的疵病。其時時可遇的雋句，如「數枚櫻桃葉底紅」，又可使我們吟味不盡。然而他們的美妙不僅在外表，在辭章。他們沒有雄豪的奔放的辭句兒，他們沒有足以動人心肺，撼人魂魄的火辣辣的文章，但他們卻是幾個「意內言外」的詞人，表面上，是以鑄美詞造雋語爲專長，其實卻是具有更深、更厚、更沉痛的悲苦的。

蔣捷字勝欲，義興人，有《竹山詞》一卷㊼。在四大家中，他的詞是最有自然之趣的。像：「搔首窺星多少？月有微黃籬無影，掛牽牛數朵青花小。秋太淡，添紅棗」（〈賀新郎〉），「少

* * *

㊼《竹山詞》一卷，有汲古閣刊《宋六十家詞》本。

年聽雨歌樓上，紅燭昏羅帳。壯年聽雨客舟中，江闊雲低，斷雁叫西風。而今聽雨僧廬下，鬢已星星也。悲歡離合總無情，一任階前點滴到天明」（〈虞美人〉），「紅了櫻桃，綠了芭蕉，送春歸，客尚蓬飄。昨宵谷水，今夜蘭皋。奈雲溶溶，風淡淡，雨瀟瀟」（〈行香子〉），都可以見出其清雋疏蕩的風趣來。

周密字公謹，濟南人，僑居吳興。自號弁陽嘯翁，又號蕭齋。有《草窗詞》[48]（一名《蘋洲漁笛譜》）二卷。又編《絕妙好詞》。他的詞，無論小令、慢調都是很纖麗隱約，言中有物的，像：「晴絲罥蝶，煖蜜酣蜂，重簾卷，春寂寂。雨萼煙梢壓闌干，花雨染衣紅濕。」（〈解語花〉）「往事夕陽紅，故人江水東。翠衾寒，幾夜霜濃。夢隔屏山飛不去，隨夜鵲，繞疏桐。」（〈南樓令〉）

張炎字叔夏，爲南渡名將張俊的後裔。居臨安，自號樂笑翁。有《玉田詞》三卷[49]。仇仁近以爲：「叔夏詞意度超玄，律呂協洽，當與白石老仙相鼓吹。」以玉田較白石，玉田當然未暇多讓。玉田頗有憤語，卻深藏之於濃紅淡綠之中，如「只有一枝梧葉，不知多少秋聲」；「恨喬木荒涼，都是殘照」之類。而「十年舊事翻疑夢」的一闋〈台城路〉，讀者尤爲感動。在小令一方面，像「葉密春聲聚，花多瘦影重」，那樣的自然而多趣的調子，也是很近於《花間》的。

*　*　*

㊽《草窗詞》二卷，《補遺》二卷，有《知不足齋叢書》本，又有曼陀羅華閣刊本。又《蘋洲漁笛譜》二卷，有《知不足齋叢書》本，又有《彊村叢書》本（多《集外詞》一卷）。

㊾《玉田詞》二卷，又《山中白雲詞》八卷，有曹氏刊本，許氏刊本，《四印齋所刻詞》本，《彊村叢書》本。

十年舊事翻疑夢，重逢可憐懼老！水國春空，山城歲晚，無語相看一笑。荷衣換了，任京洛塵沙；冷凝風帽。見說吟情，近來不到謝池草。　歡遊曾步翠窈，亂紅迷紫曲，芳意今少。舞扇招香，歌橈喚玉，猶憶錢塘蘇小，無端暗惱。又幾度流連，燕昏鶯曉。回首妝樓，甚時重去好！

——〈台城路〉

王沂孫字聖與，號碧山，又號中仙。會稽人。有《碧山樂府》（一名《花外集》）二卷[50]。沂孫的詞，詠物很工，有時意境也極高雋。如「聽粉片簌簌飄階」之類：

屋角疏星，庭陰暗水，猶記藏鴉新樹。試折梨花，行入小欄深處，聽粉片簌簌飄階，有人在夜窗無語。料如今掩孤燈，畫屏塵滿斷腸句。　佳期渾似流水，還見梧桐幾葉，輕敲朱户。一片秋聲，應做雨邊愁緒。江路遠，歸雁無憑，寫繡箋，倩誰將去。謾無聊，猶掩芳樽，醉聽深夜雨。

——〈綺羅香〉

* * *

[50]《花外集》一卷，有《知不足齋叢書》本，有《四印齋所刻詞》本。

於蔣、周、張、王外，尚有：陳允平字君衡，號西麓，明州人，有《日湖漁唱》二卷[51]。劉克莊字潛夫，號後村，莆田人。淳祐初，特賜同進士出身。累官龍圖閣學士。致仕卒。謚文定（一一八九—一二六九）。有《後村別調》一卷[52]。像〈玉樓春〉（〈呈林節推〉）一詞，眞乃是有稼軒之豪邁而無放翁的頽放者：

年年躍馬長安市，客裡似家家似寄。青錢喚酒日無何，紅燭呼盧宵不寐。 易挑錦婦機中字，難得玉人心下事。男兒西北有神州，莫灑水西橋畔淚。

——〈玉樓春〉

盧炳字叔陽，自號醜齋。有《烘堂詞》[53]。許棐字忱父，海鹽人，嘉熙中隱居秦溪。於水南種梅數十樹，自號梅屋。環室皆書。有《梅屋稿》、《獻醜集》及《梅屋詩餘》[54]。汪元量[55]字大有，號水雲，錢塘人。以善琴，爲宮妃之師。宋亡，隨三宮留燕。後爲黃冠南歸。有《水雲

* * *

[51]《日湖漁唱》一卷，《補遺》一卷，《續補遺》一卷，有《詞學叢書》本，又有《彊村叢書》本。

[52]《後村別調》一卷，有汲古閣刊《宋六十家詞》本。又有《晨風閣叢書》本。

[53]《烘堂詞》有汲古閣刊《宋六十家詞》本。

[54]《梅屋詩餘》一卷，有《四印齋彙刻宋元三十一家詞》本，有《雙照樓景宋元明詞》本。

[55]見《南宋書》卷六十二。

集》[56]、《湖山類稿》。他的詞多故國之思，像：

淒淒慘慘，冷冷清清，燈火渡頭市。慨商女不知興廢，隔江猶唱庭花，餘音亹亹。傷心千古，淚痕如洗。烏衣巷口青蕪路，認依稀王謝舊鄰里。臨春、結綺，可憐紅粉成灰，蕭索白楊風起。

——〈鶯啼序〉

這是時人所罕有的！

柴望字仲山，號秋堂，有《秋堂集》，詞一卷[57]。他長於慢詞，所作情緒宛曲，大有周美成的風調。劉學箕字習之，崇安人，有《方是閒居士詞》一卷[58]。其詞圓穩熟練，足與當時諸大家相抗。劉辰翁[59]字會孟，廬陵人，舉進士。值世亂，隱居不仕（一二三四—一二九七）。有《須溪集》，附詞[60]。辰翁所作甚多，小令、慢詞，皆有雋篇，秉豪邁之資，得自然之趣，新意亦多。他

* * *

[56]《水雲集》一卷，有《彊村叢書》本。
[57]《秋堂詩餘》一卷，有《彊村叢書》本。
[58]《方是閒居士詞》一卷，有《彊村叢書》本。
[59]見《南宋書》卷六十三。
[60]《須溪詞》一卷，又《補遺》一卷，有《彊村叢書》本。

的傷時感事之作，尤淒然有黍離之痛。

長欲語，欲語又蹉跎！已是厭聽夷甫頌，不堪重省越人歌。孤負水雲多。　羞拂拂，懊惱自摩挲。殘煙不教人徑去，斷雲時有淚相和。恨恨欲如何！

——〈雙調望江南〉

陳德武，三山人，有《白雪遺音》一卷[61]。德武懷古之作如〈水龍吟〉、〈望海潮〉，皆慷慨激昂，有為而發：「樂極西湖，愁多南渡，他都是夢魂空。感古恨無窮。嘆表忠無觀，古墓誰封！棹檥錢塘，濁醪和淚灑秋風。」（〈望海潮〉）

文天祥和他的幕客鄧剡都是能以詞寫其悲憤的。天祥字宋瑞，又字履善。舉進士第一。歷官右丞相，兼樞密使，封信國公。為元兵所執，留燕三年，不屈而死（一二三六—一二八二）。有《文山集》。他的〈驛中言別友人〉：「水天空闊，恨東風不借世間英物。蜀鳥吳花殘照裡，忍見荒城頹壁。銅雀春情，金人秋淚，此恨憑誰雪！堂堂劍氣，斗牛空認奇傑。」（〈大江東去〉）悲憤之情如見。鄧剡字光薦，廬陵人。宋亡，不仕，有《中齋集》。他有詞像〈賣花聲〉的「不見當時王謝宅，煙草青青」，〈南樓令〉的「說興亡燕入誰家？」也俱有興亡之感。

*　*　*

[61]《白雪遺音》一卷，有《彊村叢書》本。

參考書目

一、《宋六十家詞》不分卷，毛晉（汲古閣）編刻，有原刻本，有廣州刻本，有博古齋影印袖珍本。
二、《名家詞集》十卷，侯文燦編刻，有原刻本，有《粟香室叢書》本。
三、《宋元名家詞》不分卷，江標編，有清光緒間湖南刻本。
四、《四印齋所刻詞》及《四印齋彙刻宋元三十一家詞》，王鵬運編，自刊本。
五、《雙照樓景宋元明詞》，吳昌綬編，自刊本。《續刊景宋金元詞》，陶湘編刊本。
六、《彊村叢書》，朱祖謀編，自刊本。
七、《中興以來絕妙好辭選》十卷，宋黃昇編，有汲古閣刊《詞苑英華》本。
八、《陽春白雪》八卷，《外集》一卷，宋趙聞禮編，有《詞學叢書》本，清吟閣刊本，及《粵雅堂叢書》本。
九、《絕妙好詞箋》七卷，宋周密著，清查爲仁、萬鶚箋。有原刊本，有會稽章氏重刊本。
十、《草堂詩餘》四卷，在《四印齋所刻詞》，《詞苑英華》及《雙照樓景宋元明詞》內均有之。
十一、《歷代詩餘》一百二十卷，有原刊本，有蟫隱盧影印本。
十二、《詞綜》三十四卷，清朱彝尊編，有原刊本，有坊刊本。
十三、《詞林紀事》二十二卷，清張宗橚輯，有原刊本，有掃葉山房影印本，有海鹽張氏影印本。
十四、《詞選》，清周濟編選，有刊本。
十五、《宋史》四百九十六卷，元脫克脫等撰，有《二十四史》本。
十六、《南宋書》六十八卷，明錢士升撰，有掃葉山房刊《四朝別史》本。

第四十二章　南宋詩人

南渡詩人裡所見的江西詩派的影響——陸游范成大楊萬里——「永嘉四靈」——嚴羽劉克莊方岳等——南宋亡國時代的詩人們

一

南渡詩人，陳與義最爲老師。繼他之後的有陸游、楊萬里、范成大三大家，皆多少受有江西詩派的影響者。又有號爲「永嘉四靈」之徐照、徐璣、翁卷、趙師秀四人，爲反抗「江西派」而主張復晚唐之詩風的。

陸游、范成大、楊萬里俱爲江西派詩人曾幾的弟子，所以都受些黃庭堅的影響。陸游詩存者不下萬首，當爲古今詩人最多產的一人。[1]他能別樹一風格，表白出他自己的創造的性格。他意氣豪邁，常欲有所作爲。所以灝漫熱烈的愛國之呼號，常見於他的詞與詩裡，而在詩中尤其活躍。像

*　*　*

①陸游《渭南詩文集》有汲古閣刊本，有《四部叢刊》本。

「半年閉戶廢登臨，直自春殘病至今。帳外昏燈伴孤夢，檐前寒雨滴愁心。中原形勝關河在，列聖憂勤德澤深。遙想遺民垂泣處，大梁城闕又秋砧。」（〈秋思〉）他的詠寫「田野」的詩也甚著名，像「避雨來投白版扉，野人憐客不相違。林喧鳥雀棲初定，村近牛羊暮自歸。土釜暖湯先濯足，豆萁吹火旋烘衣。老來世路渾諳盡，露宿風餐未覺非。」（〈宿野人家〉）

楊萬里[②]字廷秀，吉州吉永人，爲秘書監，嘗自號其室曰誠齋[③]。他的詩，自言始學江西，繼學後山、半山，晚學唐人。後忽有悟，遂謝去前學而後渙然自得。時目爲「誠齋體」。他亦善於描寫田野景色，像「一晴一雨路乾濕，半淡半濃山疊重。遠草平中見牛背，新秧疏處有人蹤」（〈過百家渡〉）。又頗多閒澹自得語，像：「雨歇林間涼自生，風穿徑裡曉逾清，意行偶到無人處，驚起山禽我亦驚」（〈檜徑曉步〉）；「百千寒雀下空庭，小集梅梢語晚晴。特地作團喧殺我，忽然驚散寂無聲」（〈寒雀〉）。

范成大爲詠寫田園的大詩人[④]。楊萬里於詩無當意者，獨推服成大之作。像；「已報舟浮登岸，更憐橋踏平池。養成蛙吹無謂，掃盡蚊雷卻奇」（〈積雨作寒〉）；「柳花深巷午雞聲，桑葉尖新綠未成。坐睡覺來無一事，滿窗晴日看蠶生」，「晝出耘田夜績麻，村莊兒女各當家。兒童未解供耕織，也傍桑陰學種瓜」，「靜看檐蛛結網低，無端妨礙小蟲飛，蜻蜓倒掛蜂兒窘，催喚山童

* * *

②楊萬里見《宋史》卷四百三十三。

③《誠齋集》有清乾隆刊本，《函海》本，《四部叢刊》本。

④范成大《石湖集》有秀野草堂刊本，《四部叢刊》本。

爲解圍」，「秋來只怕雨垂垂，甲子無雲萬事宜，獲稻畢工隨曬穀，直須晴到入倉時」（〈四時田園雜興〉）之類，都是未經人寫過的景色。

二

同時的詩人，又有沈與求，王庭珪、汪藻、孫覿、葉夢得、張元幹、張九成，劉子翬（ㄏㄨㄟ）、程俱、吳儆等，而以葉夢得爲最著。沈與求字必先，湖州德清人，南渡後嘗參知政事，有《龜谿集》。王庭珪字民瞻，安福人，有《盧溪集》。汪藻字彥章，德興人，有《浮溪集》。孫覿字仲益，以嘗提舉鴻慶宮，故自號鴻慶居士。葉夢得[5]字少蘊，吳縣人，南渡後爲江東安撫大使，兼知建康府。他經過南渡的大事變，然其詩卻蕭閒疏散，像：「澗下流泉澗上松，清陰盡處有層峰。應知六月冰壺外，未許人間得暫逢。」[6]張元幹字仲宗，永福人，有《蘆川歸來集》。張九成字子韶，開封人，學者稱之爲橫浦先生。劉子翬字彥仲，學者稱之爲屏山先生。程俱字致道，開化人，爲中書舍人，其詩蕭散古澹。吳儆字益恭，爲朝散郎，學者稱之爲竹洲先生。

*　*　*

⑤ 葉夢得見《宋史》卷四百四十五。

⑥ 《石林居士集》有清咸豐間刊本。

三

「永嘉四靈」是江西詩派的第一次反抗者。「四靈」者。徐照、徐璣、翁卷、趙師秀四人。趙東閣汝回道：「唐風不競，派沿江西。永嘉四靈，乃始以開元、元和作者自期，治擇淬煉，字字玉響。雜之姚、賈中，人不能辨也。」四靈確是以姚合、賈島爲宗的。他們的苦吟的風趣，也大似姚、賈。葉適誌徐照墓道：「山民有詩數百，琢思尤奇。皆橫絕欻起，冰懸雪跨，使讀者變踔憀慄，肯首吟嘆，不能自已。然無異語，皆人所知也，人不能道耳。」這不獨是對山民一人的讚語，也可以移以贈璣、卷、師秀諸人。他們的詩，像「千年流不盡，六月地常寒。灑水跳微沫，沖崖作怒湍」（徐照〈石門瀑布〉）；「又取沙衣換，天時起細風。清陰花落後，長日鳥啼中」（徐璣〈初夏遊謝公岩〉）；「一天秋色冷晴灣，無數峰巒遠近閒。自上山來看野水，卻於水底見青山」（翁卷〈野望〉）；都是於淡語淺語中，見出深厚的情趣來的。

徐照字道暉，永嘉人。他的詩，「初與君相知，便欲肺腸傾，自擬君肺腸，與妾相似生。徘徊幾言笑，始悟非眞情。妾情不可收，悔恩淚盈盈」（〈妾薄命〉），又頗有些像張籍諸人。徐璣字文淵，從晉江遷永嘉，爲長泰令。翁卷字靈舒，亦永嘉人。徐照等因卷字靈舒，亦各改字爲靈暉（照）、靈淵（璣）、靈秀（師秀）。「四靈」之號，即因是而起。⑦趙師秀字紫芝，嘗出仕，但也不達。他們都喜作五言律體詩。師秀嘗言：「一篇幸止有四十字，更增一字，吾末如之何矣。」

*　*　*

⑦《永嘉四靈集》有《敬鄉樓叢書》本。

所以他們對於江西派的長詩甚致不滿。

同時又有尤袤，詩名與陸、范、楊並盛。陳造字唐卿，高郵人，自號江湖長翁，陸游、范成大俱甚稱許他。周必大字子充，一字洪道，廬陵人，爲樞密使右丞相。朱熹[⑧]字元晦，一字仲晦，徽州婺源人，爲寶文閣待制。他是南宋大理學家，雖自稱不能詩，然如：「擁衾獨宿聽寒雨，聲在荒庭竹樹間。萬里故園今夜永，遙知風雪滿前山」（〈夜雨〉）之類，並不弱於當時諸大詩人[⑨]。陳傅良字君舉，居溫州瑞安，習經世之學，其詩蒼勁。薛季宣字士龍，永嘉人，其詩質直暢達。葉適[⑩]字正則，也是永嘉人，其詩用工苦而造境生。樓鑰字大防，自號攻媿主人，鄞人，其詩雅贍。黃公度字師憲，莆田人。洪邁謂其詩「精深而不浮於巧，平澹而不近俗」。裘萬頃字元量，豫章人，其詩也有閒適之趣。

四

略後於他們的大家，有劉克莊、戴復古、嚴羽及方岳。嚴羽爲宋代重要的文學批評家。「四靈」要將江西詩派的作風推挽到姚、賈，羽則主張更求「大乘法」於盛唐諸詩人。他乃是江西派的

*　*　*

⑧ 朱熹見《宋史》卷四百二十九。

⑨ 《朱文公集》有明刊本，《四部叢刊》本。

⑩ 葉適見《宋史》卷四百三十四。

第二次的反抗者。惟其自作，未必便符其所標榜者。故頗爲時人所疵病。然像「朝亦出門啼，暮亦出門啼。蛛網掛風裡，搖思無定時」（〈懊儂歌〉），其風格卻也不甚卑弱。劉克莊字潛夫，號後村，莆陽人，在當時爲最負盛名之詩人。初爲建陽令，後爲福建提刑。他的詩初受「四靈」派之影響，後則自成一家，例如：「夜深捫絕頂，童子旋開扉。問客來何暮，雲僧去未歸。山空聞瀑瀉，林黑見螢飛。此境惟予愛，他人到想稀。」（〈夜過瑞香庵作〉）戴復古字式之，天台黃岩人，負奇尚氣，慷慨不羈。嘗學詩於陸游，復漫遊於四方。以詩鳴江湖間五十年。方岳字巨山，新安祁門人，爲吏部侍郎。其詩主清新，工於鏤琢。

這時代的女流作家朱淑眞，亦善爲五七言詩，音甚苦楚。然像〈馬塍（ㄔㄥˊ）〉：「一塍芳草碧芊芊，活水穿花暗護田。蠶事正忙農事急，不知春色爲誰妍」之類，也頗具閒澹的趣味。

五

劉克莊死後數年，蒙古人由北方侵入南方，宋室便爲他們所破滅。許多詩人都不忍見少數民族之成爲南方的主人，或隱遁於山林，或悲楚的漫遊於四方，或則以死來泯滅一己的悲感。這些詩人之著者，有文天祥、謝枋得、謝翺、許月卿、林景熙、鄭恩肖、眞山民及汪元量等。文天祥字履善，廬陵人。南宋末年爲右丞相，至蒙古軍講解，爲所留。後得脫逃歸，起兵爲最後的戰鬥。兵敗，復爲他們所執。居獄四年，終於不屈而死。謝枋得字君直，號疊山，信州弋陽人。南宋亡國後，嘗起兵圖恢復。兵敗，隱於閩。元累次徵聘，俱辭不就。後爲他們所迫脅，不食死。有《疊山集》。謝翺字皋羽，長溪人。自號晞髮子。嘗爲文天祥諮議參軍。天祥被殺，他亡匿，漫遊於各處，所至輒感哭。此時之詩，情緒絕沉痛悲憤，例如：〈遊釣台〉：「百台臨釣情，遺像在蒼煙。有客隨槎到，無僧依樹禪。風塵侵祭器，樵獵避兵船。應有前朝跡，看碑數漢年。」許月卿字太空，婺源人，宋亡後，深居一室，十年而卒。林景熙字德陽，號霽山，平陽人，宋亡不仕，著《白石樵唱》詩集。鄭思肖字憶翁，號所南，福州連江人。宋亡後，坐臥不北向。他的詩，清雋絕俗，例如：「石竇雲封隱者家，一溪流水繞門斜，滿山落葉無行路，樹上寒猨削蘚花。」眞山民不知其眞名，但自號山民。其詩澹贍，張伯子謂他爲「宋末一陶元亮」。汪元量字大有，號水雲，錢塘人。宋亡後，隨王室北去。後爲道士南歸。其詩愴惻，如〈幽州歌〉：「漢兒辮髮籠氈笠，日暮黃金台上立。臂鷹解帶忽放飛，一行塞雁南征泣。」在這裡所蘊蓄著的是多少的亡國淚！

■參考書目

一、宋詩總集以吳之振編的《宋詩鈔》爲最著，近有商務印書館的翻印本，並印行《宋詩鈔補》一書。

二、《宋詩紀事》，清厲鶚編，有原刊本。

三、《南宋群賢小集》，陳思編，有《讀畫齋叢書》本。

四、《宋元詩會》，清陳焯編，有原刊本。

五、《宋百家詩存》，有曹廷棟編刊本。

第四十三章　批評文學的復活

齊梁以後批評精神的墮落——唐代《詩式》《詩格》一類著作的流行——《文鏡秘府論》——《本事詩》及其他——韓愈與白居易的批評論——批評文學的復活——宋代詩話的盛行——從歐陽修《詩話》到蔡正孫《詩林廣記》——批評界的兩大柱石——朱熹的批評論——嚴羽的《滄浪詩話》

一

批評文學從梁代鍾、劉二家以後，便消沉了下去。類似《詩品》和《文心雕龍》的有系統的著作，不再有第三部出現。直到唐代，還不曾產生什麼重要的批評的名著。唐以詩取士，故唐人所作，以通俗的如何寫詩的方法的書爲最多。《新唐書·藝文志》所載，有元兢、宋約《詩格》一卷，王昌齡《詩格》二卷，僧皎然《詩式》五卷，王起《大中新行詩格》一卷，姚合《詩例》一卷，賈島《詩格》一卷，炙轂子《詩格》一卷，殆皆爲此類。又有范傳正《賦訣》、張仲素《賦樞》、浩虛舟《賦門》等則爲指導作賦的方法者。元兢、王昌齡之作，尙存殘文於日本遍照金剛的

《文鏡秘府論》裡。皎然《詩式》，今也尚有傳本。他們所論皆取便士子科場之用。故根本上便不會有什麼重要的見解。孟棨（ㄑㄧˇ）的《本事詩》只是綴拾詩人們的故事以爲談資，不能算是批評文學的著作。司空圖的《二十四詩品》，也不過是以漂亮的詩句，虛寫一般詩的風格的變幻而已。張爲的《主客圖》，頗近鍾氏《詩品》，惟只有品第，並無評騭，也不能算是一部批評的著作。倒還是韓愈他們的主張，有可以注意的地方，其影響也很大。他們那些古文運動者，對於文學，有兩種重要的見解：第一是「文以載道」；第二是「文起八代之衰」。換言之，就是在內容上，求其充實，言之有物，不單以刻畫「風雲月露」爲務；在文字上要其復古，反對使用晉、宋、齊、梁以來駢偶的文體。到了白居易，在他的《新樂府辭序》上，更暢發著「文章合爲時而著」的爲人生的藝術觀，算是唐代最重要的文學論。但可惜他們都不曾寫下什麼專門的大著。

宋人最愛作「詩話」。從歐陽修的《六一詩話》，司馬光的《續詩話》以下，作者無慮百數，即今有者也還有數十餘家，可謂極一時之盛。又有胡仔的《苕溪漁隱叢話》、魏慶之的《詩人玉屑》、阮閱的《詩話總龜》、蔡正孫的《詩林廣記》諸書，分門別類，以總輯諸家的大成。其專關於唐詩者，更有計有功的《唐詩紀事》、尤袤的《全唐詩話》諸書。但這些書，大抵都只是記載些隨筆的感想，即興的評判，以及瑣碎的故事，友朋的際遇等等，絕鮮有組織嚴密，修理整飭的著作。

二

但宋代卻是一個批評精神復活的時代。我們不能因爲其「無當大雅」的詩話之多，便抹殺了這個時代的重大成就。從六朝以後，批評的精神便墮落了。唐代是一個詩歌的黃金時代，卻不是批評文學的一個重要時期。唐人批評的精神很差；尤其少有專門的批評的著作。他們對於古籍的評釋，其態度往往同於漢儒：只有做著章解句釋的工夫，並不曾更進一步而求闡其義理。宋人便不同了。很早的時候，他們便已有勇氣來推翻舊說，用直覺來評釋古書。他們知道求眞理，知道不盲從古人，知道從本書裡求得眞義與本相。於是漢、唐以來許多腐儒的種種附會的像痴人說夢似的解釋，便受到了最嚴正的糾正。這種風氣，從歐陽修作《毛詩本義》，鄭樵作《詩辨妄》以來，便盛極一時。南宋中葉的朱熹，便是這一派批評家的代表。

朱熹字元晦，一字仲晦，婺源人，登紹興進士第。歷事高、孝、光、寧四朝。終寶文閣待制。慶元中致仕，旋卒。寶慶中追封信國公，改徽國公。熹在當時，講正心誠意之學，頗爲時人所妒恨。但從遊弟子甚多，其勢力也極大。他對於經典古籍，多有解釋。在其《語錄》及文集裡，也有不少關於文學批評的重要的貢獻。惟其最重要的見解，則在把《詩經》和《楚辭》兩部偉大的古代名著，從漢、唐諸儒的謬解中解放出來，恢復其本來面目，承認其爲偉大的文學作品。這個功績是極大的。他的批評的主張，在《詩集傳》及《楚辭集注》的兩篇序上，也可以看出一個大體來。他對於詩的起源，有很正確的見解：

> 或有問於余曰：詩何爲而作也？余應之曰：人生而靜，天之性也；感於物而動，性之欲也。夫既有欲矣，則不能無思；既有思矣，則不能無言；既有言矣，則言之所不能盡而發於咨嗟詠嘆之餘者，必有自然之音響節族而不能已焉。此詩之所以作也。

他的更大的工作，便是打倒了〈毛詩序〉，發現：「凡詩之所謂風者，多出於里巷歌謠之作，所謂男女相與詠歌，其情者也。」更發現鄭、衛諸風中情詩的眞價，而反對毛氏的美刺之說（他於《集傳》後，更附〈詩序辨說〉，專辨〈詩序〉的得失）。這是很痛快的一個眞實的大批評家的見解！他不僅發現古代幾十篇美雋的情歌而已，他直是發現了文學最正確的眞價！他的《楚辭集注》也把《楚辭》的眞面目從王逸諸人的曲解裡解脫出來。他說道：「《楚辭》不甚怨君。今被諸家解得都是怨君，不成模樣。」又道：「《楚辭》平易，後人學做者反艱深了，都不可曉。」這些話都是很重要的。他雖是一位「道學家」，卻最能欣賞文學，最知道偉大名著的好處所在。故他的批評論便能夠發前人所未發之見解，糾正前人所久誤的迷信。

三

朱熹的跟從者極多。但他的工作，破壞方面做的多；建設的主張便罕見了。但許多的「詩話」作家，卻往往都有些自己的主張。

> 學詩當識活法。所謂活法者，規矩備具，而能出於規矩之外，變化不測，而亦不背於規矩也。……謝玄暉有言：好詩流轉圜美如彈丸。此眞活法也。
>
> ——呂居仁〈夏均父集序〉

> 建安，陶、阮以前詩，專以言志；潘、陸以後詩，專以詠物；兼而有之者李、杜也。言志

乃詩人之本意，詠物特詩人之餘事。……大抵句中若無意味，譬之山無煙雲，春無草樹，豈復可觀。

——張戒《歲寒堂詩話》

語貴含蓄。東坡云：言有盡而意無窮者，天下之至言也。……若句中無餘字，篇中無長語，非善之善者也。句中有餘味，篇中有餘意，善之善者也。

——姜夔《白石道人詩說》

他們的話往往過於瑣碎，不成片段。一節一語，或是珠玉。但若要把他們連綴起來，尋得其一貫的主張，便是勞而無功的了。正像碎玻璃片在太陽光底下發亮，遠遠看去，彷彿有些耀煌，迫而視之，便立覺其不成一件東西了。

在許多宋人詩話裡，眞實的有積極的見解，一貫的主張者，恐怕只有嚴羽的《滄浪詩話》①一部而已。嚴羽對於詩學確有大膽可喜的意見。故他的影響很大。他和朱熹，可以說是宋代文學批評家裡兩大柱石。朱熹把文學的本來面目從陳舊的曲解中解放出來，嚴羽則更進一步，建設了他自己的文學論。他好以禪語來做譬喻；這正是南宋人的風氣。明胡應麟盛稱其說，比之達摩西來，獨闢禪宗。而清馮班又醜詆之，至作《嚴氏糾謬》一書，斥爲「囈語」。但當班的時候，神韻之說正橫流於世，他或有所激而爲此書吧。

* * *

①《滄浪詩話》有《歷代詩話》本。

羽字儀卿，一字丹丘，自號滄浪逋客，邵武人。有《滄浪詩集》。他的《滄浪詩話》是很有組織的著作。首〈詩辨〉，次〈詩體〉，次〈詩法〉，次〈詩評〉，次〈詩證〉，凡五門，末並附〈與吳景仙論詩書〉。〈詩體〉一門，敘述自建安到當代的各種不同的詩體，「以時而論，則有：建安體，黃初體，……元祐體，江西宗派體。以人而論，則有：蘇、李體，曹、劉體，……陳簡齋體，楊誠齋體；又有所謂選體，……宮體」。並及用韻對句等等。〈詩法〉一門，敘述作詩之法：「須是本色，須是當行」，「下字貴響，造語貴圓」……這兩門大似皎然、王昌齡諸人的〈詩式〉、〈詩格〉的體式。〈詩評〉雜論六朝、唐、宋諸詩人的得失；〈詩證〉雜錄關於詩篇的考訂之語；這兩門也是諸宋人詩話裡常見的東西。其全書的精華所在，乃在〈詩辨〉一門，及所附的〈答吳景仙書〉。羽的批評主張，皆集中於此二部分。

> 夫詩有別材，非關書也；詩有別趣，非關理也。然非多讀書多窮理則不能極其至。所謂不涉理路，不落言筌者上也。詩者吟詠情性也。盛唐諸人惟在興趣。羚羊掛角，無跡可求。故其妙處透澈玲瓏，不可湊泊，如空中之音，相中之色，水中之月，鏡中之象，言有盡而意無窮。近代諸公，乃作奇特解會，遂以文字爲詩，以才學爲詩，以議論爲詩。夫豈不工，終非古人之詩也。蓋於一唱三嘆之音，有所歉焉。

當江西詩派，永嘉四靈蟠踞著文壇上的時代，竟有這樣的獅子吼似的呼聲，誠是大膽的挑戰。難怪他是那樣的自信著，自負著：「雖獲罪於世之君子不辭也。」（〈詩辨〉）「僕之〈詩辨〉，乃斷千百年公案，誠驚世絕俗之譚，至當歸一之論。其間說江西詩病，眞取心肝劊子手。以禪喻詩，莫此清切。是自家實證實悟者，是自家閉門鑿破此片田地，即非傍人籬壁，拾人涕唾得來者。……我論詩若哪吒太子，析骨還父，析肉還母。」（〈答吳景仙書〉）大批評家自非有這種精神不可。

參考書目

一、《文鏡秘府論》，日本遍照金剛撰，有日本《東方文化學會叢書》珂羅版印本，有北平富晉書社石印本。

二、《歷代詩話》，清何文煥編，有原刊本，有醫學書局石印本。

三、《歷代詩話續編》，丁福保編，醫學書局出版。

四、明、清諸大叢書，像《津逮秘書》，《學海類編》等等，其中搜羅唐、宋人詩話不少。

五、《朱子大全集》，有明、清坊刊本。

第四十四章　南宋散文與語錄

古文家的天下——道學派與功利派——陳亮陳傅良葉適——朱熹呂祖謙真德秀等——王十朋周必大等——陸游與鄭樵——所謂「語錄」——宋儒的語錄——程頤朱熹等的語錄——語錄中所見的宋代白話文學

一

南宋的散文壇，殆爲古文家們所獨占。古文運動到了這個時候已是大功告成，穩坐江山的了。凡非正統派則概以「野狐禪」斥之。這時，古文選集的刊行，盛極一時；種種皆爲士子學習的讀本。最著名者，像呂祖謙的《古文關鍵》，眞德秀的《文章正宗》，最後，尚有謝枋得的《文章規範》，皆傳誦到千百年而未衰。

南宋上半葉的散文作家，最重要的可分爲二派，一是功利派，一是道學派。道學派以朱熹、呂祖謙爲代表。功利派則以陳亮、陳傅良、葉適爲代表。功利派的作家們，爲文務求適合世用，才氣也奔放雄贍，不屑屑於句斟字酌。他們可以說是，政治家的文人。恰好在南宋的初期，喘息已定，議論蜂起。有志從政的志士們，競言恢復，言世務，言經濟。陳亮的文章，可以代表了這一班志士們。亮[①]字同父，永康人。才雄氣壯，有志功名。其文才辯縱橫，不可控勒，有「開拓萬古之心胸，推倒一時之傑豪」的雄姿。亮與朱熹相友善，然議論則相左。有《龍川文集》三十卷。他嘗上書孝宗道：「今世之儒士，自謂得正心誠意之學者，皆風痺不知痛癢之人也。舉一世安於君父之大讎，而方且揚眉拱手，以談性命。不知何者謂之性命乎？」這一席話正足以表現出功利派的作家們和道學家們的分野來。

陳傅良[②]字君舉，瑞安人，也喜談經世之學。有《止齋文集》。他的文章頗切實合世用，而漸少像陳亮似的發揚踔厲的光彩。

葉適字正則，永嘉人，有《水心集》。他的文章，頗富於才情，尤長於考證與研究。他的《學習記言》乃是一部學術上的偉作。他嘗自言，爲文之道，譬如人家觴客，雖或金銀器照座，然不免出於假借。惟自家羅列者，即僅瓷缶瓦杯，然都是自家物色。蓋他是不喜傍人門戶的一人。

二

朱熹的散文，功力深到，理致周密，不矜才使氣，而言無餘蘊。物無遁形。在許多道學家的文章裡，他的所作是最可稱爲無疵的。他的論學的書札，整理古籍的序文，尤其是精心經意之作，看

* * *

① 陳亮見《宋史》卷四百三十六。
② 陳傅良見《宋史》卷四百三十四。

來似是平淡無奇，卻是很雅厚簡當，語語動人的。有《朱子大全集》。他嘗說道：「古人文章大率只是平說而意自長。後人文章務意多而酸澀。如〈離騷〉，初無奇字，只是恁說將去，自是好。後來如魯直，恁地著力做，卻自是不好。」（《朱子語類》）這足以見他爲文的主張來。

道學家們大概都是作古文的，於朱熹外，最重要者，前期有呂祖謙，後期有眞德秀、魏了翁。呂祖謙③字伯恭，隆興元年進士。累除直秘閣著作郎，國史院編修。他和朱熹是好友，惟他頗有些辯士之風，不盡同諸道學家之醇雅。眞德秀④字景希，慶元五年進士。嘉定中拜參知政事，進資政殿學士。學者稱西山先生。了翁⑤字華父，號鶴山，與德秀同年進士。理宗朝累官資政殿學士。他們的文章皆條鬯雅正，有類朱熹諸人之作⑥。

三

道學派和功利派的作家們，皆不甚著意於文章，他們並不自視爲古文家而止。他們有比文章更重要的事業在著。功利派以政治上的活動爲目的，而道學家們則以闡道說理爲根本。朱熹嘗道：

*　　*　　*

③呂祖謙見《宋史》卷四百三十四。

④眞德秀見《宋史》卷四百三十七。

⑤魏了翁見《宋史》卷四百三十七。

⑥眞、魏二家文集，有《四部叢刊》本。

「道者，文之根本；文者，道之枝葉。惟其根本乎道，所以發之於文皆道也。」（《朱子語類》）這便是道學家的文學主張。

其不以功名或「性命」之道相標榜者，尚有王十朋、周必大、洪邁、樓鑰諸人，皆爲重要的散文作家。王十朋[7]字龜齡，永嘉人。紹興中，中進士第一。孝宗時爲吏部侍郎。有《梅溪集》[8]。明人傳奇《荊釵記》，嘗以他爲中心人物。洪邁與兄適、遵並稱三洪，皆仕於孝宗朝。邁字景盧，諡文敏。文名尤盛。有《容齋五筆》。雖是瑣碎的隨筆，篇幅卻是很浩瀚的，其中很有些重要的材料。周必大字子元，號平園叟，紹興中進士。孝宗朝歷右丞相，拜少保。有《周益公大全集》。樓鑰字大防，號攻媿（ㄎㄨㄟˋ）。隆興初進士，累官中書舍人，寧宗朝參知政事。洪邁、樓鑰、周必大等又工於四六。南宋初的汪藻、孫覿尤專工此體。

陸游以詩名。鄭樵以所作的偉大的通史《通志》著。皆不甚有文名。然游的古文和他的詩一樣，極見才情。樵[9]的所作，則浩浩莽莽，雄辯無垠，深入顯出，舒卷如意。我們觀其《詩辨妄》以及《通志》中二十略的文章，幾無不要爲其滔滔的辯難所折服，爲其雄健的議論所沉醉。南宋重要的散文家，恐怕倒要首先屈指數到他呢！

* * *

⑦王十朋見《宋史》卷三百八十七。

⑧《梅溪集》有清刊本，《四部叢刊》本。

⑨鄭樵見《宋史》卷四百三十六。

四

道學家們的古文，並不怎樣重要，而他們自己也並不以此爲重。道學家們在宋代散文壇上所建立的殊勛，卻不在此而在彼。道學家們爲了談道說理的方便計，嘗以淺近平易的口語，來抒陳他們的意見。這些意見往往爲門人弟子所記下，且都是保存了原來的問答語的。這種口語的答問體的記載，即所謂「語錄」者是。

「語錄」的來源很古。《論語》、《孟子》都是這一類的著作。爲了宣揚佛教計，和尙們也很早的便有了語錄（唐時《神會和尙語錄》，今有亞東圖書館新印本）。宋儒復活了「語錄」的這個體裁，大約多少總受有些和尙們的影響。

宋儒的語錄，據《宋史．藝文志》所載者，有《程頤語錄》二卷，《劉安世語錄》二卷，《謝良佐語錄》一卷，《張九成語錄》十四卷，《尹惇語錄》四卷，《朱熹語錄》四十三卷。但實際上並不只這幾種。周敦頤的《通書》，張橫渠的《經學理窟》，雖非問答的記錄，也甚近語錄之體。

語錄大都談性命的大道理，論主敬或修養的工夫，頗爲無聊。但也有論學論文之語，寫得很不壞的。姑引數例：

> 學者好語高，正如貧人說金，說黃色，說堅軟。道他不是又不可，只是好笑。不曾見富人說金如此。

> 與學者語，正如扶醉人，東邊扶起卻倒向西邊，西邊扶起卻倒向東邊；終不能得他卓立中途。

問人之學有覺其難而有退志，則如之何？曰：有兩般。有思慮苦而志氣倦怠者，有憚其難而止者。向嘗爲之說。今人之學如登山麓，方其易處，莫不闊步，及到難處便止。人情是如此。山高難登，是有定形，實難登也。聖人之道，不可形，非實難爲也；人弗爲耳。顏子言：仰之彌高，鑽之彌堅。此非是言聖人高遠實不可及，堅固實不可入也。此只是譬喻卻無事，大意卻是在瞻之在前，忽焉在後上。又門人少有得而遂安者，如何？曰：此實無所得也。譬如以管窺天，乍見星斗燦爛，便謂有所見，喜不自勝。此終無所得。若有大志者，不以管見爲得也。

——以上《二程語錄》

大凡人讀書，且當虛心一意，將正文熟讀，不可便立見解，看正文了，卻落深思熟讀，便如己說，如此方是。今來學者，一般是專要作文字用，一般是要說得新奇。人說得，不如我說得較好。此學者之大病。譬如聽人說話一般，且從他說盡，不可勦斷他說，便以己意見抄說。若如此，全不見得他說是非。只說得自家底，終不濟事。久之，又曰：須是將本文熟讀，字字咀嚼，教有味。若有理會不得處，深思之。又不得，然後卻將注解看，方有意味。如人飢而後食，渴而後飲，方有味。不飢不渴而強飲食之，終無益也。又曰：某所集注《論語》，至於訓注，皆子細者，蓋要人字字與某著意看，字字思索到，莫要只作等閒看過了。

因說僧家有規矩嚴整，士人卻不循禮。曰：他卻是心有用處。今士人雖有好底，不肯爲非，亦是他資質偶然如此。要之其心實無所用。每日閒慢時多。如欲理會道理，理會不得，便掉過三五日，半月日，不當事。鑽不透，便休了。既是來這一門，鑽不透，又須別尋一門。不從大處入，須從小處入，不從東邊入，便從西邊入。及其入得，卻只是一般。今頭頭處處鑽不透，便休了。如此，則無說矣。有理會不得處，須是皇皇汲汲然，無有理會不得者。譬如人有大寶珠，失了，不著緊尋，如何會得！

——以上《朱子語類》

從這些語錄裡，我們可以看出他們所用的口語文，是很平易淺近的。雖不能和「詞話」的漂亮的文章相比，在使用口語文於說理文一方面，卻是有相當的成就的。

■參考書目

一、《南宋文錄》，有蘇州局刊本。
二、《南宋文範》，清莊仲方編，有清道光間活字本，有蘇州局刊本。
三、《二程語錄》，有《正誼堂叢書》本。
四、《朱子語類》，有《正誼堂叢書》本。
五、《近思錄》，有《正誼堂叢書》本。
六、《近思續錄》，有《正誼堂叢書》本。

第四十五章　遼金文學

遼文學的寥寞——金人的二大成就：諸宮調與雜劇——吳激和蔡松年——趙秉文黨懷英王若虛等——元好問——《河汾諸老集》

一

遼起於中國北部，始稱契丹。當唐末、五代時，馬肥兵壯，乘中國內部的割據、分裂，諸統治者每結強鄰以自固，便深入中原，施其縱橫排闔的手段。石敬瑭至稱子侄於契丹主，並賂以燕、雲十六州，求其助力，以得帝位。自此，契丹的勢力蟠踞於中國北部者約有一百六七十年之久，成爲宋代最恐怖的敵人。後來徽宗聯絡金人，夾攻遼邦，遂滅之。但不久，此後來的強敵，便又以滅遼的手段來滅了北宋。遼建國凡二百餘年，然文物則絕鮮可稱者。沈括說，遼時禁其國文書傳入中土，故流布者絕罕。近人競於斷簡殘編之中，爬搜遼代文獻，也不過存十一於千百而已（像周春的《遼詩話》；繆荃孫的《遼文存》，皆是沒有第二部的著作）。《遼史・文學傳》所載，也不過蕭韓家奴、王鼎等寥寥數人。或這個北方的民族，原來對於中原文化便不甚著意，所以，強占據中國北部至二世紀，卻一點也沒有什麼文學上的重要的成就。

二

金人便不同了。金本稱女眞，也興於北方。她的興起很快，滅亡得也很快，傳國僅只一百二十餘年，便爲蒙古人所滅。然在文學史上，金人的地位卻遠較遼人爲重要。金之稱帝，始於完顏阿骨打。不久便滅遼，亡宋，占據了中國的北部及中原，與小朝廷的南宋隔江相持，各成爲南北文化的中心。

當時金人的文化是承襲了遼與宋的。諸宮調的宏偉的體制，在金代最爲流行，成了金文學最大的光榮。這在上文已經敘述到了。及其後，又有「雜劇」的一種重要的新文體創制出來，對於元代戲曲有極重大的貢獻。這也將在下文詳之。今所論者，僅及其詩詞和散文。

金的詩詞，幾盡於元好問的《中州集》。清人編輯《全金詩》，所增入無幾。其散文，則當時馮清甫所輯者，今已亡佚。但清人也輯有《金文雅》等書，略足窺其一斑。

金文學的初期，作者以吳激、蔡松年二人爲最著。他們皆長於樂府，時號「吳、蔡體」。吳激[①]字彥章，自號東山。米芾婿。工詩能畫。使金，被留。仕爲翰林待制。出知深州，三日而卒。激情同徐陵、庾信，文望亦相埒。所作頗多憶國懷鄉之什。像〈歲暮江南四憶〉（詩），像〈人月

* * *

① 吳激見《金史》卷一百二十五。

圓〉：

南朝千古傷心事，猶唱〈後庭花〉。舊時王謝堂前燕子，飛向誰家？恍然一夢，仙肌勝雪，宮髻堆鴉，江州司馬，青衫淚濕，同是天涯。

都是中寓沉痛的。惟他的詩也有很富風趣的，像：「卷上疏簾無一事，滿池春水照薔薇」（〈宿湖城簿廳〉）；像：「煙拂雲梢留淡白，雲蒸山腹出深青」（〈悆甫索水墨以詩寄之〉）；像：「山侵平野高低樹，水接晴空上下星」（〈三衢夜泊〉）。

蔡松年[②]字伯堅。父靖，由宋入金，仕爲翰林學士。伯堅官至尚書右丞相。自號蕭閒老人。他的詩詞皆甚豪放，而〈大江東去〉：「〈離騷〉痛飲，問人生佳處，能消何物！江左諸人成底事，空想岩岩青壁」云云，尤爲時人所稱。

更有宇文虛中、高士談、韓昉、王樞、王競諸人，也皆以詩文鳴於當時。

三

其後，則有蔡珪、馬定國、趙秉文、楊雲翼、黨懷英、王庭筠、王若虛、王渥、雷淵、李純甫

*　*　*

②蔡松年見《金史》卷一百二十五。

諸人並起，爲金文學的全盛時代。而趙秉文、黨懷英爲尤著。

蔡珪字正甫，松年子，其辨博爲天下第一，官至戶部員外郎太常丞。大定十四年出守維州，道卒。元好問以他爲金文學「正傳之宗」。在他之前，皆借才異代。自他始，方有金人的文學。

黨懷英③以文顯於大定、明昌間。懷英字世傑，奉符人。少和辛棄疾同舍。棄疾南歸，懷英則顯於金。大定中進士第，累進翰林學士。趙秉文謂其文似歐公，不爲尖新危險之語，其詩似陶、謝，奄有魏、晉。像「細雪吹仍急。凝雲凍未開。牽閒時掠水，帆飽不依桅。岸引枯蒲去，天將遠樹來」（〈奉使行高郵道中〉），誠頗有閒適之趣，惜他詩未甚可稱。

王庭筠④字子端，熊岳人。官修撰卒，年四十七。平生愛天平、黃華山水，自號黃華山主。元好問謂其詩文有師法，高出時輩之右。

李純甫、雷淵並以氣節著，時號李、雷。純甫以諸葛亮、王猛自期，淵則慕孔融、陳元龍之爲人。純甫，尤邃於佛書。

繼黨懷英掌一代之文柄者則爲趙秉文⑤。秉文以文名於貞祐、正大之間，時人比之宋歐陽修。他字周臣，滏陽人，自號閒閒道人。大定二十五年進士。官禮部尚書兼侍讀。卒年七十四。他

* * *

③ 黨懷英見《金史》卷一百二十五。

④ 王庭筠見《金史》卷一百二十六。

⑤ 趙秉文見《金史》卷一百十。

長於古文，於小詩尤精絕⑥。「至五言大詩，則沉鬱頓挫學阮嗣宗，眞淳簡澹學陶淵明」（《中州集》）。而其集中擬淵明之作尤多。但像：「樹頭風寫無窮水，天末雲移不定山」（〈寄裕之〉）；「酒澆墓上吃不得，留與飢鴉作寒食」（〈花下墓〉），皆不類嗣宗、淵明的作風。

楊雲翼⑦和趙秉文齊名，時號楊、趙。他字之美，興定末，拜吏部尚書。

王若虛⑧字從之，藁城人，承安二年經義進士。博學強記，善持論。入翰林，自應奉轉直學士。年七十，猶遊太山，卒。元好問謂：「自從之沒，經學史學文章人物公論遂絕。」若虛自著的詩文，並不怎樣重要，其《滹（ㄏㄨ）南遺老集》⑨裡，自《五經辨惑》以下《文辨》、《詩話》，凡四十卷，卻是絕代的巨作。他承襲了宋人的疑古的精神，慣以直覺來辨析古代的史實、文章，所論常多可喜者。與鄭樵、朱熹，鼎足而三。

* * *

⑥《閒閒老人集》有《四部叢刊》本。
⑦楊雲翼見《金史》卷一百十。
⑧王若虛見《金史》卷一百二十六。
⑨《滹南遺老集》有《四部叢刊》本。

四

金代文學終於元好問。好問⑩所編的《中州集》，恰好作為金源一代詩人的總集。好問字裕之，號遺山，太原秀容人，興定五年進士。嘗作〈箕山〉、〈琴台〉二詩，趙秉文時為天下文宗，見而奇之，謂少陵以後無此作。因而名震京師，號為元才子。官至尚書省左司員外郎。金亡不仕，以著作自任，構野史亭於家。卒年六十八。好問詩「專以單行，絕無偶句，構思窅渺，十步九折，愈折而意愈深，味愈雋。」（趙翼語）金代諸詩人蓋皆所不及。緣其身經亡國之痛，故情緒益為深摯，「慷慨悲歌，有不求工而自工者。」⑪像〈醉後走筆〉：

> 建茶三碗冰雪香，〈離騷〉〈九歌〉日月光。腰金更騎揚州鶴，雋永不羨大官羊。……山鬼獨一腳，拊掌笑我旁。湘累歸來弔故國，遺台老樹山蒼蒼。掩書一太息，夜如何其夜未央！東家女兒繡羅裳，銀瓶瀉酒勸客嘗，……愛茶愛書死不徹，乃以冰炭貯我腸！世間唯有麴生風味不可忘。

遺山集中，類此之作是不希見的。他的短詩，風韻也絕佳，大似摩詰的所作，像〈山居雜詩〉：

* * *

⑩ 元好問見《金史》卷一百二十六。

⑪《遺山先生集》有汲古閣刊本，清康熙間華氏刊本，《四部叢刊》本。

瘦竹藤斜掛，幽花草亂生。林高風有態，苔滑水無聲。
潮落沙痕出，堤摧岸口斜。斷橋堆聚沫，高樹閣浮槎。

他以文章獨步天下者三十年，爲金詩人之殿，元文章之祖。當時學者幾盡趨其門。房祺編《河汾諸老集》，所載金之遺老，麻革、張宇、陳賡（ㄍㄥ）、陳颺、房皞、段克己、段成己、曹之謙等八人，也都是從好問遊的。

■參考書目

一、《遼詩話》，清周春著，有原刊本。
二、《遼文存》，繆荃孫編，有原刊本，但極罕見，近有上海來青閣影印本。
三、《中州集》，金元好問編，有元刊本，明刊本，武進董氏影元刊本，《四部叢刊》本。
四、《全金詩》，有原刊本。
五、《河汾諸老集》，元房祺編，有汲古閣刊本。
六、《金文雅》，清莊仲方編，有道光間印本，有蘇州局本。
七、《九金人集》，有清光緒間吳氏刊本。

第四十六章　雜劇的鼎盛

雜劇起源論——雜劇來源的複雜——大曲和諸宮調的影響——傀儡戲和戲文的影響——偉大的天才作家關漢卿——他創作了雜劇——元劇發達的原因——元劇的二時期——第一時期的劇作家們——關漢卿——王實甫——白仁甫馬致遠康進之等——「倡夫詞」——第二時期的劇作家們——楊梓——喬夢符鄭光祖宮天挺等——秦簡夫蕭德祥王曄等——羅貫中——諸無名作家們

一

如果我們相信傳統的見解的話，則雜劇的起源時代，是遠較傳奇爲早的。史載宋眞宗（公元九九八——一〇二二年）已爲「雜劇詞」，但未嘗宣布於外。宋末周密的《武林遺事》，著錄「官本雜劇段數」至二百八十本之多。其中且有北宋人之作在內。但這些「雜劇詞」，這些「官本雜劇段數」，是否即爲後來的「雜劇」，如元人之所作的，卻是一個大疑問。且先將那二百八十本的「官本雜劇段數」的名目細看一下。在此二百八十本的「官本雜劇段數」中，有可考知其爲「大曲」或「法曲」等組成者。如以大曲組成凡一百零三本：其中名「六么」者二十本，如《爭曲六么》、

《扯攔六么》、《崔護六么》、《鶯鶯六么》、《女生外向六么》等等皆是；名「瀛府」者六本，如《索拜瀛府》、《醉院君瀛府》等皆是；名「梁州」者七本，如《四僧梁州》、《詩曲梁州》、《法事饅頭梁州》等等皆是；名爲「伊州」者五本，如《鐵指甲伊州》、《裴少俊伊州》等等皆是；名爲「新水」者四本，如《桶擔新水》、《新水爨》等皆是；名爲「薄媚」者九本，如《簡帖薄媚》、《鄭生遇龍女薄媚》皆是；名爲「大明樂」者三本，如《土地大明樂》等是；名爲「降黃龍」者五本，如《列女降黃龍》、《柳玼上官降黃龍》等皆是；名爲「胡渭州」者四本，如《看燈胡渭州》等是；名爲「石州」者三本，如《單打石州》等是；名爲「大聖樂」者三本，如《柳毅大聖樂》等是；名爲「中和樂」者四本，如《霸王中和樂》等是；名爲「道人歡」者四本，如《越娘道人歡》等是。此外尚有名「萬年歡」、「熙州」、「長壽仙」、「劍器」、「延壽樂」、「賀皇恩」、「採蓮」、「保金枝」、「嘉慶樂」、「慶雲樂」、「君臣相遇樂」、「泛清波」、「彩雲歸」、「千春樂」、「罷金鐙」等，或一本，或二本，或三本不等。共凡大曲之名二十八，而其中的二十六之名，見於《宋史·樂志》所記的《教坊部》四十大曲之中。餘如「降黃龍」、「熙州」二曲，雖不見於〈樂志〉，卻也有宋人之說，可證其亦爲大曲。以「法曲」組成的凡四本，如《棋盤法曲》等。以普通詞曲調組成的凡三十九本，如《崔護逍遙樂》、《四季夾竹桃》、《賣花黃鶯兒》、《三教安公子》、《三哮上小樓》、《賴房書啄木兒》等皆是。以諸宮調組成者凡二本，即《諸宮調霸王》及《諸宮調卦冊兒》。如此，可確知其爲曲調組成者，凡一百五十餘本。這一百五十餘本的法曲、大曲或雜曲調組成的「官本雜劇段數」（關於諸宮調見後），果即爲後來的「雜劇」麼?第一，在名稱上是絕對不類的。最早的雜劇，如元代諸作家所作的，其名稱從來不是那麼樣的以曲名作爲題目的一節，附於前或附於後的。第二，「官本雜劇段數」既題著《崔護逍遙樂》、《霸王中和樂》等等，則其所組成的曲調，當然是限於〈逍遙樂〉及〈中和樂〉等的，而元劇所用的曲調則比較複雜得多。且更有可以使我們明瞭這些「官本雜劇段數」的性質的東西在。《樂府雅詞》卷上載有一篇〈薄媚〉（〈西子詞〉）大曲，詠唱西子事，其內容性質只是以此歌連合了舞而演唱著的西施故事，絕對不是在劇場上搬演的戲曲。名爲「薄媚」的一種大曲，其性質既是如此，則其他「六么」、「瀛府」、「伊州」、「梁州」等等，當然也不會是兩樣的了。王國維氏在《宋元戲曲史》裡，以〈薄媚〉（〈西子詞〉）入於「宋之樂曲」，卻將其他的「薄媚」、「伊州」等大曲當作了兩宋的眞正的戲曲而討論著，其故蓋在誤認「官本雜劇段數」爲即後代的「雜劇」。又歐陽修曾以十二首的〈采桑子〉連接起來，詠歌西湖景色，趙德麟曾以十首的《商調蝶戀花》連接起來，歌詠崔鶯鶯的故事。此種〈采桑子〉、〈蝶戀花〉，當和周密所著錄的《崔護逍遙樂》，《四季夾竹桃》性質完全相同，我們更不能謂他們爲眞正的戲曲。

此外一百二十餘本的「官本雜劇段數」，其名目之不類戲曲，也可一望而知。如《門子打三教爨》、《雙三教》、《三教鬧著棋》、《打三教庵宇》、《普天樂打三教》等等，是流行於宋代的雜耍。所謂「三教」的（見《東京夢華錄》），更非眞正的戲曲。《迓鼓孤》等則亦爲宋代的「訝鼓」戲，也並非戲曲。「《天下太平爨》及《百花爨》則《樂府雜錄》所謂字舞花舞也」（《宋元戲曲史》頁七十五）。而所謂《論淡》、《醫淡》、《醫馬》等等，也可知其爲類乎雜藝的一流。總之，像周密所著錄的這許多名目詭異，今不可盡知的「官本雜劇段數」，實非現在所謂的眞正的戲曲。其中或間有頗類「戲曲」的東西，然其產生時代恐決不會很早。也許這二百八十本的「官本雜劇段數」中，竟連一本眞正的「雜劇」也沒有在內。《武林舊事》又載正月五日「天基聖節排當樂次」，即係所謂秩序單一類的東西，其中記載上壽、初坐、再坐時的奏樂的次第極詳。上壽時不做雜劇。初坐時，當第四盞之間，做著「君臣賢聖爨」雜劇。當第五盞時，又做著《三京下書》雜劇。再坐時，第五盞做《揚飯》雜劇，第六盞做《四偌少年遊》。如果這些雜劇，即係今之雜劇，則在「一盞」之間，是決不會做完了全部雜劇的。由此也可知當時所謂「雜劇」，只不過是表演著故事或趣事或其他頌辭的歌舞雜戲而已，並不就是後來的成爲眞正的戲曲的「雜劇」。至於北宋的「雜劇詞」之非眞正的劇本，則更爲顯然的事實。

二

宋的雜劇，怎樣才由歌舞戲一變而爲眞正戲曲的「雜劇」，我們已不能知道。大約總要在南戲盛行之後。這些雜劇本來離眞正的戲曲已不甚遠，有歌唱，有舞蹈，也有角色，只不過不曾成爲「代言」體的搬演與乎插入散文或口語的對白而已。因受了南戲的影響，於是由舞蹈而變爲搬演，由第三身的敘述，變而爲第一身的搬演。其間的轉變是極快極易的。在當時，傀儡戲甚爲發達，影戲也極是流行，二者皆有話本。雜劇之形成，或與他們也不無關係吧。

因爲「雜劇」是由原來的歌舞戲變成了的，所以其結構仍帶著極濃厚的本來面目（今日所演之關漢卿《單刀會》的「刀會」一折周倉的跳舞，最可注意）。在唱詞的結構方面，受後期的「諸宮調」的影響尤深。我們看，主角獨唱到底的規則，和末本、旦本之分，至少總受有「諸宮調」的男女唱者的實際的支配吧。而其套類的構成，更是全由「諸宮調」及「唱賺」的套數構成法進展而來的。

陶九成的《輟耕錄》（卷二十五）又著錄「院本」凡七百餘種，其名目之複雜不可稽考，更甚於「官本雜劇段數」。據陶九成的分類，則有：「和曲院本」凡十四種，「上皇院本」凡十四種，「題目院本」凡二十種，「霸王院本」凡六種，「諸雜大小院本」凡一百八十九種，「院么」凡二十一種，「諸雜院爨」凡一百七種，「衝撞引首」凡一百九本，「拴搐艷段」凡九十二種，「打略拴搐」凡一百八種，「諸雜砌」凡三十種。其中「和曲院本」一部，和周密所著的「官本雜劇段數」中的大曲、法曲組成的雜劇名目很多相同，蓋即是同類的東西。又「打略拴搐」之中，錄及「星象名、梁子名、草名、軍器名」等等，也一望可知決非戲曲。則其內容的複雜可想而知。在其中，我們相信必有一部分的戲曲眞正在內。但決不會如王國維諸人所相信的，認為全部皆是戲曲。九成的《輟耕錄》作於至正丙午（公元一三六六年），自稱「偶得院本名目載於此，以資博識者之一覽。」則此目並非他自己之所錄的。錄此目者似當為元代中葉前後的人。王國維氏將此種院本皆作為金代的產物，似誤。這些院本產生的時代當極為複雜。有的很古遠的東西，當作於北宋的前後，如「和曲院本」的一部分。但大多數的時代，則當在金末、元初。周密載兩宋時代的「官本雜劇段數」，其中與「和曲院本」同類的東西，多至一百八十餘本，而到了此時（即院本盛行之時），卻只存有「和曲院本」十四種，其凌替之狀，可想而知。就此也可知這些院本並不是很古遠的東西。

所以，雜劇的起源，最早是不能在宋、金末葉之前的。而雜劇的來源，也是很多端的。下表可以大略指示出其複雜的組系來：

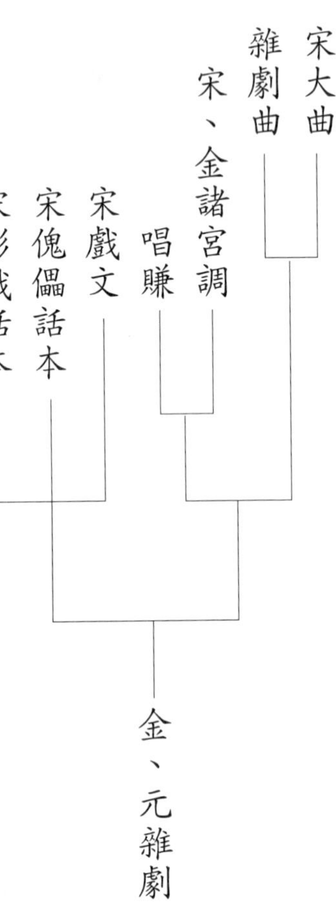

更簡捷地說來，「雜劇」乃是「諸宮調」的唱者，穿上了戲裝，在舞台上搬演故事的劇本，故仍帶著很濃厚的敘事歌曲的成分在內。

但將這些不同的來源，特別是「諸宮調」，一變而創出一種新體的戲曲來的是誰呢？正如孔三傳之創作「諸宮調」，阿斯齊洛士（Aeschylus）之創作希臘悲劇，雜劇或當也是一位天才作家創作出來的吧？雜劇的出現，最早不能過於金末（約在公元一二三四年之前）。又初期的雜劇作家，其地域不出大都及其左近各地。那麼，我們說，雜劇是金末產生於燕京的，當不會很錯。但在金的燕京人裡，誰有創作雜劇的可能呢？王實甫麼？關漢卿麼？……時代及地域都很相符。惟實甫創作雜劇之說，不見記載。《錄鬼簿》將關漢卿列爲「有所編傳奇行於世者」的第一人，當必有用意。《太和正音譜》也說漢卿是「初爲雜劇之始」。又在《錄鬼簿》裡，稱高文秀爲「小漢卿」，沈和甫爲「蠻子漢卿」。這種種都足以見關氏地位的重要。我們如以關氏爲創作雜劇的人物，當不會和事實相去很遠的。

漢卿與實甫的活動期雖大半在元代，然在金代，他們必已開始作劇。王實甫寫《四丞相高會麗春堂雜劇》，事實全爲金代的，卻以「從今後四方八荒，萬邦齊仰賀當今皇上」爲結。我們如依據於此，而主張著：此劇係實甫作於金代的話，實大有可能性。如此說法，則金代的雜劇，至少是有幾本流傳於今世的了。總之，金代雜劇已盛，至元代而益爲發達。我們研究元代的雜劇，而明瞭了他們的體制與格律，則連金代的雜劇的體制與格律也都可以相當的明瞭的了。

三

所謂元代的雜劇，蓋指產生於宋端平三年（公元一二三四年）至元順帝至正二十七年（公元一三六七年）的一百餘年間的雜劇的全部；但包括著稍稍前期的著作在內，像關漢卿與王實甫的作品的一部分。這整整一個世紀的時期，可以說是雜劇的黃金時代或全盛期。據明初丹邱先生的《太和正音譜》所載的元代雜劇，總數凡五百六十六種。據元代鍾嗣成的《錄鬼簿》所載的，則其總數凡四百五十八種。鍾氏的著錄，在元末至順元年（即公元一三三〇年）。離元亡尚有三十餘年。其所見當然不會有《太和正音譜》著者那麼多的。又他們二人所載的，似都以自己所見者爲限。其未見的，當然不曾被收入。如此看來，則元代雜劇總數，決不止於五百六十餘種之數可知。即以此數而論，在短短的一世紀之間而有了五百六十餘種劇本的產生，換一句話，即每年有五種以上產生出來，其盛況可知！論者每以爲元代白話劇與北曲的發達，實由於少數民族不懂我們的典雅的文句，故作者不得不遷就他們，而北劇因以大盛。其實不然。少數民族的漢語程度，本來即差，竟有許多官吏，是完全不懂得漢語的。即懂得的，也大都是極粗淺之語。像元曲那麼正則雋美的話語，他們一定不會明白的。爲了迎合他們而產生北劇的話，可說完全是無根之談。我們看後來雜劇的中心點，不在元都的大都，而在宋代的故都的杭州，便可知雜劇的欣賞者，仍爲漢族而非少數民族了。

像臧晉叔、沈德符諸人，又造作元人以劇本取士，故元曲特盛之說。沈氏云：「今教坊雜劇，約有千本，然率多俚淺。其可閱者，十之三耳。元人未滅南宋時，以此定士子優劣。每出一題，任人塡曲。如宋宣和畫學，出唐詩一句，恣其渲染。選能得畫外趣者，登高第。以故宋畫、元曲，千古無匹。」（《顧曲雜言》）臧氏云：「元以曲取士，設十有二科。而關漢卿輩，爭挾長技自見，至躬踐排場，傅粉墨，以爲我家生活，偶倡優而不辭者，或西晉竹林諸賢託杯酒自放之意，予不敢知。」又云：「或謂元取士有塡詞科，若今括帖然，取給風檐寸晷之下，故一時名士，雖馬致遠、喬孟符輩，至第四折，往往強弩之末矣。」（均引《元曲選序》）這二人的話，看似有理，其實也是絕無根據的。元人取士，誠然很雜，甚且星相醫卜，也並有科試。獨以劇本爲科試之舉，則記載上絕無見之者。這個強有力的證據，已足推翻他們的話有餘。且馬致遠的《荐福碑》、鄭光祖的《王粲登樓》之類，滿紙的悲憤牢騷，關漢卿的《竇娥冤》、《魯齋郎》等等，又都是攻擊當代官吏的黑暗的，王實甫的《西廂記》、張壽卿的《紅梨記》、石子章的《竹塢聽琴》等等，又都是濃艷夭麗之至的。這些劇本，怎麼可以去應試呢？且五百餘劇之中，同名者絕少。元代到底舉行了「雜劇考試」多少科？如何會有那麼多的題目呢？這都是不必辭費而可知其絕無是理的。臧、沈二氏，只是模糊影響的說著，恐怕連他們自己也是不必十分確信此說的。故臧云：「或謂元取士有塡詞科。」沈云：「元人未滅南宋時，以此定士子優劣。」這兩語，不啻將他們自己的全部言論都推翻。既云「或謂」，則他自己也是遊移不定的疑心著的了，既云：「元代未滅南宋時」有之，則滅南宋後，此塡詞科必已取消的了。何以元劇在滅南宋之後，並未稍衰呢？

以上二說，都可以說是不足信的「想當然」的元劇發達原因論。我以爲元劇發達的原因正和他們所言的相反。第一、元劇之所以發達，當然是因爲沿了金代的基礎而益加光大之的原故。第二、正因爲元代考試已停，科舉不開，文人學士們才學無所展施，遂捉住了當代流行的雜劇而一試其身手。他們既不能求得蒙古民族的居上位者的賞識，遂不得不轉而至民衆之中求知己。故當時的劇本的題材大都是迎合民衆心理與習慣的。第三、少數民族的壓迫過甚，漢人的地位，視色目人且遠下。所謂蠻子，是到處的時時刻刻的會被人欺迫的。即有才智之人，做了官吏的，也是位卑爵低，絕少發展的可能。所以他們便放誕於娛樂之中，爲求耳目上的安慰，作者用以消磨其悲憤，聽者用以忘記他們的痛苦。更重要的是，因了元代蒙古大帝國的建立，中外交通大爲發達，城市的經濟因之而大爲繁榮，又農民們的負擔似有減輕，手工業的銷售量大增，農村的經濟情況，一時似亦頗爲好轉。我們觀杜善夫的「莊家不識拘闌」一曲，便知一些其中的眞正的消息。元劇的發達，蓋不外此數因。

四

鍾嗣成的《錄鬼簿》將元劇的作者，分爲下列的三期：第一期，「前輩已死名公才人有所編傳奇行於世者」；第二期，「方今已亡名公才人余相知者，及已死才人不相知者」；第三期，「方今才人相知者，及方今才人聞名而知者。」鍾氏是書，成於至順元年（公元一三三〇年）。則方今已亡的名公才人，係卒於至順元年前者。「方今才人相知者」，當係至順元年尚生存的作者。今爲方便計，合併爲二期。第一期從關、王到公元一三〇〇年，第二期從公元一三〇〇年到元末。蓋鍾氏所述之第二三期，原是同一時代，不宜劃分爲二。

元代雜劇，其初是以大都爲中心的，其後則其中心漸移而南，至於杭州。在第一期中，作者差不多都是大都人，或他處的北方人，南人絕少。到了第二期，則北人漸少，而南人漸多。然在第一期中，馬致遠、尙仲賢、張壽卿諸人，皆係作吏於南方者。第二期的北方人中，也有大多數與南方有關係。如曾瑞晚年定居於杭州，鄭光祖及趙良弼，俱爲杭州的官吏，喬吉甫和李顯卿，也都仕於南方。所以在實際上講來，在第二期中，北劇的中心，已經移到了南方的杭州，而不復是北方的大都了。

五

第一期的劇作家，以關漢卿、王實甫、馬致遠、白樸、鄭廷玉、吳昌齡、武漢臣、李文蔚、康進之、王伯成等爲最重要，而關、王、馬、白爲尤著。次之，則王仲文、楊顯之、紀天祥、張國賓、孫仲章、石子章、李好古、戴尙輔、岳伯川、張壽卿、李壽卿、石君寶、狄君厚、李行甫、李直夫、孔文卿、孟漢卿等，也各有一二劇流傳。

《錄鬼簿》列關漢卿於第一人。涵虛子的《太和正音譜》，對漢卿的劇本，不大滿意。既列之馬致遠、白仁甫、喬夢符、王實甫八九人之下，復評之道：「觀其詞語，乃可上可下之才。蓋所以取者，初爲雜劇之始，故卓以前列。」彷彿《正音譜》排列作者次序，原是按其才情爲高下，爲先後的。假如漢卿不是「初爲雜劇之始」，則連這個八九人以下的地位，也得不到了。

漢卿號已齋叟，大都人。太醫院尹（《見《錄鬼簿》）。楊維楨〈元宮詞〉云：「開國遺音樂所傳，白翎飛上十三弦。大金優諫關卿在，《伊尹扶湯》進劇編。」關卿大約是指漢卿。據此，則漢卿當曾仕於金。惟其爲太醫院尹，則不知爲在元或在金時事耳。陶九成《輟耕錄》，又載他與王和卿相嘲謔的事。漢卿生平事跡之可考者，已盡於此。楊朝英的《朝野新聲》及《陽春白雪》曾載漢卿小令套曲若干首。其中大都爲情歌。遊蹤事跡，於其中絕不易考。惟漢卿有套曲〈一枝花〉一首，題作〈杭州景〉者，曾有「大元朝新附國，亡宋家舊華夷」之語，藉此可知其到過杭州，且可知其係作於宋亡（一二七八年）之後不久耳。大約漢卿於元滅宋之後，曾由大都往遊杭州，或後竟定居於杭州也難說。他的戲劇生活，似可分爲二期。前期活動於大都，後期或係活動於杭州。漢卿名位不顯。後半期的生活，或並去太醫院尹之職而僅爲伶人編劇以爲生。以其既爲職業的編劇者，故所作殊夥。「離了利名場，鑽入安樂窩。」（〈四塊玉〉）蓋爲不得志者的常語。《錄鬼簿》稱漢卿爲已死名公才人，且列之於篇首，則其卒年，至遲當在一三〇〇年之前。其生年，至遲當在金亡之前的二十年（即公元一二一四年）。我們假定他的生卒年份爲公元一二一四—一三〇〇年，則他來遊杭州之年（約一二八〇年，宋亡以後的一二年），正是他年老去職之時。故得以漫遊於江南的故都，而無所牽掛。

漢卿作品，於小令套曲十餘首外，其全力完全注重於雜劇，所作有六十五本之多。即除去疑擬者外，至少亦當有六十本以上。今古才人，似他著作辦的如此健富者，殊不多見（惟李玄玉作傳奇三十三本，朱素臣作傳奇三十本，差可比擬耳）。《太和正音譜》評漢卿之詞，以爲：「如瓊筵醉客。」又以爲：「觀其詞語，乃可上可下之才。」漢卿所作，以流行的戀愛劇爲多，如《謝天香》，《金線池》，《望江亭》，《玉鏡台》之類，有天馬行空，儀態萬方之概。此外，像《救風塵》之結構完整，《竇娥冤》之充滿悲劇氣氛，《單刀會》之慷慨激昂，《拜月亭》之風光綺膩，則皆為時人所不及。其筆力之無施不可，比之馬、白、王（實甫），實有餘裕。即其套曲小令，亦溫綺多姿。可喜之作殊多。例如：

碧紗窗外靜無人，跪在床前忙要親。罵了個負心，迴轉身。雖是我話兒嗔，一半兒推辭，一半兒肯。

多情多緒小冤家，迤逗得人來憔悴煞。說來的話，先瞞過咱，怎知道一半兒眞，一半兒假。

——〈一半兒・題情〉

之類，絕非東籬之一味牢騷的同流。

漢卿的六十餘種劇本，存於今者，凡十四種：《玉鏡台》、《謝天香》、《金線池》、《竇娥冤》、《魯齋郎》、《救風塵》、《蝴蝶夢》等八種，見於臧晉叔的《元曲選》中；《西蜀夢》、《拜月亭》、《單刀會》、《調風月》等四種，見於《古今雜劇三十種》中；又《緋衣夢》一種，見於顧曲齋刊《雜劇選》中。《續西廂》一本，則附於通行本的王實甫《西廂記》之後。又有殘劇二種，《哭香囊》與《春衫記》，見於我輯的《元明雜劇輯佚》中。元人之善於寫多方面的題材，與多方面的人物與情緒者，自當以漢卿為第一。將漢卿今存的十四種劇本歸起類來，則可分為：㈠戀愛的喜劇，如《玉鏡台》、《謝天香》、《拜月亭》、《救風塵》、《金線池》、《調風月》；㈡公案劇本，如《竇娥冤》、《魯齋郎》、《蝴蝶夢》、《緋衣夢》；㈢英雄傳奇，如《西蜀夢》，《單刀會》；㈣其他，如《望江亭》。最可怪的，是除了兩部英雄傳奇及《玉鏡台》、《魯齋郎》之外，漢卿所創造的劇中主人翁，竟都是女子。連《蝴蝶夢》、《緋衣夢》那樣的公案劇曲，也以女子爲主角，可見他是如何喜歡，且如何的善於描寫女性的人物。在漢卿所創造的女主角中，什麼樣的人物都有。肯自己犧牲的慈母（《蝴蝶夢》）；出智計以救友的俠妓（《救風塵》）；從容不迫，敢作敢爲，脫丈夫於危險的智妻（《望江亭》）；貞烈不屈，含冤莫伸的少女（《竇娥冤》）；美麗活潑，嬌憨任性的婢女（《調風月》）；因助人而反害人，徒喚著無可奈何的小姐（《緋衣夢》）；還有歷盡了悲歡哀樂的（《拜月亭》）；任人布置而不自知的（《謝天香》）等等。總之，無一樣的人物，他是不曾寫到的，且寫得無不雋妙。寫女主角而好的，除了《西廂》、《還魂》等之外，就要算是漢卿的諸劇了。而漢卿能寫諸般不同的人物，卻又是他們所不能的。儘管其題材是很通俗的，很平凡的，未必能動人的，像公案雜劇一類的東西，實在是最難寫得好的，而漢卿卻都會使他們生出活氣來，如今讀之，仍覺得是活潑潑的，當時在劇場上，當然是更爲驚心動魄的了。例如《蝴蝶夢》，敘王母不忍見非己出的前妻之二子抵罪而死，只得將她自己親生的第三子王三去抵罪。這多少是帶著理智的道德的強制的。及到了她知道王大、王二被釋，獨王三已被償命而死時，她的眞實情緒卻再也掩抑不住了。她勉強的喚著王大、王二道：「大哥，二哥，家去來！休煩惱者！」同時卻禁不住的說道：

〔快活三〕眼見的你兩個得生天，單則你小兄弟喪黃泉！

以後，覷著王三的屍身，悲啼的叫道：「教我扭回身，忍不住淚連連。」然而她聽著王大、王二在哭時，她又下了決心的強自說道：「罷！罷！罷！但留的你兩個呵，（唱）他便死也我甘心情願！」只是一支短短的曲子卻將一位慈母的心理，寫得那麼曲折，那麼入情入理，眞可算是一位極高妙的描寫賢母心理作手。《調風月》寫一位少女，眼見她的情人，快要與別一位階級高於她的少女訂婚，她的主人，一位夫人，卻偏要叫她到小姐跟前去說親。她眞要妒忌得發瘋。她巴不得這婚事不成。不料小姐卻一口答應了下去。諸事都違反她的心願順利的過去。到了結婚的日子，她還要爲小姐上裝。這一切都使她思前念後，十分的難過。一面詛咒著，一面卻不能不奉命惟謹。這是如何尷尬的一個境地呵！漢卿卻將這個滿心滿意怨望著、詛咒著的婢女，寫得眞切活潑之至。

〔拙魯速〕終身無簸箕星，指雲中雁做羹，時下且口口聲聲，戰戰兢兢，裊裊停停，坐坐行行。有一日孤孤另另，冷冷清清，咽咽哽哽，覷著你個拖漢精！（尾）大剛來主人有福牙推勝，不似這調風月媒人背斤。說得他美甘甘枕頭兒上雙成，閃得我薄設設被窩兒裡冷。

我們看慣了紅娘式的婢女，卻從不曾在任何劇本上，見過像這位燕燕那般的一位具著眞實的血肉與靈魂的少女。這是漢卿最高的創造！《閨怨佳人拜月亭》，敘王瑞蘭與蔣世隆在亂離中相會而結爲夫妻。在他病中，復爲她父母所迫，不得已而相離別。後來，瑞蘭雖然生活很安適，卻一心忘不了世隆。閒行散悶，卻愈增悶。「不似這朝昏晝夜，春夏秋冬，這供愁的景物好依時月，浮著個錢來大綠嵬嵬荷葉，葉葉似花子般團欒，陂塘似鏡面般瑩潔。呵，幾時交我腹內無煩惱，心上無縈惹！似這般青銅對面裝，翠鈿侵鬢貼。」（〈呆骨朵〉）及至她的義妹瑞蓮打趣著她時，她卻強自分說道：「休著個濫名兒將咱來應惹。應待不你個小鬼頭春心兒動也！」她又強自分說，無女婿的快活，有女婿的受苦。「女婿行但占惹，六親每早是說；又道是，丈夫行親熱，耶娘行特地心別。而今要衣呵，滿箱篋，要食呵，盡哺啜，到晚來便繡衾鋪設。我這心兒裡牽掛處無些。直睡到冷清清寶鼎沉煙滅，明皎皎紗窗月影斜，有甚唇舌！」（〈滾繡球〉）她雖嘴硬，待得她妹子歇息去時，她卻又在中庭焚香拜月，祈求著，教她「兩口兒早得團圓」。不料瑞蓮卻躲在花底，將她的話都聽見了，上來撞破了她。她不得已，只好「一星星的都索從頭兒說」。這樣的深刻曲折的鋪敘，乃是漢卿的長技。有人說，施君美的《拜月亭傳奇》，其佳處乃全脫胎於漢卿此劇。此語當然未免過當。但君美之受有此劇深切的影響，卻是無可懷疑的。如《拜月亭傳奇》最雋美的〈拜月〉一折，便是大半沿襲著漢卿的所述的。

但漢卿不僅長於寫婦人及其心理，也還長於寫雄猛的英雄；不僅長於寫風光綺膩的戀愛小喜劇，也還長於寫電掣山崩，氣勢浩莽的英雄遭際。他所寫的英雄，實不在專寫英雄們的高文秀、康進之輩所寫的之下。《關大王單刀會》一劇，其中的第三折、第四折，即俗名為〈訓子〉、〈刀會〉者，至今仍還在劇場上演奏著，雖然演者、聽者，都已不知其為漢卿之作。當關大王持著單刀，乘著江舶，而遠入東吳的危地時，他的壯志雄心，大無畏的精神，至今還使我們始而栗然，終而奮然的。「〔新水令〕大江東去，浪千疊，趁西風，駕著那小舟一葉。才離了九重龍鳳闕，早來探千丈虎狼穴。大丈夫心烈，大丈夫心烈！覷著那單刀會，賽村社！〔駐馬聽〕依舊的水湧山疊，依舊的水湧山疊。好一個年少的周郎，憑在何處也！不覺的灰飛煙滅。可憐黃蓋暗傷嗟。破曹檣櫓，恰又早一時絕！只這鏖兵江水猶然熱，好教俺心慘切。這是二十年流不盡英雄血。」這比著讀蘇軾有名的「大江東去」的〈念奴嬌〉還雄壯得多。軾詞只是虛寫，只是弔古，只是浩嘆。而這劇卻是偉大的英雄，在對景敘說著自己的雄心，卻又不免為浩莽無涯的江天及往事所感動；於壯烈中，帶著慘切。《關張雙赴西蜀夢》，寫張飛的陰魂，來赴舊日的宮廷，而與他的大哥打話時，欲前又卻，欲去又留的自己驚覺著自己乃是與前不同的陰靈的情景，眞要令人叫絕。張飛一進了宮門，便大爲淒傷。「〔倘秀才〕往常眞戶尉見咱，當胸叉手，今日見紙判官，趨前退後。元來這做鬼的比陽人不自由！立在丹墀內，不由我淚雙流，不見一班兒故友！」進了宮，處處回憶起來，都是可傷感的。及見了劉備，備欣然歡容迎接，而他卻只是躲避著，欲前不前。「宮裡龍床上高聲問候，臣向燈影內恓惶頓首。」這般的情境，連讀者也要爲之淒然。當時的劇場上，恐怕是更要挑起了幽泣的。總之，漢卿的才情，實是無施不可的，他是一位極中懇的藝術家，時時刻刻的，都極中懇的在描寫著他的劇中人物。在他劇中，看不見一毫他自己的影子。他只是忠實的爲作劇而作劇。論到描寫的藝術，他實可以當得起說是第一等。我們很覺得奇怪，元劇作者，大都各有所長。善於寫戀情者，往往不善於寫英雄；善於作公案劇者，往往不善於寫戀愛劇。像實甫寫西廂那麼好，寫《麗春堂》時，卻大爲失敗，便是一例。漢卿一人，兼衆長而有之，而恰在於衆人的首先，彷彿是戲劇史上有意的要產生出那麼偉大的一位劇作者，來領導著後來作者似的。漢卿所不善寫者，惟仙佛與「隱居樂道」的二科耳。他從不曾寫過那一類的東西。

六

王實甫名德信，也是大都人。王國維據《四丞相高會麗春堂》一劇的末句：「早先聲把煙塵掃蕩，從今後四方八荒，萬邦齊仰賀當今皇上」斷定他和關漢卿一樣，也是由金入元的。此說很可信。金代遺留下來的劇作家，略可考的，只有關漢卿和他二三人而已。其餘也許還有，然已絕對的不可考知的了。涵虛子稱：「王實甫之詞，如花間美人，鋪敘委婉，深得騷人之趣，極有佳句，若玉環之出浴華清，綠珠之採蓮洛浦。」但這只是空泛的讚語，尚不足以盡實甫。實甫之作，涵虛子所著錄者，凡十三種。《錄鬼簿》所著錄的，則有十四種，多《嬌紅記》一種。但若將《西廂記》實作四本，而《破窯記》、《販茶船》、《麗春園》（非《麗春堂》）、《進梅諫》、《于公高門》又各有二本，則說起來，是有二十二本。今傳於世者，全劇僅《崔鶯鶯待月西廂記》①四本，及《四丞相高會麗春堂》一本存，又《絲竹芙蓉亭》及《月夜販茶船》二劇則並有殘文存（見我輯的《元明雜劇輯佚》中）。《芙蓉亭》、《販茶船》皆爲當時盛傳之曲，即就今所殘存的各一折裡，也已足以見到作者敘寫戀情的佳妙。《麗春堂》敘金朝丞相完顏，在賜宴時，與李圭相爭。被貶放於濟南。後因盜賊蜂起，復召他入朝。他在麗春堂設宴，李圭也來服罪。事跡很簡單，結構與文辭，也都是很平平的。然《西廂記》的四本，卻使他得了不朽的大名。他的所長，正在寫像《西廂》一類的東西。所以此劇便有如：「初寫黃庭，恰到好處。」相傳實甫著作《西廂》時，是殫了他畢生的精力的。寫到「碧雲天，黃花地，西風緊，北雁南飛」諸語時，思竭踣地而死。這種類乎神話的傳說，當然不可信的。不過也可見一般人對於《西廂》是如何讚頌。由極端的讚頌、稱許之中，而產生出像這樣的傳說，乃是文學史上常有的事。《西廂記》全部五本，相傳實甫只作了四本，其第五本則爲關漢卿所續。歷來對於《西廂》的作者，本有種種辯論。或謂關作，或謂王作；或謂關作王續；或謂王作關續。然今則王作關續之說，似占了優勢。《西廂記》這部雜劇，在元劇中是較爲特殊的。元劇大都爲一本，但也有二本的，如實甫的《破窯記》等是二本的。長至五本

* * *

① 《西廂記》傳本至多，有徐文長《評本》；陳眉公《評本》；李卓吾《評本》；王思任《評本》；張深之刊本；凌濛初刊本；金聖嘆《評本》等等。

的，卻絕少見。今所知者，僅吳昌齡（？）的《西遊記》，有六本，足與《西廂記》的五本相匹配而已。大約《西廂》的分爲五本，是不得已的。像《崔鶯鶯待月西廂記》一類的題材，在元劇中往往是以一本了之的，至多也不過兩本。連《梧桐雨》、《漢宮秋》那麼冗長曲折的故事，也都是一本的。然而《西廂》爲什麼竟會有了五本呢？原來〈西廂〉的故事，從元稹的〈會眞記〉以後，爲詩，爲詞，爲曲者，已不在少數。而董解元的《弦索西廂》，則更敷衍之爲二大冊。在董氏之前，或者這故事已被敷衍得那麼冗長也難說。《西廂》的敘述與描寫，既被鋪張敷衍到像《董西廂》的那個樣子，而欲反璞歸源，復行縮小到四折的一本或二本，可以說是做不到的事。所以王實甫的《崔鶯鶯待月西廂記》，便計劃著空前的一個大劇，以五本平常格律的雜劇，連接起來，來敘寫這個故事。至於以何因緣，只寫到第四本而未寫第五本，卻不是我們所能知的。據我們猜想，大約不外於死亡奪去了實甫的筆。實甫死後，同時代的最善於作劇的關漢卿，便繼其未完之志，將第五本續完了。漢卿之續《西廂》，或由於自動的，或由於同時的讀者與伶人的請求，這都難說。總之，《西廂》分開來，是各自獨立的五本，且各自有「題目正名」，合之則爲連結五本而成的一大劇本，仍有一個總括的題目正名：「張君瑞巧做東床婿，法本師主持南禪地，老夫人開宴北堂春，崔鶯鶯待月《西廂記》。」照慣例是，取了題目正名的最後一句作爲全劇的名稱：《崔鶯鶯待月西廂記》。其第一本的劇名是：《張君瑞鬧道場》。敘的是張君瑞過蒲城遊於普救寺，在佛殿上遇見了寄居於寺旁的崔相國之女鶯鶯。她頗顧盼留情。君瑞若被電擊似的受了感動，遂遷住於寺中，不復行。某夜，鶯鶯燒香時，張生曾隔牆故意吟了一詩給她聽。她也依韻和了一首。三月十五日，崔夫人爲已故相國做道場。張生藉著搭了一份齋之名，復與鶯鶯一見。第二本的劇名是：《崔鶯鶯夜聽琴》。敘的是，鶯鶯的艷名，爲將軍孫飛虎所聞。他率了五千人馬，圍了寺，要娶鶯鶯爲妻。崔夫人說道：誰能退得賊兵的，無論僧俗，皆當將鶯鶯嫁他爲妻。張生獻了一策，一面用緩兵計，穩住了飛虎，一面遣猛和尚惠明，持書到白馬將軍杜確處求救。確爲張生好友，聞耗星夜而來。擒了飛虎，解了圍。至此，張生、鶯鶯、紅娘乃至讀者，皆以爲此段姻事可諧了。不料崔夫人卻設了一宴，宴請張生，命鶯鶯以兄妹之禮見。爲的是，鶯鶯原已許下了她內侄鄭恆爲妻。張生鬱鬱不樂，連紅娘也爲之抱屈。她勸張生於夜間彈琴，以探鶯鶯之心。鶯鶯聽了張生〈鳳求凰〉之操，也大有所感。第三本的題目是：《張君瑞害相思》。敘的是，張生見了紅娘，將一簡遞給紅娘，托她送交鶯鶯。紅娘不敢將簡帖直接交給小姐，只放在妝盒中，待她自見。鶯鶯見了簡帖，怒責紅娘一番，然後寫覆書，命紅娘交給張生。張生聽了紅娘所訴，大爲淒惶。及拆開了覆簡，讀道：「待月西廂下，迎風戶半開」之句，便將一天愁悶，都拋在一邊了。夜間，他依約跳牆而過。鶯鶯見了他，卻責以大義，迫得他羞慚的退去。自此，他便得了病。夫人命紅娘去問病。鶯鶯遞給她一張簡帖，約下張生今夜相會。張生見了這，頓時連病也忘了。第四本的題目是：《草橋店夢鶯鶯》。敘的是，當夜，鶯鶯果然依約而到張生的書齋。終夕無一言。天未明，紅娘便來捧之而去。張生如在夢中。自此，二人情好甚篤。但不久，便爲老夫人所覺察。她拷問了紅娘，紅娘直訴其事。於是夫人無可奈何，便答應下來這頭親事。惟約定張生必須上京求名。得名後始可成婚。張生不得已，別了鶯鶯上京而去。鶯鶯送他到十里長亭。他們倆不忍別，而又不能不別。低徊留戀，終於不得不別。當夜，張生離了蒲東二十里，歇於草橋店，輾轉不能入寐。朦朧中，見鶯鶯追來，尋他同行。但爲軍卒所迫。張生以言嚇退了軍卒，抱了小姐。不料抱的卻是琴童。他始知剛才的乃是一夢。相傳實甫的《崔鶯鶯待月西廂記》，寫到這裡爲止。第五本的題目是：《張君瑞慶團圓》。敘的是，半年之後，張生一舉及第。他命琴童賫信回去報告夫人、小姐。鶯鶯那時的如何喜悅，是易知的。她將汗衫裏肚等物，交琴童帶給了張生。張生見物，益念鶯鶯。這時他正抱著病，且因奉旨著他在翰林院編修國史，一時不能出京。同時，崔夫人的內侄鄭恆，卻到了蒲東。他意欲前來就婚。及知道鶯鶯已許婚於張生時，便心生一計，對夫人說：張生在京，已另娶一妻，所以不歸。夫人大怒，便允將鶯鶯嫁給了他。張生這時實授了河中府尹，榮歸到崔家。自夫人以下，卻因中了鄭恆的讒言，對於張生，俱不理睬。及杜確將軍來爲張生主婚，喝住了鄭恆之時，他們方才消釋了一切的誤會。他們遂舉行著婚禮。而鄭恆因無顏自存，觸樹身亡。張生和鶯鶯的一對有情人，於經歷許多苦辛之後，遂成了眷屬。實甫的《西廂》在元劇中，其地位是很高超的。元劇每以四折爲限，多亦不過五折，即有二本，也只有八折。敘事每苦匆促，無蘊蓄佪翔的餘地。描寫也苦於草率，不能儘量的展施著作者的才情。布局也爲了這，而少有曲折幽邃的局面。只有《西廂》，憑藉了傳說的題材，與原有的描敘，卻能以共五劇二十折的大幅，來寫那麼一個戀愛的喜劇。於是作者們便有了可以充分的發展他們的才情的機會。在寫張生一個少年書生的狂戀，作者已是很用心用力的了。從初見到圖謀再見，從退賊到拒婚，從和詩到遞簡，從跳牆到被嗔責，從臥病到佳期，從別離到驚夢，從送書到受物，從鄭恆作梗到團圓，他差不多時時的都在戀愛的驚風駭浪的顚簸之中。時喜時憂，時而失望，時而得意。那麼曲折細膩的戀愛描寫，在同時劇本中，固然沒有，即後來的傳奇中，也少有如此細波粼粼，綺麗而深入的描狀的。於少女鶯鶯的心理與態度，作者似乎寫得尤爲著力。張生尚易寫，而像鶯鶯那樣嬌澀的少年女郎，卻更難寫。一位嬌貴的相國小姐，平常不大出閨門，不是不認識戀愛的感召，卻只是沉默不言，欲前故卻，欲卻又前，屢欲掩抑其已被喚起的情緒，卻終於不能掩飾得住。及佳期以後，老夫人揭破了她的秘密時，她方才完全放下了處女的情態，而抱著狂戀的少婦的眞實面目。自此，相思、寄物等折，無一不是表現著她的熱戀的情緒的。前後的鶯鶯，幾乎是兩個人。〈佳期〉之前，是寫得那麼沉默含蓄。〈拷紅〉之後，是寫得那麼奔放多情。久困於禮教之下的少女的整個形象，已完全爲實甫所寫出了。無怪乎一般的少年男女，那麼熱烈的歡迎著此作。原來這便是他們自身的一幅集體的映象呢！

《西廂》的頂點，在於第三劇及第四劇，而第四劇寫張生與鶯鶯的別離，尤極淒美之致。

〔端正好〕碧雲天，黃花地，西風緊，北雁南飛。曉來誰染霜林醉，總是離人淚。

〔滾繡球〕恨相見的遲，怨歸去的疾。柳絲長，玉驄難繫。恨不得倩疏林，掛住斜暉。馬兒慢慢行，車兒快快隨，恰告了相思迴避，破題兒又早別離。聽得道一聲去也，鬆了金釧；遙望見十里長亭，減了玉肌，此恨誰知！

〔叨叨令〕見安排著車兒馬兒，不由人熬熬煎煎氣，有什麼心情，花兒靨兒打扮的嬌嬌滴滴媚，準備著衾兒枕兒，則索昏昏沉沉睡。從今後衫兒袖兒都搵做重重疊疊淚！兀的不悶殺人也麼哥！（同上一句）久已後，書兒信兒索與我悽悽惶惶的寄。

〔小梁州〕我見他閣淚汪汪不敢垂，恐怕人知。猛然見了他把頭低，長吁氣，推整素羅衣。

〔四邊靜〕霎時間杯盤狼藉，車兒投東，馬兒向西。兩處徘徊，落日山橫翠。知他今宵宿在那裡？有夢也難尋覓。

這是一紙絕妙的抒情詩曲，非出之於一位大詩人之手不辦的。那麼雋美的白描情曲，乃是後來力欲模擬的人所決難能追得上的。《西廂》的盛行，這大約也是原因之一。漢卿的第五劇，本來有些強弩之末，所以不能討好是當然的事。但他也甚爲用心的寫，像：

〔醋葫蘆〕我這裡開時和淚開，他那裡修時和淚修。多管是筆尖兒未寫淚先流，寄來書淚點兒兀自有。我將這新痕把舊痕湮透，這的是一重愁翻做了兩重愁。

〔梧葉兒〕他若是和衣臥，便是和我一處宿，但黏著他皮肉，不信不想我溫柔。（紅云）這裹肚要怎麼？（旦兒唱）常不離了前後，守著他左右，緊緊的繫在心頭。（紅云）這襪兒如何？（旦兒唱）拘管他胡行亂走。

之類，也都是很好的詩。

白樸亦爲自金入元者。但行輩較後於關、王。樸字仁甫，後改字太素，號蘭谷，眞定人。父華，《金史》有傳。《錄鬼簿》云：樸贈嘉儀大夫；掌禮儀院太卿。樸在金亡時，年僅七歲，惟自己以爲是金世臣，不欲仕於元，乃屈己降志，玩世滑稽。徙家金陵，從諸遺老，放情山水間。中統初，有欲荐之於朝者，樸力辭之。其詩文有《天籟軒集》。他的雜劇凡十六種，今存者惟《唐明皇秋夜梧桐雨》及《裴少俊牆頭馬上》二種而已（此二種俱有《元曲選》本）。尙有《東牆記》、《流紅葉》及《箭射雙雕》三劇，皆有殘文存，見於我輯的《元明雜劇輯佚》中。樸所作範圍也甚廣，惟以善寫嬌艷的戀愛劇著名。而《梧桐雨》一劇，尤爲人人所知。《梧桐雨》以短短的四折，敘貴妃寵冠宮中，安祿山興兵造反，以至明皇幸蜀，馬嵬埋玉等事。而其頂點則在第四折。明皇由蜀回，做了太上皇，深宮無事，鎭日的思念著貴妃。到處的景物，都是添愁的資料。夢中分明見到玉環，請她到長生殿赴宴，醒來時，卻見雨打著梧桐樹，「一會價緊呵，似玉盤中萬顆珍珠落，一會價響呵，似玳瑁筵前幾簇笙歌鬧，一會價清呵，似翠岩頭一派寒泉瀑，一會價猛呵，似繡旗下數面征鼙操。兀的不惱殺人也麼哥！兀的不惱殺人也麼哥！則被他諸般兒雨聲相聒噪。」（以上〈叨叨令〉）「這雨，一陣陣打梧桐葉凋，一點點滴人心碎了，枉著金井銀床緊圍繞，只好把潑枝葉做柴燒鋸倒。」（以上〈倘秀才〉）這一夜，明皇是「雨和人緊廝熬，伴銅壺點點敲。雨更多，淚不少。雨濕寒梢，淚染龍袍，不肯相饒。共隔著一樹梧桐，直滴到曉。」在許多的元曲中，《梧桐雨》確是一本很完美的悲劇。作者並不依了〈長恨歌〉而有葉法善到天上求貴妃一幕，也不像《長生殿傳奇》那麼以團圓爲結束。他只是敘到貴妃的死，明皇的思念爲止；而特地著重於「追思」的一幕。像這樣純粹的悲劇，元劇中是絕少見到的。連《竇娥冤》與《漢宮秋》那麼天生的悲劇，卻也勉強地以團圓爲結束，更不必說別的了。《裴少俊牆頭馬上》，敘的是裴少俊與李千金的戀愛。始由馬上牆頭的相見，而成爲夫婦，中因少俊父親的作梗而拆散，終因少俊中舉得官而復聚。這是一本平常的戀愛喜劇，寫得卻很出色。

高文秀是很早熟的天才。《錄鬼簿》云：「文秀東豐人，府學，早卒。」然他雖早卒，所著的劇本，卻已有三十四種之多。如果他安享天年，則其成就，恐要較關漢卿爲尤偉。文秀所作，題材的範圍也甚廣，而寫得尤多者，則爲關於黑旋風李逵的劇本。自《黑旋風鬥雞會》、《黑旋風雙獻功》以下，共有八本之多。今存者惟《黑旋風雙獻功》一本。此外尚存二本，一爲《須賈誶范睢》（以上均見《元曲選》），一爲《好酒趙元遇上皇》（見《元刊古今雜劇》）。又有《周瑜謁魯肅》一種，今存一折，見於我編的《元明雜劇輯佚》中。《黑旋風雙獻功》敘鄆城縣人孫榮，娶妻郭念兒。念兒與白衙內有些不伶俐的勾當。榮不知。一日，榮夫婦要到泰山神州還神願。他到梁山泊請了李逵下山爲護臂。他們落在一家店中。念兒與白衙內約好，捉個空兒，二人便偕逃而去。榮去一個大衙門告狀。不料坐衙的，卻正是白衙內。遂將他下在死牢中。李逵送飯給他。牢子也吃。不知這飯中已下了蒙汗藥在內，牢子吃了，倒地不醒。李逵遂將一牢人都放了。第二天，逵又假扮爲一個侍候人，進了白衙內家中，殺了衙內與念兒，提了那兩顆人頭上山獻功。這裡的李逵，與《水滸傳》上的頗不相同。《水滸傳》中的李逵，是一味勇猛的，這兒的山兒，卻是很謹愼而且多智計的。《須賈誶范雎》敘的是：須賈在魏齊面前，誣罔范叔，叔因此被打幾死。他逃到秦，改名張祿，做了秦相。須賈恰奉使至秦。叔穿了敝衣去見他。賈贈他以綈袍。叔見其尚有故人之情，遂折辱了他一番，命他傳語魏王，速送魏齊頭來。這劇寫叔屈辱及得意的情形，都很好。《好酒趙元遇上皇》敘趙元因好酒而受了好多苦辛，終於在酒店中遇見上皇，拜爲兄弟，做了南京府尹。文秀的諸劇，大抵文字都是素樸之至，連一個典雅綺麗的字眼都不用，然自有一種渾厚之氣。在國語文學中，乃是白描的上乘的作品。

七

馬致遠號東籬，大都人，任江浙行省務官。《太和正音譜》列致遠於第一人，頌讚備至：「馬東籬之詞，如朝陽鳴鳳。其詞典雅清麗，可與靈光、景福相頡頏。有振鬣長鳴，萬馬皆喑之意。又若神鳳飛鳴於九霄，豈可與凡馬共語哉。宜列群英之上。」致遠作劇凡十四本，大半爲文人學士不得志者寫照，半則爲寫山林歸隱，神仙度人的作品，大抵都是與他自己的情緒思想有關係的。寫其他題材的作品如《漢宮秋》等，不過二三本而已。我們如將致遠的散曲，與他的劇本對讀一下，便可知他的劇本，並不是無所謂而寫作的。關漢卿的劇本中，看不出一毫作者的影子。致遠的劇本中，卻到處都有個他自己在著。儘管依照著當時劇場的習慣，結局是個大團圓，然而寫著不得志時的情景，他卻格外的著力。像《江州司馬青衫淚》和《半夜雷轟荐福碑》（皆有《元曲選本》），都是如此的寫法。連寫神仙度世，山林歸隱的劇本，像《呂洞賓三醉岳陽樓》、《太華山陳摶高臥》、《馬丹陽三度任風子》等等，似乎都是不得意的聊且以遺世孤高爲快意的寫法。我們試讀致遠有名的〈雙調夜行船〉（〈愁思〉）一曲：

百歲光陰一夢蝶，重回首往事堪嗟。今日春來，明朝花謝，急罰盞夜闌燈滅。（〈喬木查〉）想秦宮漢闕，都做了衰草牛羊野，不恁麼漁樵沒話說！縱荒墳橫斷碑，不辨龍蛇。（〈慶宣和〉）投至狐蹤與兔穴，多少豪傑！鼎足雖堅半腰裡折。魏耶？晉耶？……蛩吟罷一覺才寧貼，雞鳴時萬事無休歇。何年是徹！看密匝匝蟻排兵，亂紛紛蜂釀蜜，鬧穰穰蠅爭血。裴公綠野堂，陶令白蓮社，愛秋來時那些：和露摘黃花，帶霜分紫蟹，煮酒燒紅葉，想人生有限杯，渾幾個重陽節。人問我，頑童記者：便北海探吾來，道東籬醉了也。

再看《呂洞賓三醉岳陽樓》中的一支〈賀新郎〉曲：

你看那龍爭虎鬥舊江山，我笑那曹操奸雄，我哭呵，哀哉霸王好漢！爲興亡，笑罷還悲嘆，不覺的斜陽又晚。想咱這百年人，則在這撚指中間。空聽得樓前茶客鬧，爭似江上野鷗閒。百年人光景皆虛幻。我覷你一株金線柳，猶兀自閒憑著十二玉闌干。

恰恰是個很好的對照。《太華山陳摶高臥》諸作，也都充滿了這種很淺顯的人人都懂得的因悲觀而玩世的思想。爲了致遠是那樣的一位作家，正足以代表當時一大部分的士大夫不得志的情思，也正足以代表古今來不少抱著這同樣情思的文人學士。所以文人學士們，對於東籬這些十分的投合他們胃口的作品，都是異常的頌讚稱許。涵虛子之獨以東籬爲詞人之首，而不大看得起關漢卿，也便是這個緣故。總之，東籬的作品，大都是投合士大夫的，而漢卿的作品，則大都是投合於一般民衆的。不過像《任風子》、《岳陽樓》一類的東西，在民間卻也有相當的勢力。在東籬的作品中，最有名者，爲《破幽夢孤雁漢宮秋》一本（有《元曲選》本）。敘的是：漢元帝命毛延壽遍行天下，刷選宮女。延壽得一位美人王嬙，字昭君的，生得光彩射人，十分艷麗。但他家不肯出錢買囑延壽。他遂將美人圖點上些破綻。元帝因此不曾留意到她。一夜，她幽悶的在彈著琵琶，爲元帝所聞，遂得相見，大爲寵幸。一面他便要斬延壽之首。延壽逃入匈奴，獻上昭君圖形。單于指名要昭君和番，否則興兵入塞。元帝大驚，只得送昭君出塞。昭君到了黑龍江，遂投江而死。單于驚悼。因禍起毛延壽，遂將他送回漢廷治罪。全劇的頂點則在：昭君去後，元帝思念著她的已往情意，正在煩惱不寐，卻又遇著孤雁一聲聲的在雲間嗚叫著，一發感得情緒淒楚不堪。「早是我神思不寧，又添個冤家纏定。他叫得慢一會兒，緊一聲兒，和盡寒更，不爭你打盤旋，這搭裡同聲相應。可不差訛了四時節令！」這一折的情景，是布置得異常的淒雋的。息機子《雜劇選》中又載他的《孟浩然踏雪尋梅》一本，但那是明周憲王之作，並非他所寫的。

八

鄭廷玉，彰德人，生平事跡不可考。所作劇本凡二十四種。今存者凡五種：《楚昭公疏者下船》、《包待制智勘後庭花》、《布袋和尚忍字記》、《看錢奴買冤家債主》及《崔府君斷冤家債主》（皆有《元曲選》本）。廷玉文字，也甚素質，但也並不鄙野。正是所謂雅士與俗人皆能欣賞的著作。《楚昭公疏者下船》敘伍員興兵入楚，楚昭公逃難過江。因風大船小，他的妻與子皆自投於江。後賴申包胥之力，求得秦兵，楚國得以復興。他的妻子也為龍王所救，並未死。《布袋和尚忍字記》乃是一本與馬致遠的《三度任風子》題材結構都很相同的「仙人度世」劇。《看錢奴買冤家債主》敘賈仁得了周家的財，安享二十年後，乃復為周榮收回的「因果劇」。《崔府君斷冤家債主》也是如此的一劇。張善友的二子，一善積財，一甚浪用。原來其一為負他的債者所投生的，其他則為他欠其人之債者所投生的。經了他友人崔子玉的說明，善友才恍然而悟。這裡的崔子玉大約便是小說與傳說中的崔府君，也即在冥府為唐太宗處分訴狀的崔判官。《包龍圖智勘後庭花》乃是同時代許多包公的公案劇中的一本。這一類的公案劇，在結構上往往是陳陳相因，題材也不外乎家庭慘變，因奸殺人一類的事。

尚仲賢，眞定人，江浙行省務官。所作劇本凡十種，十二本。今存者凡四本：《洞庭湖柳毅傳書》、《漢高祖濯足氣英布》各一本，及《尉遲恭三奪槊》二本。此外《越娘背燈》、《歸去來兮》及《王魁負桂英》三劇，有殘文見於我編的《元明雜劇輯佚》中。《尉遲恭三奪槊》有《元曲選》本（其名略異，作《尉遲恭單鞭奪槊》），有元刊《古今雜劇》本。二本內容完全不同。或者二者乃是前後本，都是尚仲賢所著的吧。這是比較容易解釋的一個假定。《元曲選》中的《尉遲恭單鞭奪槊》，敘的是：尉遲恭投唐之後，因曾打了三將軍元吉一鞭，生怕他記恨。果然，元吉乘李世民回京之隙，卻將恭下在死牢，只要死的，不要活的。徐茂公大驚。追了世民回營。元吉說是尉遲恭逃走，故被他捉回。但世民命他們當場試演的結果，元吉卻三次爲恭所捉。他才不敢多說。李世民去偷看洛陽城，爲單雄信所追迫，無人解救。尉遲恭奮不顧身的，以單鞭奪了雄信的槊，救了世民回來。後來世民在榆科園與雄信戰大敗，又是恭率兵殺得雄信反勝爲敗，鼠竄而去。元刊《古今雜劇》本的《尉遲恭三奪槊》，敘的卻是：元吉、建成兄弟，屢欲篡位，怕的是秦王跟前有尉遲恭，無人可敵。便使了一計，於高祖前讒害恭。高祖大怒，捉下恭來。賴劉文靖苦苦的勸住了，只削職放他歸去。後來他與元吉在御園中比武，他赤手空拳的與元吉爭鬥。元吉雖持著武器，卻哪裡是他的對手。不久，便喪敗於他的手中。高祖也不罪他。這兩本不同的尉遲恭，恰恰是前後不同時的故事，很有是前本、後本的可能。《漢高祖濯足氣英布》，敘楚、漢相持之際，漢高招降了英布。始是濯足不理他，繼則親自獻上牌劍，親自爲他推車。布驚喜過度，遂爲漢高祖出力攻項羽，大勝而歸。漢皇封他爲九江王。《洞庭湖柳毅傳書》，敘柳毅下第而歸，在涇河岸上，遇見龍女，託他帶信到洞庭。其後洞庭君德之，乃以龍女歸他爲妻。仲賢善於寫英雄，他所寫的尉遲恭及英布，都是虎虎有生氣的。

武漢臣，濟南府人，未知其生平。所作凡十三種。今存者三種：《散家財天賜老生兒》、《李素蘭風月玉壺春》、《包待制智勘生金閣》。又有《三戰呂布》一劇，有殘文存於《元明雜劇輯佚》中。漢臣的《散家財天賜老生兒》一劇，曾有過英文譯本。這劇的結構頗好。元劇中像《老生兒》那麼饒有迷離惝怳之致的，卻不多。劉從善無子，招張郎爲婿。其婢小梅有孕，張郎意欲害她。其妻乃與他同設一計，假說小梅逃走。從善十分悲哀，遂分散家財給乞丐。清明時，張郎去上墳，卻只上張家墳，不上劉家墳。於是從善淒然，勸說其妻，以侄爲子。到了從善壽辰，張郎來拜壽，從善卻不許他們入門。其女引張乃引了小梅和小梅所生之子同來。原來，小梅向是引張供給著的。這事連她丈夫張郎也不知道。於是從善無子而有子，心中大喜，將家財分爲三份。《李素蘭風月玉壺春》，敘李斌與妓女李素蘭，情好甚篤。斌因金盡，爲鴇母所逐。李素蘭誓志不從他人。後斌得官，二人乃團圓終老。這個戀愛喜劇的題材，乃元劇中所習見的，惟結構甚佳。《包待制智勘生金閣》，雖也是公案劇中的惡霸恃強，鬼魂索命的陳套，卻仍以巧妙的結構見長。漢臣對於結構的特長，乃在能於最後最緊張之時，而將全局的迷離惝恍的結子，都一齊解開了。但在未解開之前，我們仍不能預知其將如何的解法。像《老生兒》的最後的見子；像《玉壺春》的李素蘭，原來姓張不姓李；像《生金閣》的包拯，請了龐衙內宴會，而突然提了他，都是使用這個特殊的布局的結果。

康進之也與高文秀一樣，善於寫黑旋風的故事，他的兩本雜劇，《梁山泊黑旋風負荊》與《黑旋風老收心》，全都是寫李逵的。今存《黑旋風負荊》一本（見《元曲選》）。進之，棣州人，一云姓陳。他的《黑旋風負荊》，實較高文秀所作的《雙獻功》爲高。文秀寫黑旋風，其性格尚未很分明，進之所寫的黑旋風，則已活潑潑的將這位黑爺爺面目全般揭出。卻說，有一天，李逵下山喝酒，知道了王林的女兒滿堂嬌爲強人宋剛、魯智恩搶去。這二人原是冒著宋江、魯智深之名去的。逵還以爲此事眞的是他們二人幹的，便氣憤憤的要向二人問罪。一見面，不分青紅皂白，使斧便斫，狀如發瘋。虧得爲旁人所阻。宋江聞悉原委，乃允以首級爲賭，同到山下王林店中質證。質證的結果，原來搶滿堂嬌去的，並不是他們二人，雖然姓名似乎相同。李逵心中大爲驚惶，乃慢騰騰上山而去。他向宋江負荊請罪。但宋江不理，只要他的首級。他不得已取劍來要自刎。正在這時，王林趕來報信，說：宋剛、魯智恩二賊已爲他灌醉在家。江乃命逵與魯智深一同下山，捉了二賊上山殺了。此劇結構的緊密。曲白的迫切而雋美，描寫的細膩深刻，實爲元劇中最上乘的作品。幾乎無一語是虛下的，無一處是不緊張的。他將魯莽而忠義的黑旋風的性格，整個刻畫在紙上，其力量幾乎要直透紙背。第三折更是特別的好。其初逵非常的自信，直視宋、魯二人如狗羊，和他們一同下山去質證時，只恐他們乘隙脫逃，或前之，或後之，有如解差的監視囚犯。但後來，證實了宋、魯二人並不是眞實的強人時，他的盛氣卻不知不覺的消失無存了。先是憤憤的似欲遷怒於王林，繼則懊喪嘆氣，有如一隻鬥敗了的公雞。下山時是趾高氣揚，大跨步而來；如今上山時，卻低頭視地，一步挨一步的，慢騰騰而去。像那樣的情景，讀了眞要令人叫絕。

李文蔚也寫有一本《水滸》的劇本：《同樂院燕青博魚》（《錄鬼簿》作《報冤台燕青博魚》）。寫的卻不是李逵，而是燕青。像小乙那樣勇敢伶俐的人物，本來是不容易寫得好的。所以文蔚此劇，所寫的未見得會如何的高超。文蔚，眞定人，江州路瑞昌縣尹。所作劇凡十二本，今惟《燕青博魚》一劇存。《博魚》的題材，與高文秀的《黑旋風雙獻功》頗同，左右不過是蕩婦私通衙內，豪傑爲友復仇而已。但文蔚所寫的燕青，卻不甚像《水滸傳》上的小乙。他眼瞎求乞，博魚過日，都只是小無賴的勾當。

楊顯之與關漢卿爲友，也寫著《黑旋風喬斷案》一劇，但今已不存。存者爲《臨江驛瀟湘夜雨》及《鄭孔目風雪酷寒亭》二劇（均見《元曲選》）。《錄鬼簿》云：「顯之，大都人，與漢卿莫逆交。凡有珠玉，與公較之。」《酷寒亭》的題材，頗似《雙獻功》與《燕青博魚》，惟情節較爲曲折淒楚耳。鄭孔目救了殺人犯宋彬，贈銀而別。後來他娶了蕭娥爲妻。娥乘他上京，與高成成奸，且虐待他前妻之子，逐他們出去。鄭孔目歸時，遂殺了蕭娥。他到府自首，府尹判他刺配沙門島。解差恰是高成。他們到了酷寒亭，風雪交加。兩個孩子要去叫化殘羹剩飯給他吃。其情景至爲悲楚。他們遇見了宋彬。這時彬已爲山大王。遂帶領了嘍羅，殺死了高成。《臨江驛瀟湘夜雨》也是一個悲喜劇，大似明人平話《金玉奴棒打薄情郎》（見《今古奇觀》），其結局也很相類。張天覺有女翠鸞，因船覆，中途失散。她爲崔老所救，後乃與他侄兒崔甸士結婚。甸士上京應試得官，卻別娶了試官之女，一同上任。翠鸞前去尋訪，甸士卻將她當作逃奴，命人押她到沙門島去。她父親天覺，這時已爲天下提刑廉訪使。在臨江驛暮雨瀟瀟之中，與翠鸞相遇。翠鸞訴知前事，天覺大怒。翠鸞親自率了父親的侍從，去捉甸士及他的新夫人來，要殺壞他們。崔老苦苦哀告，她始復認他爲夫。卻迫他將新夫人休了，改作梅香。

李壽卿與鄭廷玉同時，太原人，將仕郎，除縣丞。所作劇本凡十種。今存《說專諸伍員吹簫》與《月明和尚度柳翠》二本。《度柳翠》與馬致遠的《三度任風子》及同人的《三醉岳陽樓》，其題材與結構，皆甚相同。不過月明和尚所度者卻是一個妓女而已。此種仙佛度世劇，千篇一律，總是不會寫得很好的。《伍員吹簫》敘伍員的父伍奢，爲費無忌所讒殺。員逃奔鄭國。楚使養由基追他。基射他三箭，皆係咬去箭頭的。因此，他得以脫命至鄭。但在鄭立身不住，又南奔於吳。遇浣紗女，給他飯吃。他深恐女泄出消息。但此女卻抱石自投於江以自明。又至江邊喚渡，漁父渡了他過去，也自刎而亡，以免他見疑。員到吳，不遇。流落市間，吹簫乞食。遇俠士專諸，拜爲兄弟。十八年後，員借得吳師，一戰勝楚。專諸捉了費無忌來。員又欲伐鄭。但鄭子產卻訪得漁父之子來說他。他方允不去伐鄭。又贍養了浣紗女之母，以報前德。子胥的故事，是民間所最流行的。但元劇中卻僅有壽卿此劇存。我們如將他與敦煌發現的變文《列國志》殘文相對勘，頗可見出伍子胥故事的最早形式是如何的式樣。

紀君祥，大都人，與李壽卿、鄭廷玉同時。所作劇凡六本。今存《趙氏孤兒大報仇》一本（見《元曲選》）。《趙氏孤兒》頗流行於歐洲，曾有德文及法文譯本。此劇事實，本極動人，君祥寫得也很生動。卻說晉國屠岸賈殺了趙家三百口，只有趙朔的妻，是晉國公主，不曾受害。她生了一子。屠岸賈知道此信，即命軍士把守宮門，不讓嬰孩走脫。但程嬰卻進宮救出嬰孩來。把門的下將軍韓厥放出他們後，便自刎而死。岸賈知道此耗，大索全國，命將國內一月以上，半歲以下的嬰孩，都要送來殺了。嬰知事急，便去與公孫杵臼商議，將他自己的孩子詐爲趙兒，且自去出首，說杵臼藏著趙兒。岸賈在杵臼家中，果然搜出一個嬰孩，連杵臼一併殺了。因此他甚寵任程嬰，並將嬰子過繼爲己子。二十年後，趙氏孤兒已經長成。他名程勃，又名屠成。一日，程嬰故遺畫卷於地，由勃拾得。然後嬰才說明前事。程勃大怒，便奏知晉王，捉著岸賈殺了。這樣的血仇的報復，在中國保存得很久。「父仇不共戴天」的一語，至今還有人信奉著。而《趙氏孤兒》一劇，卻充分的足以描寫出這種可怖的報仇舉動。岸賈之欲全滅趙族，與孤兒的大報仇，全都是爲了這個傳統的道德之故。

石君寶，平陽人，其生平未知。作劇凡十本。今存者爲《魯大夫秋胡戲妻》及《李亞仙詩酒曲江池》二本（均有《元曲選》本）。《曲江池》的故事，本於唐白行簡的《汧國夫人傳》。當然，君寶此劇，不會及得上明人的傳奇《繡襦記》的。但他的敘寫，也自有其勝處。洛陽府尹鄭公弼有子元和，上京赴選。他在曲江池與妓女李亞仙相遇，顧盼不已，三墜其鞭。遂與亞仙同至她家。一住兩年，金盡，被鴇母所逐，窮無所歸，與人唱挽歌度日。府尹知道此事，親自上京來尋他，將他打死在杏花園。亞仙跑去喚醒了他，卻爲虔婆所迫歸。但在大雪飛揚之中，亞仙終於尋了元和回來，一同住著。元和奮志讀書，一舉得第，授爲洛陽縣令。他不肯認父。經亞仙的苦勸，方始父子和好如初。《秋胡戲妻》敘的是，劉秋胡娶妻羅梅英，剛剛三日，乃為勾軍人勾去當兵。一去十年，毫無消息。當地李大戶見梅英貌美，欲娶她為妻。梅英不從。這時秋胡已做了中大夫。他告假回家。魯公又賜他黃金一餅。他微行歸家，見一個美婦在採桑，便以餅金去誘她。但為此婦所斥責。秋胡到了家，母親命他的妻出見，原來便是採桑婦。她抵死不肯認他為夫，只要他一紙休書。後由他母親的轉圜，方才和好如初。李大戶正著人來搶親，秋胡喝左右縛送他到縣究治。這與最初的秋胡傳說，頗不相類。此劇之將秋胡妻的自殺的結局，改為團圓，當然是要投合喜歡團圓無缺憾的喜劇的觀眾的胃口的。

元刊《古今雜劇》更有《風月紫雲庭》一劇，其情節也頗類《曲江池》，敘妓文韓楚蘭守志不屈，終於得到良好結果。按《錄鬼簿》所載石君寶著的劇目中原有此《風月紫雲庭》一種。也許此劇便是《錄鬼簿》所云的一種。但同書戴善甫名下，卻也著錄有《風月紫雲庭》一本。不知此本究竟誰作。

吳昌齡，西京人，生平未詳。所著雜劇凡十一種。今存《唐三藏西天取經》、《張天師斷風花雪月》及《花間四友東坡夢》三種。《西天取經》為現存元劇中最長的一部。《西廂記》的五劇，已是元劇中極長的了，但《西天取經》卻有六本，二十四折，較《西廂》還多出一本。《西天取經》的六本，各有題目正名，每本都是可以獨立的。第一本敘陳光蕊被難，夫人殷氏為賊劉洪所占。洪冒了光蕊之名，赴洪州知府之任。殷氏原已有孕，兒子生出後，又被洪棄入江中。金山寺長老收養著他，剃度為僧，法名玄奘。十八年後，遂捉了劉洪，報了父仇。但其父並未死，乃為龍王所救得。正在他們的團圓歡聚之際，觀音卻來喚玄奘到長安祈雨救民，且到西天求經。第二本敘玄奘被封為三藏法師，奉詔往西天求經。觀音奏過玉帝，差十方保官保唐僧沿途無事。第三本敘花果山有孫行者的，攝了金鼎國公主爲妻，又偷了西王母的仙衣仙桃。因此，觀音降伏了他，將他壓於花果山下。唐僧經過花果山，救出行者，收他爲徒，取名悟空。觀音將鐵戒箍安於他頭上。師徒經過流沙河，遇見沙僧，也收伏他爲徒。中途，行者救了劉太公之女，殺了銀額將軍。卻爲紅孩兒所算，乘機攝了唐僧去。行者藉了佛力，終於救回師父。第四本敘豬八戒自稱黑風大王，騙了裴海棠禁在山洞中。行者師徒經過此山，救了海棠，但唐僧又爲八戒乘隙攝去。行者請了灌口二郎來，方才救出唐僧，降了八戒，同上西天。第五本敘唐僧經過女人國，火焰山，歷遭魔劫。終於得觀音衛護，平安過去。第六本敘師徒們到了天竺，取經回東土。行者、沙僧、八戒卻在天竺圓寂了。佛命另差成基等四人送他回長安。他遵囑閉了眼，果然即刻已至。這時，離去時已在十七年後了。玄奘回後。開壇闡教，功德甚多。最後，佛命飛仙引他入靈山會正果朝元。此劇氣象甚爲偉大，惟事跡過多，描寫未免粗率，遠沒有《西廂》那麼細膩婉曲。這也許是爲題材所拘，不能自由描寫之故。《張天師》，敘張天師判決了魔人的桂花仙子事；《東坡夢》，敘佛印藉神通命柳、梅、竹、桃四友，在夢中與東坡相會，終於折服了東坡，剃度了白牡丹。這二劇帶著很濃厚的仙佛傳道的色彩，這種題材在元劇中是並不罕見的。

戴善甫，眞定人，江浙行省務官。所作劇凡五種。於上述《風月紫雲庭》外，尚有《陶學士醉寫風光好》一本，存於《元曲選》中，《詩酒玩江樓》一劇，存殘文二折，見於《元明雜劇輯逸》中。《風光好》敘的是：宋太祖差陶穀至南唐，欲說降李主。李主託疾不朝，由韓熙載擔任招待。穀威儀凜然。熙載設計，命妓女秦弱蘭，冒作驛吏寡婦，乘機挑他。他果爲所惑，詠一首〈風光好〉給她。第二天，南唐相梁齊丘請他宴會，席次命弱蘭出唱〈風光好〉。穀自知失儀。不能畢其使命，便投奔杭州錢俶處。卻與弱蘭約好，要來娶她。曹彬下江南時，弱蘭也逃到杭州去。錢王在湖山堂上設宴，要試弱蘭的心。他使弱蘭自在人叢中尋殺。尋到後，他故意不承。弱蘭欲碰階自殺。錢王連忙阻止了她，使他們團圓。

王仲文，大都人，其生平未知。作劇凡十本。今存《救孝子賢母不認屍》一本。《救孝子》乃是一本「公案劇」，但公正聰明的官府，卻是王脩然，而不是習見的包拯。李好古，保定人，或云西平人，作劇三本。今存《沙門島張生煮海》一本。宋末元初有兩李好古，皆著《碎錦詞》，恐非即此作劇的李好古。此李好古的生年或當較後。《張生煮海》的曲文殊佳。敘的是天上的金童玉女因思凡而被罰下生世間。男為張羽，女為龍女。張生寄住石佛寺。一夕，彈琴自遣。龍女出海潛聽，大為所動，遂與他約為夫妻，並囑他在八月十五日相見。惟張生等不到八月十五日便去尋她。但人海間隔，任怎樣也見不到她。途遇毛女，她卻送他三件法寶用以降伏龍王，不怕他不送出女兒來給他。張生到了沙門島，取出法寶來用，乃是一銀鍋，一鐵勺子，一金鼎。張生支了行灶，將海水勺入鍋中燒著，海水即便沸滾。龍王大驚。他問明了原委之後，便以女瓊蓮給他為妻。不久，東華大仙到了海中，說明二人的本相，仍領了他們回天去。結構原也平常，然在文辭上，作者卻頗得到了成功，具著元劇所特有的美暢而淺顯的作風。

張壽卿的《謝金蓮詩酒紅梨花》（有《元曲選》本），也是一部戀愛喜劇，在結構上，卻遠勝於《張生煮海》。壽卿，東平人，浙江省掾吏。《紅梨花》的題材，明人曾有兩部傳奇取之，除了描寫的較為綺膩之外，其布局似尚不及壽卿的此劇。壽卿此劇，其巧妙之點，乃在故意將劇情弄得很迷離，明明是個有血有肉的少女，卻故意說她是鬼，以至熱戀著的趙汝州不得不急急的逃去。及至最後團圓的一霎，見了她還連呼：「有鬼！有鬼！」其結構的高超，很可與武漢臣諸劇並美。

岳伯川，濟南府人，或云鎮江人。作劇二本，今存《呂洞賓度鐵拐李》一本。《鐵拐李》原是一本題材很陳腐的「神仙度世劇」，惟此劇較爲新奇之點乃在：岳壽死後，卻借了李屠的屍身還魂，因此，連他也迷亂不知所措。最後，乃由呂洞賓度他登仙，以解決一切的糾紛。伯川寫岳壽初醒時的迷亂，念家時的情緒懇切，發現身體已非本來面目時的驚惶，都寫得很好。

石子章，大都人。作劇二本，今存《秦修然竹塢聽琴》一本。這也是一部戀愛劇，但超出於一般戀愛劇的常例之外，秦修然所戀者卻是一位少年的女尼（這女尼幼年時本與他訂婚）。其題材與明代高濂的《玉簪記》完全相同。但在描寫上卻遠及不上《玉簪記》。其中梁州尹故意的傳布著鄭道姑是鬼的巧計，又與張壽卿的《紅梨花》相彷彿。

王伯成，涿州人，作劇三本，今存《李太白貶夜郎》一本（見元刊《古今雜劇》）。他將關於李白的種種傳說都引進劇中。始於貴妃磨墨，力士脫靴，終於水中撈月，龍王水卒迎接他。作者始終將李太白寫成了沉醉不醒的酒徒，口口聲聲離不了酒字醉字。但在沉酣遺俗之中，也未嘗沒有憤世之念在：「〔太平令〕大唐家朝治裡龍蛇不辨，禁幃中共豬狗同眠，河洛間途俗皆現，日月下清渾不變，把謫仙盛貶一年半年，浪淘盡塵埃滿面。」伯成所極力描寫的似便是那樣的一位有託而逃，「衆人皆醉而我獨醒」的李太白。在這一點，他寫得是很成功的。

孟漢卿，亳州人，作劇一本：《張鼎智勘魔合羅》，今存。孫仲章（或云姓李），大都人，作劇三本。今存《河南府張鼎勘頭巾》一本。（以上二劇皆見《元曲選》）他們所作的這兩本都是「公案劇」，且都是以張鼎爲主人翁的。《魔合羅》敘李德昌妻被誣殺夫，爲張鼎勘得眞情，出了她的罪。《勘頭巾》敘王小二被誣殺了劉員外，也爲張鼎發現其眞情，知道殺人者乃係劉妻的情人王知觀而非小二。這二本「公案劇」，其結構頗與一般的「公案劇」不同。一般的公案劇，主人翁總是「開封府尹」一類的負責大吏，不是包拯，便是錢可道，或王脩然。在這裡，判案的卻是一位小小的孔目張鼎。在元代，孔目原是可以左右官府的。也許這張鼎實有其人，其聰明的判案的故事曾盛傳於當時的。

李行道（一作行甫），絳州人，他的《包待制智賺灰闌記》（見《元曲選》）也是一部公案劇，也以包拯爲主人翁。《灰闌記》敘的是：張海棠嫁了馬員外，生有一子。馬員外死後，他的大婦與海棠爭產爭子，誣告著她。她被屈打成招，解送到開封府治罪。府尹包待制，巧設一計，在地上用石灰畫了一闌，命二婦拽孩子出闌外，拽得出的，便是眞母。海棠不忍傷害她兒子，兩次拽不出。包待制知道她必爲這孩子的眞母，遂申雪了她。這故事與《舊約聖經》中，蘇羅門王判斷二婦爭孩的故事十分相類。也許此劇的題材原是受有外來故事的影響的吧。

孔文卿，平陽人，作劇一本：《秦太師東窗事犯》，今存（見元刊《古今雜劇》）。但第二期的作家金仁傑也有《秦太師東窗事犯》一劇。《古今雜劇》不著作者姓名，不知此劇究竟誰作。《東窗事犯》敘的是：岳飛連破金兵，聲勢極盛。秦檜卻以十三道金牌招他入京，下飛於大理寺獄問罪。檜與妻在東窗下商議，以「莫須有」三字，殺害了他和岳雲、張憲。地藏神化爲呆行者，在靈隱寺中泄漏了「秦太師東窗事犯」。何立奉命去拘捉呆行者，誰想人已不見。遂追往東南第一山去，實際上卻入了地獄，見秦檜戴枷受罪。何立回去一說，唬得檜妻王氏腮邊流淚。這時檜已病甚。不外遂被拘入地獄，受諸般苦刑，而岳飛等則升天爲神。明代傳奇中，也有《東窗記》一本，也便是敷演此事的。

狄君厚也是平陽人，著《晉文公火燒介子推》一劇（見《古今雜劇》）。敘的是：晉獻公寵愛驪姬，囚公子申生。介子推諫之不聽。後申生被殺，子推隨了重耳出奔。重耳歸國即位，賞了從亡諸臣，獨忘了子推。子推作了一篇〈龍蛇歌〉懸於宮門，然後偕母亡入深山。重耳入山求子推不得，便放火燒山，以爲他見火必出。不料子推竟抱樹燒死不出。這故事本來是很悲慘的。君厚在第四折中借著樵夫之口，痛責晉文公一頓。

以上作劇者皆爲漢人，獨李直夫則爲女眞人。直夫本名蒲察李五，德興府住。所作劇凡十二本，今存《武元皇帝虎頭牌》一本（見《元曲選》），但劇名作《便宜行事虎頭牌》）。敘的是：王山壽馬升任爲天下兵馬大元帥，以金牌千戶的印子交給他叔叔銀住馬。銀住馬好酒。一日，酒醉，被賊打破山夾口，擄去人口馬匹。但他連忙追去奪回。元帥聞知此事，招他來，判斬。家族、部下環懇以情，元帥俱不從。後知銀住馬曾奪回人馬，便赦死杖百。第二天，元帥擔酒牽羊，與叔叔煖痛。銀住馬其初閉門不納。後經懇說，乃始納他入門。山壽馬說明，昨日打他的不是侄兒，乃是「虎頭牌」。銀住馬遂與他和好如初。此劇敘的都是金代之事，也許其著作的年代乃在元代滅金之前。

在第一期的劇作家中，不僅士大夫爭寫著劇本，即娼夫也都會寫。像張國賓諸人，且都寫得不下於士大夫。《太和正音譜》頗看不起他們，在最後別立一名曰「娼夫不入群英」，並引趙子昂的話道：「娼夫之詞，名曰綠巾詞。其詞雖有切者，亦不可以樂府稱也。」這樣的「娼夫作家」凡四人，一、趙明鏡，二、張酷貧，即張國賓，三、紅字李二，四、花李郎。馬致遠、李時中曾與花李郎、紅字李二合作《開壇闡教黃粱夢》（見《元曲選》）一劇，亦爲「神仙度世劇」之一，與《任風子》、《岳陽樓》等沒有什麼特異的地方。時中，大都人，中書省掾，除工部主事。紅字李二，京兆人，教坊劉耍和婿。花李郎亦爲劉耍和婿。《黃粱夢》第一折爲致遠作，第二折爲時中作，第三折爲花李郎作，第四折爲紅字李二作。趙明鏡之作今不存。張國賓則作劇凡四種，今存者三本，即《相國寺公孫合汗衫》、《薛仁貴榮歸故里》及《羅李郎大鬧相國寺》。國賓（賓一作寶），大都人，「即喜時營教場勾管」。《合汗衫》敘張孝友救了陳虎，虎反將他推入水中，而娶了他妻李玉娥。十八年後，孝友所生之子張豹做了官，方才報得前仇。《羅李郎》敘羅李郎收留了蘇湯哥及孟定奴，將他們配爲夫婦。湯哥爲侯興所害，陷入官獄，興卻謊報湯哥已死。李郎一氣而病。侯興乘機拐了定奴而逃。後來湯哥、定奴俱遇見自己做了官的父親，侯興也被捉定罪。他們是團圓著了，卻撇下一位孤零零的羅李郎，暗自悲傷。這一劇略帶有悲劇的意味。《薛仁貴》敘仁貴往絳州投軍，隨張士貴征高麗，打葛蘇文，得了五十四件大功，定了遼國。但其功勞俱爲士貴所冒。他與士貴爭辯。二人比箭之後，方以功盡歸仁貴。這一夜，他夢見自己回家，爲士貴所捉，要殺壞他，一驚而醒。便懇求徐茂公放他回家省親。茂公許之，且妻之以女。「壯士十年歸」，父母之喜可知！合家正在團圓歡宴之際，茂公又奉了聖詔，給他們加官進爵。薛仁貴的故事，在小說劇本中流傳得很廣。今所知的，當以此劇爲最早。明人的傳奇《跨海征東白袍記》以及小說《說唐征東傳》等，皆出於此劇。

九

第一期的雜劇作家，有劇本流傳於今者，已盡於此。這一期的年代甚長，故作家最多，其作品流傳於今者也最多。但到了第二期，一面固然是年代較短，一面劇作家似也遠不如第一期內諸作家的努力。以一人之力而寫作六十本三十本以上的劇本的事，已成了過去的一夢。寫作最多的鄭光祖，只寫了十九劇，喬吉甫也只寫了十一劇，其他更可知。

第二期的作家當以楊梓、宮天挺、鄭光祖、喬吉甫爲主要者，而鄭光祖尤爲著名。或合之前期的關、馬、白三人而稱之爲「關、馬、鄭、白」四大家。尚有金仁傑、范康、曾瑞等也很有聲譽。

楊梓，海鹽人。至元三十年，元師征爪哇，梓以招諭爪哇等處宣慰司官，以五百餘人，先往招諭之。大軍繼進。爪哇降。梓後爲安撫大帥，官至嘉議大夫，杭州路總管。致仕卒，謚康惠。所作有《忠義士豫讓吞炭》、《霍光鬼諫》、《敬德不伏老》三劇。這三劇今皆有傳本。《豫讓吞炭》敘智伯滅了范氏、中行氏，又欲併吞韓、趙、魏三家。但反爲三家所乘，滅了他，共分其地。智伯臣豫讓欲爲智伯復仇，二次行刺趙襄子。最後一次，漆身吞炭，以毀其形。但終爲襄子所覺，被擒而死。《霍光鬼諫》敘霍光赤心爲漢，扶立昌邑王爲君。但昌邑王即位未及一月，已造下罪一千一百一十七樁。光遂廢了他，改立昭帝爲君。昭帝寵任霍山、霍禹，光不以爲然。諫之不聽，遂一病而死。死後。知山、禹欲謀逆，遂先期到宮中通知了昭帝，叫他爲備。這樣爲國忘家，大義滅親的舉動，便是「鬼」也很動人的。光的鬼魂入宮殿一段，頗似關漢卿的《西蜀夢》。惟所創造的幽怖的情景，則遠不如漢卿所創造的那麼淒楚。《不伏老》敘尉遲敬德不肯服老，仍欲掛印爲征東元帥事。其寫「烈士暮年，壯心不已」的情境是竭了心力的。

宮天挺字大用，大名開州人。歷學官，除釣台山長。卒於常州。所著劇本凡六種，今惟《生死交范張雞黍》一本存（見《元曲選》）。又有《嚴子陵垂釣七里灘》一本，見《古今雜劇》，未著作者姓氏。未知與《錄鬼簿》所著錄天挺的《嚴子陵釣魚台》是一是二。但其他元代劇作家並無與此相同的題目，則此劇之爲天挺作，也當可信。《范張雞黍》敘范巨卿與張元伯爲生死交。巨卿與元伯約定某年月日去訪他。果然如期而至。後來，元伯病死。臨終遺言，非待巨卿來，靈車不動。巨卿夢見元伯告他已死，果然素衣奔喪而來。靈車始動。太守第五倫深重其義，荐他爲官。《垂釣七里灘》敘漢嚴子陵爲光武舊友，光武爲帝，子陵不肯屈節，只在七里灘垂釣過活，蕭閒自得。劇中竭力誇張隱居之樂，而深鄙逐逐於祿利之後者。天挺爲官時，曾受過毀謗。如此寫法，或係自己有所深警於中吧。「〔金蕉葉〕七里灘從來是祖居，十輩兒不知禍福，常繞定灘頭景物。我若是不做官，一世兒平生願足。〔調笑令〕巴到日暮春，天隅見隱隱殘霞三百縷。釣的這錦鱗來，滿向籃中貯。正是收綸罷釣漁父，那的是江上晚來堪畫處，抖搜著綠蓑煙去。」其情調甚似馬致遠的《陳摶高臥》諸劇。

鄭光祖字德輝，平陽襄陽人。以儒補杭州路吏。《錄鬼簿》謂：「公之所作，名香天下，聲振閨閣。伶倫輩稱鄭老先生，皆知其爲德輝也。惜乎所作貪於俳諧，未免多於斧鑿，此又別論焉。」然就今所知者論之，光祖所作，實未見得具有如何的俳諧之處。他所作凡十九種，今存四種：《傷梅香翰林風月》、《醉思鄉王粲登樓》、《迷青瑣倩女離魂》（以上見《元曲選》）及《周公輔成王攝政》（見元刊《古今雜劇》）。《周公攝政》敘管、蔡流言，周公戡亂的事。《王粲登樓》敘王粲寄居荊州，鬱鬱不得志，因登樓遠望，浩然長嘆。酒醉之後，幾欲墮樓自殺。恰在這時，朝命到了，宣他爲天下兵馬大元帥，兼管左丞相。《傷梅香》與《倩女離魂》則皆爲戀愛的喜劇。《傷梅香》的情節與《西廂記》甚爲相類。不過將張生易爲白敏中，鶯鶯易爲小蠻，紅娘易爲樊素而已，而特著重於傳消遞息的樊素。說起技巧與文辭來，那是離《西廂》不止一箭地而已的。《倩女離魂》一劇，題材比較的新穎。張倩女與王文舉指腹爲親。文舉上京應舉，拜過岳母。張夫人卻只命倩女與他以兄妹之禮見。她因此鬱鬱不樂。她們到折柳亭送文舉起行。倩女歸後，一病懨懨，臥床不起。她的靈魂追上了文舉，一同上京。文舉也不知其爲出殼的靈魂。他一舉狀元及第，與倩女之魂同歸。這時，已在三年之後。文舉見了夫人，請罪不已，爲的是帶了她女兒同行。但夫人卻不信其言，因倩女原是好端端的臥病在床。她到了家，自向內房而去。入房後，便與床上的病者合爲一體，病也遂愈。於是大家始知道隨文舉上京，乃是離魂出殼的她。夫人遂命重排婚宴。追隨同行的一段，頗似《西廂》第四本的《草橋驚夢》的一段。此劇本於唐陳玄祐的《離魂記》，情節幾完全相同。光祖似也甚受第一期中諸大家的影響而不能自脫，故其劇本往往在不知不覺之間透露出模擬的痕跡來。但其曲文的美好卻確可使他成為一位大家。不過與關漢卿、王實甫相比，則未免有些不稱。後人以他為四大家之一，竟抑實甫與武漢臣、康進之諸人於下，而不得預與其列，實未免有些顛倒得可怪。

喬吉甫字夢符，太原人，號笙鶴翁，又號惺惺道人。所著小令，明人李開先曾為刻板流傳。或以他與張可久合稱為元代的李、杜。他所作的劇本凡十一種，今存者三本：《玉簫女兩世姻緣》、《杜牧之詩酒揚州夢》及《李太白匹配金錢記》（皆見《元曲選》）。此三本皆為戀愛的喜劇，寫得都很光艷動人，嬌媚可喜。題材未必是很新鮮的，布局也很落陳套。惟其新雋的辭藻，卻能救她們出於平凡之中。《金錢記》敘韓飛卿三月三日在九龍池畔見到王府尹的女兒柳眉兒，眷戀不已。柳眉兒也深有相顧之意，只礙著旁人，便拋下金錢五十枚給他。飛卿追趕她，直入王府。為府尹所見，將他吊起。虧得其友賀知章前來解救了他。王府尹留他在家，為門館先生。一日，金錢為府尹所見，知為己物，又將他吊起追究。恰好知章又來救了他。且宣他入朝。飛卿中了狀元，遂與柳眉成婚。

〔醉扶歸〕兀的不妝點殺錦繡香風榻，風流殺花月小窗紗。且休說共枕同衾靦當咱，若得來說幾句兒多情話，則您那嬌臉兒咱跟前一時半霎，便死也甘心罷。

像那麼的情語，全劇中是很不少的。《揚州夢》敘杜牧之到揚州見牛僧孺，遇見了少女張好好，甚爲留戀。後來牧之回京，僧孺方送好好給他。牧之的貪戀花酒之名，爲皇帝所知，幾欲因此罰他。賴京兆尹張尙之保奏無事。尙之因勸他此後「早罷了酒病詩魔」。《兩世姻緣》敘韋皋與上廳行首玉簫的情好甚篤。他上京應舉，約定三年歸來。但一去數年，一無音耗。玉簫鬱鬱成病而死。臨危時，自畫一像寄皋。十八年後，韋皋已官至鎭西大將軍。一日，至張延賞處宴會。延賞出其義女玉簫行酒。皋見玉簫貌肖從前的情人，且又同名，乃向延賞求親。他大怒，拔劍欲殺皋。皋乃率兵圍了張府。賴玉簫力勸，始罷圍而去。此事奏知皇帝。帝命延賞將玉簫嫁給了皋。延賞見了前世玉簫的肖像，方知兩世姻緣之言爲非虛誑。

金仁傑字志甫，杭州人。作劇凡七本，今存《蕭何月夜追韓信》一本，（見元刊《古今雜劇》）。又《秦太師東窗事犯》一本，今也存在，已見前，不知究竟是他作的還是孔文卿作的。《蕭何追韓信》敘韓信窮困時，寄食無所，漂母飯之，又爲惡少年所辱，出其胯下。他離了淮陰，投於楚國，不用。投沛公，亦不能重用。於是慨然負劍，不別而去。蕭何知信逃去，大驚，乘月夜追上了他，與他同歸，力荐於沛公。沛公遂拜他爲元帥。終於困楚王於九里山前，成了滅楚興漢的大功。作者著力於寫英雄未遇時的淒涼悲憤的氣氛，在這一點上，頗能創造些新鮮的空氣來。

范康字子安，杭州人。所著劇凡二本，今存《陳季卿誤上竹葉舟》一本。這也是一本「神仙度世劇」，與馬致遠衆人所作的《黃粱夢》、《任風子》等劇極爲相同。其文辭也未能有新穎傑出的地方。

曾瑞字瑞卿，大興人。自北來南，遂家於杭州。不願仕，自號褐夫。善丹青，能隱語小曲，有《詩酒餘音》行於世。所作劇本，則僅有《王月英元夜留鞋記》一本，今存（見《元曲選》），《錄鬼簿》作《才子佳人誤元宵》）。《留鞋記》敘郭華迷戀著胭脂鋪中的一位女郎王月英，與她約定元夜在相國寺觀音殿相會。不料那夜郭華喝得酒醉，月英推他不醒，便留下繡鞋香帕於他懷中而去。華醒後，懊喪不已，便呑了手帕而死。此事告到包待制衙中。包公訪出了繡鞋的來歷，捉了月英來。月英在華口拉出手帕來，華便復活。由包公的主張，這一對情人便很快活的成了婚。此事似爲當時的一件實事。在明人傳奇及皮簧戲中都有敘及此事的。像這樣戀愛喜劇，在許多同類的劇中，題材是較爲清新的。

秦簡夫、蕭德祥、朱凱、王曄四人也有劇傳於後。鍾嗣成自己也寫有雜劇七本，然今俱不傳。《元曲選》中尙載有李致遠、楊景賢二人的劇本。此二人不知生在何時，姑也附於此期之末。又，以作小說傳奇著名的羅貫中，他也著有劇本。

秦簡夫未知其里居、生平。《錄鬼簿》云：「見在都下擅名。近歲來杭，回。」則簡夫乃係常住於都下者。所作凡五劇，今存《東堂老勸破家子弟》及《宜秋山趙禮讓肥》二本（俱見《元曲選》）。《東堂老》敘趙國器因子揚州奴不肖，臨危時託他給東堂老照管。十年之後，揚州奴將父產用盡。財盡之後，人人便不再理睬他。他方才覺悟，知道勤儉。東堂老見他已回心轉意，便將他父親所寄託的財產，都還了他。《趙禮讓肥》敘趙孝、趙禮在宜秋山下住。趙禮入山遇強人馬武要殺害他，他哥哥趙孝與他爭死。馬武大爲感動，贈以銀米，自己也去邪歸正。光武平定天下後，武已因功封官，遂荐趙氏兄弟入朝爲官。

蕭德祥，杭州人，以醫爲業，號復齋。著雜劇五本，今存《楊氏女殺狗勸夫》一本（見《元曲選》）。又有南曲戲文等，今未見。《殺狗勸夫》敘孫榮與弟蟲兒不和，屢次欺虐他。但蟲兒並不怨怒。其妻楊氏，欲感悟其夫，便殺了一狗，穿上人衣，放在後門。孫榮酒醉歸來，還以爲是人，大吃一驚。去央幾位好友幫同掩埋時，他們都懼禍不肯。只有蟲兒肯。兄弟二人因此和好。但幾位酒肉朋友，卻去告他殺人。府尹王脩然審問時，楊氏說出原委。掘出屍身來看時，果然是一隻狗。這與最早的傳奇《殺狗記》題材相同，不知是誰襲用了誰的。在歐洲中世紀的故事書《羅馬人的行跡》中也有這樣的一則故事：是殺了豬，冒作了人遍求好友掩埋。他們都不去。只有他所認為不大喜歡他的一位，卻慨然的肯擔任了去。於是眞假的友情遂以試出。像這樣相同的故事，確有轉徙、輸入的可能，但也有可能是偶然的相同。

朱凱字士凱，里居未詳。所著有《昇平樂府》及《隱語》等。雜劇有二本，今存《昊天塔孟良盜骨殖》一本（見《元曲選》）。「孟良盜骨」至今尚為雜劇上所常演的戲文，雖然所演的並非凱的《昊天塔》。其悲壯豪邁的英雄氣概，乃是人人所感動的。楊令公死節後，屍首被吊在昊天塔上。楊六郎命孟良去盜回來。良施了一計，果然盜回了骨。追兵圍住了五台山，要索六郎。六郎果然寄宿在內。卻被削髮為僧的楊五郎，賺了來將入寺殺壞了。因此，兄弟們就在寺大建道場追荐其父。

王曄字日華，杭州人，能詞章樂府。有與朱士凱題雙漸、小卿回答，人多稱賞。所著雜劇凡三本，今存《桃花女破法嫁周公》一本（見《元曲選》）。此劇的事實，荒唐無稽，處處表現出極幼稚鄙野的氣氛來，文辭也極粗淺。但在民俗學上看來，卻是一部絕好的材料。在其間，頗能充分的看出「陰陽八卦」的極端的作用，還有許多結婚時的禁忌，至今尚沿用未改者，彼亦一一為之解釋其來源，雖不可信，卻都是很可珍貴的參考品。

李致遠之名，未見於《錄鬼簿》，不知其里居、生平。所作雜劇有《都孔目風雨還牢末》一本（見《元曲選》）。劇中的英雄，是梁山泊上的李逵，事實也是蕩婦私結情人，陷害她的丈夫，賴李逵的搭救而得脫了禍且報了仇。與《雙獻功》、《燕青博魚》諸劇，無大區別。

楊景賢也未見於《錄鬼簿》，所作有《馬丹陽度脫劉行首》一劇（見《元曲選》）。這劇乃是「神仙度世劇」之一，與《月明和尚度柳翠》頗相類。總之，被度者是迷惑不悟，不肯出世的。度她的卻三番兩次的定要度她。終於度人者如願以償，被度者也恍然大悟。一念之轉，便得證果朝元，立地成仙。

羅貫中生平所作小說甚多，《三國志演義》乃是其中有名的一部。所作雜劇，有《宋太祖龍虎風雲會》、《忠正孝子連環諫》、《三平章死哭蜚虎子》（見賈仲名《續錄鬼簿》）等三本，今只見《風雲會》一種（見《元明雜劇二十七種》）。《龍虎風雲會》敘趙匡胤在陳橋驛被軍士以黃袍加身，遂即了天子之位。然天下未平，他心中殊覺不安。一夕當雨雪紛紛之際，他獨自到丞相趙普家中，與他劃策，征討諸國。他聽了普策，遣將伐國，無不勝利。天下遂以統一。劇中「雪夜訪普」的一折，至今尚在劇場上演奏著。這一折實為全劇的精華，難怪至今還有人欣賞著。但全劇事實殊多，人物紛繁，結構也甚散漫，卻不是什麼上乘的作品。

十

無名氏的許多雜劇，在最後，也應該一提。今存的許多無名氏作品，在《元曲選》中者凡二十三本，在元刊《古今雜劇》中者凡三本，在《元明雜劇二十七種》中者凡三本，在《古今雜劇選》中凡一本。在這些無名氏的作品中，有一部分不下於大名家最好的作品。今且略依了劇題的分類，略述之於下。

第一，「公案劇」，有《包待制陳州糶米》、《包龍圖智賺合同文字》、《神奴兒大鬧開封府》、《叮叮噹噹盆兒鬼》（均見《元曲選》）及《鯁直張千替殺妻》（見元刊《古今雜劇》）等數本。其中的主人翁皆爲包拯。題材雖各不同，而結構則大略相似。我們由此頗可以知道包龍圖在那麼早的時候已是神話化了，而且成爲聰明的審判官的集體人物。惟《張千替殺妻》布局特異，敘張千與一個員外結拜爲兄弟。員外之妻要和他私通。他再三推卻。終乃殺了她以救員外。他被包拯判決了死刑。但臨刑時卻又赦免了他（？）。其文辭頗極勁秀豪放之至。是元劇中的最好的作品之一。

第二，「戀愛劇」，有《玉清庵錯送鴛鴦被》、《李雪英風送梧桐葉》、《逞風流王煥百花亭》及《薩眞人夜斷碧桃花》等數本（均見《元曲選》）。大抵皆係喜劇，敘的也都是始經分離、艱苦，而終得團圓者。惟《碧桃花》事實略異。敘張道南與女鬼碧桃相戀，後她爲薩眞人所拘。說明原委，眞人乃使她借了他人之屍還魂，而與道南結婚。若將此劇與《紅梨花》等以人爲鬼的趣劇相對照，頗可顯出一種特殊的情調來。元劇中以女鬼爲戀愛的對象者，似僅有《碧桃花》這一劇而已。

第三，歷史及傳說的故事劇最多，有《龐涓夜走馬陵道》、《凍蘇秦衣錦還鄉》、《隨何賺風魔蒯通》、《朱太守風雪漁樵記》、《孟德耀舉案齊眉》、《錦雲堂暗定連環計》、《兩軍師隔江鬥智》（以上均見《元曲選》）、《諸葛亮博望燒屯》（見元刊《古今雜劇》）、《蘇子瞻醉寫赤壁賦》（見《元明雜劇二十七種》）、《小尉遲將鬥將認父歸朝》、《謝金吾詐拆清風府》、《金水橋陳琳抱妝盒》等十餘本。其間如《認父歸朝》、《馬陵道》、《連環計》等都寫得很不壞。而《赤壁賦》一本，稱頌者也頗多。惟《赤壁賦》一味牢騷，並無深意，批評者所以深喜之者，大約因寫的是頗合於他們胃口的文人故事而已。

第四，「仙佛度世劇」，比較的不多，只有《漢鍾離度脫藍彩和》、《龐居士誤放來生債》及《龍濟寺野猿聽經》三本而已。《藍彩和》與一般度世劇，無大差異。《野猿聽經》則題材頗新。向來被度者皆出於被動，而這劇中的野猿，則自動的求人度他。《來生債》則以行善而被度，也未蹈一般度世劇的故轍。

第五，報復恩怨劇，有《馮玉蘭夜月泣孤舟》、《風雨像生貨郎擔》、《爭報恩三虎下山》及《朱砂擔滴水浮漚記》數本。敘的都是天大沉冤，久未昭雪，終於由了英雄，或己子，或己父，而始得報復了宿仇的。惟《朱砂擔》獨由地府的太尉代爲報復，爲特異耳。

第六，其他，有《小張屠焚兒救母》（見元刊《古今雜劇》）及《二郎神醉射鎖魔鏡》（見《古今雜劇選》）二本。《小張屠》敘張屠因母病久未愈，乃將幼子帶往東岳廟，抛入醮盆中焚死，以救母病。但神人卻救了張子，先送他回家去。《醉射鎖魔鏡》敘二郎神過訪哪吒，喝醉了酒，與他校射，誤射中鎖魔鏡二面，走了牛魔王與百眼鬼。上帝著他去收服。他收服了這些魔鬼，方得免罪。這劇氣象甚爲偉大，一開頭：「喜來折草量天地，怒後擔山趕太陽」二語，便足使讀者如見浩莽偉大之景。元劇中敘天神故事的似僅見此一劇。

又有《趙匡義智娶符金錠》、《張公藝九世同居》二劇，見於息機子的《雜劇選》。惟是否爲元人所作則不可知。

元劇之可見者，已盡於以上所述。元劇的最好的地方，乃在能夠連結了民間的質樸的風格與文士們的雋美的文筆。所以大多數的文辭，都是很自然，很眞切，很質勁，卻又是很美麗的。他們明白如話，卻又不是粗鄙不通的。他們暢麗雋永，卻又句句婦孺皆懂。他們如素描的畫幅，水墨的山水，決不用典故，即用也用的是民間所習知，詩文上所決不用的《販茶船》、《海神廟》一類的民間典故。這正是民間作品與文士的手筆剛剛接觸時代的最好產品，正是雜劇的黃金時代。但正因其剛剛離開民間未久，且仍然還要迎合著廣大人民的心理與喜愛，所以在題材與結構上便往往表現出與前代詩、文、詞裡所不曾有過的東西。例如王粲的〈登樓〉，白居易的〈琵琶〉，原是文人們的悲歌，卻都被他們寫成了與《漁樵記》、《凍蘇秦》與《曲江池》、《玉壺春》不相上下的事實了。他們知道諧合當時劇場的習慣，與人民的心理與愛好，不妨拋卻了「題材」的本來面目。也許民間本來已將這些故事形成了那麼樣的一個樣子，所以他們便也不得不隨著走吧。但純粹的悲劇，在元劇中也往往遇之，如《梧桐雨》、《西蜀夢》、《火燒介子推》等。這些，都是後來戲曲所少見者。總之，元劇的好處，在其曲辭的直率自然，而其題材與結構，雖多雷同，落套，卻是深深的投合於當時人民的愛好的。在中國戲曲史上，元一代乃是一個偉大的時代。

■參考書目

一、《元刊雜劇三十種》，黃蕘圃舊藏；日本帝國大學紅本印，上海覆日本版石印本。此書本非一部書，係元刊諸單本雜劇的合訂本，故各劇版式頗不一律。王國維氏以為係元季的一部合刊的雜劇集，當係誤會的話。此書當是黃氏合此三十種訂為一函的。在此三十種中，除有十七種出於《元曲選》外，其他十三種，字句間亦與臧刻面目大殊。我們欲見元刊元劇的本來面目，捨此書外，別無從知。

二、《古今雜劇選》，息機子編，明萬曆戊戌（公元一五九八年）刊本。全書不知若干種。北京圖書館藏有殘本。其中有《符金錠》等數種，是《元曲選》所無。

三、《元曲選一百種》，臧懋循編，明萬曆丙辰（公元一六一六年）雕蟲館刊本，商務印書館影印本（坊間又有《元曲大觀》三十種，也是《元曲選》殘本的影刊）。此書爲彙刊元劇的最大的企圖。惜曲白多所刪潤，大失本來面目。

四、《陽春奏》，尊生館編，明萬曆間刊本。全書八卷，凡選元、明雜劇三十九種。北京圖書館藏有殘帙。

五、《古名家雜劇選》，陳與郊編，明萬曆間刊本。全書凡八集，四十種。

六、《新續古名家雜劇》，陳與郊編，明萬曆間刊本。全書凡五集，二十種。其中《二郎神醉射鎖魔鏡》一種，爲他書所未見。

七、《元明雜劇》六冊，江南圖書館石印本，即就其所藏的上述二書的殘帙而印行者。

八、《顧曲齋所刊元人雜劇》，明萬曆間刊本。原書凡二十種，今存。（北京圖書館藏十九種。）中有《關漢卿緋衣夢》一種，爲他書所未見。

九、《酹江集》三十種，孟稱舜編，明崇禎間刊本。此書至罕見。通縣王氏有藏本。但所選元劇，類皆習見者。

十、《柳枝集》三十種，孟稱舜編，明崇禎間刊本。外間罕見傳本，通縣王氏藏。後附有鍾嗣成《錄鬼簿》。

十一、《孤本元明雜劇》，商務印書館出版。

十二、《元曲》，童斐選注，商務印書館出版。

十三、《宋元戲曲史》，王國維著，商務印書館出版。

十四、《元明雜劇輯佚》，鄭振鐸編，近刊。

第四十七章　戲文的進展

戲文的流行——元代戲文產生之眾多——《王祥臥冰》《殺狗勸夫》等——《永樂大典戲文三種》——《琵琶記》

一

「戲文」在南宋滅亡以後，並不曾像一般人所想像似的衰落了下去，正如臨安之在元代並不曾成為荒蕪的故都一樣。我們說起元代的戲文來，應該視她們為和「雜劇」同樣的是那時的最流行的戲曲。當時演劇者，對於戲文、雜劇，頗有一視同仁之概。初期的時候，雜劇盛行於北方，戲文盛行於南方。但後來卻似乎不大有地域的限制了。我們看，雜劇在元中葉以後流行於南方的情形，或也可想像戲文當亦會有流行於北方的可能吧。

元代的戲文產生出來不少。其中有一部分當為宋代的遺留。就《永樂大典目錄》、徐渭《南詞敘錄》、沈璟《南九宮譜》、徐于室《九宮正始》等書所記載，明初以前所有的戲文，至少當有一百五十種左右。其中大部分皆為元代的創作。徐渭《南詞敘錄》載「宋、元舊篇」五十餘種，大多數是元代的。《永樂大典》所錄三十三本，大部分也當是元代的。葉子奇《草木子》云：「其後元代南戲盛行。及當亂，北院本特盛，南戲遂絕。」「南戲遂絕」之說，未必可信，但「元代南戲盛行」卻是實在的情形。現在就有殘文留存於今的重要的若干本元戲，略述於下。

《王祥臥冰》，未知撰人。《永樂大典》作《王祥行孝》，大約即是一本。《南九宮譜》中錄有《臥冰記》殘文，大抵也即爲此本。又《雍熙樂府》及《詞林摘艷》中也俱載有《王祥》的遺文。

《殺狗勸夫》，未知撰人。《永樂大典》作《楊德賢婦殺狗勸夫》。其殘文今未見。明初徐晒的《殺狗記》，大約便是以此戲爲藍本的。

《王十朋荊釵記》，未知撰人。其殘文也未見。明初朱權的《荊釵記》，大約也便是依據於此本而寫的。

《朱買臣休妻記》，未知撰人。《南九宮譜》載有《朱買臣》殘文，大約即爲此戲。元劇中有《朱太守風雪漁樵記》，寫的也是此事。

《崔鶯鶯西廂記》，未知撰人。《南九宮譜》載有《古西廂記》的殘文，並在其下注明非李日華本，則或爲此本也難說。（《南詞敘錄》「本朝」下，也載有《崔鶯鶯西廂記》一作，題李景雲編，難道李景雲便是李日華？）

《司馬相如題橋記》，無撰人姓名。《南九宮譜》載有《司馬相如》的殘文，大抵即爲此本。

《陳光蕊江流和尚》，未知撰人。《南九宮譜》載有《陳光蕊》的殘文，大約即爲此本。惟《九宮譜》又載《江流記》一作，當爲後來之作，非即此戲。

《孟姜女送寒衣》，未知撰人。也見於《永樂大典》中（今佚）。其殘文今存於《南九宮譜》中（《九宮譜》簡作《孟姜女》）。

《裴少俊牆頭馬上》，未知撰人。元人白樸亦有同名的一作，但彼爲戲劇（見《元曲選》），並非戲文。《南九宮譜》載《牆頭馬上》的殘文，當即此戲。

《柳耆卿花柳玩江樓》未知撰人。《永樂大典》中亦載之（今佚，「花柳」作「詩酒」）。殘文今見《南九宮譜》中。耆卿的故事，當爲勾欄所樂道的。宋人詞話中亦有敘此故事的一作（見《清平山堂話本》）。

《趙普進梅諫》，未知撰人。《南九宮譜》中有《進梅諫》的殘文，當即此戲。

《詐妮子鶯燕爭春》，未知撰人。《永樂大典》作《鶯燕爭春詐妮子調風月》，當即此戲。《南九宮譜》中載有殘文（簡名《詐妮子》）。關漢卿有《詐妮子調風月》一劇，敘的也即此事。此事頗新穎而富於戲劇力，故作者們多喜寫之。

《朱文太平錢》，未知撰人。《永樂大典》有《朱文鬼贈太平錢》，當即此本。《南九宮譜》載有殘文，戲名簡作《太平錢》。

《孟月梅錦香亭》，未知撰人。《永樂大典》作《孟月梅寫恨錦香亭》。《南九宮譜》載有《孟月梅》及《錦香亭》二戲的殘文。豈沈璟偶不留意，竟將一戲誤分爲兩戲耶？或《錦香亭》係另一戲文之名，並不關《孟月梅》的故事耶？今俱疑不能明。

《張孜鴛鴦燈》，未知撰人。《永樂大典》作《張資鴛鴦鐙》。《南九宮譜》載其殘文，也簡作《張資》，則自當以「張資」爲正。

《林招得三負心》，未知撰人。今有殘文，見於《南九宮譜》中（簡作《林招得》）。

《唐伯亨八不知音》，未知撰人。《永樂大典》有《唐伯亨因禍致福》一戲，或係一本。其殘文今見《南九宮譜》中（簡作《唐伯亨》）。

《冤家債主》、《劉盼盼》、《生死夫妻》及《寶妝亭》四本，俱未知撰人姓名。其殘文今皆見於《南九宮譜》中。

《董秀英花月東牆記》，未知撰人。亦見於《永樂大典》中（今佚）。《南九宮譜》所載的《東牆記》，當即為此本。

《薛雲卿鬼做媒》，未知撰人。亦見於《永樂大典》中（今佚）。今有《鬼做媒》戲文的殘曲見於《南九宮譜》中，大約便是此本。

《蘇武牧羊記》，未知撰人。明人傳奇中有《牧羊記》之名，大約便是此戲的改正本，或竟是此戲也說不定（《南九宮譜》中亦有《牧羊記》殘文）。

《劉文龍菱花鏡》，未知撰人。《永樂大典》中有《劉文龍》一戲（今佚），大約便是此本。《南九宮譜》中也有《劉文龍》的殘文（《南詞新譜》作「一名《菱花記》」）。

《教子尋親》，未知撰人。《南九宮譜》中載有《教子記》的殘曲，大約便是此本。明人傳奇有《尋親記》一作，也許便是依據於此本而寫的。

《劉孝女金釵記》，未知撰人。《南九宮譜》中載有《劉孝女》的殘曲，當即是此本的簡稱。

《呂蒙正破窯記》，未知撰人。《永樂大典》有《呂蒙正風雪破窯記》（今佚）。《雍熙樂府》卷十六載有〈山坡羊〉套曲一首，注作：《呂蒙正》。大約即為此戲的殘文。

《蔣世隆拜月亭》，未知撰人。《永樂大典》有《王瑞蘭閨怨拜月亭》（今佚），未知是否即此本。《雍熙樂府》卷十六，載《山坡羊》一套，題作《王瑞蘭》，大約便是《大典》所載的一本的遺文。

《南詞敘錄》所著錄的戲文，見於《永樂大典》中者尚有：《蘇小卿月下販茶船》、《陳叔萬三負心》（《大典》作《負心陳叔文》）、《秦檜東窗事犯》、《何推官錯勘屍》、《王俊民休書記》及《蔡伯喈琵琶記》等。除了《琵琶記》外，這些戲文，大約都已隨《大典》之亡而俱亡的了。

《永樂大典》所載戲文，尚有九本，爲《南詞敘錄》所未著錄者，即《金鼠銀貓李賢》、《曹伯明錯勘贓》、《風流王煥賀憐憐》（未知是否即《南詞敘錄》中的《百花亭》或《賀憐憐煙花怨》，如係其一，則九本之數，當作八本）。《包待制判斷盆兒鬼》、《鄭孔目風雪酷寒亭》、《鎮山朱夫人還牢末》、《小孫屠》、《張協狀元》及《宦門子弟錯立身》。這些戲文的作者都是無可考查的。雖《小孫屠》題著：「古杭書會編撰」，《宦門子弟錯立身》題著：「古杭才人新編」，其作者其實也是一樣的不可知的。除了最後的三本《小孫屠》等外，其餘六本，連殘文也都不見。《小孫屠》等三本，則存於《大典》的第一萬三千九百九十卷中，幸得留遺於今。我們所見到的全本的南戲，恐將以這三本爲最古的了。

二

《小孫屠》的全名應作：《遭盆吊沒興小孫屠》，題下寫著：古杭書會編撰。大約這個古杭書會，其所編撰的戲文，當不止《小孫屠》一本。又，這個「書會」的組織，似也只是一個職業的賣藝說書者的團體，但也可能便是一個文人學士們集會的機關。他們大約都是些識字知書的人，爲了時世的黑暗，無可進取，故淪落而爲職業的「賣藝者」（廣義的）的。或者這些戲文竟是書會裡的文人學士們的著作。觀《小孫屠》一作，文辭流暢。純正，毫無粗鄙不通之處，便知決不是出於似通非通的三家村學究或略識之無的「賣藝者」之手的。《小孫屠》敘的是：孫必達祖居開封，家有老母及一弟必貴。一個春天，必達遇著一個妓女李瓊梅。她很想嫁人，必達便設法與她脫了籍，娶她爲妻。這時他弟弟必貴，即號爲小孫屠者，正出外打旋未回。及他回時，見哥哥娶了一個門戶中人，頗爲不悅。家庭中時有吵鬧。瓊梅因必達沉酣於酒，不大顧家，心中也常是鬱鬱不歡。她有一個舊歡朱令史（邦傑），常來找她。一日，爲必貴所沖見。他們又大鬧了一場。老母見家中吵鬧不安，她便帶了必貴到東岳去還香願。必達送了他們一程。就在這一夜，朱令史與瓊梅設了一計，將梅香殺死在地，改換了瓊梅的衣服，斬下頭顱，冒作瓊梅的屍身。而她自己卻逃去與朱令史做長久夫妻。一面，屍身發現時，必達便以殺妻被捕入獄，屈打成招。不久，母在東岳草橋店中一病而亡。必貴負了她骨殖歸來。不料歸來時，而家中竟生了如此的大故。他去探望哥哥。朱令史又設一計，蒙蔽本官，將他當作了殺人正犯，而釋必達寧家。當夜，必貴便被盆吊而死，棄屍獄外。天上落了一陣大雨，必貴甦醒了過來。他哥哥正來尋他。二人便一同在外飄流。一日，在無意中沖見了李瓊梅，捉住了她與朱令史，告到當官。這個案情才大白。瓊梅與朱令史俱判了死刑，以償梅香的性命，並將朱令史妻小家產償給了孫氏兄弟。此劇很短，至多只足當於元人雜劇的一本。可見早期的戲文是並不像後來傳奇那麼長的。曲文說白都極爲明白易曉，確是要實演於民間的或竟出於民間的一部著作。全戲中說白極少，幾乎唱句便是對白。今引一節如下：

（末上白）野花不種年年有，煩惱無根日日生。自家當朝一日和那婦人叫了一和，兩下都有言語。我早起晚西看它有些小破。今朝聽得我哥出去，和相識每吃酒，我投家裡去走一遭。（作聽科介）殺人可恕，無禮難容。我哥哥不在家，誰在家吃酒！（末踏開門，淨走下，末行殺介）（生唱）〔駐馬聽〕酒困沉沉，睡裡聽得人鬥爭。是我荒驚惱覺。自覺一身，戰戰兢兢。方欲問這元因，忽見弟兄持刀刃。連叫兩三聲，莫不是嫂嫂不欽敬？（末）聽說元因。它元是娼家一婦人。瞯著哥哥濃睡，自與傍人並枕同衾，我欲持刀一意捕奸情，幾乎殺害我哥哥命。（旦）我有奸夫你不拿住它？（末）你言語恐生聽，一場公事驚人聽。（旦）哀告君聽，奴在房兒裡要睡寢。怎知叔叔來此巧言花語扯奴衣襟。（末）孫二須不是般樣人。（旦）因奴家不肯，便生嗔，將刀欲害伊家命。（末）哥哥休聽它家說，孫二不敢。（旦）只得叫鄰人，將奴趕得沒投奔。（生）此事難憑，兩下差他人怎明？

三

《張協狀元》篇幅甚長，敘張協富後棄妻事，大似《趙貞女蔡二郎》的結構，也甚似明人詞話的《金玉奴棒打薄情郎》的情節。其剪髮出賣上京求夫的一段，更似伯喈、五娘的故事，恐怕這戲原是很受著《趙貞女》的影響的。不過其結局卻變得團圓而終，不似二郎之終於爲天雷打死。至於張協的不仁不義，則較二郎尤甚。全戲先以「末」色開場，敷演諸宮調，唱說一番，然後，正戲方才開場。張協辭了父母，上京應舉。路過五雞山，遇著強人，將他的衣服行囊全都搶去，且打了他一「查」，打得皮開肉破。後張協遇著土地指引，到山下一間破廟中棲身。夜間，卻另有一位貧女前來打門。原來這廟乃是這位貧女棲身之所。這女姓王，原先家財富盛，後父母亡故，盜匪侵凌，遂至一貧如洗。幸有李大公常常周濟她。貧女見到張協，很可憐他，便留他住下。李大公夫婦主張他們二人結爲夫婦。但貧女恐汙清名，不肯。只好占之於神。由了神意的贊可，他們便成了親。二人住於古廟中，女紡織，男讀書。因了貧女的極端勤苦，積了些錢，送張協上京應舉。張協到京，果然一舉成名，得了頭名狀元。但他並不來迎接貧女，反以這次的結親爲羞。京中有赫王相公的，生有一女。她當街欲招張協狀元爲夫。協也以「求名不求親」辭之。赫王相公很不高興，公主也因此成病，鬱鬱而亡。貧女聞知張協已中了狀元，便剪下頭髮來賣，當作路費，上京求夫。李大公諸人對於她的前途，抱著絕大的希望。她高高興興的到了京師，尋到了張協。協卻不認她爲妻，命門子打了她一頓，趕她出去。她不得不含悲而回。回時，只好沿途求乞。但到了家，卻不敢告訴李大公，說是她丈夫趕她回的，只說她遍尋不到她丈夫。張協雖趕走了她，心中卻還以爲未足，意欲斬草除根。他奉命出爲梓州僉判，經過五雞山，遇見貧女在採桑，四顧無人，便一劍斫倒了她而去。不料她並沒有被刺死，只斫傷了一臂。李大公夫婦救了她回去。她只說是採桑時不小心跌壞了臂，並不說起是她丈夫所斫的。她在古廟中養傷，恰好赫王相公也奉旨判梓州。經過五雞山時，四下並無宿店，遂投破寺而來。他與夫人遇見了貧女時，大爲感傷，因她的面貌很像他們的亡女。他們認她爲義女，帶她一同上任。張協前來參謁，赫王相公想起亡女之事，並不見他。協大爲驚惶，便請了譚節使來代他請罪。節使見到赫王相公還有一位公主（即貧女），便代他爲媒。赫王相公答應了，張協自然也一諾無辭。當他們結婚之夕，二人相見，原來新人便是舊人！貧女數落了張協一頓，大衆才知道協原來是如此的薄倖寡義。但他也未得到什麼責罰，二人反是自此團圓，和好的過活著。此戲的時代，就其格式與文辭看來，恐怕是很古的。《南九宮譜》中也曾錄其中二曲。我們不知其作者。但在開場中，卻有「《狀元張協》傳，前回曾演，汝輩搬成。這番書會，要奪魁名，占斷東甌盛事」，又有：「似恁唱說諸宮調，何如把此話文敷演後行角色」云云，則此戲似亦爲「書會」中人所編輯。「占斷東甌盛事」云云，則編者似並爲溫州人。正和最早的戲文《王魁》、

《王煥》出於同地，也許竟是出於同時，也不一定。其中插科打諢之語甚多，往往都是很可令人發笑的。南戲中，像這一類的科諢，原也是一個要素。

四

《宦門子弟錯立身》，題古杭才人新編。這「才人」卻是一位不知姓氏的作家。也許他也便是一位「書會先生」（此稱見《劉盼春守志香囊怨》中）。《宦門子弟錯立身》的篇幅也和《小孫屠》同樣的簡短。敘的是：女眞人氏的延壽馬，父爲河南府同知，家教甚嚴。延壽馬的生性卻好音樂，愛美色。有一天，東平散樂王金榜，來到河南府做場。延壽馬看這婦人有如「三十三天天上女，七十二洞洞中仙」。他迷戀著她，瞞了父親，請她入府來，名義上是清唱。但正在這時，卻爲他父親所沖見。他父親生生的拆散了這一對鴛侶，並迫著王金榜即日離境他去，不准逗留在此。延壽馬大爲狼狽。但他的愛情，百折不回，便私自逃出家庭，追上王金榜。等到他覓見金榜時，他的資斧已盡，形容枯槁，衣衫單薄。他竭力要求班主收留了他下來，與金榜做女婿。他原是雜劇院本都會做，更兼「舞得，彈得，唱得，折莫得」，還能爲他們寫招記的。班主遂招了他爲婿。這位「宦門子弟」，遂做了「行院人家女婿」。安心快樂，隨班流轉於四方。有一天，他父親料理政務悶倦，命人喚了大行院來做些院本解悶。行院來時，卻認得其中有一位是他的兒子。他自不見了兒子後，「心下鎭長憂慮，兩眼常時淚雙垂。」今日一見了他，便寬恕了他的一切，命他與王金榜做了夫妻。這樣的結束，似較鄭元和父親的打子棄屍，及至元和中了舉，做了官，方才廝認他爲子的事，更爲近於人情，合於情理。

五

這三本僅存於《永樂大典》中的戲文，都是不知其作者姓名的。盛傳於世的《琵琶記》的作者卻是一位很知名的文人高明。明字則誠，永嘉平陽人。至正五年張士堅榜中第。授處州錄事，辟丞相掾。方谷眞起兵反元。省臣以溫人知海濱事，擇以自從。與幕府論事不合。谷眞就撫，欲留眞幕下。即日解官，旅寓鄞之櫟社。朱元璋聞其名召之，以老病辭。還卒於家。有《柔克齋集》。或以爲《琵琶記》係高拭作，非高明；拭亦字則誠。然拭雖自有其人，亦作曲（見《太和正音譜》），卻並非作《琵琶記》者。明姚福《青溪暇筆》：「元末，永嘉高明避世鄞之櫟社，以詞曲自娛。見劉後村有『死後是非誰管得，滿村聽唱《蔡中郎》』之句，因編《琵琶記》，用雪伯喈之恥。」姚說頗是。則誠的《琵琶記》，蓋以糾正民間盛行的宣揚不忠不孝蔡伯喈的《趙貞女蔡二郎》之誣的。自則誠著的「蔡伯喈」出，而古本遂隱沒不傳。爲什麼這樣的一個登第別娶的傳說，會附會於漢末蔡邕的身上去，這是一個不可解的謎。民間的英雄與傳說中的人物往往都是支離、荒誕不堪的。伯喈的傳說，可以說是其中最無因，最不經的。則誠雖將伯喈超脫了雷劫，洗刷了不忠不孝之名，然對於這個傳說全部仍然不能抹煞。《琵琶記》的情節，似乎仍有一大部分是舊有的，特別是描寫趙五娘辛苦持家，賣髮造墓，背琵琶上京哀求夫的許多情節。因爲這是不必要改作的。至於有改作的必要的關於蔡伯喈的許多情節，則當爲則誠自己的創作。所以我們在《琵琶記》中，至少還可以看見《趙貞女蔡二郎》的一部分的影子。而則誠的此記，便是經像則誠那樣的文人學士或詩人修正過了的「伯喈戲文」，正是戲文中的黃金時代的作品的好例，一面並不曾棄卻民間的渾樸質實的風格，一面並具有詩人們本身所特長的鑄辭造語的雋美，與乎想像、描寫的深入與眞切。因此，《琵琶記》便成了戲文中第一部偉大不朽的著作。

《琵琶記》[①]的故事大略是如此：蔡邕字伯喈，飽學多才，新娶妻房，方才兩月。以父母年老，不欲遠遊。其父爲了伯喈的前途計，極力督促他去赴試。伯喈不獲已，只好辭別了父母及妻趙氏五娘登程而去。家中本來是很清貧的，自伯喈去後，只靠五娘克勤克儉支持著，又遇著荒年，家食漸漸的不繼。官中開了義倉，五娘自去請了糧來，中途又爲歹人所奪。她正欲投井自殺，恰好她公公經過，阻住了她。又遇見張廣才，分了米糧救濟著她。但這樣的日子究竟很不容易過下去。她張羅著幾口淡飯，爲公公婆婆吃，她自己則自把細米皮糠，強自吞咽，也不敢使她公婆知道，怕他們知了著惱。婆婆見她每每背著他們吃飯，心中不忿，還以爲她藏著好飯菜自己吃。一日，偷偷的去張望她吃飯，卻見她正將米糠強自吞咽下去。不禁大爲感動，自悔自怨，一氣而倒。公公遂也臥病不起。家中典質已空，又連遭這兩個喪事，五娘如何張羅得來！虧得善人張廣才又出力幫助著她，得以勉強成殮。她並剪了頭髮，當街去賣，以籌喪用。又用麻裙包土，自造墳墓。她倦極而臥，卻有神人們爲她孝心所感，代她將墳造成。二親既已葬畢，家中已無牽掛，趙五娘便決意要上京尋夫。她改換了衣裝，將著琵琶做行頭，沿街上彈幾支勸行孝的曲兒，教化將去。並畫取公婆的眞容，一同負著。家中雖經歷了那麼大的變故，蔡伯喈在京尚自不知。他自上京之後，便中了頭名

* * *

① 《琵琶記》坊刊本極多，但隨處可見的毛《批本》（即《第七才子書》）卻不甚好；最可靠的是，明玩虎軒刊本，凌濛初刊本，近武進董氏珂羅版刊本。

狀元。牛丞相有一女，奉了聖旨，要招他爲夫。伯喈抵死不肯，辭婚兼且辭官。但皇帝卻勉強的要他成全了這段姻事。他不敢再奏，只得委屈的做了牛丞相的女婿。心中總是鬱鬱不樂。有一個拐兒，曾到過陳留，便冒了他父母家信給他，騙了他回信銀錢而去。他始終還以爲家中已得到他的消息呢。牛小姐知他不樂之故，便與她父親關說，要與伯喈同回省親。她父親堅執不允。後來，卻允派了一個人去接伯喈的父母及妻同來，做一處住。一日，伯喈騎馬而過，恰與趙五娘相遇。二人都料不到是他和她，所以毫不留心，都不曾相廝認。五娘爲這一行人馬所沖上，匆匆的避去，卻遺了那幅公婆的眞容在地。伯喈拾了這畫幅，追還她不及，便收了回家。她問起旁人，方知此人便是蔡伯喈。第二天，她到牛府去，與牛小姐相見，說起尋夫的事。牛小姐極爲賢惠，便留她住下，欲乘機打動伯喈與她廝認。她到伯喈書館，見那天失落了的公婆的眞容，已爲僕人掛在那裡，便在畫幅上寫了一詩。伯喈見了畫，又見了詩，追問起來，遂得與五娘相見。她說起公婆已亡的事，伯喈沉痛暈倒。他便別了丈人，上表辭官，與兩個媳婦一同回家掃墓。他們動身後，差去迎接伯喈家眷的人方回。說起趙五娘的賢孝事跡來，牛丞相也深爲感嘆，便將前事，一一奏知皇帝。伯喈及二婦正在拜墓，牛丞相已齎了皇帝的加官封贈的詔旨而來。蔡邕授爲中郎將，妻趙氏封爲陳留郡夫人，牛氏封河南郡夫人，父母並皆封贈。伯喈遂以多金贈與張廣才以報其德。相傳的「不忠不孝蔡伯喈」，遂被則誠將它結束爲「全忠全孝蔡伯喈」。這樣的改法，則誠頗爲費盡了心計。幾乎處處的都在點出伯喈的不得已而留朝不歸，不得已而就婚牛府，不得已而寄信回家，不得已而差人接眷，總之，要說得伯喈是一無差處的，是一心掛記著家中父母及妻的，不過當前環境的不許他立刻歸省而已。這完全是後來作家們的慣於婉曲回護古人的伎倆，正和明人之將「王魁負桂英」改爲「王魁不負桂英」的《焚香記》一樣。早期的戲文，只知照事接寫，就事論事，既有王魁負桂英的傳說，便眞的寫成了負桂英，既有伯喈不忠不孝的傳說，便眞的寫成了不忠不孝；爲了消滅觀者的悲憤，便又寫著「鬼報」、「雷殛」的結局。《張協狀元》戲文的不爲張協殺妻作回護，也正見民間作家的如此的質直。但這些故事一到了文士詩人的手中，他們便發現題材情節的不妥善；將主人翁寫成了那麼不忠不孝，無情無義，是違背了「禮教」的訓條的。所以他們便極力的回護著劇中的主人翁，千方百計的使他們不至負「不忠不孝」或「薄倖」之名。《王魁負桂英》及《趙貞女蔡二郎》便是這樣的被修正爲《焚香記》及《琵琶記》，而《張協狀元》則爲未被修正的原本，可以使我們約略的看出原始民間戲文的一斑的。

關於《琵琶記》及其作者的傳說很多，姑引一二則。《青溪暇筆》：「（高明）既卒，有以其（《琵琶》）記進者。上覽畢，曰：『《五經》《四書》在民間，如五穀不可缺。此記如珍羞百味。富貴家其可無耶？』其見推許如此。」朱彝尊《靜志居詩話》：「聞則誠塡詞，夜案燒雙燭。塡至〈吃糠〉一齣，句云：糠和米本一處飛，雙燭光交爲一，洵異事也。」爲了《琵琶記》已成了一部偉大的古典劇，故詭異的傳說便紛紛而出。其實，在全劇中，〈吃糠〉的一節：

〔孝順歌〕嘔得我肝腸痛，珠淚垂，喉嚨尚兀自牢嗄住。糠！遭礱被舂杵，篩你簸揚你，吃盡控持，悄似奴家身狼狽，千辛百苦皆經歷。苦人吃著苦味，兩苦相逢，可知道欲吞不去。（吃吐介）糠和米，本是兩倚依，誰人簸揚你作兩處飛，一賤與一貴，好是奴家共夫婿，終無見期。丈夫，你便是米麼？米在他方沒尋處。奴便是糠麼？怎的把糠救得人飢餒？好似兒夫出去，怎的教奴供給得公婆甘旨？（第二十齣）

只是很自然的由當前之景做著這樣的直譬，固然是很見自然的牽合的伎倆，卻是並不足當那麼樣沒口的稱頌。我以爲還不如下面的一段：

> 幾回夢裡，忽聞雞唱忙驚覺，錯呼舊婦，同問寢堂上。待朦朧覺來，依然新人，鳳衾和象床。怎不怨香愁玉無心緒！更思想，被他攔當，教我怎不悲傷！俺這裡歡娛夜宿芙蓉帳，她那裡寂寞偏嫌更漏長。（第二十三齣）

比較來得情緒深婉些。或謂則誠《琵琶》的原本，止〈書館相逢〉；以謂〈賞月〉、〈掃松〉二闋爲朱教諭所補，但俱不足信。王世貞已目之爲「好奇之談，非實錄也」（《藝苑卮言》）。則誠著《琵琶記》的時代，當在元末，不在明初。據姚福《青溪暇筆》所載，則則誠之作《琵琶記》，在避地於鄞之櫟社之後，當是至正十年公元一三五〇年以後的事。但姚說或未可信。朱元璋召則誠時，他辭以老邁，則《琵琶》之作或當在至正初元以前。

最早的戲文，其產生地在溫州。但其勢力後來漸漸的遍及各處。在元的那個時期，似乎與後期的雜劇，一樣也是以杭州爲中心的。今存的《小孫屠》與《宦門子弟錯立身》，一則題著：「古杭書會編撰」，一則題著「古杭才人新編」，已頗可使我們知道其中的消息。《錄鬼簿》所載，有蕭德祥的，也是杭州人，曾著「南曲戲文」。但杭州之外，溫州的發源地，仍是不時的產生出「才人」來。《張協狀元》的作者，自稱「東甌」人；高則誠也是永嘉平陽人。爲了戲文的曲腔，原是溫州的本地的傳統的東西，所以溫州的戲文作者便自然的要較他處爲特多。

▣參考書目

一、《南詞敘錄》，徐渭著，有《讀曲叢刊》本，《曲苑》本。

二、《永樂大典目錄》，有連筠簃刊本。

三、《南九宮譜》，沈璟編，有明刊本。

四、《九宮正始》，徐于室、鈕少雅編，有清康熙間刊本（？）；有傳抄本。

五、《永樂大典戲文三種》，有北平新印本。

六、《宋元戲文輯佚》，鄭振鐸編，近刊。

第四十八章 講史與英雄傳奇

元代小說界的概況——講史的發達——《全相平話五種》的發現——《武王伐紂書》——《樂毅圖齊》——《秦始皇傳》——《呂后斬韓信》——《三國志平話》——羅貫中——《三國志演義》——《水滸傳》——《平妖傳》——《說唐傳》等

一

我們要研究元代的小說，卻要捨短篇的話本而去注意長篇的話本；捨「銀字兒，說公案」一流的話本，而去注意「鐵騎兒」及「講史書」一流的話本。後者的作品在宋代似乎還不甚發達，而元代卻很有幸的竟傳下來了不少種，使我們得以考見當時小說界的發展的情形。

元刊本的「講史」一流的話本，今有元至治刊本《全相平話五種》十五卷。這部重要的刊本使我們得以窺見元人話本的面目的一斑。至治是元英宗的年號，前後凡三年（公元一三二一—一三二三年）。恰當於元代的中葉。這五種的《全相平話》是：㈠《武王伐紂書》三卷；㈡《樂毅圖齊七國春秋後集》三卷；㈢《秦併六國秦始皇傳》三卷；㈣《呂后斬韓信前漢書續集》三卷；㈤

《三國志平話》三卷。其版式圖樣皆一例，當係一家所刊。在《三國志》的題頁上，寫著「新安虞氏新刊，數字，則此數種，當皆係虞氏所刊的。當時虞氏所刊，似不僅此五種。將來或更有機會使我們能夠發現其他各種吧。至少，在《樂毅圖齊七國春秋後集》之前，必定是有一個「前集」的；在《呂后斬韓信前漢書續集》之前，也必定是有一個「正集」的。如此，則這部書至少當有七種。但我們想來，全書似乎決不只七種。在《武王伐紂書》之前，如沒有「《開闢演義》」、「《夏商志傳》」一類東西，在《伐紂書》之後，《七國春秋》之前，卻一定是會有「《列國志傳》」一類的東西的。又，繼於《前漢書續集》，《三國志》之前的，也當會有一種「《光武志》」或「《後漢書平話》」一類的東西。繼於《三國志》之後的，或當更有「《隋唐志傳》」、「《五代平話》」、「《南北宋志傳》」一類的東西吧？如此說起來，則我們在羅貫中氏著作《十七史演義》之前，已先有過一部很偉大的，有著作《全史》的平話的野心或計劃或竟是成績的新安虞氏刊本的（講史）作品了。我們向來對於羅貫中著作《十七史演義》云云的傳說，有些將信將疑。不料在羅氏之前，卻先已有著這樣規模弘大的著作了。但《全相平話》，還是偏於東南隅的福建省的產物。其在古代文化集中的杭州與乎成爲當時都城的大都，或當更有比較高級的這一類的著作也難說。可惜我們如今已是得不到她們。

《全相平話五種》，今流行於世者僅《三國志平話》一種，其餘四種，皆爲中土學者所不易得見者。我因有了某種很有幸的機緣，得以一一的讀過，實爲不勝自欣的事。但也只是一讀，且抄錄一點資料在手邊而已。全書的內容，今僅能憑所記憶及所抄錄者記之，故或不能說得詳盡。

《全相平話五種》大約是依著時代的前後而排列著的。其作者當非一人。但其文筆的拙笨，則五書如一。其間或多徵史實，或多雜空想與無稽的傳說，各書也俱不同。以我的猜想，其著作的時代，或竟非同時。近者當在至正之前不遠，遠者或當在南宋之中或至元之初。

二

依了《全相平話》原來的次序，其第一種爲《武王伐紂書》。現在流行的敘述武王伐紂之故事的書，名爲《封神傳》，乃係明代中葉的著作。在《武王伐紂書》未被發現之前，我們是完全不知道《封神傳》之前更有所謂「《武王伐紂書》」的。有人且相信《封神傳》的事實，是許仲琳個人揑造出來的。不料，許氏的書，竟有所本。也許《武王伐紂書》也還不是元人憑空的造作，而其來歷更當古於元或宋呢！在《尙書》中有〈牧誓〉一篇，在《周書》中，有〈武成〉一籍，皆敘武王伐紂之事者。〈牧誓〉雖只是一篇誓師辭，未言鬥爭的經過，然其氣焰已是咄咄逼人。〈武成〉則更張皇其事，極力形容周、殷二族間的戰爭的激烈，甚且有「血流漂杵」的過度的形容語。難怪孟軻有「盡信書不如無書」之嘆。但後代的說書家，卻取了這個題材，作爲絕好的話本。說書家是惟恐其故事之不離奇，不激昂的；若一落於平庸，便不會聳動顧客的聽聞。所以他們最喜取用奇異不測的故事，警駭可喜的傳說，且更故以危辭峻語來增高描述的趣味。武王伐紂的一則史實，遂成爲他們的絕好的演說資料之一；這故事什麼時候才成了說話人的「話本」，我們不能知道。但《武王伐紂書》之非第一次的最初的「話本」，則爲我們所很明白的事。今所見的明刊本《列國志傳》（非《東周列國志》），其第一卷凡十九則，所敘的即皆爲武王伐紂的事。這十九則，大約是根據於《武王伐紂書》的吧？所以其事實約略相類。只有比之《武王伐紂書》，其鄙野無稽的附會已減去了不少。《武王伐紂書》先以蘇妲己被魅，狐狸進據其身，誘惑紂王，爲惡多端爲開場，這正與後來的《封神傳》相同。次敘仙人雲中子見宮中妖氣甚熾，進劍除妖，而紂王不納的事。再次則敘紂王的作惡，立酒池肉林，囚西伯於羑里等等。次敘西伯脫歸，數聘姜子牙出來助周。子牙神術高強，諸將威服。及文王死，武王即位，遂大舉伐紂，以子牙爲帥。紂子殷郊也來助武王以伐無道。武王收兵斬將，屢次大勝，遂滅了殷紂，立下了八百年天下的基礎。《伐紂書》所言，大略如此。其間子牙代武吉掩災，子牙收服五將等等，所含神怪的分子已很多。後來居上，《封神傳》的著作，當然是更要往這方向努力，以神爭鬼鬥的不經之事，來震駭世人耳目的。

三

第二種爲《樂毅圖齊七國春秋後集》。據明刊本《列國志傳》所敘看來，知其「前集」當係敘述孫臏報仇，射死龐涓的事。在《後集》之首也有一段話，關照著前事。「夫《後七國春秋》者，說著：魏國遣龐涓爲帥，將兵伐韓、趙二國。韓、趙二國不能當敵，即遣使請救於齊。齊遣孫子、田忌爲帥，領兵救韓、趙二國。遂合韓、趙兵戰魏，敗其將龐涓於馬陵山下。有胡曾〈詠史詩〉爲證。詩曰：『墜葉蕭蕭九月天，驅羸獨過馬陵前。路傍古木蟲書處，記得將軍破敵年。』其夜，孫子用計，捉了龐涓，就魏國會六國君主，斬了龐涓，報了刖足之仇」云云。這只是一段「入話」，《後集》的正文，敘的卻是樂毅伐齊，與孫子鬥智的事。按史，樂毅伐齊，復齊者爲田單，並非孫子，而這裡卻敘樂毅、孫臏二人的爭鬥，異常的詭異，全與史實不符。即與未經馮夢龍改削的原本《列國志傳》較之，也是大有「人鬼殊途」之感。今尚流行於世，詭怪不可究詰的《前後七國志》，便是本於這些元人著作而更爲擴大了的。我們想不到，那麼鄙野無稽的《前後七國志》，其來歷原來較之《列國志傳》爲更早。爲什麼元代會產生了這樣詭異無稽的東西呢？我們如果見了元劇中的《桃花女鬥法嫁周公》一類的東西，便知道像這《樂毅圖齊七國春秋後集》的產生是毫不足怪的事。像那樣的原始性的半人半鬼的術士式的「魔鬥」，其根源恐還不是在元代，而在更久遠的時代。關於這事，將來當更有詳細的探討，這裡不詳述。卻說《樂毅圖齊》的本文，敘的是：齊王自孫子破魏之後，恃著那孫子英勇，有併吞天下之志。恰好鄒國孟軻來遊說，齊王封他爲上卿，齊國大治。這時，燕王噲讓位於其相子之，孫臏之父孫操，苦勸不聽，反被囚辱。這消息傳至齊國，孫子遂奏准了齊王，率了二十萬大兵，以袁達爲先鋒，浩浩盪盪，殺奔燕國而來。子之率卒迎敵，哪裡是孫子的對手。不久，孫子遂滅了燕國，殺了燕王噲及子之，凱旋回齊。中途遇齊國的清漳太子及鄒堅、鄒忌劫營，皆爲臏設計擒住，獻給齊王。王大怒，欲斬太子。賴臏力救而免。孟子諫齊滅燕，齊王不聽。孟子遂去齊。燕國自經齊人鐵騎所踏，荒涼不堪，故臣軍民，共立燕太子平爲君，是爲昭王。昭王大施仁政，收集流亡，燕國復興。這時，齊國國舅鄒堅、鄒忌殺了齊王，立太子田才爲君，是爲愍王。國亂不治，貶田文於即墨。孫子直諫不從，遂詐死，命袁達守墳。秦國白起聞知孫子已死，大喜，領兵十萬，來要七國將印。袁達與戰不勝，遂將孫子屍入九仙山落草去了。而燕、魏、韓三國也各起大兵，合秦兵來攻齊。蘇代設計，誆了詐死的孫子出來救齊。孫子寫了一封書給四國，勸其回兵。四國知孫子詐死，果然俱各回軍而去。孫子入朝，見齊王不改前非，依然暗出齊城，潛身歸雲夢山。卻說燕國有一個大賢樂毅，乃黃柏楊徒弟，學成文武全才，遂欲下山求名。途遇孫子，談論世事。毅先往齊，不遇。次往魏。魏王任之爲大夫。這時，燕昭王築黃金台以招賢士。毅欲報齊仇，復去魏而投燕。昭王封他爲亞卿，任之以國政。遂以毅爲帥，率師伐齊，並合秦、趙、韓、魏四國之兵，威勢甚大。齊國孫臏、袁達、蘇代、田單諸人皆已投閒不在朝中。以是燕兵無人可敵，破齊七十餘城，入齊都。齊王僅以身免。燕仇遂很痛快的報復了。毅四處追捉齊王，終於被他捉住殺了。固存太子飄流在外，逃至即墨田單處。樂毅圍攻即墨，久久不下。單作書請孫子下山。孫子辭了師父鬼谷先生下山助齊。他使了一個反間計，使燕王召回樂毅，別遣騎劫代他。孫子並教田單使一火牛計，殺得燕兵片甲不回，只逃去騎劫及大將石丙二人。齊新王遂歸臨淄，重興國家。燕王殺了騎劫，仍命樂毅爲帥，第二次興師圖齊。齊邦則以孫子爲帥，袁達等爲將，率師迎敵。孫子隻身入燕營，欲說樂毅回師。毅不從。二人遂互以陣法及勇將相鬥，各顯神通，不相上下。樂毅數次被捉，不料捉的都是假的。其後，眞樂毅被捉一次，孫子又放他回去。樂毅敵孫子不過，遂去請了師父黃柏楊下山。柏楊布了一個迷魂陣，陷孫子、袁達等在內。鬼谷子再三的被請，方才下山來破陣救徒。經了無數的周折，由鬼谷子主持著五國軍兵九十萬，打破了迷魂陣，救了孫子出陣，燕兵大敗。卻有秦國白起率了大兵來助燕。七國混戰，殺人無數。黃柏楊終於抵敵鬼谷子不過，遂決意與鬼谷講和，不再攻齊。衆仙大受封贈，皆各歸山。自天下太平，諸國無事。

這部平話，氣息頗與其餘諸種不類。論起神怪的成分來，即《武王伐紂書》也還沒有這部書濃厚。讀到這部書後半的敘述黃柏楊與鬼谷子的布陣鬥法一段，立刻便使我們想起了《封神傳》與《前後七國志》。其氣氛的鄙野，更大似《前後七國志》。

四

第三種是《秦併六國秦始皇傳》。其氣韻與其敘述的題材。與《七國春秋後集》完全不同。這是一部「人」的書，而不是鬼怪的書，只是一部寫人與人之間的爭鬥，卻不是寫仙與仙之間的玄妙的布陣鬥法的。這是一部純粹的歷史小說，不摻入一點神怪的分子在內的。連《三國志平話》也未免有些不經之談，《七國春秋後集》與《武王伐紂書》則更不用說的了。惟此書則毫不取用這一類已成陳套的材料。由此可見這些平話的作者，決不是一人；否則，像《秦併六國》這樣的題材，原是最容易用到神怪的分子的，他為什麼反而不用到呢？至少，他與《七國春秋後集》的作者決不是一人；雖然二書之中，人物頗有許多是相同的。我們試讀今日流行的《後七國志》（也是敘述秦併六國的同一題材的），再讀此書，便知此書的敘述，已很忠實於歷史，已與羅貫中、馮夢龍諸作家的著作講史的態度很相近的了。這或者是較後期的著作也難說。《秦併六國》的開場，有敘述列代興亡的一個「入話」，先之以「世代茫茫幾聚塵，間將史記細鋪陳。便教五伯多權變，怎似三王尚義仁。」然後由「鴻蒙肇判，風氣始開」云云，而歷敘堯、舜之揖讓，三代之征伐，然後更敘及周之得天下，以及周室之衰微，諸侯之互爭。大似《五代史平話》中《梁史平話》的開場。大約這必是一部獨立的著作，未必與《七國春秋前後集》、《武王伐紂書》等等有多大的關係的。合之於他們之列的，當是始於建安虞氏那位很有刊印「全史平話」的野心的出版家的。這部平話敘的是：秦始皇席著祖父餘業，兵力強盛，大有併吞諸侯之意。當時天下共分七國。哪七國？是秦、齊、燕、魏、趙、韓、楚。其中惟秦為最強。六國常常合縱以敵秦，還敵不過他。當始皇六年時，他聽從了大臣司馬欣之言，派遣一位使臣公子少官使於列國，要六國盡皆納土於秦，免興干戈。楚國接待秦使，知道了此事，且恐且怒，便聯合了韓、趙、魏、燕、齊諸國，大興伐秦之師，自為從長。秦以王翦為將，率師拒敵。楚王屯兵函谷關下，與秦人交戰，互有勝負，兩不相下。諸王商議，恐久有變，便於一次大勝之後，各班師回國，休養兵力。約定一國有難，諸國皆來救應。卻說秦始皇原來不是秦莊襄王子楚之後，乃是陽翟大賈呂不韋之子。不韋扶立莊襄王爲君，以有孕美姬與他爲妻，以此陰奪秦邦。但後來始皇長大時，見不韋勢力日大，便設法安置他於蜀。不韋飲鴆酒自殺。到了始皇十七年，復有併吞六國，統一天下之意。便命王翦率師伐韓。韓以馮亭爲將，率師拒敵。但敵不過秦師的英勇，只得退保都城。韓王命大臣向趙、齊借兵解圍，二國皆不應。韓王望救不至，遂爲秦所滅。始皇命改韓邦爲潁州。（按史，滅韓者爲內史勝，非王翦，所置郡名潁川，非潁州。）始皇第十九年，又命王翦出師伐趙。（按史，作十八年。）趙有名將李牧，屢爲趙拒匈奴有功。這時，率師與秦對敵，屢挫其鋒，秦人不能逞。但牧爲司馬尙讒間於趙王，賜死。秦兵遂長驅入趙，夷滅了她。始皇命將趙國亦改爲郡。這時，燕太子丹懼秦兵及燕，且與始皇有怨，便遣荊軻入秦，獻樊於期首及督亢地圖，乘間刺秦王。不中。秦始皇殺了荊軻。遂詔王翦率兵伐燕。王翦圍了燕城，天天攻打。燕王不得已，斬了太子丹的頭，並將著金寶十車請和於秦。秦始皇許之，命王翦罷圍而去。始皇二十二年，又命王賁爲將率師攻魏。魏兵抵擋不住。不久，王賁便攻進魏都，擄了魏王。秦始皇命將魏國改爲汴州。始皇二十四年，（史作二十三年。）始皇帝又命將伐楚。王翦以爲非六十萬人不可。李信自恃少年英勇，以爲只要二十萬便足。始皇便以李信爲將，將二十萬人伐楚，不料被楚兵殺得大敗而回。始皇聽從了王翦的話，以六十萬人交給他，命他再度伐楚。果然，不到幾時，楚便爲秦所滅，改置爲荊州。始皇二十五年，（原文作十五年，誤。）廷議伐燕，李斯舉王賁爲將，將二十萬人前去。他們勢如破竹，殺得燕兵大敗。燕王投奔遼東虜王處。秦軍追捉燕王，與遼兵大戰。遼兵不勝。燕王自刎而亡。遼東虜王將燕王頭顱交給秦兵，王賁方才收兵而歸。燕王殿下有善擊筑者高漸離，見燕亡，便投奔到扶蘇太子處爲庸保。太子收留他在家。始皇二十七年，始皇見天下六國已滅其五，只有齊人未伏，便派遣王賁去攻齊。齊王不敵，降於秦。始皇統一天下，大設筵席相慶。太子荐高漸離來擊筑。始皇見其善於擊筑，漸漸的親信他。漸離乘間舉筑欲擊秦王，不中，爲左右所殺。始皇大怒，欲盡逐非秦人之在秦者。李斯亦在逐客數中，乃上書諫始皇。始皇聽從其言，拜他爲廷尉。（按史，李斯諫逐客，在始皇十年，並非在天下平定之後。）丞相王綰建議大封諸子以鎭天下，李斯反對之。始皇遂以天下爲三十六郡。銷兵器，一法度。築長城，建阿房。焚書坑儒，以愚天下人耳目；又出巡天下，勒石紀功。徐福帶了五百童男女，欲求仙人，爲仙人所惡，盡死。韓人張良爲韓報仇，率衆於博浪沙襲擊始皇。不中，中副車。始皇大索刺客，不得。至沙丘，始皇病死。趙高與李斯謀，擁立胡亥爲君，矯詔殺死扶蘇。胡亥立，是爲二世皇帝。是時，天下大亂，群雄並起。趙高又潛殺李斯父子。不久，復與其婿閻樂謀，弒二世而立孺子嬰。孺子嬰又設計殺了趙高。不多幾時，沛公劉邦攻破函谷關，西入咸陽，降孺子嬰。秦亡。劉邦復與項羽爭奪天下。邦用韓信、張良等，滅了項羽，統一天下。「則知秦尙詐力，三世而亡。三代仁義，享國長久。後之有天下者尙鑒於茲。詩曰：始皇詐力獨稱雄，六國皆歸掌握中。北塞長城泥未燥，咸陽宮殿火先紅。痴愚強作千年調，興滅還如一夢通，斷草荒蕪斜照外，長江萬古水流東。」全書遂終於此一個弔古的「史論」與「史詩」中。

五

第四種是《呂后斬韓信前漢書續集》。在此之前，當有一部「《楚漢春秋前漢書正集》」一類名目的東西。那部未知的「正集」，其敘事當止於：項羽被圍於九里山前，四面楚歌，虞姬自殺；羽奮勇突圍而出。走至烏江，終於自刎而亡。所以這部《續集》單刀直入的便從「時大漢五年十一月八日，項王自刎而死，年二十一歲」，敘起。寫作《前漢書正續集》的小說家或說話人，與寫《秦併六國》的作家或係一人。以其皆從史實擴大，不肯妄加無稽的「神談」。至於和《七國春秋後集》的作者，則決非一人。其著作的態度與乎材料的選擇，都全然不同。這部《前漢書續集》敘的是：項羽烏江自刎之後，其遺體爲「五侯」所奪。劉邦既平天下，遂大封功臣。然他對於韓信等，心實猜忌。他又恨楚臣季布、鍾離末二人未獲。季布亡匿於朱公家。他設了一計，出來自首。劉邦大喜，封之爲司馬。惟聞知鍾離末爲韓信所匿，大爲不悅。遂設一計，詐遊雲夢。左車、鍾離末等勸信反。信不從，反斬末獻於漢王。劉邦責其罪，奪去他的兵權，封他爲淮陰侯，安置咸陽，不令他去。韓信悶悶不樂，每悔不聽左車等之言。不久，番兵大舉入寇，劉邦命陳稀（按史，應作豨）去禦敵。稀臨行時，至韓信寓，與信密談一次。他到了邊地，遂舉反漢之幟。漢王大恐，率兵自去征他。臨行時，呂后去送他，二人密有所議。呂后回後，便宣蕭何入宮，設了一策，詐傳已斬陳稀，命信入長信宮謝罪。信昧然而去，遂爲呂后所擒斬。同時，劉邦用了陳平之策，也收服了陳稀之衆。稀奔匈奴而去。韓信部下六將，起兵爲信復仇，一聲一口只要呂后之頭。漢王斬似後者與之。他們明知其僞，不受。乃命呂后上城。六將射之，忽見一條金龍護體，射之不中。他們知道天命所在，遂各自刎而死。不久，彭越又爲漢王藉口騙到咸陽捉下。呂后更進讒言，遂也殺了他，並以其肉作醬，賜與群臣。英布在九江也食到肉醬，聞知係彭越之肉，便強吐出來，入江盡化爲螃蟹。英布遂反。漢王親征，被布射中一箭。但布爲吳芮（ㄖㄨㄟˋ）所賺，竟爲他殺死。天下雖復太平，然漢王自此病體沉重。他有所喜戚夫人的，生子如意。劉邦屢欲立如意爲太子，俱爲群臣所阻。邦死，呂后所生的太子盈繼位爲帝，是爲惠帝。惠帝甚寬仁，但呂后則欲誅滅劉氏諸王。先殺了如意及戚妃。惠帝大爲不安。不久，遂死。政權盡歸於呂后。她欲以呂易劉，盡力擴張呂氏的勢力：但諸臣俱不服。陳平、王陵、周勃等皆於暗中設計扶持劉氏諸王。田子春並為反間，使呂后將兵權給了劉澤。澤遂舉兵於山東。恰好呂后為韓信陰魂所射死，呂氏命貫嬰等為將去敵劉澤。嬰等卻反投到澤軍去。以此聲勢益大。樊噲之子樊亢並親率諸軍，攻入宮中，將諸呂盡皆殺死，連他自己的母親呂胥也在內。諸臣遂請劉澤等三王登位，澤等皆謙讓未遑，其實帝位也正待著眞主。他們即登了殿上，也俱不能坐到龍座上去。以此，帝位闕了半年。後來，陳平念及高祖尙有一子北大王，為薄姬所生，遂迎他入京即帝位。他要日西再午，方即帝位，果然日影再午。他便安登龍座，是為漢文帝。此書便終於此時。

以上二作皆謹守歷史故實，間有附會的傳說，卻不大敢造作過於無稽的謠傳，也很少神怪仙佛的成分在內，確是一部很正規的「講史」，可為《五代史平話》的「肖子」的。不惟如此，其引用的歷史，有時且盡引原文，不加增潤。例如，《秦併六國》之寫荊軻刺秦王一段，便是完全引用《史記·刺客列傳》的本文的。（只不過將古文改為半文半白之文體而已。）在這裡，已大似後來羅貫中諸「講史」作家的作風了。我們看了這二作，可知其與後來的《三國志通俗演義》、《列國志傳》、《殘唐五代志傳》等作，其活用歷史以為小說的程度，是不相上下的，雖然在這二作裡，其文章的粗率，文法與字體的「別」、「白」不通，與《三國演義》等的「文從字順」者有異。

六

第五種是《三國志平話》。這部《三國志平話》，似非與寫作《秦併六國》與《呂后斬韓信》二書同出一個作者之手。因為其著作的態度，顯為不同，且其事實也與《呂后斬韓信》不大相連貫。例如，《三國志平話》的骨幹，是以劉邦、呂雉屈斬了韓信、彭越、英布三人，所以他們投生爲劉備、曹操、孫權三人，三分漢之天下，以爲報仇。而在《呂后斬韓信》裡，對於這事，我們連一點消息也看不出，可知其決非出於一手。在《呂后斬韓信》中，已有劉邦死於創，呂雉爲韓信陰箭所殺二事，似已盡了報仇的能事，殊不必再於《三國志平話》中添出蛇足似的投生復仇的一段事來。就其全體的結構與內容看來，《三國志平話》實爲一部完全獨立的書，與《呂后斬韓信》等等並無統系、連貫的關係。也許這部韓、彭、英三將報冤復仇的故事，是很早的便已有了的。也許在宋人講說「三分」時，已用了這個因果報應之說來聳動俗人的聽聞了。

《三國志平話》的開頭，便以「江東吳王蜀地川，曹操英勇占中原。不是三人分天下，來報高祖斬首冤」一詩，單刀直入，敘漢之所以會分裂爲三國之故。又以此獄久擱未斷，賴人間秀才司馬仲相判斷公明，上帝遂將他投生爲司馬懿，削平三國，一統天下，以酬其勞；此便是三國之所以又合爲一晉的緣故了。這個結構，是首尾完具，盛水不漏的，與《呂后斬韓信》等之依據史實爲起結者大爲不同。司馬仲相斷獄以後，作者便直敘漢末之事。「話分兩說，今漢靈帝即位，當年銅鐵皆鳴。」鄆州太山腳下，又塌一穴地。孫學究因病自投穴中，得了天書一卷。他傳於弟子張覺，覺遂出遊四方，度徒弟十萬人，以黃巾爲號，與二弟同行叛變。靈帝以皇甫松爲元帥，出師討之。劉備、關羽、張飛三人，結義於桃園，乘時而出，欲討張覺立功。皇甫松以他們爲先鋒。張覺等次第死於他們之手。但因常侍段珪讓索賄不遂，他們之功，不得上達。後虧董成之力，劉備方補得安喜縣尉。太守督郵皆欲折辱備，他們遂皆爲張飛所殺。備等因往太行山落草。靈帝大驚，斬了十常侍，以首級招安了他們，並以備爲平原縣丞。後獻帝繼立，遷都洛陽。董卓獨攬政權，擅作威福。曹操、袁紹等起兵討卓，大戰於虎牢關前。卓將呂布英勇無敵，惟有劉、關、張三人殺得勝他。他閉關不出。一面丞相王允卻以連環計使呂布殺了董卓。布幾爲卓的四將所困，突圍而出，往投劉備於徐州。後呂布奪了備的徐州，又與曹操戰，爲操所擒斬。操引劉備入朝，獻帝以他爲豫州牧。時操專權，帝不忿。有詔要備等討賊。爲操所覺，進兵殺得劉備大敗。備與關、張各不相顧。關羽爲操所收，而飛則投古城，自立爲王，備則投於袁覃處。關羽屢思辭操而去。爲他斬了袁覃驍將顏良、文醜之後，便棄操追尋劉備。這時備已與張飛會於古城，羽亦繼至。他們共投劉表。表以備爲辛治太守。備三顧茅廬，請出諸葛亮爲佐。操引大軍攻辛治，備不敵，往投孫權。權以周瑜爲帥，敵操，大敗之於赤壁。劉備乘機借了荊州暫住。諸葛亮主張備應進兵收取四川，以爲基業。備兵遂西進，破了成都，降了劉璋。備自立爲漢中王，封關羽、張飛、趙雲、黃忠、馬超爲五虎將。關羽鎮守荊州，東吳屢使人求還荊州，羽不與。孫權遂進軍攻荊州，殺了關羽。這時，曹丕篡漢，自立爲帝。權與備聞之，也各立爲吳、蜀帝。備以羽爲權兵所殺，悲憤不已，遂起大軍征吳。爲吳所敗，卒於白帝城。諸葛亮輔阿斗爲帝，辛勤主國，七擒孟獲，先平南蠻，以絕後顧之憂。更六出岐山，以討反賊（即曹魏）。但俱不能有功。最後，亮病卒。姜維繼其志，也無所展施。後司馬氏篡魏，立晉，使鄧艾、鍾會平蜀，使王濬、王渾平吳，天下復歸於一。但漢帝外孫劉淵逃於北方，不伏晉人。其子劉聰更驍勇絕人，自立國號曰漢，爲劉氏復仇。晉惠帝死，懷帝立。劉聰領軍至洛陽，殺了懷帝，又追擄新立的憫帝於長安，滅了晉國，即皇帝位。《三國志平話》之終於劉聰滅晉，而不終於應終的晉滅吳、蜀二國之時，作者似乎仍是持著因果報應的觀念，欲以此劉氏的恢復故物，爲後來深惜諸葛之功不就的人彌補缺憾的。

這五部平話，雖顯然非出於一手，卻同爲新安虞氏所合刊。其格式也爲閩中刊本所特有的式樣，一頁分爲二格，上格爲圖，下格爲文字。圖是很狹長的。圖的一格約當文字的一格的四五分之一。這個閩本的式樣，當起於宋。宋刊本的繪圖的《列女傳》（閩余氏原刊，阮元翻刻本）便是如此。直至明萬曆中，余象斗等刻印《三國志演義》、《西遊記》、《水滸傳》等等，其式樣還是如此未變。

七

但這五部平話雖非出於一手，其敘述雖或近於歷史，或多無稽的傳說，或雜神怪的筆談，然其文字不大通順，白字破句，亦累牘皆是，卻是五作如一的。我們很顯然的可以看出他們乃是純然的民間的著作。與宋人之諸短篇話本，與乎《五代史平話》較之，實令人未免有彼善於此的感想。今姑從五本中徵引一二則以明此言。

樂毅大喜，看柏楊定甚計來。先生曰：「此是迷魂陣，捉孫子之地。」毅告曰：「下戰書與孫子。孫子拜師父爲師叔，兼孫操拜爲師父。若見，必舌辨也。」柏楊曰：「放心也。敗爾者弱吾節概。」同樂毅至張秋景德鎭，向燕陣中烈八足馬四疋，懷胎婦人各用七個，取胎埋於七處，四角頭埋四面日月七星旗。陰陽不辨，南北不分，此爲迷魂陣。若是打陣入來，直至死不能得出。準備了畢。卻說齊帥孫子在營中有人報軍師，寨門外有一道童來。先生喚至。呈書與孫子。孫子看曰：「師父書來，道臏有百日之災，愼勿出戰，只宜忍事。如出陣，有誤也。」言未已，有人報樂毅下戰書。先生曰：「此非師父之書，是樂毅之計，必詐也。」孫子不信，叫袁達：「聽吾令。依計用事，破燕陣，捉樂毅。」袁達持斧上馬曰：「只今朝便睹個清平。」來戰樂毅。且看勝敗如何？

詩曰　貫世英雄誰敢敵　今朝卻陷虎坑中

——《樂毅圖齊七國春秋後集》

按《漢書》云：呂后送高皇回來，常思斬韓信之計，中無方便。「若高皇征陳稀回來，必見某過也。」呂后終日不悅。駕去早經二月有餘。（呂后）令左右請蕭何入內。呂后問丞相曰：「高皇出征臨行，曾言，子童與丞相同謀定計，早獲斬韓信，要其僁過。」問：「丞相有計麼？」蕭何聞言，心中大驚。暗思：「韓信未遇，吾曾舉荐他掛印，東蕩西除，亡秦滅楚，收伏天下，今一統歸於劉氏。今作閒人，坐家致仕，今亦要將韓信斬首，呂后逼吾定計，不由我矣。實可傷悲！韓信好昔哉！」蕭何哽咽未對。呂后大怒目：「丞相不與朝廷分憂，到與反臣出力。爾當日三箭亦保韓信反乎？」蕭何急奏曰：「告娘娘，與小臣三日暇限，於私宅中思計如何？」太后准奏。還於私宅，悶悶而不悅。升坐片間，有左右人來報，楚王下一婦人名喚青遠，言有機密事要見相公。蕭何曰：「喚來。」青遠叩廳而拜，「告相公，妾有冤屈之事。韓信教唆陳稀告反，卻把妾男長興殺了。因此妾狀告相公。」蕭何聽婦人言其事，唬得蕭何失色。暗引婦人青遠入內見太后。蕭相言其韓信教唆陳稀謀反。呂后大驚，問蕭相如何。蕭相言：「牢中取一罪因，貌相陳稀，斬之。將首級與使命，於城外將來，詐言高皇捉訖陳稀斬首。教他將頭入宮。韓信聞之，必然憂恐。更何說韓信入宮，將他問罪，與婦人青遠對詞證之。」太后曰：「此計甚妙。」

——《前漢書續集》

有張飛遂問玄德：「哥哥因何煩惱？」劉備曰：「令某上縣尉九品官爵。關、張眾將一般軍前破黃巾賊五百餘萬。我爲官，弟兄二人無官，以此煩惱。」張飛曰：「哥哥錯矣！從長安至定州，行十日不煩惱，緣何參州回來便煩惱？必是州主有甚不好。哥哥對兄弟說。」玄德不說。張飛離了玄德，言道：「要知端的，除是根問去。」去於後槽根底，見親隨二人便問。不肯實說。張飛聞之大怒，至天晚二更向後，手提尖刀，即時出尉司衙。至州衙後，越牆而過。至後花園。見一婦人。張飛問婦人：「太守那裡宿睡？你若不道，我便殺你。」婦人戰戰兢兢，怕怖，言，「太守在後堂內宿睡。」「你是太守甚人？」「我是太守拂床之人。」張飛道：「你引我後堂中去來。」婦人引張飛至後堂。張飛把婦人殺了，又把太守元嶠殺了。有燈下夫人忙叫道：「殺人賊！」又把夫人殺訖。

——《三國志平話》

由此可見，這樣笨拙、遲重的文筆，的是出於民間作者之手，而未曾經過文人學士的潤飾的。與宋本的《三藏取經詩話》，其氣韻恰好相類。

八

《元刊平話五種》作者無考。最早的講史和英雄傳奇作家之可考者惟一羅貫中耳。（施耐庵之名尚爲一個謎。）在元、明小說的演進上，羅貫中是占著極重要的地位的。活動於宋代的「書會先生」，在元代雖似乎也甚努力，但其努力的方向，似已由小說方面而轉移到戲曲方面去。中國的小說遂突然由第一黃金時代的南宋，而墮落到像產生《元刊平話五種》的幼稚的元代。與元代的鼎盛的戲文與雜劇較之，誠未免要使人高喊著小說界的不幸。或者，那個時代的人們，已厭倦了比較寧靜、單調的說書、講史，而群趨於金鼓喧天，管弦淒清的劇場中了吧。因此，說書的職業，遂爲之冷落；小說的著作，遂爲之停頓。但到了元代的末葉，卻有羅貫中氏出來，竭其全力，以著作小說，以提倡小說，而小說界的蓬勃氣象，遂復爲之引起。馴至產生了第二黃金時代的明代。羅氏之功，實不可沒。而羅氏的雄建的著作力，在中國小說史上，似乎也一時無比。羅氏蓋實繼於「書會先生」之後的一位偉大作家。他正是一位繼往承來，繼絕存亡的俊傑；站在雅與俗、文與質之間的。他以文雅來提高民間粗製品的淺薄，同時又並沒有離開民間過遠。「雅俗共賞，婦孺皆知」的讚語，加之於羅氏作品之上似乎是最爲恰當的。

羅氏的生平，我們不甚明瞭；在他的作品裡，更一無可以供我們研究他的生平的。但很有幸的，在賈仲名的《續錄鬼簿》裡，卻有關於羅貫中的一段話：「羅貫中，太原人，號湖海散人。與人寡合。樂府隱語，極爲清新。與余爲忘年交。遭時多故，各天一方。至正甲辰（公元一三六四年）復會。別後又六十餘年。竟不知其所終。」這雖是寥寥的數語，卻是最可珍異的材料。後來的以他爲名本，字貫中，東原人，或武林人，盧陵人；其名或有作「牧」，或「木」的諸說，都可以不辨自明了。周亮工《書影》說他是洪武時人，和仲名的記載恰正相符。他是一位不得志的才人。在政治方面必是一點也不曾有過一官半職的。那時（元時）漢人，特別是南方人，在政治上是不用想有什麼建樹的。在受著少數民族的重重壓迫之下，才人名士們毫不能有所展施，於是只好將其才力，用之於戲曲上，用之於小說上。一方面，也許竟帶有幾分解決生活問題的性質。羅氏的那些小說的流行，對於他，當有幾許利益的。陳氏尺蠖齋評釋的《西晉志傳通俗演義》上，有序一篇道：「一代肇輿，必有一代之史。而有信史，有野史。好事者藜取而演之，以通俗諭人，名曰演義。蓋自羅貫中《水滸傳》、《三國傳》始也。羅氏生不逢時，才鬱而不得展，始作《水滸傳》以抒其不平之鳴。其間描寫人情世態，宦況閨思，種種度越人表。迨其子孫三世皆啞，人以為口業之報。」子孫三世皆啞之說，人往往以指施耐庵，此序獨加之於羅氏身上，似不可信。

羅氏的著作，傳世者不少，但往往皆沒其名氏，或為後人所增潤刪改，大失其本來面目。但這些著作，大都皆為歷史小說、講史及英雄傳奇。在其中，《三國志》及《水滸傳》最有大名。亦有神怪妖異之作，像《平妖傳》的。

《三國志通俗演義》是羅氏作品裡最流行的一部，也是被後人修改得最少的一部。毛宗崗的《第一才子書》雖標明他自己偽造的「古本」，用來刪潤羅氏的原本，然所改削的地方究竟不多。羅氏原本的面目，依然存在。近來古本《三國志通俗演義》[1]的發現，不只一本，其面目大都無甚異同，可證其即為羅氏原本無疑。依據了這個原本的《三國志通俗演義》，我們可知羅氏對於「講史」的寫作，其態度是改俗為雅，牽野說以就歷史的。雖然他仍保存不少舊作的原來的東西，但過於荒誕不經的東西則皆毫不吝惜的鏟除無遺。原來，我們要曉得，羅氏的著作，大都不是他自己的創作，而是有所依據的。換言之，他的地位，與其說他是一位「創作家」，毋寧說他是一位「編訂者」，或「改寫者」，特別是關於「講史」一部分，因為那些講史在他之前大都是已有了很古很古的舊本的。不過，他的這位「編訂家」，或「改寫家」所負的責任與所取的態度，卻是非同尋常的編訂者一般的。他不是毛宗崗、陳繼儒、金聖嘆一流的人。他乃是更大膽的馮夢龍、褚人穫一流

* * *

① 《三國志演義》有嘉靖間刊本；商務印書館影印本；又明刊本甚多。毛氏評本的《第一才子書》最易得。

人。他是一位超出於尋常編訂家以上的「改作家」，有時簡直是「重作」。我們試取他的《三國志通俗演義》來一看，便可知他的工作是如何的繁重與重要。《三國志平話》，上文已經說到過，其骨架乃建立在因果報應之說上。漢之所以分爲三國，蓋因韓信、彭越、英布的報仇，三國所以復合爲晉，蓋因上天以一統的江山賜給斷獄公平的司馬仲相。羅貫中氏改作《三國志演義》，則首先將這一段鬼話完全鏟去，直由「後漢桓帝崩，靈帝即位，年十二歲」敘起。許多年來膠附於「三國」平話中的這一段原始的民間因果報應談，至此始與「三國」故事分離。羅氏的手眼，不可謂不高！《三國志演義》之成爲純粹的歷史小說，其第一功臣，故當爲羅氏。除了司馬仲相的陰司斷獄一段以外，羅氏的《演義》與元刊本《三國志平話》不同者尚有幾點。㈠削去了《平話》中許多荒誕不經的事實，例如：曹操勸漢獻帝讓位於其子曹丕，劉備到太行山中落草爲寇等等。㈡增加了《平話》上所沒有的許多歷史上的眞實材料，例如何進誅宦官，禰衡罵曹操，曹子建七步成章等等。㈢增加了《平話》上所沒有的許多詩詞、表札。㈣改寫了《平話》上許多不經的記載，例如《平話》敘張飛拒操長坂橋，大喊一聲，橋竟爲之喊斷，此實萬無此理者，故羅氏改作飛的喊聲，驚破了夏侯傑之膽。㈤保存了《平話》的敘述，而將此敘述潤飾著，改作著，往往放大到五六倍；以此枯瘠的記載往往頓成了豐贍華腴的描寫。有此五點，我們已可知道羅氏改作的功績是如何的宏偉了。今且引羅氏《三國志演義》的一段於下，以示其作風的一斑：

玄德辭二隱者上馬，投臥龍崗來。至莊前，下馬扣門。童子出。玄德曰：先生在莊上否？童子曰：見在堂上讀書。玄德遂跟童子入，見草堂之上一人擁爐抱膝，歌曰……玄德上草堂，施禮曰：備久慕先生，無緣拜會。昨因徐元直稱荐，敬到仙莊，不遇空回。今特冒風雪而來，得見仙顏，實爲萬幸。那個少年慌忙答禮而言曰：將軍莫非劉豫州，欲見家兄否？玄德驚訝而問曰：先生又非臥龍耶？其人曰：臥龍乃二家兄也。道號臥龍。一母所生三人。大家兄諸葛瑾，見在江東孫仲謀處爲幕賓。二家兄諸葛亮，與某躬耕於此。某乃孔明之弟諸葛均也。玄德曰：令兄先生往何處閒遊？均曰：博陵崔州平相邀同遊，不在莊上二日矣。玄德曰：二人何處閒遊？均曰：或駕小舟遊於江湖之中，或訪僧道於山嶺之上，或尋朋友於村僻之中，或樂琴棋於洞府之內，往來莫測，不知去所。玄德曰：劉備如此緣分淺薄，兩番不遇大賢。嗟呀不已。均曰：小坐獻茶。張飛曰：既先生不在，請哥哥上馬。玄德曰：已親詣此間，如何無一語而回。玄德請問曰：備聞令兄熟諳韜略，日看兵書，可得聞乎？均曰：不知。飛曰：問他則甚！風雪甚緊，不如早歸。玄德叱之曰：汝豈知玄機乎？均曰：家兄不在，不敢久留車騎，容日卻去回禮。玄德曰：豈敢望先生枉駕來臨。數日之後，備當又至矣。願借紙筆，留一書上達令兄，以表劉備殷勤之意也。均遂具文房四寶。玄德呵開凍筆，拂展雲箋，其書曰……玄德寫罷遞與諸葛均。均送出莊門外。玄德再三殷勤致意。均皆領諾，入莊。玄德上馬，忽見童子招手籬外叫曰：老先生來也。玄德視之，見一人暖帽遮頭，狐裘被體，騎一驢，後隨帶一青衣小童，攜一葫蘆酒，踏雪而來，轉過小橋，口誦〈梁父吟〉一首。玄德聞之曰：此必是臥龍先生也！滾鞍下馬，向前施禮曰：先生冒寒不易，劉備等候久矣。那人慌忙下驢，進前作揖。諸葛均在後曰：此非臥龍家兄，乃家兄岳父黃承彥也。玄德問曰：適間所誦之吟，極其高妙，乃係何人所作？黃承彥曰：老夫在女婿家觀〈梁父吟〉，記得這一篇。卻才過橋，偶望籬落間梅花感而誦之。玄德曰：曾見令婿否？黃承彥曰：便是老夫逕來看拙女小婿矣。玄德聞言，辭別承彥，上馬而行。正值風雪滿天，回望臥龍崗，悒怏不已。

又有《唐傳演義》，及《殘唐五代》皆傳爲羅氏所作。《殘唐五代演義》，凡六卷，六十回，其敘述直接於《唐傳演義》之後，而以「卻說懿宗傳至十七代僖宗即位」引起。其與《唐傳演義》爲連續的一書，當無可疑。惟《唐傳演義》今已證知其爲嘉靖時熊鍾谷所作，則《殘唐五代演義》當也不會是羅氏所作的了。

羅氏的英雄傳奇，其成就似遠較他的講史或演義爲偉大。因爲講史或演義，只是據史而寫，不容易憑了作者的想像而騁馳著；又其時代也受著歷史的牽制，往往少者四五十年，多者近三五百年，其事實也多者千百宗，少者也有百十宗；作者實難於收羅，苦於布置，更難於件件細寫；而其人物也往往爲歷史所拘束，不易揑造，更不易儘量的描寫著。以講史而寫到《三國志演義》的地步，已是登峰造極的了。這樣的左牽右涉，如何會寫得好呢？此講史之所以決難有上乘的創作的原因也。至於英雄傳奇則不然，人物可眞可幻，事跡若虛若實，年代也完全可不受歷史的拘束，如此，作者的情思可以四顧無礙，逞所欲寫，材料也可以隨心所造，多少不拘。作者很容易見長，讀者也更易感到趣味。《水滸傳》在藝術上之所以高出《三國演義》遠甚，此亦其原因之一。羅氏的英雄傳奇，今知者凡四種，其中以《水滸傳》與《平妖傳》爲最著，也最可靠。《說唐傳》與《粉妝樓》則似乎沒有什麼確證，可以指實其爲羅氏所作。

《水滸傳》的故事，流傳得很早。《宣和遺事》有記載，李嵩輩「有傳寫」（周密：《癸辛雜識》續集上），龔聖與有三十六人贊。我猜想，此故事在南宋時代或已經演爲話本了吧。但今本《水滸傳》②的寫定，則爲羅貫中氏。對於此書，羅氏並不自居於創作的地位，只是很謙抑的題著：「錢塘施耐庵的本；羅貫中編次。」（見《百川書志》）大約施耐庵對於《水滸傳》的關係，總不只像羅氏《三國志演義》上所題的「晉平陽侯陳壽史傳」那麼淺薄吧。施氏的《水滸傳》也許只是一個未刊的底本，由羅氏整理編次而始流傳於世的。總之，不管施氏的舊本如何，羅氏對於《水滸傳》之有編訂的大功是無可疑的。今日流傳於世的簡本《水滸傳》（大約是一百十五回的），其筆調大似羅氏的諸作，則我們與其將這部偉大的英雄傳奇的著作權，歸之於施氏，不如歸之於羅氏更爲妥當些。羅氏原本的《水滸傳》今尚未發現於世。今傳於世的《水滸傳》，有繁、簡二本。繁本爲明嘉靖時人所作（見下），簡本則似尚保留不少羅氏原本的面目，惟亦迭有所增添修改③。其修改、增添最甚之處，似爲：㈠征遼。㈡征田虎、王慶。㈢詩詞。羅氏的原本，當是盛水不漏的一部完美嚴密的創作，始於洪太尉誤走妖魔，而終於衆英雄魂聚蓼兒窪。其間最大的戰役爲曾頭市、祝家莊，及與高太尉、童貫的相抗。至招安後征討方臘的一役，則衆英雄已至「日薄崦嵫」之境，在戰陣喪亡過半的了。其間，征遼大約是嘉靖時加入的，征田虎、王慶的二段的加入則似乎更晚。這三段故事的插入《水滸》中，顯然是很勉強的，帶著不少的油水不融洽的痕跡。

《水滸傳》的文筆，較《三國》、《唐傳》尤爲橫恣；但其半文半白、多記載而少描寫的缺點

*　*　*

② 《水滸傳》傳本甚多；有《英雄譜》本，《水滸志傳評林》本；福建余氏刊本（皆簡本），嘉靖本（僅見殘葉若干頁）；李卓吾《評一百二十回》本；一百回本（皆繁本）。

③ 詳見我所作的〈水滸傳的演化〉一文（載於《小說月報》第二十卷第九號）。

（指「簡本」而言），仍是很顯著的，頗可充分的表現出羅貫中氏的特有的彩色。惟對於人物的性格，故事的支配，已有特殊的進展。例如，下面的一段，形容魯智深拳打鎮關西的事，已甚宛曲動人：

鄭屠正在門前賣肉。魯達走到門前，叫一聲鄭屠。鄭屠慌忙出櫃唱喏。便教請坐。魯達曰：「奉著經略相公鈞旨，要十斤精肉，切做臊子。」鄭屠叫使頭快選好的十斤去。魯達曰：「要你自家切。」鄭屠曰：「小人便自切。」遂選了十斤精肉，細細的切做臊子。那小二正來鄭屠家報知金老之事，卻見魯達坐在肉案門邊，不敢進前，遠遠立在屋檐下。鄭屠切了肉，用荷葉包了。魯達曰：「再要十斤都是肥肉，也要切做臊子。」鄭屠曰：「小人便切。」又選十斤肥的，也切做臊子。亦把荷葉包了。魯達曰：「再要十斤寸金軟骨，也要細細切作臊子。」鄭屠笑曰：「卻是來消遣我！」魯達聽罷，跳將起來，瞧眼看著鄭屠曰：「洒家特地要消遣你！」把兩包肉臊子，劈面打去。鄭屠大怒，從肉案上，搶了一把尖刀，跳將出來，就要揪魯達。被魯達就勢按住了刀，望小腹只是一腳，踢倒了。便踏住胸前，提起拳頭看看鄭屠曰：「洒家始從老種經略相公，做到關西五路廉訪使，也不枉了叫做鎮關西。你是個賣肉的屠戶，狗一般的人，也叫做鎮關西！你因何強騙了金翠蓮？」只一拳，正打中鼻子上，打得鮮血迸流，鼻子歪在一邊。鄭屠掙不起來，口裡只叫：「打得好！」魯達曰：「你還敢應口！」望眼睛眉梢上又打一拳，打得眼珠突出。兩傍看的人，懼怕不敢向前。又打一拳，太陽上正著。只見鄭屠挺在地上，漸漸沒氣。魯達尋思曰：「俺只要痛打這廝一頓，不想三拳眞個打死了。」脫身便走，假意回頭指著鄭屠曰：「你詐死，洒家慢慢和你理會。」大踏步去了。街坊鄰舍，知他利害，誰敢攔他。

——一百十五回本第三回

像這樣的描寫，乃是《三國》中所沒有的。而蓼兒窪的會葬，林沖的走雪，武松的打虎，以及野豬林救林沖，快活林的醉打蔣門神等等，不管它描寫得如何，其情景的布設，已都是很俊峭可喜的了。嘉靖本的《水滸》，除了描寫的技巧更高明之外，其情景並無所改易，差不多可以說完全是本之於羅氏的。《水滸》的不朽與偉大，其功至少是要半歸之於羅氏的。

《三遂平妖傳》④原本二十回，今本則有四十回，爲明末馮夢龍所增補，與原本面目已大爲不同。原本有萬曆間唐氏世德堂刊本。敘的是：汴州胡浩得仙畫，爲婦所焚，灰燒於身，因而生女永兒。有妖狐聖姑姑授以道法。遂能幻變，爲紙人豆馬。後嫁於王則。則蓋有數年稱王之命者。彈子和尚、張鸞等皆來歸之。則遂稱亂於貝州。文彥博率師討之。則部下如彈子和尚等見則橫暴，皆已前後引去。彈子和尚並化身爲諸葛遂智助彥博討則，以破則與永兒的妖法。彥博部下有馬遂的，又詐降擊則；李遂則率掘子軍作地道入城。彥博遂擒則及永兒，平了貝州之亂。因爲平則的三人皆名「遂」，故謂之《三遂平妖傳》。原本的二十回，所敘不過如此。馮夢龍（託名龍子猶）的改本，在全本加以潤飾以外，更於原本第一回之前，加以十五回，又於其間加入五回，共成四十回。較原書是完全改觀的了。原本《平妖傳》的筆調也和《三國》、《唐傳》等相類。

＊　＊　＊

④原本《平妖傳》至罕見，鄞縣馬氏有一部。

《說唐傳》[5]今存者分《前傳》、《後傳》二部。《前傳》共六十八回，始於秦彝託孤及秦叔寶、程咬金幼年事，中敘瓦崗寨聚義，最後則唐太宗削平群雄，登位爲帝爲結束。中間爲《小英雄傳》，敘羅通掃北事，凡十六回。此下即爲《後傳》，一名《薛家將》，凡四十二回，記薛仁貴跨海征東事。故《說唐傳》雖爲一個總名，其實乃是三部似續不續的不同的英雄傳奇的總稱。第一部著重於秦叔寶及瓦崗寨的故事，第二部著重於羅通；第三部的中心人物則爲薛仁貴。這三部都是可以獨立的。（曾有人將「瓦崗寨」的故事取出，另編《瓦崗寨演義》），我曾見其舊刊本。又薛仁貴的故事也早已成了獨立的題材，元曲中有《薛仁貴》；明富春堂所刊傳奇中也有《跨海征東白袍記》一書。）《唐傳演義》乃是依據於正史的，故亦有瓦崗寨，亦有程咬金、單雄信、薛仁貴，其敘述卻與《說唐傳》完全不同。《說唐前傳》以瓦崗寨聚義爲敘述的中心，其間程咬金的憨直，秦叔寶的窮途，單雄信的忠義，徐茂公的智狡，皆爲《唐傳演義》所無者。又，《說唐後傳》以仁貴的含冤負屈，張士貴的冒功嫉賢爲敘述的中心，在《唐傳演義》中，也全無此種「野史」、「俗說」的記載。《說唐傳》的來歷是很古遠的，或者羅氏也只不過加以「編次」、「筆削」而已，並非他自己的創作。《說唐傳》的敘述雖多粗鄙可笑處，而其情景的敷設卻甚爲動人。若叔寶的賣馬，雄信的拒降，皆爲不朽的氣概凜然的章段。足以與《水滸傳》並駕齊驅的英雄傳奇，恐怕也只有這一部《說唐傳》而已。可惜不曾有人表彰過，遂致不得登於文壇爲文人學士所稱頌。《粉妝樓》凡八十回，敘羅成之後兩位公子羅燦、羅焜之事，其事實完全不見「經傳」，俱是作者的揑

* * *

⑤《說唐傳》坊刊本甚多，明刊本未見。

造。其布局與情節，也大都雜抄《水滸》與《說唐》，不像是羅氏的著作。謝無量謂「是羅貫中敘述自家先代故事的專書」⑥，未免附會得可笑。

又有《禪眞逸史》一書，謝無量也以爲舊本說是根據羅氏原本的⑦。但我所有的明刊本《禪眞逸史》，卻並無此語，僅有「舊本意晦詞古，不入里耳」，及「舊本出自內府，多方重購始得」（均見爽閣主人《禪眞逸史》凡例）的二語而已。不知謝氏此語何據。故今不及之。

■參考書目

一、《全相平話五種》，元刊本，藏日本內閣文庫。其中《三國志平話》一種，有商務印書館影印本。

二、《平民文學的兩大文豪》，謝無量著，商務印書館出版。

三、《中國小說史略》，魯迅著，北新書局出版。

四、《中國文學論集》，鄭振鐸著，開明書店出版。

五、《續錄鬼簿》，明賈仲名著，有明藍格抄本；傳抄本。

*　　*　　*

⑥ 謝無量：《平民文學之兩大文豪》（商務印書館《國學小叢書》）第四十四頁。

⑦ 《平民文學之兩大文豪》（商務印書館《國學小叢書》）第十四頁。

第四十九章　散曲作家們

散曲的出現——散曲的來源——南曲與北曲——小令與套數——元代散曲的前後二期——前期的作家們——大詩人關漢卿——王和卿與王實甫——楊果商挺等——馮子振盧摯貫雲石——白樸——馬致遠——馬九臯張養浩等——劉時中王伯成等——後期的作家們——張可久與喬吉甫徐再思曾瑞等——鍾嗣成——楊朝英與周德清——吳西逸呂止庵等——女作家王氏

一

當金、元的時候，我們的詩壇，忽然現出一株奇葩來，把懨懨無生氣的「詩」壇的活動，重新注入新的活力，使之照射出萬丈的光芒，有若長久的陰霾之後，雲端忽射下幾縷黃金色的太陽光；有若經過了嚴冬之後，第一陣的東風，吹拂得青草微綠，柳眼將開。其清新愉快的風度，是讀者之立刻便會感到的。這株奇葩，便是所謂「散曲」。但這裡所謂「忽然現出」，並不是說，散曲乃像摩西《十戒》版似的，是從天上掉下來的。她的生命，在暗地裡已是滋生得很久了。她便是蔓生於

「詞」的領域之中的；她便是偷偷地在宋、金的大曲、賺詞裡伸出頭角來的。

她的產生的時代，已是很久了。但成爲主要「詩」體的一種的時代，則約在金、元之間。金、元的雜劇是使用著這種名爲「曲」的詩體，成爲她可唱的一部分的。在更早的時候，「諸宮調」也已用到她成爲其中「彈唱」的成分。宋人的唱賺，也是使用著「曲」的。所以「散曲」的實際上的出現，實較「劇曲」爲更早。惟其成爲重要的詩人們的「詩體」，則恰好是和「劇曲」同時。創作「雜劇」的大詩人關漢卿也便是今所知的第一位偉大的散曲作家。

散曲可以說是承繼於「詞」之後的「可唱」的詩體的總稱，正如「詞」之爲繼於「樂府辭」之後的「可唱」的詩體的總稱一樣。其曲調的來源，方面極廣，包羅極多不同的可唱的調子，不論是舊有的或是新創的，本土的或是外來的，宮廷的或是民間的。但在其間，舊有的曲調，所占的成分並不很多，大部分是新闖入的東西。在那些新闖入的分子們裡，最主要的是「里巷之曲」與「胡夷之曲」，正如「詞」的產生時代的情形一樣。

散曲通常分爲「南」、「北」二類。北曲爲流行於金、元及明初的東西。南曲則其起源似較北曲爲更早，但其流行則較晚。差不多要在元末明初的時候，我們才見到正則的南曲作家的出現。當北曲成爲金、元詩人們的主要詩體之時，南曲似還不曾攀登得上文壇的一角。所以北散曲似是出現於雜劇之先，而南散曲的出現則要在戲文的產生之後，也許那時候已經流行於民間了。但今日卻沒有她存在的徵象可見。所以這裡所講的第一期的散曲的發展，只講的是北散曲。

南曲和北曲，其最初的萌芽是同一的，即都是從「詞」裡蛻化出來。金人南侵，占領了中國的中原和北部，於是中原的可唱的詞，流落於北方而和「胡夷之曲」及北方的民歌結合者，便成爲北曲，而其隨了南渡的文人、藝人而流傳於南方，和南方的「里巷之曲」相結合者便成爲南曲。

無論南曲或北曲，在其本身的結構上，皆可分爲兩種不同的定式，一是小令，二是套數。小令起源於詞的「小令」，是單一的簡短的抒情歌曲，常和五七言絕句，及詞中的小令，成爲中國的最好的抒情詩的一大部分。小令的曲牌，常是一個。但也有例外者，像：㈠帶過曲（此僅北曲中有之），例若「沽美酒帶過太平令」、「雁兒落帶過得勝令」等等。㈡集曲（流行於南曲裡），係取各曲中零句合而成爲一個新調，例若「羅江怨」，便是摘合了〈香羅帶〉、〈皀羅袍〉、〈一江風〉的三調中的好句而成的。最多者若「三十腔」，竟以三十個不同調的摘句，合而成爲一新調。㈢重頭，即以若干首的小令詠歌一件連續的或同類的景色或故事。例若元人常以八首小令詠「瀟湘八景」，四首小令詠春、夏、秋、冬四景，或竟一百首小令詠唱《西廂》故事等等。惟每首韻各不同。

「套數」起源於宋大曲及唱賺。至諸宮調而「套數」之法大備。套數是使用兩個以上之曲牌而成爲一個「歌曲」的。在南曲至少必須有引子、過曲及尾聲的三個不同之曲牌，始成爲一套。在北曲則至少須有一正曲及一尾聲（套數間亦有無尾聲者，那是例外），無論套數使用若干首的曲牌，從首到尾，必須一韻到底。

在元末的時候，有沈和甫的，曾創作了南北合套的新調。這南北合套的出現，反在今知的純粹的南曲散套的出現以前。我們由此可知，南曲的存在，是較今所知的時候爲久遠的。

二

初期的散曲作家們，幾全以北曲爲其活動的工具。從金末到元末，便是他們的活動的時代。

這個初期的散曲時代，可分爲兩類不同的作家群，或兩個不同的時期。前期是從金末（約公元一二三四年）到元大德間（約公元一三〇〇年），相當於鍾嗣成《錄鬼簿》上所說的「前輩名公」的時代。後期便是由大德間到元末（公元一三六七年），相當於鍾嗣成的時代。這兩個時代的作風是不大相同的。前期還不脫草創時代的特色，散曲的寫作，只是戲曲作家們的副業，或大人先生們的遺興抒懷之作，或供給妓院裡實際上的歌唱的需要。但後期便不同了。散曲的使用是無往而不宜。專業的散曲作家們也便陸續的出現了。他們以歌曲爲第二生命，他們的一切活動，幾都集中於散曲。他們是詩中的李、杜，是詞中的溫、李（後主）、辛、姜。這一期，可以說是散曲的黃金時代。

前期的作家們，據《錄鬼簿》的記載，所謂「前輩已死名公有樂府行於世者」，有董解元、劉秉忠、商政叔、杜善夫、閻仲章、張子益、王和卿、盍志學、楊西庵、胡紫山、盧疏齋、姚牧庵、徐子芳、史天澤、張弘範、荊幹臣、陳草庵、張夢符、陳國賓、劉中庵、馬彥良、趙子昂、閻彥舉、白無咎、滕玉霄、鄧玉賓、馮海粟、貫酸齋、曹光輔、張洪範、郝新庵左丞、曹以齋尙書、劉時中待制、薩天錫照磨、李溉之學士、曹子貞學士、馬昂夫總管、班恕齋知州、馮雪芳府判、王繼學中丞（自郝新庵以下十人，《楝亭叢書》本及他本《錄鬼簿》皆別列於「方今名公」之下，但天一閣抄本則直接於前。似當從天一閣本。）等四十一人。而天一閣舊藏抄本《錄鬼簿》則更有張雲莊、奥殷周、趙伯寧、王元鼎、劉士常、虞伯生、元遺山等七人。這些人大都是「公卿大夫居要路者」。他們大都是以其餘暇來作散曲的。他們的作風，離不開宴會、妓樂、山水的歌頌，乃至淺薄的厭世和恬退的思想。只有杜善夫、王和卿等數人的作風略有不同。當時偉大的戲曲家關漢卿、白仁甫和馬致遠，即在散曲壇上也成了雞群裡的白鶴，馳騁於散曲的平原之中，無可與爭鋒者。王實甫的散曲也有數闋傳於今。現在略述這時期比較重要的若干作家。

三

董解元的首列，只是「以其創始」（鍾嗣成語）之故。他並沒有散曲流傳下來。散曲的歷史的開場，仍當以大詩人關漢卿爲第一人。漢卿的散曲大抵散在楊朝英的《陽春白雪》和《太平樂府》裡[①]。他的作風，無論在小令或套數裡，所表現的都是深刻細膩，淺而不俗，深而不晦的；正是雅俗所共賞的最好的作品。像〈一半兒〉四首的〈題情〉，幾乎沒有一首不好的，足當〈子夜〉、〈讀曲〉裡的最雋美的珠玉。姑舉其一：

> 碧紗窗外靜無人，跪在床前忙要親。罵了個負心，迴轉身。雖是我話兒嗔，一半兒推辭，一半兒肯。

又像他的〈沉醉東風〉的一首：

> 咫尺的天南地北，霎時間月缺花飛，手執著餞行杯，眼閣著別離淚，剛道得聲：保重將

* * *

①在任中敏編的《元人散曲三種》（上海中華書局）裡有關漢卿散曲的輯本。

息，痛煞煞教人捨不得。好去者！望前程萬里。

直是最天眞最自然的情歌。又像〈仙呂翠裙腰〉一套〈閨怨〉，全篇也都極爲自然可愛：「〈上京馬〉他何處？共誰人攜手？小閣銀瓶殢歌酒。況忘了咒，不記得低低耨。」僅這一小段已是很淒婉盡情的了。他的寫景曲，像〈大德歌〉和〈白鶴子〉也是最短悍的抒情歌曲：

雪粉華，舞梨花，再不見煙村四五家，密灑堪圖畫。看疏林噪晚鴉，黃蘆掩映清江下，斜攬著釣魚艖。

——〈大德歌〉

四時春富貴，萬物酒風流，澄澄水如藍，灼灼花如繡。

——〈白鶴子〉

他有一套〈南呂一枝花〉，題作〈杭州景〉的，係作於元滅南宋（公元一二七六年）不久之時的，故有「大元朝新附國，亡宋家舊華夷」之語。明人選本，曾把「大元朝」改「大明朝」，於是漢卿的著作權便也爲明代的無名氏所奪去了。在許多雜劇裡，我們看不出漢卿的思想和生平來。但在散曲裡，我們卻知道他是馬致遠的同道，也是高唱著厭世的直接的享樂的調子的。像「官品極，到底成何濟？歸學取他淵明醉」（〈碧玉簫〉）；像「南畝耕，東山臥，世態人情經歷多。閒將往事思量過：賢的是他，愚的是我，爭甚麼！」（〈四塊玉〉）這種態度和情緒，影響於後來的散曲的作家們是極大的。

關漢卿的朋友王和卿，（名鼎，大名人，學士。）是一位慣愛開玩笑的諷刺作家。他的散曲，放在當代諸作家的作品裡是尖銳的表現出其不同色彩來的。《堯山堂外紀》（卷六十八）曾記載著關氏和他開玩笑的故事。他的散曲的題目都是些「大魚」、「綠毛龜」、「長毛小狗」、「王大姐浴房內吃打」、「胖妻夫」（皆〈撥不斷〉）、「詠禿」（〈天淨沙〉）之類。但可惜他的滑稽和所諷刺的對象都落在可憐的被壓迫的階級以及不全不具的人體之上，並沒對統治階級有過什麼攻擊。所以他的成就並不高。他有〈題情一半兒〉：「淚點兒只除衫袖知，盼佳期，一半兒才乾，一半兒濕。」也是以嬉笑的態度出之的。但像「情黏骨髓難揩洗，病在膏肓怎療治？」（〈陽春曲·題情〉）卻是比較正經的。明胡元瑞《筆叢》疑和卿即王實甫。其實他們不會是一個人的。他們的作風是那樣的不同。以寫「詠禿」、「胖妻夫」一類題目的人，決不會動手是寫那麼雋雅的《西廂記雜劇》的。在散曲方面，實甫自有其最圓瑩的珠玉在。像實甫的〈春睡〉：「雲鬆螺髻，香溫鴛被。掩春閨一覺傷春睡。柳花飛，小瓊姬，一片聲雪下呈祥瑞，把團圓夢兒生喚起。誰不做美？呸，卻是你！」（〈山坡羊〉）（據《堯山堂外紀》。但此曲亦見張小山《北曲聯樂府》中。恐《外紀》誤。）〈別情〉：「怕黃昏不覺又黃昏，不銷魂怎地不銷魂。新啼痕壓舊啼痕，斷腸人憶斷腸人。今春香肌瘦幾分？摟帶寬三寸。」（〈堯民歌〉）都是異常的綺膩，異常的清麗，確是《西廂》的同調。

商政叔名道，元好問稱其「滑稽豪俠，有古人風。」（見《遺山集》三十九卷《曹南商氏千秋錄》）官學士。他有〈問花〉的〈月照庭〉一套，並不甚好。〈天淨沙〉四首，詠梅的，也沒有新意新語。同時，杜善夫，名仁傑，又字仲梁，濟南長清人。官散人。元好問的〈癸巳歲寄中書耶律公書〉曾舉荐他和王賁、商挺、楊果、麻革等數十人，都是「南中大夫士歸河朔者」。他的散曲有

〈莊家不識拘闌〉一套（〈耍孩兒〉），寫莊家第一次看戲的情形，極爲有趣，乃是描寫元代劇場的最重要的一個資料。

楊果[2]字正卿，號西庵，浦陰人。宋亡時，流寓於河朔。元好問舉荐之。後官參政。西庵所作，以小令爲多。他的〈小桃紅〉：

採蓮人和採蓮歌，柳外蘭舟過。不管鴛鴦夢驚破。夜如何？有人獨上江樓臥。傷心莫唱關朝舊曲，司馬淚痕多。

是裝載著很濃厚的亡國感傷的。

商挺[3]字左山，東明人。他的〈潘妃曲〉十九首，寫閨情極得神情，像「蓦聽得門外地皮兒鳴，只道是多情，卻原來翠竹把紗窗映」；「止不住淚滿旱蓮腮，爲你個不良才，莫不少下你相思債！」而下面的一首尤爲艷膩之極：

只恐怕窗間人瞧見，短命休寒賤，直恁地肐膝軟！禁不過敲才廝熬煎。你且覷門前，等的無人啊旋。

*　*　*

② 楊果見《元史》卷一百六十四。

③ 商挺見《元史》卷一百五十九。

元好問以詩名，他的散曲很少，但〈驟雨打新荷〉兩首，卻是很有名的。「驟雨過，珍珠亂糝，打遍新荷」，曲名當是由此而得。

姚燧[4]字牧庵，官參政。牧庵的散曲，留傳下來的不少（一二三九—一三一四）。題情的，像「夢兒埋休啊，覺來時愁越多」；「等夫人熟睡著，悄聲兒窗外敲」（皆〈憑闌人〉）；詠懷的，像「功名事了，不待老僧招」（〈滿庭芳〉），都比較得直率淺露，少婉曲的情致。

白無咎名賁，白斑子，官學士，以所作〈鸚鵡曲〉：「浪花中一葉扁舟，睡煞江南煙雨。覺來時滿眼青山，抖擻綠蓑歸去」有名於時。馮子振嘗和之數十首。無咎的〈百字折桂令〉：「千點萬點，老樹昏鴉，三行兩行，寫長空啞啞雁落平沙。曲岸西邊近水灣，魚網綸竿釣槎。斷橋東壁傍溪山，竹籬茅舍人家。滿山滿谷，紅葉黃花。正是傷感淒涼時候，離人又在天涯。」和馬致遠的「古道西風瘦馬，斷腸人在天涯」可稱異曲同工。

同時有劉太保，名秉忠[5]（抄本《錄鬼簿》作名夢正），所詠〈乾荷葉〉一曲，盛傳於世：「乾荷葉，色蒼蒼，老柄風搖盪，減了清香越添黃。都因昨夜一場霜，寂寞在秋江上。」

胡紫山名祗遹（ㄩˋ）[6]，官至宣慰使，所作短曲，頗饒逸趣，像「幾枝紅雪牆頭杏，數點青山屋上屏。一春能得幾晴明？三月景，宜醉不宜晴。」

*　*　*

④姚燧見《元史》卷一百七十四。

⑤劉秉忠見《元史》卷一百五十七。

⑥胡祇遹見《元史》卷一百七十。

馮子振⑦、貫雲石、盧摯三人是這時期很著名的作曲者。白無咎的《鸚鵡曲》以「難下語」著，但子振卻立意和之至數十首。子振字海粟，攸州人，官學士（一二五七—？）。所作散曲勁逸而瀟爽，像「孤村三兩人家住，終日對野叟田父，說今朝綠水平橋，昨日溪南新雨。」（〈鸚鵡曲．野渡新晴〉）是同時曲中罕見的雋作。

貫雲石⑧一名小雲石海涯，字酸齋，畏吾人。父名貫只哥，遂以貫爲氏（一二八六—一三二四）。酸齋的散曲，頗似詞中的蘇、辛，像：「棄微名去來，心快哉！一笑白雲外。知音三五人，痛飲何妨礙。醉袍袖舞嫌天地窄」（〈清江引〉）。但也有極清麗婉膩之作，像：「起初兒相見十分歡，心肝兒般敬重將他占，數年間來往何曾厭」（〈塞鴻秋〉）；「若還與他相見時，道個眞傳示。不是不修書，不是無才思，繞清江買不得天樣紙」（〈清江引〉）；「薄倖虧人難禁受，想著那樽席上捻色風流，不良殺教人下不得咒」（〈好觀音〉）；和關漢卿最妙的情歌是足以媲美的。

盧摯字處道，號疏齋，涿州人。他所作以小令爲多。他的〈蟾宮曲〉：「想人生七十猶稀。百歲光陰，先過了三十。七十年間，十歲頑童，十載尪羸，五十歲除分晝黑，剛分得一半兒白日。風雨相隨，兔走烏飛，仔細沉吟，都不如快活了便宜。」最爲有名，直接大膽的高喊著剎那的快活主

*　*　*

⑦ 馮子振見《元史》卷一百九十一。

⑧ 貫雲石見《元史》卷一百四十三。

義。他的「沙三，伴哥來嗏；兩腿青泥，只爲撈蝦」（〈蟾宮曲〉），寫農村生活很得神理⑨。白樸字仁甫，金亡時，僅七歲，爲元遺山所撫養。自以爲是金的世臣，不仕於元。有《天籟集》⑩。他的散曲，俊逸有神，小令尤爲清雋。像：

紅日晚，殘霞在，秋水共長天一色。寒雁兒呀呀的天外，怎生不捎帶個字兒來。

——〈得勝令〉

輕拈斑管書心事，細摺銀箋寫恨詞，可憐不慣害相思。只被你個肯字兒，拖逗我許多時。

——〈得勝令・題情〉

長醉後方何礙，不醒時有甚思。糟醃兩個功名字，醅渰千古興亡事，麯埋萬丈虹霓志。不達時皆笑屈原非，但知音盡說陶潛是。

——〈勸飲・寄生草〉

都是能以少許勝人多許的。

* * *

⑨任訥編《散曲叢刊》中有《酸甜樂府》一種，「酸」的一部分，即爲酸齋散曲的輯本。

⑩仁甫散曲有任訥輯本。（《元曲三種》又《天籟集》有康熙間楊希洛刻本，末附《摭遺》，即散曲一部。後來四印齋本及《九金人集》本《天籟集》皆刪去《摭遺》不載。）

馬致遠是這期散曲作家裡爲人所追慕的。他是那麼不平凡的一位抒情詩人。關漢卿在雜劇裡不易見出「自己」來，即在散曲裡，也很少抒懷之作。致遠則無論在雜劇，或在散曲上，都有他很濃厚的「自我」在著。他的散曲是那樣的奔放，又是那樣的飄逸；是那樣的老辣，又是那樣的清雋可喜。他的〈天淨沙・秋思〉：「枯藤老樹昏鴉，小橋流水人家，古道西風瘦馬，夕陽西下，斷腸人在天涯。」相傳以爲絕唱。而他自己的作風也便是那麼樣的疏爽而略帶些淒惋的味兒。恰有如倪雲林的小景，疏朗朗的幾筆裡，是那麼樣的充溢了詩趣。他的〈雙調夜行船・秋思〉：「百歲光陰一夢蝶」，也傳誦到今。其實他的最好的篇什，還不是發牢騷的東西，像「困煞中原一布衣，悲，故人知未知？登樓意，恨無天上梯」（〈金字經〉）；「本是個懶散人，又無甚經濟才。歸去來！」（〈四塊玉〉）；或什麼〈嘆世〉（〈慶東原〉）、〈野興〉（〈清江引〉）的「不如醉還醒，醒而醉」，或「則不如尋個穩便處閒坐地」之類。他的最雋雅的東西便是以寥寥的幾筆，刻畫淒清的情景。那便是他的長技，像：

寒煙細，古寺清，近黃昏禮佛人靜。順西風晚鐘三四聲，怎生教老僧禪定。

——〈壽陽曲・煙寺晚鐘〉

他還長於寫戀情，卻又是那樣刻骨鏤膚的深刻，像「從別後，音信絕；薄情種害殺人也。逢一個見一個因話說，不信你耳輪兒不熱」，「他心罪，咱便捨，空擔著這場風月。一鍋滾水冷定也，再攛紅幾時得熱！」（俱〈壽陽曲〉）他還寫些很詼諧的東西，像〈借馬〉（〈般涉調〉、〈要孩兒〉），寫吝者買一馬，千般愛惜，不幸爲人所借。他叮嚀再四，方才被借者牽去；「懶習習牽下槽，意遲遲背後隨，氣忿忿懶把鞍來鞴。我沉吟了半晌語不語，不曉事頹人知不知？他又不是不精細，道不得他人弓莫挽，他人馬休騎。」他是那麼樣的萬分不願，卻又「對面難推」，只好叮叮嚀嚀的吩咐道：「不騎啊，西棚下涼處拴。騎時節揀地皮平處騎。將青青嫩草頻頻的喂。歇時節肚帶鬆鬆放。怕坐的困，尻包兒款款移。勤覷著鞍和轡，牢踏著寶鐙，前口兒休提。」後來的弋陽調的小喜劇《借靴》，顯然便是從此脫胎而出的。可惜致遠這類的散曲不多，否則其成就當遠在王和卿以上。

馬九皋字昂夫，所作多小令，只是宴飲時的漫唱，貌爲豪放，而實中無所有。像「大江東去，長安西去，爲功名走遍天涯路。厭舟車，喜琴書，早星星鬢影瓜田暮。」（〈山坡羊〉）其實，當時一般老官僚們所作的散曲，大都是這一類的不痛不癢的自誇恬退的東西。張雲莊[11]（名養浩）的《雲莊張文忠公休居自適小樂府》[12]，全部都是如此。「紫羅襴未必勝漁蓑，休只管戀他，急回頭好景已無多。」（〈梅花酒兼七弟兄〉）從這樣淺薄的情緒裡出發的歌曲，自然不會是很高明的。有名的不忽麻平章（一名時用，字用臣）的〈點絳唇．辭朝〉：「寧可身臥糟丘，索如命懸君手」一套，其情緒也全同於此。大約許多「公卿大夫，居要路者」的所作，其作風大都是趨向於這一條路的。

劉時中在他們裡是一位傑出的作家。時中名致，號逋齋，寧鄉人，任翰林待制。他和姚燧同

* * *

⑪ 張養浩見《元史》卷一百七十五。

⑫ 《雲莊休居自適樂府》有明成化刊本，有孔德圖書館石印本，有金陵盧前刊本。

時，而略爲後輩。又和盧疏齋相唱和。他小令甚多，頗富於青春蕩放的情趣。像：「願天，可憐，乞個身長健。花開似錦海如川，日日西湖宴。」（〈朝天子〉）也偶有牢騷語。而其最偉大的作品則爲〈上高監司〉的兩套〈端正好〉。這兩套俱見於《陽春白雪》，是散曲家們從來未之嘗試的新的境地。他在這裡，把散曲的作用，提高到類似白居易《新樂府》的了。這兩套似是連續的，可算是散曲裡篇幅最長的一篇。「衆生靈遭魔障，正値著時歲飢荒。謝恩光拯濟皆無恙，編做本詞兒唱。」一開頭便把第一篇的大意說明。第二篇則是講江西鈔法的積弊的。「庫藏中鈔本多，貼庫每弊怎除。」在研究元代經濟史上是極重要的資料。

戲曲家庾吉甫、王伯成、侯正卿、李壽卿、趙天錫、趙明道諸人也都寫作散曲，而以王伯成、侯正卿爲尤著。伯成所作，有數套流傳，亦有小令，像〈陽春曲．別情〉：「多情去後香留枕，好夢回時冷透衾。悶愁山重海來深，獨自寢，夜雨百年心。」侯正卿，眞定人，號艮齋先生。雜劇有《關盼盼春風燕子樓》，今不傳。散曲以〈客中寄情〉的〈菩薩蠻〉套：「鏡中兩鬢皤然矣，心頭一點愁而已。清瘦仗誰醫，羈情只自知。」爲最被傳誦。在一般恬退淺率的作風裡，是特以勁蒼淒涼著的。趙明道有〈題情〉的〈鬥鵪鶉〉一套，儘量的使用著疊字：「燕燕鶯鶯，花花草草，穰穰勞勞」，當是受著李易安的「尋尋覓覓」的調子影響的。

四

後期的作家們，以張可久及喬吉甫爲雙璧，時人比之爲詩中的李、杜。但在喬、張外，也並不是無人。這期的散曲壇較之前期更爲熱鬧。編《太平樂府》、《陽春白雪》的楊朝英，他自己也寫曲。著《中原音韻》的周德清，所作更爲精瑩。作《錄鬼簿》的鍾嗣成，也顯出他特殊的詼諧與頹放的風趣來。此外，見於《錄鬼簿》和《陽春白雪》、《太平樂府》、《樂府群玉》、《樂府新聲》諸書者，更不只數十人。兼作雜劇者，於喬吉甫外，以鄭德輝、睢景臣、曾瑞等爲最著。其專工散曲者，則有吳西逸、秦竹村、呂止庵、宋方壺、李愛山、王愛山、曹明善、錢子雲、顧君澤、徐甜齋、董君瑞、高安道諸人。

張可久的才情確足以領袖群倫。他的作風，和前期的馬致遠有些相同，卻決不是有意的模擬。前期的諸作家，往往多隨筆遣興之作。到了可久起來後，方才用全副心力在散曲的製作上。他的作風是爽脆若哀家梨的，一點渣滓也不留下；是清瑩若夏日的人造冰的，雋冷之氣，咄咄逼人。他豪放得不到粗率的地步。他精麗得不到雕鏤的地步。他瀟疏得不到索寞的地步。他是悟到了「深淺濃淡雅俗」的最諧和的所在的。《太和正音譜》說他「如瑤天笙鶴。其詞清而且麗，華而不艷，有不吃煙火食氣。」李開先謂：「小山清勁，瘦至骨立，而血肉銷化俱盡，乃孫悟空煉成萬轉金鐵軀矣。」自元、明以來，推重他的人，受他影響的人，更不知多少。所以他的散曲集，流傳獨盛⑬。他字小山，慶元人。以路吏轉首領官。他是一位不大得意的人，所以常常透露出些牢騷來。前期的散曲作家們，大都是「公卿大夫」們。而這期的作家們卻都是同張氏一樣的鬱鬱不得志的人物。「興亡千古繁華夢，詩眼倦天涯：孔林喬木，吳宮蔓草，楚廟寒鴉。」（〈人月圓・山中書事〉）

* * *

⑬張可久散曲集。有明李開先輯本《張小山小令》；有清厲鶚翻刻李輯本；有抄本《北曲聯樂府》；有任訥輯本《小山樂府》（《散曲叢刊》本）。《四庫全書》亦收之。

他是那樣的貌爲曠達。他的〈南呂一枝花・湖上晚歸〉套：「長天落彩霞，遠水涵秋鏡；花如人面紅，山似佛頭青。」李開先、沈德符俱以爲足和馬致遠的「百歲光陰」相匹敵。底下的幾首小令，可以作爲他的作風的最好例證：

今宵爭奈月明何，此地那堪秋意多。舟移萬頃冰田破，白鷗還笑我。拚餘生詩酒消磨。雲母舟中飯。雪兒湖上歌，老子婆娑。

——〈水仙子・西湖秋夜〉

天邊白雁寫寒雲，鏡裡青鸞瘦玉人，秋風昨夜愁成陣。思君不見君，緩歌獨自開樽。燈挑盡，酒半醺，如此黃昏。

——〈水仙子・秋思〉

門前好山雲占了，盡日無人到。松風響翠濤，槲葉燒丹竈，先生醉眠春自老。

——〈清江引・山居春枕〉

與誰，畫眉？猜破風流謎。銅駝巷裡玉驄嘶，夜半歸來醉。小意收拾，怪膽禁持。不識羞誰似你！自知，理虧，燈下和衣睡。

——〈朝天子・閨情〉

喬吉甫字夢符，作雜劇甚多。他和小山一樣，也常住於杭州。小山有《蘇堤漁唱》（原集未見，《北曲聯樂府》多採之），夢符也有「題西湖〈梧葉兒〉百篇」。可惜這〈梧葉兒〉是一篇也未流傳下來。李開先嘗爲之輯《喬夢符小令》刻之。⑭他的生活，較小山更爲落魄。鍾嗣成謂他「江湖間四十年，欲刊所作，竟無成事者。」他的〈自述〉（〈綠么遍〉）也道：「不占龍頭選，不入名賢傳。……笑談便是編修院。留連，批風抹月四十年。」他的作風，頗有人稱之爲「奇俊」的，其實較小山是放肆得多，濃艷得多了。最好的例子，像：

紅黏綠惹泥風流，雨念雲恩何日休？玉憔花悴今番瘦，擔著天來大一擔愁，說相思難撥回頭。夜月雞兒巷，春風燕子樓，一日三秋。

——〈水仙子・憶情〉

風吹絲雨撲窗紗，苔和酥泥葬落花。卷雲鉤月簾初掛，玉釵香徑滑，燕藏春銜向誰家？鶯老羞尋伴，蜂寒懶報衙，啼殺飢鴉。

——〈水仙子・暮春即事〉

像〈私情〉、〈一枝花〉，「老婆婆坐守行監，狠橛（ㄐㄩㄝˊ）丁暮四朝三，不能夠偷工夫恰喜喜歡歡」一類的話，確是小山所不敢出之口的。

鄭德輝被後人並漢卿、致遠、仁甫，稱爲「關、馬、鄭、白」四大家。但他的散曲，存者不

*　　*　　*

⑭《喬夢符小令》有李開先原刻本；有厲鶚翻刻本。近任訥輯有《夢符散曲》（見《散曲叢刊》）。

多[15]像「雨過池塘肥水面，雲歸岩谷瘦山腰」（〈秋閨・駐馬聽〉）；「情山遠，意波遙，咫尺妝樓天樣高。月圓苦被陰雲罩，偏不把離愁照。玉人何處教吹簫？辜負了這良宵。」已有些使我們嗅得出古典的文人的氣息來。他是那樣的愛雕鏤詞句，那樣的喜偷用古語。這影響於後人者很大。從他以後，以粉飾爲工和以偷句爲業的散曲家，是那麼一大群！

徐甜齋名再思，字德可，嘉興人。好食甘飴，故號甜齋。有樂府行於世[16]。世人以他和貫酸齋並稱，謂之「酸甜樂府」。他所作，有很疏爽的，像〈夜雨〉的〈水仙子〉：

一聲梧葉一聲秋，一點芭蕉一點愁，三更歸夢三更後。落燈花，棋未收，嘆新豐孤館人留。枕上十年事，江南二老憂，都到心頭。

但詠〈春情〉的幾首，卻又是那樣的嬌媚可喜：「平生不會相思，才會相思，便害相思，……證候來時，正是何時？燈半昏時，月半明時」（〈蟾宮曲〉）；「剔春纖碎挼花瓣兒，就窗紗砌成愁字」（〈壽陽曲〉）；「一自多才闊，幾時盼得成合？今日個猛見他門前過，待喚著怕人瞧科。我這裡高唱當時〈水調歌〉，要識得聲音是我。」（〈沉醉東風〉）

曾瑞卿大興人，家於杭州。善丹青，能隱語小曲。其散曲集〈詩酒餘音〉雖不存，然散見於

*　*　*

⑮鄭德輝散曲有任訥輯本（見《元曲三種》，中華書局印行）。

⑯徐甜齋樂府有任訥輯本（見《散曲叢刊》中的《酸甜樂府》）。

《太平樂府》諸書裡者卻也不少。他所作，大都爲江湖間的熟語，市井裡的習辭，像「舊衣服陡恁寬，好茶飯減多半；添鹽添醋人攛斷，剛捱了少半碗。」（〈閨怨．蝶戀花〉套）故能傳唱一時。

沈和甫名和，杭州人。「能詞翰，善詼諧，天性風流，兼明音律，以南北調合腔自和甫始。如〈瀟湘八景〉、〈歡喜冤家〉等曲，極爲工巧。後居江州，近年方卒。江西稱爲蠻子關漢卿者是也。」（《錄鬼簿》）今〈瀟湘八景〉猶見於〈雍熙樂府〉。

睢景臣字景賢。大德七年，他從維揚到杭州。與鍾嗣成相識。嗣成云：「維揚諸公俱作〈高祖還鄉〉套數，惟公〈哨遍〉，製作新奇，皆出其下。」景臣的〈高祖還鄉〉，今存，確是一篇奇作。他借了村莊農人們的眼光，看出這位「流氓皇帝」裝模作樣的衣錦還鄉的可笑情形來。真把劉邦挖苦透了，「只道劉三，誰肯把你揪捽住；白甚麼改了姓，更了名，喚做漢高祖？」是那樣的故意開玩笑！

周仲彬名文質。其先建德人，後家於杭州。「家世儒業，俯就路吏。善丹青，能歌舞，明曲調，諧音律。」（《錄鬼簿》）他的情詞，寫得很有風趣，像「曾約在桃李開時，到今日楊柳垂絲。假題情絕句詩，虛寫恨斷腸詞，嗤，都扯做紙條兒。」（〈佳人送別．寨兒令〉）

吳仁卿字弘道，號克齋先生，歷仕府判致仕。有《金縷新聲》。今存者僅小令數首耳。錢子雲名霖，松江人，棄俗爲黃冠，更名抱素，號素庵。所作有《醉邊餘興》，今存者亦寥寥。曹明善，衢州路吏。「有樂府，華麗自然，不在小山之下。」（《錄鬼簿》）其〈長門柳〉二詞，「長門柳絲千萬結，風起花如雪」，尤爲世所盛傳。但像〈折桂令〉的數首：「問城南春事如何？細草如煙，小雨如酥」（〈江頭即事〉）；「小紅樓隔水人家，草已鳴蛙，柳未藏鴉。試捲朱簾，尋山問寺，何處無花」（〈西湖早春〉）似尤富於逸趣。

趙文寶（一作文賢）名善慶（一作孟慶），饒州樂平人。善卜術，任陰陽學正。所作雜劇，皆已亡失。散曲存二十餘首。他的作風，甚受北宋詞的影響，纖雅圓潤，不失爲雋品。像「望晴空瑩然如片紙，一行雁一行愁字」（〈江流晚眺．落梅風〉）；「雨痕著物潤如酥，草色和煙近似無，嵐光照日濃如霧。」（〈仲春湖上．水仙子〉）王仲元，杭州人，所編有《于公高門》等。高敬臣名克禮（《錄鬼簿》作字敬禮），號秋泉，「見任縣尹，小曲樂府極爲工巧，人所不及。」（《錄鬼簿》）王日華，名曄，號南齋，杭州人。有與朱凱題〈雙漸小青問答〉，今存。董君瑞，眞定冀州人。有〈哨遍〉、〈硬謁〉；高安道也有〈哨遍〉、〈嗓淡行院〉，俱出以方言俗語，形容人情世態，入骨三分。

《錄鬼簿》的著者鍾嗣成，和這期的作者們，大都相友善。他自己也是一位很好的抒情詩人。他字繼先，號醜齋，汴梁人。累試不第，又不樂爲吏，乃居於杭州，以著作爲事。作雜劇數種。其散曲充滿了不平的憤懣，像〈醜齋自述〉乃是一篇絕沉痛的苦笑：

〔梁州〕子爲外貌兒不中抬舉，因此內才兒不得便宜。半生未得文章力，空自胸藏錦繡，口唾珠璣。爭奈灰容土皃缺齒重頦，更兼著細眼單眉人中短，髭鬢稀稀，那裡取陳平般冠玉精神，何晏般風流面皮，那裡取潘安般俊俏容儀。自知就裡，清晨倦把青鸞對。恨殺爺娘不爭氣，一日黃榜招收醜陋的，准擬奪魁。〔隔尾〕有時節軟烏紗抓劄起鑽天髻，乾皂靴出落著簌地衣，向晚乘閒後門立，猛可地笑起。似一個甚的？恰傻似現出鍾馗，唬不殺鬼！

〈醉太平〉小令三首，寫乞兒的生活者，似即爲有名的《繡襦記》裡的鄭元和叫化一齣之所本。

〈清江引〉的情：「夜長怎生得睡著，萬感縈懷抱。伴人瘦影兒，惟有孤燈照。長吁氣，一聲吹滅了。」也是絕妙好辭，想不到寫著不甚通順的《錄鬼簿》的作者，卻是一位如此高明的詩人。「詩有別才，非關學也」，這話至少用在這裡是很對的。

任則明名昱，四明人。少年狎遊平康，以小樂章流布裙釵，晚乃銳志讀書。他和曹明善是朋友。「絳羅爲帳護寒輕，銀甲彈箏帶醉聽，玉奴捧硯催詩贈，寫青樓一片情。」（〈水仙子・友人席上〉）正是他少年時代生活的縮影。

李致遠，生平未詳，《太和正音譜》列之於徐甜齋、楊澹齋之次，當是這期內的作家。他慣以清逸的話，寫清逸的景物，像「柔條不奈曉風梳，亂織新絲綠」（〈新柳・小桃紅〉）；頗多好句。

楊澹齋名朝英，青城人，嘗和貫酸齋爲友。酸齋道：「我酸則子當澹。」遂以號之。（鄧子晉《太平樂府》序）至正間，編纂當代才人之作，爲《太平樂府》、《陽春白雪》二集，爲今日論元代散曲者主要的寶庫。他自己所作，間也見於集中。像「浮雲薄處朧朧日，白鳥明邊隱約山」（〈陽春曲〉）之類也很不壞。

周德清的《中原音韻》爲曲家所宗，他自作也復出之以百煉千錘，無懈可擊，像〈秋思〉：「千山落葉岩岩瘦，百結柔腸寸寸愁，有人獨倚晚妝樓。樓外柳眉葉，不禁秋。」

《太平樂府》諸書所載曲家們，尚有呂濟民，嘗和馮海粟〈鸚鵡曲〉；又有呂止庵（《陽春白雪》別有呂止軒）或係一人。吳西逸、宋方壺，皆未知生平，所作存者頗多，而無甚特殊的作風。趙顯宏號學村，未知里居，喜以詩句入曲，像「春日凝妝上翠樓，滿目離愁，悔教夫婿覓封侯」（〈颳地風・別思〉），已開了明人以南翻北的一條大路。朱庭玉存套曲甚多，類皆題情、怨別一類的文章。王愛山字敬甫，長安人，所作也多閨怨之辭。同時有李愛山的，也作曲。他們所作，每多相混。

女流作家，這時絕少。有大都行院王氏，作〈粉蝶兒〉長曲一套，描寫妓女生活，極爲沉痛：「〔鬥鵪鶉〕愁多似山市晴嵐，泣多似瀟湘夜雨。少一個心上才郎，多一個角頭丈夫。每日價茶不茶，飯不飯，百無是處，交我那裡告訴！最高的離恨天堂，最低的相思地獄！」（〈寄情人〉）

參考書目

一、《太平樂府》十卷，元楊朝英編，有元刊本，有明初寫本（西諦藏）；有《四部叢刊》本，有武進陶氏印本。

二、《陽春白雪》十卷，元楊朝英編，有元刊本，有南陵徐氏印本，有《散曲叢刊》本。

三、殘元本《陽春白雪》，元楊朝英編，有元刊本，南京國學圖書館藏。

四、《樂府新聲》，元無名氏編，有元刊本，鐵琴銅劍樓藏；有傳抄本。

五、《樂府群玉》，元無名氏編，有天一閣舊抄本，有《散曲叢刊》本。

六、《盛世新聲》，明無名氏編，有正德間刊本，北京圖書館藏；有萬曆間翻刻本，故宮博物院藏。

七、《詞林摘艷》，明張祿編，有嘉靖間刊本，有徽藩翻刻本，均藏長洲吳氏；有萬曆間翻刻本，故宮博物院藏。

八、《雍熙樂府》，明郭勳編，有嘉靖間刊本，西諦藏，北京圖書館藏。又海西廣氏輯的一部，僅十三卷

（郭本爲二十卷），有明刊本，北京圖書館藏；《四庫全書》所收者即爲十三卷本。

九、《北宮詞紀》，明陳所聞編，有明刊本，西諦藏有初印無缺頁本。

十、《彩筆情辭》，明張栩編，有萬曆間刊本，北京圖書館藏，又西諦藏。此書後被坊賈改爲《青樓韻語廣集》，題方悟編，任中敏藏。

十一、《南北詞廣韻選》，明無名氏編，有抄本，北京圖書館藏。

十二、《錄鬼簿》，元鍾嗣成編，有《楝亭十二種》本；有暖紅室刻本；有《曲苑》本；有《王忠愨公遺書》本；有天一閣舊藏藍格抄本，後附賈仲名《續錄鬼簿》。

十三、《太和正音譜》，明朱權編，有洪武間刊本，有《涵芬樓秘笈》本；有《嘯餘譜》本；有改名《北雅》的明刊本。清初的《欽定曲譜》，北曲譜一部分，即全收此書。

十四、《北詞廣正譜》，清李玉編，有原刊本。

十五、《中原音韻》，元周德清編，有明刊本數種；有《重訂曲苑》本。

第五十章　元及明初的詩詞

元與明初詩壇的概況——元好問的影響——趙孟頫——白樸馮子振等——虞集楊載范梈揭傒斯——道士張雨——薩都剌與傅若金張翥——楊維楨——倪瓚——戴良等仇遠與邵亨貞——高啓楊基等的四傑——劉基與袁凱——「閩中十才子」——二藍怪傑姚廣孝——提倡「台閣體」的三楊

一

元與明初的詩詞，論者每有不滿之語。但他們雖沒有散曲壇那麼樣的光芒萬丈，卻也不是很寥落的。特別因爲逢著蒙古人入據中原的一個大變，詩詞的風格，遂也頗有不同於前的。慷慨激昂者，悲歌以當泣，潔身自好者，有託而潛逃，即爲臣爲奴者之作，也時有隱痛難言之苦。故元代初期之作，遂多幽峭之趣。元季喪亂頻仍，流氓皇帝朱元璋對待文人們，復極盡殘酷，無復人性。這也是文士們所痛心疾首的。成祖在潛邸時候，已爲文人們的東道主。攻下南京時，雖殺方孝孺若干人，對於整個文壇，似無多大的影響。故永樂以後，遂漸入於鼓舞昇平的時代；三楊的台閣體的文學，頗足以代表那若干年的從容歌頌之風。

元初的詩人詞客大都為金、宋的遺民。趙子昂以宋的宗室，入仕元庭，風流文彩，冠絕一時；然其對於當時文壇的影響，乃遠不及元遺山的宏偉。遺山自金入元，雖以遺老自命，不仕新朝，但其勢力則籠罩於朝野的文壇。他且提拔南北在野的文人們，荐舉之於要人重臣之前。（《遺山文集》卷三十九，有〈癸巳歲寄中書耶律公書〉所荐舉的「南中大夫士歸河朔者」，從衍聖公以下，凡五十餘人。）故元初的文學，可以說是由這個「金代大老」一手所提攜著的。

子昂名孟頫①，宋宗室。湖州人。元時為翰林學士承旨，卒謚文敏（一二五四—一三二二）。有《松雪齋集》②。他的詩流轉圓潤，而頗多由衷的哀音，像「英雄已死嗟何及，天下中分遂不支。奠向西湖歌此曲，水光山色不勝悲」（〈岳鄂王墓〉）；「溪頭月色白如沙，近水樓台一萬家。誰向夜深吹玉笛？傷心莫聽〈後庭花〉」（〈絕句〉）。他的詞也多清俊的篇什。

白樸有《天籟集》③，都是詞。他的詞的作風，類他的散曲。有極沉痛者，像「千古神州，一旦陸沉，高岸深谷。夢中雞犬新豐……幾回飲恨吞聲哭。歲暮意如何？怯秋風茅屋」（〈石州漫．書懷〉）；也有很樸質明白的，像「可惜一川禾黍，不禁滿地螟蝗」（〈朝中措〉）。同時的散曲作家，若盧疏齋（處道）、馮海粟（子振）、貫酸齋（雲石）、姚牧庵（燧）等，也都寫著很好的詩詞。疏齋的〈婺源縣齋書事〉：「竹樹映清曉，坐聞山鳥鳴。瓶花香病骨，檐雨挾詩聲」，是那

* * *

① 趙孟頫見《元史》卷一百七十二。

② 《松雪齋集》有《四部叢刊》本。

③ 《天籟集》有清初楊希洛刊本；有《四印齋所刻詞》本；有《九金人集》本。

麼的幽峭可喜。海粟的詩詞，還是詠唱〈鸜鵒曲〉那般的俊健的風格。酸齋詩以樂府古風爲上，像〈觀日行〉：「六龍受鞭海水熱，夜半金烏變顏色。天河蘸電斷鰲脖，刁擊珊瑚碎流雪」云云，其氣概是雄壯少匹。

虞集[4]出而詩壇的聲色爲之一振。集和楊載、范梈、揭傒斯並號四大家。集嘗評載詩如百戰健兒，梈詩如唐人臨晉帖，傒斯詩如美女簪花，他自已詩如漢廷老吏。蓋繼元遺山而爲文壇祭酒者，誠非集莫能當之。李東陽謂：「若藏鋒斂鍔，出奇制勝，如珠之走盤，馬之行空，始若不見其妙，而探之愈深，引之愈長，則於虞有取焉。」（《懷麓堂詩話》）集詩像：〈送朱仁卿歸盱江〉：「羨子南歸盱水上，過從爲我問臨川：幾家橘柚霜垂屋，何處蒹葭月滿船」；〈別成都〉：「我到成都才九日，駟馬橋下春水生……鸕鶿輕筏下溪足，鸜鵒小窗知客名。」雖淡遠而實肌充神足。載詩以「大地山河微有影，九天風露寂無聲」（〈中秋對月〉）有名。傒斯詩，邃峭似尤在集上，像：「船頭放歌船尾和，篷上雨鳴篷下坐。推篷不省是何鄉，但見雙飛白鷗過」（〈武昌舟中〉）；「梁安峽裡杜鵑啼，絕壁蒼蒼北斗低。雲氣倒連山影合，石棱斜鬥浪聲齊。」（〈宿梁安峽〉）集字伯生，自號邵庵，仕至翰林直學士，兼國子祭酒（一二七二——一三四八）。有《道園學古錄》。[5]載字仲弘，浦城人，官至寧國路總管府推官。梈字亨父，一字德機，清江人，官至湖南嶺北廉訪司經歷。人稱文白先生。傒斯字曼碩，龍興富州人，官至翰林侍講學士，謚文安

* * *

④ 虞集等見《元史》卷一百八十一。

⑤ 《道園學古錄》有《四部叢刊》本。

（一二七四—一三四四），梈嘗謂：「吾平生作詩，稿成讀之，不似古人，即削去改作。」但像他的〈閩州歌〉、〈掘冢歌〉等也有天然流露，不純是模擬古人。

同時有道士張雨，一名天雨，別號貞居子，錢塘人。嘗和虞集及楊維楨相酬答（一二七七—一三四八）。有《句曲外史集》。⑥他詩詞多清逸之處，像「造物於我厚，一切使我薄。瓶中有儲粟，持此臥雲壑。……床頭堆故書，敗履置床腳。未嘗身沒溺，何與世濁惡。」（〈道言〉）較一班爛熟曠達的號呼，似自有別。又有薩天錫，名都剌，號直齋，本答失蠻氏，後為雁門人。官至河北廉訪司經歷，有《雁門集》。⑦他以賦〈宮詞〉得名，但像〈南台春月歌〉：「南台月照男兒面，豈照男兒心與肝，」卻是那樣的豪邁。傅若金字與礪，本字汝礪，新喻人，官廣州文學教授。《詩藪》評其詩：「雄渾悲壯，老杜遺風，有出四家上者。」他悼亡諸詩，尤深情淒咽。張翥（ㄓㄨˋ）⑧字仲舉，晉寧人，官至翰林學士承旨（一二八七—一三六八），有《蛻庵集》。他的詩「雄渾流麗」，而詞尤工穩宛曲，近南宋諸家。

元末諸詩家，其成就似尤在虞、楊、范、揭四家之上。他們處境益艱，用心更苦，所作自更深邃雄健。楊維楨在這時固足以領袖群倫，但倪瓚（ㄗㄢˋ）、戴良，卻不是他所能範圍得住的。維楨

* * *

⑥《句曲外史集》有《四部叢刊》本。

⑦《雁門集》有《四部叢刊》本。

⑧張翥見《元史》卷一百八十六。

字廉夫，號鐵崖[9]，會稽人。官至江西等處儒學提舉。有《鐵崖古樂府》等集[10]。明初，朱元璋命近臣逼促他入京。他作詩有「商山肯爲秦嬰出」語。元璋道：「老蠻子欲吾殺之以成名耳。」遂放回。一說，他作此詩後，即自縊而死（一二九六—一三七〇）。（一說維楨所賦係〈老客婦謠〉）張伯雨序維楨樂府云：「隱然有曠世金石聲，又時出龍鬼蛇神，以眩蕩一世之耳目，斯亦奇矣！」他的短詩，時有絕佳者，像〈漫興〉：「楊花白白綿初進，梅子青青核未生。大婦當壚冠似匏，小姑吃酒口如櫻。」他是那樣的富於風趣！而〈海鄉竹枝歌〉：「潮來潮退白洋沙，白洋女兒把鋤耙。苦海熬乾是何日？免得儂來爬雪沙」數首，尤喜用俗語村言。他的慷慨濃艷的諸篇，像〈鴻門會〉、〈題宋宮觀潮圖〉等等，似非其所長。

倪瓚[11]字元鎮，無錫人。嘗自謂懶瓚，亦曰倪迂。有《清閟閣稿》[12]。他的性格是那麼清高迂闊，恰逢亂世，自不得免。相傳朱元璋得之，聞其有潔癖，故意投他於廁中以死（一三〇一—一三七四）。他的詩和畫俱有高名。王維「詩中有畫，畫中有詩」之稱，正可移贈給他。他的〈寄王叔明〉：「每憐竹影搖秋月，更愛山居寫白雲」；〈絕句〉：「松陵第四橋前水，風急猶須貯一瓢。敲火煮茶歌〈白苧〉，怒濤翻雪小停橈」；〈春日雲林齋居〉：「晴嵐拂書幌，飛花浮茗碗。

* * *

⑨楊維楨見《明史》卷二百八十五。

⑩《鐵崖古樂府》有《四部叢刊》本。

⑪倪瓚見《明史》卷二百九十八。

⑫《清閟閣稿》有《四部叢刊》本。

階下松粉黃，窗間雲氣暖。石梁蘿蔦垂，翳翳行蹤斷」；〈早春對雨〉：「林臥苦泥雨，憂來不可絕。掀帷望天際，春風吹木末。飛蘿散成霧，細草綠如髮」；〈竹枝詞〉：「日莫狂風吹柳折，滿湖煙雨綠茫茫」；「春愁如雪不能消，又見清明賣柳條」；哪一首不是像他的竹石小景似的清雋絕俗。他詞的作風也如其詩的靈雋。同時有王冕⑬，字元章，諸暨人，自號煮石山農，亦爲高士。後爲朱元璋所得，置之軍中，一夕暴卒。他的〈墨梅〉：「我家洗硯池頭樹，個個花開淡墨痕。不要人誇好顏色，只留清氣滿乾坤。」具這樣的傲骨，自難苟全於亂世。戴良字叔能，浦江人。至正間爲儒學提舉。朱元璋遣使物色求之。洪武十五年召至京師，固辭官，不就。次年，遂自殺於寓舍（一三一七—一三八三）。有《九靈山房集》⑭。他集中《九靈自贊》有「歌黍離麥秀之音，詠剩水殘山之句」語，頗足以說明他詩的旨趣。他的〈插秧婦〉：「緊束暖煙青滿地，細分春雨綠成行。村歌欲和聲難調，羞殺揚鞭馬上郎。」似不僅僅詠物寫景而已！

元末有顧瑛，一名阿瑛，別名德輝，字仲瑛，崑山人，隱於家，不仕。家至富有，其亭館蓋有三十六處。楊維楨、倪瓚、張雨等皆爲座上客。亂後，家財散盡，遂削髮爲在家僧。所作詩詞，也自清雋有致，像：「春江暖漲桃花水，畫舫珠簾，載酒東風裡。四面青山青如洗，白雲不斷山中起」（〈蝶戀花〉），亦何減其客座上的諸名公。

元人工詞者，尙有仇遠。遠字仁近，一字仁父，錢塘人。至元中爲溧陽州儒學教授

* * *

⑬王冕及戴良均見《明史》卷二百八十五。

⑭《九靈山房集》有《四部叢刊》本。

（一二六一—？）。自號近村，又號山村。有《無弦琴譜》⑮。遠詞若當春水新漲，綠波映面，楚楚自憐。其雋雅的風格，不特在元詞裡爲第一人而已。像〈點絳唇〉：

黃帽棕鞋，出門一步如行客。幾時寒食？岸岸梨花白。　馬首山多，雨外青無色。誰禁得殘鵑孤驛，撲地春雲黑。

又像〈謁金門〉：「但病酒，愁對清明時候。不爲吟詩應也瘦。坐久衣痕皺」；〈慶清朝〉：「山束灘聲，月移石影，寒江夜色空浮。」儼然是北宋詞人裡最高的格調。又有邵亨貞，字復孺，號清溪，華亭人，有《蛾術詞選》⑯。作風較仇遠爲奔放，也較疏散。像〈滿江紅〉：「世亂可堪逢節序？身閒猶有餘風度。且憑高呼酒發狂歌。愁何處？」殊具有蘇、辛的風味。

*　*　*

二

朱元璋一手摧殘了明初的文壇。王冕、倪瓚、戴良、楊維楨諸大家，無不直接或間接死在他手裡。少年詩人高啓的死，尤爲殘酷。劉基爲他迫逼出山，非其本願；打平了天下之後，仍不免

⑮《無弦琴譜》有《彊村叢書》本。

⑯《蛾術詞選》有《四印齋所刻詞》本。

於一死。袁凱以病自苦，僅而得免。我們讀這段詩史，其不愉快實不下於元初蒙古族入主中原的一段。高啓字季迪，長洲人。元末，避亂於松江之青邱，自號青邱子。洪武初，召修《元史》，授翰林院國史編修。後因爲魏觀撰上梁文，被腰斬。年僅三十九[17]（一三三六—一三七四）。有集[18]。王子充謂「季迪之詩，雋而清麗，如秋空飛隼，盤旋百折，招之不肯下。又如碧水芙蕖，不假雕飾，翛然塵外。」時人並楊基、張羽、徐賁稱爲四傑。基字孟載，嘉州人；羽字來儀，本潯陽人；賁字幼文，本蜀人；皆居吳，與啓相酬和。劉基在元時已有詩名。他隱居自樂，頗想避了亂世的旋渦，終不免被朱元璋所聘，而爲其佐命的勛臣。基字伯溫，青田人。洪武間，封誠意伯[19]。有集[20]（一三一一—一三七五）。他詩整煉，不失爲大家，而詞尤爲明初獨步。明初詞人寥寥，僅瞿佑（字宗吉，錢塘人）、張肯（字繼孟，浚儀人）、楊基及伯溫諸人耳。而伯溫的《寫情集》獨溫柔敦厚，穠纖有致，足繼仇山村、邵亨貞之後。像〈少年遊〉：「清風收雨，輕雲漏月，涼氣入幽窗。亂葉吟朝，飢蟲啼夜，各自奏新腔。」自具清新之趣。

* * *

⑰ 高啓等四傑均見《明史》卷二百八十五。

⑱《高青邱大全集》有《四部叢刊》本。

⑲ 劉基見《明史》卷一百二十八。

⑳《劉誠意集》有《四部叢刊》本。

袁凱[21]字景文，華亭人，洪武中由舉人荐授監察御史。後以疾自免。有集。[22]凱有盛名，自號海叟，嘗倒騎黑牛，遊行九峰間，好事者至繪爲圖。以在楊鐵崖座賦〈白燕詩〉有名，至被稱爲袁白燕。

時閩人有林鴻[23]者，欲以盛唐詩風糾元末詩的纖細，與鄉人長樂高棅、永福王偁等互相唱和。時稱「閩中十才子」。[24]棅編《唐詩品彙》百卷，盛行於世，益以張大著鴻的主張，明詩頗受其影響。鴻字子羽，福清人，洪武初爲將樂縣訓導，歷禮部精膳司員外郎。年未四十，自免歸。同時又有二藍者，兄名仁，弟名智，爲閩之崇安人，名不及「十才子」之盛，而《藍山》、《藍澗》二集，[25]老成熔煉，似在十子之上。仁字靜之，智字明之。明之嘗官廣西按察僉事。

永樂是一位雄才大略的英主。在燕邸時，已收羅當時文士們若賈仲名、湯舜民、楊景賢輩在邸中，寵遇甚隆（見賈仲名《續錄鬼簿》）。及即位後，更使解縉等修《永樂大典》，成爲空前的一部大類書。但當時詩人卻不多見。惟怪傑姚廣孝[26]，長洲人，嘗爲僧，名道衍，字斯道。以助成靖

*　　*　　*

㉑ 袁凱見《明史》卷二百八十五。

㉒《袁海叟集》有明刊本，有觀自得齋本。

㉓ 林鴻等見《明史》卷二百八十六。

㉔《閩中十才子詩》有明萬曆刊本，有清末福州刻本。

㉕《二藍集》有明刊本，有藍子青重刻本。

㉖ 姚廣孝見《明史》卷一百四十五。

難之功，爲僧錄左善世，加太子少師（一三三五—一四一九）。雖是一位大政治家，其詩卻大有韋、孟、王維的風趣。像「波澄一溪雲，霜紅半山樹。荒煙滿空林，疏鐘在何處？」（〈訪震師不遇〉）「嵐嶺照深屋，雲松翳閒門。鳥啼驚曙白，花氣覺春溫。」（〈妙上人習靜軒〉）置之明初的詩壇上，殊使人有由喧市而踏到「青松白沙」的妙境之感。

自永樂到正統左右，詩壇的風氣，全爲三楊[27]所包圍，以致懨懨無生氣。三楊者：楊士奇名寓，太和人，以字行。建文初，以史才召入翰林。歷事數朝，進華蓋殿大學士，至正統間始卒（一三六五—一四四四）。有《東里集》[28]。楊榮字勉仁，建安人，永樂時進文淵閣大學士，也卒於正統初。楊溥字弘濟，石首人。永樂初，爲洗馬。正統初，進少保，武英殿大學士。三楊中，以士奇爲最有文名。三楊的詩文，皆穩妥醇實，時號「台閣體」，雖少疵病，卻是不大有靈魂的。詩壇的作風，遂一趨於庸碌膚廓，千篇一律。至天順間，何、李遂起而糾之，倡爲復古之論，明詩乃入另一魔障之中。

*　　*　　*

[27] 三楊均見《明史》卷一百四十八。

[28] 《東里集》有明刊本。

■參考書目

一、《皇元風雅》，元傅習輯，有《四部叢刊》本。
二、《元文類》，元蘇天爵編，有蘇州書局本，有《四部叢刊》本。
三、《天下同文集》，元周南瑞編，有元刊本，傳抄本。
四、《元草堂詩餘》，元鳳林書院編，有《讀畫齋叢書》本，有《詞學叢書》本。
五、《元詩選》，清顧嗣立編，原刊本。
六、《元詩紀事》，近人陳衍編，有商務印書館印本。
七、《盛明百家詩》，明俞憲編，有原刊本，罕見。
八、《列朝詩集》，清錢謙益編，有原刊本。有宣統間鉛印本。
九、《明詩綜》，清朱彝尊編。有原刊本。
十、《明詩紀事》，近人陳田編，有聽詩齋刊本。
十一、《詞綜》，清朱彝尊編，有原刊本，有坊刊本。又陶樑《詞綜補遺》，有原刊本。

第五十一章　元及明初的散文

元初的散文：許衡劉因姚燧吳澄等——戴表元虞集袁桷馬祖常等——明初文人：劉基與宋濂——楊維楨——元代的白話碑——偉大的名著：《元秘史》——朱元璋的《皇陵碑》

一

元初的散文，仍以元好問爲宗匠。南人之入北者，許衡、劉因、姚燧等皆作古文，爲世人所仰慕。古文運動自兩宋奠定了基礎之後，已是順流直下，無復有反抗的了。許衡字仲平，河內人。元世祖徵授京兆提學，官至集賢殿大學士，兼國子祭酒。學者稱魯齋先生。劉因字夢吉，保定容城人。表所居曰靜修。至元十九年徵拜右贊善大夫（一二四九—一二九三）。因不僅善古文，亦能詩[①]。姚燧則爲許衡的弟子。他們傳衍理學的宗派，爲時儒的領袖，儼然成爲和釋、道等宗教家爭

*　*　*

① 《靜修先生文集》有《四部叢刊》本。

衡的「孔家」教主了。又有吳澄（一二四九—一三三三）、金履祥（一二三二—一三〇三）等，也皆爲儒學的要人。澄字幼清，撫州崇仁人，元時，官翰林學士，謚文正。有《草廬集》。揭侯斯撰神道碑，有「皇元受命，天降眞儒。北有許衡，南有吳澄」語。我們猜想，元初，蒙古皇帝之搜羅這些理學家們而給予優待的禮貌，其作用是全然無殊於優待邱處機等等宗教領袖的。寬容各派的宗教，差不多成爲每一大帝國所慣採的手段，也便是羈縻被征服者的最好的策略。而許、劉諸理學家們，便都因此而「遭際聖時」了。

戴表元受業於王應麟，亦爲元初一古文家。表元字帥初，慶元奉化人。宋進士。入元爲信州教授（一二四四—一三一〇），有《剡源集》[②]。袁桷（一二六七—一三二七）受業於表元之門。最與虞集善。虞集也以古文雄於時。同時的馬祖常（一二七九—一三三八）、元明善、歐陽玄、吳萊（一二九七—一三四〇）、黃溍、柳貫[③]（一二七〇—一三四二）等也爲有名的古文家。而黃溍、柳貫並集與揭傒斯被稱爲儒林四傑，尤有影響於明初的文壇。

虞集的弟子有蘇天爵與陳旅。天爵（一二九四—一三五二）編《國朝文類》，保存元代文章不少，爲最流行的元人的總集。明初的古文家，以劉基、宋濂爲最有名。宋濂字景濂，金華人，明初爲翰林學士知制誥，修《元史》。末年，幾爲朱元璋所殺，賴太子力救而免。然卒貶茂州，至夔州

* * *

② 《剡源集》有《四部叢刊》本。

③ 吳萊的《吳淵穎集》，黃溍的《金華黃先生文集》，歐陽玄的《圭齋集》，柳貫的《柳待制文集》均有《四部叢刊》本。

卒。有《潛溪集》④（一三一〇—一三八一）。濂為吳萊的弟子，又學於黃溍與柳貫，故傳授著古文家的衣缽的正宗。王袆亦為黃溍的弟子。他字子充，義烏人，嘗與濂同修《元史》，後出使雲南，被殺（一三二一—一三七二）。同時，又有蘇伯衡、胡翰、徐一夔等皆為古文家。濂的弟子，有方孝孺，字希直，建文時為侍講。成祖破南京，他不屈，被殺（一三五七—一四〇六）。同死者至數百人，為古今最慘怖的文字獄之一。他有《遜志齋集》⑤。稍後，三楊的台閣體的古文，類皆以平正紆徐為宗；馴至萎靡不振，而有何、李的復古運動發生。

當元末，楊維楨為文，稍涉纖麗，乃大不為古文家所喜，王彝至作〈文妖〉一篇以詆之：「會稽楊維楨之文，狐也，文妖也。噫，狐之妖至於殺人之身；而文之妖，往往後生小子群趨而競習焉，其足為斯文禍，非淺小也。」蓋正統派的理學家或古文家之議論，正是這樣的迂腐可笑。

不過，在元代成為散文壇的特色的，倒不是這些傳統的古文家們。元代的散文，常以用白話文寫成的碑文及那部偉大的《元秘史》為最可注意。元代白話碑今日所見者不少，而被錄載於《金石萃編未刻稿》⑥裡的《大元璽書》，尤為重要。這碑分為三截，上截為「元貞二年（一二九六）猿兒年十一月初七日大都有時分寫來」，中截為「兔兒年月日大都有時分寫來」，下截為「至順元年（一三三〇）馬兒年七月十三日上都有時分寫來」。這三截的璽書，文字大體相同，都是保護盩厔

* * *

④《宋學士集》有《四部叢刊》本。

⑤《遜志齋集》有《四部叢刊》本。

⑥《金石萃編未刻稿》有羅振玉石印本。

縣終南山的一座「太清宗聖宮」的道觀的；且引其中的一段爲例：

> 這的每宮觀房舍裡，使臣每休安下者；鋪馬只應休拿者；稅糧休與者；屬這的每宮觀裡的莊田地土園林水磨浴堂解典庫店鋪船隻竹葦醋麯貨，不揀甚麼，他每的休奪口要者；不揀誰休倚氣力者。

這白話並不難懂，寫得也還流暢。《元秘史》的白話文章，尤爲富有文學趣味。《元秘史》十五卷⑦，明《千頃堂書目》及《文淵閣書目》均見著錄，至清而晦。嘉慶時，阮元、顧廣圻、錢大昕等始爲之表彰。而諸抄本，刻本亦出現於世。影元槧本在題目之下，有「忙豁倫紐察」及「脫察安」二行，顧廣圻以爲必是撰書人所署名銜。李文田謂：「忙豁倫即蒙古氏也，紐察其名，或與脫察安同撰此史。或紐察乃脫察安祖父之名，脫察安蒙以爲氏。」這話或可信。我們如果以紐察、脫察安爲本書的作者，當不會很錯誤的吧？也許譯此書爲漢文者另有一人在。但已不可考知。這位蒙古的作者，或譯者，其寫作的白話文的程度是很高明的，比之《大元璽書》碑等文確是超越得多了。即放在《五代史平話》、《三國志平話》、《樂毅圖齊》諸書之側，也不見得有什麼遜色，也許還比較得更「當行出色」。且抄幾段於後：

* * *

⑦《元秘史》有元（？）刊本，有李文田注本，有葉德輝校刊本。

阿闌豁阿就教訓著說：「您五個兒子，都是我一個肚皮裡生的。如恰才五支箭簳一般，各自一支呵，任誰容易折折；您兄弟但同心呵，便如這五支箭簳束在一處，他人如何容易折得折！」住間，他母親阿闌豁阿歿了。母親阿闌豁阿死了之後，兄弟五個的家私，別勒古訥台，不古訥台，不忽合塔吉，不合禿撒勒只，四個分了，見孛端察兒愚弱，不將他做兄弟相待，不曾分與。孛端察兒見他哥哥每將他不做兄弟相待，說道：「我這裡住甚麼！我自去，由他死呵死，活呵活！」因此上騎著一個青白色斷梁瘡禿尾子的馬，順著斡難河，去到巴勒諄阿剌名字的地面裡，結個草庵住了。那般住的時分，孛端察兒見有個雛鷹拿住個野雞。他生計量，拔了幾根馬尾做個套兒，將黃鷹拿著養了。孛端察兒因無吃的上頭，見山崖邊狼圍住的野物，射殺了，或狼食殘的，拾著吃，就養了鷹。如此過了一冬。到春間，鵝鴨都來了。孛端察兒將他的黃鷹餓了，飛放。拿得鵝鴨多了，吃不盡，掛在各枯樹上都臭了。都亦連名字的山背後，有一叢百姓順著統格黎河邊起來。孛端察兒每日間放鷹到這百姓處討馬奶吃，晚間回去草庵子住宿……孛端察兒哥不忽合塔吉後來斡難河去尋他，行到統格黎河邊，遇著那叢百姓，問道，有一個那般人，騎著那般馬，有來麼道？那百姓說，有個那般的人，那般的馬，與你問的相似。他再有一個黃鷹，飛放著。日裡來俺行吃馬奶子，夜間不知那裡宿。但見西北風起時，鵝鴨的翎毛似雪般的颩將起來。想必在那裡住。如今是他每日來的時分了，你略等候著。（卷一）

合里兀答兒等對太祖說，王罕不提防，見今起著金撒帳做筵會，俺好日夜兼行去掩襲他。太祖說是。遂教主兒扯歹、阿兒孩兩個做頭哨，日夜兼行，……將王罕圍了。廝殺了三晝夜。至第三日不能抵當，方才投降。不知王罕父子從何處已走出去了。這廝殺中有合答黑把阿禿兒名字的人，說：「我於正主不忍教您拿去殺了，所以戰了三日，欲教他走得遠著。如今教我死呵，便死，恩賜教活呵，出氣力者。」太祖說：「不肯棄他主人，教逃命走得遠著，獨與我廝殺；豈不是丈夫。可以做伴來。」遂不殺，教他領一百人與忽亦勒答兒的妻子，永遠做奴婢使喚。（卷七）

這樣的天眞自然的敘述，不知要高出懨懨無生氣的古文多少倍！我們如果拿〈元史．太祖本紀〉等敘同一的事跡的幾段來對讀，便立刻可以看出這渾樸天眞的白話文是如何的漂亮而且能夠眞實的傳達出這遊牧的蒙古人的本色來了。

明初的朱元璋，也是一位寫作白話文的大家。他是一位徹頭徹尾的流氓皇帝，什麼話都會說得出口。所以他的白話詔令，常有許多好文章。《七修類稿》⑧嘗載他的一篇〈皇陵碑〉，一篇〈朱氏世德碑〉。〈世德碑〉不過是篇平常的記事。〈皇陵碑〉卻是篇皇皇大著，其氣魄直足翻倒了一切的記功的誇誕的碑文。他以不文不白，似通非通的韻語，記載著他自己的故事，頗具著浩浩蕩蕩的威勢。一開頭便以「孝子皇帝謹述」始，說到鄉中飢荒，他出家爲僧的事，很有趣味：

值天無雨，遺蝗騰翔。里人缺食，草木爲糧。予亦何有，心驚若狂。乃與兄計，如何是常？兄云去此，各度凶荒。兄爲我哭，我爲兄傷。皇天白日，泣斷心腸。兄弟異路，哀慟遙

* * *

⑧郎瑛《七修類稿》有清乾隆間刊本。

蒼。汪氏老母，爲我籌量，遣子相送，備禮馨香。空門禮佛，出入僧房。居無兩月，寺主封倉。眾各爲計，雲水飄颺。我何作爲？百無所長。依親自辱，仰天茫茫。既非可倚，侶影相將。突朝煙而急進，暮投古寺以趨蹌。……

把當時廷臣們所作的〈皇陵碑〉文裡的同樣一段：「葬既畢，朕煢然無託。念二親爲吾年幼有疾，嘗許釋氏，遂請於仲兄，師事沙門高彬於里之皇覺寺。鄰人汪氏助爲之禮。九月乙巳也。是年蝗旱。十一月丁酉，寺之主僧歲歉不足以供眾食，俾各還其家。朕居寺時甫兩月，未諳釋典，罹此飢饉，彷徨三思：歸則無家，出則無學，乃勉而遊食四方。」對讀起來，廷臣們的代述，卻是如何粉飾得不自然！他們要代他粉飾，卻反失去他的本色了。只有像他那樣的流氓皇帝，才敢毅然的捨去廷臣們之所撰，而大膽的用到他自己的文章。

參考書目

一、《國朝文類》，元蘇天爵編，有局刊本，《四部叢刊》本。
二、《皇明文衡》，明程敏政編，有明刊本；局刊本；《四部叢刊》本。
三、《明文徵》，明何喬遠編，有明刊本。
四、《明文奇賞》，明陳仁錫刊，有明編本。明人選明文，爲數至多，姑舉上列數種。
五、《明文海》，清黃宗羲編，有傳抄本；宗羲又曾節之爲《明文授讀》，有刊本。
六、《明文在》，清薛熙編，有局刊本。
七、《山曉閣明文選》，清孫琮編，有原刊本。

第五十二章 明初的戲曲作家們

明初劇壇的特點——雜劇的鼎盛——皇家的劇曲——戲文的再度投入民間的暗隅——成化以後南戲的抬頭——明初的雜劇作家們：賈仲明谷子敬劉東生等——偉大作家朱有燉——他的作品——陳沂王九思康海等——明初的戲文：《荊》《劉》《拜》《殺》四大傳奇——丘濬的崛起——邵璨的《香囊記》——沈采與姚茂良蘇復之王濟沈壽卿等——徐霖崔時佩等——無名氏所作的諸戲文

一

所謂明初，總要包羅到崑腔未產生的弘、正以前的劇壇；即是包羅著明代的前半葉的劇壇。在這一百五十年的戲曲史裡，有幾點是可以注意的。第一，雜劇已從民間而登上帝王的劇場。許多親王們都是愛好戲劇的。周憲王和寧獻王且自己獻身於作者之林。永樂帝在燕邸開府時，也招來著戲曲作家們，若賈仲明、湯舜民等而加以寵遇。相傳明初親王之藩，必以戲曲一千餘本賜之。這雖未必可靠，但那時的盛況，卻確是空前的。這可證明雜劇是並未隨了蒙古帝國的衰亡而衰亡的。但到了弘、正之際，雜劇的氣焰卻漸漸的低落了。作者漸見寥落，演唱者也漸漸的少了。特別在中國南部，南音的傳奇，幾攫去了雜劇的地盤的全部。這也是必然的盛衰之途徑：一天天和皇室接近，而成爲他們的專用的樂部，自然便也一天天的和民間相遠，而失去其雄厚的根據地以至於消亡了。第二，葉子奇以爲「其後元朝南戲盛行。及當亂，北院本特盛，南戲遂絕。」這話或有幾分可信。祝允明《猥談》謂：「數十年來南戲舊行，所爲更是無端。」是南戲的盛行，在明代不過是景泰、成化以後事耳。但即在這時以前，南戲也並未眞的「絕」跡；她不過是再度退守到民間的暗隅裡去，不曾去和雜劇爭皇家樂隊的地位。永樂的大臣們編纂《永樂大典》時，也曾給南戲以和雜劇同等的地位，所收入戲文有三十三本之多。但在實際的皇家的劇場上，那時恐不會有南戲出現過的。她是那樣的富於地方性，確是不大適宜於攀登到北京的及其他中國北部的劇場上的。所以，她仍在南方潛伏的滋長著；恰好和這時雜劇的跳梁，成一個絕好的對照。但她的作家們，卻也並不落寞。徐渭《南詞敘錄》所載明代戲文，自李景雲的《崔鶯鶯西廂記》以下，凡有四十八本，大概都是這時代的產品。及丘濬、邵璨、徐霖、沈采諸人出，南戲更大行於世，漸取得雜劇的地位而代之。武宗（正德）大約便是很欣賞南戲的一人。第三，雜劇在這時代，早已有了很周密的韻書、曲譜。按譜塡詞，規律至嚴；唱者也不容絲毫假借。但南戲則到這時爲止，尙不曾有過什麼有規則的曲譜。方音俗唱，各地不同。故嘗被稱爲亂彈。因此，在南戲的本身，其各地方的腔調，也常在彼此排擠，彼此競爭之中，不像雜劇之早已「定於一尊」。這恰像北部方言統一已久，而南方土白，至今猶各不相通。第四，這時代的劇場，據我推測，南北是很歧異的。南部的各地，有著不同的方音的唱詞。——也許大都市像金陵、杭州、松江還不免時時留戀著北劇的餘暉。在北方，則似仍是彌漫著雜劇的勢力。

二

先講這時代的雜劇作家們。在賈仲明《續錄鬼簿》裡，記載元末明初的作家不少。賈仲明的時代，恰好上接至正，下達永樂。他所記的至少有六十年史跡。賈仲明，山東人。善吟詠，尤精於樂章隱語。永樂爲燕王時，他和湯舜民、楊景賢皆甚受寵遇。後徙居蘭陵。他自號雲水散人。所作雜劇凡十四種，今存者有：《荊楚臣重對玉梳記》、《鐵拐李度金童玉女》、《蕭淑蘭情寄菩薩蠻》（均見《元曲選》）和《呂洞賓桃柳升仙夢》（見《古名家雜劇》，但未得讀）等四種。《蕭淑蘭》寫一位大膽的處女向她哥哥的友人調情的故事，其描狀是很活潑的。我們在雜劇裡還不曾見到過像蕭淑蘭那樣大膽的女性。

同時有汪元亨、谷子敬、丁埜（ㄧㄝˇ）夫、朱經、金文質、湯舜民、李唐賓、陳伯將、劉東生諸人，皆寫作雜劇，惟存在者少。汪元亨，饒州人，元時爲浙江省掾。後徙居常熟。所作雜劇三種，今存《劉晨阮肇桃源洞》一種。（《太和正音譜》作王子一，未知孰是。）谷子敬，金陵人，樞密院掾史。他通醫，明《周易》。所作雜劇五種，今存《呂洞賓三度城南柳》一種。這劇並沒有好處，但流傳極盛，很可怪。丁埜夫，西域人，家於錢塘。朱經字仲宜，隴人，元末爲浙江省考試官，因也僑居吳山之下。金文質，湖州人。湯舜民名咸，象山人，號菊莊，曾補本縣吏。後見知於永樂。陳伯將，無錫人，元進士，累官至中書參知政事。他們所作，今皆隻字不存。

李唐賓，廣陵人，號玉壺道人，官淮南省宣使。所作的雜劇，今存《李雲英風送梧桐葉》一種（《元曲選》作無名氏）。劉東生名兌，曾作《月下老定世間配偶》，賈仲明以爲「極爲駢麗，傳誦人口」。但今不存。今存的《嬌紅記》，凡二卷，卻是一部偉作。《嬌紅記》本於元清江宋梅洞所作之同名的小說。小說本是一篇名作，劇本則更宛回周折，把申生和嬌娘的戀愛的過程，寫得極爲深切。和崔、張的愛戀，別有不同的氣氛。又有楊文奎，《太和正音譜》評其詞「如匡廬疊翠」，當亦爲明初人。所作有《翠紅鄉兒女兩團圓》等四種（《翠紅鄉》有《元曲選》本）。

《太和正音譜》的編者朱權（寧獻王），爲朱元璋第十六子。洪武間就封大甯，永樂時改封南昌。他自號臞仙、涵虛子、丹邱先生，所作雜劇凡十二種，惜今不存一種。

朱有燉（周憲王）爲周定王長子。洪熙元年襲封，景泰三年死（一三七七—一四五二）。他所作雜劇，總名爲《誠齋樂府》①。《列朝詩集》謂誠齋所作，「音律諧美，流傳內府，至今中原弦索多用之。」李夢陽〈汴中元宵〉絕句曰：「中山孺子倚新妝，趙女燕姬總擅場。齊唱憲王新樂府，金梁橋外月如霜。」在朱氏諸王裡，他誠是一位才華絕代的作家。他的雜劇，今存者凡三十一種，大約便是他所作的全數（《百川書志》著錄誠齋劇三十一本，其名目與今存者正同）。誠是古今作家所未有之好運。他著作的時代，據他自己做的各劇的序，（這些序，《奢摩他室曲叢》本十佚其九；北平圖書館藏本有之。）最早的一本爲《張天師明斷辰勾月》，作於永樂二年。其後永樂四年作《甄月娥春風慶朔堂》，六年作《惠禪師三度小桃紅》及《神後山秋獮得騶虞》，十四年作《關雲長義勇辭金》，二十年作《李妙清花裡悟眞如》。宣德四年作《群仙慶壽蟠桃會》，宣德五

＊　＊　＊

①《誠齋樂府》有原刊本（長洲吳氏藏二十二種。北京圖書館藏二十五種），有《奢摩他室曲叢》本（《曲叢》本僅重刊二十四種）。有《雜劇十段錦》本（內八本爲誠齋作）。

年作《洛陽風月牡丹仙》，宣德六年作《天香圃牡丹品》及《美姻緣風月桃源景》，七年作《瑤池會八仙慶壽》及《孟浩然踏雪尋梅》。宣德八年，所作最多，殆爲他戲曲生涯的頂點：《紫陽仙三度常椿壽》、《劉盼春守志香囊怨》、《趙貞姬身後團圓夢》、《黑旋風仗義疏財》及《豹子和尙自還俗》，這年所作凡五本。宣德九年作《清河縣繼母大賢》、《東華仙三度十長生》及《十美人慶賞牡丹園》，十年作《呂洞賓花月神仙會》。正統四年則爲其寫劇的最後的一年，所作有《河嵩神靈芝慶壽》及《南極星度脫海棠仙》。他的戲曲家的生活殆告終於這六十一歲的高齡的一年上吧？然這時離他的死亡尙有十四年；在最後的那十四年似乎是不會絕筆不寫的。尙有《李亞仙花酒曲江池》、《宣平巷劉金兒復落倡》、《蘭紅葉從良煙花夢》等七本，序上未署年月，也許其中會有幾本是晚年之作。無論如何，這位老壽的作家，其寫劇的年代至少是有四十年以上的。像他那樣作劇年代犂然可考的，在元、明戲曲史裡殆也是唯一的特例。但他所作雖多，無聊的作品卻也不少。什麼《得騶虞》、《蟠桃會》、《八仙慶壽》、《牡丹仙》、《牡丹品》、《牡丹園》、《靈芝慶壽》、《海棠仙》等等都是應景的，或頌揚的皇家適用之劇本。雖然寫得很工巧，布置得很有趣，卻是無靈魂的東西。其他仙佛劇，像《三度小桃紅》、《三度常椿壽》、《三度十長生》和《半夜朝元》等，左右也脫不了馬致遠、谷子敬等《三醉岳陽樓》、《三度城南柳》的圈套。有燉的最好的劇本卻在彼而不在此。宣德八年所作的《香囊怨》、《團圓夢》、《仗義疏財》、《豹子和尙》四劇，代表他兩方面的大成功：英雄劇的壯烈和戀愛劇的細膩。《關雲長義勇辭金》雖作於此時之前，卻堪和關漢卿的《單刀會》並美，能充分的表現出那位大英雄的忠勇的氣概。《仗義疏財》的描寫李逵也很出色當行。《豹子和尙》的重要，尤在其上。《豹子和尙》寫魯智深因過被宋江所責，憤而下山，再做和尙去。江思之，差了李山兒去勸他回寨。他不回去。又差他妻和子去勸他，他也不回。最後，著他母親去勸，也無用。還是叫兩個小嘍囉裝作客人，向他母親索債，打了她，智深大怒，才抛下了做和尚的面目，動手厮打。宋江恰遇到這，說道：「兄弟休打，破了齋素也。」智深只好還俗，再上梁山去。這劇寫智深處處脫離不了暴烈的本性，卻又處處想到了自己現在是和尙，不該那樣。他以宗教的信仰，盡力制止著人性的熱情。但終於罅漏百出，不得不脫下袈裟，回去做山大王。人性是那麼的頑強在作祟著！

〔金蕉葉〕（末唱）是誰將草户柴門叩久？（末做開門科，唱）原來是稚子山妻問候。

（旦云）你來了半年多了，你的孩兒也會走了。

（末唱）慚愧波孩兒會走。安樂麼慈親皓首？

（旦云）你母親好，只是想你，如今老了。（末做哭科）

（旦云）兀的你這賊孩子也每日想你。從你來了，我是個婦人家，無處尋飯吃。你這等狠心腸，去了我不顧妻子了！

（末抱倈兒，末唱）〔小桃紅〕把孩兒摟抱著淚凝眸，問別來抛閃的山妻瘦。（末用手摸兩摸頭了云）我又忘計出家了也。婆婆，你靠後，休扯我。（末放下倈推與旦了。末唱）我已自世事塵緣盡參透。（末云）問訊。（末唱）便合體。

（旦云）你不回去，家裡少柴無米，房子又漏了，教我怎生過日子？

（末唱）不管你少柴無米房兒漏。（旦向前扯住。末唱）你休將咱領揪，莫牽咱衫袖，休想道勸的我肯回頭！

（旦云）你不回去時，留下你這賊孩子。你教的他會做賊子，送還我，養活我。（旦推倈

與末）

（末云）我不教他。你送與宋江哥哥教他去。

有燉的《香囊怨》和《團圓夢》都是寫當時的實事。《團圓夢》寫錢鎖兒和一女子名趙官保的，曾指腹爲親。後來鎖兒家貧窮，趙家要悔親。官保執意不從，遂嫁了鎖兒。過了不久，鎖兒被官中喚去做軍，到口北操練。有爿舍的，看上了官保，要娶她去。她堅決的回絕了媒婆。後來，鎖兒在口北病死。官保聞耗。也自縊而亡。上帝以其貞義，賜號貞姬，在天上與夫團圓。《香囊怨》寫妓女劉盼春與周恭兩情相戀。恭父性嚴，他被拘管得緊。有一天，二人遇到了，恭給盼春一封信，一首小詞。她保藏於荷包香囊內。後來，她母親逼她另嫁一人。她不願意，自縊而死。火葬時，卻尋見她的香囊兒不曾燒化，囊內書詞依然存在。周恭大哭，贖了骨殖來葬了。這兩劇都寫得異常的纏綿悱惻。《李亞仙詩酒曲江池》一劇，也寫得很有聲色，和《石君寶》同名的一劇足稱「異曲同工」。但最好的要算《劉金兒復落倡》。這劇和一般戀愛劇的氣韻全然不同，寫的不是貞姬，不是烈女，也不是義妓，卻是一個愛奢華，喜風流的蕩婦。她是一個樂籍的婦女，卻背夫出逃。連嫁了好幾次，俱不得意。終於再作倡婦。和關漢卿的《救風塵》有些相類，且也同樣的寫得很深刻。

有燉的他劇，未必皆爲第一流的名劇，但在戲曲史卻是那麼重要！有許多元、明之際的宮廷應用的劇本，都已泯滅無存，卻賴了有燉的諸劇，見到其若干面目。又在散文的對話上，這三十餘劇也是極可重視的。明人所刊元劇，對話大都僞作。有燉諸劇的對話才是明初的本色；她們是那麼的富於活潑、生動的氣氛！和《元曲選》的說白一對讀，立刻便可見出臧氏的增訂的伎倆是那麼庸庸無奇。又，在有燉《喬斷鬼》劇裡，有一段醫生的說白：

（淨做看脈科）小舍人，小舍人，你個父親害則個病，啞弗是傷寒，啞弗是傷熱，是一口氣呢，氣則個肚，肚痛放則個胖，日輕夜重呢。舍人放則個心。小人用一服藥，是木香流氣飲。吃了個藥，便好了呢。

（末云）這個太醫是南人，到說的是。

這一段南方的方言，大約要算是現在所知道的見之於文籍上的最早的東西了。

嘉靖刊的《雜劇十段錦》②，中有八劇是有燉所作。尚有《漢相如獻賦題橋》，《善知識苦海回頭》二劇，從前頗疑也是他的著作。但近讀周暉的《金陵瑣事》（卷二）云：「陳魯南有《善知識苦海回頭記》行於世。」又松澤老泉《彙刻書目外集》記《四大史雜劇》目錄，亦云：

《善知識苦海回頭記》　明陳石亭著

按陳魯南名沂，一字石亭，上元人，自號小坡。正德進士。官太僕寺卿。是《苦海回頭》劇之爲他作無疑。《獻賦題橋》則未知所出。其作者當也是這時期內的人物。《苦海回頭》寫宋胡仲淵爲丁謂所譖，貶竄雷州。過了一年，幸得招還。而他百念已灰，徑投黃龍禪師處出家，得成正果。最後一折多禪語，與前面之多憤慨語頗不稱。

*　*　*

②《雜劇十段錦》有武進董氏影印本。

和陳沂同時而作雜劇者，有王九思、康海、陳鐸等數人。陳鐸字大聲，別字秋碧，邳州人。以作散套有名。雜劇有《花月妓雙偷納錦郎》等二本，惜並不存。康海字德涵，號對山，武功人。弘治十五年狀元。授翰林院修撰。正德中，以與劉瑾交往，落職。他曾作《東郭先生誤救中山狼》③一劇，論者以他為有所指。李夢陽初為劉瑾所惡，繫詔獄。出片紙求救於他。他乃往謁瑾。瑾以得交海為榮，遂因其言釋夢陽。及瑾敗，海乃坐此削職為民。夢陽於時卻不一援手。故相傳他作此劇乃以譏夢陽。觀劇末有：「俺只索含悲忍氣，從今後見機莫痴。呀，把這負心的中山狼做傍州例。」悻悻之意猶在。此說或不無幾分可靠。但中山狼的故事，實為世界民間傳說裡流行最廣的負恩的禽獸系之一型。其故事的本身已是很可怡悅的；加之以海的慷慨激昂的詞語，此劇遂成為明代最有風趣的劇本之一。海罷官三十年，惟以制曲為事。歿後，遺囊蕭然，大小鼓卻有三百副。

王九思亦作《中山狼院本》④一種，卻只有一折。雜劇轉變之機，於此時已可窺見。九思與康海為好友，亦以交劉瑾失敗，作此或有同感。九思字敬夫，號渼陂，鄠縣人。弘治丙辰進士。授檢討。以交瑾，得遽升高位。不久，瑾敗。降壽州同知，勒致仕。他和康海俱以作曲得盛名。嘗以厚貲募國工，杜門學唱數年，盡其技乃出。其所作，評者以比關漢卿、馬致遠。他的雜劇，尚有《杜子美沽酒遊春》⑤一本，也充滿了憤激不平之氣：「三三兩兩厮搬弄，管什麼皂白青紅，把一個商

* * *

③《東郭先生誤救中山狼》有《盛明雜劇》本。

④《中山狼院本》有《王渼陂全集》本。

⑤《杜子美沽酒遊春》有《王渼陂全集》本，有《盛明雜劇》本（《盛明》題作《曲江春》）。

伯夷，生扭做虞四凶。兀的不笑殺了懵懂，怒殺了天公！……自古道聰明的卻貧窮，昏子謎做三公……因此上……甘心兒不聽景陽鐘。」

從朱有燉到陳沂、王九思諸人，中間相隔凡六七十餘年，而作者寥寥如此，所作更寥寥如彼，雜劇的運命的沒落，誠足悲嘆。

三

明初的南戲名目，最可靠的記載爲徐渭的《南詞敘錄》。渭所錄凡四十八本，但並非其全部。成化、弘治以後，作者尤夥。渭所見似尚未及其半。今日珍籍漸次出現，論述本節，頗具有特殊的新鮮的趣味。

明初的四大傳奇爲《荊釵記》、《劉知遠》（《白兔記》）、《拜月亭》及《殺狗記》。但徐渭《南詞敘錄》則置《拜月亭》、《劉知遠》及《殺狗勸夫》於「宋元舊篇」之中。關於《荊釵記》，則他在著錄李景雲所編的一本外，「宋元舊篇」裡也並有《王十朋荊釵記》一本。是《荊》、《劉》、《拜》、《殺》的來歷，決非源自明初可知。惟明初人把這幾本著名的傳奇加以潤改，別成新本，則是很可能的。像徐時敏《五福記》自序說：「今歲改《孫郎埋犬傳》，筆研精良，因成此編。」（《曲海總目提要》引）而《劉知遠白兔記》今亦有截然不同的二本。此可知明代改作傳奇者的夥多。今姑將這四種放在這裡講。

《荊釵記》，⑥《曲品》作柯丹邱撰，《百川書志》無作者姓名，但王國維氏則以爲寧獻王朱權作。權自號丹邱先生，故《曲品》遂誤作柯丹邱。《荊釵》寫王十朋、錢玉蓮事，「以眞切之調，寫眞切之情；情文相生，最不易及。」（《曲品》）十朋少年時，家貧好學，聘錢玉蓮時，乃以荊釵作爲聘禮。後因赴考相別。奸人孫汝權謬傳十朋別娶，逼玉蓮改嫁給他。她不從，投江自殺，爲錢安撫所救。同時十朋中了狀元後，也爲万俟丞相所迫，欲妻以女。他也不從。乃調他爲朝陽僉判。後更經若干波折，夫妻才重復團圓。其中寫男義，女節，殊感人。嘗觀演十朋見母一齣，不覺淚下。他見母而不見妻，母又不忍對子說出他妻的自殺的消息。那場面是那麼樣的嚴肅悲痛！相傳，此傳奇係宋時史浩門客造作以誣十朋及孫汝權的，蓋用以報復汝權慫恿十朋彈劾史浩之舉者（見《矩齋雜記》及《甌江佚志》）。但這話似不甚可靠。汝權在劇中固爲小人，十朋卻被寫得那麼孝義，豈像是侮蔑他的。

《拜月亭》⑦，明人皆以爲元施君美作。然《錄鬼簿》不曾說他曾作過南戲；《曲品》也說：「亦無的據。」但其爲元人作，當無可疑。寫蔣世隆、王瑞蘭的離合悲歡事，頗富天然本色的意趣。何元郎絕口稱之，以爲勝《琵琶》。但《拜月》佳處，似皆從關漢卿的《閨怨佳人拜月亭》劇中出。我們將他們對讀，便可知。但其描寫卻也很宛曲動人，時有佳處。

* * *

⑥《荊釵記》有富春堂刊本；李卓吾《批評》本；《六十種曲》本；暖紅室刊本。

⑦《拜月亭》（一作《幽閨記》）有文林閣刊本；李卓吾《批評》本；羅懋登《註釋》本；陳眉公《批評》本；凌氏朱墨刊本；《六十種曲》本；暖紅室刊本。

《殺狗記》⑧，朱彝尊以爲徐晒作。晒字仲由，淳安人，洪武初，徵秀才，至藩省辭歸。然徐時敏則嘗自言此劇爲他所改作。明末馮夢龍也嘗有所筆潤。蓋改作此記者不只一人二人而已。然改者雖經數手，原作的渾樸鄙野的氣氛，卻未除盡。像：

〔清歌兒〕（旦）常言道，要知心事，但聽他口中言語。不知員外怒著誰？從頭至尾，說與奴家知會。

〔桂枝香〕（生）賢妻聽啓，孫榮無理！他要贖毒藥害我身軀，把我家私占取。險些兒中了，險些兒中了，牢籠巧計，院君，被我趕出門去。細思之，指望我遭毒手。我先將小計施。

這是從馮氏改本抄錄的，卻還是那樣的「明白如話」。蕭德祥的雜劇《殺狗勸夫》便不是這樣的村樸了。

《白兔記》⑨未知作者。今有二本。《六十種曲》本較爲村俗，當最近本來面目。富春堂刊本，則已富麗堂皇，近晚明的作風，惜僅題「豫人敬所謝天佑校」，不知改作者究爲何人。《白兔記》故事，來歷甚古。金時已有《劉知遠諸宮調》，敘劉知遠贅於李家莊，不忿二舅的欺淩，出外

*　*　*

⑧《殺狗記》有《六十種曲》本；暖紅室刊本。

⑨《白兔記》有《六十種曲》本；富春堂刊本（此二本大不同）；暖紅室刊本（此本係翻刻《六十種曲》本）。

從軍。終以戰功，官九州安撫使。他妻三娘，則在家受盡苦辛。她產下咬臍郎，託人送與知遠。她自己卻是挑水牽磨的受磨折。後十餘年，咬臍郎長大出獵。因逐白兔，方才見到他母親。因此全家團圓。《六十種曲》本的第一齣：是「〔滿庭芳〕五代殘唐，漢劉知遠生時紫霧紅光，李家莊上招贅做東床。二舅不容完聚，生巧計拆散鴛行。三娘受苦，產下咬臍郎。」富春堂本的開頭，卻是：「〔鷓鴣天〕桃花落盡鷓鴣啼，春到鄰家蝶未知。世事只如春夢杳，幾人能到白頭時！歌〈金縷〉，碎玉卮，幕天席地是男兒。等閒好著看花眼，為聽新聲唱〈竹枝〉。」是那樣的全然不同的氣氛！

在實際上，明初的傳奇，殆皆為不知名者所作。丘濬[⑩]崛起於景泰、天順間，以當代的老師宿儒，創作傳奇數種，始開了後來的風氣。濬字仲深，瓊州人。景泰五年進士。官至大學士。謚文莊（一四一八—一四九五）。著《瓊台集》及《五倫全備忠孝記》、《投筆記》、《舉鼎記》[⑪]、《羅囊記》傳奇四種。他的詩筆，笨重無倫。此數劇皆不能博得好評。《曲品》列《投筆》及《五倫》於「曲品」之末，而指摘之道：「《投筆》，詞平常，音不叶，俱以事佳而傳耳。」又道：「《五倫》，大老鉅筆，稍近腐。」王世貞也說：「《五倫全備》是文莊元老大儒之作，不免腐爛。」《五倫全備記》敘伍倫全、倫備兄弟一家忠孝節義事；其以「五倫全備」為名，顯然是暗指

* * *

⑩ 丘濬見《明史》卷一百八十一。

⑪ 《五倫記》有世德堂刊本。《投筆記》有富春堂刊本；文林閣刊本；世德堂刊本羅懋登《註釋》本；魏仲雪《批評》本。《舉鼎記》有傳抄本。

著「五倫」俱備於一家的意思，正是亡是公、烏有先生的一流。故事似也全出於僞託。伍母以己子抵罪，終得感動問官，無罪俱釋，蓋取於關漢卿的《蝴蝶夢》。倫全兄弟爭死於克汗之前一事，也大似元劇《趙禮讓肥》。克汗爲他們兄弟所感動，乃入朝於中國。全、備遂因功皆晉爵爲侯。《投筆記》寫班超投筆從戎，遠征西域，終得榮歸事。《舉鼎記》寫秦穆公欲併諸國，舉行鬥寶會於臨潼關。賴伍子胥舉鼎，展雄助力，諸侯們始得脫歸事。此三種今皆有傳本。《投筆》寫班超，氣概凜凜，頗有生動之趣。《投筆空回》（第六齣）、《夷邦酹月》（第十五齣）等等，尤爲慷慨激昂，讀之令人神往。固未可和《五倫全備》同以迂腐目之。《舉鼎》的故事，雖極荒誕，其流傳卻是很廣的。《列國志傳》幾以此爲最活躍的故事中心。濬所寫也還能傳達出幾分伍子胥的神勇來。《羅囊記》今不存，但在胡文煥《群音類選》裡，尚存《相贈羅囊》、《春遊錫山》、《劉公賞菊》及《羅囊重會》的四齣，還勉強可見出其全劇的一斑。敘的是以一個羅囊爲姻緣的線串之戀愛劇。「總桃源錯認劉郎，豈桑林誤將妻戲。有緣千里能相會，古語總來非僞。」

但較丘濬更有影響於後來的劇壇者，卻爲邵璨。璨字文明，宜興人（《曲品》則以他爲常州人）。「常州邵給諫既屬青瑣名臣，乃習紅牙曲技。調防近俚，局忌入酸。選聲盡工，宜騷人之傾耳；採事尤正，亦嘉客所賞心。」（《曲品》）徐渭云：「《香囊》乃宜興老生員邵文明作。」是邵氏未嘗爲「給諫」。自梁辰魚以下，到萬曆間沈、湯的出現爲止，傳奇的作風，殆皆受邵氏的影響而不可自拔。《藝苑卮言》謂「《香囊》雅而不動人」。他的影響便在「雅」字。他的《香囊》之成爲後來傳奇的楷式者，也便因其「雅」。《琵琶記》已漸掃《殺狗》、《白兔》的俚俗；但其眞正的宣言去村野而就典雅者，卻是《香囊記》[12]開其端。《琵琶》盡多本色語，《香囊》才連說白也對仗工整起來。像：「〔排歌〕放達劉伶，風流阮宣，休誇草聖張顛，知章騎馬似乘船，蘇晉長齋繡佛前。」（第八齣）「也曾說長安發卦，也曾向成都賣卜。先生那數邵雍，同輩盡欺郭璞。只憑四象三爻，便說休囚禍福……舌能翻高就低，語皆駢四儷六。」（第二十三齣）徐渭謂：邵文明「習《詩經》，專學杜詩，遂以二書語句，勻入曲中，賓白亦是文語，又好用故事，作對子，最爲害事。」正切中其病。璨此記自言是：「續取《五倫》新傳，標記《紫香囊》。」在談忠說孝一方面，確受了不少《五倫全備記》的指示。《香囊》敘宋時張九成以忤權奸，被遠謫域外。身陷胡庭十年，不失臣節。後得王侍御捨生救友，方得脫離虎窟，華錦榮歸。劇中波濤起伏，結構甚佳。善於利用淨、丑各角，多雜滑稽的串插，雖嫌不大嚴肅，卻增加了不少生趣。

沈練川和姚靜山，《曲品》並列其所作於能品。練川名采，吳縣人，靜山名茂良，武康人。生平並不詳。練川所作有《千金記》、《還帶記》[13]及《四節記》三種。《曲品》云：「沈練川名重五陵，才傾萬斛；紀遊適則逸趣寄於山水，表勳猷則熱心暢於干戈。元老解頤而進卮，詞豪攬指而擱筆。」今存《千金記》及《還帶記》。《四節記》惜不存。《曲品》云：「一記分四截，是此始。」蓋以後葉憲祖的《四豔》，車任遠的《四夢》，顧大典的《風教編》等等，皆是規仿《四節》的。《千金記》寫韓信事，當即《南詞敘錄》所著錄的《韓信築壇拜將》。錢遵王注《南詞敘

* * *

⑫《香囊記》有世德堂刊本；繼志齋刊本；李卓吾《批評》本；《六十種曲》本。

⑬《千金記》有富春堂刊本；世德堂刊本；《六十種曲》本。《還帶記》有富春堂刊本；世德堂刊本。

錄》此本上云：「〈追賢〉一齣乃元曲。」正和《曲品》的「韓信事佳，寫得豪暢。內插用北劇」的話相合。此劇演作極盛。蓋以其排場異常熱鬧。寫項羽故事的〈楚歌〉、〈別姬〉數齣，傳唱者尤多。其淒涼悲壯處固不僅此。其上卷寫韓信未達時的困阨重重，所如不合的情緒，也很動人。《還帶記》敘裴度未遇時，窮苦不堪。卜者視其相當餓死。一日在香山一寺中，拾得玉帶數條，即以還給原主。以此陰德，反得富貴榮華。後中進士，做宰相，平淮西，皆有賴於還帶的一件事。未免過於重視因果報應之說。

姚靜山所作，《曲錄》著錄的有《雙忠記》、《金丸記》及《精忠記》三本。但這個記載實不可靠。《曲品》云：「武康姚靜山僅存一帙，惟觀《雙忠》。筆能寫義烈之剛腸，詞亦達事態之悲憤。求人於古，足重於今。」靜山所作蓋只有《雙忠》一帙。《金丸》、《精忠》都非他的作品。《曲錄》蓋誤將《曲品》所著錄的《金丸》、《精忠》等二劇，並《雙忠》而連讀了。《雙忠記》[14]極激昂慷慨之致，一洗戲文的靡弱。寫張巡、許遠困守孤城，城破，罵賊以死。死後身爲厲鬼，興陰兵，助殺元凶。亂平，二人廟食千古。最後的張、許爲厲鬼殺賊事，如果不增入，似乎氣氛更可崇高些。中間，像第十三折寫招募勇士事：「〔四邊靜〕逆胡狂獗殊猖獗，生民困顚越。募士遠行師，終將破虜穴。裹創飲血臥霜月。一劍靖邊塵，歸來朝金闕！」其雄概不似岳飛的詠唱〈滿江紅〉麼？《精忠記》[15]寫岳飛破虜救國，而爲秦檜所不容，卒定計於東窗之下，用「莫須

*　*　*

⑭《雙忠記》有富春堂刊本。

⑮《精忠記》有《六十種曲》本，又富春堂刊本《岳飛破虜東窗記》也即此書，惟略有異同。

有」三字殺了飛。飛死後成神，而檜和妻王氏不久亦死，卻被打入地獄受無涯之罪。此記無作者姓名，而來歷卻極古。南宋的說話人，已有以敷衍《中興名將傳》爲專業的。宋、元戲文中，有《秦檜東窗事犯》一本，元雜劇亦有《秦太師東窗事犯》一本。《南詞敘錄》於著錄那本宋、元戲文以外，於「本朝」之下，又有《岳飛東窗事犯》一本，下注「用禮重編」。此《精忠記》也許便是用禮重編的一本。（富春堂刊本的《岳飛破虜東窗記》與《六十種曲》本的《精忠記》大部相同，當即係一書。《六十種曲》本似經改編。）《金丸記》⑯作者也無姓名。《曲品》云：「元有《抱妝盒》劇。此詞出在成化年。曾感動宮闈。內有佳處可觀。」近來流行的《狸貓換太子》時劇，即起源於此。宋帝無嗣，李宸妃有孕生子，乃爲劉妃所抵換。後太子即位，事大白，乃迎母歸宮。其中〈盒隱潛龍〉、〈拷問前情〉等齣，文辭雖有竊元劇處，情節卻很曲折可觀。（用禮疑即周禮，即周靜軒。）

蘇復之的《金印記》和王濟的《連環記》，同被《曲品》列於「妙品」中，至今尚演唱不衰。蘇復之的生平里居俱未知。《玉夏齋傳奇十種》本，題作《金印合縱記》，⑰一名《黑貂裘》，下寫「西湖高一葦訂正」。此高氏訂正本究竟與原本的面目相差得多少，惜未得他本一細校，無從知道。蘇秦刺股事，本能感動一般失意的人。故《曲品》云：「寫世態炎涼曲盡，眞足令人感喟發憤。近俚處具見古態。」

* * *

⑯《金丸記》有清內府抄本，傳抄本。

⑰《金印記》有李卓吾《批評》本；《玉夏齋傳奇十種》本；暖紅室刊本。

王濟字雨舟，浙江烏鎭人，官橫州通判。所作《連環記》，⑱散齣常見於劇場，原本近始被發現（惜仍缺佚一部分）。《曲品》云：「詞多佳句，事亦可喜。」呂布、貂蟬事，元劇有《連環計》。雨舟此作更以細針密縫的工夫，曲曲傳達出這三國故事中最錯綜動人的一則，其流行遂遠在《古城記》等其他三國傳奇之上。

沈壽卿名受先，里居未詳。《曲錄》著錄其所作四本：《銀瓶記》、《三元記》、《龍泉記》及《嬌紅記》。《曲品》僅以後三本爲受先作，《銀瓶記》則未著作者姓氏。今存《三元記》⑲一本。按《南詞敘錄》載《商輅三元記》及《馮京三元記》，皆明初人作。《曲品》云：「馮商還妾一事盡有致。」則受先所作乃《馮京三元記》。徐渭評此記多市井語。《曲品》也說：「沈壽卿蔚以名流，雄乎老學。語或嫌於湊插，事每近於迂拘。然吳優多肯演行，吾輩亦不厭弄。」記寫賈人馮商，四十無子，妻勸納妾。他買得一妾，其父張公，蓋以析運償官而貨女者。商慨然以女還之，不取原聘。以此，天賜佳兒，少年時高捷三元。「〔桂枝香〕聽他哀情淒慘，使我勃然色變。你雙親衰老無兒，何忍把你天倫離間。小娘子不須淚漣，不須淚漣，把你送歸庭院。」「〔唐多令〕一見好心驚，還疑夢裡形。」所謂「市井語」，或即指這些。

當正德的時候，爲南京曲壇的祭酒者有陳鐸和徐霖。鐸有大名，霖則今人罕知之。周暉《金陵瑣事》云：「徐霖少年數遊狹斜。所塡南北詞，大有才情，語語入律。娼家皆崇奉之。吳中文徵明

*　*　*

⑱《連環記》有傳抄本。

⑲《馮京三元記》有《六十種曲》本。

題畫寄徐，有句云：樂府新傳桃葉渡，彩毫遍寫薛濤箋，乃實錄也。武宗南狩時，伶人臧賢荐之於上，令塡新曲，武宗極喜之。余所見戲文《繡襦》、《三元》、《梅花》、《留鞋》、《枕中》、《種瓜》、《兩團圓》數種行於世。」又云：「武宗屢命以官，辭而不拜。中更事變，拂衣遂初。既歸而名益震，詞翰益奇。又幾二十年竟以隱終。」霖字髯仙，應天人。今所傳《繡襦記》，《曲品》歸於「作者姓名有無可考」者之列。朱彝尊《靜志居詩話》則以爲薛近兗作，不知何所據。因《曲品》有「嘗聞《玉玦》出而曲中無宿客，及此記出而客復來」語，更造作妓女們共饋金求近兗作此記以雪其事的一個故事。像那麼偉大的一部名著《繡襦記》，當不會有第二部的。髯仙以作曲名，我們似宜相信周暉的記載把此劇歸還給他。《繡襦》[20]實爲罕見的巨作，艷而不流於膩，質而不入於野，正是恰到濃淡深淺的好處。這裡並沒有刀兵逃亡之事，只是反反覆覆的寫痴兒少女的眷戀與遭遇，卻是那樣的動人。觸手有若天鵝絨的溫軟，入目有若蜀錦的斑爛炫人。像〈鬻賣來興〉、〈慈母感念〉、〈襦護郎寒〉、〈剔目勸學〉等齣，皆爲絕妙好辭，固不僅〈蓮花落〉一歌，被評者嘆爲絕作。他的《三元記》，今未見。《商輅三元記》有幾齣見於《摘錦奇音》、《玉谷調簧》諸書。但像「會同張三李四，去送商家小兒」（〈雪梅弔孝〉）云云，那樣俚俗之語，卻決不會出之於《繡襦記》作者的筆下的。故那部《三元記》恐怕不會是他做的。

陳羆齋，未知里居，作《躍鯉記》[21]。《南詞敘錄》載〈姜詩得鯉〉一本，當即此劇。姜詩孝

* * *

⑳《繡襦記》有李卓吾《批評》本；陳眉公《批評》本；凌氏朱墨刊本；《六十種曲》本；暖紅室刊本。

㉑《躍鯉記》有富春堂刊本。

母事，不過一般的「行孝」故事的老套，但其妻的被出而戀戀不捨，卻寫得極好。〈蘆林相會〉敘那位棄婦之如何懇摯的陳情於故夫之前，任何人讀了，都要爲之感動泣下的。

《南詞敘錄》「宋、元舊篇」中有《鶯鶯西廂記》一本，「本朝」下，又著錄李景雲編的《崔鶯鶯西廂記》一本。未知此李景雲是否即「斗膽翻詞」的李日華？（景雲又編《王十朋荊釵記》。）日華的《西廂記》[22]有「嘉靖萬年春」語，似作於嘉靖間。但《百川書志》卻記錄著：「海鹽崔時佩編集，吳門李日華新增。凡三十八折。」此崔時佩的生存時代自當在嘉靖以前。（曾有人誤以此李日華爲萬曆時的李君實。君實嘗自辯之。而陸采在他所作的《南西廂記》，也恣意的攻擊著《李西廂》。故此李日華當然決不會即是萬曆時的李日華的。）

徐時敏（《曲錄》作時勉，誤）作《五福記》[23]，今存。敘徐勉之救溺還金，拒色行義諸事，終獲厚報於天君，享種種福。他又嘗改「《孫郎埋犬傳》」。

無名氏所作傳奇，在明初是很多的。徐渭所載「本朝」戲文，十之七八無作者姓氏。此種傳奇，散佚最易，而倖存於今者也還不少。《南詞敘錄》所著錄者，如《玉簫兩世姻緣》、《張良圯橋進履》及《高文舉》等皆有全本存在。《玉簫兩世姻緣》當即爲《唐韋臯玉環記》[24]，寫韋臯及妓女玉簫的再世姻緣。其中所敘韋臯爲張延賞婿，不爲所重，又迫女改嫁等事，大似《劉知遠白兔

*　*　*

㉒《南西廂記》有《西廂六幻》本；《六十種曲》本；暖紅室刊本。

㉓《五福記》有傳抄本。

㉔《玉環記》有富春堂刊本；愼餘堂刊本；《六十種曲》本。

記》。而玉簫的病思及寫眞，似曾給《牡丹亭》和《燕子箋》的作者們一個重要的暗示。此記排場緊張，文辭也極爲本色，是這時代的第一流的作品。惜作者已無可考了。《張良圯橋進履》當即爲《張子房赤松記》[25]。張良事，宋、元話本裡有《張子房慕道記》（見《清平山堂話本》）。《赤松記》後半或即本於彼。惟前半寫子房散千金，求勇士，椎擊始皇於博浪，因進履於圯橋，得黃石公書，遂成誅秦滅楚興漢之功等事，氣勢殊爲壯闊，恰和最後之功成身退，悠然逝去，成一黑白極分明的對照。其中插入子房妻妾事，似是狃於傳奇中不得不有女性的習慣。《高文舉》當即《高文舉珍珠記》[26]，寫高文舉因欠官銀，求救助於王百萬；百萬以女金眞妻之。後文舉入京，一舉狀元及第。被丞相溫閣所迫，不得已又娶其女金定。中因老蒼頭的挑撥，在王金眞尋夫入京時，金定乃加以很酷刻的待遇。最後，文舉、金眞夫婦重得相會，溫閣也罷官。劇情大似《琵琶記》，惟後半不同。溫女遠不若牛女之賢，故遂更生出許多驚波駭浪出來，增益全劇的緊張的氣氛不少。又有《八不知犀合記》，今有〈陳櫃調奸〉、〈夜宴失兒〉二齣，見於《群音類選》卷二十一，寫的是唐伯亨因禍得福事，蓋本之於元代戲文的《唐伯亨八不知音》。

其他無名氏傳奇，或改訂前代戲文，或出自杜撰，或規模古劇的情節而加以變化，或爲教坊所編，或爲無名文士們的手筆，在這時代出現得不少。他們卻又成爲後來戲劇家們所寫的諸傳奇的張本。蓋此時代在實際上乃爲一個承前啓後的一個時期。有許多見存的富春堂、文林閣、世德堂、繼

* * *

[25]《赤松記》有金陵唐氏刊本。

[26]《高文舉珍珠記》有文林閣刊本。

志齋以及閩南書肆的所刊的無名氏傳奇，又見選於萬曆間諸戲曲選本的許多傳奇，也都可疑爲這個時代的產物。惟以其無甚確據，姑都留在下文再講。

■參考書目

一、《續錄鬼簿》，明賈仲明編，有天一閣舊抄本，傳抄本。
二、《南詞敘錄》，明徐渭著，有《讀曲叢刊》本，有《曲苑》本。
三、《曲品》，明呂天成著，有暖紅室刊本，有《重訂曲苑》本。
四、《曲錄》，王國維編，有《晨風閣叢書》本，《重訂曲苑》本，《王忠愨公遺書》本。
五、《曲海總目提要》，無名氏編（傳爲黃文暘編，但不可靠），有上海大東書局鉛印本。又抄本提要未被大東本收入者尚有不少。
六、《元曲選》，明臧晉叔編，有原刊本，有石印本。
七、富春堂所刊傳奇，明萬曆間金陵唐對溪刊。相傳，其所刊傳奇有十集一百種之多。但未知十集是否已完全刊畢，今所見者已有五十種左右。
八、文林閣所刊傳奇，明萬曆間金陵唐氏刊，所刊今知者有十種。
九、世德堂所刊傳奇，明萬曆間金陵唐氏刊。此三唐氏似爲一家；時代當以富春堂爲最早，而世德堂爲最後。世德堂或已入天啓時代。
十、繼志齋所刊傳奇，明金陵陳氏刊。

十一、傳爲李卓吾、陳眉公、玉茗堂諸家批評的傳奇，在萬曆間刊布得不少，刊行的地域以蘇、杭、閩南爲主。又有魏仲雪批評傳奇數種，刊於閩南。

十二、《群音類選》，明胡文煥編，此書極罕見，原書凡二十六卷，見存十六卷，珍籍遺文，往往賴是而見。

十三、明刊戲曲選本極多，刊行的地方，似以閩南爲最重要，若《玉谷調簧》，《摘錦奇音》，《時調青崑》等，皆爲很重要的資料。

十四、《六十種曲》，閱世道人編，汲古閣刊本；道光翻刻本。

十五、暖紅室所刊傳奇，清劉世珩編，校刻不精。

十六、沈璟的《南九宮譜》，徐于室、鈕少雅的《九宮正始》，呂士雄的《南呂定律》，莊親王的《南北九宮大成譜》裡，也有很多可資參閱的東西。

十七、《盛明雜劇》初、二集，明沈泰編，有原刊本，有武進董氏刊本。

十八、《奢摩他室曲叢》，吳梅編，商務印書館出版，僅出二集而中止。

第五十三章 散曲的進展

從元末到明初的散曲的進展——北曲的盛況——南曲的抬頭——元明間諸北曲作家們：汪元亨谷子敬丁埜夫唐以初湯舜民賈仲明等——蒙古西域人之工散曲者——朱有燉——康海與王九思——陳鐸——常倫與王磐——唐寅的北曲——楊廷和及其「名公巨卿」們——元人作南曲者之罕見——高則誠為今知南曲作家的第一人——劉東生與楊維楨——南曲家的朱有燉——陳沂王陽明等——徐霖沈仕等——唐寅與祝允明等——李日華等

一

從元末到明的正德，散曲的進展，可分爲兩方面來講。第一，北曲依然的在蓬蓬勃勃的滋生著，並未顯露出衰弱的氣象來。第二，南曲也由無人知的民間暗隅裡，抬頭而出，漸漸的占領了曲壇的重要的地位。但這時期的北曲，氣象雖未衰落，作家雖仍不少，而能不爲前人所範圍者卻不多，能獨創一個新的作風者，尤爲罕見。幾個大名家，像朱有燉、常倫、康海、王九思、唐寅、陳鐸等等，其作風左右脫不掉元代曲家們的範型。北曲到了這個時候，已是相當於南宋的詞的凝固爲冰，雕刻成器的時代了。雖有豪傑之士，也脫不出如來佛的手掌心以外去。倒是新起的南曲，表現出另一種清新活潑的氣象出來，造成了以後一百幾十年的曲壇的新局面。但在明初，南曲的作家實在寥寥無幾。其全盛，則在弘、正之間。

北曲的作家們，由元入明者，有汪元亨、谷子敬、唐以初、賈仲明、丁埜夫、湯舜民、楊景賢、劉東生諸人。賈仲明《續錄鬼簿》所載尤多，大抵皆為元、明間人。

汪元亨，饒州人，浙江省掾。但《樂府群珠》（卷三）則以他為「元尚書」，不知何據。賈仲明說他「有〈歸田錄〉一百篇，行於世，見重於人。」《雍熙樂府》載他的散曲至百篇，殆即所謂「歸田錄」。他的散曲，脫不了馬致遠、張雲莊式的「休居閒適」的氣味，充分的表現著喪亂時代的無可奈何的享樂主義，像他的〈折桂令〉：

> 問老生掉臂何之？在雲外青山，山下茅茨。向隴首尋梅，著杖頭挑酒，就驢背詠詩。嘆功名一張故紙，冒風霜兩鬢新絲。何苦孜孜，莫待偲偲，細看淵明〈歸去來辭〉。

還不是致遠、雲莊乃至小山諸人作品的翻版麼？

谷子敬所作雜劇有《城南柳》等。所作「樂府隱語，盛行於世。蒙下堂而傷一足，終身有憂色。乃作〈耍孩兒〉樂府十四煞以寓其意，極為工巧。」（《續錄鬼簿》）惜此〈耍孩兒〉今已不可得見。

丁埜夫，西域人。「故元西監生。羨錢塘山水之勝，因而家焉。動作有文，衣冠濟楚。善丹青小景，皆取詩意。套數小令極多。」（《續錄鬼簿》）但今也罕見他的所作。

唐以初名復，京口人，號冰壺道人。「以後住金陵，吟卜詩，曉音律。」雜劇有《陳子春四女爭夫》，今佚。散曲有〈普天樂．徐都相書堂〉一首：「伯牙琴，王維畫，文章公子，宰相人家，聯一篇感興詩，說幾句知音話。」及〈紅繡鞋〉四首見於《樂府群珠》。

湯舜民所作樂府，今傳者尚多。賈仲明謂「文皇帝在燕邸時寵遇甚厚。永樂間恩賚常及。所作樂府，套數小令極多。語皆工巧，江湖盛傳之。」舜民之作，是曲中的老手，能手；圓穩老到，是其特長，卻沒有怎樣了不得的天才。像〈南呂一枝花〉：「樹當軒作翠屏，月到簾爲銀燭，柳綿鋪白罽氈，苔綠展翠絨褥，四壁蕭疏。若得琅玕護，何須蘿蔓鋪。」（〈題田老齋〉）設景也還平庸，不見怎麼的新警。

楊景賢本爲蒙古人，「因從姐夫楊鎭撫，人以楊姓稱之。善琵琶，好戲謔。樂府出人頭地。」（《續錄鬼簿》）永樂初，與舜民及仲明同被寵遇。

賈仲明（一名仲名）自號雲水散人，所作散曲有《雲水遺音》等集。惟今傳者已不多。劉東生「作《月下老定世間配偶》四套，極爲駢麗，傳誦人口。」（《續錄鬼簿》）《世間配偶》疑爲雜劇。其散曲也罕見。

朱仲宜爲元末人，名經，隴人，號觀夢道士，又號西清居士。以儒業起爲浙江省考試官。嘗爲《錄鬼簿》作序；和賈仲明也相交甚深。其子啓文，任中書宣使。文學過人，「亦善樂府隱語。」

此外，《續錄鬼簿》所載，還有：劉君錫，燕山人，「隱語爲燕南獨步。」夏伯和，號雪蓑釣叟，松江人。「文章妍麗，樂府隱語極多」，嘗作《青樓集》。全子仁，名普菴撒里，高昌家禿兀兒氏，元贛州路監郡。詹時雨，隨父宦遊福建，因而家焉。「樂府極多，有補《西廂變棋》（疑即今傳之《圍棋闖局》）並『銀杏花凋殘鴨腳黃』諸南呂行於世。」劉士昌，宛平人，「所作樂府，語極駢麗。有〈四季〉黃鐘及〈嬌馬衫〉中呂傳於世。」花士良，高郵人，洪武初知鳳翔府事，後以事死非命。金堯臣，淮東人，左司郎中，「樂府有〈金人捧露盤〉，〈沉醉東風〉等行於世。」張伯剛，京口人，洪武初，任臨洮太守。李唐賓，廣陵人，號玉壺道人，淮南省宣使，「樂府俊麗。」蘭楚芳，西域人，與劉廷信在武昌賡和，人多以元、白擬之。俞行之名用，臨江人。「樂府小令，極其工巧。永樂中，嘉其才，官以營膳大使。」賈伯堅名固，山東沂州人，拜中書左參政事。倪瓚所作樂府：「有〈送行水仙子〉二篇，膾炙人口。」孫行簡，金陵人，洪武初任上元縣縣丞。徐孟曾，蘭陵人，號愛夢，世業醫。「平居好吟詠，樂府尤工。然其氣岸高峻，時人以爲矜傲，呼爲戇齋。」楊彥華名賁，滁陽宦族，自號春風道人。永樂初爲趙府紀善。

蒙古人、女眞人及西域人工散曲者也有不少。《續錄鬼簿》所載者，有：金元素，康里人氏，名哈剌，「故元工部郎中，升參知政事。嘗有〈詠雪塞鴻秋〉爲世絕唱。後隨元駕北上，不知所終。」金文石，元素子，因其父北去，憂心成疾，卒於金陵。「作樂府，名公大夫伶倫等輩，舉皆嘆服。」月景輝，也里可溫氏，居京口，官至令尹。「吟詩和曲，筆不停思。」賽景初，西域人，授常熟判官。「遭世多故，老於錢塘、西湖之濱。」沐仲易，西域人，故元西監生，「有〈自賦大鼻子〉、〈哨遍〉，又有〈破布衫〉，〈耍孩兒〉盛行於世。」虎伯恭，西域人，「與弟伯儉、伯讓以孝義相友愛。當時錢塘風流人物，咸以君之昆仲爲首稱。」

涵虛子《太和正音譜》所錄「古今衆英」中有明初曲家十六人。在上面所舉的以外者，還有王子一、王文昌、陳克明、穆仲義、蘇復之、楊文奎等五人。這些元、明之間的散曲作者們，其作品傳於今者殆百不存一。大多數皆片言隻語，不遺於人間。其偶有所遺，像楊彥華的〈春遊〉（〈端正好〉套）：「江南自古繁華地，追勝遊盡醉方歸。波動處綠鴨浮，沙暖處紅鴛睡。風流佳致，省可裡杜鵑啼。」王文昌的〈夏景〉（「南北合套」）：「碧煙淡靄暗蘼蕪，洒幾點黃梅雨，菡萏將開燕將乳。」蘭楚芳（蘭，《正音譜》作藍）的〈春思〉（〈願成雙〉套）：「青春一捻，奈何嬌羞更怯！流不乾淚海幾時竭？打不破愁城何日缺？訴不盡相思捨！」也都不是什麼驚人的名篇。

繼於賈仲明時代之後的散曲作家，僅一朱有燉耳。涵虛子（朱權）所作散曲，今未見一篇。其他作家，則連姓氏也不曾見之記載。宣德到成化的六十年間的散曲壇實是沉寂若墟墓的。幸賴朱有燉縱橫馳驟於其間，稍增生氣。「齊唱憲王新樂府，金梁橋外月如霜。」那時不唱憲王的樂府，又唱誰的？有燉的散曲集《誠齋樂府》，今日亦幸得見全部①。誠齋之曲，亦多陳腐的套語，遠不如他的雜劇之能奔放自如，別闢天地。像〈隱居〉（〈一枝花〉套）的一段：

> 對著這一川殘照波光暝，兩岸西風樹色明，看了這山水清幽足佳興。醒時節共樵夫將古人細評，醉時節就蓬窗將衾綢欸掙，任那鼻息齁齁喚不醒。

又像〈嘲子弟省悟修道〉（〈粉蝶兒〉套）的一段：

> 既得了黍珠般一粒丹，急將來華池中滿口吞，這的是神仙自有神仙分，那其間將你這折柳攀花的方才證得本！

* * *

①《誠齋樂府》有明宣德間原刊本（今藏長洲吳氏）。

都不是什麼上乘的曲子。

二

到了弘治、正德間，北曲的作家們忽又像泉湧風起似的出來了不少。北方以康（海）、王（九思）為中心，南方以陳鐸為最著。他若常倫的豪邁，王磐的俊逸，並各有可稱。這時代的北曲，早已成了「天府之物」，民間反不大流行。作者們類皆以典雅為宗。像元人那樣的縱筆所如，土語方言，無不拉入的勇氣，已是不多見的了。惟眞實的出於「性靈」之作，卻反較明初為盛。他們不復是敷衍塞責。他們是那樣認眞的推陳出新的在寫著；即最凡庸的「慶壽」、「宴集」之作，有時也有很可觀的雋什佳句可得。

康海[②]的散曲集，有《沜東樂府》[③]。王九思的散曲集，有《碧山樂府》、《碧山續稿》及《碧山新稿》等。[④]他們為當時曲壇的宗匠者總在半世紀以上，九思嘉靖初猶在（一四六八—一五五〇），影響尤大。對於這兩位大作家，世人優劣之論，紛紜不已。王世貞以為「其秀麗雄爽，康大不如也。評者以敬夫聲價，不在關漢卿、馬東籬下。」（《藝苑卮言》）王伯良也抑康而

*　*　*

② 康海、王九思均見《明史》卷二百八十六。

③ 《沜東樂府》有明嘉靖間刊本；有《二太史樂府聯璧》本；有《散曲叢刊》本。

④ 《碧山樂府》有明嘉靖間刊本；有《二太史樂府聯璧》本；有崇禎間《全集》本。

揚王。其實二人所作，皆流於粗豪，對山更甚。碧山則較爲蘊藉，故深爲學士大夫所喜。對山之曲，時有故作盤空硬語者，像「輕蓑一笛晚雲灣，這逍遙是罕！」（〈滸西即事・醉太平〉）「多君況乃青雲器。樂轉鳳凰歌，燈轉芙蓉戲，剔團圓明月懸天際。」（〈塞鴻秋・元夜〉）「霧冥蒙好興先裁，意緒難捱，詩酒空開，萬里泥途，三徑何哉！」（〈折桂令・苦雨〉）之類，集中幾於俯拾皆是。他盛年被放，一肚子的牢騷，皆發之於樂府，故處處都盈溢著憤慨不平之氣，像〈讀史〉（〈寄生草〉）「天豈醉，地豈迷，青霄白日風雷厲。昌時盛世奸諛蔽，忠臣孝子難存立。朱雲未斬佞人頭，禰衡休使英雄氣！」但也有寫得很清雋者，像〈晴望〉（〈滿庭芳〉）：

天空霧掃，雲恬雨散，水漲波潮，園林一帶青如掉，山色周遭。點玉池新荷乍小，照丹霄晴日初高。兩件兒休支調：雞肥酒好，宜醉滸西郊。

稱他爲曲中的蘇、辛，殆足當之無愧（一四七五——一五四〇）。碧山卻沒有對山那樣的屹立岡頭的氣概了。他也憤慨，他也不平，他也想奔放雄豪，然而他的筆鋒卻總未免有些拘謹，有些不敢邁開大步走去。像「一拳打脫鳳凰籠，兩腳登開虎豹叢，單身撞出麒麟洞，望東華人亂擁，紫羅襴老盡英雄。」（〈水仙子〉）未嘗不想其氣勢的浩蕩，卻立刻便顯出其「有意做作」的斧鑿痕來。遠不及對山之渾樸自然，寫得不經意。他的本色語，乃是像〈雜詠〉（〈寄生草〉）般的圓熟的：

渼陂水乘個釣艇，紫閣山住個草亭；山妻稚子咱歡慶，清風皓月誰爭競，青山綠水咱遊詠。醉時便唱太平歌，老來還是疏狂性。

集合於康、王的左右者有張鍊、史沐、張伯純、何瑭、康漳川諸人。山東李開先則在嘉靖間和九思相唱和（李開先見第六十三章）。張鍊也是武功人，所作有《雙溪樂府》⑤二卷。他是對山的外甥，作風卻不似對山。像〈四時行樂〉（〈滿庭芳〉）：「虛窗易醒，秋霖初霽，纖月才明，憑誰喚起登樓興？景物關情！滴蒼苔梧桐露冷，透疏簾楊柳風輕，兀自把危闌憑。對煙霞萬頃，誰知有少微星。」還只辦得一個「穩」字，並未脫去「陳套」。何瑭字柏齋，有《柏齋何先生樂府》一卷。史沐、張伯純、康漳川諸人所作，則皆見《北宮詞紀》中。康漳川疑即刻《沜東樂府》的對山之弟浩。

陳鐸的散曲集有《梨雲寄傲》、《秋碧樂府》⑥及《滑稽餘音》等。他的散曲，最得時人稱譽。王世貞獨短之，以爲：「陳大聲金陵將家子，所爲散套，既多蹈襲，亦淺才情。然字句流麗，可入弦索。」像「憶吹簫玉人何處也？立盡梧桐月」（〈清江引〉）之類，誠未免流於「蹈襲」。但這乃是明人的通病，並不僅大聲一人爲然。大聲自有其最新警，最漂亮的作品在著。他不獨善狀物態，更長於刻劃閨情。像「更初靜，月漸低，繡房中老夫人方睡。我敢連走到三四回，囑多情犬兒休吠」（〈風情．落梅風〉）；「赤緊的做幾場糊突夢，猜也難猜！花落花開，有日歸來。務教他謊話兒折辨眞實，棄錢兒消繳明白」（〈閨情．蟾宮〉）；「當時信口說別離，臨行話兒牢記。他道一句不挪移，那曾有半句兒眞實！把些神前咒，做下小兒戲」（〈雙調夜行船〉套）；都是最

* * *

⑤《雙溪樂府》有明刊本，有傳抄本。

⑥《梨雲寄傲》及《秋碧樂府》有傳抄本，有金陵盧氏新刊本。

深刻，最暢達的情詞。但也有表現著很憤懣的情緒的，像「與知音坐久盤桓，怪舞狂歌盡此歡，天下事吾儕不管！」（〈冬夜·沉醉東風〉）

常倫字明卿，沁水人，正德間進士，官大理評事。他多力善射，好酒使氣。用考調判陳州。又以廷詈御史，以法罷歸。益縱酒自放。居恆從歌伎酒間變新聲，悲壯艷麗，稱其爲人。嘗省墓，飲大醉，衣紅，腰雙刀，馳馬絕塵。前渡水馬，顧見水中影，驚蹶。墮水，刃出於腹，潰腸死。年僅三十四（一四九一——一五二四）。有《常評事寫情集》⑦。他是那樣的一位疏狂的人，故他的作風也顯著異常的奔放與豪邁。像〈天淨沙〉：

> 知音就是知心，何拘朝市山林，去住一身誰禁，杖藜一任，相思便去相尋。

那樣的瀟灑，便是他的特色。就是戀情的歌詠，他也是那麼樣的粗率直爽，像：「好堅著一寸心，相應著一片口。傳示他卓文君，慢把車兒驟，請袖彼相如弄琴手。」（〈粉蝶兒〉套）又像「平生好肥馬輕裘，老也疏狂，死也風流，不離金尊，常攜紅袖。」（〈折桂令〉）他是那麼大膽的絕叫著剎那的享樂主義！

王磐字鴻漸，高郵州人。生富室，獨厭綺麗之習。雅好古文辭。家於城西，有樓三楹，日與名流談詠其間，因號西樓。他惡諸生之拘攣，棄之。縱情山水詩畫間。每風月佳勝，則絲竹觴詠，

＊　＊　＊

⑦《常評事寫情集》附嘉靖刊本《常評事集》後。

徹夜忘倦。有《西樓樂府》[⑧]。同時有王田者字舜耕，濟南人，亦號西樓。明人如王世貞、陳所聞已常把他們二人混爲一談。但鴻漸不作南曲，以此可別於舜耕。鴻漸的散曲，殆爲明人所作中之最富於詼諧的風趣者。以馬致遠（〈借馬〉）、王元鼎較之，似也未必有他那麼脫口成趣。王伯良絕口稱之，以爲「於北詞得一人，曰高郵王西樓，俊艷工煉，字字精琢。」正德間，閹寺當權，往來河下者無虛日，每到，便吹號頭，齊丁夫。西樓嘗作〈朝天子〉（〈詠喇叭〉）嘲之：「喇叭，鎖哪，曲兒小，腔兒大，官船來往亂如麻，全仗你抬聲價。軍聽了軍愁，民聽了民怕。」他又愛作〈失雞〉、〈嘲轉五方〉、〈瓶杏爲鼠所嚙〉一類的曲子，而〈失雞〉的〈滿庭芳〉，尤傳誦一時：

> 平生淡薄，雞兒不見，童子休焦。家家都有閒鍋竈，任意烹炮。煮湯的貼他三枚火燒，穿炒的助他一把胡椒，到省了我開東道。免終朝報曉，直睡到日頭高。

江盈科評他所作，謂「材料取諸眼前，句調得諸口頭。其視匠心學古，艱難苦澀者，眞不啻啖哀家梨也。」（《雪濤詩話》）西樓的長處便在於此。他若不經意以出之，卻實是警健工煉的。

唐寅以南曲著稱於時，但寫北曲也饒有風趣。寅[⑨]字伯虎，一字子畏，號六如居士，吳縣人。

* * *

⑧《西樓樂府》有嘉靖間張守中刊本；有《散曲叢刊》本。

⑨唐寅見《明史》卷二百八十六。

嘗中解元，以疏狂，時漏言語，因此罣誤，竟被除籍。益自放（一四七〇—一五二三）。所作多怨音。有私印曰「江南第一才子」；又曰：「普救寺婚姻案主者」。世人以所盛傳的「三笑姻緣」，殆實有其事。他作〈嘆四詞〉四闋（調寄〈對玉環帶清江引〉），見於《堯山堂外紀》（卷九十一）：「清閒兩字錢難買，苦把身拘礙！人生過百年，便是超三界，此外更別無計策」；「富貴不堅牢，達人須自曉。蘭蕙蓬蒿，算來都是草，鸞鳳鴟梟，算來都是鳥。北邙路兒人怎逃！及早尋歡樂。痛飲千萬觴，大唱三千套，無常到來猶恨少」；「算來不如閒打哄，枉自把機關弄。跳出麵糊盆，打破酸齏甕，誰是惺惺誰懵懂！」這樣的情調，都是由憤懣的內心裡噴吐而出的。

楊愼的父親楊廷和[10]，字介夫，新都人，成化進士。武宗時爲太子太師，華蓋殿大學士。嘉靖初，以議大禮，削職歸。卒年七十一（一四五九—一五二九）。所作散曲集，有《樂府遺音》[11]。其情調大類張雲莊的《休居樂府》。但也很有瀟爽之作，像〈三月十三日竹亭雨過〉（〈天淨沙〉）：

風闌不放天晴，雨餘還見雲生。剛喜疏花弄影，鳥聲相應，偶然便有詩成。

以「名公巨卿」而寫作散曲者，「北調如李空同、王浚川、林粹夫、韓苑洛、何太華、許少華，俱

*　*　*

⑩ 楊廷和見《明史》卷一百九十。

⑪《樂府遺音》有明刊本，混雜於《升庵十五種》內；故論者每誤爲升庵作。

有樂府，而未之盡見。」（王世貞語《堯山堂外紀》（卷八十三）曾載王越之作。越字世昌，濬人。官都御史，以功封威寧伯。他所作皆「粗豪震蕩如其人」。像〈朝天子〉：「萬古千秋，一場閒話，說英雄都是假！你就笑我剌蔴，你休說我哈沓，我做個沒用的神仙罷。」林粹夫名廷玉，號南澗，侯官人。韓邦奇字汝節，號苑洛，朝邑人。他們所作，並見《堯山堂外紀》（卷九十）。粹夫醉中戲作〈清江引〉云：「勝水名山和我好，每日家相頑笑。人情下苑花，世事襄陽炮，霎時間虛飄飄都過了。」韓苑洛弟邦靖，字汝慶，爲山西參政。亦能作曲。養病回，書一〈山坡羊〉於驛壁道：「青山綠水，且讓我閒遊玩；明月清風，你要忙時我要閒。嚴陵，你會釣魚，誰不會把竿？陳摶，你會睡時，誰不會眠？」他們的情調，大抵都是如此的「故作恬淡」的。苑洛嘗作邦靖行狀，末云：「恨無才如司馬子長、關漢卿者以傳其行。」以漢卿比肩子長，苑洛的醉心劇曲，可謂篤至！

楊循吉字君謙，吳縣人。中進士，除禮部主事。性好山水，居於南峰，因自號南峰山人。正德末，循吉老且貧，因伶人臧賢見武宗。每夜製爲新聲，咸稱旨。然帝待之無異伶優，久不授他官與秩。循吉愧悔，亟乞放歸（一四五六—一五四四）。這個遭際，和徐霖有些相同。他罷部郎歸，嘗作〈水仙子〉云：「歸來重整舊生涯，瀟灑柴桑處士家。草庵兒不用高和大，會清標豈在繁華。紙糊窗，柏木榻，掛一幅單條畫，借一枝得意花，自燒香，童子煎茶。」又作〈對玉環帶清江引〉（〈遺懷〉）四首，「百歲霎時過，不飲待如何！枉自將春蹉，桃花笑人空數朵。」其情調都是相同的。雖貌爲恬淡，其實是不能安於寂寞的。

嘗見天一閣藍格抄本《北曲拾遺》一冊，中有王舜耕及楊南峰作。舜耕所作的〈商調集賢賓·述懷〉也是充滿了厭世的情調：「老閻羅大開著門戶等。者麼你口強牙硬，末稍拳使不下口強星星。」同書所載作者們，又有景世珍、虞味蔗、湖西主人及洗塵等四人，生平並未詳，當皆南峰、舜耕同時人。

三

元時有「南北合套」，但南曲則絕未見到一篇。《雍熙樂府》，《盛世新聲》及《詞林摘豔》所載南曲，不知中有元人作否？陳所聞《南宮詞紀》（卷六）載有〈道情浪淘沙〉；「綠竹間青松，翠影重重，仙家樓閣白雲中。」題「元人」作，不知何據。南曲的最早的一位作家，當爲高則誠。則誠，永嘉平陽人，爲有名的《琵琶記》的作者。他的南曲有〈商調二郎神．秋懷〉「人別後，正七夕穿針在畫樓，暮雨過紗窗，涼已透」一套，見於《南宮詞紀》，並不怎樣的重要，似還遠不及《琵琶》的〈賞月〉諸齣呢。以寫作《嬌紅記》著名的劉東生，也寫著南曲〈秋懷〉（〈雙調步步嬌〉）：「簟展湘紋新涼透，睡起紅綃皺，無言獨倚樓。一帶寒江，幾樹疏柳，牽惹別離愁，天回蒼山瘦。」頗饒富麗的鋪敘與陳述。東生的南曲，恐怕僅存有這一套了。（見《南宮詞紀》卷三）楊維楨也寫作南曲，今傳〈夜行船．弔古〉：「霸業艱危，嘆吳王端爲苧蘿西子傾城處」一套。（明人選本像《吳歈萃雅》等皆題楊升庵作；但《南九宮詞》及王伯良則皆以爲鐵崖作。）

楊、高、劉而後，南曲的大家，又得算到朱有燉。他的《誠齋樂府》裡也有南曲。最有名者爲〈雙調柳搖金〉，凡四篇，設爲〈誡風情〉，〈風情答〉及再誡，再答：「風情休話，風流莫誇，打鼓弄琵琶，意薄似風中絮，情空如眼內花，都是些虛脾煙月，擔閣了好生涯。想湯瓶是紙，如何煮茶！」但「誡」雖是教訓詩，「答」卻充溢著肉的追求的讚頌的。

王世貞《藝苑卮言》所評宣、成、弘間人作：「趙王之『紅殘驛使梅』，楊邃庵之『寂寞過花朝』，李空同之『指冷鳳皇生』，陳石亭之『梅花序』，顧禾齋之『單題梅』，皆出自王公，膾炙人口。然較之專門，終有間也。王威甯越〈黃鶯兒〉，只是渾語，然頗佳。」今多已不可得見。石亭即陳沂，禾齋即顧鼎臣，鼎臣的〈詠梅花〉（〈正宮白練序〉套）今猶存於《南宮詞紀》（卷二）中：「春光早漏泄，向南枝，信已傳，還掩映舊日水痕清淺。」都只是套語，別無新意。

王陽明爲理學大儒，他的南曲雖不多見，然見於《南宮詞紀》的一篇〈歸隱〉（〈雙調步步嬌〉套）卻是那樣不平常的赤裸裸的謾罵：「亂紛紛鴉鳴鵲噪，惡狠狠豺狼當道。冗費竭民膏，怎忍見人離散！舉疾首蹙額相告，簪笏滿朝，干戈載道，等閒間把山河動搖！」他爲了憤懣而退隱，卻即退隱了，也還是滿懷的不忍人之心。同時有邵寶的，也以名臣而能南曲。寶字國賢，號二泉，無錫人。《新編南九宮詞》所載者，又有秦憲副、王思軒尚書、方洗馬、燕參政、楊閣老諸人詞；他們也都是這時代的人物。其詞「較之專門，終有間也。」燕參政（仲義）的〈畫眉畫錦〉套，抒寫曉行的情景，實爲古今絕唱。以少游的「夢破鼠窺燈」一詞較之，未免有「小巫」之感。「霍索起披襟，見書窗下有殘燈。把行囊束整，跨馬登程。傷情！半世隨行琴和劍，幾年辛苦爲功名。從頭省：只贏得水宿風餐，戴月披星！……（〈黃鶯兒〉）伐木響丁丁，傍幽林取次行，只聽得敗葉兒淅零索落隨風韻。疏星尚存，殘月尚明，碧溪清淺，梅橫疏影。算行程；山程共水程，一程過了又一程。」其健昂悲壯的情緒，似尤在「嘒彼小星，三五在東」之上。

四

陳大聲在南曲壇上，也是一位縱橫馳騁罕逢敵手的大家。〈秋碧〉曲裡以南曲寫就者，似較之以北曲出之者爲更柔媚，更富於綺膩宛曲之感。像〈好事近〉套：「兜的上心來，教人難想難猜！同心羅帶，平空的兩下分開。傷懷，舊日香囊猶在。詩中意，須寫的明白。歸期一年半載，自程途咫尺，音信全乖。」已甚纏綿悱惻，而〈風情〉的〈鎖南枝〉，〈麗情〉的〈黃鶯兒〉：

腸中熱，心上癢，分明有人閒論講。他近日恩情又在他人上。要道是眞，又怕是謊，抵牙兒猜，皺眉兒想。

——〈鎖南枝〉

一見了也留情！口不言，心自省，平白惹下相思病。佳期又未成，虛耽著汙名。老天不管人孤另，對殘燈一場價睡醒，胡突夢，見分明。

——〈黃鶯兒〉

尤能以本色語，當前景，曲曲傳達出最內在的柔情。這便是他的特色。

王世貞云：「徐髯仙霖，金陵人，所爲樂府，不能如陳大聲穩妥，而才氣過之。」徐霖所作，惜今絕罕見。《南宮詞紀》所載的〈閒情〉（〈山坡羊〉）二首，殆爲他的全部的遺產了：「春染郊原如繡，草綠江南時候，和煙襯馬，滿地重茵厚。……添愁，桃花逐水流，還愁青春有盡頭！」

若僅以此二曲衡之，卻實不足以和大聲並肩而立。

同時有沈仕，字懋學，一字子登（《曲品》云一字野筠），號青門山人，仁和人。著《唾窗絨》，亦善繪畫。他和陳大聲齊名，明人每並稱之。沈德符云：「沈青門、陳大聲輩南詞宗匠。」（《顧曲雜言》）徐又陵也並舉之。張旭初評「其辭：冶艷出俗，韻致諧和，入南聲之奧室矣。」梁辰魚的《江東白苧》嘗有〈效沈青門唾窗絨體〉，引云：「青門沈山人者，錢塘菁英，武林翹楚。丹青冠於海上，詞翰遍於江南。任俠氣滿，跡類霸陵將軍；自傷情多，家本秦川公子。但峻志未就，每託跡於醉鄉；逸氣不伸，常遊神於花陣。聯翩秀句，傾翠館之梁塵，旖旎芳詞，動青樓之扇影。」他是那麼傾倒於青門。他整個的《江東白苧》，也許可以說是規模《唾窗絨》⑫的結果。自嘉、隆以後，像陳大聲那麼樣的本色的情歌，是不爲文人學士所重視的了。他們追步的目標，便是《唾窗絨》和《江東白苧》。這風氣竟歷百餘年而未衰。沈仕所作，誠都是嬌艷若「臨水夭桃」的東西，像〈黃鶯兒〉（〈美人隔窗〉）：

俺只道秋水浸芙蓉，卻原來透窗紗臉暈紅。朦朧相對渾如夢。又不是雲山幾重，怎說與離情萬種！只見綠楊煙裡花枝動。總相逢，淡月籠煙，人在廣寒宮。

* * *

⑫《唾窗絨》有任訥新輯本，見《散曲叢刊》中，但不甚完備；《吳騷集》中，末附《唾窗絨》十五首，中有八首爲任本所未收。

後人所追模的便是這一類的綺膩而典雅之作。但他也時有很露骨，很淺顯的東西，像〈鎖南枝〉（〈詠所見〉）：

雕闌畔，曲徑邊，相逢他猛然丟一眼。教我口兒不能言，腿兒撲地軟。他回身去，一道煙。謝得臘梅枝把他來抓個轉。

那樣天眞而漂亮的東西，卻便沒有人去模仿了。

唐寅、祝允明、文徵明的三人，在弘、正間也皆以南曲著名，唐寅尤爲白眉[13]。他們都是吳人，又皆相友善。寅北曲未必當行出色，南曲則顯露著很超絕的天才。他的〈黃鶯兒〉（〈閨思〉）數首最有名：

細雨濕薔薇，畫梁間燕子歸，春愁似海深無底。天涯馬蹄，燈前翠眉，馬前芳草燈前淚。夢魂飛雲山萬里，不辨路東西。

祝允明[14]字希哲。號枝山，又號枝指生（一四六〇—一五二六）。嘗爲廣中邑令，歸裝載可千金，

* * *

⑬ 唐寅的散曲，附見於嘉慶本《六如居士集》後；明刊本未見。任訥有新輯本，商務印書館出版。

⑭ 祝允明見《明史》卷二百八十六。

不二年都盡。好負逋責，出則群萃而訶辟者至接踵。竟不顧去。嘗賦〈金落索〉（〈四景〉），爲時膾炙：

> 東風轉歲華，院院燒燈罷。陌上清明，細雨紛紛下。天涯蕩子，心盡思家。只見人歸不見他！合歡未久難拋捨，追悔從前一念差。傷情處，懨懨獨坐小窗紗。只見片片桃花，陣陣楊花，飛過了秋千架。

以那麼陳腐的題目，寫出那麼雋妙的「好詞」，實在不是容易的事，難怪當時的許多少年們都發狂似的追隨於他之後。文徵明名璧⑮，以字行。原籍衡山。他的畫最有名。在翰林時，每爲同官者所窘，他們昌言於衆道：「我衙門中不是畫院，乃容畫匠處此耶？」惟陳石亭等數人，和他相得甚歡。（一四七〇—一五五九）他所作曲，不多見；像〈山坡羊〉（〈秋興〉）：「遠澗風鳴寒漱，落木天空平岫」，也很清秀。

李日華的《南西廂記》大爲人所詬病，但他的散曲卻是很清麗可愛的。他的〈玉芙蓉〉（〈情〉）：「殘紅水上飄，青杏枝頭小」最有名。像〈六犯清音〉（〈宮怨〉）：「含情獨倚小闌前；怎禁得纖腰瘦怯愁如海，怎禁得淑景舒遲晝似年」之類，也都還很穩貼。

* * *

常倫、康海、王九思的幾位北曲作家，也間作南詞。在他們的時候，南曲是正抬起頭要和北曲

⑮ 文徵明見《明史》卷二百八十七。

爭奪曲壇的王座的當兒。到嘉、隆的時代，便是南曲的霸權已定的時期了。常倫的南曲，依然和他的北曲似的那麼豪邁；像〈山坡羊〉（〈閒情〉）：「二十番春秋冬夏，數十場酸鹹甜辣，些娘世事，海樣胸襟大」；「山和水，水和山，斷環斷轃。醉而醒，醒而醉，閒拖閒逗。無邊光景，天付與咱情受。」在南曲裡實在是很可詫怪的一種闖入的情調。對山和碧山的南曲，卻和時人的作風無大差異，像對山的〈山坡羊．四時行樂〉：「關情白雲零露，驚心落霞孤鶩，碧天暗裡秋光度。……狂圖功名已自誣，江湖從今好共娛。」所不同者，惟北人的疏狂之態未盡除耳。

▣參考書目

一、《盛世新聲》十二卷，明無名氏編；有正德間刊本（吳興周氏藏），有萬曆間翻刊本（故宮博物院藏）。

二、《詞林摘艷》十卷，明張祿編，有嘉靖間張氏原刊本，有萬曆間（？）徽藩翻刻本（均長洲吳氏藏），有萬曆間北方刊大字本（故宮博物院藏）。

三、《雍熙樂府》二十卷，明郭勳編，有嘉靖間原刊本。

四、《雍熙樂府》十三卷，明海西廣氏編，有原刊本。《四庫全書》所收，即此本。蓋當時未見郭勳本也。

五、《新編南九宮詞》，明三徑草堂編，有隆、萬間原刊本，有長樂鄭氏影印本。

六、《北宮詞紀》六卷、《南宮詞紀》六卷，明陳所聞編，有萬曆間原刊本。

七、《吳騷集》四卷，明王穉登選，有萬曆間刊本（清華圖書館藏）。

八、《南詞韻選》十九卷，明沈璟選，有萬曆間刊本（長洲吳氏藏）。

九、《樂府群珠》四卷，明無名氏編，有傳抄本（北京圖書館藏）。

十、《北曲拾遺》，明無名氏編，天一閣抄本（海寧趙氏藏）。

十一、《吳歈萃雅》，明周之標編，萬曆間刊本（西諦藏）。

十二、《吳騷合編》四卷，明張楚叔編，崇禎間刊本（西諦藏）。明人南北曲選本極多，姑舉較著者若干種。

十三、《太和正音譜》，明朱權編，有《涵芬樓秘笈》本。

十四、《續錄鬼簿》，明賈仲明著，有天一閣抄本（鄞縣孫氏藏）。

十五、《曲品》，明呂天成編，有暖紅室刊本，《重訂曲苑》本。

十六、《藝苑卮言》，明王世貞著，有明刊本（見於《歷代詩話》中者非全本）；其論曲之語，《續欣賞編》曾別錄出，名之爲《曲藻》。

十七、《顧曲雜言》，明沈德符著，有《學海類編》本，《重訂曲苑》本；蓋亦係從沈氏《萬曆野獲編》中錄出別行者。

十八、《堯山堂外紀》一百卷，明蔣仲舒編，有萬曆間刊本。

十九、《散曲叢刊》，任訥編，中華書局出版。

第五十四章　批評文學的進展

元代批評文學的進展——有組織的批評著作的再現——古文家勢力在元及明初的影響——陳繹曾王構楊載及范梈——元代通俗入門書盛行的原因——瞿佑的《歸田詩話》——李東陽及其《懷麓堂詩話》——何李的復古運動——徐禎卿的《談藝錄》——何孟春都穆等

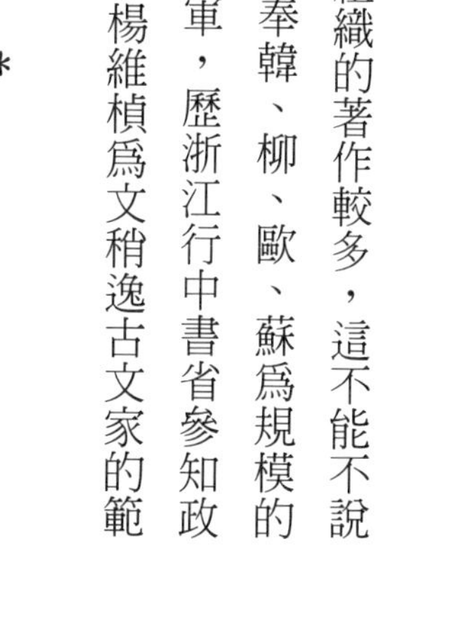

一

元代批評家們承宋、金之後，規模日大，門徑漸嚴。有計劃、有組織的著作較多，這不能不說是一個進步。關於散文一方面，古文的勢力，仍然籠罩一切。人人競奉韓、柳、歐、蘇爲規模的目標，而蘇軾的影響尤大。陳秀民（字庶子，四明人，後爲張士誠參軍，歷浙江行中書省參知政事翰林學士）至專編《東坡文談錄》、《東坡詩話》[1]以揚其學。元末楊維楨爲文稍逸古文家的範

*　*　*

① 陳秀民《東坡文談錄》及《東坡詩話》有《學海類編》本。

圍，王彝便作〈文妖〉一篇以詆之，至罵之爲狐爲妖：「會稽楊維楨之文，狐也，文妖也！噫，狐之妖至於殺人之身；而文之妖往往後生小子群趨而競習焉，其足爲斯文禍，非淺小也！」明初的劉基、宋濂以及稍後的方孝孺等等皆爲純正之古文家，胥守唐、宋古文家法而不敢有所變易。被稱爲「台閣體」的楊東里，則更模擬歐陽修，一步一趨，莫不效之。直到了弘治間，李夢陽出來，與何景明、徐禎卿諸人，倡言復古，非秦、漢之書不讀；於是天下的風氣丕然一變。唐、宋諸大家的影響，至此方才漸漸的消歇下去。詩壇的趨向，也回復到「盛唐」諸家求模範。

在古文勢力的絕對控制之下，元及明初的文學批評，是沒有什麼特殊的見解的。但有系統的著作，卻產生了不少。像陳繹曾的《文說》及《文筌》，王構的《修辭鑒衡》，楊載的《詩法家數》，范梈的《木天禁語》、《詩學禁臠》等作，雖不是什麼了不得的偉作，雖不曾有什麼創見的批評的主張，卻已不復是宋人的隨筆掇拾成書的「詩話」了。也許他們都是爲「淺學」者說法的，都是爲了書賈的利潤而編成的——元代的書籍，書賈所刊者以通俗的、求廣銷的書爲最多。但究竟是有組織的著作；是復興了唐人的《詩格》、《詩式》、《詩例》一類的作風的。

陳繹曾[②]字伯敷，處州人。至順間，官國子監助教。嘗從學於戴表元，故亦爲正統派的文士之一。他的《文說》[③]，本爲程試之式而作。書中分列八條，論行文之法，而所論大抵皆宗於朱熹。又有《文筌》八卷，分〈古文小譜〉、〈四六附說〉、〈楚賦小譜〉、〈漢賦小譜〉、〈唐賦附

* * *

② 陳繹曾見《元史》卷一百九十。

③ 《文說》有《四庫全書》本，有活字版本，有《文學津梁》本。

說〉五類，蓋也是爲「舉子」而作的。末附〈詩小譜〉二卷，則爲繹曾友石桓、彥威之作。

王構④字肯堂，東平人，官至翰林學士承旨，謚文肅（一二四五—一三一〇）。他的《修辭鑒衡》⑤分二卷，上卷論詩，下卷論文，皆採擷宋人的詩話以及筆記與文集裡的雜文而加以排比的。楊載的《詩法家數》⑥，敘述作詩的方法甚詳且備。最後的一篇〈總論〉，雖淺語，卻頗近理。像「詩不可鑿空強作。待境而生，自工」；「詩貴含蓄，言有盡而意無窮者，天下之至言也」；「作詩要正大雄壯，純爲國事。誇富耀貴，傷亡悼屈一身者詩人下品」諸語，都是很有確定的批評主張的，似不能以其類「詩法入門」之作而忽之。

范梈字德機，所作《木天禁語》及《詩學禁臠》⑦，皆《詩格》一類的「入門書」。《木天禁語》僅有「內篇」而無「外篇」，殆「外篇」已佚失。《詩學禁臠》似與之相銜接，或即其「外篇」歟？梈敘《禁語》謂：「詩之說尚矣。古今論著，類多言病而不處方。是以沉痼少有瘳日，雅道無復彰時。茲集開元、大歷以來諸公平昔在翰苑所論秘旨，述爲一編。」是所依據者，仍爲唐人諸作。每一作法，必舉一二唐人詩爲例，也是王昌齡、賈島諸人《詩格》的規矩。《詩學禁臠》則分爲「頌中有諷」，「美中有刺」，「撫景寓嘆」，「專敘己情」等十五格，每格也以唐詩一篇爲

*　*　*

④王構見《元史》卷一百六十四。

⑤《修辭鑒衡》有《四庫全書》本，有《文學津梁》本，有《指海》本。

⑥楊載的《詩法家數》有《歷代詩話》本。

⑦范梈的《木天禁語》及《詩學禁臠》均有《歷代詩話》本。《木天禁語》又有《學海類編》本。

例，而後附說明。

此外，潘昂霄有《金石例》，倪士毅有《作義要訣》，徐駿有《詩文軌範》，殆皆爲便利儉腹的文士學子而設者。《四庫全書提要》雖極譏他們的淺陋，但他們的有組織的篇述，卻是不能以「淺陋」二字抹殺之的。爲什麼在元代會復活了，且更擴大了唐代的「詩格」、「詩式」一類的科場用書呢？這是一個很值得研究的問題。一可以見當時通俗入門書的暢銷；二則當時文士們在少數民族壓迫之下，求師不易，而這一類通俗入門書便正是他們「無師自通」的寶庫。但通俗書之所以會暢銷，根本原因，還當在元代一般經濟狀況的進步。我們讀杜善甫的〈莊家不識勾欄〉，見一個農民入城而能慨然的以二百文爲劇場的入門費，便可知那時的一般經濟狀況是並不如我們所想像的那麼同當時政治一樣的黑暗的。這問題太大，且留待專門家的討論。

二

到了明初，這一類通俗的入門書，忽又絕跡了。而隨筆或雜感體的「詩話」又代之而興。元人亦有「隨筆」式的詩話，像韋居安的《梅磵詩話》，吳師道的《吳禮部詩話》，無名氏的《南溪詩話》；但不多。明人才又紛紛的寫作這一類「詩話」。在其間，瞿佑（一三四一—一四二七）的《歸田詩話》⑧，可以說是最早的一部。佑所作，以《剪燈新話》爲最著。《歸田詩話》於品藻

* * *

⑧《歸田詩話》有明刊本，《歷代詩話續編》本，《知不足齋叢書》本，《龍威秘書》本。

唐、宋詩外，亦敘述元、明的近事，其中頗多很珍異的史料。像〈梧竹軒〉條：「丁鶴年，回回人。至正末，方氏據浙東，深忌色目人。鶴年畏禍，遷避無常居，有句云：『行蹤不異梟東徙，心事惟隨雁北飛。』識者憐之。」元末明初，少數民族人在華所遭逢的厄運，由此已可略得其消息。其後，詩話作者，以李東陽的《懷麓堂詩話》爲最著。東陽[9]字賓之，茶陵州人。天順進士。官至禮部尙書，文淵閣大學士。卒謚文正（一四四七—一五一六）。有《懷麓堂集》。他繼三楊之後，而主持著當代的文壇。「不爲倔奇可駭之辭，而法度森嚴，思味雋永。」（楊一清《石淙類稿》）他的《懷麓堂詩話》[10]，雜論作詩之法，並評唐、宋、元各代以及當代詩人之作，頗有可注意的地方：

> 詩貴意。意貴遠不貴近，貴淡不貴濃。濃而近者易識，淡而遠者難知。
>
> 詩有別材，非關書也；詩有別趣，非關理也。然非讀書之多，明理之至者則不能作。
>
> 作詩必使老嫗聽解，固不可。然必使士大夫讀而不能解，亦何故耶？

也只是中庸平正之論，沒有什麼驚人的主張，所以也不能成爲一派一宗。惟中有論詩與時代及土壤的關係的一段：

* * *

⑨ 李東陽見《明史》卷一百八十一。

⑩《懷麓堂詩話》有《知不足齋叢書》本，有《歷代詩話續編》本。

漢、魏、六朝、唐、宋、元詩，各自爲體。譬之方言，秦、晉、吳、越、閩、楚之類，分疆畫地，音殊調別，彼此不相入。此可見天地間氣機所動，發爲音聲，隨時隨地，無俟區別，而不相侵奪。然則，人囿於氣化之中，而欲超乎時代土壤之外，不亦難乎！

最有創見；可惜他自己只是「隨感」的筆錄，而其後也更無批評家爲之發揮光大之，此論遂成「曇花一現」。

東陽之後，有李夢陽[11]的出來，繼他而主持文柄。夢陽的魄力比東陽大，主張比東陽激烈。他不滿於東陽的萎弱中庸的態度，他大聲疾呼的倡言：文必秦、漢，詩必盛唐。何景明輩和之。天下學者當之，如疾風偃弱草似的莫不披靡而拜下風。遂正式產生了一個僞擬古的運動。雖然不是什麼很偉大的一個文學運動，但明興以來的萎弱的文壇，卻受了這個激刺，不禁爲之一震動。以後，「後七子」的運動，公安、竟陵二派的興起，差不多也都是受其撥動的。夢陽字獻吉，慶陽人。弘治進士。官戶部郎中。曾因事下獄二次。劉瑾被殺，他才起故官，出爲江西提學副使。又以爲宸濠作陽春書院記，削籍。有《空同集》六十六卷。

徐禎卿[12]爲維持空同主張的一人。他的《談藝錄》[13]幾是何、李派僞擬古運動的批評的代表

* * *

⑪ 李夢陽見《明史》卷二百八十六。

⑫ 徐禎卿見《明史》卷二百八十六。

⑬ 《談藝錄》有《學海類編》本，《歷代詩話》本。又附明刊本《迪功集》後。

作。他的批評，只論漢、魏，六朝且不屑及，何論唐、宋！他道：「魏詩門戶也，漢詩，堂奧也。入戶升堂，固其機也。……故繩漢之武，其流也猶至於魏，宗晉之體，其弊也不可以悉矣。」他們是那麼樣的迷戀於古！總之，愈古是愈好的。而這樣擬古的結果，遂寫出了許多貌若古拙的詩文來。有時簡直是有意的做作。好像仿古的器物似的，遠看似眞，近矚卻知是冒牌的東西。這影響幾籠罩了百年！禎卿字昌穀，吳人。弘治進士。官國子博士。有《迪功集》六卷。

同時有何孟春，字子元，郴州人，官至吏部侍郎。作《餘冬詩話》⑭，宗李東陽之說。都穆字元敬，吳人，官至禮部郎中。作《南濠詩話》⑮，宗宋嚴羽之論。安磐字公石，嘉定州人，官都給事中，有《頤山詩話》⑯，其論詩也以嚴羽爲主。又有游潛字用之，豐城人，官賓州知府。有《夢蕉詩話》⑰，頗宗溫、李晚唐之作。他們都是不和空同、大復（何景明）同道的；然何、李的影響遍天下。他們的呼號卻是很少人聽得見的，所以和之者也終沒有和何、李者之多。他們是不足以和何、李爭批評家的論壇的主座的。又同時，韓邦奇作其弟邦靖行狀，有「恨不得才如司馬子長、關漢卿者以傳之」語，大爲世人所非笑。但敢以漢卿和子長並舉，他實是第一人！可惜他的批評主張，我們已不能仔細的知道。

*　*　*

⑭《餘冬詩話》有《學海類編》本。

⑮《南濠詩話》有《知不足齋叢書》本，《歷代詩話續編》本。

⑯《頤山詩話》有《四庫全書》本。

⑰《夢蕉詩話》有《學海類編》本。

▣參考書目

一、《歷代詩話》，清何文煥編，有原刊本，有石印本。
二、《歷代詩話續編》，丁福保編，有醫學書局印本。
三、《學海類編》，清曹溶編，有活字印本，有商務印書館石印本。
四、《四庫全書總目提要》，有原刊本，廣東刊本，石印本。
五、《元史》，明宋濂等編，有明刊本，清刊《二十四史》本。
六、《明史》，清張照等編，有原刊本，有石印本。
七、《文學津梁》，有有正書局石印本。

第五十五章　擬古運動的發生

擬古運動的發生——李夢陽的出來——「七子」與「十子」——何景明徐禎卿等——吳中詩人們：沈周唐寅等——散文作家的寥寞——王守仁與馬中錫王鏊等

一

在李夢陽、何景明不曾出現以前，明初的詩文壇是異常的散漫、萎弱的。散文是壓伏在唐、宋諸古文家的勢力之下，沒有一個人敢於超出這個勢力圈之外。散文作家們是那樣的無生氣，連呻吟、呼號的心腸都沒有；所謂「不知不識，順帝之則」者，恰正是那時候文壇的實況。三楊的台閣體，固然是如此；李東陽輩又何嘗不是如此。他們是庸俗，他們是低頭跟著人走。他們沒有創立一家之學，一派之說的野心。至於詩壇，情形卻是相反；沒有定於一尊的主派，也沒有一個確定的批評主張。有學唐的，有學宋的，也有學元人的。有追蹤於東坡之後的，有主張溫、李的，有崇奉嚴羽之說的。他們是凌亂，散漫，各自爭唱著。不曾有過挺身而出，揭竿而呼的詩壇的勇士。他們的能力，同樣的也不能夠達到獨闢一徑，獨創一派的雄略弘圖。他們的氣魄還不夠大，他們的呼聲還不夠高。所以都只是人自爲戰，絕不能夠「招朋引友」以成一個大團體。

其能「登高一呼」，四望響應者，當自何、李所提倡的擬古運動始。這運動的結果，並不怎麼高明。他們引導一部分的群衆入於更黑暗的一層魔障中了。然而他們的運動的意義，卻別有在。他們撥動了「反抗」的鐘擺；他們挑起了爭鬥，提倡誇大的宣傳的風氣。他們以驚世駭俗的主張，衝破了以前的陳腐平庸的羅網。久爲「平庸」所苦的群衆，受到這一聲「斷喝」，便都抬起頭來，有些活動之意。至少，在這一點上，何、李的擬古運動是不能蔑視的。至少，他們是比較有雄心，有號呼能力的作者。

這個運動的主將爲李夢陽（一四七二—一五二九）。他是一位精力彌滿的人。他夠得上做一個先鋒。王廷相道：「李獻吉以恢闊統辯之才，成沉博偉麗之文。游精於秦、漢，割正於六朝，執符於雅謨，參變於諸子，用成一家之言。遂能掩蔽前賢，命令當世。」他的同輩是這樣的推重他。但楊慎卻很不滿意的批評道：「正變雲擾而剽襲雷同，比興漸微而風騷稍遠。」剽襲雷同，徒爲貌似，實是他們的通病。但「矯枉之偏，不得不然」（《國寶新編》）。同時與夢陽相呼應者有何景明、徐禎卿、邊貢、朱應登、顧璘、陳沂、鄭善夫[①]、康海、王九思等，號「十才子」。又和景明、禎卿、貢、海、九思及王廷相，號「七才子」。他們倡導不讀漢、魏以後書。他們自己所作的也往往佶屈聱牙，取貌遺神。像夢陽的〈詩集自述〉：

李子曰：曹縣蓋有王叔武云。其言曰：夫詩者，天地自然之音也。今途咢而巷謳，勞呻

* * *

① 何景明、徐禎卿等數人並見《明史》卷二百八十六。

而康吟，一唱而群和者其眞也。斯之謂風也。……李子曰：嗟，異哉！有是乎？予嘗聆民間音矣，其曲胡，其思淫，其聲哀，其調靡靡。是金、元之樂也，奚其眞？

故作沉奧佶屈之言，實在不見得怎麼高明。後來推波助瀾的人，卻更進一步而「裝腔作態」。散文遂沉溺於另一個厄運之中而不克自拔，轉成爲擁護唐、宋古文者攻擊的口實。他們在散文一方面，其成就實在是很有限的。夢陽的詩，卻比較的重要。他古詩樂府，純法漢、魏，近體則專宗少陵。在《空同集》②裡，像〈士兵行〉：「北風北來江怒湧，士兵攖人人叫呼。城外之人徙城內，塵埃不見章江途。」〈石將軍戰場歌〉：「將軍此時挺戈出，殺敵不異草與蒿。追北歸來血洗刀，白日不動蒼天高。」〈戲作放歌寄別吳子〉：「惟昔少年時，彈劍輕遠遊。出門覽四海，狂顧無九州。……彎弓西射白龍堆，歸來洗刀青海頭。崑崙沙磧不入眼，拂袂乃作東南遊。江海洶湧浸日月，島嶼蹙沓混吳越。匡廬小瑣拳可碎，鄱陽觸怒踢欲裂。」都是狂放可喜的。難怪他會吸引了那麼多的跟從者們！

何景明也以能詩著。他字仲默，信陽人，弘治壬戌進士。官至陝西提學副使（一四八三—一五二一）。他的《大復集》③，論者的評價，乃在《空同集》之上。他不復有空同之「霆驚電煜，駭日振心」的氣魄，卻以「清遠爲趣，俊逸爲宗」（趙彥復《梁園風雅》），有如「落日明

* * *

② 《空同集》有明嘉靖中刊本，萬曆間刊本。

③ 《何大復集》有嘉靖間刊本，又萬曆間刊本。

霞，餘暉映遠」。他是一個苦吟的詩人。像〈贈王文熙〉：

> 行子夜中起，月沒星尚爛。天明出城去，暮薄長河岸。草際人獨歸，煙中鳥初散。解纜忽以遙，川光夕淩亂。

像〈懷沈子〉：「沈生南國去，別我獨淒然。落日清江樹，歸人何處船？」像〈十四夜〉：「水際浮雲起，孤城日暮陰。萬山秋葉下，獨坐一燈深。」都很澹遠，有盛唐風趣。他和空同，嘗因論詩，互相牴牾。薛君采詩云：「俊逸終憐何大復，粗豪不解李空同。」申何抑李，此可爲一例。

徐禎卿（一四七九—一五一一）詩初沉酣六朝。散華流艷，所作像「文章江左家家玉，煙月揚州樹樹花」，嘗盛傳於世。見空同後，遂悔其少作，一以漢、魏、盛唐爲宗④，但仍未脫婉麗的風格。像「行人獨立宮牆外，又見空園落杏花。」（〈楚中春思〉）「忽見黃花倍惆悵，故園明日又重陽。」（〈濟上作〉）邊貢字廷實，歷城人（一四七六—一五三二）。弘治丙辰進士。官至南京戶部尚書，有《華泉集》⑤。他名不逮何、李，所作卻清圓有遠致。像「征馬帶落日，出門君已遙。層城不隔夢，夜夜盧溝橋。……臨歧莫動殊方感，余亦東西南北人。」（〈送馬欿湖〉）康

* * *

④徐禎卿《迪功集》有明刊本，清乾隆刊本。

⑤邊貢《華泉集》有明刊本；《華泉集選》，王士禎編，有《漁洋全集》本。

海、王九思詩[⑥]，多率直之作。他們是慣於作曲的，於詩當然不能出色當行。王廷相[⑦]字子衡，儀封人（一四七四—一五四四）。弘治壬戌進士。官至兵部尚書，都察院右都御史，有《家藏》、《內台》二集。錢謙益謂他「古詩才情可觀，而摹擬失眞」。這話正中僞擬古的作家之病。像「有芃者艾生我土，七年之病得者愈。」（〈蘄（ㄑㄧˊ）民謠〉）正可證其言。但像他的短詩：

一琴几上閒，數竹窗外碧。簾戶闃（ㄑㄩˋ）無人，春風自吹入。

其作風卻又迥然不同。朱應登字升之，寶應人（一四七七—一五二六）。官雲南提學副使，升布政司右參政。有《淩谿集》[⑧]。顧璘字華玉，南京人（一四七六—一五四五），官南京刑部尚書，有《息園》、《浮湘》、《歸田》諸集[⑨]。陳沂有《遂初齋》、《拘虛館》二集（一四六九—一五三八）。鄭善夫字繼之，閩人，官南京吏部郎中（一四八五—一五二三）。有《少谷山人集》[⑩]。他們並各有不同的作風，而皆依附何、李爲重。究其實，未必都是走同一條道路。像顧璘

*　*　*

⑥　康海《對山集》有明刊本，康熙刊本，又陝西新刻本。《王九思集》有崇禎張宗孟刊本。

⑦　《王廷相集》有明刊本，清順治刊本。

⑧　《淩谿集》有明刊本。

⑨　顧璘諸集有明嘉靖刊本。

⑩　《鄭少谷集》有明刊本，清道光刊本。

的〈簡陳宋卿〉：「頗怪陳無己，尋詩日閉門。空庭疏繫馬，細雨負清尊。……不嫌官舍冷，燒燭對黃昏。」卻頗有江西詩派的氣味。鄭善夫的詩，雖刻意學杜，而短詩像「鷓鴣啼上桄榔樹，一寸鄉心萬里長。」（〈送人之鬱林〉）卻也自有其特殊的作風。

二

成化到正德間的許多吳中詩人，其作風別成一派，不受何、李的影響。他們以抒寫性情爲第一義，每傷綺靡，亦時雜凡俗語，卻處處見出他們的天眞來。在群趨於虛僞的擬古運動之際而有他們的挺生於其間，實在可算是沙漠中的綠洲。這些吳中詩人們，以唐寅爲中心，祝允明、文徵明、張靈附和之，獨往獨來，不復以世間的毀譽爲意。在他們之前的，有沈周，已獨樹一幟，不雜群流。周字啓南，長洲人，景泰中郡守。以賢良應詔，辭不赴（一四二七—一五〇九）。有《石田先生集》⑪。他以能畫名。「王維摩詩中有畫，畫中有詩」的批評，正可以移贈給他。文徵明云：「先生詩但不經意寫出，意象俱新，可稱妙絕。」朱彝尊《靜志居詩話》引其「落木門牆秋水宅，亂山城郭夕陽船」；「竹枝雨暗蠨蛸戶，豆葉風涼絡緯籬」；「剪取竹竿漁具足，撥開荷葉酒船通」；「歲晏雞豚鄰社鼓，秋深蝦蟹水鄉船」；「明月未來風滿樹，夕陽猶在鳥無聲」；「蘼蕪細雨山連郭，翡翠斜陽水滿川」等數十語，以爲「即此即圖之不盡。」他的題畫之作，更無有不工者，像

* * *

⑪《石田先生集》有明弘治刊本及崇禎刊本。

〈溪亭小景〉；

> 幽亭臨水稱冥棲，蓼渚莎坪咫尺迷。山雨乍來茆溜細，谿雲欲墮竹梢低。檐頭故壘雄雌燕，籬腳秋蟲子母雞。此段風光小韋杜，可能無我一青藜。

又像〈題畫〉：「碧水丹山映杖藜，夕陽猶在小橋西。微吟不道驚溪鳥，飛入亂雲深處啼。」〈溪山落木圖〉：「溪山落木正蕭蕭，野客尋詩破寂寥。一路夕陽秋色裡，不知吟到段家橋。」不必看到畫，便已清逸之趣迫人眉目了。

唐寅的《六如居士集》[12]，雖多不經意之作，且往往以中雜俚語，受人譏評，王世貞云：「唐伯虎如乞兒唱蓮花落。」卻不知這正是他的高處。錢謙益云：「子畏詩，晚益自放，不計工拙；興寄爛縵，時復斐然。」此評最爲的當。他常以賣畫爲生，題畫詩也有絕爲佳妙的。築室桃花塢中，讀書灌園，家無儋石，而客常滿座。風流文采，照映江左。每謂：「人生貴適志，何用劌心鏤骨，以空言自苦。」他是純任天眞，連以「空言自苦」也是不屑的。像〈曉起圖〉：

> 獨立茅門懶拄筇，鬢絲涼拂豆花風。曉鴉無數盤旋處，綠樹枝頭一線紅。

* * *

⑫《六如居士集》有明刊本，清嘉慶間刊本。

是那麼樣的清雋可喜！祝允明詩⑬，多效齊、梁體；亦甚有富於畫意的，像「小山侵竹尾，細水護松根」；「人家低似岸，湖水遠於天」；「柳風吹水細生鱗，山色浮空澹抹銀」等。文徵明詩，工力甚深，而或病其纖弱。王世貞痛訐伯虎、枝山，獨於徵明略有恕辭，說他「如仕女淡妝，維摩坐語，又如小閣疏窗，位置都雅，而眼境易窮。」因爲他所作還煉整雅飭之故吧？像〈雪後〉：「寒日晶晶曉溜聲，中庭快雪一宵晴。牆西老樹太骨立，窗裡幽人殊眼明。」〈池上〉：「單鳩喚雨雙鳩晴，池上柳花縱復橫。好風忽卷讀書幔，及君到時春水生。」也都是疏爽可愛的⑭。張靈字夢晉，徵明等同縣人；也善畫能詩，而疏狂尤過於伯虎、枝山。臨終時，有詩云：「垂死尚思玄墓麓，滿山寒雪一林松。」又像〈春暮送友〉：「三月正當三十日，一壺一榼一孤身。馬蹄亂踏楊花去，半送行人半送春。」〈對酒〉：「隱隱江城玉漏催，勸君須盡掌中杯。高樓明月清歌夜，知是人生第幾回！」其清狂之態，直浮現於紙上。清人錢竹初嘗作《乞食圖》一劇，寫靈事，殊哀艷動人。

* * *

三

在散文一方面，不和何、李等七子同群者，有王鏊（ㄠˊ）、馬中錫、王守仁諸人，而守仁尤爲

⑬《祝氏集略》有明刊本。

⑭文徵明《甫田集》有明刊本。

重要。王鏊字濟之，吳縣人，成化乙未進士，官至武英殿大學士（一四五〇—一五二四）。有《震澤集》⑮。他的經義最有名，但古文亦取法唐、宋諸家，平正有法度。馬中錫字天祿，故城人，成化乙未進士，官至左都御史，以事下獄死。有《東田集》⑯。他雖和「七子」同時，且友善，但其作風卻夐然不同。《東田集》裡的所作，都是很雍容暢達，不以「佶屈聱牙」爲高的。

王守仁（一四七二—一五二九）的影響，在哲學方面最大。門生弟子，遍於天下。他的《陽明集》⑰固不獨以文著。他也嘗和李空同諸人遊，卻不曾受到他們的汙染。他的散文是那麼工鍊整飭，蓋不求工而自工的。

吳中詩人唐寅輩的散文，也和他們的詩一樣，表現著一種江南風趣，充滿了嬌嫩清新的氣氛。但這時代的散文，較之詩壇來，實在是暗淡得有些「自慚形穢」。

*　　　*　　　*

⑮《震澤集》有明刊本，有三槐堂刊本。

⑯《東田漫稿》有明刊本。

⑰《陽明集》刊本最多；《陽明先生集要》有明刊本，日本刊本，《四部叢刊》本。

▣參考書目

一、《列朝詩集》，清錢謙益編，有原刊本，鉛印本。
二、《明詩綜》，清朱彝尊編，有原刊本。
三、《明詩紀事》，陳田編，有刊本。關於明詩，選本極多，姑擇較通行的三部。
四、《明文徵》，明何喬遠編，有明刊本。
五、《明文衡》，明程敏政編，有明刊本，局刊本，《四部叢刊》本。
六、《明文奇賞》，明陳仁錫編，有明刊本。
七、《明文海》，清黃宗羲編，有傳抄本。此書曾節爲《明文授讀》，有刊本。
八、《明文在》，清薛熙編，有局刊本。

下卷：近代文學

第五十六章　近代文學鳥瞰

近代文學的時代——劃分「近代文學」的意義——政治上的黑暗——四個時期——小說戲曲的大時代——短篇平話的復活——長篇小說的進展——詩壇上的諸派爭鳴——鴉片戰爭以來的外患內亂與文學——林紓的翻譯與梁啓超的散文——以上海為中心的文壇——文學革命的前夜

一

近代文學開始於明世宗嘉靖元年（公元一五二二年），而終止於五四運動之前（民國七年，公元一九一八年）。共歷時三百八十餘年。爲什麼要把這將近四世紀的時代，稱之爲近代文學呢？近代文學的意義，便是指活的文學，到現在還並未死滅的文學而言。在她之後，便是緊接著五四運動

以來的新文學。近代文學的時代雖因新文學運動的出現而成爲過去，但其中有一部分的文體，還不曾消滅了去。他們有的還活潑潑的在現代社會裡發生著各種的影響，有的雖成了殘蟬的尾聲，卻仍然有人在苦心孤詣的維護著。中世紀文學究竟離開我們是太遼遠一點了；眞實的在現社會裡還活動著的便是這近代文學。她們的呼聲，我們現在還能聽見；她們的歌唱，我們現在還能欣賞得到；她們的描寫的社會生活，到現在還活潑潑的如在。所以這一個時代的文學，對於我們是格外的顯得親切，顯得休戚有關，聲氣相通的。

在這四世紀的長久時間裡，我們看見一個本土的最偉大的作曲家魏良輔，創作了崑腔；我們看見許多偉大的小說家們在寫作著許多不朽的長篇名著；我們看見各種地方戲在迅速的發展著；我們看見許多彈詞、寶卷、鼓詞的產生。在這四個世紀裡，我們的文學，又都是本土的偉大的創作，而很少受有外來影響的了。雖然在初期的時候，基督教徒的藝術家們曾在中國美術上發生過一點影響；——但中國文學卻絲毫不曾被其影響所薰染到。雖然在最後的半個世紀，歐洲的文化，也曾影響到我們的封建社會裡，連文學上也確曾被其晚霞的殘紅渲染過一番；——然究還只是浮面的影響，並不曾產生過什麼重要的反應。她們激動了千年沉睡的古國的人們。這些人們似乎都已醒過來了；但還正是睡眼朦朧，餘夢未醒，茫茫無措的站在那裡，雙手在擦著眼，還不曾決定要走哪一條路，要怎麼辦才好。認清楚了，已經完全清醒的時代，當從五四運動開始。所以近代文學，我們可以說，還純然是本土的文學。這四百年的文學，實在是了不得的空前的絢爛。

二

但在政治上卻又是像中世紀似的那麼黑暗。我們的民族方才從蒙古族的鐵騎之下解放出來不到一百六十年，便又遇到一個厄運，那便是倭寇的侵略。雖不過是東南幾省的遭受蹂躪；文化的被破壞的程度，卻是很可觀的。再過一百二十餘年，一個更大的壓迫便來了。清民族以排山倒海之勢，侵入中國本部。先蠶食了整個遼東，然後以討伐李自成爲名，利用著降將與漢奸，安然的登上了北京的金碧輝煌的宮廷裡的寶座（公元一六四四年）。不到一年，又陷了南京，擒了福王。第二年又打到汀洲，捉了唐王。到了公元一六五八年，攻雲南，整個的中國，便都歸伏聽命於愛新覺羅氏的指揮了。幾個偉大的政治家，立下了嚴厲的統治的訓條。整個漢民族，馴良的在被統治之下者凡二百六十餘年。但清民族不久也漸漸的腐敗了。他們吸收了整個的漢文化。當西洋人屢次的東來叩關時，他們便也無法應付了。從公元一八四二年（道光二十二年）鴉片戰爭失敗，簽訂南京條約，割香港，闢福州等五口爲通商口岸起，幾乎是無時不在外國兵艦的威脅之下。公元一八五〇年到一八六四年間的太平天國的起義，曾掀起了大規模的社會革命運動，但爲期甚短，不能開花結果。甲午（一八九四年）中、日戰爭之後，中國幾成了四面楚歌的形勢。要港紛紛的被列強租借去。北方幾省雖有義和團的反抗外力運動，其努力卻微薄之極，經不起「八國聯軍」的打擊。但因此屢敗的結果，革新運動卻在猛烈的進行著，從軍備的改革，新機械的採用，到教育制度、政治制度的革命，其間不過四十年。公元一九一一年的大革命，產生了中華民國，恢復了漢民族的自由，開始了中華各民族的團結。革新運動總算得到一個結果。自此以後，國運也並不怎樣向上發展。以個人主義為中心而活動的軍閥們，幾有使中國陷入更深的泥澤中之概。因了歐洲大戰和日本哀的美敦書的刺激，便又產生了一次比戊戌更偉大的革新運動，那便是一九一九年的五四運動。近代文學便告終於五四運動的前夜。五四運動以後的文學是一個嶄新的東西，和舊的一切很少銜接的。五四運動的絕叫，直是快刀斬亂麻似的切斷了舊的文學的生命。所以近代文學的終止，也便要算是幾千年來的舊式的文學的閉幕、收場。以後的現代的文學，便是另一種新的東西了。這麼猛烈的文學革命運動，這麼絕叫著的「在一夜之間易趙幟為漢幟」的影響，使那嶄新的若干頁的中國文學史，其內容便也和以前的整個兩樣。

二

就其自然的趨勢看來，這將近四世紀的近代文學，可劃分為下列的四個時期：

第一個時期，從嘉靖元年到萬曆二十年（一五二二—一五九二）。這是一個偉大的小說和戲曲的時代。我們看見由平凡的講史進步到《西遊記》、《封神傳》；更由《西遊》、《封神》而進步到產生了偉大的充滿了近代性的小說《金瓶梅》。我們看見崑腔由魏良輔創作出來，影響漸漸的由太湖流域而遍及南北。我們看見許多跟從了崑腔的創作而產生的許多新聲的戲劇，像《浣紗記》、《祝髮記》、《修文記》之類，我們看見雄踞著金、元劇壇的雜劇的沒落。漸成為案頭的讀物而不復見之於舞台之上。在詩和散文一方面，這時代比較顯得不大活躍，但也並不落寞。我們看見正統派的古文作家們和擬古的詩文家們在作爭奪戰；我們也看見新興的公安派勢力的抬頭。而李卓吾、徐渭諸人的出現，也更增了文壇的熱鬧。

第二個時期，從萬曆二十一年到清雍正之末（一五九三—一七三五）。這仍是一個小說和戲曲的大時代，但詩文壇也更爲熱鬧。雖然中間經過了清兵的入關，漢民族的被征服，但文壇上的一切趨勢，卻並不因之而有什麼變更，只不過增加了若干部悲壯淒涼的遺民的著作而已。詩和散文都漸漸由粗豪、怪誕、纖巧，而轉入比較恢宏偉麗的局面中去。但因了清初的竭力網羅人才；因了若干志士學人的遁入「學問壇」裡去避禍，去消磨時力，明末浮淺躁率之氣卻爲之一變。——雖然在明末的時候，風氣也已自己在轉變。小說有了好幾部大著，像《三寶太監西洋記》、《隋煬艷史》、《醒世姻緣傳》之類；但究竟以改編重訂的講史爲最多。因了馮夢龍的刊布「三言」，短篇的平話的擬作，一時大盛，此風到康熙間而未已。戲曲是這時期最可驕人的文體；偉大的名著，一時數之不盡。沈璟、湯顯祖爲兩個中心，而顯祖的影響尤大。「四夢」的本身固是不朽的名著，而受其影響者也往往都是名篇巨製。在這個時候，傳奇寫作的風尚，似乎始被許多眞正的天才們所把握到。他們的創作力有絕爲雄健的，像李玉、朱佐朝等，所作都在二十種以上。洪昇、孔尚任所作也是這時代光榮的成就。

第三個時期，從乾隆元年到道光二十一年（一七三六—一八四二）。這時期戲曲的氣勢已由絕盛的時代漸漸向衰落之途走去，崑腔的過於柔靡的音調，已有各種土產的地方戲，不時的在乘隙向她逆擊。終於古老的崑腔不能不退避數舍——雖然不曾完全被驅走。張照諸人爲皇家所編的空前宏偉的《勸善金科》、《九九大慶》、《忠義璇圖》、《鼎峙春秋》諸傳奇，一若夕陽之反照於埃及古廟的殘存的巨像上，光景雖闊大，而實淒涼不堪。蔣士銓、楊潮觀們所作，雖短小精悍，不無可喜，而也已不能支持著將傾的大廈了。小說卻若有意和戲曲成反比例似的更顯出新鮮活潑、充滿精力的氣象來。《紅樓夢》、《綠野仙蹤》、《儒林外史》、《鏡花緣》等等，幾乎每一部都是可注意的新東西。詩壇的情形，也極為熱鬧。幾個不同的宗派，各在宣傳著，創作著，也各自有其成績。散文又為復活的古文運動的絕叫所壓伏。但同時潛伏了許久的六朝賦、駢儷文的活動，也在進行著。萬派爭競，都惟古作是式；卻沒有明代的擬古運動那麼樣的「生吞活剝」。宋學與漢學也不時的在作殊死戰。由幾位學士大夫們所提議的從《永樂大典》裡搜輯「逸書」的事業，擴大而成為四庫全書館的設立；《四庫全書》的編纂，雖然毀壞了不少名著，改易了不少古作的面目，但使學者們得以傳抄、刊布、閱讀，卻是「古學」普遍化的一個重要的機緣。明人的淺易的風氣，至此殆已一掃而光。然而一個急驟的變動的時代快要到來了。這個古學的全盛，也許便是所謂「陳勝、吳廣」般的先驅者們吧？這時代在北京和山東所刊布的《霓裳續譜》和《白雪遺音》卻是極重要的兩部民歌集，保存了不少的最好的民間詩歌，且也是搜輯近代民歌的最早的努力。葉堂的《納書楹曲譜》和錢德蒼《綴白裘合集》的流布，恰似有意的要結束了崑腔的運動似的。

第四個時期，從道光二十二年到民國七年（一八四二—一九一八）。就是從鴉片戰爭到五四運動的前一年。這是中國最多變的一個時代。都城的北京，兩次被陷於英、法、美等帝國主義者們的聯軍之手。（一八六〇年英、法聯軍陷北京；公元一九〇〇年八國聯軍入北京）東南、西南的大部分，全陷入太平天國起義以後所生的大混亂之中。外國的兵艦大炮，不時的來叩關，來轟炸。繼而有甲午的大敗，要港的被強占。但那些事實，可惜都不曾留下重要的痕跡於文學中。太平天國的建立與其失敗，是一件可泣可歌的大事，卻只產生了一部不倫不類的《花月痕》。義和團的事變，也只見之於林紓的《京華碧血錄》及一二部短劇裡。文人的異樣的沉寂，實在是一個可怪的現象！西方文學名著的翻譯，最後，也繼了聲、光、化、電諸實學的介紹而被有名的古文家林紓所領導。雖還不曾發生過什麼很大的影響，至少是明白了在西方文學裡是有了和司馬子長同等的大作家存在著的。散文，因了時勢的需要，特別的有了長足的發展。梁啓超的許多論文，有了意料以外的勢力。他把西方思想普遍化了。他打破了古文家的門堂。他開闢了「新聞文學」的大路。他和黃遵憲們所倡導的「新詩」運動，也經驗到在舊瓶中裝得下新酒的成績。但這一切，都還不能夠有著重要的偉大的影響。他們所掀起的風波，要等到五四運動以來，方才成爲滔天的大浪呢。小說和戲曲在這時，俱有復由士大夫之手而落到以市民爲中心之概。其一是崑腔的消沉與皮黃戲的代興；其二是武俠小說與黑幕小說的流行。文壇的重鎭，漸漸的由北京的學士大夫們而移轉到上海的報館記者們與和報館有密切關係的文人們，像王韜、吳沃堯輩之手。這正足以見到新興的經濟勢力，正在侵占到文學的領域裡去。上海在這時期的後半，事實上已成了出版的中心。

這時期，正預備下種種的機線，爲後來偉大的文學革命運動的導火線，成爲這個革命運動的前夜。

第五十七章　崑腔的起來

崑腔起來以前的南戲——崑腔的起來——崑腔的創作者魏良輔——梁辰魚與其《浣紗記》——鄭若庸與張鳳翼——李開先王世貞等——屠隆與汪廷訥——梅鼎祚——鄭之珍的《目連救母戲文》

一

崑腔的起來，是南戲革新的一個大機運。在崑腔未產生之前，南戲只是像野生的蔓草似的，無規律的發展著。正德以前的南戲作家們，以無名氏爲多，蓋大都出於鄉鎭文士們的創作，教坊優伶的傳習，詞多鄙近，曲皆淺顯明白如說話，婦孺皆聽得懂。徐渭《南詞敘錄》謂：「永嘉雜劇興，則又即村坊小曲而爲之，本無宮調，亦罕節奏，徒取其畸農布女順口可歌而已。諺所謂隨心令者即其技歟？」故南戲，明人往往謂之亂彈。蓋以其沒有一定的音律。又各囿於地域，同一戲文，而各地的歌唱的腔調不同。當時，有餘姚、海鹽等腔。明陸容《菽園雜記》（十卷）云：「嘉興之海鹽，紹興之餘姚，寧波之慈溪，台州之黃岩，溫州之永嘉，皆有習爲倡優者，名曰戲文子弟。」

《南詞敘錄》云：「今唱家稱弋陽腔，則出於江西，兩京、湖南、閩、廣用之；稱餘姚腔者出於會稽，常、潤、池、太、揚、徐用之；稱海鹽腔者嘉、湖、溫、台用之。惟崑山腔止行於吳中。」湯顯祖〈宜黃縣戲神清源師廟記〉（《玉茗堂文集》卷七）云：「南則崑山之次爲海鹽，吳、浙音也，其體局靜好，以拍爲之節；江以西，弋陽；其節以鼓，其調喧。至嘉靖而弋陽之調絕，變爲樂平，爲徽、青陽。」這可見在崑腔起來的時候，南戲的歌唱法是極爲凌亂的。弋陽流行最廣，卻以鼓爲節，調又喧鬧。海鹽腔卻是以「拍」爲節的。他們的樂器也是不能統一。到了崑山魏良輔起來，一手創作了崑腔之後，方才漸漸的征服了一切，統一了南戲的樂器與歌唱法，增大了南戲的音樂的效力。原來南戲的歌唱，是以簫管爲主的，和北劇之以弦索爲主器，恰相對抗。但良輔則集合於一堂，一切皆拉來爲他自己所用。笛、管、笙、琵之合奏，實爲良輔的勇敢的嘗試。沈德符云：「今吳下皆以三弦合南曲，而簫管叶之。」（《顧曲雜言》）正指崑山腔而言。這繁音合奏的優雅的腔調，其能打倒單調而喧鬧的弋陽諸腔，那是當然的事。所以自嘉靖以後，不久便傳遍了天下。在徐渭寫他的《南詞敘錄》的時候（嘉靖三十八年，即公元一五五九年），崑山腔還只行於吳中。到了萬曆的時候，則崑山腔隨了南戲勢力的大盛，甚至侵入北方。其流行之速與廣，都是空前的紀錄。但在嘉靖間，尚有不了解的人，對於崑腔加以非難。徐渭在《南詞敘錄》裡，卻極力地稱揚崑腔的好處，極力爲之辯護：

> 今崑山以笛管笙琵，按節而唱南曲者，字雖不應，頗相諧和，殊爲可聽。亦吳俗敏妙之事。或者非之，以爲妄作。請問〈點絳唇〉、〈新水令〉是何聖人著作？

崑山腔止行於吳中。流麗悠遠出乎三腔之上，聽之最足蕩人，妓女尤妙。此如宋之嘌唱，即舊聲而加以泛艷者也。隋、唐正雅樂，詔取吳人充弟子習之。則知吳之善謳，其來久矣。

徐氏可謂崑腔的第一個鼓吹者、知音者、賞識者。自有崑腔，於是南戲始不復囿於地方劇。自有崑腔，於是南戲始不復終於亂彈而成為一種規則嚴肅，樂調雅正的歌劇。崑腔在海鹽、弋陽、餘姚諸腔中，實最後出。然在很短的時期內便壓倒了她們。同時，北劇也因之而大受排擠而至於消亡。沈德符《顧曲雜言》云：「自吳人重南曲，皆祖崑山魏良輔，而北詞幾廢。」沈氏之時，離良輔創崑腔之時不過五六十年，而崑腔的勢力，已是如此之盛大！

關於這位偉大的音樂家，一手創作了崑山腔的魏良輔，其時代卻頗難確定。向來每以他為嘉、隆間人。陳其年詩亦有：「嘉隆之間張野塘，名屬中原第一部。是時玉峰魏良輔，紅顏嬌好持門戶」的話。但他的時代似更應提前。徐渭時，崑山腔已有勢力。祝允明（嘉靖五年卒）的《猥談》云：「數十年來南戲盛行，更為無端。……妄名餘姚腔、海鹽腔、弋陽腔、崑山腔之類，變易喉舌，趁逐抑揚，杜撰百端，眞是胡說。」是崑山腔之興，至遲當在正德（一五〇六—一五二一）間。陸容為成化、弘治間人，所作《菽園雜記》，歷舉海鹽、永嘉諸腔，卻無崑腔的名目。可見崑腔的出現，最早也當在成化以後（即一四八七年之後）。我們如以崑山腔為出現於正德時代，當不會有多大的錯誤的。其盛行當在嘉靖中葉以後。良輔於嘉靖間或尚在人間。良輔的生平也不甚可知。余懷的〈寄暢園聞歌記〉（見《虞初新志》卷四）云：「南曲蓋始於崑山魏良輔云。良輔初習北音，絀於北人王友山。退而鏤心南曲，足跡不下樓十年。當是時南曲率平直無意致。良輔轉喉押調，度爲新聲，疾徐高下清濁之數，一依本宮，取字齒唇間，跌換巧掇，恆以深邈助其淒淚。吳中老曲師如袁髯、尤駝者，皆瞠乎自以爲不及也。……而同時婁東人張小泉，海虞人周夢山，競相附和。惟梁谿人潘荊南獨精其技，至今雲仍不絕於梁谿矣。合曲必用簫管，而吳人則有張梅谷，善吹洞簫，以簫從曲，毗陵人則有謝林泉工擫管，以管從曲，皆與良輔遊。而梁溪人陳夢萱、顧渭濱、呂起渭輩，並以簫管擅名。」胡應麟《筆叢》也說道：

> 魏良輔別號尚泉，居太倉南關，能諧聲律。若張小泉、季敬坡、戴梅川之類，爭師事之。梁伯龍起而效之，考證元劇，自翻新調，作《江東白苧》、《浣紗》諸曲。又與鄭思笠精研音理。唐小虞、鄭梅泉五七輩雜轉之，金石鏗然。譜傳藩邸戚畹，金紫熠爚之家，取聲必宗伯龍氏，謂之崑腔。張進士新，勿善也。乃取良輔校本，出青於藍，偕趙瞻雲、雷敷民與其叔小泉翁，踏月郵亭，往來倡和，號南馬頭曲。其實稟律於梁，而自以其意稍爲韻節。崑腔之用，不能易也。

一部崑腔史，已略盡於此。而梁辰魚便是第一個戲劇家，利用這個新腔以寫作他的劇本的。

二

梁辰魚[1]字伯龍，崑山人。他的《浣紗記》[2]雖不是一部極偉大的名著，卻是一部最流行的爲人模楷的劇本；特別在音曲一方面。《靜志居詩話》云：「梁大伯龍塡《浣紗記》。王元美詩所云：『呂閭白面冶遊兒，爭唱梁郎雪艷詞』是也。又有陸九疇、鄭思笠、包郎郎、戴梅川輩，更唱迭和，清詞艷曲，流播人間，今已百年。傳奇家別本，弋陽子弟可以改調歌之，惟《浣紗》不能，固是詞家老手。」《筆叢》亦云：「譜傳藩邸戚畹，金紫熠爚之家，取聲必宗伯龍氏，謂之崑腔。」《芳畬詩話》云：「梁辰魚字伯龍，以例貢爲太學生。虯鬚虎顴，好輕俠，善度曲。世所謂崑山腔，自良輔始，而伯龍獨得其傳。著《浣紗記傳奇》，梨園子弟多歌之。同里王伯稠贈詩云：『彩毫吐艷曲，粲若春花開。斗酒清夜歌，白頭擁吳姬。家無擔石儲，出多少年隨。』」《蝸亭雜訂》云：「梁伯龍風流自容，修髯美姿容，身長八尺，爲一時詞家所宗。艷歌清引，傳播戚里間。白金文綺，異香名馬，奇技淫巧之贈，絡繹於道。歌兒舞女，不見伯龍，自以爲不祥也。其教人度曲，設大案西向坐，序列左右，遞傳疊和。所作《浣紗記》至傳海外。然止此不復續筆。《浣紗》初出，梁遊青浦時，屠隆爲令，以上客禮之。即命優人演其新劇爲壽。每遇佳句，輒浮大白。梁亦豪飲自快。演至〈出獵〉，有所謂擺開擺開者，屠厲聲曰：『此惡句，當受罰。』蓋已預備汙水，

* * *

① 梁辰魚見《皇明詞林人物考》卷十一，《列朝詩集》丁集中，《明詩綜》卷五十。

② 《浣紗記》有《六十種曲》本，富春堂刊本，文林閣刊本，怡雲閣湯海若《批評》本，李卓吾《批評》本。

以酒海灌三大盂。梁氣索，強盡之。吐委頓。次日不別竟去。」屠氏此舉，未免過於惡作劇。《浣紗》雖非上品，然較之屠氏所作的《曇花》諸記，則固在乎其上。在屠氏眼中看來，或仍嫌《浣紗》未盡典雅呢。

《浣紗記》敘吳、越興亡的故事，而以范蠡、西施爲中心人物。惟串插他事過多，頭緒紛煩，敘述時有不能一氣貫串之處，描寫也過嫌匆促。其擅勝處只是排場熱鬧，曲調鏗鏘而已。像范蠡、西施那麼重要的人物，也未能將其個性活潑的表現出來。惟寫伍子胥與伯嚭則頗爲盡力，蓋那樣的人物本來是比較容易寫得好的。《浣紗》亦名《吳越春秋》（據《藝苑卮言》），王世貞評其「滿而妥，間流冗長」。呂天成亦謂：「羅織富麗，局面甚大。第恨不能謹嚴。中有可減處，當一刪耳。」實則其病乃在太簡率，並不在太「冗長」。她僅於敘述吳、越興亡的大事中，插入西施、范蠡的一件悲歡離合的事件，大不似一般傳奇的以生旦的遭遇爲主體的樣子。

三

與伯龍同時的重要戲劇作家，有鄭若庸和張鳳翼二人。鳳翼到萬曆末尤存；而若庸則時代較早。這二人恰好代表了兩個不同的時代。若庸的時代，是嘉靖間諸藩王尚爲文士的東道主的時代。鳳翼卻不曾做過諸侯的上客；他只是一位賣文爲活的文人。這兩個時代便是明代中葉和明萬曆以後的大不相同的所在。自藩王不復成爲文士們的東道主，諸藩的編刻書籍的風氣消歇了以後，江、浙的書肆主人們便代之而興。文士們所依靠者乃爲求詩求文的群衆，以及刻書牟利的書賈們，而不復是高貴清華的諸侯王了。所以明末書坊所編刻的許多通俗的書籍，便應運而興，文士們也幾半爲生活而著作著，一時且呈現著競爭市場的氣象。吳興凌、閔二家的爭印朱墨刊本；安徽、浙江、乃至蘇州、金陵之紛紛刊布小說、戲曲，都可以說是因此之故。至於福建，本是書賈刊書牟利之鄉，那更不用說了。張鳳翼乃是其中的許多賣文爲活的文士之一。而鄭若庸也許便是最後一位曳裾侯門的學者了。

鄭若庸③的《玉玦記》，承接於邵璨《香囊記》之後，而開創了曲中駢儷的一派。《曲品》謂：「《玉玦》典雅工麗，可詠可歌，開後人駢綺之派。每折一調，每調一韻，尤爲先獲我心。」若庸字中伯，號虛舟，崑山人。詩有《蛣（ㄐㄧㄝˊ）蜣集》八卷，《北游漫稿》二卷。傳奇有《玉玦記》④、《大節記》二種。趙康王聞其名，走幣聘入鄴。客王父子間。王父子親逢迎，接席與交賓主之禮。於是海內遊士爭擔簦而之趙。中伯乃爲著書，採掇古文奇字累千卷，名曰《類雋》。康王死，去趙居清源，年八十餘始卒。其詩與謝榛齊名。《靜志居詩話》謂：「中伯曳裾王門，好擅樂府。嘗塡《玉玦》詞以訕院妓。一時白門楊柳，少年無繫馬者。」《曲品》亦謂：「嘗聞《玉玦》出而曲中無宿客。」《玉玦記》在當時，其勢力當是極大的。《玉玦記》凡三十六齣，敘王商與其妻秦氏慶娘的悲歡離合事，而其中心描寫，則爲妓女的無情，老鴇的狠毒，幫閒的惡辣。戲文中敘多情的妓女最多，如桂英，如杜十娘，如梁紅玉，如李亞仙等等，敘薄情的也有，惟都沒有《玉玦》那麼的著意著力。《玉玦》寫李大姐還不十分盡心，寫鴇母李翠翠卻最出色。此劇結構甚爲嚴

* * *

③ 鄭若庸見《列朝詩集》丁集中，《明詩綜》卷四十九，《明詩紀事》已籤卷二十。

④ 《玉玦記》有《六十種曲》本，富春堂刊本。

緊，可以說是無一事無照應，無一人無下落。王商廟中錄囚，方見秦氏，封贈之旨即下，在情節上實嫌骨突難解，但作者卻早已覺到了這一層。他便借商口問道：「辛大人，下官才見寒荊，聖上如何就有寵命？」又便借朝使辛棄疾口中答曰：「下官在軍中已知大人與賢夫人之事。前日陛見，具表奏聞。意欲待旨下才來奉報。誰想大人已先會合了！」如此，在結構上既顯得嚴緊，在情文上也便毫無闕漏矛盾了。

所謂《玉玦》之「板」，可於下文見之。其病在堆砌過當。

〔排歌〕（生）好鳥調歌，殘花雨香，秋千麗日門牆。可憐飛燕倚新妝，半捲朱簾春恨長。（合）花源畔，玉洞傍，免教仙犬吠劉郎。瓊樓啓，翠幰張，不知何處是他鄉。（占）老身回敬姐夫一杯。大姐唱個曲兒。（丑）大姐通書博古，就說幾個古人，比喻王相公。（小旦）如此，汙耳了。

〔北寄生草〕（小旦）河陽縣栽花客。（丑）是好一個潘安。（小旦）錦官城題柱郎。（丑）好個相如。（小旦）山公立志多豪放，張良舉足分劉項，蘇秦唾手爲卿相。這相逢不似楚襄王，怕思歸學了陶元亮。（生）起動，起動！小生與大姐同飲一杯。

若庸尚有《大節記》一種，今未見。《曲品》謂：「《大節》工雅不減《玉玦》。孝子事，業有古曲；仁人事，今有《五福》；義士事，今有《埋劍》矣。」則《大節》似係合孝子、仁人、義士三事而爲一帙者。《曲錄》又著錄若庸《五福記》一本；誤。《曲品》云：「《五福》，韓忠獻公事，揚厲甚盛。還妾事已見鄭虛舟《大節記》中。」可知鄭氏所敘的關於韓琦還妾事，已包括於他所著的《大節記》中，決不會再寫一部《五福記》的。

張鳳翼[⑤]字伯起，號靈虛，江蘇長洲人，與弟獻翼、燕翼，並有才名，號「三張」。嘉靖四十三年舉人。會試，不第。晚年以鬻書自給。沈瓚《近事叢殘》云：「張孝廉伯起，文字品格，獨邁時流，而以詩文字翰交結貴人爲恥。乃榜其門曰：『本宅紙筆缺乏。凡有以扇求楷書滿面者銀一錢，行書八句者三分；特撰壽詩壽文，每軸各若干。』人爭求之。自庚辰至今，三十年不改。」他還受了總兵李應祥的厚禮而爲之作《平播記》。《曲品》云：「伯起衰年倦筆，粗具事情，太覺單薄，似受債師金錢，聊塞白雲耳。」是他連戲曲也是肯出賣的。他於《平播記》外，所作戲曲更有《紅拂記》、《祝髮記》、《竊符記》、《灌園記》、《虎符記》、《扊扅記》六種，合稱「陽春六集」。今惟《竊符記》未見全本，《扊扅》、《平播記》已佚，餘四種幸皆得讀。

《紅拂記》[⑥]爲鳳翼少年時作。尤侗謂係他「新婚一月中之所爲」。流行最廣。敘李靖、紅拂妓事，全本杜光庭〈虬髯客傳〉而略加增飾。他名虬髯客爲張仲堅。最後言仲堅浮海爲扶餘國王後，並助唐征高麗。其中並雜以樂昌公主分鏡事。徐復祚謂：「惜其增出徐德言合鏡一段，遂有兩家門，頭腦太多。」《灌園記》[⑦]本於《史記．田敬仲世家》，敘樂毅伐齊，殺齊王。齊世子法

* * *

⑤張鳳翼見《列朝詩集》丁集，《明詩綜》卷四十五。

⑥《紅拂記》有玩虎軒刊本，富春堂刊本，李卓吾《評》本，陳眉公《評》本，凌氏朱墨刊本，《六十種曲》本。

⑦《灌園記》有富春堂刊本，《六十種曲》本。

章，改名王立，逃亡於民間，爲太史敫的灌園僕。敫女君后見而愛之，贈以寒衣。後二人的秘密暴露，法章殊受窘。恰好田單復齊，迎立法章爲王。他遂納君后爲妃，並以君后侍女朝英，嫁給田單爲夫人。馮夢龍嘗改之爲《新灌園》，其序道：「父死人手，身爲人奴，汲汲以得一婦人爲事，非有心肝者所爲。伯起先生云：我率我兒試玉峰，舟中無聊，率而弄筆，遂不暇致詳。誠然，誠然！」

《虎符記》⑧敘明初花雲抗戰於太平事。雲爲朱元璋守太平。陳友諒攻之。城陷，雲被囚，不屈。被送於武昌，雙眼因之而盲。妻郜氏投江，遇其弟救之。妾孫氏保孤而逃到金陵。中經若干困苦，方始出險。及其子成人，乃爲父報仇，攻下武昌，合家團圓，而雲目疾亦愈。雲不屈而死，是事實，但傳奇每重團圓，所以成了這樣的結局。這劇是鳳翼所寫者中最激昂慷慨的一本，寫花雲殊虎虎有生氣，頗像《雙忠記》。

《祝髮記》⑨本於《南史・徐摛傳》、《陳書・徐摛傳》，敘摛子孝克孝親事。這劇是伯起在萬曆十四年，因母八旬壽誕而作的。孝克當侯景亂時，家無餘糧。爲救母飢，乃鬻妻以易米。母知之，大怒。恰孝克遇達摩大師，遂從之祝髮，改名法整。後王僧辨起兵討侯景，達摩乘葦渡江，見僧辨，以法整爲托。而僧辨見到法整，卻原是他的舊友孝克。遂勸他還俗爲官。而其妻臧氏也守貞不二，終於團圓。其中〈達摩渡江〉及孝克祝髮的幾段，至今傳唱猶盛。

* * *

⑧《虎符記》有富春堂刊本。

⑨《祝髮記》有富春堂刊本。

鳳翼所作，其作風和若庸是很相同的，每好以典雅的文句，堆砌於曲文中，像《祝髮記》第十七折：

〔二郎神〕（旦唱）時乖蹇，少不得取義捨生難苟免。信熊掌和魚怎得兼！便有龍肝鳳髓，也只合齧雪餐氈。這麟脯駝峰堆滿案，總則是臥薪嘗膽。轉憶我舊虀鹽，怎教人努力加餐。

只說到吃一頓飯，卻用上了那麼多的典故進去！到了梅禹金的《玉合記》便無句不對，無語無典的了。

四

較辰魚較前，和若庸同輩者有山東李開先，也以能劇曲活動於文壇上。開先和王九思爲友，嘗相唱和。他[⑩]字伯華，號中麓，章邱人。家富藏書，尤富於詞曲，有「詞山曲海」之稱。所作散曲頗多。傳奇有《寶劍記》、《登壇記》二種。王世貞《藝苑卮言》謂：「伯華所爲南劇《寶劍》、《登壇記》，亦是改其鄉先輩之作。二記余見之，尚在《拜月》、《荊釵》之下耳。」《曲錄》

* * *

⑩ 李開先見《明史》卷二百八十七，《皇明詞林人物考》卷八。

所載別有《斷髮記》而無《登壇記》。蓋誤以《曲品》所載無名氏的《斷髮記》爲李氏之作。《寶劍記》最有名。萬曆間，曾有陳與郊等幾個人將它改作過。《登壇記》今未之見，或係敘韓信滅楚事。《寶劍記》[11]所敘者，爲林沖被迫上梁山及終於受招安的經過。其事實完全本之於《水滸傳》。惟以錦兒代死，林沖夫婦終於團圓的結局，易去沖妻張氏殉難的不幸的悲劇耳。《水滸傳》敘林沖事，頗虎虎有生氣，特別是野豬林及〈風雪山神廟〉的幾段。此記於野豬林則匆匆敘過，於〈風雪山神廟〉一段，則竟不提及；於林沖得了管草廠的差缺後，即直接陸謙的焚燒草廠。此等處似皆不及〈水滸傳〉。惟〈夜奔〉一齣，寫林沖逃難上梁山時的心理，較有精采。今劇場上常演者亦僅此一折耳。

〈駐馬聽〉良夜迢迢，良夜迢迢，投宿休將門戶敲。遙瞻殘月，暗度重關，我急走荒郊。身輕不憚路迢遙，心忙又恐人驚覺。唬得俺魄散魂消，紅塵中誤了俺五陵年少。

〈雁兒落帶得勝令〉望家鄉去路遙，想母妻將誰靠！俺這裡吉凶未可知，他那裡生死應難料。呀，唬得俺汗津津身上似湯澆，急煎煎心內似火燒。幼妻室今何在？老萱堂空喪了。劬勞，父母的恩難報，悲號，嘆英雄氣怎消！英雄的氣怎消！

〈沽美酒帶太平令〉懷揣著雪刃刀，懷揣著雪刃刀。行一步哭號咷，急走羊腸去路遙。怎能勾明星下照？昏慘慘雲迷霧罩，疏喇喇風吹葉落。聽山林聲聲虎嘯，繞溪澗哀哀猿叫。俺

*　*　*

⑪《寶劍記》有明嘉靖間李氏原刊本（吳興周氏藏）。

呵，唬得我魂飄膽消，心驚路遙。呀！百忙裡走不出山前古道。〔收江南〕呀，又只見烏鴉陣陣起松梢，聽數聲殘角斷漁樵。忙投村店伴寂寥。想親幃夢杳，想親幃夢杳，空隨風雨度良宵。

劇中更插入花和尚做新娘，黑旋風喬坐衙二段，也與本傳毫無關係。如將此作放在寫類似的題材的《水滸記》、《義俠記》及《翠屏山》之列，似頗有遜色。蓋伯華北人，其寫南劇，自不會當行出色。

又有《鳴鳳記》，盛傳於萬曆間，相傳爲王世貞作。世貞[12]字元美，號鳳洲，又號弇州山人，太倉人。嘉靖進士。以父忬因事爲嚴嵩所殺，棄官歸。嵩敗後，隆慶初乃伏闕訟父冤。後累官刑部尚書。始與李攀龍狎主文盟。爲後七子之中心。攀龍死，世貞獨霸文壇者近二十年。所作有《弇州山人四部稿》，及《鳴鳳記》[13]傳奇等。或以爲《鳴鳳記》係他門客所作，疑不能明。此記也多排偶之句，描景寫情，往往未能宛曲或深刻。所述似以楊繼盛爲中心，又似以鄒應龍爲中心。頭緒紛煩，各可成篇。分則成爲獨立的幾段，合則僅可勉強成爲一劇耳。實則其中心乃爲某事，並非某人。像這種的政治劇，在當時殊少見。傳奇寫慣了的是兒女英雄，悲歡離合，至於用來寫國家大

*　*　*

⑫見《明史》卷一百八十，《明史稿》卷一百六十七，《列朝詩集》丁集上，《詞林人物考》卷七，《明詩綜》卷四十六。

⑬《鳴鳳記》有《六十種曲》本，有李卓吾《評》本。

事，政治消息，則《鳴鳳》實爲嚆矢。以後《桃花扇》、《芝龕記》、《虎口餘生》等等似皆像繼之而起者。《鳴鳳記》的概略，可於第一齣〈家門〉大意中見之：

〈滿庭芳〉元宰夏言，督臣曾銑，遭讒竟至典刑。嚴嵩專政，誤國更欺君。父子盜權濟惡，招朋黨濁亂朝廷。楊繼盛剖心諫諍，夫婦喪幽冥。忠良多貶斥，其間節義並著芳名。鄒應龍抗疏感悟君心，林潤復巡江右，同戮力激濁揚清。誅元惡，芟夷黨羽，四海慶昇平。

所謂《鳴鳳記》，大約便是取義於「朝陽丹鳳一齊鳴」的吧。其中如〈嚴嵩慶壽〉（第四齣）、〈燈前修本〉（第十四齣）、〈夫婦死節〉（第十六齣）等，評者皆公認爲全劇中最好的地方。但〈慶壽〉的一齣較之《綠野仙蹤》（小說）所寫的同一的題材，其深入與逼眞似猶遠爲不及。〈修本〉的一齣似甚用力，但也未能十分的寫出楊繼盛的雄烈的情懷來。其最大的缺點，則爲所寫的前後八諫臣，其面目都無甚懸殊，其行蹤也大相類似，頗給我們以雷同之感。

陸采的出現，約與梁辰魚爲同時。他的作劇時代，在嘉靖中。他所作凡四劇，《易鞋記》、《懷香記》、《南西廂》及《明珠記》⑭。《易鞋記》敘述程鉅夫與其妻離合事。鉅夫被擄爲奴。其主以一宦家女妻之。女屢勸鉅夫逃去。他疑其僞，訴之主人。主人笞其妻，後更賣之。鉅夫乃知

＊　＊　＊

⑭《易鞋記》有文林閣刊本；《懷香記》、《明珠記》等有《六十種曲》本；《南西廂》有《西廂六幻》本，《西廂十則》本。

妻之眞意。遂逃去，終爲巨卿。事見陶宗儀《輟耕錄》。采寫此，也殊動人。《懷香記》敘述賈謐女偷香私贈給韓壽事。《明珠記》敘述王仙客、劉無雙的離合事。《南西廂記》則爲不滿意於李日華的「斗膽翻詞」而重寫者。《明珠記》在其間最爲有名，係他少年時所作。錢謙益云：「年十九，作《王仙客無雙傳奇》，子餘（采兄粲）助成之。」因此，頗有謂《明珠》乃陸粲所作而託名於采者。但采自己嘗說道：「曾詠《明珠》掌上輕，又將文思寫鶯鶯。」是《明珠》之非粲作可知。《明珠》頗圓瑩可愛，故得盛傳。但《南西廂》則殊令人對之有「江郎才盡」之感。他雖然看不起日華的剽竊，而他的成就也很有限。他嘗很自負地說道：「試看吳機新織錦，別生花樣天然；從今南北並流傳，引他嬌女蕩，惹得老夫顚。」其實，並不值得如何的讚賞，而說白尤爲鄙野不堪，大有佛頭著糞之譏，采[15]字天池，自號清痴叟，長洲人。

同時有盧柟[16]者，字次楩，一字子木，大名濬縣人。好使酒罵座，被捕入獄幾死。曾作《想當然》傳奇[17]，敘劉一春遇合雙美事，但《劇說》引《書影》，則以爲實邗江王漢恭作，託柟名。（《醒世恆言》卷二十九〈盧太學詩酒傲公侯〉，即寫柟冤獄事。）

* * *

屠隆[18]代表了一個思想荒唐淩亂的時代；那便是隆、萬間的幾十年。這時代昇平稍久，人習苟

⑮ 陸采見《列朝詩集》丁集卷三。

⑯ 盧柟見《列朝詩集》丁集卷五。《明詩綜》卷四十七。

⑰ 《想當然》有譚元春《評》本，有石印本。

⑱ 屠隆見《明史》卷二百八十八；《列朝詩集》丁集卷六；《明詩綜》卷四十七。

安，社會上經濟力比較的富裕。言大而誇的文人學士們盡有投靠到一般社會，以賣文爲活的可能。於是許多的「布衣學士」，「山中宰相」乃至退職投閒的小官僚們，都可以用他們的「文名」做幌子，過著很優裕的生活。王百穀、陳眉公、張伯起都是這一流人。而屠隆也便在其間雄踞著一席。因爲生活的蕭逸自由，便漸漸的淪落到種種享樂與空想的追求。方士式的三教合一與長生不老的思想，因而形成了當時的一個特色。也眞有荒唐的方士們應運而生，肆其欺詐。隆便是被詐的一人，也便是足以代表這些荒唐的文士們的一人。隆字長卿，又字緯眞，號赤水，官至禮部主事。俞顯卿上疏訐之。遂罷歸。歸益自放。縱情詩酒，好賓客，賣文爲活。詩文率不經意，一揮數紙。所作傳奇有《彩毫》、《曇花》、《修文》三記⑲。《彩毫記》敘李白事，選事不精，文復板滯，似更下於《浣紗》。《曇花記》敘述木清泰好道，棄家外遊，遇僧、道二人點化之。歷試諸苦，並遊地府、天堂。其夫人亦慕道修行。清泰歸，乃轉試她。後闔門飛升。這是一本荒唐的已入魔道之作。或謂木清泰即指其好友西寧侯宋世恩；也許便是迎合世恩之意而作的。《修文記》敘述蒙曜一家修道成仙事。（《曲海總目提要》及《小說考證》皆以爲係敘李長吉事，大誤，蓋緣未見原書。）曜即是隆自己。其妻，其二子，其夭逝之女與子媳，並皆捉入戲中。即其仇俞顯卿，其友孫榮祖（即愚弄隆學仙者）亦並皆寫入。可說是一部幻想的戲曲體的自敘傳。其女湘靈死後，修文天上，全家皆賴以超拔。其仇俞顯卿，則被囚地獄，乃賴蒙曜的忠恕而亦得超脫鬼趣。在思想的荒唐空幻和想

* * *

⑲《彩毫記》有《六十種曲》本；《曇花記》有《六十種曲》本，萬曆間天繪閣刊本，臧評朱墨本；《修文記》有萬曆刊本，上海影印本。

像的奔馳自如上，隆的《修文》、《曇花》都可以說是空前的。惟曲白則多食古不化之語，並不能顯出什麼生動靈活的氣韻來。

偉大的宗教劇《目連救母行孝戲文》[20]也出現於此時，卻較《修文》、《曇花》更爲重要，更爲宏偉。《修文》、《曇花》有些自欺欺人，近於兒戲，《目連救母》卻出之以宗教的熱忱，充滿了懇摯的殉教的高貴的精神。此戲文似當是實際上的宗教之應用劇。至今安徽等地，尙於中元節前後演唱目連劇七日或十日，以祓除不祥或驅除惡鬼。此戲文的編者爲鄭之珍，新安人，自號高石山房主人。全戲凡一百折，乃是空前浩瀚的東西。其中插入的幾個短故事，像〈尼姑下山〉（即後來〈思凡〉之所本），和〈勸姐開葷〉，同爲最強烈的人間性的號呼，肉對於靈的反抗。自五十七折以後，寫目連挑經擔和母骨到西天去求佛，大類《西遊記》的故事。也有白猿保護著他，也有火焰山，也有寒冰池，也有爛沙河，也有脫去凡胎的一幕，多少總受有「西遊」故事的影響。而青提夫人的遊十殿，也許是要當作實際上的勸懲之資的，故寫得格外的詳細，慘怖。

汪廷訥的《長生》、《同昇》二記，也和屠隆的《修文》、《曇花》同樣的荒唐可笑。《長生記》敘述某人因虔敬呂仙而得子成道事；《同昇記》寫三教講道度人事；其中主人翁也皆爲汪氏他自己。廷訥[21]字昌朝，一字無如，自號坐隱先生，無無居士，休寧人，官鹽運使。有《環翠堂集》。他在南京，有很幽倩的園林，常集諸名士，宴飲於園中。（詳見《南宮詞紀》）所作《環翠堂樂府》，據說凡十八種，但今所知所見者，只有十五種。《同昇》、《長生》外，爲《獅吼》、

* * *

⑳《目連救母行孝戲文》有高石山房原刊本；富春堂刊本；同治間翻刻本；上海馬啓新書局石印本。

㉑汪廷訥見《明詩綜》卷六十四。

《天書》，《三祝》、《種玉》、《義烈》、《彩舟》、《投桃》、《二閣》、《七國》、《威風》、《飛魚》、《青梅》、《高士》[22]諸記。其中有寫得很好的，像《獅吼記》，敘述陳季常妻柳氏的奇妒事，便是絕好的一部喜劇。清人所作《醒世姻緣傳》小說，中有一部分故事，便係剽竊《獅吼》的。《三祝記》之寫范仲淹微時事；《種玉記》之寫霍中孺事；《義烈記》之寫漢末黨禍事（以張儉爲主人翁）；《天書記》之寫孫、龐鬥智事，都很不壞。惟《三祝》的情境，間亦竊之於古戲（即《呂蒙正破窯記》）。在濃妝淡抹、鬥艷競芳的風尚之中，廷訥諸作，還算是很靈雋自然的。周暉《續金陵瑣事》云：「陳所聞工樂府，《濠上齋樂府》外，尚有八種傳奇：《獅吼》、《長生》、《青梅》、《威風》、《同昇》、《飛魚》、《彩舟》、《種玉》。今書坊汪廷訥皆刻爲己作。余憐陳之苦心，特爲拈出。」此話如可靠，則廷訥的傳奇，大都皆非己作了。所聞字藎卿，金陵人，曾編刻《南北宮詞紀》。說廷訥以資買稿，攘爲已有，或不能免。如以《長生》、《同昇》諸作，也並作爲他人之作，未免過甚其辭；特別《長生記》，似不會是請他人代作的。因爲，那裡面是充滿了廷訥自己的荒唐的思想。

梅鼎祚[23]結束了駢儷派的作風。駢儷派到了他的《玉合記》[24]，也便是登峰造極，無可再進展一步的了。鼎祚字禹金，宣城人。棄舉子業，肆力於詩文。嘗編纂《青泥蓮花記》、《才鬼記》

* * *

[22]《獅吼》、《種玉》二記，有《六十種曲》本；其餘皆有環翠堂原刻本。

[23]梅鼎祚見《列朝詩集》丁集卷十五，《明詩綜》卷六十二。

[24]《玉合記》有富春堂刊本，世德堂刊本，李卓吾《評》本，《六十種曲》本。

等，甚見其搜輯的淵博。《玉合》外，並有《長命縷》㉕，敘單符郎、邢春娘事。《玉合》敘述韓翃、章台柳事，幾至無句不對，無語不典。遂與《玉玦》之「板」，同傳爲口實。《曲品》云：「詞調組詩而成，從《玉玦》派來，大有色澤；伯龍極賞之。恨不守音韻耳。」從《玉合》以後，駢儷派便趨於絕路。湯顯祖、沈璟出現於萬曆間，遂把這陳腐笨拙的作風，如狂飆之掃落葉似的，一掃而空。

■參考書目

一、《曲品》，明呂天成編，有暖紅室刊本，有《重訂曲苑》本。
二、《曲律》，明王伯良撰，有明刊本，《讀曲叢刊》本，《曲苑》本。
三、《曲錄》，王國維編，有《晨風閣叢書》本，《重訂曲苑》本，《王氏遺書》本。
四、《曲海總目提要》，大東書局鉛印本。
五、《六十種曲》，明閱世道人編，汲古閣刊本。
六、富春堂、文林閣、繼志齋所刊傳奇不少。
七、《金陵瑣事》，明周暉編，有原刊本，同治間刊本。
八、《南宮詞紀》，明陳所聞編，有萬曆刊本。

* * *

㉕《長命縷》有《玉夏齋傳奇十種》本。

第五十八章 沈璟與湯顯祖

沈璟與湯顯祖——他們的影響——湯顯祖的生平——其作品：《牡丹亭》、《南柯記》、《邯鄲記》、《紫簫記》、《紫釵記》——沈璟及其著作——《屬玉堂十七種傳奇》——沈璟的跟從者：呂天成與卜世臣——王驥德與沈自晉——陳與郊許自昌徐復祚高濂周朝俊等——顧大典葉憲祖沈鯨吳世美胡文煥等——馮夢龍及墨憨齋所改曲——這時代無名氏的所作

一

湯顯祖與沈璟同爲這個時代中的傳奇作家的雙璧。論天才，顯祖無疑的是高出；論提倡的功績，顯祖卻要遜璟一籌。他只是一位「獨善其身」的詩人，他只是一位不聲不響，自守其所信的孤高的作家。他不提倡什麼，他不宣傳什麼，他也不要領導著什麼人走。他只是埋頭的盡心盡意的創作著。然而他的晶瑩的天才，立刻便爲時人所認識，他的影響立刻便擴大起來——那麼偉大的影響，大約連他自己也不會相信的。這種影響，一方面當然是時代的趨勢，必然的結果；一方面卻要歸功於他所樹立的那麼清雋崇高的天才的例子。他雖無意領導著人家走，後來的作家卻都滔滔的跟

隨在他的後面。時代產生了他，而他也創造了一個時代。他乃是傳奇的黃金時代的一位最好的代表。他的影響，不僅籠罩了黃金時代的後半期，且也瀰漫在後來的諸大作家，如萬樹，如蔣士銓，以至於如黃韻珊等等。呂天成說道：「湯奉常絕代奇才，冠世博學。周旋狂社，坎坷宦途。當陽之謫初還，彭澤之腰乍折。情痴一種，固屬天生，才思萬端，似挾靈氣。搜奇《八索》，字抽鬼泣之文；摘艷六朝，句疊花翻之韻。紅泉秘館，春風檀板敲聲。玉茗華堂，夜月湘簾飄馥。麗藻憑巧腸而濬發，幽情逐彩筆以紛飛。蘧然破噩夢於仙禪，皭矣鎖塵情於酒色。熟拈元劇，故琢調之妍媚賞心；妙選生題，致賦景之新奇悅目。不事刁斗，飛將軍之用兵；亂墜天花，老生公之說法。原非學力所及，洵是天資不凡。」此種讚語，原是很空泛的，但非玉茗實不足以當此種誇飾的歌頌。

顯祖[①]字義仍號若士，又自號清遠道人。臨川人。年二十一，舉於鄉，萬曆癸未（公元一五八三年）舉進士。時相欲召至門下，顯祖勿應。除南太常博士。朝右慕其才，將徵爲吏部郎。上書辭免。稍遷南祠郎。抗疏論劾政府信私人、塞言語，謫廣東徐聞典史。量移知遂昌縣。用古循吏治邑，縱囚放牒，不廢嘯歌。戊戌上計投劾歸，不復出。里居二十年，病卒，年六十有八（一五五〇—一六一七）。自爲祭文。顯祖「志意激昂，風骨遒緊，扼腕希風，視天下事數著可了」。而窮老蹭蹬，所居玉茗堂，文史狼藉，賓朋雜坐。雞塒豕圈，接跡庭戶。蕭閒詠歌，俯仰自得。同儕貴顯者或遺書迓之，顯祖謝曰：「老而爲客，所不能也。」爲郎時，擊排執政，禍且不

* * *

① 湯顯祖見《明史》卷二百三十，《明史稿》卷二百十七，《列朝詩集》丁集中，《明詩綜》卷五十四，《明詩紀事》庚籤卷二。

測。詒書友人曰：「乘興偶發一疏，不知當事何以處我。」晚年翛然有度世之志。死後，其仲子開遠，好講學，取顯祖「續成《紫簫》殘本及詞曲未行者悉焚棄之。」②但《紫簫》今存，實未被焚。於《紫簫》外，顯祖又著有「四夢」。《四夢》者蓋《還魂記》、《邯鄲記》、《南柯記》、《紫釵記》四部傳奇的總稱。又有《玉茗堂文集》十卷，詩集十八卷。然其得大名則在《四夢》而不在他的詩文。——雖然他的詩文也有獨到之處。姚士粦謂：「湯海若先生妙於音律，酷嗜元人院本。自言篋中收藏，多世不常有。已至千種，有《太和正音譜》所不載。比問其各本佳處，一一能口誦之。」（《見只編》）王驥德曰：「臨川湯若士，婉麗妖冶，語動刺骨。獨字句平仄，多逸三尺。然其妙處，往往非詞人工力所及。」又曰：「其才情在淺深濃淡雅俗之間，爲獨得三昧。」又曰：「臨川湯奉常之曲，當置法字無論，盡是案頭異書。所作五傳，《紫簫》、《紫釵》第修藻艷，語多瑣屑，不成篇章。《還魂》好處種種，奇麗動人。然無奈腐木敗草，時時纏繞筆端。至《南柯》、《邯鄲》二記，則漸削蕪纇，俛就矩度。布格既新，遺辭復俊。其掇拾本色，參錯麗語，境往神來，巧湊妙合，又視元人別一谿徑。技出天縱，非由人造。使其約束和鸞，稍閑聲律，汰其剩字累語，規之全瑜，可令前無作者，後鮮來哲。二百年來，一人而已。」（以上並見《曲律》說四）沈德符謂：「湯義仍《牡丹亭夢》一出，家傳戶誦，幾令《西廂》減價。奈不諳曲譜，

* * *

② 此語見錢謙益《列朝詩集》。錢氏之語，蓋據顯祖第二子大耆之言。但《紫簫》見在，並未見焚，則大耆云云，似未可信。當時王驥德等皆深慕湯氏之作，如他於《四夢》、《紫簫》之外，別有所作，則王氏等自當知之，不應一無所言。

用韻多任意處。乃才情自足不朽也。」（《顧曲雜言》）錢謙益謂：「胸中魁壘，陶寫未盡，則發而爲詞曲。《四夢》之書，雖復留連風懷，感激物態，要於洗蕩情塵，銷歸空有。則義仍之所存，略可見矣。」（《列朝詩集》）朱彝尊謂：「義仍塡詞妙絕一時。語雖斬新，源實出於關、馬、鄭、白。」王驥德又謂：「臨川尙趣，直是橫行；組織之工，幾與天孫爭巧，則屈曲聱牙，多令歌者齰舌。吳江曾爲臨川改易《還魂》字句之不協者（按此改本名《同夢記》），呂吏部玉繩以致臨川。臨川不懌。復書吏部曰：彼惡知曲意哉！余意所至，不妨拗折天下人嗓子。」大抵顯祖諸劇的不大合律是時人所公認的，而其縱橫如意的天才，又是時人所讚許的。這可以說是定論。但自葉堂作譜之後，協律與否之論已爲之熄。我們現在很可以從這個魔障中跳出來去看顯祖作品的眞相。

顯祖五劇中，最藉藉人口者自爲《還魂記》或《牡丹亭夢》。③王驥德雖將《還魂》抑置《邯鄲》、《南柯》之下，然一般人的見解，則大都反之。梁廷枏謂：「玉茗《四夢》，《牡丹亭》最佳，《邯鄲》次之，《南柯》又次之，《紫釵》則強弩之末耳。」此種甲乙之次，本極不足據，惟以《牡丹亭》爲最佳，則足以代表一般人的意見。《還魂記》凡五十五齣，沒有一齣不是很雋美可喜的。這樣的一部劇本，出現於「修綺而非垛則陳，尙質而非腐則俚」的時代，正如危岩萬仞，孤松挺然，聳翠蓋於其上，又如百頃綠波之涯，雜草亂生，獨有芙蕖一株，臨水自媚，其可喜處蓋不

* * *

③《還魂記》有《玉茗堂全集》附刻本；萬曆間石林居士刊本；《六十種曲》本；王思任《評》本；沈際飛《評》本；柳浪館刻本；冰絲館刊本；《吳吳山三婦評》本；陳眉公《評》本（改名《丹青記》）；又有沈璟、馮夢龍（易名《風流夢》）、臧晉叔諸改本。《六十種曲》內又有碩園改本。

獨能使我們眼界爲之清朗而已，作者且進而另闢一個新境地給我們。開場的一支〈蝶戀花〉：「忙處拋人閒處住，百計思量，沒個爲歡處。白日消磨腸斷句，世間只有情難訴。玉茗堂前朝復暮，紅燭迎人，俊得江山助。但是相思莫相負，牡丹亭上三生路。」及結束全劇的一首下場詩：「杜陵寒食草青青，羯鼓聲高衆樂停。更恨香魂不相遇，春腸遙斷牡丹亭。千愁萬恨過花時，人去人來酒一卮。唱盡新詞歡不見，數聲啼鳥上花枝。」已足以看出作者的用意。作者是多情人，又是極聰明人，卻故意的在最拙呆最荒唐的布局上，細細的畫出最雋妙的一幅相思圖。曹霑所謂「滿紙荒唐言，一把酸心淚」，正足以說明顯祖的此劇。「但是相思莫相負，牡丹亭上三生路」二語，蓋較之東坡的「但願人長久，千里共嬋娟」，尤爲深入一層，尤爲眞摯確切者。《還魂記》的概略如下：南安太守杜寶生有一女，名麗娘，才貌端妍，未議婚配。一日，杜太守想起，自來淑女，無不知書，便請了本府老秀才陳最良爲西席，專教小姐，並以梅香爲伴讀。陳最良正是民間的百科全書式的老秀才的代表，他無所不知，連醫道也懂得。上學的那一天，陳老先生教麗娘讀《詩經》，解說「關關雎鳩，在河之洲」一詩後，不禁使這位年已及笄，初解懷春的少女悵然有感於中。本府有個後花園，極爲敞大，麗娘向未去過。爲了春情鬱鬱，受了梅香的勸誘之後，便同去園中一遊。春色果然絕佳。好鳥輕囀，繁花綴樹，芍藥方放，牡丹盛開。麗娘回歸繡房，倦極而臥。彷彿身子仍在園中，突遇一位少俊的秀才，折柳一枝贈她，強她題詠，並抱她進牡丹亭中。百種溫存，緊相廝偎。正在歡洽之時，樹上忽墜下落花一片，驚醒了她。她惆悵的醒來，口中還叫道：「秀才，秀才，你去了也！」她母親剛來看她，盤問她也不語。便誡她以後少到後花園中閒行。自此以後，麗娘益爲鬱鬱，夢中之事，無時放懷。捉空兒又到後花園中去。夢中之景，宛然如見，只是那少俊的人兒卻不在身邊了。太湖石仍在，牡丹亭依然，只是花事已將冷落，情懷更爲淒然。自這回尋夢歸去之後，麗娘便生了病，時臥時起，精神恍惚。她父母十分著急。陳最良的藥方固無效力，石道姑的符咒，也欠靈驗。挨至秋初，病體益重，「十分容貌，怕不上九分瞧。」麗娘自己對鏡一照，也吃驚不已。「哎也！俺往日艷冶輕盈，奈何一瘦至此。」便著梅香取絹幅丹青來，為自己生描春容。畫得來可愛煞人。對像徘徊，更增忉怛。便在畫上題道：「近睹分明似儼然，遠觀自在若飛仙。他年得傍蟾宮客，不在梅邊在柳邊。」想起他人之像，或為丈夫相愛，替她描模，也有美人自家寫照，寄與情人，而麗娘這像卻寄給誰呢？「梅邊柳邊」，只不過是個夢兒而已！但出於麗娘的不及料，也出於讀者的不及料，那位「梅邊柳邊」的秀才，在世間卻實有其人。這人姓柳，名夢梅，家住嶺南。少年英俊，貧窮未能赴試。卻說久病的麗娘到了八月十五，明月清朗之夜，便昏厥而去。臨終之時，囑咐她母親只將她屍身葬於後花園中老梅樹下，並私囑梅香將她的春容，放在太湖石邊。她死後不久，杜寶奉命升為淮揚安撫使。他帶了家眷同去。但因為麗娘的屍柩不便運去，便讓她埋於園中。卻將此園與太守官衙用一道牆隔開了，同時並建了一所梅花庵於旁，供奉小姐，命石道姑看守此庵，並請陳最良收取祭糧，歲時巡視。匆匆的過了三年。柳生因久困鄉里，終無了局，便勉力措籌，欲北上圖求功名。得了欽差識寶使苗舜賓的資助，方得成行。經過南安，染病難行，厥於途中。陳最良過而憐之，送他到梅花庵中暫住。柳生病體漸好。在後花園中散步時，拾得麗娘自畫的那幅春容。那畫中端麗絕世的少女，頓使夢梅出驚。他疑心這畫中人是觀音大士吧，卻又是小腳的，是月裡嫦娥吧，卻又沒有祥雲擁護，及見了題詩，乃知她確是人世間的一位美女。「梅邊柳邊」一語，又使他駭然。這不是指著他而言麼？不然如何會那麼巧合於他的姓名呢？於是他便生了痴心，天天對著畫，姐姐美人的叫著。麗娘的魂兒，在地府受了冥判，得了允許還陽的判語。她回到梅花庵，聽著夢梅「姐姐，美人」的叫著，頗為感動。知道了他便是從前夢中的人兒，便乘機進了書房，假託鄰女與他相晤。夢梅見了那麼倩麗的一位少女昏夜而至，當然是既驚且喜的。他們的好事，曾有一次爲石道姑們所沖散，但也無甚阻礙。麗娘還陽的日期已盡，便囁嚅著與夢梅說知，她並不是鄰女，乃是畫中的人兒。夢梅看看畫兒，又看看她，果然是一模無二。她至此方才對他細訴自己的身世，並要求他開墳啓棺，出她於土中。夢梅與石道姑商議，設法開了墳，果然小姐復活起來；顏色嬌艷如生。掘墳的他們，當場也忘記了她乃是已死三年的少女！他們恐怕住在南安不便，便一同北上到臨安。這裡，陳最良到了庵中，見石道姑與柳生都不在，杜小姐的墳又已被掘發，便斷定乃是他們二人同謀爲此，事成逃去。決意奔到淮揚前去告訴杜公。這時，金人正圖南下牧馬，封海賊李全爲溜金王，著其擾亂淮南一帶。李全與妻楊氏，領衆圍了淮安。杜公奉命往救，也被陷於圍城之中。陳最良北來，恰好沖在賊人的網裡。李全設了一計，假說杜公的夫人及婢女春香已爲全兵所殺。（這時杜公夫人等已離揚城，逃難在外）最良信之。全便命他進城招降，欲他以此噩耗告杜公，以亂其心。但杜公悲憤之餘，反設了一計，命最良去說李全及楊氏降宋。恰好全與金使衝突，懼禍，便依言降宋。在此時之前，柳生偕眷到臨安赴試。試時剛過，柳生強欲補試，幸得遇前在廣贈金的苗舜賓爲試官，竟通融了他入試。金榜正待揭曉，卻遇李全之亂，暫不宣布。柳生試畢回家。麗娘聞他父親被圍淮安，便遣他去看望杜老。他到了淮安，恰好李全已降，杜公正奉旨召爲中書門下同平章事，僚屬在那裡宴別他。柳生自稱門婿，闖門而進。杜公得了最良之言，正惱著女墳被掘發，這位不知何來的門婿，卻憑空而至，便大怒的命人遞解柳生到臨安府幽禁著，以待後命。杜公入朝，皇帝大喜。最良也功授爲黃門官。李全已平，金榜遂揭曉，狀元是柳夢梅。但他們遍覓狀元赴瓊林宴不得。不知狀元卻在杜府吊打著呢。杜公到京後，便命取了柳生來，欲治他以發墳罪，任柳生怎樣辯解也不聽。覓尋狀元的人到來，才救了柳生此厄。杜公仍然不愉，堅執著：即使女兒活著，也是花木之妖，並非眞實的人。於是這事達到皇帝之前，命他們三人同在陛前辯論。結果，以麗娘的細訴，事情大白。當杜公到了麗娘家中時，卻於無意中遇見了前傳被殺的夫人及梅香。原來他們逃難到臨安時，遇著麗娘，便同住在一處。於是合家大喜著團圓著。然而柳生卻還不認那位狠心的丈人。經了麗娘的婉勸，方才重復和好。這一部離奇的喜劇，便於喜氣重重中閉幕。

關於《牡丹亭》，爲了時論的異口同聲的歌頌，當時便發生了許多的傳說：《靜志居詩話》云：「其《牡丹亭》曲本，尤極情摯。人或勸之講學。笑答曰：『諸公所講者性，僕所言者情也。』世或相傳云：刺曇陽子而作。然太倉相君實先令家樂演之。且云：『吾老年人近頗爲此曲惆悵。』假令人言可信，相君雖盛德有容，必不反演之於家也。當日婁江女子俞二娘，酷嗜其詞，斷腸而死。故義仍作詩哀之云：『畫燭搖金閣，眞珠泣繡窗。如何傷此曲？偏只在婁江。』又〈七夕答友詩〉云：『玉茗堂開春翠屏，新詞傳唱《牡丹亭》。傷心拍遍無人會，自掐檀痕教小伶。』」按曇陽子事，詳見於吳江沈瓚《近事叢殘》中。《弇州史料》亦云：「女曇陽子以貞節得仙，白日升舉。」曇陽子事，爲當時所盛傳。世俗以其有還魂之說，故附會以爲顯祖《還魂》即指此事。其實二事絕不相同。還魂之事，見於古來傳記者甚多。若士自序云：「傳杜太守事者，彷彿晉武都守李仲文，廣州守馮孝將兒女事，予稍爲更而演之。杜守收考柳生，亦如睢陽王收考譚生也。」（按李仲文、馮孝將事皆見《法苑珠林》；談生事見《列異傳》——《太平廣記》引。）元人的《碧桃花》、《倩女離魂》二劇，與若士此作也極相似。又《睽車志》載：士人寓三衢佛寺，有女子與合。其後發棺，復生遁去。達書於父母。父以涉怪，忌見之。此事與《還魂》所述者尤爲相合。「刺曇陽子」云云，蓋絕無根據之談。

《南柯記》④事跡大抵根據唐李公佐的〈南柯太守傳〉而略有增飾。（陳翰《大槐宮記》與李作亦絕類。）《南柯》所說，仍是一個情字。論者每以爲顯祖此劇的目的，乃在：「貴極祿位，權傾國都，達人視此，蟻聚何殊。」（李肇贊語）其實《南柯》的中心敘述乃在空虛的愛情，並不在蟻都的富貴。這在開場的一首〈南柯子〉便可見：「玉茗新池雨，金泥小閣晴。有情歌酒莫教停，看取無情蟲蟻也關情。國土陰中起，風花眼角成。契玄還有講殘經，爲問東風吹夢幾時醒？」且淳于生入夢也由情字而起，結束也以「情盡」爲基，作者之意，益可知。故顯祖此劇，事跡雖依據於〈南柯太守傳〉，而其骨子裡的意解則完全不同。顯祖窮老以終，視富貴如浮雲，曾不芥蒂於顯爵，更何必卑視乎蟻職。

《邯鄲記》⑤本於沈既濟的〈枕中記〉而作。盧生與呂翁遇於邯鄲道上。呂翁以瓷枕與生。生枕之而臥。逆旅主人蒸黃粱米熟，生已於夢中經歷富貴榮華、遷謫、圍捕的得失。情調和《南柯》雖若相類，實則不同。若士自道：「開元天子重賢才，開元通寶是錢財。若道文章空使得，狀元曾值幾文來！」則其憤懣不平，已情見乎詞。

＊　　＊　　＊

④《南柯記》有全集附刻本；明萬曆刊本；柳浪館刊本；沈際飛刊本；陳眉公《評》本；臧晉叔刻本；閔刻朱墨本；《六十種曲》本。

⑤《邯鄲記》有柳浪館刊本；全集附刻本；《六十種曲》本；臧晉叔改本；閔刻朱墨本。

《紫簫記》⑥和《紫釵記》⑦，同本〈霍小玉傳〉而作。《紫簫》較爲直率，《紫釵》則婉曲悱惻，若不勝情。《曲品》云：「向傳先生作酒色財氣四犯，有所諷刺，作此以掩之，僅存半本而罷。」此實無根之談。若士《紫釵記序》述其刊行《紫簫》之故最詳。《紫簫》未出時，物議沸騰，疑其有所諷刺，他遂刊行之以明無他。「實未成之作也。」所謂未成，並非首尾不全，實未經仔細修煉布局之謂。《紫釵記》則布局較爲進步，也更合於〈霍小玉傳〉。惟不及李益就婚盧氏事；強易這悲劇爲團圓的結束，未免有損於〈小玉傳〉的纏綿悱惻的情緒。但像〈折柳〉〈陽關〉諸折，卻是很嬌媚可愛的。

若士五劇，《還魂》自當稱首。但任何一劇，也都是最晶瑩的珠玉，足以使小詩人們妒忌不已的。那是最雋妙的抒情詩，最綺豔，同時又是最瀟灑的歌曲。若以沈璟和他較之，誠然要低首於他之前而不敢仰視的。

二

沈璟⑧字伯英，號寧庵，又號詞隱，吳江人。萬曆甲戌（公元一五七四年）進士。除兵部主

* * *

⑥《紫簫記》有富春堂刊本；《六十種曲》本。

⑦《紫釵記》有柳浪館刊本；全集附刻本；竹林堂刊本；臧晉叔改本。《六十種曲》本。

⑧見《明詩綜》卷五十二。

事，改禮部，轉員外。復改吏部，降行人司正，陞光祿寺丞。璟深通音律，善於南曲，所編《南九宮譜》，爲作曲者的南圭。又有《南詞韻選》，所選者也以合韻與否爲上下。所作傳奇凡十七種，總名《屬玉堂傳奇》。但大都爲未刻之稿，故散失者極多。但璟影響極大，凡論詞律者皆歸之。他論文則每右本色，以樸質不失眞爲上品，以誇飾雕斫爲下。在當時日趨綺麗的曲風中，他確是一位挽救曲運的大師。有了他的提倡，《玉玦》、《玉合》的宗風方才漸息。已走上了死路的南劇方才復有了生氣。同時才人湯顯祖，更以才情領導作者。當時論律者歸沈，尙才者黨湯，而已成風氣的綺麗堆砌之曲，則反無人顧問。呂天成、王驥德二家則力持「守詞隱先生之矩矱，而運以清遠道人的才情」的主張。此後的傳奇作家，遂皆深受此影響而有以自奮勉。孟稱舜、范文若、吳炳、阮大鋮諸人，並皆三致意於此。但清遠並不是有意的提倡，而詞隱則爲獅子的大吼。學沈苦學可至，學湯則非天才不辦。故詞隱的跟從者一時遍於天下，而清遠則在當時是孤立的。力爲詞隱張目者爲呂天成、王驥德及沈氏諸子侄。然驥德作《曲律》，對詞隱已有不滿。沈自晉增訂《南九宮全譜》，於詞隱原作也頗有所糾正。而清遠則聲望日隆，其《四夢》，後來作者無不懸以爲鵠。蓋詞隱的影響止於曲律，其「本色論」則時代已非，從者絕少。清遠則在曲壇中開闢了一條展布才情，無往不宜的一條大路，正合於時代的風尙，才人的心理。直到了這個時代以後，傳奇方才眞正的上了正則的文壇而入於有天才的文人之手。此時，離東嘉、丹邱之時，蓋已有二百餘年了。在那二百年中，傳奇只是在若明若昧之中，無意識的發展著，偶然的入於文人之手，也只是走著錯路，未入正規。至是，詞隱才示之以嚴律，清遠才示之以雋才，而傳奇的風氣與格律，遂一成而不可復變，傳奇的創作，遂也有了定型而不可更移。在其中，提倡最力，最有功績者則爲詞隱。二百年間，作者寥寥，作品也很少，而在最後的不到百年間則作者幾超出十倍，作品更爲充棟汗牛，不可勝計。有意的提倡與無意識的發展，已入文人學士之手與在民間的自然生長，無途徑的自由寫作與已有定型成譜的寫作，這其間相差是不可以道里計的。東嘉、丹邱以後，傳奇便應入了後一條路上的。爲了提倡的無人，與乎正則的文人的放棄責任，特別是「科舉」的束縛人心，覊絆人才，使詩人們無心傍及雜學，更無論戲文，傳奇發展的時針，遂撥慢了二百餘年。應該在東嘉、丹邱之後便完成的傳奇的黃金時代，遂遲到這個時代方才實現。

《曲品》頌詞隱爲曲中之聖：「沈光祿金、張世裔，王、謝家風。生長三吳歌舞之鄉，沉酣勝國管弦之籍。妙解音律，花月總堪主持；雅好詞章，僧妓時招佐酒。束髮入朝而忠鯁，壯年解組而孤高。卜業郊居，遁名詞隱。嗟曲流之泛濫，表音韻以立防。痛詞法之蓁蕪，訂全譜以闢路。紅牙館內，謄套數者百十章，屬玉堂中，演傳奇者十七種。顧盼而煙雲滿座，咳唾而珠玉在豪。運斤成風，樂府之匠石；遊刃餘地，詞壇之庖丁。此道賴以中興，吾黨甘爲北面。」沈德符說：「沈甯庵吏部後起，獨恪守詞家三尺，如庚清眞文，桓歡寒山，先天諸韻，最易互用者，斤斤力持，不少假借，可稱度曲申、韓。」（《顧曲雜言》）「此道賴以中興」一語，誠是詞隱的功狀。然其作品卻未盡滿人意。王驥德云：「詞隱傳奇，要當以《紅蕖》稱首。其餘諸作，出之頗易，未免庸率。然嘗與余言，歉以《紅蕖》爲非本色。殊不其然。生平於聲韻宮調，言之甚毖。顧於己作，更韻更調，每折而是，良多自恕，殆不可曉耳。」蓋璟自是一位有力的提倡者，卻不是一位崇高的劇曲作者。

璟的《屬玉堂傳奇十七種》爲《紅蕖》、《分錢》、《埋劍》、《十孝》、《雙魚》、《合衫》、《義俠》、《分柑》、《鴛衾》、《桃符》、《珠串》、《奇節》、《鑿井》、《四異》、《結髮》、《墜釵》、《博笑》。尚有《同夢記》一種，亦名《串本牡丹亭》，蓋即改削湯顯祖的

《還魂記》者，不在這十七種之內。《同夢》今已佚，僅有殘文見於沈自晉的《南詞新譜》中。其中未刻者有《珠串》、《四異》、《結髮》、及《同夢》數種。即已刻者今也已散佚殆盡，不皆可見。（《曲錄》錄璟的傳奇凡二十一種，《同夢記》尚不在內，誤。璟所作者於《同夢記》外，蓋僅有《紅蕖》等十七種。其他《耆英會》、《翠屛山》、《望湖亭》三種，蓋爲沈自晉作。）

璟的《十孝》及《博笑》二記，其體例並非傳奇。下章當述及之。《義俠記》⑨為今所知璟傳奇中最著名的一種。《義俠》敘武松的本末，情節與《水滸傳》所敘者無大出入，惟增出武松妻賈氏爲不同耳。《曲品》云：「《義俠》激烈悲壯，具英雄氣色。但武松有妻似贅；葉子盈添出無緊要。西門慶鬥殺，先生屢貽書於余云：此非盛世事，秘弗傳。乃半野商君得本已梓，吳下競演之矣。」（《曲品》）《義俠》中的賈氏的增入，作者大約以爲生旦的離合悲歡，已成了一個傳奇不可免的定型，故遂於無中生有，硬生生將武行者配上一個幼年訂婚的賈氏吧。在曲白中，也不見得十分的本色。作者才情自淺，故雖處處用力，卻只得個平正無疵而已。論清才雋語是說不上的。像景陽岡打虎，快活林打蔣門神，飛雲浦殺解差，《水滸傳》中已是虎虎有生氣，這裡頗襲用《水滸》，寫得卻仍未能十分出色。即〈萌奸〉（第十二齣，俗名〈挑簾〉）、〈巧媾〉（第四齣，俗名〈裁衣〉）二齣，俗人所深喜者，也未必能高出《水滸》的本文。

《紅蕖記》，今未見，有殘文存於《南詞新譜》中。《曲品》云：「《紅蕖》著意著詞，曲白工美。鄭德璘事固奇，無端巧合，結構更宜。先生自謂字雕句鏤，正供案頭耳。此後一變矣。」此

* * *

⑨《義俠記》有《六十種曲》本；富春堂刻本；文林閣刻本。

劇爲璟早年之作，其風格與後來諸作頗有不同。王伯良頗右之，以爲勝其後作。《埋劍記》[⑩]有刻本。本唐人〈吳保安傳〉。《曲品》謂：「《埋劍》，郭飛卿事奇，描寫交情，悲歌慷慨。此事鄭虛舟採入《大節記》矣。《大節記》以吳永固爲生。」《分錢記》今未見。殘文亦存於《南詞新譜》中。《曲品》謂：「《分錢》全效《琵琶》，神色逼似。第一廣文不能有妾，事情近酸。然苦境亦可玩。」《雙魚記》[⑪]有刻本。敘劉符郎、邢春娘事。《曲品》謂：「書生坎坷之狀，令人慘慟。雜取《符節》事，《荐福碑》中，北調尤佳。」《合衫記》今未見。《曲品》謂：「苦處境界大約雜摹古傳奇。此乃元劇公孫合衫事。曲極簡質，先生最得意作也。第不新人耳目耳。余特爲先生梓行於世。」《鴛衾記》今未見。《曲錄》謂：「聞有是事，局境頗新。妻之掠於汴也，章台柳也。含譏無所不可。吾友桐柏生有《鳳》、《釵》二劇，亦取之。」桐柏生即葉憲祖。「鳳」大約即指《團花鳳》一劇。「釵」的一劇未知所指。《桃符記》[⑫]有傳本，敘劉天義、裴青鸞事，本元《碧桃花》劇。《曲品》謂；「即《後庭花》劇而敷衍之者。宛有情致，時所盛傳。聞舊亦有南戲，今不存。」《分柑記》，今未見。呂文謂：「《分柑》，男色，爲佳曲。此本詎能疊出可喜。第情境尙未徹暢。不若譜董賢更喜也。」《四異記》今未見。《今古奇觀》中有《喬太守亂點鴛鴦譜》，即此故事。《曲品》謂：「舊傳吳下有嫂奸事。今演之快然。丑、淨用蘇人鄉語，亦足笑

* * *

⑩《埋劍記》有明繼志齋刻本；北京圖書館石印本。

⑪《雙魚記》有明繼志齋刻本。

⑫《桃符記》有清內府抄本，傳抄本。

也。」這一點是極可注意的，丑、淨用土白，實是近代劇的一個特徵。但像作者那樣的將連篇土語公然用之於劇本上的，則絕無僅有。《鑿井記》今未見。《曲品》謂：「事奇，湊拍更好。通本曲腔名，俱用古戲名串合者。此先生長技處也。」《珠串記》今未見。《曲品》謂：「崔郊狎一青衣，賦侯門如海詩，事足傳。寫出有情景。第其妻磨折處不脫套耳。」《奇節記》今未見。《曲品》謂：「正史中忠孝事宜傳。一帙分兩卷。此變體也。」《結髮記》今亦未見。《曲品》謂：「是余所傳致先生而譜之者。情景曲折，便覺一新。」《墜釵記》俗名《一種情》，有傳本。《曲品》謂：「興慶事甚奇，又與賈女雲華，張倩女異。先生自遜謂不能作情語。乃此情語何婉切也。」蓋本於瞿佑《金鳳釵記》。這是他有意和湯顯祖的《還魂記》相匹敵的。然任怎樣也不會追得上《還魂》的。不過璟究竟是一位極努力的作家。在璟之前，作雜劇者有多至六十餘本的，如關漢卿；作傳奇者則大都少則一本，如《琵琶》、《拜月》；多亦不過五種六種耳，如張鳳翼的《陽春六集》，徐霖的《三元》、《繡襦》等；至若一人而著劇多至十七種者當始於璟。

三

最受沈璟的影響者，有呂天成、卜世臣二人。卜世臣字大匡，一字大荒，秀水人。（《嘉興府志》作字藍水）磊落不諧俗，日扃戶著書。有《樂府指南卮言》、《多識編》及《山水合譜》等（見《府志》卷五十三）。所著傳奇，則有《冬青》、《乞麾》二記。《冬青》寫唐玨葬宋帝骨殖事。《曲品》道：「檇李屠憲副於中秋夕帥家優於虎邱千人石上演此，觀者萬人，多泣下者。」《乞麾》敘杜牧之恣情酒色事。王伯良云：「其詞駢藻鍊琢，摹方應圓，終卷無上去疊聲，直是竿頭撒手，苦心哉！」（《曲品》引）此二記皆不存，僅有殘文見於《南詞新譜》。呂天成字勤之，號鬱藍生，別號棘津，餘姚人。著《曲品》，又作《雙棲》、《雙閣》、《四相》、《四元》、《神劍》、《二窯》、《神女》、《金合》、《戒珠》、《三星》諸記及其他小劇，凡二三十種，今不存一種。王伯良《曲律》（卷四）嘗詳及其生平。伯良云：「勤之童年便有聲律之嗜。既為諸生，有名，兼工古文詞。與余稱文字交垂二十年。每抵掌談詞，日昃不休。孫太夫人好儲書，於古今戲劇，靡不購存。故勤之泛瀾極博。所著傳奇，始工綺麗，才藻熤然。最服膺詞隱，改轍從之，稍流質易。然宮調字句平仄，兢兢毖眘，不少假借。」伯良又道：「勤之製作甚富，至摹寫麗情褻語，尤稱絕技。世所傳《繡榻野史》、《閒情別傳》，皆其少年遊戲之筆。」他死時年未四十。這兩個人都是沈璟的最服從的信徒。《曲律》云：「自詞隱作詞譜，而海內斐然向風。衣鉢相承，尺尺寸寸，守其矩矱者二人，曰吾越鬱藍生，曰檇李大荒逋客。鬱藍《神劍》、《二窯》等記並其科段轉折似之。而大荒《乞麾》，至終帙不用上去疊字。然其境益苦而不甘矣。」

王伯良他自己卻不是那麼低頭於詞隱的人。他也佩服詞隱，但同時又未免有些微詞。他是更傾倒於湯義仍的。在這一點上，他的賞鑒的能力確是很高超的。伯良名驥德，號方諸生，又號玉陽仙史，會稽人。《明文授讀》稱他為王守仁侄，不知何據。他嘗受學於徐渭，曾校訂《西廂》、《琵琶》二記，並著有《曲律》。對於戲曲的探討，是比了沈璟更進一步的。為了他並不是怎樣的要求恢復「古劇」的「本色」，所以他唯一的一部傳奇，《題紅記》，寫得很是嬌艷。與其說是受沈璟的影響，不如說是受湯顯祖的。他除了在曲的音律上曾受沈璟的啓示之外，其他都是不滿於璟的。其實璟的影響，也只在這一方面。明末諸作家，我們可以說，直接間接，都是受著顯祖的絕代才華的照耀的。伯良的《題紅記》為少年時作，係改其祖爐峰的《紅葉記》，為屠隆強序入梓。他自己不很滿意。但又述孫如法語。謂湯顯祖令遂昌日，會如法，「謬賞余《題紅》不置」。則亦自負不淺。《題紅》敘于祐、韓夫人紅葉題詩事，今存[13]。

就是沈氏諸子弟，對於詞隱也不盡服從。沈氏諸子弟，幾無不能曲者。其侄自晉、自徵二人，尤爲白眉。自徵有《漁陽三弄》雜劇，乃是追隨於徐渭《四聲猿》之後的。自晉作《南詞新譜》，是糾正、增訂詞隱的《南九宮譜》的。自晉所作的《翠屏山》、《望湖亭》、《耆英會》三記，尤露才情，迥非詞隱本色一語，所能範圍得住。蓋也是私淑臨川的作風的。自晉字伯明，又字長康，號鞠通生。他在清初尚存，年已七十餘歲。《南詞新譜》有他丙戌（一六四六）的凡例，則至少他是活到七十六歲以上的（一五七一——一六四六）。沈自友《鞠通生傳》云：「海內詞家，旗鼓相當，樹幟而角者，莫若吾家詞隱先生與臨川湯若士先生。水火既分，相爭幾於怒詈。生蟬緩其間。錦囊彩筆，隨詞隱爲東山之遊，雖宗尚家風，著詞斤斤尺矱，而不廢繩簡，兼妙神情。甘苦匠心，朱碧應度。詞珠宛如露合，文冶妙於丹融。兩先生亦無間言矣。」這把他的立場寫得很明白。不僅他如此，明末的諸大家，殆無不是秉用沈譜，而追慕湯詞的。他的《耆英會》今未見傳本。《翠屏山》[14]傳唱最盛。今劇場上俗名「石十回」的，即是此戲。事本《水滸傳》楊雄、石秀殺潘巧雲的一則。《望湖亭》[15]敘錢萬選秀才代其表兄顏伯雅去相親，被留結婚，因此錯誤，終得與高氏女

⑬《題紅記》有明金陵繼志齋刊本（北京圖書館藏）。

⑭《翠屏山》有明刊本。

⑮《望湖亭》有《玉夏齋傳奇十種》本。

*　　*　　*

成就姻緣事。此事曾有話本，名《錢秀才錯占鳳凰儔》。（見《醒世恆言》卷七，又見《今古奇觀》）此二記皆寫得很雋妙，結構也極爲整煉，而曲白的互相映照生趣，莫不虎虎有生氣，尤爲前一時代作家們所罕見。像下面一曲：

雪花飛，攪得我心間碎。且走向湖邊覷，步難移。這的吼地寒飆，何處把仙舟滯？只見高高簇浪堆，高高簇浪堆，又怕層層結水衣，早是白茫茫不見個山兒意。

——《望湖亭》第二十五折

寫顏伯雅於大雪中立在湖邊，等候迎親的船，是很能捉得其焦急不堪的神情的。同劇〈自嗟〉（第十折，俗名〈照鏡〉），尤爲劇場上最能惹起哄堂大笑的一幕。

四

和湯、沈同時的戲曲作家們，幾有一時屈指不盡的盛況。在萬曆的時代，劇場上的新曲如雨後春筍，夏夜繁星似的那麼層出不窮。呂天成序《曲品》道：「予舞象時即嗜曲，弱冠好塡詞。每入市見傳奇，必挾之歸，笥漸滿。初欲建一曲藏，上自前輩才人之結撰，下自腐儒教習之攢簇，悉搜共貯，作江海大觀。既而謂多不勝收。彼攢簇者收之汙吾篋，稍稍散失矣。」又道：「傳奇侈盛，作者爭衡，從無操柄而進退之者。矧今詞學大明，妍媸畢照，黃鐘瓦缶，不容並陳，白雪巴人，奈何混進。」在他的《曲品》中，於「不入格者擯不錄」之外，傳奇之數，「亦已富矣」。可見當時的盛況爲如何。下文僅舉比較重要的若干作家，略講一下。其他作品不傳及不甚重要者皆未之及。

陳與郊字廣野，號玉陽仙史，海寧人。官太常寺少卿。著《隅園》、《蘋川》、《黃門》諸集。他自以爲搢紳大夫，不屑以詞曲鳴於時，乃託名高漫卿，著《詅痴符》四種。或稱之爲任誕軒，蓋誤以其軒名爲著者之名。那總名爲《詅痴符》⑯的四部曲，有改他人之作者，亦有爲自己創作者。一爲《靈寶刀》，寫林沖的始末，蓋本於李開先的《寶劍記》。他自己題記於劇末道：「山東李伯華先生舊稿，重加刪潤，凡過曲引尾二百四支，內修者七十四支，撰者一百三十支。」實等於重作。惟情節則無變動。二爲《麒麟罽》，寫韓世忠、梁夫人的始末。他自己說道：「韓王小傳本奇妙，奈譜曲梨園草草，因此上任誕軒中信口嘲。」則似因不滿意於張四維的《雙烈記》而改作者。三爲《鸚鵡洲》，寫韋皋、玉簫女的始末，蓋亦本於無名氏的《韋皋玉環記》。四爲《櫻桃夢》，則係他的創作。事本《太平廣記》所載《櫻桃青衣》，蓋爲《南柯》、《邯鄲》的另一轉變，惟情節似更婉曲而富於詩意。這四劇寫得都很有風趣，盡有很秀美的曲文，惜見之者絕少。

張四維所作，今存《雙烈記》⑰一種，尚有《章台柳》及《溪上閒情》（此種似爲散曲集）則未見。四維字治卿，號五山秀才（《曲錄》及《曲品》均作午山），元城人。嘗和陳所聞以曲相贈答。（見《南宮詞紀》）《雙烈記》敘韓世忠和梁紅玉事。雖爲陳與郊所不滿，然今見之劇場上

＊　＊　＊

⑯《詅痴符》有任誕軒原刻本，四種曲全者未見；但見《靈寶刀》、《櫻桃夢》、《鸚鵡洲》三種。《靈寶刀》並有文林閣刻本；《鸚鵡洲》並有陳眉公《評》本。

⑰《雙烈記》有《六十種曲》本。

者，卻仍爲四維之作，而非與郊的改本。其實《雙烈》也殊明白曉暢，甚能動人。

許自昌字玄祐，吳縣人。有《樗齋漫錄》十二卷，《詩鈔》四卷，《捧腹談》十卷。他和陳眉公諸人交往，構梅花墅，聚書連屋。又好刻書，所刻有韓、柳文集及《太平廣記》等。所作傳奇有《水滸記》、《橘浦記》、《靈犀珮》、《弄珠樓》及《報主記》等，惟《水滸記》流傳最廣。《水滸記》[18]敘宋江事，皆本《水滸》，惟《借茶》、《活捉》爲添出者。只寫到江州劫法場，小聚會爲止，沒有一般「《水滸》劇」之非寫到招安不可。詞曲甚婉麗，結構極完密。像〈劉唐醉酒〉等幕，尤精悍有生氣。《橘浦記》[19]寫柳毅傳書事，而添出不少的枝節。本於「衆生易度人難度」的前提，而極意的抒寫「負德的小人丘伯義，銜恩的幾個衆生」的幾段情節，或作者有所感而發歟？《靈犀珮》諸作，今俱未見。郃陽人王異（字無功）也作《弄珠樓》、《靈犀珮》（尚有《百花亭》一種）二劇，不知是否改自昌之作？也許自昌此二劇是改王異的也說不定。

湯顯祖的友人鄭之文[20]，也寫作了《白練裙》、《旗亭記》、《芍藥記》三本，今惟《旗亭記》[21]存。之文字應民，一字豹先，南城人。官南部郎，後出爲知府。他少年時，很刻薄，嘗作《白練裙》以譏馬湘蘭，頗爲時人所不滿。湯顯祖嘗爲序其《旗亭記》，實亦不甚好。

* * *

⑱《水滸記》有梅花墅原刻本；《六十種曲》本。

⑲《橘浦記》有明刻本；日本影印本。

⑳鄭之文見《列朝詩集》丁集卷七；《明詩綜》卷六十。

㉑《旗亭記》有萬曆癸卯繼志齋刊本。

徐復祚字陽初，號暮竹，又號三家村老，常熟人，有《三家村老委談》及《紅梨記》、《宵光劍》、[22]《梧桐雨》、《祝髮記》等傳奇數本。今惟《紅梨記》最為流行；《宵光劍》亦見存，餘皆佚。《紅梨》本於元劇《詩酒紅梨記》，而添入不少的枝節；寫得很嬌艷，是這時代所產生的最好的劇本之一，雖然其中未免有些褻穢處。他自道：「論賣文，生涯拙；豈是誇多，何曾鬥捷。」是此劇似亦為易米而作者。《宵光劍》寫衛青事，也甚動人。

同時有《快活庵評本紅梨記》一本，今亦傳於世。和復祚同名的一本，雖敘同一故事，而詞語全異。如果把這兩劇對讀起來，復祚的一本，似還嫌過於做作、塵凡。惜此很偉大的一本名著，竟不能知道其作者為誰。

高濂的《玉簪記》[23]足和《紅梨記》並肩而立，而有的地方，寫得更較《紅梨記》為蕩魂動魄，《紅梨》寫聞聲相思，有些不合理。《玉簪》則通體為少年兒女的熱戀，或即或離，或聚或散，是那樣的嬌嫩若新荷出水，是那樣的綺膩若蜀錦甌綢。《玉簪》事本《張于湖誤宿女貞觀》。（見《國色天香》、《燕居筆記》諸書。）敘述陳妙常、潘必正事。為了糾正道德上的缺憾，故濂添出「指腹為媒」的一段。其間像〈琴挑〉、〈偷詩〉、〈秋江〉諸折，其情境都是《西廂》、《還魂》所未經歷的。濂字深甫，號瑞南，錢塘人，所作尚有《節孝記》一本。《曲品》云：「陶

* * *

[22]《紅梨記》有洛浦生原刻本；萬曆間刊本；閔刻朱墨本；陶氏影印本；巾箱本。《宵光劍》有傳抄本。

[23]《玉簪記》有文林閣刊本；廣慶堂刊本；繼志齋刊本；陳眉公評本；《六十種曲》本；一笠庵評寧致堂刊本；凌初成改訂本（易名《喬合衫襟記》）；萬曆間白綿紙印本（名《三會貞文庵玉簪記》，疑為原刊本）。

潛之〈歸去〉，令伯之〈陳情〉，分上下帙，別是一體。」濂又編《遵生八箋》，是一部很重要的論服食養生之書，足以使我們明白明代士大夫的生活和思想的實況的一斑。

周朝俊的《紅梅記》㉔，其婉麗處不下《紅梨》、《玉簪》。朝俊字夷玉，鄞縣人（《曲錄》作吳縣，誤）。《紅梅》敘裴生遇賈似道妾的鬼魂，被其所救，且得美配事。其中〈鬼辯〉的一幕，今猶常上演於劇場。

王玉峰，松江人，作《焚香記》㉕，敘王魁、桂英事。此為宋、元以來最流行於劇場上的故事。宋人已有戲文，元劇亦有尙仲賢的《王魁負桂英》。玉峰此戲，則站在傳奇必須以團圓的原則上，添出種種的幻局，成了一本「王魁不負桂英」，正如湯顯祖《紫釵記》之把結局改為李益不負小玉似的。

周履靖和許自昌一樣，也是一位喜刻書的作家。他號螺冠，秀水人。所刻有《夷門廣牘》及《十六名姬詩》等。傳奇有《錦箋記》㉖一本，敘梅玉和柳淑娘的戀愛。以「遺箋」為始戀，中間好事多磨，致義女為主捐軀。最後，有情人才得成為眷屬。情節是並不怎麼高明。

朱鼎的《玉鏡台記》㉗雖亦為寫悲歡離合的劇本，卻全異於一般的戀愛劇。這裡是，國家的大

* * *

㉔《紅梅記》有玉茗堂《評刻》本；袁中郎《評改》本。

㉕《焚香記》有玉茗堂《評刻》本；《六十種曲》本。

㉖《錦箋記》有《六十種曲》本；玉茗堂《評刻》本。

㉗《玉鏡台記》有《六十種曲》本。

事，占據了家庭的變故的全部。雖本關漢卿的《溫太眞玉鏡記》，卻比之原劇，面目全殊。其間〈新亭對泣〉、〈聞雞起舞〉、〈中流擊楫〉諸齣，至今讀之，猶爲之感興。《桃花扇》與此戲正是同類。惟《桃花扇》充滿了淒涼悲楚，而此記則尙有陽剛銳厲之氣魄，是興國，而非亡國的氣象。鼎字永懷，崑山人。

顧大典[28]和沈璟是同輩。他字道行，吳江人。官至福建提學副使。著《海岱吟》、《閩遊草》、《園居稿》、《清音閣十集》等。所作傳奇，則有《青衫記》，本馬致遠《青衫淚》劇，敘白居易、裴興奴事；《葛衣記》，敘任昉子西華，貧無所歸事，本劉孝標〈廣絕交論〉；《義乳編》，敘後漢李善義僕事；《風教編》，分四段，敘四則足以範世的故事；這四記總名爲《清音閣四種》。今傳者惟《青衫記》[29]。白香山的〈琵琶行〉，不意乃生出這樣的故事出來，豈是他所及料的。清代作劇者，究竟高明些，乃紛紛爲白氏洗刷，竟恢復了那篇絕妙的抒情詩的本來面目。（像蔣士銓的《四弦秋》。）

葉憲祖[30]字美度，一字相攸，號桐柏，別號六桐，又號槲園居士，亦號紫金道人，餘姚人。官至工部郎中。以私議魏忠賢生祠事，削籍。他所作傳奇有《雙修記》、《鸞鎞（ㄅㄧˋ）記》、《四艷記》及《金鎖記》、《玉麟記》。《四艷記》爲四篇不同的故事的集合，類似《四節記》的結

＊　＊　＊

㉘顧大典見《列朝詩集》丁集卷八；《明詩綜》卷五十二。

㉙《青衫記》有《六十種曲》本。

㉚葉憲祖見《明詩綜》卷六十一。

構，惟皆為戀愛劇。（並見《盛明雜劇》二集）《鸞鎞記》[31]敘唐女道士魚玄機事。《金鎖記》敘竇娥事，本於關漢卿《竇娥冤》劇，而更為淒怖動人；但其結局則為團圓的。《傳奇彙考》云：「或云袁于令作，或云桐柏初稿，于令改定之。」《玉麟》、《雙修》二記，皆未見。《雙修》為純正之佛教劇，不似屠隆諸人之仙佛雜陳。蓋憲祖之作是記，也正是表示不滿意於屠隆諸作的。憲祖的諸記，皆出之以鏤金錯彩，過於眩目的辭藻，也足以使人不感得舒服；特別是《四艷記》，四段故事，情節皆面目相似，讀之尤懨懨無生氣。

王穉登[32]字百穀，吳縣人，為當時的老名士之一。他和張伯起、陳眉公之流，皆是以布衣而遨遊於公卿間的。潤筆所及，足以裕身，聲望之高，有過鄉宦。他所編有《吳騷集》，乃是明季許多南曲選本中最早的一部（一五三五—一六一二）。所作傳奇，有《全德記》[33]一本，敘竇禹鈞積德致多子事。馮道詩：「燕山竇十郎，教子以義方，靈椿一株老，仙桂五枝芳。」指的便是禹鈞。此記傳本罕見。嘗獲讀於長洲吳氏，多腐語、教訓語。

這時的劇壇，幾為江、浙人所包辦，而浙人尤多。

金懷玉字爾音，會稽人。所作傳奇凡九本：《香毬記》（《船載書目》作《新編五倫全備江

* * *

㉛《鸞鎞記》有《六十種曲》本。

㉜王穉登見《明史》卷二百八十八；《列朝詩集》丁集卷八。

㉝《全德記》有明萬曆刊本。

狀元香毬記》，敘江秘事）、《寶釵記》（《舶載書目》作《寶簪記》）、《望雲記》[34]、《完福記》、《妙相記》[35]、《摘星記》（霍仲孺事）、《繡被記》（紀東侯王忳事）、《八更記》（匡衡事）、及《桃花記》（崔護事）。今惟《望雲記》及《妙相記》有傳本。《曲品》云：「《妙相》全然造出，俗稱爲《賽目連》，鬨動鄉社。」《望雲》則敘狄仁傑事，而多及二張召幸，對博賭裘，懷義爭道，三思遇妖諸插齣，熱鬧可觀。懷玉所作，多諧俗。《曲品》列之「下之下」，評道：「金乃稽山學究之翁，棄青衿而陶情詩酒。」深致不滿。然惟其能諧俗，故當時傳唱也殊盛。

沈鯨字涅川，平湖人。所作有《雙珠記》、《分鞋記》、《鮫綃記》及《青瑣記》四本。《曲品》云：「後二記或云非涅川作。」《雙珠記》[36]敘王楫事。楫從軍受誣，其妻郭小艷鬻子全貞。後子九齡做了官，卻棄職去尋親，合家得以團圓。《分鞋記》敘程鉅夫與其妻離合事。事本《輟耕錄》，爲漢人被擄作奴婢者最沉痛的故事的代表。如果寫得好，可成史托夫人《黑奴籲天錄》的同類。可惜程鉅夫太殘刻，無人性，竟汙損了整個的纏綿悱惻的最動人的故事。陸采有《易鞋記》，亦敘此事；不知今傳的《易鞋》[37]爲陸作抑爲沈作？《鮫綃記》[38]敘魏必簡及沈瓊英遇合事。《青

* * *

㉞《望雲記》有文林閣刊本。

㉟《妙相記》有富春堂刊本。

㊱《雙珠記》有《六十種曲》本。

㊲《易鞋記》有文林閣刊本（西諦藏）。

㊳《鮫綃記》有舊抄本（綴玉軒藏）。

瑣記》敘賈午事，亦和陸采的《懷香記》相類。怡春錦堂選其〈贈香〉一齣。涅川所作，《曲品》稱其「長於鍊境」，這話是不錯的。

吳世美字叔華，烏程人，所作有《驚鴻記》[39]，敘唐明皇、楊貴妃事，其中增梅妃爭寵事，大為生動可愛。在《長生殿》沒有出現之前，這部傳奇，乃是寫貴妃事的最好的一本。

陳汝元字太乙，會稽人。著《金蓮記》及《紫環記》二本。《金蓮記》[40]今存於世，敘蘇軾事，以五戒私紅蓮爲關節，蓋是通俗的東西。車任遠字遠之，號梠齋，亦號蘧然子，上虞人。所作有《四夢記》及《彈鋏記》。《彈鋏》敘馮驩事，今佚。《四夢》以〈高唐〉、〈邯鄲〉、〈南柯〉及〈蕉鹿〉的四段組成之。及湯顯祖的《邯鄲》、《南柯》二記出，《四夢》爲之黯然失色。今亦惟〈蕉鹿〉一夢，尚載於《盛明雜劇》中。謝讜號海門，亦上虞人。著《四喜記》[41]，敘宋郊、宋祁兄弟事。郊以救蟻獲中狀元，乃是「因果劇」的常套。中入貝州王則叛亂事，蓋故以引起劇中浪瀾者。單本字槎仙，會稽人。著《露綬記》及《蕉帕記》。《蕉帕記》今存[42]，敘西施被罰爲白牝狐，見龍驤有仙骨，冒胡弱妹名，與之戀愛。以芭蕉變一綠帕贈之。龍、胡的姻緣，反因此

* * *

[39]《驚鴻記》有文林閣刊本，世德堂刊本（北京圖書館藏）。

[40]《金蓮記》有《六十種曲》本。

[41]《四喜記》有《六十種曲》本。

[42]《蕉帕記》有文林閣刊本，《六十種曲》本。

錯誤而終得結成。驪後爲呂洞賓度去。徐元字叔回，錢塘人。著《八義記》㊸，敘程嬰、公孫杵臼事，蓋本於元人《趙氏孤兒記》而改作者。楊珽字夷白，亦錢塘人。著《龍膏記》及《錦帶記》。《龍膏記》㊹今存，敘張無頗得起死藥龍膏於袁大娘，以治元載女湘英疾，遂得成就姻緣，也只是一本習套的戀愛傳奇。

胡文煥字德文，號全庵，錢塘人。嘗刊《格致叢書》數百種，中多秘冊珍函，有功於文化不淺。當是毛晉以前的一位很重要的編輯者兼出版家。他曾編《群音類選》二十六卷，爲明代最大的一部戲曲選，中多今人未知未見的劇本。惜僅錄曲，不載賓白（載賓白者僅有數齣），是一大缺點。蓋《雍熙樂府》、《詞林摘艷》等書之選錄北劇，不妨有曲無白；因爲北劇的唱詞，本出於一人之口，殘留著很多的敘事歌曲的痕跡，雖無白，亦可了然。南戲則唱者不一，曲、白每分離不開；單錄其曲，最易令人茫然。文煥亦能塡詞作曲。他自作的傳奇，凡四本：《奇貨記》（呂不韋事）、《犀珮記》（符世業事）、《三晉記》（趙簡子事）及《餘慶記》，今並不傳。惟《餘慶記》有九折被保存於《群音類選》，尚可窺見一斑。《曲品》於評《奇貨》、《三晉》二記時，每「恨不得名筆一描寫之」，蓋深憾文煥之作非「名筆」也。

陸江樓，號心一山人，杭州人。著《玉釵記》，敘何文秀修行，歷經苦難事，和無名氏的《觀世音香山記》同爲很偉大的宗教劇。鄭國軒著《白蛇記》，敘劉漢卿因救蛇獲厚報事。他自署浙

*　*　*

㊸《八義記》有《六十種曲》本。

㊹《龍膏記》有《六十種曲》本。

郡逸士，蓋亦浙人。又有蘇漢英著《黃粱夢境記》，陸華甫著《雙鳳齊鳴記》，葉良表著《分金記》㊺，其生平惜皆未詳。

呂天成《曲品》所載萬曆時代作傳奇者，更有龍膺（字朱陵，武陵人）、載子晉（字金蟾，永嘉人）、祝長生（字金粟）、顧允默、允燾（原作希雍、仲雍，誤）兄弟、黃伯羽、秦鳴雷、謝廷諒、章大綸、張太和、錢直之、金無垢、程文修、吳大震等數十人。所作並佚，故今不之及。

五

最後，應一敘馮夢龍。夢龍㊻為明季文壇一怪傑。他的活動的時代，始於萬曆而終於清初。（據《南詞新譜》，沈自晉〈凡例續紀〉他於弘光乙酉（一六四五）之春尚在。到了丁亥（一六四七）才知道他已死。其卒年蓋在乙酉冬或丙戌春夏。）（一五七四—一六四六）他和沈自晉同為劇場的老師宿將。但其活動的範圍則較自晉廣泛得多了。他編《笑府》、《情史》、《智囊》及《智囊補》；又編《喻世明言》、《警世通言》及《醒世恆言》；改作《平妖傳》及《新列國志》；選輯《太霞新奏》；刊布〈掛枝兒〉小曲。其對於當時的影響是絕為偉大的。單就「三言」的刊行而論，明、清之際的話本的復活，差不多可說是他的提倡的結果。他的墨憨齋重訂戲

* * *

㊺《玉釵記》，《白蛇記》均有富春堂刊本；《夢境記》等均有明刻本（北京圖書館藏）。

㊻馮夢龍見《明詩綜》卷七十一。

曲，在曲律、文辭兩方面是兼行顧到的。他是那麼精悍，又是那麼細心的在工作著。他字猶龍，一字耳猶，吳縣人。每喜用種種筆名，龍子猶一名尤所常用。他自己所作劇本，有《雙雄記》和《萬事足》二本。《雙雄記》寫丹信和劉雙結義爲兄弟。仙翁贈以寶劍。不幸二人陷於獄。其妻魏夫人（丹妻）及黃季娘（劉妻）也皆歷經顛沛流離之苦。卒因龍神之救，劉生義氣之感，得以「終吉」。《萬事足》寫陳循妻賢慧，爲夫設妾生子。循登第後，並勸化同年的悍妻。兩家皆安好和樂。這二劇的情節，都帶些教訓意味。惟詞語則皆適典諧俗，不典、不鄙，恰到了「本色」的好處。明末諸家，追摹臨川過甚，往往塗彩抹朱，流於纖艷。夢龍卻是自信不惑的。他最愛眞樸本色的美，最恨做作。沈璟才力不足，提倡本色的結果遂流於鄙野。他則從容遣辭，無不入格。這才是「青出於藍而勝於藍」。

所謂《墨憨齋新曲十種》，[47]於《雙雄記》，《萬事足》外，有：

㈠《精忠旗》題西陵李梅實原稿，敘岳飛、秦檜事；

㈡《楚江情》袁于令作，敘于叔夜、穆素徽事，即《西樓記》；

㈢《女丈夫》敘紅拂妓虯髯客事，合張伯起、劉晉充、凌初成三人之作於一編；

㈣《灑雪堂》題楚黃梅孝己原編，寫賈雲華病歿，其魂復投入別一少女之身而與魏鵬續締姻緣，事本李禎《剪燈餘話》的《賈雲華還魂記》；

㈤《酒家傭》合陸無從（名弼，江都人，一作姑蘇人）、欽虹江二作爲一，敘漢末李燮避仇佣

* * *

[47]《墨憨齋新曲十種》有乾隆間印本（西諦藏）。

工於酒肆事；

㈥《量江記》原為銅陵佘翹（字聿雲）作，敘南唐樊若水諫後主不聽，遂去投宋事；

㈦《新灌園》改張鳳翼的《灌園記》；

㈧《夢磊記》寫文景昭與劉亭亭戀愛遇合事；原為會稽史磐作。磐字叔考，作傳奇至多，若《合紗》、《櫻桃》、《鵪鈫》、《雙鴛》、《攣甌》、《瓊花》、《青蟬》、《雙梅》、《檀扇》、《梵書》諸記，皆不存；

並題「墨憨齋重訂」，中實吹入不少夢龍的精神。但墨憨齋所改之曲，實不只這八種；現在所見者，更有《風流夢》（改湯顯祖的《牡丹亭》）、《邯鄲記》（亦改湯氏作）、《人獸關》、《永團圓》⑱（皆改李玉作）及《殺狗記》（即《六十種曲》本《殺狗記》，題龍子猶改訂）五種。也許尚有他種。墨憨齋重訂的劇本傳遍天下，顧曲者無不重之，即原作者也很心折。夢龍是一位愛國的熱情詩人。當清兵入關時，他曾刊印幾種小冊子，散布各處，傳達抗戰的消息，以期引起民衆的敵愾心。（這些小冊子，今所見者有二種，日本有翻刻本）唐王即位於福建時，他被任為壽寧縣知縣，不久便死難。沈自晉有〈和子猶辭世原韻二律〉（見《南詞新譜》卷首），可見他確是從容自盡的。惜〈辭世〉的原詩未得見。

* * *

⑱《風流夢》等數種，並有原刊本；《人獸關》，《永團圓》二種並收入乾隆刊本《一笠庵四種曲》中（西諦藏）。

無名氏所著的戲曲，今存者不在少數。見於《六十種曲》中者，有《金雀》、《霞箋》、《節俠》、《飛丸》、《四賢》、《運甓（ㄆㄧˋ）》、《贈書》諸記。而《金雀》、《運甓》尤爲著。《金雀記》寫潘岳事，其中〈喬醋〉諸折，辭意若雨後山色，新翠欲滴。《運甓記》寫陶侃事，所敘晉室南渡，北方淪沒，諸賢同心努力以支危局諸事，極慷慨激昂之致。和朱鼎的《玉鏡台記》異曲同工。

六

明金陵唐氏富春堂所刊無名氏諸傳奇，往往富古樸之趣，本色之美，若未斫之璞，荒蕪之園，別饒一種蕭野的風味。富春堂所刊，以十本爲一套，套以甲乙爲次，則當有一百本，未知其究竟全功告成否。今所見富春堂刊無名氏傳奇，有《白袍記》，敘薛仁貴事；《綈袍記》，敘范叔事；《和戎記》，敘王昭君事；《鸚鵡記》，敘蘇皇后被陷害事；《草廬記》，敘三國劉備、諸葛亮事；《水滸青樓記》，敘宋江殺閻婆惜事；《金貂記》，敘尉遲敬德事；《香山記》，敘觀世音修行香山事；《十義記》，敘韓朋被陷得救事；《昇仙記》，敘韓湘子九度文公事；《江流記》，敘陳玄奘爲父報仇事。這些劇本都是最諧俗的；故事是民間最流行的故事；曲文也是民間能懂得的本色語。其中像《白袍記》、《金貂記》、《草廬記》氣魄都很闊大。《水滸青樓記》、《和戎記》也寫得很深刻入情。這些劇本，未必都是這一時代的產物，可能還有「古作」在內，以其皆刊於萬曆間，姑並附述於此。

明金陵唐氏文林閣也刻有不少無名氏的傳奇。文林閣和富春堂同爲唐氏，同在一地刊刻傳奇，或有些關係吧。文林閣所刻，不及富春堂之多，像《袁文正還魂記》、《觀音魚籃記》、《青袍記》、《古城記》、《胭脂記》、《雙紅記》、《四美記》、《雲台記》等若干種，皆是別無他本的。《古城記》寫張飛事，很雄莽可喜；《胭脂記》寫郭華事，本是流行最廣的故事；《雙紅記》合紅線、紅綃二事，串插爲一；《雲台記》敘漢光武得天下事。

明會稽商氏半埜堂嘗刻《筌篌記》一本。《曲品》云：「此乩仙筆也。彼謂自況。詞亦駢美，但時有襲句。豈仙人亦讀人間曲耶？或云：乃越人證聖成生作。」此當是傳奇中唯一的一部「託仙」之作。

在陳眉公評本諸傳奇中，有《異夢記》一本，亦爲無名氏作。又閩南刻本《杏花記》，版式絕類陳眉公諸評本傳奇，亦爲無名氏作。又有《葵花記》、《珠衲記》、《彩樓記》、《百順記》、《蘆花記》、《雙杯記》、《長城記》等，並有明刊本，或其中若干齣，嘗見選於流行的選本中，其作者也並皆無名氏可考。《長城記》在明萬曆時流行甚廣，敘孟姜女尋夫事，惜僅見其中數齣，未得讀全曲。曲辭渾樸。也許是很古老的著作。

▣ 參考書目

一、《曲品》，明呂天成編，有《重訂曲苑》本，有暖紅室刊本。
二、《曲律》，明王伯良著，有明刊本，有《讀曲叢刊》本，有《曲苑》本。
三、《曲錄》，王國維編，有《晨風閣叢書》本，《重訂曲苑》本，《王氏遺書》本。
四、《曲海總目提要》，有大東書局鉛印本。
五、《六十種曲》，明閱世道人編，有原刊本，道光翻刻本。
六、富春堂所刊傳奇，明金陵唐氏編刊。
七、文林閣所刊傳奇，明金陵唐氏編刊。
八、世德堂所刊傳奇，明金陵唐氏編刊。
九、繼志齋所刊傳奇，明金陵陳氏編刊。
十、《金陵瑣事》，明周暉編，有明刊本，同治翻刻本。

第五十九章　南雜劇的出現

「南雜劇」的出現——與北劇的不同——楊慎的《太和記》——李開先汪道昆梁辰魚沈璟等——徐渭的《四聲猿》——梅鼎祚陳與郊王衡葉憲祖——王驥德汪廷訥車任遠徐復祚王澹黃方胤茅維等

一

用北曲組成的雜劇，在元代到達了她的全盛期的頂峰。在明的初葉，周憲王尙以橫絕一代的雄才，寫作數十種。弘、正（弘治、正德）以還，作者雖不少，而合律者卻稀。馴至嘉靖以後，入於近代期中，則「北劇」已幾乎成爲劇場上的「廣陵散」了。演者幾乎不知北劇爲何物，民間的演唱者也捨北曲而之南曲與小調。作者雖寫北劇，也未必爲劇場而寫。到了萬曆之間（公元一五七三—一六一九），則北劇益爲凌替。王驥德在他的《曲律》中說道：「宋之詞，宋之曲也；而其法元人不傳。以至金、元人之北詞也，而其法今復不能悉傳。是何以故哉？國家經一番變遷，則兵燹流離，性命之不保，遑習此太平娛樂事哉！」（《曲律》卷三）沈德符在他的《顧曲雜言》中，說得更爲詳盡：「嘉、隆間（公元一五二二年—一五七二年），度曲知音者有松江何元朗，蓄家僮習唱，一時優人俱避舍。以所唱俱北詞，尙得金、元遺風。予幼時猶見老樂工二三人，其歌童也，俱善弦索。今絕響矣！何又教女鬟數人，俱善北曲，爲南教坊頓仁所賞。頓曾隨武宗入京，盡傳北方遺音，獨步東南。暮年流落，無復知其技者，正如李龜年江南晚景。其論曲，謂南曲簫管，謂之唱調，不入弦索，不可入譜。近日沈吏部所訂《南九宮譜》盛行，而《北九宮譜》反無人閱，亦無人知矣！」他又說道：「自吳人重南曲，皆祖崑山魏良輔，而北詞幾廢。今惟金陵尙存此調。然北派亦不同，有金陵，有汴梁，有雲中，而吳中以北曲擅場者，僅見張野塘一人。故壽州產也。亦與金陵小有異同處。頃甲辰年馬四娘以生平不識金閶爲恨。因挈其家女郎十五六人，來吳中唱《北西廂》全本。其中有巧孫者，故馬氏粗婢，貌甚醜而聲遏雲，於北曲關捩竅妙處，備得眞傳，爲一時獨步，他姬曾不得其十一也。四娘還曲中，即病亡。諸妓星散。巧孫亦去爲市媪，不理歌譜矣。今南教坊有傳壽者，字靈修，工北曲。其親生父家傳，誓不教一人。壽亦豪爽，談笑傾坐。若壽復嫁去，北曲眞同〈廣陵散〉矣！」且這時代雜劇作者雖不少，然也與唱北曲者一樣，多不甚明瞭北劇的結構，往往以南劇的規則施之於雜劇。其能堅守元人北劇的格律者甚少。雜劇的面目竟爲之大變。在元代及明初，「雜劇」及「北劇」的兩個名辭，乃是一而二，二而一者。此時則雜劇已不復是「北劇」了。其中有好幾劇是純然用南曲寫成了的，例如王驥德的《離魂》、《救友》、《雙鬟》、《招魂》，便是全用南曲寫成的。「自爾作祖，一變劇體」（呂天成語）。更有逞意的施用著南北合套的，例如葉憲祖的《團花鳳》。即應用了北曲來寫劇的作者，也每多不遵守北劇的成規定律。北劇每劇定爲四折或五折，此時的劇本則每每少至一折，多至七八折，這個現象在中世期的最後，王九思他們的劇本中已是如此。例如王氏的《中山狼》，便只是一折。在那時北劇便已現出崩壞之跡了。又，北劇的四折中，總是首尾敘述一件故事的；或者總合了四五劇以敘述一件故事的也有，如王實甫的《西廂記》，吳昌齡的《西遊記》。卻從不曾有在「四折」之中，分敘四個故事，而仍合爲一個總名，有如這個時代的徐渭的《四聲猿》那個樣子的。即對於楔子的使用，也和元人完全不同。如汪道昆的《大雅堂雜劇》，其篇前所用的「楔子」，乃是全劇的提綱，其作用與南劇中所慣用的「副末開場」無異，卻絕對不是元劇的所謂「楔子」。純然應用了南調作雜劇者，當始於王驥德。王氏自己說；「余昔譜《男后》劇，曲用北調而白不純用北體，爲南人設也。已爲《離魂》，並用南調。鬱藍生謂自爾作祖，當一變劇體。即遂有相繼以南詞作劇者。後爲穆考功作《救友》。又於燕中作《雙鬟》及《招魂》二劇，悉用南體。知北劇之不復行於今日也。」（《曲律》卷四）「爲南人設」及「知北劇之不復行於今日」二語，切實的中了北劇之所以凌替及其體例規則之所以崩壞變異的主因。但雜劇雖用了南調，雖變更了體例與規則，以適應於時代，卻仍無救於實際的滅亡。她已經是再也維持不住在劇場上的優越的地位了。這時的劇場，蓋已爲新興的崑劇所獨占。北劇雖捨北而就南，實際上已成了與長篇大套的傳奇相對待的短劇，或雜劇，而不復是與南戲相對待的北劇。北劇終於是過去的東西了。

又在歌唱上，也起了一個大變動。北劇原是四折全由一個主角歌唱的。到了這時，則受到了南戲的猛烈的影響，也放棄了這個嚴格的規律。在全劇中，無論什麼角色都可以歌唱著。又，在題材一方面，有了一個不很細微的變動。他們揀著文人學士們所喜愛的——即他們自己所喜歡的——題材來寫，人物們也大都不出於文士階級之外。悲歡離合也只是文人們的悲歡離合，如《遠山戲》、《洛水悲》、《鬱輪袍》、《武陵春》、《蘭亭會》、《赤壁遊》、《同甲會》之類。絕少寫什麼包拯、李逵、尉遲恭、鄭元和等等的民衆所熟知的人物。更有一點，特別的可注意。此時是北劇既成爲文士們的產物與讀物，作者們便特別的注重於抒寫文士階級的情懷，每欲借著劇中人物一吐作者自已的憤懣不平的心意。《漁陽弄》、《鬱輪袍》、《簪花髻》、《霸亭秋》、《脫囊穎》、《一文錢》等等都是如此。雜劇至此，遂不僅僅是劇場上娛樂群衆的作品而且是抒寫眞實的自己心情的著作了。

二

在這時期，第一個要講的作家是楊愼[①]。愼字用修，號升庵，新都人。官翰林院修撰。謫戍雲南，三十餘年未得召還。卒死於流放之中（一四八八—一五五九）。他才情學茂，著述極富。其詩文皆能自名一家，無所依傍。所作雜劇有《宴清都洞天元記》一本及《太和記》六本。[②]其散曲也殊佳。王世貞在《藝苑卮言》中評之道：「楊狀元愼，才情蓋世。所著有《洞天元記》，《陶情樂府》，《續陶情樂府》，流膾人口，而不爲當家所許。蓋楊本蜀人，故多川調，不甚諧南北本腔也。」《洞天元記》今未見傳本。係敘「形山道人收崑崙六賊事，所以闡明老氏之旨」（《劇說》上）。《太和記》今亦不可得見。《太和記》凡六本，每本四折，每折抒寫一段故事；全記實共有

*　　*　　*

①見《明史》卷一百九十二，《明史稿》卷二百六十七，《皇明詞林人物考》卷六。

②《曲錄》（卷三）尚著錄《蘭亭會》一本，即《盛明雜劇》中所錄的一劇，原爲《太和記》中的一部分。故今不復著錄。

二十四篇短劇，據說是按著一年二十四個節令而分排著的。然錢曾《也是園書目》著錄此書，只有四卷，不知何故。呂天成的《新傳奇品》，亦著錄《泰和記》一種，他說：「每齣一事，似劇體，按歲月，選佳事。裁製新異，詞調充雅，可謂滿意。」則其書正與升庵《太和記》相同。然其作者則爲許潮。沈泰的《盛明雜劇二集》，著錄許潮的雜劇最多，凡八種，大約皆爲《泰和記》中的短劇。然他於《武陵春》一劇雖標許氏之名，而首頁上端則特著之道：「弇州誚升庵多川調，不甚諧南北本腔。說者謂此論似出於妒。今特遴數劇以商之知音者。」而於其下的《蘭亭會》③一劇其作者之名下則直題升庵。似沈氏當時，尚未別白清楚《泰和記》一書，究竟是楊著或許著。焦循《劇說》：「余嘗憾元人曲，不及東方曼倩事，或有之而不傳也。明楊升庵有割肉遺細君一折。」（卷三）又同書：「近伶人所演陳仲子一折，向疑出《東郭記》，乃檢之實無是也。今得楊升庵所撰《太和記》，是折乃出其中。甚矣博物之難也！」（卷四）以此說證之《也是園書目》，則升庵實有《太和記》一書可知。胡文煥《群音類選》，載《泰和記》十齣，其中正有「東方朔割肉遺細君」。而《王羲之》、《劉蘇州》諸齣，則又同《盛明雜劇》。是《雜劇》本所載《泰和記》又實爲升庵作可知。或者，《太和記》原有兩本，一爲許潮作，一爲升庵作，其體裁又俱相同，故後人往往混之而爲一。連《盛明雜劇》的編者也分別不清，故有目題許作，而評語又稱楊作之矛盾發生。

* * *

③《曲海目》之以《蘭亭會》爲升庵作，當係依據於《盛明雜劇》。《曲錄》之於《太和記》外，更著錄《蘭亭會》，則係傳錄《曲海目》而誤者。

李開先所著雜劇，今存《園林午夢》④，蓋爲《一笑散》中的一種。開先初與王愼中、唐順之等號稱嘉靖八才子。然不甚爭時名，獨孜孜於當世所不爲的詞曲之業。他所藏的曲，在當時爲最富，有「詞山曲海」之稱。但論者對於他的作品往往以「詞意浮淺」譏之。蓋因其一面雖不肯失文士的面目，一面卻欲力求與民衆相合拍，因此頗露著矛盾之態。這是讀中麓作品者所都可看得出的。錢謙益的《列朝詩集》說：「伯華弱冠登朝，奉使銀夏，訪康德涵、王敬夫於武功、鄠、杜之間。賦詩度曲，引滿稱壽。二公恨相見晚也。罷歸，置田產，蓄聲妓，徵歌度曲，爲新聲小令，搊彈放歌，自謂馬東籬、張小山無以過也。爲文一篇輒萬言，詩一韻輒百首，不循格律，詼諧調笑，信手放筆。所著詞多於文，文多於詩。又改定元人傳奇樂府數百卷。蒐集市井豔詞、詩禪、對類之屬，多流俗瑣碎，士大夫所不道者。嘗謂古來才士，不得乘時枋用。非以樂事繫其心，往往發狂病死。今借此以坐銷歲月，暗老豪傑耳。」「借此坐銷歲月」數語，意願可悲，卻可見他對於文藝並非以眞誠從事，所以常多草率隨意之作。

汪道昆⑤在實際上是這時代中第一個著意於寫作雜劇的人。道昆字伯玉，號南溟，歙縣人。除義烏知縣。歷襄陽知府，福建副使，按察使。擢右僉都御史，巡撫福建，改鄖陽，進右副都御史，巡撫湖廣。召拜兵部侍郎。有《太函集》一百二十卷，又有《大雅堂雜劇》⑥四種。道昆與王世貞

*　*　*

④《園林午夢》有《西廂六幻》本，又有暖紅室刊《西廂十則》本。

⑤見《明史》卷二百八十七，《明史稿》卷二百六十八，《皇明詞林人物考》卷九。

⑥《大雅堂雜劇》有明刊本，有《盛明雜劇初集》本，有《古名家雜劇》本。

等同時，世目之爲「後五子」。雖不得預與「後七子」之列，然文名甚著。七子相繼凋謝後，世貞與道昆之名乃益著。論者往往以汪、王並稱。然王既不甚滿人意，汪則更爲後人所譏誚。沈德符說；「汪文刻意摹古，僅有合處。至碑版記事之文，時援古語，以證今事，往往扞格不暢。其病大抵與歷下同。弇州晚年甚不服之。嘗云：余心服江陵之功，而口不敢言，以世所曹惡也。予心誹太函之文，而口不敢言，以世所曹好也。無奈此二屈事何！是亦定論。」（《野獲編》）錢謙益也說：「伯玉名成之後，肆意縱筆，沓拖潦倒，而循聲者猶目之曰大家。於詩本無所解，沿襲七子末流，妄爲大言欺世。」（《列朝詩集》）他的雜劇也不甚得好評。沈德符說：「北雜劇已爲金、元大手擅勝場。今人不復能措手。曾見汪太函四作，爲《宋玉高唐夢》、《唐明皇七夕長生殿》、《范少伯遊五湖》、《陳思王遇洛神》，都非當行。」（《顧曲雜言》）以北劇的格律律之，這幾劇當然不是「當行」之作。然詞語亦頗尖新可喜。在故事上，在文辭上，在在都可見其爲文人之劇而非民衆的腳本，是案上的讀本，而非場上的戲劇。說白是整飭雅潔的，曲文更是深奥富麗，多用典實。離「本色」日益遠，而離文人的抒情劇則日益近了。

今所見伯玉的《大雅堂四種》是：《楚襄王陽台入夢》、《陶朱公五湖泛舟》、《張京兆戲作遠山》、《陳思王悲生洛水》，與沈德符所說的四種，中有一種不同。當是沈氏記錯。這四劇都只是寥寥的「一折」。故事的趣味少，而抒情的成分卻很重。在格律上，這些雜劇也完全打破了北劇的嚴規。最可注意的是：㈠有「引子」，以「末」來開場；㈡全劇都只有一折，並不像元人北劇之至少必須四折；㈢唱曲文的，並不限定主角一人，什麼人都可以唱幾句。南戲的成規，在這時已完全引進到雜劇中來了。

梁辰魚雜劇有《紅線女》及《紅綃》。伯龍以《浣紗記》得盛名。《紅線女》⑦敘的是唐人袁郊《甘澤謠》中所記的一個故事。當藩鎮相爭，天下大亂之際，人心雖怨怒，卻無法奈那一班好亂的武人悍將何，於是便造作許多俠士的故事，誅奸嚇強，聊以快意。紅線的故事，便是許多俠士故事中的一篇。梁氏此劇，嚴守北劇規則，全劇皆以旦角主唱。此種故事，本來只能成爲短篇，鋪張成爲四折，頗覺索然無味。同時胡汝嘉⑧亦有《紅線記》一劇，然不傳。汝嘉字懋禮，號秋宇，金陵人，嘉靖己丑進士。在翰林，以言事忤政府，出爲藩參。顧起元說：「先生文雅風流，不操常律。所著小說書數種；多奇艷聞，亦有閨閤之靡，人所不忍言，如《蘭芽》等傳者。今皆秘不傳。所著《女俠韋十一娘傳》記程德瑜云云，託以詬當事者也。其《紅線雜劇》，大勝梁辰魚。」（《客座贅語》）惜今未得見汝嘉的紅線，不知其「大勝梁辰魚」者果何所在。梁氏的《紅綃雜劇》，今未見。其所敘的故事，則與梅鼎祚的《崑崙奴雜劇》相同，皆本於唐人的傳奇。

沈璟的《屬玉堂十七種傳奇》中，有兩種是以雜劇之體出之的：即《十孝記》與《博笑記》。《新傳奇品》說：「《十孝》，有關風化，每事以三齣，似劇體。此自先生創之。末段徐庶返漢，曹操被擒，大快人意。」《群音類選》所載《十孝記》，每事皆選一齣，惟少說白耳。《新傳奇品》又說：「《博笑》，體與《十孝》類，雜取《耳談》中事譜之，輒令人絕倒。先生遊戲至此，神化極矣。」今有天啓刻本。（上海有石印本）沈自晉說：「《十孝記》係先詞隱作，如雜劇體十

＊　＊　＊

⑦《紅線女》有《盛明雜劇初集》本。

⑧見《皇明詞林人物考補遺》，《列朝詩集》丁集上。

段。」像《十孝》這種體裁，以略相類似的故事數篇或數十篇合爲一帙，而題以一個總名者，在前一個時期及這個時期都有；而以這個時期爲最盛。其作俑似當始於前期沈采的《四節記》。《四節》係以敘寫四時景節的四劇，合而爲一者。其每一劇實即一個雜劇。其後，小帙者如汪道昆的《大雅堂雜劇》四種，徐渭的《四聲猿》四種，車任遠的《四夢記》四種皆是；大帙者如楊慎的《太和記》二十四種，許潮的《太和記》若干種，葉憲祖的《四豔記》四種，顧大典的《風教編》四種皆是。璟的《十孝》、《博笑》，蓋即他們的同類。《十孝》每事三齣，十事當有三十齣。《群音類選》所載，尙非其全部。《十孝》者，蓋指黃香、郭巨、緹縈、閔子、王祥、韓伯俞、薛包、張孝、張禮、徐庶等十人孝親的故事而言。

顧大典的《風教編》爲《四節記》體的雜劇合集。今不傳。《列朝詩集》：「副使家有諧賞園、清音閣，亭池佳勝。妙解音律，自按紅牙度曲。今松陵多蓄聲伎，其遺風也。」呂天成謂：「道行俊度獨超，逸才早貴，菁華綴元、白之艷，瀟灑挾蘇、黃之風。曲房姬侍如雲，清閣宮商和雪。」又云：「《風教編》一記分四段，仿《四節》，趣味不長。然取其範世。」但未知所譜究爲何事。

三

給最大影響於明、清的雜劇壇者，則爲徐渭[⑨]。渭字文清，一字文長，號青藤道士，天池山人，別署田水月。山陰人。有集三十卷。又有雜劇四種，總名爲《四聲猿》[⑩]。胡宗憲督師浙江時，招致他入幕府，管書記。時胡氏威勢嚴重，文武將吏莫敢仰視。文長卻以一書生傲之。戴敝烏巾，衣白布浣衣，非時直闖門入，長揖就座，奮袖縱談。幕中有急需，召之不至，夜深開戟門以待。偵者還報，徐秀才方泥飲大醉，叫呶不可至。宗憲聞之，顧稱善。文長知兵好奇計。宗憲餌王、徐諸虜，用間鉤致，皆與文長密議。宗憲被殺，文長懼亦被禍，乃佯狂而去。後以殺其繼室，坐罪論死，繫獄。張元忭力救，方得出。年七十三卒（一五二一——一五九三）。袁宏道謂：「文長放浪麴蘖，恣情山水，走齊、魯、燕、趙之地，窮覽朔漠。其所見山奔海立，河起雲行，風鳴樹偃，幽谷大都，人物魚鳥，一切可驚可愕之狀，一一皆達之於詩。其胸中又有一段不可磨滅之氣，英雄失路，託足無門之悲，故其爲詩如嗔如笑，如水鳴峽，如種出土，如寡婦之夜哭，羈人之寒起。當其放意，平疇千里，偶爾幽峭，鬼語秋墳。喜作書，筆意奔放如其詩，誠八法之散聖，字林之俠客也。間以其餘旁及花草竹石，皆超逸有致。」（《瓶花齋集》）王驥德則對於他的劇本，稱揚盡至。「至吾師徐天池先生所爲《四聲猿》，而高華爽俊，穠麗奇偉，無所不有，稱詞人

*　*　*

⑨見《明史》卷二百八十八。《明史稿》卷二百六十八，《皇明詞林人物考》卷十二。

⑩《四聲猿》有全集附刻本；李告辰刊本；《盛明雜劇》本；暖紅室本。

極則，追蹤元人。」（《曲律》四）又說：「徐天池先生《四聲猿》，故是天地間一種奇絕文字。《木蘭》之北，與《黃崇嘏》之南，尤奇中之奇。先生居與余僅隔一垣。作時，每了一劇，輒呼過齋頭，朗歌一過，津津意得。余拈所警絕以復，則舉大白以釂，賞爲知音。中《月明度柳翠》一劇，係先生早年之筆。《木蘭》、《禰衡》得之新創。而《女狀元》則命余更覓一事，以足四聲之數。余舉楊用修所稱《黃崇嘏（ㄍㄨˇ）春桃記》爲對。先生遂以春桃名嘏。今好事者以《女狀元》並余舊所譜《陳子高傳》稱爲《男皇后》，並刻以傳，亦一的對。特余不敢與先生匹耳。先生好談詞曲，每右本色。於《西廂》、《琵琶》皆有口授心解。獨不喜《玉玦》，目爲板漢。先生逝矣！邈成千古。以方古人，蓋眞曲子中縛不住者。則蘇長公其流哉！」（同上）又說：「山陰徐天池先生瑰瑋濃鬱，超邁絕塵。《木蘭》、《崇嘏》二劇，刳腸嘔心，可泣神鬼，惜不多作。」（同上）沈德符則持論與王氏正相反。他說：「徐文長渭《四聲猿》盛行。然以詞家三尺律之，猶河、漢也。」（《顧曲雜言》）文長之作，較爲奔放則有之，然亦多陳套，王氏所謂「可泣鬼神」，自未免阿其所好。沈氏所謂「詞家三尺律之」一語，卻也有幾分過分。假定必以元人的嚴格的劇本規則來律文長之作，他當然只好受「猶河、漢也」四個字的酷評了。這是四個絕不相干的「短劇」的合集。《漁陽弄》寫禰衡擊鼓罵曹操的事，卻不從正面來寫，只是很滑稽的將已在陰司定罪的曹氏與不久便要上天的禰衡，更加上一個在第五殿閻羅天子殿下的判官察幽，在陰間重複「演述那舊日罵座的光景。」《翠鄉夢》故事見張邦畿《侍兒小名錄》及田汝成《西湖志》。《西湖志餘》稱，杭州上元雜劇，有鍾馗捉鬼，月明度妓，劉海戲蟾之屬。是「月明度妓」之故事不僅流傳甚廣，抑且由來已久。大約最早的時候，僧人爲妓所誘的事，只是民間流行的一幕滑稽劇；後來乃變成嚴肅的劇本，附上悔悟坐化之事；再後來，則有再世投胎，爲友所度的事。而月明的一度，也頗具有滑稽的意味，當仍是民間滑稽劇的遺物。第二齣最後一段的〈收江南〉一曲，許多批評者都認她爲絕世的妙文。但實像民間跳舞劇的兩個演者的對唱。《湖壖雜記》謂「今俗傳月明和尚度柳翠。燈月之夜，跳舞宣淫，大爲不足。」這「度柳翠」、「馱柳翠」或者便是對唱的吧。

《雌木蘭》本於古〈木蘭詩〉，但古詩並無木蘭擒賊的事，只淡淡的寫了幾句：「將軍百戰死，壯士十年歸。歸來見天子，天子坐明堂。策勛十二轉，賞賜百千強」而已。詩裡也不言木蘭的姓，劇中則作爲姓花氏，名弧。詩中無木蘭的結果，只是說「出門看火伴，火伴皆驚惶。同行十二年，不知木蘭是女郎。」劇中則多了一段嫁給王郎的事。但劇中也間將詩句概括了來用。

《女狀元》凡五齣，敘黃崇嘏事。文長以黃爲狀元，實誤。按《十國春秋》，崇嘏好男裝，以失火繫獄。邛州刺史周庠，愛其丰采，欲妻以女。崇嘏乃獻詩云：「幕府若容爲坦腹，願天速變作男兒。」庠驚召問，乃黃使君之女。幼失父母，與老嫗同居。庠命攝司戶參軍。已而乞罷歸，不知所終。文長劇中所敘，則與此略異。全劇充滿了喜劇的氣氛，特別是第五齣。作者的態度頗不嚴肅，更不穩重，大有以戲爲戲之心腸，頗失去了藝術者對於藝術的眞誠。

《歌代嘯》⑪一劇相傳亦爲文長所作。袁石公爲序而刻之。雖卷頭題著「山陰徐文長撰」，而石公的序，已先作疑詞：「《歌代嘯》不知誰作，大率描景十七，摛詞十三，而呼照曲折，字無虛設，又一一本地風光，似欲直問王、關之鼎。說者謂出自文長。」劇前有〈凡例〉七則，皆爲作者的口氣。〈凡例〉之末，則署著「虎林沖和居士識」，或者便是沖和居士所作的吧？〈凡例〉上

* * *

⑪《歌代嘯》有明刊本，有國學圖書館石印本。

說：「此曲以描寫諧謔爲主，一切鄙談猥事，俱可入調，故無取乎雅言。」眞的，此劇嬉笑怒罵，所用者無非市井常談，而其骨架便建立在：

> 沒處泄憤的，是冬瓜走去，拿瓠子出氣，
> 有心嫁禍的，是丈母牙疼，炙女婿腳跟，
> 眼迷曲直的，是張禿帽子，教李禿去戴，
> 胸橫人我的，是州官放火，禁百姓點燈。

的四句當作「正名」的俗語之上。作者將每一個俗語都拍合了一個故事，又將這四個故事，以張、李二和尚爲中心而一氣聯貫之。結構頗爲有趣，但未免時有斧鑿痕。勉強的湊拍，終於是不大自然的。又劇中所用的俗語，間有很生硬的，又多文氣，極顯然的可以見出她是出於一位好掉筆頭的文人學士之手。雖然作者力欲從俗，卻終於是力不從心不知不覺的又時時掉起文來。不過本色語究竟還多。如與《四聲猿》（不必說是《紅線》、《崑崙奴》了）一比較，則此劇眞要算是本色得多了。

梅鼎祚的《崑崙奴雜劇》[12]本於裴鉶的傳奇。曲白也駢偶到底。徐渭嘗爲之潤改一過，亦未能點鐵成金。

* * *

⑫《崑崙奴》有方諸館刊徐文長校正本，有《盛明雜劇初集》本。

情。

陳與郊有《昭君出塞》、《文姬入塞》及《袁氏義犬》三劇。這三劇頗足見作者的縱橫的才情。

《昭君出塞》[13]爲後人盛傳漢代的故事之一。詩歌、小說及雜記諸書不說，即就戲曲而論，今存的已有了三部。一是馬致遠的《漢宮秋》，二是明人的傳奇《和戎記》，三即與郊這部《昭君出塞》。馬致遠之作，以漢帝爲中心人物，所以其描寫完全注重在漢帝而不注重在昭君；特別是著重在昭君去後，漢帝回宮時所感到的種種淒楚的回憶。《和戎記》雖長篇大幅，卻是民間流行的昭君傳說。與郊此劇卻與她們不很相同。第一是完全依據於最初的本子，——《西京雜記》——只是說，毛延壽索賄不遂，將昭君圖像，點破了臉，因此，漢帝按圖指派，便將昭君遣嫁於匈奴單于。到了拜辭時，漢皇才駭異的發現昭君原來是那麼美麗。然他不欲失信於單于，終於將昭君遣嫁了去。

與郊的《文姬入塞》[14]，其運用題材之法也與《昭君出塞》一劇相同。文姬的故事，極爲動人，然描寫的人卻不多。與郊似乎是有意的將她取來，作爲「出塞」的一個對照。劇情完全根據於蔡琰的〈悲憤詩〉及〈胡笳十八拍〉，一點也不加以附會。〈悲憤詩〉原寫琰的爲北人所擄及她別子而歸的事。像這樣的事，在敵虜侵入中原之時，往往是有的。文姬卻代表了那許多悲楚無告的女子們。玉陽在此劇中寫文姬既悲且喜的心理是很爲深刻的。她夢想著要回中原。這個夢境是要實現

＊　　＊　　＊

⑬《昭君出塞》有《盛明雜劇初集》本。

⑭《文姬入塞》有《盛明雜劇初集》本。

了。然而她心中卻又多了一個說不出的苦楚。原來她在北已生了二子。生生的撇下了二子，而獨自南去，眞是做母親的萬不能忍受的事。然而她又有什麼方法留連著呢？來使在催發，孩子們在哭著。要捉住這時的淒楚來寫，眞是頗爲不易的。玉陽在這裡，很著意，很用力，所以不惟不至於失敗，且還甚爲出色。

《袁氏義犬》[15]本《南史》袁粲本傳。粲在宋末爲尚書令，加侍中，與蕭道成、褚淵、劉彥節等同輔政。道成篡位，粲不欲事二姓，密有所圖。爲道成所覺，遣人斬之。粲有小兒數歲，乳母將投粲門生狄靈慶。靈慶曰：「我聞出郎君者有厚賞。今袁氏已滅，汝匿之尚誰爲乎？」遂抱以首。乳母號泣呼天曰：「公昔於汝有恩，故冒難歸汝。奈何欲殺郎君，以求少利！若天地鬼神有知，我見汝滅門！」此兒死後，靈慶常見兒騎大氄狗戲如平時。經年餘，一狗忽走入其家，遇靈慶於庭，噬殺之。此狗即袁郎所常騎者。《宋書》粲本傳，事亦略同。與郊此劇，其事與史全同，但略加烘染而已。與郊三作，在曲白兩方面，都未能擺脫了時人的影響，往往過於求整，失了本色。

王衡[16]的幾部雜劇——《鬱輪袍》、《眞傀儡》與《葫蘆先生》，頗有些感慨，不僅僅是說故事而已。王衡字辰玉，太倉人。大學士錫爵之子，官翰林院編修（一五六四—一六〇七）。《鬱輪袍》[17]敘王維事。沈泰評之道：「辰玉滿腔憤懣，借摩詰作題目，故能言一己所欲言，暢世人所未

* * *

⑮《義犬記》有《盛明雜劇初集》本。

⑯見《明史》卷二百十八，《明詩綜》卷五十九。

⑰《鬱輪袍》有《盛明雜劇初集》本。

暢。閱此，則登科錄正不必作千佛名經，焚香頂禮矣。韓持國覆部已久，何必以彼易此！」此劇全用北曲寫，卻長至七折，究竟也守不了北劇的嚴規。

《眞傀儡》[⑱]一劇，《盛明雜劇》作「綠野堂無名氏編」，實亦辰玉所作。劇敘宋杜衍退職閒居時，與田夫野老相周旋，自忘其爲元宰身分。「做戲的半眞半假，看戲的誰假誰眞。」或以爲係辰玉寫其父錫爵罷相家居時事，或以爲係寫申時行事。官場像戲場，作者的主意當在於此耳。辰玉的《長安街》及《和合記》二劇，未見。《沒奈何》（《葫蘆先生》）一劇，也未有傳本。但陳與郊的《義犬》劇中，插有《沒奈何》一劇的全文，當即爲辰玉所作的吧。與郊爲辰玉父錫爵的門生，與辰玉甚交好，在插寫《沒奈何》的開始，他明明白白的說道：「新的是近日大中書令王獻之老爺，編《葫蘆先生》。」正以王獻之影射王辰玉。

葉憲祖所作雜劇有《易水寒》等九種。《易水寒》[⑲]敘荊軻刺秦王事。此故事在《史記·刺客列傳》中已是一節很有戲劇力的文字，編之爲劇，當然更動人。但也頗多附會。其第四折敘軻刺秦王。秦王逃。然終於爲軻所捉住，強他一一歸返諸侯侵地。他皆依允。正在這時，仙人王子晉來度軻，因他們原是仙班故友。子晉吹著笙，軻隨之而去。這卻是完全蛇足的故事。全部絕好的悲劇，至此遂被毀壞淨盡了！我們眞要爲作者惋惜。憲祖喜作佛家語，在《易水寒》中，他力革這

＊　＊　＊

⑱《眞傀儡》有《盛明雜劇初集》本。

⑲《易水寒》有《盛明雜劇二集》本。

個積習，然而終於還請了個仙人王子晉出來。在《北邙說法》[20]中，他便充分的表現出來佛家的思想。《北邙說法》的正目是：「天神禮枯骨，餓鬼鞭死屍。若知眞面目，恩怨不須提。」《團花鳳》[21]、《天桃紈扇》、《碧蓮繡符》、《丹桂鈿合》和《素玉梅蟾》都是普通的戀愛劇。《天桃紈扇》以下四種，便是所謂《四艷記》[22]。《新傳奇品》評之道：「選勝地，按節令，賞名花，取珍物，而分扮麗人，可謂極排場之致矣。詞調優逸，姿態橫生，密約幽情，宛然如見，卻令老顚沒法耳。」推許似稍過度。《金翠寒衣記》有《元明雜劇二十七種》本[23]。這是葉氏最守北劇規則的一作。事本《剪燈新話・翠翠傳》。《灌將軍使酒罵座記》[24]，也有《元明雜劇二十七種》本，寫竇嬰及灌夫都虎虎有生氣。魏其、灌夫之死，原是一件很動人的悲劇。將這件材料捉入劇本中的，恐將以槲園居士爲第一人，葉氏也頗用心用力的寫。惟最後一折，添出「活捉田蚡」的一段事，未免有些蛇足。如此收場，一般觀衆，果然是滿意了，然而悲劇的嚴肅的意味，與最高的效力卻完全被摧毀了。

* * *

⑳《北邙說法》有《盛明雜劇初集》本。

㉑《團花鳳》等五劇皆有《盛明雜劇》本。

㉒《四艷記》有崇禎間刻本（長洲吳氏藏）。

㉓《寒衣記》有《元明雜劇》本及《奢摩他室曲叢》本。

㉔《罵座記》有《元明雜劇》本及《奢摩他室曲叢》本。

四

王驥德作《男王后》[25]、《離魂》、《救友》、《雙鬟》、《招魂》等雜劇。傳者僅有《男王后》一劇耳。據作者自己說，有好事者曾以此劇與徐渭的《女狀元》合刻為一冊。其故事，也正是徐渭的「辭凰得鳳」的《女狀元》的一個反面。彼為女扮男裝，而此則男扮女裝。彼為「辭凰得鳳」，而此則為后得妻。事實頗為荒誕，且無多大意義，惟作者串插尚佳耳。驥德的《離魂》諸劇皆用南曲。他頗自豪，以為雜劇而用南曲乃係「自爾作古，一變劇體」。惟《男王后》則為他早年之作，故仍頗守北劇的成規。汪廷訥所著的雜劇有《廣陵月》一種。此劇敘唐韋青與張才人遇合事，凡七齣，亦雜劇中的篇幅較長者。事本《樂府雜錄》。

車任遠字柅齋，號蘧（ㄑㄩˊ）然子，上虞人，著《四夢記》。蓋以絕不相干的四段故事合而為一本者。這四夢是《高唐》、《南柯》、《邯鄲》及《蕉鹿》。今「四夢」原本未見，惟《蕉鹿夢》存耳[26]。此劇的故事是敷演《列子》中的鄭人得鹿失鹿的寓言的。但敘述過於質實，反失空靈幻妙的趣味；教示過於認眞，又有笨人說夢之感覺，遠不如《列子》原文之雋逸可喜。

徐復祚著《一文錢》[27]雜劇。《一文錢》的故事，出於佛經。雖亦為了悟的宗教劇，卻頗有詼

*　*　*

㉕《男王后》有《盛明雜劇初集》本。

㉖《蕉鹿夢》有《盛明雜劇二集》本。

㉗《一文錢》有《盛明雜劇初集》本，有山水鄰刊《四大痴》本。

諧的趣味，形容慳吝的富人盧至員外，極其淋漓盡致。

王澹字澹翁，自號澹居士，會稽人，著《櫻桃園》一劇[28]。又有《雙合》、《金椀》、《紫袍》、《蘭佩》諸傳奇，今並不傳。這是一篇無多大趣味的鬼魂報恩的故事。但作者將這平淡的故事，卻能點染生姿，頗饒雋語。

陳汝元字太乙，會稽人，著《紅蓮債》一劇。《紅蓮債》大似徐渭的《翠鄉夢》，惟更為複雜些，其主人翁乃為世俗所熟知的蘇東坡與佛印。

又有林章[29]字初文，福清人，萬曆間曾在戚繼光幕下。後因事下獄死。章有奇才，頗有建立功名意。而處境艱苦，欲試無從，終至被奸人所陷。他所著有《青虯記》，今惜不傳。佘翹字聿雲，池州人。著《量江記》傳奇及《賜環記》與《鎖骨菩薩》雜劇。《量江記》今有墨憨齋改本。馮夢龍序《量江記》道：「所為樂府，尚有《賜環記》、《鎖骨菩薩》雜劇。余恨未悉睹。」則此二劇，在馮氏之時已在若存若沒之數的了。今更不可得見。黃方胤[30]，號醒狂，金陵人，著《陌花軒雜劇》。焦循《劇說》云：「《陌花軒雜劇》，凡十折，曰〈倚門〉，四折；〈再醮〉，一折；〈淫僧〉，一折；〈偷期〉，一折；〈督妓〉，一折；〈孌童〉，一折；〈懼內〉，一折；皆舉市井敝俗，描摹出之。」此七劇今有「雜劇編」本，頗鄰於鄙褻。孫源文字南公，號笨庵，無錫人。

* * *

㉘《櫻桃園》一作《櫻桃夢》，有《盛明雜劇二集》本。

㉙見《明詩綜》卷五十二。

㉚或作方印、方儒皆非。應據周暉《金陵瑣事》作方胤。

著《餓方朔》一劇，今不傳。焦循《劇說》云：「《餓方朔》四齣，以西王母爲主宰，以司馬遷、卜式、李陵、李夫人等串入。悲歌慷慨之氣，寓於俳諧戲幻之中，最爲本色。」陸世廉字起頑，號生公，又號晚庵，長洲人。宏光時官光祿卿。入清，隱居不出。著《西台記》，敘謝皋羽慟哭之事，蓋係有感而發者。惜今亦不傳。

茅維[31]字孝若，歸安人，坤子。自號僧曇，著《蘇園翁》、《秦庭筑》、《金門戟》、《雙合歡》、《鬧門神》等五劇。[32]焦循《劇說》說，《鬧門神》「謂除夕夜，新門神到任，舊門神不讓相爭也。曲中〈紫花兒序〉云：『誰將俺畫張紙裝的五彩冷面皮，意氣雄赳豎劍眉。闊口鬔鬆，手擎著加冠進爵，刀斧彭排。奇哉！剛買就，遍街人驚駭，盡道俺龐兒古怪。滿腹精神，倜儻胸懷。』〈金蕉葉〉云：『俺且眼偷瞧桃符好乖，那戴頭盔將軍忒呆，只你幾年上都剝落了顏色，甚滋味全無退悔。』〈小桃紅〉云：『少不得將笤帚兒刷去塵埃，把舊門神摔碎扯紙條兒滿地踹，化成灰。非俺莫面情挐帶，只你風光過來，威權頽斲，到今日迴避也應該。』」又《金門戟》一劇演的是：「辟戟諫董偃事，皆本正史。」（北京圖書館所藏殘本《雜劇新編》，存維四劇。）

＊　　＊　　＊

㉛ 見《明史》卷三百八十七，《列朝詩集》丁集下。

㉜ 《蘇園翁》等五劇，皆有《雜劇新編》本。

■參考書目

一、《曲品》，明呂天成編，有暖紅室刊本，《重訂曲苑》本。
二、《曲律》，明王伯良編，有明刻本，《讀曲叢刊》本，《重訂曲苑》本。
三、《曲錄》，王國維編，有《晨風閣叢書》本，《重訂曲苑》本，《王氏遺書》本。
四、《曲海總目提要》，有大東書局石印本。
五、《盛明雜劇初二集》，明沈泰編，有明刻本，董氏翻刻本。
六、《雜劇新編》，清鄒式金編，有清初刻本。
七、《元明雜劇二十七種》，有國學圖書館石印本。
八、《古今名劇柳枝集》，《酹江集》，明孟稱舜編，有崇禎刊本。
九、《群音類選》，明胡文煥編，有明刻本。

第六十章 長篇小說的進展

羅貫中以後長篇小說作者的沉寂——《水滸傳》的改編——吳承恩《西遊記》的出現——福建板的《四遊記》——《封神傳》——《三寶太監西洋記》——《楊家府》與《孫龐鬥智》——鄧志謨楊爾曾等——《平妖傳》的改作——偉大的《金瓶梅》——其時代與作者的推測——《金瓶梅》的影響——《隋煬艷史》與《禪真逸史》——講史進展的途徑——《皇明英烈傳》——熊大木馮夢龍等

一

自羅貫中以後，長篇小說的作者似乎又中斷了一時。從洪武到正德，這一百六七十年間，我們找不到一位重要的作者或著名的作品。「也許書闕有間」，我們不能得到正確的史料。但即有幾位無名的作家，而其沒有產生著名的作品，則爲不可掩的事實。直到了嘉靖、萬曆時，偉大的創作，方才陸續的出來，呈現了空前的光彩。自有長篇小說以來，其盛況恐怕沒有超過那個時代的。《水滸傳》完成於這時，《封神傳》寫作於這時，《西遊記》也於這時始有了定本。尤其偉大的，則更有了空前所未有的一部「現實主義」的小說——雖然其中一部分的描寫，未免過於刻畫淫穢，曾招致了多數人的責難——《金瓶梅》。所謂小說界中的四大奇書，已有了三部是完成於這時的。此外，《皇明英烈傳》和《三寶太監西洋記》的出現，諸種講史的編訂，也都是值得一說的。

《水滸傳》的祖本，雖創作於施耐庵，編纂於羅貫中，然使其成爲今樣的偉大的作品的，則斷要推嘉靖時代的某一位無名作家的功績。這一位偉大的作家可惜我們現在已不能知道他的眞確的姓名。有的人說是郭勳寫的，但事實上似乎不會是的。（也有人說是汪道昆寫的，更不可靠。）也許這位大作家曾在過郭勳的幕府中的也難說。我們以簡本的《水滸傳》與嘉靖時出現於世的繁本「水滸傳」一加比較，我們便知道，在這兩本之中，軀殼雖是，而精神則已是全然不同的了。原本或只是一具枯瘠不華的骨殖；附之以血肉，賦之以靈魂者，則爲嘉靖本的《水滸傳》的作者。嘉靖本《水滸》之對於原本《水滸》，不僅擴大、增飾、潤改之而已，簡直是給她以活潑潑的精神，或靈魂，而使之煥然動目，犂然有當於心，由平常的一部英雄傳奇而直提置之第一流的文壇的最高座上。《水滸》而沒有遇到嘉靖時代的這位改作者，則也終於是羅貫中氏的一部創作而已，終於是羅氏《三國志演義》的伯仲之間的一物而已。但既遇到了這位改作者，則其地位與重要便完全不同了。她已不復是《三國志演義》的儕輩，也不復是《說唐傳》，及原本《平妖傳》的儕輩。她獨自高出於羅氏的諸作而另呈了一副面目，正如羅氏的《三國志演義》之高出於元刊《全相平話》的諸作一樣，而其高出的程度則不僅伯仲之間而已。這位改作者，其運用國語文的程度已臻爐火純青之候，幾乎是瑩然的美玉，粹然的眞金，湛然的清泉，已不見一毫的渣滓，一絲的疵瑕。而其曲折深入，逼眞活潑的描寫，也已與最高的創作的標準相符合。第一黃金時代的諸話本作家，有時雖也可達到這個境地，然其作品總是短篇。若長至一百回，十餘冊的作品，他們是不敢試手的。這種長篇的大著之出現於此時，正足以見這個嘉靖時代之較第一黃金時代爲尤偉大。也正足以表現文學史上的發展規律，決不是「一代不如一代」，而有時是在向前進步的。

綜觀嘉靖本的《水滸傳》與羅氏原本不同者約有數點。第一是，添加了一部分的「題材」進去。嘉靖本與原本其事實間架當無不同，次序也犁然如一；起於洪太尉的誤走妖魔，而終於宋江、吳用、李逵的死與葬。但嘉靖本究竟也添加了一部分材料進去，那便是征遼的故事的一大段。這一大段故事是加在全伙受招安之後，擒捕方臘之前的。因爲羅氏原本已將陸續聚集於梁山泊的一百單八位好漢的結果，都已安排定了，嘉靖本的作者無法再將這種前定的結果移動。所以他對於平遼的一役，便平空添出了許多人物來，代替梁山泊諸好漢去沖鋒陷陣，死於戰地，梁山泊好漢們卻是一個也不曾受到損害——雖然戰事的激烈，未必下於征方臘。這乃是嘉靖本作者的苦心孤詣處，也是他的補插此段的顯出補插的大罅隙處。第二是，擴大了原文的敘述。往往原文十字，嘉靖本的作者可以擴大而成爲百字。胡應麟謂：「中間抑揚映帶，回護詠嘆之工，眞有超出語言之外。」蓋其高出於原本遠甚之處，便在於這種「游詞餘韻，神情寄寓處」。

二

《西遊記》小說，流行於今者凡數種。於《唐三藏取經詩話》之外，有楊致和作的四十一回本，萬曆時，余象斗曾編入他所刊行的《四遊記》中。有朱鼎臣作之十卷本《唐三藏西遊釋厄傳》，爲隆、萬間福建書林劉蓮台所刻。有吳承恩作一百回本，即今日所通行者。近更在《永樂大典》一三一三九卷發現《西遊記》的一段，「魏徵夢斬涇河龍」。其中情節，大致相同，無甚出人。朱、楊似從吳本刪節而來，而《永樂大典》本則當爲吳本之所本，吳本之出現，實爲《西遊》

故事裡最偉大的一個成就。吳承恩字汝忠，號射陽山人，淮安人。性敏多慧，博極群書，復善諧劇。著《西遊記》及《射陽存稿》等。嘉靖甲辰歲貢生。後官長興縣丞。隆慶初，歸山陽。萬曆初卒。承恩在當時，名不出鄉里，《西遊記》雖風行一時，而知其出於吳氏之手者蓋鮮。以《永樂大典》本與吳本較之，二本之間，相差實不可以道里計。《大典》本《西遊記》，未脫民間原始傳說的面目。吳氏之作則爲出於文人學士之手的偉大創作。其一枯瘠無味，其一則豐腴多趣。其間的不同，正若嘉靖本《水滸傳》之與羅氏原本。難怪吳作盛傳於世，而《大典》本則掩沒不傳。吳氏依據《大典》本以成其骨骼，更雜以詼諧，間以刺諷，或有意的用以說說道理，談談玄解。於是後之解說便多。或以爲作者是以此闡佛的，或以爲作者是講修煉的，或以爲作者是用以討論儒家的明心見性之學的。總之，他們是無一是處的。作者難免故弄滑稽，談談久已深入民間及文人的哲學中的五行的相生相剋等等之說，然決不是有意的處處如此布置的。原來，這種布置，一半並非吳氏的創作而是傳之已久的。吳氏之作的百回，可分爲下列的四大段：

第一段　第一——第七回：敘孫悟空出生、求仙及得道、鬧三界等事。

第二段　第八——第十二回：敘魏徵斬龍、唐皇入冥、劉全送瓜及玄奘奉諭西行求經事。（通行本吳氏《西遊記》於第八九回間插入玄奘的身世及爲父母報仇事，蓋係從朱鼎臣本抄補而來的。）

第三段　第十三——第九十九回：敘玄奘西行，到處遇見魔難，所遇凡八十一難，但皆由佛力佑護，及孫行者的努力，得以化險爲夷，安達西天。這是全書最長的一大段。寫得雖是層次井然的一難過去又一難，卻難得八十一難之中，事實雷同者卻不很多。此可見作者的心胸的細緻與乎經營的周密。

第四段 第一百回：寫玄奘及其徒孫悟空、豬悟能、沙悟淨等護經回東土，皆得成眞爲佛事。但作者算算，前文只有八十難，於是又增「水厄」一難，以成全八十一難之數；殊足使讀者有迷離惝怳之感。（按吳昌齡的《西遊記雜劇》，玄奘的東歸是由佛另行派人護送的，孫行者諸人皆留在西天成佛，並不與玄奘同歸。）

這四大段至少可成爲三部獨立的書。孫行者花果山水簾洞的出生，龍宮、地府與天宮的大鬧，八卦爐、五行山的厄運，乃是一部獨立的英雄傳奇。第二段唐太宗入冥事，在唐末便已有了像《唐太宗入冥記》一類的俗文小說了。第三段及第四段，更可以自成一部好書，與荷馬的《亞特賽》（*Odyssey*）是有同樣的迷人的魔力的。將這不同的四段而以玄奘西行的一條線貫串之，這是很有趣的，而且是很早的一種努力。而吳氏則爲這個努力中的最後而且最高明的一位作者。連吳昌齡氏也在內。從《唐太宗入冥記》以後，敘述太宗、玄奘之事者，不知多少，而集其大成者則爲吳氏此作。其後雖更有《後西遊記》、《續西遊記》以及《西遊補》之屬，然方之吳氏的所作，則似乎皆有「續貂」之感。《西遊補》雖另有寄託，別饒趣味，然其文學上的成功，則實在趕不上吳氏。

與《西遊記》同類的著作，這個時候也產生了好幾部。萬曆時，余象斗曾總集之編爲《四遊記》一書。這部《四遊記》名雖一書，其實乃是四部毫不相干的書的總集。其中的一部便是楊致和氏的四十一回本的《西遊記》。其他三部則爲：㈠《上洞八仙傳》（一名《八仙出處東遊記傳》），蘭江、吳元泰作；㈡《南遊記》（亦名《五顯靈官大帝華光天王傳》），余象斗編；㈢《北遊記》（亦名《北方眞武玄天上帝出身志傳》），亦爲余象斗編。合此四者，即所謂東、西、南、北《四遊記》者是。當時未必是恰恰合於「四遊」之數的。除了楊致和的《西遊記》外，其餘三書，皆未必原名即爲《東遊記》等等的。且除了楊致和、吳元泰二書顯然爲萬曆以前的舊本外，

《南遊記》及《北遊記》亦當爲相傳已久的民間的讀物。故余象斗加了一翻的編訂之後，只題爲「編」而不題爲「作」。《上洞八仙傳》凡二卷，五十六回，敘八仙得道原由，而其敘述的中心則爲八仙赴蟠桃會後渡海而歸。八仙各有寶物，而藍采和的玉版尤燦燦發光。龍王太子深愛之，遂攝而奪之，並將采和幽於海底。其他七仙上岸，不見采和。藉其仙術，知采和陷在龍宮。因此仇隙，遂與龍王大戰。以火燒海，移山塡洋，極仙家幻變的能事，大似《西遊記》前數回孫行者大鬧天宮。龍王大敗，請了天兵來助，也敵不了八仙的威力。後來觀音東來，爲他們講和，始各和好如初。《五顯靈官大帝華光天王傳》（即《南遊記》）凡四卷十八回，寫華光爲救母而大鬧天宮、地府，受盡諸般苦楚，始終不悔不服。後爲孫行者之女月孛所制，幾死。賴火炎王光佛救之，華光始愈，皈依佛道。這又是一部大鬧三界的活劇，而其布局較《西遊記》爲尤偉大。華光救母與目蓮救母恰恰是一個對照。然一則以佛力，一則以魔力，行動大不相同。然其精神的純潔高尚，富於「殉教」的觀念則一。如果作者的描寫力也達到吳承恩的程度，則這部書的成就似當較《西遊記》爲尤偉大。《北方眞武玄天上帝出身志傳》（即《北遊記》）凡四卷二十四回，亦爲神靈爭鬥的一幕。然並不足觀，遠不如《南遊記》的轟轟烈烈，有聲有色。

《西遊記》等作，原有所本，而許仲琳的《封神傳》則雖亦有所本，卻完全是自己的創作，自己的骨架，並無多大承襲舊文處。我們將許氏的《封神傳》與元刊的《武王伐紂書》一對讀，則知許氏之採用舊文的事跡處，實寥寥無幾。舊作武王伐紂雖不少神怪之言，較之許氏的《封神傳》來卻眞如小巫之見大巫。《樂毅伐齊七國春秋後集》，雖也仙魔惡鬥，撼天動地，攻陣被圍，鬼哭神驚，極幻怪神奇的能事，然較之《封神傳》來卻也令人有「自鄶以下，不足觀矣」之嘆。總之，任什麼「相斫書」，卻總沒有像《封神傳》的那麼極力形容「憝國九十有九國，馘魔億有十萬七千七百七十有九，俘人三億萬有二百三十」（〈周書世俘篇〉）的那次威武淒怖的戰役的。武王伐紂，古來本有「血流漂杵」之說，然經了儒者的粉飾，卻輕輕的以「前徒倒戈」文之。《封神傳》雖有誇張過度之處，卻很大膽的打破了這個傳統的觀念。《封神傳》全書一百回，作者許仲琳，南京應天府人，號鍾山逸叟，生平未詳。雖間有淺陋之處，然其博學廣聞，多採異語以入傳，則頗使人感到他並不是一位淺陋的學者。張無咎序《平妖傳》，曾及《封神傳》，則許氏的生代，至遲當在萬曆，早則或在嘉靖、隆慶。這時，政治界對於文字的羅網似乎最稀，（雖待遇儒臣不以禮，卻不大管文人的帳，故淫褻之作皆可公然發賣。）故《封神傳》中的敘述，頗有很大膽的地方。若哪吒的逼父，楊戩的反殷，都是舊禮教所不能容的，而許氏卻言之津津。又通天教主的門下，萬匯皆仙，百獸不拒，亦頗使人有仁者澤及萬物之感。惟殺戮死傷過多，又過於鼓吹著定命論，卻也使人處處感得栗然、淒然，不甚覺得愉快。關於姜尙的厄困不遇及與其妻馬氏的交涉，似乎作者頗受有流行當時的《荐福碑》、《金印記》諸劇的影響。

《封神傳》若甚似荷馬的《依里亞特》（*Iliad*）及印度大史詩《馬哈勃拉太》（*Mahabrata*），則產生於萬曆時代的《三寶太監西洋記》，大似荷馬的《亞特賽》與印度的史詩《拉馬耶那》（*Ramayana*）。《西洋記》凡一百回，羅懋登作。懋登號二南里人，生平亦不甚可知。惟所刊著之作頗多。曾爲《琵琶記》作音釋，又爲丘濬的《投筆記》作注，他自己也寫著些劇本，乃是萬曆間一位很好事的文人。《西洋記》敘的是，永樂中太監鄭和奉使率將士下海威服南洋諸國事。此舉爲中國歷史上的一件大事。至今錫蘭島上尙有鄭和的碑文在著，南洋各地也尙都流傳著三寶太監的傳說。此事並沒有什麼神奇幻怪的影子，然一入羅氏的筆端，卻成了一部較《亞特賽》爲尤怪誕，視《拉馬耶那》不相上下的一部敘錄神奇的歷險與戰爭之作了。不知這種神奇的故事，是羅氏的冥想的創造，還是民間本來流傳著的。我們猜想，像這樣誇誕可怪的故事至多只有三分是依據傳說，而其餘七分則完全由作者自己添上去的。作者的文筆頗多有意做作，故自弄文之處，大不似《水滸》、《西遊》諸作的自然流暢，似乎他是深中著「七子」諸人的復古運動之毒害的。例如：

> 原來先前的高山大海，兩次深澗樵夫，藤葛龍蛇蜂鼠，俱是王神姑撮弄來的。今番卻被佛爺爺的寶貝拿住了。天師的心裡才明白，懊恨一個不了。怎麼一個懊恨不了？「早知道這個寶貝有這等的妙用。不枉受了他一日的悶氣。」王神姑又叫道：「天師，你來救我也！」天師道：「我救你我還不得工夫哩。我欲待殺了你，可惜死無對證；我欲待捆起你，怎奈手無繩索；我欲先待中軍，又怕你掙挫去了。」
>
> ——《西洋記》第四十回

這種故意舞文弄墨的地方，頗失了小說的天趣。故終不能與《水滸》、《西遊》等同得人讚頌。

《楊家府演義》[①]出現於萬曆間，《孫龐鬥智》出現於崇禎間，也都是《封神傳》、《西遊記》一類的神怪小說。《孫龐鬥智》[②]的來源是很古遠的。元代建安虞氏刻有《樂毅圖齊七國春秋後集》；同時所刻而今已不傳的《七國春秋前集》，當必爲「孫龐鬥智」無疑。這讀了《樂毅圖

* * *

① 《楊家府演義》有明萬曆刊本（西諦藏），有清乾隆間翻刻本。

② 《孫龐鬥智》有崇禎原刊本，有清代坊刊本（改名《前七國孫龐演義》）。

齊》的開場白而可知的。崇禎本的這部《孫龐鬥智》，其氣韻也和《樂毅圖齊》極爲相類，或是就元人舊本而改作的吧。

《楊家府世代忠勇通俗演義》刊於萬曆三十四年，首有秦淮墨客序。前半全本於稱爲《北宋志傳》的「楊家將」的故事，後半十二寡婦征西，及楊文廣、楊懷玉的故事，似爲作者所創作，極荒誕不經，文字也很淺率。中敘楊家諸將和狄青的衝突，青屢屢的想謀害他們。這事很可怪。俗傳的《狄包楊萬花樓演義》，狄青是站在楊家的一邊的。這裡卻把狄青寫成王欽若式的人物了。不知有所據否？秦淮墨客名紀振倫，字春華。此書或即其所自著的吧。

鄧志謨出現於萬曆間，寫了不少體裁詭怪的東西。他寫了好幾種的「爭奇」。今所知者已有《山水爭奇》，《風月爭奇》，《梅雪爭奇》，《花鳥爭奇》，《童婉爭奇》，《蔬果爭奇》③等數本；每奇凡三卷。第一卷是一篇小說，其性質極類李開先的雜劇《園林午夢》。譬如《山水爭奇》便是敘述「山神」和「水神」的爭勝鬥口的。山神說山是如何的好，水神又說水是如何有造於人類和萬物。各搬出了不少的典故來，作爲證據。其第二卷、第三卷則各搜輯「山」、「水」或「蔬」、「果」的「藝文」，自詩賦以至劇曲，無不包羅在內，很有些重要的資料。他又寫作了《晉代許旌陽得道擒蛟鐵樹記》、《唐代呂純陽得道飛劍記》、《五代薩眞人得道呪棗記》等神仙

*　　*　　*

③《山水爭奇》等有明刊本（北京圖書館及西諦均藏有數種）。

故事。今惟《鐵樹記》最流行④。《飛劍記》亦見於《醒世恆言》⑤。志謨字景南，饒安人，自號百拙生，亦號竹溪散人，為建安書賈余氏的塾師，故所作都由余氏為之刊行。

楊爾曾則於萬曆、天啓間在杭州寫作著小說。他字聖魯，錢塘人，號雉衡山人，又號夷白主人。他刊行了插圖的通俗書不少。像《海內奇觀》、《圖繪宗彝》等，至今還在流行著。他的《東西晉演義》⑥凡十二卷五十回，刊於萬曆間。《晉書》原為「藪談」，這部演義也極雅馴，幾乎無一字無來歷。在講史裡是較好的一部。他的《韓湘子傳》⑦，凡三十回，刊於天啓三年，卻是很誕妄的，大約是出於《昇仙記》而作的吧。最可笑的，是他說，韓愈前生為玉皇大帝殿前的捲簾將軍，因爭蟠桃，失手將琉璃盞打碎，故被貶謫到人間來。韓湘子的故事至此已盡幻變的能事。

偉大的作家馮夢龍在泰昌間改作羅貫中的《平妖傳》⑧，這是很得稱譽的一部小說。他將羅氏原本二十回，擴大為四十回。自第一回《授劍術處女下山》到第十五回《胡媚兒痴心遊內苑》都是新增的。在原書一至五回間，增入了三回，十八至二十回間增入了二回。如此一改，面目遂以全新。「始終結構，有原有委，備人鬼之態，兼真幻之長。」（張無咎《平妖傳序》）其間的改作、

* * *

④《鐵樹記》有福建坊刊本，亦見《警世通言》第四十卷。

⑤《飛劍記》見《醒世恆言》第二十二卷（易名《呂洞賓飛劍斬黃龍》）。又以上三作並有明刊本。

⑥《東西晉演義》有萬曆間原刊本，又有其他翻刻本。

⑦《韓湘子傳》有明刊本；清代坊刊本也有數種。

⑧馮氏《新平妖傳》有泰昌刊本，有同治間翻刻本。

增潤之處，確是頗爲橫恣自然的。

三

《金瓶梅》⑨的出現。可謂中國小說的發展的極峰。在文學的成就上說來，《金瓶梅》實較《水滸傳》、《西遊記》、《封神傳》爲尤偉大。《西遊》、《封神》，只是中世紀的遺物，結構事實，全是中世紀的，不過思想及描寫較爲新穎些而已。《水滸傳》也不是嚴格的近代的作品。其中的英雄們也多半不是近代式（也簡直可以說是超人式的）。只有《金瓶梅》卻徹頭徹尾是一部近代期的產品。不論其思想，其事實，以及描寫方法，全都是近代的。在始終未盡超脫過古舊的中世傳奇式的許多小說中，《金瓶梅》實是一部可詫異的偉大的寫實小說。她不是一部傳奇，實是一部名不愧實的最合於現代意義的小說。她不寫神與魔的爭鬥，不寫英雄的歷險，也不寫武士的出身，像《西遊》、《水滸》、《封神》諸作。她寫的乃是在宋、元話本裡曾經略略的曇花一現過的眞實的民間社會的日常的故事。宋、元話本像《錯斬崔寧》、《馮玉梅團圓》等等尙帶有不少傳奇的成分在內。《金瓶梅》則將這些「傳奇」成分完全驅出於書本之外。她是一部純粹寫實主義的小說。

* * *

⑨《金瓶梅》版本甚多，以萬曆版《金瓶梅詞話》爲最好。今有北平古佚小說刊行會影印本。惜僅印百部，且爲非賣品。卿雲書局的《古本金瓶梅》即從民國五年存寶齋的《眞本金瓶梅》翻印的，穢褻的地方已都除去，最易得。

《紅樓夢》的什麼金呀，玉呀，和尙，道士呀，尙未能脫盡一切舊套。惟《金瓶梅》則是赤裸裸的絕對的人情描寫；不誇張，也不過度的形容。像她這樣的純然以不動感情的客觀描寫，來寫中等社會的男與女的日常生活（也許有點黑暗的，偏於性生活的）的，在我們的小說界中，也許僅有這一部而已。俗語有云：「畫鬼容易畫人難。」以人爲常見之物，不易得眞，卻最易爲人找到錯處；鬼則爲虛無飄緲的東西，任你如何寫法，皆無人來質證，來找錯兒。《西遊》，《封神》，畫鬼的作品也，故易於見長。《金瓶梅》則畫人之作也，入手既難，下手卻又寫得如此逼眞，此其所以不僅獨絕於這一個時代的小說界也！可惜作者也頗囿於當時風氣，以著力形容淫穢的事實，變態的心理爲能事，未免有些「佛頭著糞」之感。然即除淨了那些性交的描寫，卻仍不失爲一部好書。

《金瓶梅》的作者，不知其爲誰。世因沈德符有「聞此爲嘉靖間大名士手筆」語，遂定爲王世貞所作。張竹坡作《第一奇書》批評，曾冠以《苦孝說》。顧公燮的《消夏閒記摘抄》也詳記世貞撰作此書以毒害嚴世蕃，爲父復仇事。然其實這些傳說卻未必是可信的。《金瓶梅詞話》的欣欣子序云：「蘭陵笑笑生作《金瓶梅傳》，寄意於時俗，蓋有謂也。」蘭陵爲今山東嶧縣；和書中之使用山東土白一點正相合。。惜這個偉大作家笑笑生今已不知其爲何許人。欣欣子和笑笑生爲友輩，序上曾稱引到丘濬、周靜軒等而稱他爲「前代騷人」，又就其所引歌曲看來，皆可信其爲萬曆間，而非嘉靖間之所作。《金瓶梅》一出，便爲文士們所讚賞。沈氏《野獲編》云：「袁中郎《觴政》以《金瓶梅》配《水滸傳》爲外典。予恨未得見。丙午，遇中郎京邸，問曾有全帙否？曰：第睹數卷甚奇快。……又三年，小修上公車，已攜有其書。因與借抄挈歸。吳友馮猶龍見之驚喜，慫恿書坊以重價購刻。」是此書在萬曆中方盛行於世。《金瓶梅》全書凡一百回。據沈德符言，其五十三至五十七回原闕，刻時所補。《金瓶梅》的內容，只是取了《水滸傳》的關於武松殺嫂故事爲骨子而加以烘染與放大。當時，此故事也曾見之於劇場，像沈璟的《義俠記》所演的便是，可見其流傳的範圍甚廣。作者雖取了這個人人熟知的故事，然其描寫的伎倆卻高人不只一等。其結局也和《水滸傳》不同。其中心人物爲西門慶。像西門慶這樣的人物，在當時必是一個實型。卻說西門慶，清河人，本是一個破落戶，後漸漸的發達，也掙得一官半職，以財勢橫行於鄉里間。娶有一妻三妾，尙在外招花引柳。遇武大妻潘金蓮，悅之。鴆其夫武大，納她爲妾。武大弟武松，爲兄報仇，誤殺李外傳，刺配孟州。西門慶益橫恣。又私李瓶兒，亦納她爲妾，得了她不少家財。瓶兒生一子，夭死。她自己不久亦亡。而慶因淫縱過度，也死。於是家人零落。金蓮被逐居在外。恰遇武松赦歸，爲他所殺。慶妻吳月娘有遺腹子孝哥。金兵南侵，舉家逃難。月娘在一佛寺中，夢到關於她家的因果報應，遂大悟。孝哥也出家爲和尙。《金瓶梅》的特長，尤在描寫市井人情及平常人的心理，費語不多，而活潑如見。其行文措語，可謂雄悍橫恣之至。像第三十三回：

敬濟唱畢，金蓮才待叫春梅斟酒與他，忽有吳月娘從後邊來。見奶子如意兒抱著官哥兒，在房門首石台基上坐。便說道：「孩子才好些，你這狗肉又抱他在風裡。還不抱進去！」金蓮問：「是誰說話？」繡春回道：「大娘來了。」敬濟慌的拿鑰匙往外走不迭。衆人都下來迎接月娘。月娘便問：「陳姐夫在這裡做什麼？」金蓮道：「李大姐整治些菜，請俺娘坐坐。陳姐夫尋衣服，叫他進來吃一杯。姐姐，你請坐。好甜酒兒，你吃一杯。」月娘道：「我不吃。後邊他大妗子和楊姑娘要家去。我又記掛著你孩子，逕來看看。李大姐，你也不管，又教奶子抱他在風裡坐著。前日劉婆子說他是驚寒，你不好生看他！」李瓶兒道：「俺陪著姥姥吃酒，誰知賊臭肉三不知，抱他出去了。」

其他像第七回的寫〈楊姑娘氣罵張四舅〉，以及潘金蓮、王婆的潑辣的口吻，應花子的幫閒隨和的神情，都是化工之筆，至今尤活潑潑的浮現於我們的眼前的。《金瓶梅》有好幾種不同的版本。最早的一本，可能便是北方所刻的「《金瓶梅詞話》」，沈德符所謂「吳中懸之國門」的一本。當冠有萬曆丁巳（四十五年）東吳弄珠客的序和袁石公（題作廿公）之跋的。《金瓶梅詞話》，當最近於原本的面目。起於《景陽岡武松打虎》，並有吳月娘被擄於清風寨，矮腳虎王英強迫成親，卻幸遇宋江，說情得釋的一段事。那都是後來諸本所無的。山東土白，也較他本爲獨多。崇禎版而附有黃子立、劉啓先、洪國良諸人所刻插圖的一本《金瓶梅》，大約是在武林所刻的，卻面目大異於《金瓶梅詞話》。第一，每回的回目都對仗得很工整，不像《詞話》之不僅不對仗，字數也有參差，像第二回的回目：

西門慶簾下遇金蓮　王婆貪賄說風情

一爲八字，一爲七字。崇禎版則整齊得多了。第二，崇禎版爲適合於南人的閱讀計，除去了不少的山東土白，以此，減少不少的原作的神態。第三，崇禎版以〈西門慶熱結十兄弟〉開始。武松打虎事，只是淡淡的說過。今所見的各本，像張竹坡評的《第一奇書》和其他坊本皆從崇禎本出。又有《眞本金瓶梅》，刪去穢褻，大加增改，更失原本的眞相。

的一生。《隋煬帝艷史》[⑩]是緊跟在《金瓶梅》之後的。所寫的不是一個破落戶，卻是一個放蕩的皇帝的一生。組織了《海山記》、《迷樓記》、《開河記》諸文，而加以很細膩，很嬌艷的描寫，確是一部傑作。她影響於後來的小說很大。褚人獲的《隋唐演義》，前半部便全竊之於《艷史》。《紅樓夢》的描寫、結構，也顯然受有《艷史》的啓示。《艷史》出版於崇禎間，題「齊東野人編演」，凡八卷四十回，確是一部盛水不漏的大著作。

《禪眞逸史》和《禪眞後史》[⑪]也都出現於崇禎間。二書皆題清溪道人編，敘述很誕異不經，也多雜穢褻的描寫，而教訓的氣味又很重。和《隋煬艷史》比較起來，未免有駑駘之感。《逸史》凡四十回，《後史》凡六十回。

四

在這時代，講史的刊行與編訂可謂極盛。福建、杭州、南京、蘇州諸書肆，所刊印的小說，十之七八是講史。自嘉靖到崇禎，幾乎每部講史都要增訂、潤改個幾次。也有出自文人們的創作的。大都那些講史都是由俗而雅，由說書者的講談而到文人學士的筆削，由雜以許多荒誕鄙野的不經的故事而到了幾成爲以白話文寫成之的歷史或綱鑒。那演化的途徑是脫離「小說」而遷就、黏附「歷

*　　*　　*

⑩《隋煬艷史》有明刊本，乾隆間翻刻本，其他坊本多刪節。

⑪《禪眞逸史》及《後史》有明刊本；清代翻刻本亦多。

史」。這個演化，也許可以說是倒流。講史原是歷史小說，卻不料竟成了這樣的「白話歷史」的一個結果！

最早的一部講史，便是《皇明英烈傳》（一作《英武傳》，一作《雲合奇蹤》）⑫。這是郭勳作的。相傳郭勳嘗改訂《水滸傳》，刊行《三國志演義》；是一位很懂得欣賞小說的人物。勳爲郭英後，襲封武定侯。後因事下獄死。據說，他之作《英烈傳》，爲的是要表彰郭英的功績。後又有《眞英烈傳》，則有意反對之，把郭英的地位縮小得很多。《英烈傳》寫朱元璋得天下事，把這位流氓皇帝的「發跡變泰」的故事，烘染得很活潑。而劉基、宋濂諸人，卻被寫成諸葛亮似的神怪的人物。

福建書賈熊大木，在嘉靖間也刊行了不少講史。他自稱鍾谷子，建陽縣人。嘗有不少詠史詩，插入其所編訂的講史中。所編講史，今所知者有《全漢志傳》、《唐書志傳演義》、《兩宋志傳》，及《大宋中興通俗演義》，都是些編年式白話化的歷史。在其間，《大宋中興演義》，敘岳飛生平者，最爲流行，且似也寫得最好。後來託爲鄒元標所作的一部《精忠傳》，以及於華玉的節本，都從此本出。⑬

南京有周氏書賈，以周日校爲最著，在萬曆中刊行了不少講史，常用的是周氏大業堂和周氏萬

* * *

⑫《英烈傳》有明刊本（北京圖書館藏）；又《雲合奇蹤》，題徐文長編，係《英烈傳》之改本，亦有明末刊本（西諦藏）。此二本，均有清代坊刊本。

⑬《大宋中興演義》及《精忠傳》有好幾種明刊本。清坊本亦多。惟於華玉本罕見（西諦藏）。

卷樓之名。所刊的有《三國志演義》、《東西晉演義》、《東西漢通俗演義》等；也加以少許的增潤，例如《三國志演義》中所見的許多周靜軒詩，似便是由萬卷樓的刊本始行加入的。

稍後，長洲周之標也刊行《殘唐五代史演義》和《封神演義》。

福建建安書賈余象斗及其家族，在萬曆到崇禎間，刊行的小說最多。關於講史的有《列國志傳》、《全漢志傳》、《三國志演義》、《東西晉傳》、《唐書志傳》、《南北兩宋志傳》、《大宋中興岳王傳》、《皇明開運名世英烈傳》等書，可爲洋洋大觀。

周游（字仰止）的《開闢演義》⑭，凡六卷八十回，刊行於崇禎乙亥。大抵是增補各家講史所未備的「上古史」的一段空白的。又有《夏商志傳》的，不知爲何人所作，傳爲鍾伯敬批評，當也出現於此時，銜接於《開闢演義》和《列國志傳》之間。

馮夢龍的《新列國志》⑮一百零八回，結束了這個講史的典雅化的運動。這是金閶葉敬池所刊本。在原本的題頁上，說著馮氏尙著手於《兩漢志傳》的改寫。惜未之見。當係不曾完工。《新列國志》完全撇開了舊本的《列國志傳》而另起爐灶。夢龍雜採《左傳》、《國語》、《國策》、《史記》諸書而冶爲一爐，幾無一事無來歷。他恣意攻擊著舊本《列國志傳》的淺陋，把什麼臨潼鬥寶，鞭伏展雄諸無根的故事皆一掃而空。誠然是一部典雅的「講史」，而小說的趣味同時便也爲之一掃而空。

＊　＊　＊

⑭《開闢演義》等均有明刊本，亦有清代坊刻本。

⑮《新列國志》有明末刊本；清蔡元放評之，改名《東周列國志》，坊刊本最多。

■參考書目

一、《中國小說史略》，魯迅撰，北新書局出版。
二、《小說考證》及《續編拾遺》，蔣瑞藻撰，商務印書館出版。
三、《小說舊聞鈔》，魯迅編，北新書局出版。
四、《日本內閣文庫漢文書目》，日本印本。
五、《中國通俗小說書目》，孫楷第編，北京圖書館印行。
六、《中國文學論集》，鄭振鐸撰，開明書店出版。
七、《日本東京所見中國小說書目提要》，孫楷第編，北京圖書館印行。

第六十一章 擬古運動第二期

擬古運動的復活——不受羈勒者的詩人們——楊慎薛蕙等——李攀龍王世貞等——謝榛——「南園後五先生」——汪道昆盧柟

一

李、何所提創的第一次的擬古運動，到了後來，氣焰漸漸地衰弱了，明代的文壇又失去了中心。但第二次的擬古運動，不久復產生了，其影響更大，所波及的時間與地域也更久、更廣。這第二次的擬古運動，是以李攀龍和王世貞二人爲主將的。他們也是七個人，故論者稱之爲「後七子」。

當李、王等後七子未出之前，作者們不受李、何擬古運動的影響，有楊愼、薛蕙、皇甫諸詩人。他們鷹揚虎視於當代，繼李、何而爲當代的文壇的老師。他們都各有其成就，各有其信徒。惟其影響卻沒有李、何那麼大了。

楊慎①在其間是最博學多才的一位大詩人，但久謫邊遠之區，故其勢力也便小了。愼字用修，新都人。廷和子。七歲能文。正德辛未（一五一一年）舉會試第二，廷試第一。授翰林修撰。嘉靖甲申（一五二四年）七月，兩上議大禮疏，率群臣撼奉天門大哭。廷杖者再，斃而復甦。謫永昌（一四八八——一五五九）。有《升庵集》②及雜著百餘種。他獨立於當時的風氣之外，自有其深厚的造詣。陳臥子道：「用修繁蔚之中，時見新警。」他的詩，早年的，饒有六朝的風度；晚年的，漸見風骨嶙峋之態。像〈江陵別內〉：「此際話離情，羈心忽自驚。佳期在何許？別恨轉難平。」一見便知決不是李、何輩裝模作態之篇什。

薛蕙③字君采，亳州人，正德甲戌進士。為吏部郎中，以議大禮下詔獄。尋復職。未幾，罷歸（一四八六——一五四一）。有《考功集》④十卷。王世貞《藝苑卮言》稱其詩「如宋人葉玉，幾奪天巧；又如倩女臨池，疏花獨笑。」胡應麟《詩藪》於李、何一派外，少所許可，而亦稱其「瀟灑溫醇」。像「泛舟」：

水口移舟入，煙中載酒行。渚花藏笑語，沙鳥亂歌聲。晚棹沿流急，春衣逐吹輕。江南

*　　*　　*

① 楊愼見《明史》卷一九二，《列朝詩集》丙集。

② 《升庵集》有明萬曆間張士佩刊本；又《升庵全集》（包括《外集》）有清刊本。

③ 薛蕙見《明史》卷一九一，《列朝詩集》丙集卷十二。

④ 《薛考功集》有明嘉靖刊本，有萬曆間陳文燭刊本，有道光間亳州劉氏刊本。

〈採菱曲〉，回首重含情。

那麼輕盈自然的作風，當然會博得時人一致的好感。

華察[⑤]字子潛，無錫人。嘉靖丙戌進士。歷侍讀學士，掌南院事（一四九七—一五七四）。有《岩居稿》八卷。嘗出使朝鮮。察詩，評者皆稱其沖淡閒曠，追步陶、韋。像〈秋日閒居漫興〉：「高齋著書暇，雲盡見諸峰，……溪深度夕鳥，地靜聞疏鐘」；〈酌紅梅下〉：「岩梅發紅萼，獨樹明高林。春盡鳥唱寂，雪晴山閣陰」；〈荊溪曉發〉：「掛席出溪口，微茫天漸明。殘星帶高樹，春水抱孤城。野曠月初沒，村深雞亂鳴」；確都具有淵明的恬澹自然的作風。

高叔嗣[⑥]字子業，祥符人，嘉靖癸未進士，累遷湖廣按察使（一五〇一—一五三七）。有《蘇門集》[⑦]八卷。子業詩品清逸，在當時即得好評。李開先謂：「蘇門雖云小就，去唐卻近。蔡白石、王岩潭以蘇門為我朝第一。」陳臥子也道：「子業沉婉雋永，多獨至之言。讀之，如食諫果，味不驟得。」像〈偶題〉：「涼風昨夜起，殘雨夕陽移。坐臥身無事，茫然生遠思」；〈安肅縣寺病居〉：「野寺天晴雪，他鄉日暮春。相逢一尊酒，久別滿衣塵」等，都是情深意邃的。王廷陳[⑧]

＊　　＊　　＊

⑤華察見《列朝詩集》丁集卷三。

⑥高叔嗣見《明史》卷二八七，《列朝詩集》丁集卷一。

⑦《蘇門集》有明刊本。

⑧王廷陳見《列朝詩集》丙集卷十五。

字稚欽，黃岡人，正德丁丑進士。授吏科給事中。以事下獄，免歸。有《夢澤集》[9]二十三卷。陳臥子道：「稚欽爽俊，故意警而調圓。」像〈病後客過有贈〉：「病骨旬時虛酒筵，壯心激烈嗟暮年。秋堂過客擊柝後，寒渚哀鳴吹笛邊。」他以早年被廢，故語多憤激。

四皇甫[10]兄弟，「俱擅菁華，吳中一時之秀，海內寡儔。」（《藝苑卮言》）長兄沖，字子浚，長洲人，嘉靖舉人（一四九〇—一五三八），有《華陽集》；次涍，字子安，嘉靖壬辰進士，累遷南刑部員外，出為浙江僉事（一四九七—一五四六），有《少玄集》；次汸，字子循，嘉靖己丑進士，累遷雲南按察僉事（一四九八—一五八三），有《司勳集》；次濂，字子約，一字道隆，嘉靖甲辰進士，除工部主事，出為興化同知（一五〇八—一五六四），有《水部集》[11]。四皇甫詩，皆能自立，風格俱沖逸玄曠；較之刻意擬唐者反更近於唐人。馮時可《雨航雜錄》謂：「吳下能詩者朝子循（汸）而夕元美。或問其優劣。周道甫曰：子循如齊、魯，變可至道；元美如秦、楚，強遂稱王。」涍詩多清逸，汸則較為藻麗，濂尤善於哀悼之作。像涍的〈治平寺〉：

風中到香界，獨往意冷然。步引花木亂，看坐洲島連。
一林寄空水，滿院生雲煙。正此化心寂，鐘聲松外傳。

* * *

⑨《夢澤集》有《四庫全書》本。

⑩皇甫兄弟見《明史》卷二八七，《列朝詩集》丁集卷四。

⑪四皇甫詩集均有明刊本。

自不是雕繪、模擬之作。

同時有四馮兄弟者，亦皆以能詩名。兄名惟健，字汝強，臨朐（ㄑㄩˊ）人；次惟重，字汝威；次惟敏[12]，字汝行；次惟訥，字汝言。惟敏兼善詞曲[13]；惟訥纂《古詩紀》[14]，頗有功於學者。又松江有何良俊、良傅兄弟，也皆善於爲文。良俊的《四友齋叢說》[15]，考訂經史以至詞曲，很見細心研討的工力。

又有嚴嵩[16]，嘉靖時爲相數十年，權威傾天下。所作《鈐山堂集》[17]，刻本甚多。因其爲後人所詬病，故並其詩亦被輕視。其實，他詩的作風，雄厚淵深，饒有盛唐氣息，遠在七子以上。惟以其爲人的鄙狠，其詩乃因之而少人注意。

* * *

⑫ 馮惟敏兄弟見《列朝詩集》丁集卷二。

⑬ 馮惟敏的《海浮堂集》有明刊本。（中多補版，未見初印者。）

⑭《古詩紀》有明刊本。

⑮《四友齋叢說》有明刊本。

⑯ 嚴嵩見《明史》卷三十八，《列朝詩集》丁集卷十一。

⑰《鈐山堂集》的明刊本，有二十卷本，有四十卷本；又江西刊四十卷本。

四皇甫有才而未嘗以聲氣號召後學；升庵力足以奔走世人，而早歲投荒，地位便遠不如人。在雲南，很有些人集於他的左右，然而地方太偏僻了，便影響不到兩京和江南。故自李、何以後，總有數十年了，文壇上還不曾有過什麼中心的主盟者。及嘉靖末，李、王二人起，而轟轟烈烈的號呼，奔走，標榜，攻訐的風氣，才又復活起來。

二

這運動，最早始於李先芳、謝榛、吳維岳及李攀龍諸人的倡詩社。這時榛爲主盟。王世貞入京，先芳引之入社。又二年，宗臣、梁有譽也入社。這時李、王聲氣已廣，先芳又出爲外吏；遂擯先芳、維岳不與，而自稱爲五子。後徐中行、吳國倫亦至，乃改稱七子。即所謂「後七子」者是。攀龍、世貞爲之魁。其持論大率同前七子；文不讀〈西京〉以下所作，詩不讀中唐人集，而獨盛推李夢陽。他們所自作，古樂府往往割剝字句，剽竊古作；文則聱牙戟口，讀者至不能終篇。其弊，攀龍爲尤甚。攀龍死，世貞爲之魁。而前後五子等等名目，始紛紛標榜於世。前五子爲李攀龍、徐中行、梁有譽、吳國倫、宗臣；後五子爲余日德、魏裳、汪道昆、張佳允、張九一；續五子爲王道行、石星、黎民表、朱多煃、趙用賢；末五子爲李維楨、屠隆、胡應麟、趙用賢等（用賢亦在「續五子」中）；廣五子爲盧枏、歐大任、俞允文、李先芳、吳維岳；後又廣之爲「四十子」，交遊之士，殆盡入其羅網中。

攀龍⑱字于鱗，歷城人，嘉靖甲辰進士，除刑部主事。出爲順德知府。後擢河南按察使（一五一四—一五七〇）。有《滄溟集》⑲三十卷。攀龍才力富健，凌鑠一時；詩多佳者；而古樂府卻最爲駑下。連王世貞也道：「然不堪與古樂府並看，則似臨摹帖耳。」可謂切中其病。其散文尤生吞活剝得利害，可代表擬古運動的最壞的結果：

> 罅中穿如峽中，峽中銜如罅中。峽中之繘垂，罅中之繘倚，皆自級也。棧北得崖徑丈。人仄行於穿手在決吻中。左右代相受。踵二分垂在外。足已茹則齧膝也；足已吐是以趾任身。北不至十步，崖乃東折，得路尺許於崖剡中。人並崖南行，耳如屬垣者二里。
>
> ——〈太華山記〉

然效之者卻遍天下。隆、萬間的散文，遂一時呈現出一種斑斕古怪的作風出來。世貞所作，較爲平衍自然，卻摹擬《史記》太過，亦時傷套襲吞剝。

世貞⑳字元美，號鳳洲，又稱弇州山人，太倉州人。嘉靖丁未進士，除刑部主事，出爲山東副使。以父忤被殺，解官。後復起，累官至刑部尚書（一五二六—一五九〇）。有《弇州山人四部

* * *

⑱ 李攀龍見《列朝詩集》丁集卷五。

⑲《滄溟集》有明隆慶刊本，清道光間刊本。

⑳ 王世貞見《明史》卷二八七，《列朝詩集》丁集卷六。

稿》一百七十四卷，《續稿》二百七卷[21]。世貞在七子中影響最大，被攻擊亦最甚。艾南英《天傭子集》嘗道：「後生小子，不必讀書，不必作文，但架上有前後《四部稿》，每遇應酬，頃刻裁割，便可成篇。驟讀之，無不濃麗鮮華，絢爛奪目。細案之，一腐套耳。」歸有光亦以「庸妄臣子」譏之。然其才識自淵博難及。晚年所作，尤清眞近情，不盡以贋古終其身。他的長篇樂府，像〈太保歌〉、〈袁江流鈐山岡當廬江小吏行〉，都是元、白的同道，離開于鱗很遠。

「七子」中，世貞最恭維宗臣。臣[22]字子相，揚州興化人。嘉靖癸丑進士，出爲福建提學副使（一五二五—一五六〇）。有《方城集》[23]。子相詩以太白爲摹擬的目標，故世貞評之道：「如華山道士，語語煙霞，非人間事。」像〈夜立〉：「秋風天外聲，明月江中影。幽人把桂枝，露下衣裳冷。」也只是貌爲跌宕而已。徐中行和吳國倫[24]，其成就也很淺。中行字子興，長興人。嘉靖庚戌進士，累官江西右布政使（一五一七—一五七八）。有《青蘿館集》。國倫字明卿，湖廣興國州人。中行同年進士。累官河南參政，有《甔甀洞稿》[25]。他在七子中最爲老壽；世貞死，他和汪伯玉、李本寧繼之而狎主齊盟。劉子威、馮元成、屠緯眞輩，又相與附和之，延長了「後七子」的時

* * *

㉑《弇州山人四部稿》又《續稿》有明刊本。

㉒宗臣見《列朝詩集》丁集卷五。

㉓《宗子相集》有明刊本。

㉔徐中行及吳國倫均見《列朝詩集》丁集卷五。

㉕徐中行《天目山堂集》及吳國倫《甔甀洞稿》均有明刊本。

代，直到公安派的崛起。

謝榛㉖和梁有譽在「七子」中是較爲特立的。榛字茂秦，臨清人，自號四溟山人，一號脫屣道人。有《四溟集》㉗。他論詩與于鱗不合，詩社諸人遂合力排之。榛遊於秦、晉諸藩，又嘗與鄭若庸同爲趙王上客。他眇一目，以布衣終（一四九五—一五七五）。聲氣遠不及世貞輩，故前後廣續五子以及四十子之列，他皆不得與。然其詩則工力自深。錢謙益謂：「其稱詩之指要，實自茂秦發之。茂秦今體，工力深厚，句響而字穩，七子五子之流皆不及也。」有譽㉘字公實，廣州順德人，嘉靖庚戌進士，任刑部主事，有《蘭汀存稿》。有譽入社不久，即歸鄉，與鄉人歐大任、黎民表㉙、吳旦、李時行等結爲詩社，粵人號爲「南園後五先生」㉚。所作頗少摹擬之病。這五先生所作多藻麗披紛，富於南國的情調，像「窕窈〈子夜〉聲，凄側〈江南〉弄，繁音逐水流，哀響因風送」（吳旦：〈玉峽夜泊〉）；「茲嶺何綿亙，孤根下杳冥。雲光蕩鳥背，水氣雜龍腥」（黎民表：〈彈子磯〉）；「譚君置酒燒銀燭，爲我停杯吹紫玉。正逢蘭佩贈佳人，何事〈竹枝〉奏離

*　*　*

㉖ 謝榛見《明史》卷二八七，《列朝詩集》丁集卷五。

㉗ 《四溟集》有明刊本，有清宣統元年排印本。

㉘ 梁有譽見《列朝詩集》丁集卷五。

㉙ 歐大任、黎民表均見《明史》卷二八七，《列朝詩集》丁集卷六。

㉚ 按南園五先生爲孫蕡、王佐、黃哲、李德、趙介，皆明初人。《南園後五先生集》爲清陳文藻編，有陳氏刊本。

曲！數聲裊裊斗柄低，漸雁哀損入耳啼。霜滿洞庭悲落木，螢流長信恨空閨」（歐大任：〈夜聽譚七吹笛〉）等等都可看出一種特有的「南歌」的本色來。

「前、後、續、末、廣」五子中，尚有汪道昆和盧柟二人，較可注意。道昆字伯玉[31]，歙人。除義烏知縣，累官兵部侍郎。有《太函集》[32]一百二十卷。他和世貞互相推奉，大得世名，天下遂元美、伯玉並稱。然二人實不合。世貞晚年嘗云：「予心誹太函之文而口不敢言，以世所曹好也。」太函於詩，成就甚淺，散文則摹古太過，也很少自然之趣。徒以其聲勢足以奔走世人，故亦被稱爲一代文宗。

盧柟（ㄋㄢˊ）[33]字少楩，一字次楩，又字子木，濬人，太學生，有《蠛（ㄇㄧㄝˋ）蠓集》[34]。柟爲少年公子，往往盛氣凌人。以致繫獄多年，歷盡苦艱。馮夢龍《醒世恆言》中，有〈盧太學詩酒傲公侯〉（第二十九卷，亦見《今古奇觀》）話本，即敘其事。以此冤獄，益練其才，其詩的造詣遂深邃。陳臥子道：「山人排蕩自喜，頗有越石清剛之氣。」其〈獄結後書呈王龍池二府〉一篇，浩莽之氣逼人，殆不是宗子相之貌爲大言者所能比匹。

* * *

㉛ 汪道昆見《明史》卷二八七。《列朝詩集》丁集卷六。

㉜ 《太函集》有明刊本。

㉝ 盧柟見《明史》二八七，《列朝詩集》丁集卷五。

㉞ 《蠛蠓集》有嘉靖刊本，萬曆刊本（今所見者多補板）。

參考書目

一、《梁園風雅》二十七卷，明趙彥復編，有明刊本。
二、《明詩選》十三卷，明陳子龍等編，有明刊本。
三、《石倉歷代詩選》，明曹學佺編，所收明詩最富，惜未見全書。
四、《列朝詩集》，清錢謙益編，有原刊本，有清宣統間鉛印本。
五、《明詩綜》一百卷，清朱彝尊編，有原刊本。
六、《明詩紀事》，近人陳田編，有刊本。
七、《明文海》及《明文授讀》，清黃宗羲編，《文海》有抄本，《授讀》有刻本。
八、《明文在》一百卷，清薛熙編，有局刊本。

第六十二章　公安派與竟陵派

擬古運動的疲乏——三袁以前的反抗者——王慎中唐順之茅坤及歸有光——徐渭——李贄——湯顯祖——「嘉定四先生」——公安派的陣容——袁宏道兄弟——黃輝陶望齡等——所謂「竟陵派」——鍾惺與譚元春——詩人阮大鋮——寓言的復興——小品文的發達——陳繼儒董其昌張岱等——徐宏祖的遊記——復社幾社及豫章社

一

前後七子所主持的擬古運動，到了萬曆中葉，便成了強弩之末。習久生厭，一般人也都對之起了反感。公安袁氏兄弟遂崛起而張反抗的旗幟。這面異軍特出的旗子一飄揚於空中，文壇的空氣便立刻變更了過來。李、何和王、李的途徑是被塞絕了，他們的主張成了時人攻訐的目標，也無復更奉李于鱗《唐詩選》、王元美《四部稿》為追摹的目標者。王、李盛時，世人以讀天寶以後的唐詩，和宋人的著作為譏彈的口實，而這時，袁宗道卻公然以白、蘇（即白居易、蘇軾）名其齋了。從王、李的呑剝、割裂、臨摹古人的贗古之作，一變而到了三袁們的清新輕俊，自舒性靈的篇什，誠有如從古帝王的墓道中逃到春天的大自然的園苑中那麼愉快。

在三袁未起之前，後七子的作風，便已有攻訐之者，惟其氣力不大，未能給他們以致命傷耳。特別在散文一方面，因爲擬古運動所造就的結果，不滿人意，所以很早的便發生了反抗的運動；這第一次的反抗運動乃是由幾位古文家主持之的。

嘉靖初，王愼中、唐順之等已倡爲古文，以繼唐、宋以來韓、歐、曾、蘇諸家之緒。愼中[①]字道思，晉江人，嘉靖五年進士。歷官戶部主事，河南參政（一五〇九—一五五九）。有《遵岩集》[②]。愼中初亦從何、李的主張，爲文以秦、漢作者爲法，後乃悟歐、曾作文之法，尤嚮往於子固。唐順之亦變而從之。天下稱之曰：「王、唐。」順之[③]字應德，號荊川，毗陵人，嘉靖八年進士。歷兵部、吏部，入翰林。罷官十餘年，復召用兵部，頗得信任，甚著武功（一五〇七—一五六〇）。有《荊川集》[④]。王、唐又與趙時春、熊過、陳束、任瀚、李開先、呂高，號嘉靖八才子。第一次擬古運動，幾爲王、唐的古文運動所排倒。但李攀龍、王世貞起，卻又復熾了擬古運動。（攀龍爲愼中提學山東時所賞拔者，但論文卻異其傾向。）惟在李、王的第二次擬古運動全盛的時代，古文運動也並未完全絕跡；不過號召、奔走天下士的力量卻沒有王、李那麼偉大耳。這時古文

* * *

①王愼中見《明史》二八七，《列朝詩集》丁集卷一。

②《遵岩集》有隆慶間刊本。

③唐順之見《明史》卷二〇五，《列朝詩集》丁集卷一。

④《荊川集》有明嘉靖刊本，有清代唐氏、盛氏諸刊本，有《四部叢刊》本。

運動的領袖爲茅坤、歸有光二人。

茅坤[⑤]字順甫，歸安人，嘉靖十七年進士。屢遷廣西兵備僉事。後因事罷歸。年九十卒（一五一二—一六〇一）。他受唐順之的影響最深。順之於唐、宋人文，自韓、柳、歐、三蘇、曾、王八家外無所取。坤選《唐宋八大家文鈔》即全據順之的緒論以從事者。後人「八家」之說，蓋始於此。

但於散文深有所成就者，還當推歸有光[⑥]。有光字熙甫，崑山人。應進士不第，退居安亭江上，講學著文二十餘年，學者稱曰震川先生[⑦]。嘉靖四十四年始成進士，年已六十。授長興知縣。不久卒（一五〇六—一五七一）。他嘗序《項思堯文集》道：「蓋今世之所謂文者難言矣。未始爲古人之學，而苟得一二妄庸人爲之鉅子，爭附和之以詆排前人。韓文公云：『李、杜文章在，光焰萬丈長。不知群兒愚，那用故謗傷。蚍蜉撼大樹，可笑不自量。』文章至於宋、元諸名家，其力足以追數千載之上而與之頡頏，而世直以蚍蜉撼之，可悲也！毋乃一二妄庸人爲之鉅子以倡導之與？」所謂「妄庸鉅子」蓋指當時有大力的文壇主將王世貞。然世貞晚年亦心服之。嘗讚有光的畫像道：「風行水上，渙爲文章。風定波息，與水相忘。千載有公，繼韓、歐陽。」蓋有光的散文，澹遠有致，雖平易而實豐腴；像〈書齋銘〉、〈項脊軒記〉等都是很雋美的抒情文，爲「古文」裡

* * *

⑤ 茅坤見《明史》卷二八七，《列朝詩集》丁集卷三。

⑥ 歸有光見《明史》卷二八七。《列朝詩集》丁集卷十二。

⑦《震川文集》有明歸氏刊本，陳文燭刊本，《四部叢刊》本。

的最高的成就；荊川、遵岩皆所不及。有光頗好《太史公書》，相傳他嘗爲之批點（此書今傳於世）；但其周納附會的評論，卻和李、王諸子所論者也未見得相差很遠，或未必確出於其手歟？

二

古文家雖拋棄了秦、漢的偶像，卻仍搬來了第二批偶像「唐、宋八家」等，以供他們崇拜追摹的目標；依然不曾脫離掉廣大的奴性的擬古運動的範圍。不過，由艱深而漸趨平易，由做作過甚而漸趨自然，卻是較近人情的一種轉變耳。眞實的完全擺脫了「迷古」的魔障的，確要推尊到公安派的諸作家——雖然他們是歷來受到那麼鄙夷的不平等的待遇。

可稱爲公安派的先驅者，乃是幾位獨往獨來的大家，卻不是什麼古文作家們。在其間，有三個大作者是應該爲我們所記住的——雖然他們也是那麼久的被壓伏於不公平的正統派的批評之下。

這三位大作者是：徐渭、李贄與湯顯祖。徐渭[8]字文長。山陰人。性狷激。嘗入胡宗憲幕中。宗憲死，他歸鄉里。後發狂而卒（一五二一—一五九三）。他天才超軼，詩文皆有奇氣，工寫花草竹石。嘗自言：「吾書第一，詩次之，文次之，畫又次之。」時王、李倡社，謝榛以布衣被擯。渭憤憤不平，誓不入其黨。而其所成就，也和王、李輩大異其趣。他的《徐文長集》[9]，至今傳誦不

* * *

⑧ 徐渭見《明史》卷二八八，《列朝詩集》丁集卷十二。

⑨ 《徐文長集》有明刊本，有海山仙館本；《逸稿》有明刊本。

衰。詩幽峭，別出途徑，不屑屑於摹擬古人的作風。袁宏道謂：「其所見山奔海立，沙起雲行，風鳴樹偃，幽谷大都，人物魚鳥，一切可驚可愕之狀，一一皆達之於詩。其胸中又有一段不可磨滅之氣，英雄末路，託足無門之悲。故其爲詩，如嗔，如笑，如水鳴峽，如種出土，如寡婦之夜哭，羈人之寒起。當其放意，平疇千里；偶爾幽峭，鬼語秋墳。」像「遠火澹冥壁，月與江波動。寂野聞籟微。單衾覺寒重。」（〈夜宿沙浦〉）「竹雨松濤響道房，瓜黃李碧酒筵香。人間何物熱不喘？此地蒼蠅凍欲僵。一水飛光帶城郭，千峰流翠上衣裳。」（〈新秋避暑豁然堂〉）「虎邱春茗妙烘蒸，七碗何愁不上升。青箬舊封題穀雨，紫砂新罐買宜興。」（〈某伯子惠虎邱茗謝之〉）幾無不是新語連綿，奇思突出；其不避俗語，俗物，無所不入詩，已開了公安派的一條大路。

李贄[10]的遭遇，較徐渭殆尤不幸。贄之被正統派文人們所疾視，也較渭爲尤甚。贄字卓吾，號宏甫，泉州晉江人。領鄉荐，不再上公車。授教官。歷南京刑部主事，出爲姚安太守。嘗入雞足山，閱藏不出。被劾，致仕。客黃安耿子庸處。子庸死，遂至麻城龍潭湖上，祝髮爲僧。卓吾所著書，於上下數千年之間，別出手眼，在思想界上勢力甚大；當時學者們，咸以爲妖，譟而逐之。尋以妖人，逮下通州獄。獄詞上，議勒還原籍。卓吾道：「我年七十有六，死耳，何以歸爲！」遂奪薙髮刃自剄，兩日而死。在萬曆間，所著《焚書》[11]，嘗被焚二次；清室亦以卓吾所著，列於禁書中，然卒傳。在文壇上，卓吾是獨往獨來的。他無意於爲文，然其文卻自具一種絕代的姿態。他不

* * *

⑩ 李贄見《列朝詩集》閏集卷三。

⑪ 《焚書》有明刊本，有清末鉛印本；《文集》有明刊本；《遺書》有明刊本。

摹仿什麼古人，他只說出他心之所言。行文如行雲流水，行於所當行，止於所當止，這在明人散文中，已是很高的成就了。他的詩，尤有影響於公安派；什麼話都敢說，不懼入俗，不怕陷詼諧。或傷其俳優作態，實則純是一片天眞。像：

本無家可歸，原無路可走。若有路可走，還是大門口。

——〈偈答梅中丞〉

芍藥庭開兩朵，經僧閣裡評論。木魚暫且停手，風送花香有情。

——〈雲中僧舍芍藥〉

一別山房便十年，親栽竹篠已參天。舊時年少唯君在，何處看山不可憐！

——〈重來山房贈馬伯時〉

間亦有很平庸的淺陋的篇什，但他決不用艱深或藻麗以文飾其庸淺。

湯顯祖的詩文[⑫]，爲其「四夢」所掩，很少人注意及之，其實卻是工力很深厚的。其散文，不自言有什麼宗派，卻是極嚴整、精密的文言文，在所謂「古文」中，也可占一個最高的地位；有抒情的意味很濃厚的小品，也有極端莊的大文章。李贄、徐渭間露粗獷，或顯跳踉詼諧之態。惟顯祖之作，卻如美玉似的無瑕，如水晶似的瑩潔，留不下半點渣滓。他的詩也很高雋。屠隆云：「義仍

* * *

⑫《玉茗堂全集》有明刊本，有清順治刊本；又《向棘郵草》有明刊本（罕見）。

才高學博，氣猛思沉，格有似凡而實奇，調有甚新而不詭，語有老蒼而不乏於姿，態有纖穠而不傷其骨。」（《絳雪樓集》）帥機謂：「義仍諸詩，聚寶熔金，譬諸瑤池之宴，無腥腐之混品；珠履之門，靡布褐之蕪雜。」（《陽秋館集》）我們只要舉一首：

> 罅樹紅無地，岩檐綠有江。蝶花低雨檻，鼉竹亂秋窗。楚瀝杯誰個？吳歌榜欲雙。崩騰過雲影，浥浥片心降。
>
> ——〈龍潭高閣〉

已可知道他們的話，並不是憑空的瞎讚。顯祖於王世貞頗爲不敬。嘗謂：「我朝文字以宋學士爲宗。李夢陽至琅琊，氣力強弱雜細不同，等贗文爾。」又簡括獻吉、于鱗、元美文賦：「標其中用事、出處，及增減漢史、唐詩字面，流傳白下。」可謂反抗擬古運動的一個急先鋒。

同時又有程嘉燧（字孟陽，原爲休寧人，有《松圓浪淘集》）、李流芳（字長蘅，有《檀園集》）、婁堅（字子柔，有《吳歈（ㄩˊ）小草》）、唐時升[⑬]（字叔達，有《三易齋集》）四人，也能詩，而俱住嘉定，被稱爲「嘉定四先生」。其詩的作風也有異於王、李。

* * *

⑬ 程嘉燧、李流芳、唐時升等均見《明史》卷二八八，《列朝詩集》丁集卷十三。

三

所謂公安派，蓋指公安袁宗道、宏道、中道的三兄弟及其他附庸者而言。宗道字伯修，萬曆丙戌進士，授編修，累官洗馬庶子，贈禮部侍郎。有《白蘇齋集》⑭。宗道並不是公安派的主將，卻是他們的開倡者。他在詞垣時，正王、李作風在絕叫；他獨與同館黃昭素，力排假借盜竊之失。嘗有詩道：「家家櫝玉誰知贋，處處描龍總忌眞。一從馬糞《卮言》出，難洗詩家入骨塵。」其意可知。他於唐，好香山，於宋，好眉山，故自名其齋曰白蘇；欲由贋而返眞，由臨描而返自然。雖所成就未必甚高，卻已啓導了一大派的詩人們向更眞實的路上走去。

宏道⑮字中郎，宗道弟，爲公安派最重要的主持者。他爲萬曆壬辰進士，除吳縣知縣。歷國子博士，官至吏部員外郎。有《敝篋》、《錦帆》、《解脫》、《瓶花》、《瀟碧堂》、《廣陵》、《破研齋》諸集。⑯其弟中道謂：「中郎詩文、如《錦帆》、《解脫》，意在破人之執縛。才高膽大，無心於世之毀譽，聊抒其意之所欲言耳。或快爽之極，浮而不沉，情景太眞，迫而不遠。而出自靈竅，寫於銛款，蕭蕭冷冷，足以盪滌塵情，消除熱惱。」蓋宗道還未免爲白、蘇所範圍，宏道才開始排棄規範，空所依傍；凡所作，類皆「出自靈竅」。他最表彰徐渭與李贄。又嘗刊行湯顯祖

*　　*　　*

⑭《白蘇齋集》有明刊本。

⑮袁宏道見《明史》卷二八八，又三袁並見《列朝詩集》丁集卷十二。

⑯《袁中郎全集》有明刊本數種，有道光間刊本；《袁中郎十種》有明刊本。

的「四夢」（即柳浪館評刊「四夢」）。其於前人，蓋於狷介不群者獨有默契。或病其淺俗。而清人攻訐之尤甚。朱彝尊謂：「由是公安流派盛行。然白、蘇各有神采，顧乃頹波自放，捨其高潔，專尚鄙俚。」然朱氏不知宏道、中道已非復白、蘇可得而牢籠之者。《四庫總目提要》謂：「公安三袁又從而排抵之。其詩文變板重爲輕巧，變粉飾爲本色，致天下耳目一新，又復靡然而從之。然七子猶根於學問，三袁則惟恃聰明。學七子者不過贗古，學三袁者乃至矜其小慧，破律而壞度。名爲救七子之敝，而敝又甚焉。」其實中道也已說過：「一二學語者流，取中郎率易之語，效顰學步，其究爲俗俚，爲纖巧，爲莽蕩，烏焉三寫，必至之弊，豈中郎之本旨哉！」中郎詩固有像朱彝尊所指斥的「無端見白髮，欲哭翻成笑。自喜笑中意，一笑又一跳」一類的俳諧無聊之作，然並不多。像「細雨乍收山鳥喜，亂畦行盡草花熏」（〈暮春飲郭外〉）；「坐消纖雨輕陰日，間踏疏黃淺碧花」（〈柳浪初正〉）；「一曲池台半畹花，遠山如髻隔層紗。南人作客多親水，北地無春不苦沙」（〈暮春至德勝橋水軒待月時微有風沙〉）；能不說他是清麗的麼？其他率眞任性之作，更多不勝舉。他的散文也是很活脫鮮雋的；雖不如其詩之往往純任天眞，而間有用力的斧鑿痕，然已離開唐、宋八家，乃至秦、漢文不知若干里路了！他開闢了一條清雋絕倫的小品文的大道，給明、清諸大家，像張岱諸人走。這，其重要，也許較他的詩爲尤甚。

中道字小修，在三袁中爲季弟。萬曆丙辰進士，授徽州教授，累遷南禮部郎中。有《珂雪齋集》⑰。中郎有一段批評他的話：「小修詩文，獨抒性靈，不拘格套。有時情與景會，頃刻千言，

* * *

⑰《珂雪齋集》有明刊本。又明末有《三袁集》。

如水東注。其間有佳處，亦有疵處。佳處自不必言；即疵處亦多本色獨造語。予則極喜其疵處。而所謂佳者，尚不能不以粉飾蹈襲爲恨，以爲未脫近代文人氣習故也。」（《錦帆集》）最好，我們可以把這一段話移來批評整個公安派的作家們，特別中郎他自己。小修自序《珂雪齋集》道：「古人之意至而法即至焉。吾先有成法據於胸中，勢必不能盡達意。達吾意而或不能盡合於古之法，合者留，不合者去，則吾之意其可達於言者有幾，而吾之言其可傳於世者又有幾！故吾以爲斷然不能學也。姑抒吾意所欲言而已。」這不啻是公安派的一篇堂堂正正的宣言！

王陽明的學說，不僅在哲學上，即在明代文學上，也發生了極大的影響。從李卓吾到公安派諸作家，間接直接殆皆和陽明的學說有密切的關係。卓吾最崇拜陽明。中郎亦有詩道：

念珠策得定功成，絕壑松濤夜夜行。說與時賢都不省，依稀記得老陽明！

——〈山中逢老僧〉

明中葉以後的文壇風尚，眞想不到會導源於這位大思想家的！（將更詳於下文）

爲公安派張目者，初則有黃輝和陶望齡等，後則轉變到竟陵派的鍾、譚諸人。望齡字周望，會稽人，萬曆己丑進士，授編修，遷國子祭酒。有《水天閣集》及《歇庵集》⑱。輝字昭素，一字平倩，南充人，萬曆己丑進士，累遷侍讀學士。有《鐵庵集》及《平倩逸稿》。而望齡受袁氏兄弟的

* * *

⑱《歇庵集》有明刊本。

影響尤深，詩文也皆足以自見。

四

竟陵派導源於公安，而變其清易為幽峭。鍾伯敬嘗評刻中郎全集，深致傾慕。明末清初諸正統派的批評家們也同類並舉的同致攻訐，而集矢於竟陵諸家者為尤深。錢謙益道：「當其創獲之初，亦嘗覃思苦心，尋味古人之微言奧旨，少有一知半見，掠影希光，以求絕於時俗。久之，見日益僻，膽日益粗。舉古人之高文大篇，鋪陳排比者，以為繁蕪熟爛，胥欲掃而刊之，而惟其僻見之是師。其所謂深幽孤峭者，如木客之清吟，如幽獨君之冥語，如夢而入鼠穴，如幻而之鬼國；浸淫三十餘年，風移俗易，滔滔不返。余嘗論近代之詩：抉擿洗削，以淒聲寒魄為致，此鬼趣也；尖新割剝，以噍音促節為能，此兵象也！著見文章而國運從之，豈亦『五行志』所謂詩妖者乎？」朱彝尊更本之而斷實了他們的罪狀：「鍾、譚從而再變，梟音鴃舌，風雅蕩然。泗鼎將沉，魑魅齊見！」以國運的沉淪，而歸罪於公安、竟陵諸子，可謂極誣陷的能事！然千古人的耳目，又豈是幾個正統派的文人們所能束縛得住的！

竟陵派的大師為鍾惺與譚元春，二人皆竟陵人；傾心以附和之者則有閩人蔡復一，吳人張澤、華淑等。鍾惺[19]字伯敬，號退谷，萬曆庚戌進士。授行人。累遷南禮部郎中，出為福建提學僉事，

*　　　*　　　*

⑲ 鍾惺見《明史》卷二八八，《列朝詩集》丁集卷十二。

有《隱秀軒集》[20]。他以《詩歸》一選得大名，亦以此大為後人所詬病。其他坊肆所刊，冒名為他所閱定的書籍，竟多至不可計數；可見他在明末勢力的巨大。他為詩喜生僻幽峭，最忌剿襲，其苦心經營之處，不免時有鑱削的痕跡；實為最專心的詩人的本色。不能不說是三袁平易淺率的進一步。譚元春[21]字友夏，天啓丁卯舉人，有《嶽歸堂集》[22]。他和伯敬交最深。所作有極高雋者。然常人往往不能解，正統派作家尤訐之最力：「以俚率為清眞，以僻澀為幽峭。作似了不了之語，以為意表之言，不知求深而彌淺；寫可解不可解之景，以為物外之象，不知求新而轉陳。無字不啞，無句不謎，無一篇章不破碎斷落。一言之內，意義違反，如隔燕、吳；數行之中，詞旨蒙晦，莫辨阡陌。」（《列朝詩集》）反面看來，此正足為友夏的讚語。他的深邃悟會處，有時常在伯敬之上。伯敬尙務外，而他則窮愁著書，刻意求工，確是一位徹頭徹尾以詩為其專業的詩人。但他的聲望卻沒有伯敬那麼大。

在這裡不能不提起阮大鋮[23]一下。阮氏為人詬病已久，他的《詠懷堂詩集》[24]，知者絕少。然集中實不乏佳作。他是一位精細的詩人，和鍾、譚之幽峭，卻甚不同。

* * *

⑳《隱秀軒集》有明刊本，有清末刊本。

㉑譚元春見《明史》卷二八八，《列朝詩集》丁集卷十二。

㉒《嶽歸堂集》有明刊本，又《譚子詩歸》有明刊本。

㉓阮大鋮見《明史》卷三〇八，《列朝詩集》丁集卷十六。

㉔《詠懷堂詩集》有明刊本，有國學圖書館石印本。

五

在散文一方面，萬曆以來的成就，是遠較嘉、隆時代及其前爲偉大，且是更爲高遠；雖然正統派的批評家們是那麼妒視這個偉大時代的成就。這偉大的散文時代，以徐渭、李贄、中郎、小修爲主將，而浩浩盪盪的捲起萬丈波濤，其水勢的猛烈，到易代之際而尙洄漩未已。

陽明學說，打破了「迷古」的魔障，給他以「自抒己見」的勇氣。同時，陽明的講學方式，也復興了一個很重要的文體，即自周、秦諸子以來便已消歇的「寓言」的一體。印度文學和僧侶們的講演，本來富於寓言；很奇怪的，卻在中國文壇得不到相當的反響。許多《佛本生經》裡的妙譬巧喻，一部分無聲息的沉淪了，一部分卻變成了死板板的傳奇文。寓言的本身終於未遇到復興的機會。直到了陽明的挺生，乃以譬喻證其學說；門生弟子受其感化者不少。而寓言在嘉、隆以後，遂一時呈現了空前的光明與榮耀。和李贄成爲好友的耿定向[25]，亦爲陽明的門下。嘗著了一部《先進遺風》[26]，那寥寥的兩卷書中，重要而且雋永的寓言很不少。楚人江盈科的《雪濤小說》，亦有美妙的譬喻，足以證其思想的活躍。陸灼作《艾子後語》[27]，劉元卿作《應諧錄》[28]，都是很不尋常

* * *

㉕耿定向見《明史》卷二二一。

㉖《先進遺風》有《寶顏堂秘笈》本。

㉗《雪濤小說》及《艾子後語》均有《八公遊戲叢談》本，有《明百家小說》本。

㉘《應諧錄》有《寶顏堂秘笈》本。

的東西。《艾子後語》本於傳為蘇軾作的《艾子》。《艾子》也是很好的一部「喻譬經」。這些明人的寓言，我們可以說，其價值是要在侯白諸人的六朝「笑談集」以上的，因為她們不僅僅是攻擊人間小缺憾的「笑談」而已！

但「寓言」還只是旁支，偉大的散文家們在這時期實在是熱鬧之至。崇禎時陸雲龍選輯《十六名家小品》，於徐渭、湯顯祖、袁宏道、袁中道、屠隆、鍾惺諸家外，別選文翔鳳、陳繼儒、陳仁錫、李維楨、王思任、虞淳熙、董其昌、張鼐、曹學佺、黃汝亨等十家。這十六家之選，並未足以盡當時的散文；且其品題也甚為混淆，入選者未必皆為佳雋的散文作家。陳仁錫、曹學佺本為選家。仁錫[29]所選《古文奇賞》和學佺所選《歷代詩選》都是卷帙很浩瀚，其中也很有重要資料的東西。其所自作，亦有甚為雋妙者，而學佺的詩尤為可觀。學佺[30]字能始，侯官人，萬曆乙未進士。累遷廣西右參議副使。天啓中，除名為民。家居二十餘年，殉節而死（一五七四—一六四七）。同時閩人有徐熥、徐𤊹兄弟也皆能詩。熥字惟和，有《幔亭集》；𤊹字興公，一字惟起，有《鼇峰集》及《徐氏筆精》。陳繼儒、王思任、董其昌三家在其間算是最重要的。繼儒[31]字仲醇，號眉公，松江華亭人。為諸生時，與董其昌齊名。年甫二十九，即取儒衣冠焚棄之，隱居崑山之陽。名日以盛。遠近徵請詩文者無虛日；學士大夫往見者屨常滿戶外。卒年八十二（一五五八—

* * *

[29] 陳仁錫見《明史》卷二八八，《列朝詩集》丁集卷十五。

[30] 曹學佺見《明史》卷二八八，《列朝詩集》丁集卷十四。

[31] 陳繼儒見《明史》卷二九八，《列朝詩集》丁集卷十六。

一六三九）。繼儒既老壽，著作尤多；坊肆往往冒其名以冠於所刻書端，或請託其爲序，而他則求無不應者。以此，頗爲通人所詬病。其實除應酬之作外，他所作短翰小詞，確足以自立。以一布衣，遊於公卿與市井間，以文字自食其力，此蓋萬曆以後的一種特殊的社會狀況，而繼儒殆爲此種賣文爲活的「名士」們的代表。[32]同時有王穉登者，字百穀，吳縣人。亦爲當時最有聲譽的「名士」。且也和繼儒同臻老壽[33]；其爲市井流俗所知，僅次於繼儒。

王思任[34]字季重，山陰人，萬曆乙未進士，歷出爲地方官吏，皆不得志。稍遷刑、工二部。出爲九江僉事，罷歸；亂後，卒於山中。思任好詼諧，爲文有奇趣[35]，正統派的文人們遂疾之若仇。董其昌[36]字元宰，和繼儒同鄉里。萬曆十七年進士，累官至南京禮部尚書。崇禎間，加太子太保致仕，卒時八十二（一五五五—一六三六）。其昌以善書名，畫亦瀟灑生動，絕出塵俗。詩文皆清雋，類其書畫。

天啓、崇禎間的散文作家，以劉侗、徐宏祖及張岱爲最著。張岱字宗子，山陰人，有《瑯環山

* * *

㉜ 陳眉公《晚香堂集》有明刊本。有清末鉛印本。又《陳眉公集》有明刊本。

㉝ 《王百穀集》有明刊本。

㉞ 王思任見《列朝詩集》丁集卷十二。

㉟ 《王季重集》有《乾坤正氣集》本。又《謔庵文飯小品》有明刻本。

㊱ 董其昌見《明史》卷二八八，《列朝詩集》丁集卷十六。

館集》[37]。其所著《陶庵夢憶》、《西湖夢尋》[38]諸作，殆爲明末散文壇最高的成就。像〈金山夜戲〉、〈柳敬亭說書〉，以及狀虎丘的夜月，西湖的蓮燈，皆爲空前的精絕的散文；我們若聞其聲，若見其形，其筆力的尖健，幾透出於紙背。柳宗元柳州山水諸記，只是靜物的寫生；其寫動的人物而翩翩若活者，宗子當入第一流。徐宏祖（一五八五－一六四〇）字霞客，江陰人。他不慕仕進而好遊，足跡縱橫數萬里，縋幽鑿險，多前人所未至。所著遊記[39]，無一語向壁虛造，殆爲古今來最忠實、最科學的記遊之作；而文筆也清峭出俗，不求工而自工。劉侗字同人，麻城人；于奕正初名繼魯，字司直，宛平人。他們同著的《帝京景物略》[40]，也爲一部奇書；敘景狀物，深刻而有趣。雖然不是像《洛陽伽藍記》似的那麼一部關係國家興亡的史記，卻是很著力寫作的東西；不過有時未免過於用力了，斧鑿之痕，明顯得使人刺目，有若見到新從高山上劈裂下來的而又被砌成園林中的假山的石塊似的，怪有火氣。其病恰似羅懋登的《三寶太監西洋記》的那部小說。

同時，有李日華[41]者，字君實，嘉興人。萬曆壬辰進士，累官至太保少卿（一五六五－一六三五），有《恬致堂集》及《六硯齋雜記》等。他爲明代最好的藝術批評家。其評畫之作，自

*　*　*

㊲《瑯環山館集》有清光緒間刊本。

㊳《陶庵夢憶》有刊本，有樸社標點本；《西湖夢尋》有《武林掌故叢書》本，有杭州鉛印本。

㊴《徐霞客遊記》有刊本，有商務印書館印本。

㊵《帝京景物略》有明刊本。

㊶李日華見《明史》卷二八八，《列朝詩集》丁集卷十六。

成為一種很輕妙的小品文；於《紫桃軒雜綴》及《畫媵（ㄧㄥˋ）》諸編，可以見之。其詩亦跌宕風流，纖艷可喜，像〈題畫〉：「黃葉滿秋山，白浪迷秋浦。門前一痕沙，白鷗近可數。」

六

李、何、王、李的前後七子的倡結詩社之風，到明末而更盛；竟由詩人的結合，而趨向到帶有政治性的結社。天啓、崇禎之際各地的文社，隨了朝政的腐敗，內憂外患的交迫而俱起。太倉則有張溥、張采所倡的復社；華亭則有陳子龍、夏彝仲、徐孚遠、何剛等所倡的幾社；江西則有艾南英所倡的豫章社；甬上則有陳夔獻所主持的講經會；武林則有聞子將、嚴印持所主持的讀書社；明州則有李杲堂所主持的鑒湖社；太倉又別有顧麟士所主持的應社；一時殆有數之不盡的壯觀。而彼此也常意見相左，互相排擊。惟於政治上的攻擊，則殆一致的對準了不合理的壓迫與侵略而施之。在其間，復社、幾社尤為重要。復社出現較早，則和腐敗的官僚相搏鬥；幾社諸君子則皆怵於國難的嚴重和受滿族侵略的痛戚而奮起作救國運動的。

在文學上的趨勢講來，復社、幾社和豫章社殆都是公安、竟陵二派的反動。陳子龍明目張膽的為王、李七子作護符；張溥編《漢魏六朝百三名家集》，張采選兩漢文，也都是以「古學」為號召的。艾南英則痛嫉王、李，又標榜歸有光等古文，以與子龍輩抗爭。其實「摹仿歐、曾與摹仿王、李者，只爭一頭面」（黃宗羲語），於文學的前程，這種抗爭是沒有什麼重大意義的。南英[42]字千

* * *

[42] 艾南英見《明史》卷二八八。

子，東鄉人。天啓四年舉於鄉。江西陷，南英南奔於閩；唐王授御史，尋卒。[43]而陳子龍等也皆殉難於抗滿之役。子龍[44]字人中，又字臥子，華亭人，崇禎十年進士。遷兵科給事中。大亂時，他受魯王命，結太湖兵欲起事；事洩被捕，投淵死。[45]夏允彝字彝仲，聞北都陷，謁史可法，謀興復。南京復失，他便自殺。他的兒子完淳，生丁亡國之痛，作〈大哀賦〉。天才橫溢，哀艷驚人。似較庾子山的〈哀江南賦〉尤加沉痛。年十七，即殉國難而死。有集[46]。徐孚遠和何剛也皆殉難以死。子龍詩文皆名世，其駢體文和長短句的造詣，尤爲明人所罕及。

張溥[47]字天如，太倉人，與同里張采（字受先），同學齊名。號「婁東二張」。崇禎間，在里集諸名士，倡爲復社，聲譽震於吳中。溥於崇禎四年成進士，改庶吉士。假歸即不出。四方好事者，多奔走其門，盡名爲復社。溥亦傾身結納，頗議及朝政。因此，爲大臣所惡，欲窮究之。迄溥死（一六〇二—一六四一），而獄事未已。

*　　*　　*

㊸ 艾南英《天傭子集》有刊本。

㊹ 陳子龍、夏允彝等見《明史》卷二七七。

㊺ 陳子龍《湘眞閣稿》有明刊本；《陳忠裕公集》有道光刊本，《乾坤正氣集》本。

㊻《夏完淳集》有《乾坤正氣集》本。

㊼ 張溥見《明史》卷二八八。

參考書目

一、《列朝詩集》，清錢謙益編，有原刊本，有清宣統間鉛印本。
二、《明詩綜》，清朱彝尊編，有清康熙間刊本。
三、《明詩紀事》，近人陳田編，有刊本。
四、《十六名家小品》，明陸雲龍編，有明崇禎間刊本。
五、《明文海》及《明文授讀》，清黃宗羲編；《文海》有抄本，《授讀》有刻本。
六、《明文奇賞》四十卷，明陳仁錫編，有明刊本。
七、《啓禎兩朝遺詩》，清陳濟生編，有刊本，極罕見。
八、《尺牘新語》及《廣集》，清汪淇編，有清康熙間刊本。
九、《尺牘新鈔》及《結鄰集》，《藏棄集》，清周在浚編，有清康熙原刊本，有清道光雷氏刊本。
十、《冰雪攜》，明衛泳編，罕見；又《冰雪攜補》亦少見。
十一、《明三十家詩選》，清汪端編，有刊本。
十二、《明文在》，清薛熙編，有刊本。
十三、《明詩平論二集》，明朱隗編，有明崇禎間刊本。

第六十三章　嘉隆後的散曲作家們

受崑山腔影響後的散曲——梁辰魚——金鑾——楊慎夫婦——李開先——劉效祖——馮惟敏——夏言與夏暘——《藝苑卮言》所載諸家——《南詞韻選》所載諸家——王穉登與《吳騷集》——范夫人——凌濛初——陳所聞及諸金陵詞人——高濂史槃等——顧仲方胡文煥等——趙南星——《三徑閒題》——陳繼儒袁宗道等——《情籟》——沈璟及諸沈氏詞人——王驥德——馮夢龍——施紹莘——俞琬綸——黃周星——王屋等——民間歌曲

一

從嘉靖到崇禎是南曲的時代。散曲到了嘉靖，已入發展、轉變的飽和期，呈現著凝固的狀態。南曲過分發達的結果，大部分的作家都追逐於綺靡的崑山腔之後而不能自拔。北曲的作家，幾至絕無僅有。在風格與情調上，他們是那樣的相同：一部《吳騷》，我們讀之，很難分別得出某一篇是何人所作的。因此，在這畸形的發達的極峰，即到了萬曆中葉的時候，作者們便不期然而然的發生自覺的感情的枯竭。一部分的人便想從北曲裡汲取些新的題材與內容來；別部分的人便又想從民間歌謠裡，得到些什麼驚人的景色與情調。第一部分的許多「曲海青冰」一類的「以南翻北」之篇什，當然只是無聊的而且無靈魂的玩意兒；第二部分的〈掛枝兒〉、〈黃鶯兒〉、〈羅江怨〉一類的民歌之擬作與改作，比較的可以使人注意，卻總之，也究竟顯露出作者們自身的不景氣，即情思的消歇來。所以，在這一個南曲的時代，即從嘉靖到崇禎的一百二十餘年間，我們看見的是清歌妙舞的悠閒的生活，我們看見的是奇巧的追逐於種種的肉感的刺激之後；我們看見的是紅燈，綠裳，宴會，登臨的情景。而我們所聽到的也只是滿足的嬉笑；別離與失望的幽訴；因過度閒暇所生的無可奈何的嘆息。至多，只是些清麗的雋妙的作品；只是些擬仿民歌而成功的篇什；只是些綺膩柔滑若錦緞的文章。卻缺少了宏偉的有風骨的歌什。在弘、正之時，還有陳鐸、常倫、康海的粗豪的歌聲，而這時卻只有吳娃低唱似的綿綿不絕的情語了。白石以至草窗、夢窗時代的宋詞，有些和這時代的明曲相似。惟彼時作者們的情緒尚十分的複雜，而這時卻千弦只是一聲，千語只是一意，左右離不開男女的戀情。而他們的歌聲又往往是那樣的凡庸與陳舊！

這南曲絕叫時代的作家們也是以南方為中心的。崑山、蘇州、南京、杭州與紹興，當時作家們是十之九集中於那些地方的。他們往往也採用北歌與楚歌，卻是那麼宛轉曲折的將她們變為吳歌。

這短短的一百二十餘年，又可分為三個不同的時期。第一個時期是梁辰魚的時代；這是崑曲的始盛，不伏「王化」者尚大有人在。第二個時期是沈璟的時期；這是南曲格律最嚴肅，而詩思最消歇的時代。第三個時期，比較得最可樂觀，真實的詩人們確乎出現了不少；我們找不出一個足以代表他們的更大的作者來，他們都是那樣的足以獨立，是那樣的各有風格；勉強舉出幾個來，或可以說是：王驥德、馮夢龍、沈自晉和施紹莘的時代吧。

正如唐詩在唐末、五代並不墮落而反開闢了另一條大道的情形相同，明代散曲在那個「世紀末」的喪亂時代，也只有更顯得燦爛，而並不走上墮落的途程。

二

梁辰魚[①]是崑山腔的一位最重要的提倡者。如果只有魏良輔而沒有伯龍的出現，崑山腔也許不會有那麼遠大的前途的。伯龍的《江東白苧》正像他的《浣紗記》之對於當時劇壇的影響一樣，在「清曲」壇上是具有極巨偉的權威的。《江東白苧》連續篇[②]，凡四卷；有這四卷中，無論是套數或小令，都已成了後人追摹的目標。他的詠物抒情是那麼樣的典雅與細膩，直類最精密的刻工，在雕斫他們的核舟或玉器。也因爲過於刻劃得細緻，過於求雅求工，便不免喪失些流動的自然的風趣。像〈白練序〉套的〈暮秋閨怨〉的二曲：

〔醉太平〕羅袖琵琶半掩，是當年夜泊月冷江州。虛窗別館，難消受暮雲時候。嬌羞，腰圍寬褪不宜秋。訪清鏡，爲誰憔瘦？海盟山咒，都隨一江逝水東流。

〔白練序〕凝眸古渡頭，雲帆暮收。牽情處錯認幾人歸舟。悠悠，事已休。總欲致音書，何處投？空追究，光陰似昔，故人非舊！

* * *

① 梁辰魚見《列朝詩集》丁集卷八。

② 《江東白苧》有明刊本，暖紅室刊本，武進董氏刊本。

句句似都是曾經見過的；他是那樣的熔鑄古語來拼合起來的。其詠物之作，像〈詠蛺蝶〉的〈梁州序〉套：

〔梁州序〕郊原風暖，園林春霽，日午香薰蘭蕙。翩翩綠草，尋芳競拂羅衣。只見秋千初試，紈扇新開，驚得雙飛起。爲憐春色也，任風吹，飛過東家，知爲誰！（合）花底約，休折對！奈悠揚春夢渾無際。關塞路，總迢遞！（以下數曲略）

也並不能算是精工；只是善於襯托。處處是模糊影響的話，令人似明似昧，把握不到什麼。總之，是亂堆典故和迷惘的情意而已。而在這寥寥的四卷裡又多「擬作」、「改作」。像〈雜詠效沈青門唾窗絨體〉，多至十首；像〈初夏題情〉，爲「改定陳大聲原作」；〈懶畫眉〉套又爲改定沈青門作；可見其情思的不充沛。又多「代」人而寫的作品；其出於自己眞性情的流露者蓋亦僅矣！一位創派的大師，已是如此的才短情淺，成就甚爲薄弱，後繼之者，自不易更有什麼極偉大的表現了。

金鑾[③]、莫是龍皆是辰魚同時人；《江東白苧》中有改白嶼的〈寄情〉之作，又有一篇〈莫雲卿攜戴膩兒過婁水作〉的「二犯江兒水」；他們當都是和辰魚有相當的友誼關係的。

金鑾字在衡，號白嶼，應天人。有《蕭爽齋樂府》[④]。王世貞云：「金陵金白嶼鑾頗是當家，

* * *

③ 金鑾見《列朝詩集》丁集卷七。

④ 《蕭爽齋樂府》有明刊本（未見），有武進董氏刊本。

爲北里所貴。」周暉亦稱他：「最是作家。華亭何良俊號爲知音，常云：每聽在衡誦小曲一篇，令人絕倒。」（按良俊語原見《四友齋叢說》）今所見蕭爽齋曲，抒情之作固多，而嘲笑諷刺之什也不少，其門庭確較梁辰魚爲寬大，且也更爲眞率可愛。像他的〈八十自壽〉的〈點絳唇〉套：「八十年來，三千里外關西派；浪跡江淮，留得殘軀在。」開首已不是辰魚所能夢見的了。下面寫著他自己的事跡與抱負，都是直爽而明白的，並不隱藏了什麼。又像〈嘲王都閫送米不足〉：

〔沉醉東風〕實支與官糧一斗，乃因而減半徵收。既不係坐地分，有何故臨倉扣？這其間須要追求。火速移文到地頭，查照有無應否。

簡直是在說話。又像〈風情嘲戲〉（四首錄二）：

〔沉醉東風〕人面前瞞神下鬼，我根前口是心非。只將那冷語兒劖，常把個血心來昧，閃的人寸步難移。便要撐開船頭待怎的？誰和你一篙子到底！

〔又〕鼻凹裡砂糖怎餂，指甲上死肉難黏，盼不得到口，恨不的連鍋咱，管什麼苦辣酸鹹！這般樣還教不解饞，也是個天生的餓臉！

是那麼樣的善於運用俗語入曲；較之泛泛的典雅語，實是深刻動人得多了。其詠物曲也多精切不泛者。白嶼老壽，上和徐霖爲友，而下也入崑腔時代，故尚充溢著弘、正時代的渾厚眞率的風趣，並不曾受崑腔派的散曲作風的影響。他其實是應該屬於前一代的。

莫是龍字雲卿，以字行。更字廷韓，松江華亭人（《南宮詞紀》作直隸蘇州人）。以諸生貢入國學。有《石秀齋集》。書畫皆有名。惜其散曲絕罕見。《南宮詞紀》雖列其名於「紀內詞人姓氏」，卻未選其所作。

楊愼夫婦、李開先、劉效祖、馮惟敏、夏言諸人，都還具有很濃厚的前一代的作風。楊愼有《陶情樂府》，《續陶情樂府》及《玲瓏倡和》⑤。其妻黃氏，有《楊升庵夫人詞曲》。惟楊夫人曲中，雜有升庵之作不少，殆坊賈所竄入以增篇頁者。升庵散曲，王世貞謂其多剽元人樂府。又謂：「楊本蜀人，故多川調，不甚諧南北本腔。」其實他的小令，很有許多高雋的，像〈落梅風〉：

> 病才起，春已殘，綠成陰，片紅不見。晚風前飛絮漫漫，曉來呵一池萍散。

那樣的情調，元曲中是未必多的。惟其早歲投荒，未免鬱鬱，「道情」一類之作，自會無意的沾上元人的恬澹的作風。像：

> 〔清江引〕人間榮華無主管，樹倒胡孫散。天吳紫鳳衣，黃獨青精飯，先生一身都是懶。

* * *

⑤《陶情樂府》等均有嘉靖刊本。《陶情樂府》有近人盧氏刊本；《楊夫人詞曲》有明刊本；《楊升庵夫婦散曲》，任訥編，商務印書館出版。

和「早早破塵迷」（〈黃鶯兒〉）；「伴淵明且醉黃花，富貴浮雲，身世煙霞」（〈折桂令〉）之類，顯然是很近東籬、雲莊的堂室的。

升庵在滇中時，與他相應和者有西嵒簡紹芳，月塢張愈光，海月王宗正及沐石岡（即沐太華）等。在他的《玲瓏倡和》裡，則與他酬和者有顧箬溪、張石川（名寰）、李丙、劉大昌及升庵弟惇（字敘庵）、慥（字未庵）等。這些人都只是偶然興之所至的歌詠者，並不是什麼專業的詞客。

升庵夫人黃氏所作，王世貞嘗舉其〈黃鶯兒〉：「積雨釀春寒，見繁花樹樹殘。泥塗滿眼登臨倦。江流幾灣？雲山幾盤？天涯極目，空腸斷，寄書難。無情征雁，飛不到滇南！」而盛稱之，以爲「楊又別和三詞，俱不能勝」。楊夫人曲，佳者固不僅此；她別有一種鮮妍的情趣，纖麗的格調，像：

〔落梅花〕樓頭小，風味佳，峭寒生雨初風乍。知不知對春思念他？背立在海棠花下。

〔又〕春寒峭，春夢多，夢兒中和他兩個。醒來時空床冷被窩，不見你空留下我。

升庵是不會寫作那麼爽儁的曲語的。

李開先（一五〇一——一五六八）刻元人喬夢符、張小山小令，自稱藏曲最富，有「詞山曲海」之目。然所作卻並不怎樣重要。王世貞謂：「伯華以百闋〈傍妝台〉爲德涵所賞。今其辭尚存，不足道也。」〈傍妝台〉⑥並有王九思的次韻，皆只是一味的牢騷，像「不拘拘從人喚做老狂夫：笑將四海爲杯勺，五岳作茅廬。消磨日月詩千首，嘯傲煙霞酒一壺。無窮事，多病軀，得支吾處且支吾。」已成濫調，徒拾唾餘，確不足重。他別有曲集，惜未見。〈傍妝台〉外，《南宮詞紀》（卷五）有他的〈詠月〉、〈詠雪〉的「黃鶯兒」二篇，也很平庸。

劉效祖⑦字仲修，濱州人，嘉靖庚戌進士，除衛輝推官。歷戶部員外郎，出爲陝西副使。有《短柱效顰》、《蓮步新聲》、《混俗陶情》、《空中語》等集。朱彝尊謂；「副使負經世略，坐計吏罷官。晚寄情詞曲。所塡小令，可入元人之室。」然所作流傳甚罕。其〈拜年〉「堯民歌」：「一個說，現成熱酒飲三杯，一個說，看經吃素剛初一」，寫市井風俗，淺率而眞切。像〈沉醉東風〉：

> 門巷外旋栽楊柳，池塘中新浴沙鷗。半灣水繞村，幾朵雲生岫，愛村居景致風流。啜盧仝茗一甌，醉翁意何須在酒。

也是造語坦率不加濃飾的⑧。

* * *

⑥《南曲次韻》附崇禎張宗孟編《王渼陂全集》後，原刊本未見。

⑦劉效祖見《列朝詩集》丁集卷二。

⑧劉效祖《詞臠》有清刊本。

馮惟敏最爲王世貞所稱許。他道：「近時馮通判惟敏獨爲傑出，其板眼，務頭，攛搶緊緩，無不曲盡，而才氣亦足以發之。止用本色過多，北音太繁，爲白璧微纇耳。」其所謂「本色過多」，卻便是惟敏的高出處。他的〈勸色目人變俗〉、〈剪髮嘲羅山甫〉、〈清明南郊戲友人作〉等套數，其詼諧放肆，無稍顧忌，正類鍾嗣成的〈醜齋自述〉，蓋嬉笑怒罵，無不成文章。其小令也自具一種豪爽蕭疏之至，像〈朝天子〉的〈喜客相訪〉：

掩柴門不開，有高賢到來，又破了山人戒。斯文一氣便忘懷，笑傲煙霞外。雅意相投，誠心款待，酒瓶乾還去買。你也休揣歪，俺也休小哉，終有個朋情在。

他的曲集有《擊筑餘音》和《海浮山堂詞稿》，皆附文集後。⑨其南曲小令，雖多情語，而亦不是粉白黛綠的姿態，像〈盹妓〉：

〔鎖南枝〕打趣的客不起席，上眼皮欺負下眼皮。強打精神扎掙不的，懷抱著琵琶打了個前拾，唱了一曲如同睡語，那裡有不散的筵席。半夜三更，路兒又蹺蹊，東倒西歆，顧不的行李。昏昏沉沉，來到家中，睡裡夢裡，陪了個相識。睡到了天明，才認的是你。

* * *

⑨《海浮山堂詞稿》有明刊本，有《散曲叢刊》本。

嘲笑之作，刻劃至此，自不是梁辰魚輩浮泛之作所能做到的。

夏言[⑩]字公謹，貴溪人。正德丁丑進士，授行人。累遷禮部尙書，加太子太保，入參機務。後罷職，復起爲吏部尙書，因河套事敗，棄市（一四八二——一五四八）。有《桂洲集》及《鷗園新曲》[⑪]。在《新曲》裡，不過寥寥十幾套，都是詠歌鷗園的景色和他的閒適的生活的。像〈端陽日白鷗園與客泛舟曲〉裡的：

〔金錢花〕醉回月滿林塘林塘；籠燈列炬交光交光。歸深院，過迴廊，賓客散，漏聲長。情不極，樂無央。

這一曲，已是他最好的成就了。

同時有夏暘者，字汝霖，亦貴溪人，作《葵軒詞》[⑫]，後附散曲甚多，其情調也是屬於隱逸豪放一類的。

王世貞《藝苑卮言》嘗載嘉靖間的其他散曲作者們云：「予所知者，李尙寶先芳，張職方重，劉侍御時達，皆可觀……張有二句云：『石橋下，水粼粼，蘆花上，月紛紛。』予頗賞之。」又

*　　　*　　　*

⑩ 夏言見《明史》卷一九六，《列朝詩集》丁集卷十一。

⑪《鷗園新曲》附《夏桂洲詞》後，有嘉靖刊本。

⑫《葵軒詞》有嘉靖刊本（極罕見，西諦藏）。

云：「吾吳中以南曲名者，祝京兆希哲，唐解元伯虎，鄭山人若庸，……陸教諭之裘散詞，有一二可觀。吾嘗記其結語：『遮不住愁人綠草，一夜滿關山。』又『本是個英雄漢，差排做窮秀才。』語亦雋爽。其他未稱是。」今李、張、劉諸氏所作，已不可得見。鄭若庸、陸之裘則尚有若干流傳於世。若庸以作《玉玦記》著名；《北宮詞紀》「詞人姓氏」中有其名，卻未見其詞。《南宮詞紀》及《吳騷集》所錄他的南詞也極寥寥。〈梧桐樹〉套：「忘不了共攜纖手，忘不了西園秉燭遊，忘不了同心帶結鴛鴦扣。」語亦平庸，無甚新警處。陸之裘字箕仲，號南門，直隸太倉人。其南詞也不多見。《南詞韻選》有〈江頭金桂〉曲：「漫尋思幾遍，終難割斷這姻緣。怎說得空惹旁人笑，若負恩時是負天。」也不怎麼好。

《南詞韻選》所載諸家，尚有顧夢圭、秦時雍、吳嶔、曹大章、張鳳翼、殷都、張文台、周秋汀、陶陶區、劉龍田等，其時代皆在梁辰魚與沈璟間。顧夢圭[13]字武祥，號雍里，崑山人。所作像〈詠雪〉的〈念奴嬌序〉也只是鋪敘雪景，無甚深意。秦時雍字堯化，號復庵，直隸亳州人，喜作詼諧語。「新詞信口歌，好句同聲和。問人生浮雲，富貴如何？鶯花隊裡休嘲我。名利場中且讓他。」（〈玉芙蓉〉）這便是他的生活態度吧。吳嶔號崑麓，直隸武進人。沈詞隱評其詞為上上。像〈寒夜〉的〈山坡羊〉：「衷情萬疊，難對丫鬟道。淚暗拋，金釵獨自敲，清清細數三更到。」確是很好的情詞。曹大章字一呈，號含齋，直隸金壇人，他的〈集賢賓〉小令：「人在心頭歌在口，心中意，歌中人知否？春心暗透，到關情秋波欲溜。」此種意境，尚少人道及。張鳳翼的散

*　　*　　*

⑬顧夢圭見《列朝詩集》丁集卷三。

曲，不似他的劇曲那麼堆砌麗語。像〈桂枝香〉：「半天豐韻，前生緣；驀然間冷語三分；宰地裡熱心一寸。」〈九迴腸〉：「一從他春絲牽掛……音書未託魚和雁，凶吉難憑鵲與鴉，成話靶！」都是很近坦率的一流；大約還是他少年之所作的吧。殷都字無美，號斗墟，直隸嘉定人。他的〈二犯桂枝香〉：「只落得眉兒上鎖，心兒裡窩，指兒上數，口兒裡哦，這段風流債，今生了得麼？」也很有輕儁的風趣。張文台名恆純，周秋汀名瑞，虞竹西名臣，陶陶區名唐，皆直隸崑山人。劉龍田不知其名（係書賈，嘗刻《西廂記》），所作存者並寥寥，且也不很重要，殆和梁辰魚同為崑山腔的宣傳者。

王世貞他自己，名雖見於《北宮詞紀》的「詞人姓氏」及《南詞新譜》的「入譜詞曲傳劇總目」，然未收其隻字。他對於散曲的批評，有時很中肯；所自作，一定也很可注意。惜見於《四部稿》中者不過寥寥數套，未足表現其所得。

與世貞同以詩文雄於一代的汪道昆，他也曾作散曲，《北宮詞紀》嘗載其〈歸隱〉（南北合套）：「早歸來遙授醉鄉侯，更無端病魔迤逗」，也只是熟套腐調。

徐渭的《四聲猿》流傳最廣，得名最盛，然其散曲卻更不見一令一套的存在；這也許是我們很大的損失。王伯良《曲令》云：「吾鄉徐天池先生，生平諧謔小令極多。如……〈黃鶯兒．嘲歪嘴妓〉：『一個海螺兒在腮邊不住吹，面前說話，倒與旁人對』等曲，大為士林傳誦，今未見其人也。」按今所見〈嘲妓〉的〈黃鶯兒〉，凡二本，一見《南宮詞紀》，題孫伯川作；一見《浮白山人雜著》（？）中，皆無伯良所引諸語，可見其必為擬曲，非文長作，（此二本所錄〈嘲妓．黃鶯兒〉，相同者頗多，似即同出一源。）而文長作今反不傳。

三

王穉登、張琦二人在萬曆甲寅（四十二年，公元一六一四年）所編的《吳騷集》，未錄沈寧庵所作隻字片語；後三年，張琦、王輝復編《吳騷二集》，寧庵之作，入選者也僅〈惜春〉的〈集賢賓〉「枝頭幽鳥」等二曲。可見當時的詞人們和蘇州沈氏，原是很隔膜的，其作風也不甚同。寧庵重本色，而百穀諸人則仍保守著梁辰魚《江東白苧》所留下的傳統的典雅的特質。蓋道不同不相爲謀也。（《吳騷二集》惜未見）《吳騷集》的作者們，除已見於前的諸家外，復有李復初、陸包山、王雅宜、許然明、梅禹金、王百穀、張琦及二酉山人等；《吳騷二集》復有范夫人、吳載伯、錢鶴灘、凌初成、杜圻山、清河漁父、蔣瓊瓊、謝雙、張少谷、沈寧庵、漁長、陳海樵、吳無咎、周幼海、張孺彝、景翩翩、宛瑜子、張伯瑜、揭季通等。惜余所見《吳騷二集》缺其後半，故自謝雙以下，其詞無從得見。凌初成在此已嶄然露頭角。王輝、張琦皆武林人，故所選也獨詳浙人。這些人大都皆未受沈璟的影響者；他的影響，要到了天啓、崇禎間方始大著。

李復初未詳其里居。《吳騷》錄其〈漁父〉：「恨只恨難逢易別」一闋，是很露骨的情詞。陸包山名治，他所作，《吳騷》及《二集》各錄一闋；像〈畫眉序犯二郎神〉：「煙暖杏花明，芳草東風燕子輕，羅袖上傷春數點啼痕」，是如何的逼肖《江東白苧》的作風。王雅宜名寵[⑭]，直隸蘇州人（一四九四—一五三三）。《吳騷》兩集，錄其曲獨多。像〈香遍滿〉：「一春長病，香肌

* * *

⑭王寵見《列朝詩集》丙集卷十。

近來偏瘦生。簾外鶯啼春又盡，薄情何處行」；〈傍妝台〉：「無睡數流螢，乳鴉啼散玉屏空。舞衫清露涼金縷，層樓十二與誰同」；〈步步嬌〉套：「睡起嬌無力，窮愁莫可當。聽玎玲風韻簾鉤響，清溜溜竹葓茶煙漾，碎紛紛日映晴絲蕩；混攪碎離人情況；總有良工，畫不出相思模樣」（〈江兒水〉）；在典雅派的作家中，他的許多曲，確可算得是很鮮妍很新警的，故選家是那麼的喜愛她們。

許然明也未知其里居，今見〈步步嬌〉：「簾捲西風重門掩」一套，無甚可觀。梅禹金以作錯彩縷金的《玉合》著；他的散曲自也不會離開典雅派的門戶的。但像「傍人計，隨他舌劍唇槍利，怎忍得耳畔心頭生是非。」（〈山坡羊〉套內〈好姐姐〉）究竟和《玉合》之無句不儷，無語不典者有別。大約散曲的作用，多半供用於妓院、歌宴之間，其辭句總不能十二分的太費解的。

王穉登⑮列名於《吳騷集》的編者們，而自作也登入不少。實際上此集本或係張琦所編而借重其名的吧。他所作也是典雅派的正統弟子的面目（一五三五—一六一二）。像〈醉扶歸〉：「相思欲見渾難見，果然是別時容易見時難」；〈步步嬌〉套：「自別，逢時遇節，冷淡了風花雪月，奈愁腸萬結」；〈月雲高〉：「別情無限，新愁怎消遣！沒奈何分恩愛，忍教人輕拆散」等等，都是實際上的歌宴上的應用曲子吧。張琦，武林人；所作僅見〈八不就〉一套：「海棠開，燕子初來。都只爲一點春心，翻成做兩下兩下愁懷」，並沒有什麼新鮮的情調。二酉山人不知其名（或作馮二酉），其曲像〈鬥寶蟾〉：「兩字鴛鴦惹心頭，夢裡多少牽纏」；〈普天樂〉：「對西風愁清夜，

* * *

⑮王穉登見《列朝詩集》丁集卷八。

燈兒影半壁明滅。」也都是典雅派的作風。

《二集》裡的范夫人，爲這時代女作家中的最重要者之一，和楊夫人殆是雙璧。夫人爲吳郡范長白妻，姓徐，名淑媛，著有《緯絡吟》⑯。她的〈寒夜書愁〉（〈仙呂・桂枝香〉套）：「聽檐鈴逗風，恍一似舊日笙歌雅調，更添我迴腸縈繞。轉眼總虛飄，池館人歸後，朱門氣寂寥……耽沉痾倩誰相告？著冷暖有誰相勞？空自旅魂銷，泣盡燈前淚，家園已棘蒿！」如泣如訴，殆是《吳騷》中最淒涼之一曲。蔣瓊瓊亦爲當時女流作家之一，所作〈桂枝香〉的〈四時思〉及〈曉思〉、〈夜思〉的六令，很有好句。玩其辭意，當爲一妓女；語多拘謹而本色，或爲自抒本懷之作而非代筆的吧。

澄湖如鏡，濃桃如錦；心驚俗客相邀，故倚繡幃稱病。一心心待君，一心心待君。爲君高韻，風流清俊。得隨君半日桃花下，強如過一生。

——〈春思〉

錢鶴灘名福，所作〈春閨〉的〈步步嬌〉：「萬里關山音書斷，阻隔南來雁」，見於《吳騷》。杜圻山，吳人。吳載伯及清河漁父等皆未知其里居。載伯〈冬思〉（〈普天樂〉）：「前生緣，今生契；遭磨折，成拋棄。」（《吳騷》）並載其〈春思〉、〈夏思〉、〈秋思〉及〈思情〉

* * *

⑯《緯絡吟》有明刊本。

等套）圻山的〈春思〉（〈駐雲飛〉）：「減盡朱顏，無奈相思」，和清河漁父的〈步香詞〉二闋，其作風都顯然可看出是典雅派的。

凌初成（名濛初，吳興人）。編《南音三籟》，將南詞分爲三等而品第之，又崇尚本色，棄去浮辭，都是顯然的受有沈璟的《南詞韻選》的影響的。其〈夜窗對話〉的〈新水令〉南北合套，曲寫情懷，頗非浮泛之作。張琦謂：「余於白下，始識初成，見其眉宇恬快，自負情多。復出著輯種種，頗有謔浪人寰，呑吐一世之概。」（《二集》）像「你爲我把巧機關脫著身，你爲我把親骨肉棄的離」云云，確有他所崇尚的〈掛枝兒〉、〈山坡羊〉等民曲的風趣。

張伯瑜、張少谷、吳無咎、周幼海、張孺彝、宛瑜子諸人所作，我們雖因《吳騷二集》的殘缺而未得見，然嗣刊之《彩筆情辭》、《吳騷合編》、《詞林逸響》、《太霞新奏》中亦皆選錄他們之作；殆皆從《吳騷》轉錄。他們的作風也都是屬於典雅派的。

陳海樵的散曲，見於《南宮詞紀》者較多；《吳騷二集》（卷三）所載僅〈夜思〉：「黃昏後，鼓一更」一套（見目錄）。海樵，名寉（見徐渭《自訂畸譜》及王氏《曲律》）浙江人。其作風，也是拘拘於典雅派的。像〈春怨〉（〈桂枝香〉）：「半庭殘雨，一簾飛絮，去年燕子重來，今日那人何處。」

四

金陵陳所聞編的《北宮詞紀》刊行於萬曆甲辰（即三十二年，公元一六〇四年）；《南宮詞紀》刊行於萬曆乙巳（即三十三年）；較《吳騷集》的出現還早十年。所聞在《南宮詞紀・凡例》

上說道：「凡曲忌陳腐，尤忌深晦；忌率易，尤忌率澀。下里之歌，殊不馴雅。文士爭奇炫博，益非當行。大都詞欲藻，意欲纖，用事欲典，豐腴綿密，流麗清圓；令歌者不噎於喉，聽者大快於耳，斯爲上乘。」這種見解便是典雅派的正式宣言！所謂「下里之歌」，眞不知被埋沒了多少！惟他所選，不僅以「思情」爲限；有遊覽，有宴賞，有祝賀，有寄答，有旅懷，有隱逸，有嘲笑，故趣味也比較的複雜：「有豪爽者，有雋逸者，有凄惋者，有詼諧者。」

在這兩部《南》、《北宮詞紀》裡，除開前人所作者外，當代詞家之作，殆全以所聞他自己的友朋們爲中心；易言之，可以說是所聞及其他金陵詞人們的總集。非金陵人所作，亦有選入者；然多半亦爲所聞輩的友朋或大名家們。

周暉的《金陵瑣事》敘述金陵詞人之事最詳。於陳鐸、徐霖、金鑾諸大家外；別載陳全、馬俊、史痴、羅子修、盛鸞、邢一鳳、鄭仕、胡懋禮、杜大成、王逢原、沈越、盛敏耕、高志學、段炳、張四維、黃方胤諸人（《續瑣事》亦載數人）。其時代有在弘、正間者；其作品，《南》、《北宮詞紀》及他書所未載者亦多。《南》、《北宮詞紀》所載金陵詞人們更有在此以外者，殆皆所聞同時的交遊。像倪民悅、李登、黃祖儒、黃戍儒、孫起都、皮光淳以及中山王孫徐惟敬等，都是和所聞相酬和的。休寧汪廷訥那時也住在南京，他以財雄一時；儼然有和徐惟敬同爲他們的東道主之概。

馬俊、史痴諸人之作，惜不得見。「陳全秀才有《樂府》一卷行於世，無詞家大學問，但工於嘲罵而已。」（周暉語）《北宮詞紀》雖載其名於詞人姓氏，然未錄其所作。偶見萬曆板陳眉公編（即胡文煥編）的《遊覽粹編》（卷六），卻發現他的嘲罵式的小令好幾首，頗爲快意！但他所作，實在有些刻劃過度，不避齷齪；像詠「禿子」的〈雁兒落〉：「頭髮遍周遭，遠看像個尿胞，如芋苗經霜打，比冬瓜雪未消。有些兒腥臊，又惹的蒼蠅鬧鑿糟，只落得不梳頭閒到老。」

邢一鳳字伯羽，號雉山，官太常；「所塡南北詞，最新妥，入弦索。」像〈燕山重九〉：「幾回搔短髮，晚風柔，破帽多情卻戀頭。」實在也不過是穩妥而已，無甚新意也。胡懋禮⑰名汝嘉；所作像〈夏日閒情〉（〈高陽台〉套）：「出谷鶯啼，穿簾燕舞」，也多套語，未足見其有異於時人。盛敏耕字伯年，號壺林，爲盛鸞子。鸞有《貽拙堂樂府》，惜一篇不傳。敏耕友於陳所聞，其曲像〈陳藎卿卜築莫愁湖〉：「小小蝸廬，半畝春蔬千頃雨，瀟瀟蓬戶，萬竿修竹一床書」云云，亦只是辦得平穩無疵。朱蘭嵎云：「盛仲交（鸞字）以倚馬之才，寄傲詩酒；而長公亦復豪俊如此。惜皆淪落，不偶於時。」高志學，（《南宮詞紀》「詞人姓氏」作承學）號石樓，「秀才，工小令。」常與李登相唱和。杜大成號山狂，爲陳所聞友人；有〈九日同陳藎卿南鄭眺遠〉一曲，見《北宮詞紀》。張四維號午山，秀才，有〈溪上閒情〉；而《北宮詞紀》所載，則僅〈秋遊莫愁湖因過陳藎卿看菊〉一曲耳。黃方胤的雜劇，今存者不少，惟其《陌花軒小詞》則今未見。

倪民悅號公甫，亦秣陵人，官縣尹。有〈合歡〉的〈新水令〉一套，見《北宮詞紀》。李登號如眞，應天上元人。他的曲有〈題澗松晚翠〉等，見《南宮詞紀》。

黃祖儒、戍儒二人，疑爲兄弟輩。祖儒號叔初，戍儒號參風。叔初所作，《南》、《北宮詞紀》所載甚多，而無特長；參鳳之作，《南宮》所載雖僅寥寥數篇，而像〈嘲蚊蟲〉的〈黃鶯兒〉：「我恰才睡醒，他百般做聲，口兒到處胭脂贈」，在詠物曲中卻是上乘之作。

* * *

⑰ 胡懋禮見《列朝詩集》丁集卷七。

皮光淳號元素，應天人。他的〈溪上臥病〉（〈步步嬌〉套），把很少人顧問而應該寫得有點新意的東西，卻給糟蹋了。孫起都號幼如，亦為應天人。所作〈代妓〉四首（〈金落索〉）只是摭拾浮辭以成之的東西。

中山王的後裔徐惟敬，號惺予。有很大的園林在南京，所以常成為文士們宴集之所。他也會寫些散曲，有〈秋懷〉的〈二郎神〉套，見《南宮詞紀》。汪廷訥雖是安徽人，也有很幽靜的花園在秣陵；他似是一位多財善賈的人。故周暉頗攻擊之（見《金陵瑣事》）。然陳所聞則和他關係甚深。他所作散曲，《南宮詞紀》所錄，皆泛泛應酬之作；其見於《環翠堂集》者，也都不是從眞性情裡流露出來者。《南詞》所載徽州詞人，尚有程中權（名可中）、王十岳（名寅）二人，殆亦係廷訥同時人。十岳有〈訪汪伯玉歸隱〉的〈黃鶯兒〉一闋；他和汪道昆當有相當的友誼。

陳所聞他自己似是一位最健筆的作曲者。據周暉所言，汪廷訥的劇本，幾皆係攘竊他之所作者；而《南》、《北宮詞紀》裡，他自己之作所載也獨多。他寫了不少「即興」的歌曲，應酬的令套，那些，當然不容易寫得出色。他嘗作〈述懷〉（〈解三醒〉套）：「對西風把行藏自省，嘆年來百事無成。蕭條一室如懸罄。……〈蓼莪〉篇玩來悲哽，寂寞了萱室椿庭」；幸而有賢妻，甘貧食苦，伴他病軀；而「年過半百，蘭夢無徵。」他家庭是那樣的清寒與孤寂。而他的生活便「只落得床頭濁酒，筆底新聲」。將劇稿售給了富翁之事，在他或者會這麼辦。他受梁辰魚、鄭若庸諸典雅派作家的影響過深，故類多浮辭綺語，罕見精悍之作。

這一班金陵詞人們，其作風大體也都是這樣的。他們流連於遊宴，沉酣於詩酒，傾倒於戀情的遭遇，這樣便是一生。所謂「不得志於朝廷」的一生，便是這樣的消磨過去。一時強有力者，也便樂為他們的東道主。故雖窮，而文酒之宴，卻似無虛日。最盛大的一會，為齊王孫國華所主持，至有二百文人，四十名妓，同時集於回光寺。萬曆初元的詞壇，便是在這樣的環境之中孵育而成的。

《南宮詞紀》載高瑞南之作最多。瑞南名濂，號深甫，浙江杭州人，即有名的《玉簪記》的作者。他所作曲，為典雅派最高的成就；圓瑩而不流於滑，綺膩而不入於板；以他較梁辰魚，他似尤高出梁氏一著。像〈代妓謝雙送別〉：「此夜人黯黯，離愁心上忍。寒雞殘月，似妒我衾裯緣分。三唱聲沉影一痕，報曉窗鵲傳初信」（〈二郎神〉）；〈斷弦愁〉：「窗前花褪雙頭朵，枕邊線脫連珠顆。又早扇掩西風泣素羅……早受用些夢魂寂寞，鬥心兵戟與戈；愁營怨陣幾時和，恨殺是冤家誤我，賺得人那裡去開科」（〈十樣錦〉）；〈四時怨別〉：「心牽掛，滿前春色落誰家？我的病也因他，愁也因他；病和愁都在斜陽下」（〈金落索〉）；都是很新鮮的。

作《錦箋記》的周履靖，號螺冠，又號梅墟，也有好幾闋散曲，見於《南宮詞紀》。像〈詠風〉：「隔簾時見柳絲搖，臨軒乍遞歌聲到」（〈駐馬聽〉）；〈帶雨鳴柯〉：「岩花搖落東風冷，頃刻山光暝蒙，鳩藏樹鳴，遠岫峈嶙，黮黮雲遮映，濛濛甘霤傾，為採薪荷笠登山嶺」（〈步步嬌〉套）；都是寫得很新妍可愛的。

史叔考之作，《南宮詞紀》裡也載得很多。叔考名槃，為徐文長的門人，作劇曲十餘種；又有散曲集《齒雪餘香》，惜皆不傳；即見存者觀之，那麼清雋俊逸的歌曲，確是這個庸腐的時代的珍品。像〈旅思〉：「敲冰進舫，正瑤天忽漫飛雪。兩岸荻蘆，風打梢折，見漁火乍明滅，在江心也，萬頃波濤平貼，暗敲篷時聽風葉敗。寒已冽，香到梅花船未歇。欲向那酒家沽酒，指尖兒瓶冷難挈」（〈小措大〉）；〈醉羅歌〉：「難道難道丟開罷！提起提起淚如麻。欲訴相思抱琵琶，手軟彈不下！一腔恩愛，秋潮捲沙，百年夫婦，春風落花，耳邊廂枉說盡了從話！他人難靠，我見已差，虎狼也狠不過這冤家！」都是能夠另出新意，以自救出於塵凡的熟套裡的。

顧仲方的散曲，《南宮詞紀》裡只選〈詠芙蓉〉一套；他的《筆花樓新聲》⑱也不過八套；所作多凡庸，無甚新的情境。惟《新聲》所附插圖，出於仲方自筆，頗可珍貴。仲方名正誼，直隸松江人。和陳眉公、王百穀皆有交誼。工於畫，甚有聲於當時。

胡文煥號全庵，浙江錢塘人，編刻《格致叢書》，甚有名。他的散曲，《南宮詞紀》只有一闋；他處更渺不可得。惟《遊覽粹編》所錄獨多：題爲〈警悟〉（〈清江引〉）的凡十二首，題爲〈道情〉（〈浪淘沙〉）的亦十二首；《南紀》的〈秋思〉（〈駐雲飛〉），「玉露金風，一枕淒涼」還不在其中。這些「警悟」，都是「歸田樂府」的同類。但像：

鐘送黃昏雞報曉，世事何時了！春來草再生，萬古人空老。好笑他忙處多，閒處少。

——〈警悟〉

那麼直接的教訓意味的歌詞，在散曲中卻還不多。他殆是曲中的王梵志一流人物。

在《南》、《北宮詞紀》裡的詞人們，尚有王仲山（名問，直隸無錫人）、范晶山、朱長卿（名世徵，崑山人）、茅平仲（名溱，鎮江人）、湯三江（江陰人）、孫百川（名樓）、費膀之（名廷臣）、蘇子文、王玉陽、晏振之、武陵仙史（應天人）、趙南星、孫子真（名湛，新都人）等。王玉陽即王驥德，所錄〈十二紅〉（〈紀情〉）一套，亦見《太霞新奏》。蘇子文的《集常

＊　＊　＊

⑱《筆花樓新聲》有萬曆間刊本。

談》的〈黃鶯兒〉五曲，乃是《南紀》中最重要的資料之一，姑舉其一篇：

現世報，活倒包，過了橋兒就拆橋。人牢物也牢，心高命不高。湯澆雪，火燎毛；窮似煎，餓似炒。

其餘諸家，都不怎麼重要。可以不必詳講。但這時代尚有幾個散曲作家，有曲集流傳於世者，卻不能不於此一提及。

趙南星[19]字夢白，號清都散客，高邑人。萬曆甲戌進士，除汝寧推官，累遷吏部尚書。以忤魏忠賢謫戍代州（一五五〇——一六二七）。有《趙忠毅集》及《芳茹園樂府》[20]。（《北宮詞紀》只載其曲一套）高攀龍謂：「儕鶴先生為小詞，多寓憂世之懷。酒酣令人歌而和之，慷慨徘徊，不能自已。」《列朝詩集》謂：「鄉里後進，依附門下，已而奔趨權利，相背負。酒後耳熱，戟手唾罵，更為長歌、小詞、廋語、吳歌、〈打棗竿〉之類以戲侮之。」在《芳茹園樂府》裡，確多慷慨雄豪之作，像〈點絳唇〉套的〈慰張鞏昌罷官〉：「你休怨烏台錯品題，也休道老黃門不察端的；從來讒口亂真實，辜負了誓丹心半世清名美。也只因逢著卷舌一點官星退。他只道是貓兒都吃腥，是鴉兒一樣黑。已做到五馬諸侯位，那裡有不散的筵席！」（〈油葫蘆〉）但也有最潑辣精悍的情

* * *

⑲趙南星見《明史》卷二四三，《列朝詩集》丁集卷十一。

⑳《芳茹園樂府》有明刊本。

歌，在別的曲集裡決難遇到的，像〈鎖南枝半插羅江怨〉：

非容易，休當耍！合性命相連怎肘拉，這寃家委實該牽掛。除非是全不貪花，要不貪花，誰更如他；既相逢怎肯干休罷。不瞧他，眼怕睜開；不抓他，手就頑麻。見了他歡歡喜喜無邊話；一回家埋怨蒼天：怎麼來生在煙花！料麼他無損英雄價。

其他像〈銀紐絲〉五首，〈鎖南枝〉二首，〈折桂令〉（〈永平賞軍作〉）二首，〈一口氣〉二首，〈山坡羊〉四首，〈玉胞肚〉五首，〈喜連聲〉六首，〈劈破玉〉一首，哪一首不是精神虎虎，爽脆異常。這樣的單刀直入的情詞，眞要愧死梁伯龍輩的忸怩作態，浮泛不切的戀歌了。如他那麼善用〈銀紐絲〉、〈劈破玉〉、〈山坡羊〉的俗曲者，馮夢龍的〈掛枝兒〉外，殆未見其匹。然而三百餘年來，除陳所聞登錄他的一套外，選家幾曾留意到他！在典雅派的霉腐氣息的壓迫之下，如他這種的永久常新的活潑潑的東西，自是不易脫穎而出的。

朱應辰的《淮海新聲》㉑，明、清選家，似亦不曾見到過。應辰字拱之，一字振之，累舉不第，貢入太學。有《逍遙館集》。其曲亦豪爽放蕩，似馮惟敏諸人之所作。像〈啄木兒〉：「那巢由可笑，他把天下將來當甚麼」，其氣魄不爲不偉大。

* * *

㉑《淮海新聲》有清刊本。

圻山山人的《三徑閒題》㉒，刊於萬曆戊寅（六年，即公元一五七八年），首有王百穀序。此書很可怪，於自作的〈黃鶯兒〉的〈詠花〉一百三首，〈雜詠〉二十九首，又〈閒居〉一套，〈遊春〉，〈題風花雪月〉，〈題虎丘〉等作外，別於下卷附刻張伯子、梁伯子「新詞」數套，又附刻「前人名詞」，如唐六如、祝枝山、王尙書陳翰林之所作若干套。他自稱勾吳圻山山人。百穀序云：「太醫杜夫子，善能詩，有雋才。家擅園池之勝，香草美箭，燦然成蹊。君對之翛然樂也。莫不倚而爲曲。細而禽蟲花竹，大而寒暑四時，風雲月露之變幻，芳辰樂事之流連，一觴一詠，積之青箱，於是蓋盈卷矣。」此杜圻山，自即《吳騷二集》的杜圻山無疑。然《吳騷》所錄〈駐雲飛〉一曲，又不見於是書；則圻山之曲，佚者當亦不少。這書所錄唐六如、王尙書等之作，也多未見於他選者，頗可珍視。

陳繼儒有〈清明曲〉，見於《寶顏堂秘笈》，僅寥寥數頁，且僅〈清明曲〉一套耳，不能成一帙也。此曲殊平庸，無可注意。

袁宗道也善於詞曲，然所作罕見。其弟小修的《珂雪齋隨筆》嘗載他的〈一枝花帶折桂令〉的〈自壽〉曲：「秋風高掛洞庭帆，夏雨深耕石浦田，春窗飽吃南平飯，笑冬烘歸忒晚，明朝已是三三。」其作還是鄰於前期的豪放。

騎蝶軒「秘選」《情籟》，首有陳眉公序，當亦萬曆間所刊。其中所選張葦如、伍灌夫、余壬公、姚小淶、扶搖五人的散曲，確都是他選所未入錄的「秘」物。然其作風卻全都是很凡庸的。

* * *

㉒《三徑閒題》有萬曆刊本。

五

沈璟開創了另一派的作風：他反對陳腐，他要拋卻貌為綺麗而中實無所有的陳調；他推崇本色，要以眞誠的面目與讀者相見，而不想用濃妝巧扮的人工來掩飾凡庸。然而他是失敗的。典雅派的勢力實在太大了。連他自己也不期然而然的捲入他們的狂濤之中。凌初成也在狂叫著「本色」，然而他也同樣的失敗了。原因是：劇曲的本色，尚易為世人所了解，所以沈氏於此還得到若干的成功；而於散曲求本色，則實在太難了。能達到民歌中的〈掛枝兒〉、〈銀紐絲〉的程度，已是不易；（沈璟的能力實在夠不上追摹民歌）而〈掛枝兒〉、〈銀紐絲〉卻正是典雅派之欲以萬鈞之力排斥之於曲壇之外的東西。沈氏既沒有趙南星、馮夢龍那麼大膽，他便只好停止在中途了。「畫虎不成反類犬」，他的散曲便成了十分淺凡的東西。然而沈氏多才，寧庵闢地於此，一大串的沈氏詞人們便都也隨之而定居於此，其成就儘有高過寧庵若干倍以上者。

寧庵的散曲集，有《情痴囈語》，《詞隱新詞》，及《曲海青冰》。《青冰》全是翻北為南之作，吃力不討好，和李日華翻《西廂》同樣的失敗。其自作之曲，情詞最多，亦間有很蒨秀者，像〈偎情〉（《四時花》套）：「當初戲語說別離，道伊口是心非。誰料濃歡猶未幾，恁下得霎時拋棄！千央萬浼，但只願休忘前誓。我雖瘦矣，再棄得為伊憔悴。」（〈集賢賓〉）

寧庵的仲弟瓚，字子勺，號定庵，從弟珂，字祥止，號巢逸，也皆能作曲。子勺的曲子，見於《太霞新奏》者不少。他亦喜翻北詞，足見其情思的枯澀。巢逸詞僅見《南詞新譜》，倒頗有些本色的傾向。

寧庵諸從子，天才皆遠出他之上，所成就也更高。像自晉、自徵、自繼，都是很高明的詞人。自繼字君善，別號僻影生；自徵字君庸；自晉字伯明，一字長康，號西來，別號鞠通生。自晉、自徵，於劇曲造詣甚深。香月居主人云：「詞隱先生爲詞家開山祖。伯明其猶子。其諸弟則平、君善、君庸，俱以詞擅場，信王、謝家無子弟也。」而伯明尤爲白眉。他編《南詞新譜》，保存了不少明末的文獻。他的散曲，有《賭墅餘音》、《黍離續奏》、《越溪吟》、《不殊堂近稿》等。今見傳者僅《黍離續奏》、《不殊堂近稿》及《越溪新詠》三集[23]。《續奏》爲甲申以後作，《新詠》爲丁亥以後作，皆他晚年之作也。而他的作風也以晚年所作爲最蒼老凄涼，豪勁有力；若庖丁之解牛，迎刃而解，不求工而自工。在曲子裡，像這樣的感亂傷離的情調，最爲罕有。像〈再亂出城暮奔石里問渡〉：

〔漁家傲〕昨日個鬥雪梅花遍野芳。恰才的酒泛瑤樽，歌翻艷腔，夜月暗香幽棲逕。驀逢塵颺，疾忙走身脫危城，又驚喧烽起戰場，怎知他燕雀嬉遊嘆處堂！〔剔銀燈〕回頭看，風鶴盡影響。泥踏步，任把腳蹤兒安放，急打點帶著一家忙趨向。急竄逃，再免一番兒摧喪。昏黃，花月盡慘，草莽處潛跡，只索在路旁。（下略）

而甲申三月作的〈字字啼春色〉套（見《新譜》）尤爲悲憤之極：

* * *

[23]《黍離續奏》等有沈氏鉛印本。

〔囀調泣榴紅〕雄都萬年金與湯，更何難未雨苞桑。奈養軍千日都抛向，說甚輸攻墨守無傷。……〔雙梧秋夜雨〕酬恩事已荒，報國身何往！死矣襄城，血濺還爭葬。（下略）

充分的表現當時士大夫身丁家難的態度。君庸、君善的所作，皆見《南詞新譜》及《太霞新奏》。他們的作風，都是以雋語來保存了「本色」的；所作雖不多，而都是上乘的篇什，像君善的〈自題祝髮小像〉：「慢延俄，有口渾如鎖。猛端相，曾經認哥。兩頭蛇，撮空因果，三腳驢，撒謎禪，那窮窯幾陣風吹墮。纏腿帳派誰擔荷，看掂播，依然暈渦。休待要瞞人，打破沙鍋。」（〈太師引〉）那樣潑辣辣的以眞正的口語自抒所懷，是同時所罕見的。則平未知其名，詞多見《太霞新奏》。

第三代的沈氏子弟，會作曲的也不少。如自晉子永隆（字治佐），君善子永啓（字方思，號旋輪），詞隱孫繡裳（字長文，一字素先），詞隱侄孫永馨（字建芳，別號篆水），又從孫憲（字祿天，號西豹），自晉侄永瑞（字雲襄），又同輩永令（字一指，一字文人）。第四代的自晉侄孫辛楙（號龍媒），世楙（字旃美，號初授），也都善於作曲（皆見《南詞新譜》）。又有沈昌（號聖勷），沈非病（有《流楚集》），當也都是他們的一派；而其本邑同宗沈君謨（號蘇門，作傳奇《丹晶墜》等，散曲集名《青樓怨》）及沈雄（號偶僧，作《古今詞話》）也都是作曲的能手。

不僅子弟爲然，即詞隱季女靜專（字曼君，著《適適草》），巢逸孫女蕙端（字幽芳，適顧來屏），也都是很不壞的女流曲家。而蕙端婿顧來屏，作《耕煙集》，雋什也不少。來屏還作傳奇幾種。他本爲卜大荒甥，故於曲學也頗有淵源。

但可怪的是，沈家諸子弟，對於詞隱的詞律，個個人都不敢違背；然對於他的崇尚「本色」的作風，卻沒有一個能夠徹底服從的。典雅派的力量壓迫得他們不得不向著更雄偉的一個呼聲：「守詞隱先生之矩矱，而運以清遠道人之才情」走去。故詞隱的影響只是曲律一方面，其作風的跟從者卻很少，特別在散曲上。

吳江人善作曲而見收於《新譜》者有高鴻（字雲公，號玄齋），尤本欽（號伯諧，著《瓊花館傳奇》），顧伯起（字元喜，大典侄孫），吳亨（字士還），梅正妍（號暎蟾）等。松江近於蘇州，受其影響是當然的；故當時松江曲家也甚多。見收於《南詞新譜》者有張次璧（名積潤），宋子建（名存標，別號蒹葭秋士），宋尚木（名徵璧，別號歇浦村農），宋轅文（名徵輿，別號佩月主人），陳大樽（即子龍，字臥子）等。大樽散曲最罕見，《新譜》所載〈詠柳〉套的〈琥珀貓兒墜〉一曲：

> 奈成輕薄，又逐曉雲回，盡日空濛吹絮未？一江搖曳化萍飛。相疑：尚是春深，暗驚秋意。

也還是不壞的典雅派之作品。

卜大荒之作，見於《太霞新奏》者不少。大荒和呂天成二人殆是最信從詞隱之說的。香月居主人云：「大荒奉詞隱先生衣缽甚謹，往往紬詞就律，故琢句每多生澀之病。」爲了翻北爲南的風氣開於詞隱，故大荒也多此類公開的剽竊之作，較他所創作的更不足道。

六

明末曲家，自以王驥德、馮夢龍、凌濛初爲三大家；沈家自晉、自徵亦傑出群輩。然能脫出窠臼，自暢所懷，高視闊步，不主故常者，卻要推異軍蒼頭突起的施紹莘。

王驥德貌似服從詞隱，實則他卻爲復歸「典雅」運動的最有力的主持者。他的《方諸館樂府》雖不傳，然所作見於《新譜》、《新奏》者尚可輯成一帙。自晉和夢龍（即香月居主人？），都絕口讚頌他。其實，他於熟諳曲律外，也只能辦到綺麗二字，並沒有什麼了不起的成就。像〈寄中都趙姬〉套：

〔小桃紅〕轉頭來，春光暫；屈指處，秋風歇。從教捱到芙蓉節，多應呪破丁香舌。情知難過梅花劫，悔當初輕散輕別。

也少新警之語。惟他「思情」以外之作，像〈酬魏郡穆仲裕內史〉一類的東西，卻頗有些高曠的意境，少相因相襲之病。像這套：「白眼看青天，悠悠更誰同調相憐」，起得便很疏放；「西園好風似剪，初調笑紅牙錦箋，當場肝膽投一片」以後，也都還惆悵雄壯。他是最崇拜臨川的，爲才力所限，故所成就僅止於此。（臨川散曲，片字隻語不傳，最爲憾事！）

馮夢龍之服膺詞隱訓條，較伯良爲眞摯。他嘗訂正詞隱的《南九宮譜》，多增古作，是爲他崇尚本色之證。（此譜惜不傳）而由愛好〈掛枝兒〉一類的民歌上，也可以知道他是一位不甚爲庸腐的「典雅」之作所沉醉的人。他的〈掛枝兒〉，流傳最盛；這本是擬作或改作，大類「以南翻北」的把戲。然爲了此類民歌的內容過於新妍，略經點綴，便成絕妙好辭。王伯良《曲律》云：「小曲〈掛枝兒〉即〈打棗竿〉，是北人長技。」然夢龍傳布之於南，而南人卻也無不爲之心蕩神醉者。劉效祖已擬過〈掛枝兒〉，然不甚有影響。「馮生〈掛枝兒〉」㉔刊布，其影響始大。其中像〈噴嚏〉：

對妝台忽然間打個噴嚏，想是有情哥思量我寄信兒。難道他思量我剛剛一次！自從別了你，日日淚珠垂。似我這等把你思量也，想你的噴嚏常如雨。

據說這一首乃是夢龍自己的創作。詞隱一生鼓吹「本色」，其實他何嘗夢見此種眞實的絕妙好辭。他向元曲中討生活，而夢龍則向活人的歌辭裡求模範，其結果遂以大殊。夢龍的散曲別有《宛轉歌》㉕一集，亦多眞率異常的情語，像〈有懷〉（〈集賢賓〉套）：

相思一日十二時，那一刻不相思！問往事，相問誰可似？演將來有千段情詞。任你伶牙俐齒，說不透我胸中一二。衫淚漬，從別後，到今不次！

*　*　*

㉔《掛枝兒》有《浮白山人七種》本，有華通書局排印本，又見於《萬錦清音》中。

㉕《宛轉歌》今未見傳本。

而小令尤多佳什，像〈江兒水·留客〉；

郎莫開船者，西風又大了些。不如依舊還儂舍。郎要東西和儂說，郎身若冷儂身熱。且消受今朝這一夜。明日風和，便去也儂心安貼。

又像〈玉胞肚·贈書〉：

頻頻書寄，止不過敘寒溫別無甚奇。你便一日間千遍郵來，我心中也不嫌聒絮。書啊，你原非要緊的東西，爲甚你一日遲來我便淚垂！

〈掛枝兒〉的風趣，刻骨銘心，拂拭不去。《太霞新奏》評夢龍作，云：「子猶諸曲，絕無文彩；然有一字過人，曰：眞。」這確是一言破的。

施紹莘字子野，號峰泖浪仙，華亭人。有《花影集》㉖。《南詞新譜》錄松江人之作甚多，獨不及子野隻字；《太霞新奏》諸書也未見他的曲子一篇。他在當時可謂是「不入時流眼」的一位特立獨行之士了。而他的曲子也便是那麼樣的瀟灑超脫，別有境地，和時人之濃艷及粗率的不同。他的性格，是孤獨的文人的典型。他耽於幻想，習慣了孤僻的生活。而過於閒暇的公子哥兒的環境，

＊　＊　＊

㉖《花影集》有明刊本，有《散曲叢刊》本。

屢試不酬的一段磊落不平之氣，更迫他走上自我欣悅的一條路上去。「峰泖浪仙行吟山谷，盤礴煙水，如槁木，如寒灰，我喪其我，不知我爲何等我也。一日，刺杖水涯，撥苔花，數游魚，藻開萍破，見耳目口鼻，浮浮然在水面焉。因自念言：此是我耶？抑是影耶？影肖我耶？我肖影耶？我之爲我，亦幻甚矣！」（《花影集》自序）這還不逼像馮小青、那克西斯（Narcissus）的顧影自憐麼？這樣的性格，便到處表現於他的曲子裡。若〈送春〉，〈感梅〉，〈俟花〉，〈惜花〉諸曲，殆無不是劉希夷〈白頭吟〉，《紅樓夢》林黛玉〈葬花詞〉的同類。

> 願輕輕雨灑，願輕輕雨灑，洗妝抹黛，蕭然標韻風塵外。願微微風擺，願微微風擺，韻臉笑微開，波俏世無賽。願疏疏月曒，願疏疏月曒，清影逗香階，永伴佳人拜。
>
> ——〈俟花・鎖南枝〉套

> 把酒祝花神，願先生粗不貧，酒錢猶可支花信。新茶正新，醇醪正醇，藤花竹筍剛肥嫩。綺筵成，飛箋召客，珠履破花痕。
>
> ——〈花生日祝花・黃鶯兒〉套

他也有極自然高邁的篇什，像〈吟雪〉；「寒酸味，煨芋魁，烘棉被，天明一覺呵呵睡。人間尚有鶉衣碎，幾處繩床赤腳眠，於中不要豐年瑞。」「一杯麥飯粗歡喜，人間尚有瓶無米，幾處詩人得句時，貧家何限淒涼淚。」（皆〈節節高〉）像〈黃鶯兒〉：「晚晴脫帽科頭處，棗花兒漸疏，茭簪兒漸粗，嘗新蠶豆猶微苦。杖間扶，看頑童好事，帶雨刻桃符。」極新警香俊的辭句。像：「討得個風回門自關，霧濕弦初劣，火歇衣剛燥。」（〈夜雨詞・新水令〉套）像「淡晻晻秋水和眉皺，把俺骨髓春風熏透。」（〈江兒水〉）像「牽絲意緒多，落瓣衣裳換，晚妝出來全帶軟。「芳心未明還半捲。」（俱〈清江引〉）我們可以說那樣的風趣，是「時人」所不易了解的。明曲中，田園的風趣最少，而子野曲中則獨多。這也是使他風格與衆特異的一點。陳眉公說：「子野才太俊，情太痴，膽太大，手太辣，腸太柔，心太巧，舌太纖，抓搔痛癢，描寫笑啼，太逼眞，太曲折。」或正足以抓搔著子野的痛癢處。

同時俞琬綸、袁于令、徐石麒、黃周星、張瘦郎、王屋等，也有曲子流傳。惟都不甚重要。琬綸字君宣，長洲人，萬曆癸丑進士，官衢州西安知縣，有《自娛集》[27]。他的散曲，知音者每譏其出調落韻，惟也嘗加以改作，蓋取其內容也。（見《太霞新奏》）袁于令散曲，極罕見。《太霞新奏》嘗載他的〈代周生泣別阿蟬〉一套，亦多庸語，並不怎麼清秀。徐石麒號坦庵（一五七八—一六四五），有《坦庵六種》[28]，其散曲也是鄰近典雅派的。黃周星字九煙，上元人（一六一一—一六八〇），有散曲集[29]，附於他的別集之後，其作風和時人並無殊異。張瘦郎字野青，石陽人，有《步雪初聲》[30]，馮夢龍爲之序。楚人能曲者少，故馮序有「楚人素不辨冰青，得此開山，尤爲可幸。」瘦郎的曲子，時習甚深，是伯龍的肖子的一流。王屋字孝峙，嘉善人，作《蘗弦齋詞

* * *

[27]《自娛集》有明刊本。

[28]《坦庵六種》有明刊本。

[29] 黃周星散曲有清初刊本。

[30]《步雪初聲》有明刊本，有近人盧氏刊本。

箋》[31]，後附《黃鶯兒》八十餘首，卻是馬致遠、張小山，馮惟敏的一派，惟曲語卻並不輕新有力耳。

七

民間歌曲，在明代生產了不少；也像今日的小唱本似的，坊肆間常常有單本出售。這些唱本，今日所見，最古者爲成化間金台魯氏所刊的《四季五更駐雲飛》、《題西廂記詠十二月賽駐雲飛》、《太平時賽賽駐雲飛》及《新編寡婦烈女詩曲》[32]等，幾全以小令爲主體。《盛世新聲》、《雍熙樂府》諸書，無名氏所作令套，其中也多來自民間的東西。惟自中葉以後，民曲流行更多，而搜集之者卻反少見。不知埋沒了多少絕妙好辭！惟坊肆中所刊戲曲選本，間也附有流行歌曲若干首，當都是當時市井裡傳唱最盛的。詞人們也有擬仿此類歌曲的作風者。在這些坊刊劇選裡。所選載的民間歌曲，種類並不怎麼多；大都是聚集同調的曲子若干首以成一「選」的，正和〈駐雲飛〉的單刊本情形相同。這可見民間的唱調，雖帶地方性與時代性，卻最趨向於單一化。民間唱熟了那些調子，便老是愛唱他們，並不樂有新曲。在其中，有所謂〈劈破玉歌〉，有所謂〈羅江怨〉的，還有所謂〈耍孩兒歌〉、〈急催玉〉、〈鬧五更〉、〈哭皇天〉等等，在萬曆左右都最爲風行。沈

* * *

[31]《藥弦齋詞箋》有明刊本。

[32]《四季五更駐雲飛》等四種有成化刊本（北京圖書館藏）。

德符說：「嘉、隆間乃興〈鬧五更〉、〈寄生草〉、〈羅江怨〉、〈哭皇天〉，……之屬，不過寫淫媟情態，略具抑揚而已。」此外更流行著〈黃鶯兒〉、〈掛枝兒〉等等的小曲。這些小曲調，為了未曾招得文人雅士們的青睞，至多只是被民眾們隨口而出的歌唱著，或為妓女們採用來娛俗客，故尚能保持她們的新妍與活氣，反要比較梁伯龍、沈伯英、張伯起、王百穀他們的令套，更為美好自然。凌濛初說：「今之時行曲，求一語如唱本〈山坡羊〉、〈颳地風〉、〈打棗竿〉、〈吳歌〉等中一妙句，所必無也。」是當時的人已把「民曲」估計得比文人曲更高的了。

今所見的〈劈破玉歌〉㉝，以詠唱諸傳奇的故事為大宗，大略頗像明初流行的詠《西廂記》故事的百首〈小桃紅〉。姑舉一例：

（《荊釵記》）王十朋一去求科舉，占鰲頭，中狀元，寫寄書回。孫汝權換寫書中意，繼母貪財寶，姑娘強作媒。逼得我投江，逼得我投江。乖，繡鞋兒留與你。

——《玉谷調簧》

但也有很好的情歌值得我們的讚許的，像下面見於《詞林一枝》的一首：

為冤家淚珠兒落了千千萬，穿一串寄與我的心肝。穿他恰是紛紛亂。哭也由他哭，穿時穿

＊　　＊　　＊

㉝〈時尚古人劈破玉歌〉見於明萬曆版《玉谷調簧》。又〈劈破玉歌〉，見萬曆版《詞林一枝》。

不成。淚眼兒枯乾，淚眼兒枯乾。乖！你心下還不忖！（又一句）

——〈哭〉

〈羅江怨〉[34]被加上「楚歌」的一個形容詞，大約是始創於楚地的吧。其中大抵皆爲情歌，皆爲女兒們訴說相思的調子，當是很流行於妓院裡的：

紗窗外，月兒圓，洗手焚香禱告天。對天發下紅誓願，紅誓願：一不爲自己身單，二不爲少吃無穿，三來不爲家不辦；爲只爲好人心肝，阻隔在萬水千山，千山萬水，難得難得見！望蒼天早賜順風，把冤家吹到跟前，那時方顯神明神明現。

〈急催玉〉[35]今所知的，也都是圓瑩得像雨後新荷葉上的水點似的情歌；差不多沒有一首不是鮮鮮妍妍的，像在新荷的綠葉的絕細茸毛上打著滾的：

青山在，綠水在，冤家不在；風常來，雨常來，情書不來；災不害，病不害，相思常害。春去愁不去，花開悶未開！倚定著門兒，手托著腮兒，我想我的人兒。淚珠兒汪汪滴，滿

* * *

㉞〈楚歌羅江怨〉見於明萬曆版的《詞林一枝》。

㉟〈時尚急催玉〉見於明萬曆版的《詞林一枝》。

了東洋海，滿了東洋海！

吳歌在南方最流行；最早的見於選本的，也許便是《浮白山人雜著》所輯的那一集吧。（《浣紗記》、《玉簪記》中都有吳歌。）後來，《萬錦清音》也照抄上去。那些歌，幾乎沒有一首不是最真摯的情詞。在《浮白雜著》裡也載有〈嘲妓〉的〈黃鶯兒〉數十首。

▣參考書目

一、《南詞韻選》十九卷，明沈璟編，有明萬曆刊本。
二、《北宮詞紀》六卷，明陳所聞編，有明萬曆刊本。
三、《南宮詞紀》六卷，明陳所聞編，有明萬曆刊本。
四、《吳騷集》四卷，明王穉登、張琦編，有明萬曆刊本。
五、《吳騷二集》四卷，明張琦、王輝編，有明萬曆刊本。
六、《吳騷合編》四卷，明張琦等編，有明崇禎刊本。
七、《南音三籟》四卷，明凌濛初編，有明刊本。又袁氏增補本，多清初補板。
八、《詞林逸響》四卷，明許宇編，有明刊本。
九、《太霞新奏》十四卷，明香月居主人編，有明刊本，有石印本。
十、《彩筆情詞》十二卷，明張栩編，有明刊本；後又改名爲《青樓韻語廣集》。

十一、《吳歈萃雅》四卷，明周之標編，有明萬曆間刊本。

十二、《怡春錦》六卷，明沖和居士編，有明末刊本。又《纏頭百練二集》，即此書續編。

十三、《南詞新譜》十九卷，明沈自晉編，有清初刊本。

十四、《情籟》四卷，明騎蝶軒秘選，有明刊本。

十五、《曲律》，明王驥德編，有明刊本，有《重訂曲苑》本。

十六、《金陵瑣事》，明周暉著，有萬曆間刊本，有同治間刊本。

十七、《浮白山人雜著》，不知共有若干種。有明刊本；今所見者，不出十種。浮白山人疑即馮夢龍。

十八、《散曲叢刊》，任訥編，中華書局出版。

十九、《讀曲叢刊》，董康編，有刊本。

二十、《堯山堂外紀》一百卷，明蔣一葵編，有明萬曆刊本。

二十一、《藝苑卮言》，明王世貞編，有明刊本；《欣賞編》所收的《曲藻》，即從此書錄出。

第六十四章 阮大鋮與李玉

崑劇的黃金時代——劇作家空前的努力——兩個不同的時期——阮大鋮——孟稱舜——袁于令吳炳——范文若沈嵊——孫仁儒——姚子翼等——馬湘蘭——以蘇州為中心的戲曲的活動——李玉——朱氏兄弟——畢萬侯張大復陳二白等——尤侗——吳偉業——邱園——周坦綸稺廉父子——嵇永仁等——浙中的劇作家——李漁與范希哲

一

從天啓、崇禎，到康熙的前半葉，乃是崑劇的全盛時代。徐渭時，崑山腔方才嶄然露頭角；湯顯祖時，崑山腔還只流行於太湖流域。但到了這個時代，崑山腔方才由地方戲漸漸的升格而成爲「國腔」。資格較老的弋陽腔、海鹽腔、餘姚腔等或已被廢棄不用，或反退處於地方戲之列；眼看著崑山腔飛黃騰達的由蘇、松而展布到南北二京，由民間而登上了帝室。許多貴家富室，幾乎都各有一部伶工。阮大鋮爲《燕子箋》至以吳綾作烏絲欄寫呈帝覽。不過崑山腔雖發達已極，作者們卻還大多數是蘇、浙一帶的才士，尤其在明、清之間，劇壇幾全爲蘇州、會稽、杭州那幾個地方的才士們所包辦。這正像元雜劇初期之由大都人包辦了的情形相同。

這時，戲曲的作風卻是完全受了湯顯祖的影響的。而對於曲律，則個個作家都比湯氏精明。原始期戲文的「本色」的作風，固無人問鼎，即梁伯龍、鄭虛舟輩的駢儷板澀的標準，也久已爲人所唾棄。這一百年來的作家們，幾無不是徘徊於雅俗之間的。王伯良的「守詞隱先生之矩矱，而運以清遠道人之才情」的一個口號，幾成爲一種預言。雖然作者們的才情有深淺，描寫力有高下，而其趨向卻是一致的。有的作家們，甚至連若士劇的布局、人物，乃至一曲折、一波濤，也加以追摹擬仿。這當然，又成了一種贋品，又入了一層魔障。惟大體說來，有才情的智士究竟要比笨伯們多些，無害其爲崑山腔的一個黃金時代。

這時期的作家們，其作劇的勇氣的銳利，也大有類於元劇初期的關漢卿們。當沈璟、湯顯祖時代，作劇五大本者已爲難得，璟一人而作十七劇，已算具有空前的宏偉的著作力了。然而在這時代，竟有好幾個作家，乃以畢生之力寫作二十劇，三十劇的。莎士比亞一生寫了三十七劇的事，在我們文學史上是很少有其匹敵的。而這時李玉、朱素臣諸人，則竟亦有此種偉績！阮大鋮、吳炳們的作劇，是爲了自己的娛樂，是偶然興至的寫作。而後半期的李玉、邱園、朱氏兄弟們的作劇，則似不是單純的爲自我表現的創作。崑劇過度發展的結果，需要更多的新劇本。而當易代之際，文士們落魄失志者又甚多。爲迎合或供給各劇團的需要而寫作著多量的劇本，這當是李、朱們努力作劇的一個解釋吧。關漢卿們的作劇夥多，也正是爲了這同樣的理由。

二

這一百餘年間的黃金時代，天然的可劃分爲兩期：第一期是阮大鋮的時代。這是達官貴人，以戲曲爲公餘時的娛樂，公子哥兒，以傳奇爲閒暇時的消遣的一個時代。作劇者不是爲了誇耀才情，便是爲了抒寫性靈；僅供家伶的演唱，不顧市井的觀聽。然而「春色滿園關不得」，市井間的劇團，卻也往往乞其餘瀝以炫眾。第二期是李玉、朱氏兄弟們的時代。這是寒儒窮士，出賣其著作的勞力，以供給各地劇團的需要的一個時代。作劇者於抒寫性靈，誇耀才華之外，還不得不迎合市民們的心理，撰作他們的喜愛的東西，像公案戲一流的曲本。

第一期的作家們，有阮大鋮、孟稱舜、袁于令、吳炳、范文若、沈嵊、孫仁儒、姚子翼、張旭初等，其劇作多有流傳於今者。

阮大鋮在明、清之交，嘗成爲學士大夫們所唾棄的人物。他的《詠懷堂詩集》，較之嚴嵩的《鈐山堂集》命運尤惡。然其所著《燕子箋》諸劇本，卻爲人傳誦不衰。《桃花扇》裡〈徵歌〉一齣，充分的表現出學士大夫們對於他的意見。他字集之，號圓海，又號百子山樵，懷寧人。崇禎初，以魏忠賢黨故，被斥。後官至兵部尚書。清兵入江南時，大鋮不知所終。他所作劇，凡八本：《燕子箋》、《春燈謎》、《雙金榜》、《牟尼合》、①《桃花笑》、《井中盟》、《獅子賺》及《忠孝環》。其中，《桃花笑》至《忠孝環》四劇，未見傳本，《燕子箋》則流傳獨盛。此劇寫：霍都梁與妓華行雲相戀，將其畫像交鋪裝裱。及其取回時，不料卻因貌似，誤取了少女酈飛雲的畫像。以此因緣，又因燕子銜去詩箋的巧遇，都梁遂也戀上了飛雲。中間雖有鮮于佶的假冒都梁，疊起波瀾，然佳人才子卻終於團圓。劇情曲折殊甚，而顯然可見其爲崇慕臨川《牡丹亭》的結果。以

* * *

① 《燕子箋》、《春燈謎》、《雙金榜》、《牟尼合》四種有原刊本，有武進董氏刊本。

畫像爲媒介，實即由《還魂》「拾畫」、「叫畫」脫胎而來。鑄辭布局，尤多暗擬明仿之處。《春燈謎》一名《十錯認》，布局曲折更甚，有意做作，更多無謂的波瀾。寫：宇文彥元宵觀燈，遇韋節度女改妝爲男，也去觀燈，彼此因猜打燈謎，遂以相識。及夜闌歸去，宇文卻誤入韋氏舟中，韋女也誤入宇文舟中。以此爲始，錯雜更多。一旦誤會俱釋，宇文與韋女也便成了夫婦。《雙金榜》敘皇甫敦遭受盜珠通海的不白之冤，卻終得昭雪事。《牟尼合》敘蕭思遠因家傳達摩牟尼珠而得逢凶化吉，合家團圓事。大鋮諸劇，結構每嫌過於做作。文辭固亦不時閃露才情，而酸腐之氣也往往撲鼻而來。我們讀了他的劇本，每常感到一種壓迫：過度的雕鏤的人工，迫得我們感到不大舒適；一位有過多的閒暇的才子，往往會這樣的弄巧成拙的。

孟稱舜也是一步一趨的追逐於臨川之後的；然他的所作，卻比阮大鋮要疏蕩而近於自然些。稱舜字子若，一字子塞，又作子適，會稽人。（《明詩綜》作烏程人，誤。）在啓、禎間，他是一位最致力於戲劇的人。他嘗編《古今雜劇》五十餘種；晉叔《百種曲》後，刊布元劇者，當以此集爲最富。《古今雜劇》分《柳枝》、《酹江》二集，蓋以作風的秀麗與雄健爲區別。其自作之《桃花人面》、《英雄成敗》、《花前一笑》、《眼兒媚》諸劇也附於後。其傳奇則有《二胥記》、《二喬記》、《赤伏符》、《鴛鴦冢》、《嬌紅記》、《鸚鵡墓貞文記》五種。今惟《二胥》、《嬌紅》、《貞文》②三記存。《二胥》寫伍子胥亡楚，申包胥復楚事，而以包胥及其妻鍾離的悲歡離合爲全戲關鍵。《嬌紅記》寫申生、嬌娘事。本於元人宋梅洞的小說《嬌紅記》而作。此事譜爲劇

* * *

② 《二胥記》有原刊本（日本長澤規矩也藏）；《嬌紅》、《貞文》二記，也有原刊附圖本（北京圖書館藏）。

本者元、明間最多，今尙存劉東生一劇。稱舜此作，綺麗還在東生劇之上。《貞文記》敘沈佺、張玉娘事。佺與玉娘已定婚，而事中變。二人乃俱殉情而死。「楓林一片傷心處，芳草淒淒鸚鵡墓。……我情似海和誰訴，彩筆譜成腸斷句。不堪唱向女貞祠，楓葉翻飛紅淚雨。」全劇敘事抒情乃亦如秋天楓林似的淒艷。惟以佺爲善才，玉娘爲玉女謫降人間，則不免和《嬌紅記》之以申生、嬌娘爲金童、玉女下凡者，同一無聊。

袁于令於明末清初，得名最盛。他的《西樓記》③傳奇，也幾傳唱無虛日；直壓倒《燕子》、《春燈》，更無論《嬌紅》諸曲了。于令本名晉，又名韞玉，字令昭，一字鳧公，號籜庵，又號幔亭仙史。明諸生。所作曲，已有聲於時。嘗居蘇州因果巷，以一妓女事，除名。清兵南下，蘇紳託他作降表進呈。敘功，官荊州太守。十年不見升遷。《顧丹五筆記》嘗記其一事：一上司謂于令道：「聞君署中有三聲：弈棋聲，唱曲聲，骰子聲。」袁曰：「聞大人署中亦有三聲：天平聲，算盤聲，板子聲。」上司大怒，奏免其職。他年逾七旬，尙強爲少年態。康熙十三年，過會稽，忽染異病，不食二十餘日卒。他爲葉憲祖的門人，和馮夢龍友好。夢龍嘗改其《西樓記》爲《楚江情》④。他所作傳奇嘗彙爲《劍嘯閣五種》。那五種是：《西樓記》、《金鎖記》、《珍珠衫》、《鸕鸘裘》、《玉符記》。此外又有《長生樂》⑤一種，見《顧丹五筆記》；《戰荊軻》、《合浦

* * *

③《西樓記》有原刊本，有《六十種曲》本，有玉茗堂《批評》本。

④《楚江情》有墨憨齋刻本。

⑤《長生樂》有傳抄本。

珠》二種，見《千古麗情》曲名；《雙鶯傳》雜劇，見《盛明雜劇》。今僅《西樓記》及《長生樂》二本尚存。《西樓》寫：于鵠（叔夜）及妓穆素徽事。鵠即于令的自況。其「中第一名」云云，則姑作滿筆，以求快意；當為被褫青衿後的所作。故於挑撥離間的奸人們深致憤恨，終且使之死於俠士之手。原本《西樓記》末，附有《西樓劍嘯》一折，也全是于令他自己豪情的自白。《長生樂》寫劉晨、阮肇天台遇女仙事，當作於《劍嘯五種》後。《金鎖記》敘竇娥事，惟改其結果為團圓。《珍珠衫》敘蔣興哥事，當本於〈蔣興哥重會珍珠衫〉的話本（見《古今小說》及《今古奇觀》）。《鷫鸘裘》敘司馬相如、卓文君事。此數本皆有散齣見於諸選本中。惟《玉符記》不知所寫何事。（《金鎖記》或以為葉憲祖作。）

吳炳字石渠，宜興人。永曆時，官至東閣大學士。武岡陷，為孔有德所執，不食死。有《粲花齋五種曲》：《畫中人》、《療妒羹》、《綠牡丹》、《西園記》、《情郵記》⑥，今並存。石渠在明末，和阮大鋮齊名，《西園》的傳唱，也不下於《燕子箋》；而其追摹臨川的一笑一顰也相同。惟石渠諸作，較為疏朗可觀，不像圓海之專欲以「關目」的離奇取勝耳。

《畫中人》敘趙顏得仙畫，呼畫中人真真名百日，仙女便翩然從畫中出來，與他同居，生子。後復攜子上畫；畫裡卻多了一個孩子。此段事雖非創作，然石渠之採用它，顯然也是受有臨川《還魂記》的影響的。《療妒羹》以馮小青事。《小青傳》出，作曲者都認為絕好題材，競加採取；然盛傳者惟石渠此劇。其中〈題曲〉等齣，是那樣的致傾倒於《牡丹亭》！《綠牡丹》敘因沈重

* * *

⑥《粲花齋五種》有原刊本，有兩衡堂刊本。（兩衡堂本僅四種，無《綠牡丹》）

學士爲女擇婿，而引起佳人才子遇合事，大似圓海《燕子》，而情節較近情理。《西園記》最得盛名，也最像《還魂記》，張繼華和趙玉英的「人鬼交親」，還不是柳生、杜娘的相同的故事麼？惟他終與王玉眞結合，則有些像沈璟的《墜釵記》的情節。《情郵記》敘劉士元題詩郵亭，有王家二女，後先至，各和其詩；以此因緣，遂得成佳偶。石渠五劇，全皆以戀愛爲主題，「只有情絲抽不盡」，這五劇自不能窮其情境。其作風又是玲瓏剔透之至，不加浮飾，自然美好。是得臨川的眞實的衣缽而非徒爲貌似的。

沈嵊（ㄕㄥˋ）字孚中，又字會吉，錢塘人。「作塡詞，奪元人席。好縱酒，日走馬蘇、白兩堤。鬚如戟，衿未青，不屑意也。」（陸次雲：《沈孚中傳》）清兵南下，嵊因僞傳戰耗，爲其里人所擊斃，並燒其著書。所存者獨《息宰河》、《綰春園》⑦傳奇二種；又有《宰戍記》，聞亦有刊本。但我所見惟《綰春園》耳。（《曲錄》作《幻春園》，誤。）《綰春園》敘元末楊珏與崔倩雲、阮茜筠二女郎的錯合姻緣事。一錯到底，直到最後方才將那迷離而緊張的結子鬆解開去。造語鑄辭，尤雋永可喜，幾至不蹈襲前人隻字！

范文若初名景文，字香令，一字更生，號荀鴨，又自稱吳儂，雲間人。著《博山堂傳奇》若干種。《南詞新譜》所載者有《夢花酣》、《鴛鴦棒》、《花筵賺》⑧、《勘皮靴》、《金明池》、《花眉旦》、《雌雄旦》、《歡喜冤家》、《生死夫妻》等九本。尚有《鬧樊樓》、《金鳳釵》、

* * *

⑦《息宰河》、《綰春園》有且居刊本；《綰春園》又有鍾、譚評刻本。

⑧《夢花酣》、《鴛鴦棒》、《花筵賺》有明刊附圖本；後二種又有《玉夏齋傳奇十種》本。

《晚香亭》、《綠衣人》等記數種，沈自晉編《新譜》時即已僅見目錄，不知其書何在。自晉云：「因憶乙酉春，予承子猶委託，而從弟君善實慫恿焉；知雲間荀鴨多佳詞，訪其兩公子於金閶旅舍。以傾蓋交，得出其尊人遺稿相示。」是文若蓋卒於乙酉（公元一六四五年）以前。《曲錄》以他為清人，大誤。文若所作，受臨川的影響也極深。他和吳炳、孟稱舜同為臨川派的最偉大的劇作家。其綺膩流麗的作風，或嫌過分細緻，然而卻沒有阮大鋮那麼做作。乃是才情的自然流露，雅俗共賞的黃金時代劇本之最高成就。惜有刻本者僅《花筵賺》、《鴛鴦棒》、《夢花酣》三本，今尚可得見；其他未刻諸作皆已蕩為雲煙，僅留若干殘曲，供我們作為憑弔之資耳。《花筵賺》演溫嶠戀上了劉若妍，以玉鏡台為聘，託名娶之，而後來卻受若妍的捉弄事。此事關漢卿已有《玉鏡台》劇；朱鼎的《玉鏡台記》也寫得不壞，惟離開本題，多述家國大事。荀鴨此劇，則復歸到漢卿的原轍，純寫一位年華已老的溫太真騙婚的故事。是徹頭徹尾的一部喜劇。《鴛鴦棒》寫薛季衡不認糟糠之妻，反把她——錢媚珠——推落江邊。後她被搭救，和季衡再上花筵，而以鴛鴦棒責其負心事。這事和《金玉奴棒打薄情郎》話本（見《古今小說》及《今古奇觀》）全同，惟易劇中人的姓名耳。《夢花酣》所敘，亦為尋常的一件戀愛故事。

孫仁儒的《東郭》、《醉鄉》[9]二記在一般的幻想離奇的戀愛劇中，獨彈出一種別調。像《東郭記》那樣的諷刺劇，在我們整個的戲曲史上本來便少見。《醉鄉記》雖比較近俗，其設境卻也不凡。這二記可以充分的表現不第書生們的憤慨。《東郭記》組織《孟子》裡的故事，極見工夫，

* * *

⑨《東郭記》、《醉鄉記》均有明刊本；《東郭記》並有逢羽亭刊本，《六十種曲》本，道光間刊本。

連題目也全用《孟子》原文。「莫怪吾家孟老，也知遍國皆公，些兒不脫利名中，盡是乞墦登壟。……而今不貴首陽風，嘗把齊人尊捧。」不免借古人的酒杯，來澆自己的塊壘。而嬉笑怒罵，便也都成文章。《醉鄉記》敘烏有先生與無是公女焉娘的姻緣遇合事：一場顛播與榮華，全在醉鄉中度過。銅相公、白才子雖著先鞭，而烏有生也終得榮顯。然最後一曲：「盈懷慨憤眞千種，誰識麟和鳳，送不去韓窮，做得成江夢。一會價蘇長公滿肚皮壘塊湧。」卻又明明點出作者的牢騷來。仁儒里居未詳，自號峨嵋子，又號白雲樓主人。其《東郭記》作於萬曆四十六年，《醉鄉記》作於崇禎三年。王克家序《醉鄉記》云：「吾友孫仁儒，才未逢知。」則仁儒似是終困於一衿的。

同時別有白雪齋主人者，作《白雪齋新樂府五種》：《明月環》，《詩賦盟》、《靈犀帶》、《鬱輪袍》、《金鈿合》[⑩]。此五作的情調和《東郭》、《醉鄉》截然不同。此白雪齋主，自絕非彼白雲樓主也。明刊本《吳騷合編》，也題白雪齋編刊，而編《吳騷》者為武林人張旭初（字楚叔），則此白雪齋主人似即為張旭初氏。就《新樂府五種》之亦刊之武林，插圖版式，也大略相同的一點上證來，《新樂府》之亦是張氏所作，實大有可能。這五種，除《鬱輪袍》敘王維事外，他皆為戀愛劇，題材大類葉憲祖的《四艷記》，而較多插科打諢，因此便顯得不若《四艷》那麼板笨。

姚子翼字襄侯，秀水人，作《遍地錦》、《上林春》、《白玉堂》、《祥麟現》四傳奇，今

* * *

⑩《白雪齋新樂府五種》有明刊本。

惟《遍地錦》及《上林春》[11]存。《上林春》敘武后催花上林事，而中心人物則為安金鑒、金藏兄弟。《遍地錦》寫趙襄改扮女裝得與劉嫺嫺等結為姻眷事。子翼文章渾樸，頗與時流之競尚綺麗者不同。或已透露出轉變風尚的消息來歟？

同時作劇者還有王翃、李素甫、朱寄林、許炎南、鄒玉卿、吳千頃、蔣麟徵、謝廷諒、湯子垂、吳玉虹、朱九經、葉良表、顧來屏、沈君謨、沈永喬、楊景夏、馬佶人、劉方等。王翃（《曲錄》作翃，非。）字介人，嘉興人，有《秋懷堂集》；所作傳奇《紅情言》[12]、《博浪沙》、《詞苑春秋》、《榴巾怨》四種。李素甫字位行，吳江人，有《稻花初》、《賣愁村》、《元宵鬧》等五種曲，今惟《元宵鬧》[13]存。（一作朱佐朝著）此劇敘《水滸傳》中「火燒翠雲樓」的一段事。朱寄林名英（又字樹聲），上海人，有《醉揚州》、《鬧揚州》、《倒鴛鴦》三劇，今並不存。許炎南字有丁，海鹽人，有《軟藍橋》、《情不斷》二劇，今亦不存。鄒玉卿字崑圃，長州人，有《雙螭璧》、《青鋼嘯》二本；《雙螭璧》本於元曲《老生兒》，《青鋼嘯》敘馬超與曹操事，並有抄本見存。吳千頃，名溢，吳江人，有《雙遇蕉》一本。蔣麟徵字瑞書，一作字西宿，烏程人，有《白玉樓》一本。謝廷諒字九索，湖廣人，有《紈扇記》一本。湯子垂，名里不詳，有《續精忠》（一作《小英雄》）一本，敘岳雷、岳電事。吳玉虹，名里不詳，有《翻精忠》一本，敘岳飛

＊　＊　＊

⑪《遍地錦》、《上林春》均有傳抄本。

⑫《紅情言》有明末刊本。

⑬《元宵鬧》有傳抄本。

事，而翻其結局；今劇場上所傳的〈交印〉、〈刺字〉諸齣，即出其中。顧來屏名必泰，崑山人，爲卜大荒甥，有《摘金圓》一本。沈君謨號蘇門，吳江人，有《丹晶墜》、《一合相》、《風流配》、《玉交梨》、《繡鳳鴛》等五本。沈永喬字友聲，吳江人，自晉侄，有《麗鳥媒》一本。楊景夏，名弘，別號脈望子，青浦人，有《認氈笠》一本，當係本於〈宋金郎團圓破氈笠〉（見《警世通言》及《今古奇觀》）。他們所作，今皆未得見，雖間有數齣見存於選本，或幾段殘曲見存於《南詞新譜》等曲譜裡，而本來面目，卻未易爲我們所知。

馬佶人字吉甫，又字更生，號擷芳主人，吳縣人。所作有《梅花樓》、《荷花蕩》、《十錦塘》三本，今惟《荷花蕩》[14]及《十錦塘》[15]存。《新傳奇品》稱其詞「如五陵年少，白眼調人」。《荷花蕩》敘李素與少女貞娘相戀事；其間西席變東床，幾死淫僧手諸事，並是「傳奇」中的熟套，惟辭藻卻頗繽紛耳。劉方字晉充，長洲人，有《羅衫合》、《天馬媒》、《小桃源》三本。又墨憨齋《改本女丈夫上卷》題：「長洲張伯起、劉晉充二稿」，則晉充更有譜紅拂事的一曲；惜今已不知其名。今惟《天馬媒》[16]存。敘黃損藉「玉馬墜」之力，得和妓女薛瓊瓊團圓事。《醒世恆言》有《黃秀才徼靈玉馬墜》一篇，當即晉充此劇所本。

*　*　*

⑭《荷花蕩》有《玉夏齋傳奇十種》本，有暖紅室刊本。

⑮《十錦塘》有刊本。

⑯《天馬媒》有原刊本，有暖紅室刊本。

朱九經，字里無考，有《崖山烈》[17]一本，寫南宋亡國的故事；把陸秀夫、文天祥乃至賈似道等都寫得很好，而末以〈祭祠〉爲結，呈著悲壯淒涼之暗示，和《翻精忠》等之強拗悲劇爲團圓者大不同。傳奇寫家國大事而充滿了無可奈何的悲痛，當以此劇和《桃花扇》爲最。

葉良表也未知其里字，有《分金記》[18]一本，見存。敘管、鮑分金，小白圖霸事，大都本於故傳；惟加入姜一娘的節孝事，卻爲傳奇中所應有的文章。

清嘯生的《喜逢春》和澹慧居士的《鳳求凰》，皆有明末刊本[19]。《喜逢春》寫魏忠賢事，當作於崇禎間。《鳳求凰》寫司馬相如、卓文君事。題材雖陳舊，文采卻新妍；在許多相如、文君劇裡，這一本是很可取的。

徐石麒所作傳奇有《珊瑚鞭》[20]、《九奇緣》、《胭脂虎》、《辟寒釵》四本，今僅見《珊瑚鞭》一本。黃周星的一本傳奇：《人天樂》[21]，傳本也極罕。

女流劇作家，在這時最罕見。馬湘蘭的《三生傳》，殆爲獨一之作。湘蘭字守眞，小字玄兒，又字月嬌，金陵人，妓女。嘗與王百穀相善。卒於萬曆間。當屬於前一時代中，姑附於此。《三生

* * *

⑰《崖山烈》有傳抄本。

⑱《分金記》有傳抄本。

⑲《喜逢春》、《鳳求凰》有《玉夏齋傳奇十種本》。

⑳《珊瑚鞭》有刊本。

㉑《人天樂》有刊本。

傳》合《王魁負桂英》及雙卿事於一帙，惜不傳；有殘曲見於《南詞新譜》。

三

第二個時期，從明末到康熙三十年左右，乃是崑劇的全盛時代。元劇由關漢卿到鄭德輝，是盛極而衰；明傳奇從梁辰魚到湯顯祖，再從湯顯祖到李玉、朱氏兄弟，卻是源微而流長，一步步都有極顯著的進步，由陳二白、李漁諸人而後，才開始呈現了衰徵。

在這時期，北京及其他區域，皆以崑劇爲正統的戲曲，伶人們也以出生於蘇州一帶者爲最多。爲伶人們作新劇的戲曲家們，因此也便以蘇州一帶的文人學士們爲盛。戲曲中每多流行著蘇白的插科打諢。在這些蘇州的戲曲家中，最有聲者爲李玉、薛旦、葉時章、朱佐朝、朱㿥、畢萬侯、張大復、朱雲從、陳二白諸人。

李玉字玄玉，號蘇門嘯侶。吳縣人。《新傳奇品》評其詞如「康衢走馬，操縱自如」。《劇說》謂：「玉係申相國家人，爲申公子所抑，不得應試。」但吳偉業《北詞廣正譜序》則云：「李子元玉，好奇學古士也。其才足以上下千載，其學足以囊括藝林。而連厄於有司。晚幾得之，仍中副車。甲申以後，絕意仕進。以十郎之才調，效耆卿之塡詞。所著傳奇數十種，即當場之歌呼笑罵，以寓顯微闡幽之旨。」是玉並不是沒有赴考過的。爲申公子所抑之說，自當是無稽的傳言。所作傳奇，《新傳奇品》著錄三十二種，《曲錄》著錄三十三本，《劇說》著錄二十九本，當以《劇說》爲最可靠。像《劇說》所不著錄的《秦樓月》，便實爲朱素臣所作，而非玉的著作。又說《精忠譜》，一說係玉與朱㿥、畢萬侯合撰的；《一品爵》係玉與朱佐朝合撰的。故玉所自作，當不會超過三十種。今存者僅三之一。以「一、人、永、占」四種[22]爲最有名，且也傳唱最盛。「一」爲《一捧雪》，敘莫懷古以藏玉杯得禍，賴義僕代死，孝子雪冤，方才一家復聚事。「人」爲《人獸關》，敘桂薪受施濟厚恩，不想報答，後見家人變狗，才憬然大悟事（事本《警世通言》第二十五卷〈桂員外途窮懺悔〉）。「永」即《永團圓》，敘蔡文英、江蘭芳已締婚約，爲親所逼，訟於官，太守乃斷：准予團圓事。「占」即《占花魁》，敘秦鍾與莘瑤琴事（事本《醒世恆言》第五卷〈賣油郎獨占花魁〉）。此外尚有《眉山秀》[23]，敘蘇東坡、蘇小妹事；《太平錢》，敘種瓜張老以太平錢聘韋氏女事（事本《太平廣記》，宋人詞話有〈種瓜張老〉一本；《古今小說》所收〈張古老種瓜娶文女〉當即此作的改名）；《麒麟閣》，敘秦瓊、程咬金諸人事；《風雲會》，敘趙匡胤得天下事（？）；《萬里緣》（緣一作圓），敘孝子黃向堅萬里尋親事；《千忠會》[24]大概便是《千忠錄》，敘建文遜國，程敬濟隨同周遊各地事。這幾本都不如「一、人、永、占」四種的易得，或僅有伶工傳抄本。然皆律穩曲工，足爲崑劇最成功的作品。吳梅謂：「《一》、《人》、《永》、《占》，直可追步奉常。且《眉山秀》劇，雅麗工煉，尤非明季諸子所可及。」其實像《麒麟閣》、《千忠會》等規模尤爲宏偉，聲律尤爲雄壯；其敘英雄窮途之哭，家國傾亡之慟，胥令人撼心動魄，永不可忘。以視崑劇始祖梁辰魚的《浣紗記》，則《浣紗》之敘吳、越興亡，誠未

* * *

[22] 《一笠庵四種曲》有原刊附圖本；後乾隆間翻刻者，《人獸關》、《永團圓》二種已易以墨憨齋改訂本。

[23] 《眉山秀》有原刊本，有中華書局鉛印本（易名《女才子》）。

[24] 《太平錢》、《麒麟閣》、《萬里緣》、《千忠會》均有傳抄本。

免鄰於兒戲。玄玉的《千忠會》，才是眞實的以萬斛亡國之淚寫之的；非身丁亡國之痛而才如玄玉者誰能作此！故以此劇歸在他的名下，是最恰當的。其中像〈慘睹〉、〈代死〉、〈搜山〉、〈打車〉諸折，哪一折不是血淚交流的至性文章。且引〈慘睹〉的一段：

> （小生上，生挑擔各色蒲團上）徒弟走吓。（生）（大師請。）
> 〔傾盃玉芙蓉〕〔合〕收拾起大地山河一擔裝，四大皆空相。歷盡了渺渺程途，漠漠平林，壘壘高山，滾滾長江。但見那寒雲慘霧和愁織，受不盡苦雨淒風帶怨長！這雄壯，看江山無恙，誰識我一瓢一笠到襄陽！

《麒麟閣》寫秦瓊的落魄，也足以引人掬一把同情之淚。玄玉的傳奇，論曲文是那麼流利，那麼漂亮，卻又不是不通俗的；論結構，則往往於平平淡淡之中，見出他的精緻周密，乃至奇巧骨突處來。確是這時代最偉大的一位代表的戲曲家。

薛旦字既揚，一字季英，號欣然子，吳郡人。所作《書生願》、《戰荊軻》、《蘆中人》等十種，無一存者，僅《醉月緣》有殘曲見於《南詞新譜》。又《昭君夢》見於《雜劇新編》，則爲雜劇，非傳奇也。葉時章字稚斐，又字英章，吳縣人。《新傳奇品》著錄其傳奇八本，又稱其詞如「漁陽三弄，意氣縱橫」。今存者惟《英雄概》一本。又《遜國疑》（《曲錄》云：「即《鐵冠圖》）如果也是敘述建文事，則和李玉的《千忠會》（《千忠錄》）極爲相同，頗有混淆的可能。

八本外，更有《後西廂》，相傳係時章先成八折，餘由朱雲從續成。然今亦未見。《英雄概》㉕，敘李存孝打虎及掃平黃巢事，中以李存信的嫉賢妒能，進讒奪女爲波瀾，極盡波翻浪湧的能事。《五代殘唐》寫存孝事最爲悲壯，關漢卿也有《鄧夫人哭存孝》，亦爲最可痛的悲劇。此雖以團圓結局，其寫存孝之含冤負屈，也足以令人髮指。

四

朱佐朝和朱素臣名望沒有李玉大；他們的著作，知道的人也很少，且往往爲他人所攘奪（像素臣的《秦樓月》便是久被歸在李玉的名下的）。佐朝的《黨人碑》、《乾坤嘯》、《漁家樂》，素臣的《十五貫》，都是劇場上常演的名劇，然而有誰知道是他們寫作的呢？他們也都是吳縣人。生平不詳；僅知佐朝字良卿，素臣名㿥，號笙庵。素臣嘗和吳綺、李玉等友好。《曲海總目提要》云：「聞明季時有兄弟二人，皆擅才思。其一作《未央天》，其一作《瑞霓羅》。《瑞霓羅》用包拯以銅鍘誅豪惡事，而《未央天》則用聞朗以釘板恤冤。拯黑面，朗金面，兩相對照。」（卷十八，《未央天》條）按《瑞霓羅》爲佐朝作，《未央天》爲素臣作。是二人乃兄弟也。佐朝所作，《新傳奇品》著錄二十五本，《劇說》著錄三十三本，（僅舉二十九本名目，云「有四本未詳。」）《曲錄》著錄三十本。當以《劇說》爲較可靠。今存者有《乾坤嘯》、《艷雲亭》、《漁

* * *

㉕《英雄概》有傳抄本。

家樂》、《血影石》、《元宵鬧》、《吉慶圖》（一名《南瓜傳》）、《御雪豹》、《錦雲裘》、《軒轅鏡》、《朝陽鳳》、《五代榮》、《牡丹圖》、《石麟鏡》、《瓔珞會》㉖等十四種，而《黨人碑》、《虎囊彈》二種（此二種，《新傳奇品》以爲邱園作）則偶有數齣存於《曲譜》中。又《四奇觀》係佐朝與素臣等四人合作的。餘皆散佚無遺。但即在此十數種裡，佐朝的戲劇家的天才，已充分的表白出來。他並不誇麗鬥富，他並不張皇鋪敘，只是在天然本色之中，顯出他的異常超越的戲曲力。今所見的十四本，差不多沒有一本不是結構緊密的。《乾坤嘯》寫宋大將烏廷慶爲奸妃韋合霍所陷害，賴包拯勘問得實而被釋。此事似曾見到一部彈詞也寫及之。雖是民間最流行的故事型，被佐朝寫來，卻成了不平常的名劇。《艷雲亭》寫宋時才子洪繪和蕭惜芬的悲歡離合事。其中以王欽若爲播弄風波的奸人；情節極奇幻，卻並沒有什麼依傍。《漁家樂》是他最有名的一劇，寫漢代清河王與漁家女鄔飛霞的離合事。梁冀專權，清河王被迫而逃。冀遣校尉追之。王避入漁舟。追兵誤射殺鄔姓漁翁。因此，王得脫。而鄔女飛霞則以匿王故，和他發生戀愛。後飛霞代馬融女入冀宅，用神針刺殺冀。終爲清河王妃。這裡，寫漁家的生活是極可愛的；像〈漁錢〉、〈端陽〉、〈藏舟〉都是常見於劇場上的。〈刺梁〉的氣象也極壯烈。《血影石》寫一婦人爲守貞而被殺。血濺石上，現出她的影子，洗後仍不脫去。《五代榮》寫徐晞事；《元宵鬧》即上文歸於李素甫的一本，不知究爲誰作；《朝陽鳳》一作朱素臣撰；《牡丹圖》寫鄭虎臣及賈似道與其子事；《軒轅鏡》敘檀道濟、王同二家夫婦的悲歡離合事。餘數劇也皆類此。《黨人碑》氣魄極雄壯，寫

* * *

㉖《乾坤嘯》等十四種，均有傳抄本。

宋徽宗時，蔡京立「黨人碑」，謝瓊仙乘醉打碑仆地，被捕。幸為俠士傅人龍所救。今所見〈打碑〉、〈酒樓〉數齣，極激昂動人。《虎囊彈》寫魯智深事，今僅見〈山門〉一齣，已驚其宏偉。將來也許有機會可讀到全劇吧。

素臣作劇凡十九種。今存者有《秦樓月》、《聚寶盆》、《十五貫》、《朝陽鳳》、《翡翠園》、《未央天》、《文星現》七種㉗。《未央天》的故事，今尚見於皮黃戲中，敘聞朗斷米新圖冤獄事。《秦樓月》題「笠庵傳奇第十五種」，刊刻極精，可見諸劇當時皆有刊本。今所見者除《秦樓月》外，卻皆為伶工的傳抄本：《秦樓月》寫呂貫和陳素素的離合事。呂貫中秋遊虎丘，見到妓女陳素素在貞娘墓上所題的詩，大為傾倒。劉岳在蘇州編花榜，卻沒有素素在內。貫大為不平，責備了岳一頓。岳因此見到陳素素，也設法使她和貫相見。二人遂成就了戀愛。但山賊胥大奸等卻借名拐了素素，入岱山為寇去。她不屈，幾次欲自殺，寇不敢迫。這裡，呂生因素素失蹤，到處尋訪不見。遠到京師，也都毫無蹤影。他因之而病。病中赴試，卻於無意中，中了狀元。這時，山寇已討平，素素為劉岳等所救出。他回到蘇州，二人便正式結了婚。此劇排場串插，極為雋妙，辭華也若春天的花草似的，盡態極妍，一望無際。像：「〈針線箱〉一天愁偏縈著方寸，千古恨獨撮在逡巡。凝眸盼斷驚鴻信，幾忘了白日黃昏。嗳，老天，老天！似這等多磨多折三生分，早難道添熱添親，只是這一夜恩！」其刻骨鏤膚的情語是未必遜於湯奉常的。《十五貫》一名《雙熊夢》，為素臣劇中最流行的一本。寫熊友蘭、熊友惠二人，友好甚篤，而家境極窘。友蘭在外行

* * *

㉗《秦樓月》有原刊本，有武進陶氏刊本，餘《聚寶盆》等六種，有傳抄本。

商，友惠在家讀書，忽得奇禍。鄰家有養媳何氏，其夫一日食餅，忽斃。此餅蓋友惠購得，中藏鼠藥，欲以殺鼠者，乃爲鼠銜入鄰家。鄰翁有鈔十五貫及釵環等物，交何氏收藏，一旦忽也不見。此鈔及環也皆爲鼠銜入穴中，而以一環銜到友惠室內。友惠以爲天賜，持以易米。乃因此被誣爲因奸殺夫。後賴況太守私訪得實，始昭雪了他們的冤情。《聚寶盆》敘明初沈萬三家有聚寶盆，入物即滿，他因行善而得之，又因此盆而生出許多波折事。《朝陽鳳》敘海瑞爲官清介，以忤張居正，幾得橫禍事。《翡翠園》敘舒德溥被誣爲盜，所居被人占爲翡翠園，後其子芬狀元及第，始得伸枉爲直事。《文星現》敘唐伯虎、沈玉田等四人事。

朱氏兄弟所作，劇情雖多通俗，其描寫卻能深入淺出，雅俗並皆可解。其對話尤明白淺顯，頗多插科打諢處，故伶工們保存他們的作品也特別多。

畢萬侯字晉卿，一作名魏，字萬後，吳縣人，自號姑蘇第二狂。《新傳奇品》評其詞如「白璧南金，精彩耀目」。所作凡六種，今存《竹葉舟》、《三報恩》二本。㉘《竹葉舟》的情節和元劇的《陳季卿誤上竹葉舟》完全相同，惟易其主人翁爲石崇耳。《三報恩》寫鮮于同老年及第，報恩於其主師蒯通時祖孫三代事；此事本於《警世通言》的〈老門生三世報恩〉話本（亦見《今古奇觀》），馮夢龍爲之作序。萬侯所作，風格近於孫仁儒，多憤激語，蓋也是八股文重壓底下的不得志之士也。

張大復字星期，一字心其，號寒山子，蘇州人（一五五四—一六三〇）。《新傳奇品》稱其詞

*　　*　　*

㉘《竹葉舟》有傳抄本，《三報恩》有原刊本。

如「去病用兵，暗合兵法」。所作凡二十三種，今存者有《醉菩提》、《吉祥兆》、《金剛鳳》、《釣魚船》、《海潮音》、《讀書聲》、《紫瓊瑤》、《喜重重》、《如是觀》[29]等。《醉菩提》敘宋僧濟顛事，本於《東窗事犯》的瘋僧及明代《濟顛傳》小說而作，其〈當酒〉、〈打坐〉諸折，今猶常見於劇場上。《吉祥兆》敘長孫詒與尹貞貞由天上謫降人間；長孫氏和奸臣賈國祚發生仇隙，因此生出許多波瀾；詒改裝爲女，代貞貞去和番；貞貞改裝爲男，又代詒去應試。後復中途相遇，男女仍復原來面目。《金剛鳳》敘錢鏐的出身與成名。鏐娶了猛女鐵金剛，又娶了杭州刺史李彥雄女鳳娘；金剛女聞鏐再娶鳳娘，大怒，興兵下山問罪。被鳳娘一席話，勸她入城。對鏡自照，猛覺其醜，乃伏劍自殺。而鏐則繼李氏而主持浙事。《釣魚船》敘劉全進瓜事，本於唐太宗入冥的故事而作（似本《西遊記》），惟將劉全改爲呂全耳。《海潮音》敘觀音修行得道事，和《香山記》（富春堂本）大略相同。《讀書聲》敘宋儒好讀書，貧困無依。後娶了船戶戴老大女潤兒。因病，被老大棄於海島。他卻因此得了一注大財，復和潤兒團圓。事本《警世通言》二十二卷〈宋小官團圓破氈笠〉（亦見《今古奇觀》），而頗加烘染。《紫瓊瑤》敘燕脆以行善得尹喜降生爲子，名瓊瑤。脆奉命勤王，爲賊所逼，遇瓊瑤突至，殺賊救父。《喜重重》當即心其所作的《重重喜》，敘唐長孫貴因虔事斗姥，致立功，擢爲太師事。《如是觀》一名《翻精忠》，與吳玉虹的一本同，不知究爲誰作，今所存者僅數折，全本未見。又有《雙福壽》、《快活三》[30]二本，也俱有

* * *

㉙《醉菩提》等九種均有傳抄本。

㉚《快活三》有抄本。

傳本。

朱雲從字際飛，吳縣人。所作凡十二本，今惟《兒孫福》[31]殘存半本。他若《赤鬚龍》、《人中虎》、《別有天》等均已不傳。陳二白字于令，長洲人。所作，《新傳奇品》僅著錄三本：《彩衣歡》今不傳；《雙官誥》及《稱人心》[32]則皆尚流傳於世。《稱人心》一名《詩扇緣》，敘徐景韓先後娶洛蘭藻、魏星波二女事；《雙官誥》亦爲多妻的喜劇，今劇場上尚盛行此同名的皮黃戲。又江都人鄭小白，作《金瓶梅傳奇》[33]一本，今也傳於世，內容卻遠沒有《金瓶梅》小說那麼橫恣精悍了。

盛際時、史集之、陳子玉、王續古諸人，也皆爲吳縣人，惟作劇卻皆不過數本。際時字昌期，作《人中龍》、《胭脂雪》[34]等四本，今存二本。《人中龍》敘李德裕被宦官仇士良所害，卻爲俠士劉鄴所救；鄴並殺了士良，以除天下大害。《胭脂雪》敘白皂隸於公門中廣行方便，生子白簡，貴爲廉訪使事。史集之字友益（一作溧陽人），作《清風寨》、《五羊皮》二本。陳子玉字希甫，作《三合笑》等三本。王續古字香裔，作《非非想》、《黃金台》二本，今僅存《非非想》一

*　*　*

㉛《兒孫福》有傳抄本。

㉜《雙官誥》、《稱人心》有傳抄本。

㉝《金瓶梅傳奇》有抄本。

㉞《人中龍》、《胭脂雪》有傳抄本。

種㉟。

尤侗在同時諸吳人作劇者裡聲譽最爲廣大。李玉、薛旦、朱氏兄弟等皆窮愁終老。侗則晚年忽遭際清室皇帝，由寒儒而擢爲文學侍從之臣。他字同人，一字展成，號西堂，長洲人。和朱素臣輩爲友。（素臣《秦樓月》有他的題詞）淪落不第，乃作《鈞天樂傳奇》㊱、《李白登科記》（《清平調》）、《讀離騷》諸雜劇，以寓其牢騷不平之意。《鈞天樂》敘沈白（字子虛）高才不偶，歌哭無端。乃遇試官何圖，中試者盡爲賈斯文、程不識、魏無知之流。白反被放。其未婚妻魏寒簧又死。流寇大起，其好友楊雲夫婦亦亡。他伏闕上書，言天下事，乃被亂棒打出。遂過霸王廟大哭，焚其所著文。然上天卻愛才，命試，中第，授爲巡按天下監察御史，雷打何圖，並雪恨於賈斯文等。報命後，授紫虛殿學士。不得意於人間，乃得伸素志於天上，侗心可謂痛矣。此作或當在鼎革後。然他終於得志，授翰林院檢討。這也是他始料所不及的；失之於東隅者，乃收之於桑榆。

蘇州附近的戲曲家在這時也挺生不少。吳偉業出現於太倉；邱園產生於常熟；周坦綸、稺廉父子傑出於華亭；嵇永仁突現於無錫；黃兆森挺生於上海；吳綺創始於江都；皆負一時重望，足爲蘇州諸劇家張目，招號。

吳偉業字駿公，明末已有重名。清初，被逼出山，仕爲國子祭酒，心抑抑不歡。（一六〇九—

* * *

㉟《非非想》有傳抄本。

㊱《鈞天樂傳奇》有原刊本。

一六七一）所作傳奇《秣陵春》[37]（一名《雙影記》），當係作於明末，故饒有明末的離奇怪誕的傳奇的作風。徐適有玉杯，被借於人。少女黃展娘乃於杯影中見一清俊少年。適得一古鏡，鏡中乃亦有一少女影。這空想的相思，乃先完成於仙婚，而後始成眞婚。情節是過於可怪。然其流麗可喜的曲文，卻能把這缺點掩飾過去，正像讀《牡丹亭》者之不復致訝於麗娘的復活一樣。偉業和李玉是好友；受玉的影響當不會少的。

邱園字嶼雪，作傳奇八本。其《虎囊彈》、《黨人碑》二種，一說爲朱佐朝所作；《一合相》，據《南詞新譜》，係沈君謨作，則實屬園所著者僅五種耳。《新傳奇品》別有《御袍恩》一本，實即《百福帶》的別名，今存。又《幻緣箱》一本，敘方瑞生與劉婉容、陳月娥等姻緣事，今也存[38]。

周坦綸字果庵，所著傳奇凡十四本，今僅存《玉鴛鴦》[39]一本。此劇敘仙宮中簫史、秦弄玉下凡，仍爲夫婦，男爲謝珍，女爲文小姐。中經種種幻變，女扮男裝，娶了二妻，終乃和她丈夫團圓事。這種情節，在這時代的小說、傳奇裡都是很流行的。坦綸子穉廉，字冰持，號可笑人，有《容居堂三種曲》[40]，今並存。《珊瑚玦》敘卜青和祁氏的悲歡離合事：「秀才之苦苦無加，黃柏黃連

*　*　*

[37]《秣陵春》有清初刊本，有武進董氏刊本。

[38]《一合相》、《御袍恩》、《幻緣箱》均有傳抄本。

[39]《玉鴛鴦》有傳抄本。

[40]《容居堂三種曲》有原刊本。

之下」，作者寫自身的體驗，故入骨三分。《雙忠廟》寫廉國寶和舒眞俱爲劉瑾所害，廉女改裝爲男，太監生鬚以撫育之；舒子改裝爲女，忠僕王保也生乳以養育他。及瑾勢敗，乃以眞面目出現，聘爲夫婦。《元寶媒》寫一乞丐行義事，他救人而反被陷，終於得伸其直。所救一女劉淑珠，後爲武宗妃。大似胎脫於正德的「遊龍戲鳳」的故事。這三本的曲辭，都是通俗而又文雅的。

嵇永仁字留山，號抱犢山農，入范承謨幕，隨遊浙、閩。承謨爲耿精忠所殺，永仁也隨死獄中。所作傳奇二本：《揚州夢》寫杜牧之事；《雙報應》寫錢可貴賣婦得重圓事，大類《尋親記》。㊶

黃兆森字石牧，有《忠孝福》㊷一本，寫殷旭爲御史，不避奸邪，後巡邊陷賊，其子冒險去尋他的遺骸事。他還寫雜劇《四才子》，其情調卻與此大不相同了。

吳綺字園次，和朱素臣等友善；入清，官湖州府知府。他嘗奉敕塡詞，流入宮掖，人都目爲江都才子。所作傳奇三本：《嘯秋風》、《繡平原》、《忠愍記》，今並不見傳本。

五

浙人在明末，原和吳人同爲曲學的領導者。惟明、清之交，浙人爲曲者卻遠不及吳人之盛。

* * *

㊶《揚州夢》、《雙報應》有原刊本，有翻刻本，有《奢摩他室曲叢》本。

㊷《忠孝福》有原刊本。

《新傳奇品》作於高奕手，然所著錄，於他自己外，僅一李漁為錢塘人耳。高奕字晉音，會稽人，所著傳奇《春秋筆》、《聚獸牌》等十四本，今隻字不傳。

李漁字笠翁，本蘭溪人，寓居錢塘，遂為錢塘人。《曲海總目提要》云：「漁本宦家書史，幼時聰慧，能撰歌詞小說，遊蕩江湖，人以俳優目之。」《笠翁十種曲》㊸及全集等作，傳遍天下，至今未衰。然通人往往譏之，目為淺薄。他之作風，誠未免時有流蕩子出言不擇的惡趣，但也間有可取處，不可一概視為「張打油」之作而抹殺之。《新傳奇品》評其詞為「桃源嘯傲，別存天地」，最得其眞。他和時人殆皆不是同流。雖和朱素臣等為友，然他的作風卻截然與朱、李諸人不同。他有意求勝人的性情，其傳奇的布局往往出奇裝巧，非人所及，而也時傷於做作；其文辭每流於諧俗，而也時有善言。他是有疵病的作家，每易給讀者們以不愉快的感覺。最奇怪的是，他作曲雖多，其曲流傳雖極廣，卻很少見之於劇場。或劇場久受士大夫們的薰陶，故對於這位不羈的「才人」也不怎麼恭維吧。笠翁劇有「前八種、後八種」（見原刻《十種曲》序）之目，然今所盛傳者則為《十種曲》。那十種是：《奈何天》、《比目魚》、《蜃中樓》、《美人香》、《風箏誤》、《愼鸞交》、《凰求鳳》、《巧團圓》、《玉搔頭》及《意中緣》。此外坊間更有《笠翁續刻五種》、《新傳奇三種》等等皆為張冠李戴者。《曲錄》別有《萬年歡》一本，蓋即《玉搔頭》的異名而誤列者。（《新傳奇品》著錄笠翁作，凡九本。）《奈何天》敘闕素封富而貌醜，娶三妻皆改道裝，入淨室，不與同居。素封乃焚借券，輸十萬金於邊。封尚義君。而三官亦奏聞上帝，易其形

*　*　*

㊸《笠翁十種曲》有原刊本，又坊間翻板極多；又有石印本。

骸。終得與三妻諧老。《比目魚》敘譚楚玉與女伶劉藐姑相戀，為其母所阻，將藐姑另嫁他人。她偽允之。恰在江邊演《荊釵記》，飾錢玉蓮投江，乃眞實的自投於江。楚江亦投江自殺以殉。但為平浪侯所救，居水府，變比目魚。後出水，乃復人形，得團圓。《蜃中樓》敘洞庭女、東海女同在東海蜃樓眺望，乃與張羽、柳毅訂盟。洞庭女被父命嫁涇河小龍，她誓死不從。羽代毅傳書。他自己也以鍋煮海，脅龍王。東海龍王不得已，也以女嫁之。此蓋合元劇《張生煮海》、《柳毅傳書》事而為一者。《美人香》（即《憐香伴》）敘石堅妻崔雲箋與少女曹語花相遇於尼庵，相憐愛，各賦〈美人香〉詩，相約為來生夫婦。雲箋歸，要夫向曹府議親。為其父有容所拒。後石堅易名范石，登第，代有容使琉球。有容乃以女妻之，卻不知其為石生。後事聞於朝，乃兩封贈之。《風箏誤》敘韓世勳拾得一風箏，上有少女詹淑娟的題詩。世勳和之。後此風箏為詹愛娟所得。她乃冒姊淑娟名，召世勳相見；他見女郎之醜，乃大駭遁去。後詹父強為主婚，將淑娟嫁給他。他不得已而許之。結婚之夕，乃知並非所見之醜女。此女同時亦嫁戚友先。會親時相見，一切事方始了然。《慎鸞交》敘秀才華秀、侯雋定花榜，和妓女王又嬙、鄧惠娟飲於虎丘，以詩定交，約十年後娶。秀意志堅定，侯則不久便有所惑。歷經波折，二女才各歸其夫。《凰求鳳》敘少年呂曜與妓女許仙儔善。仙儔出資為聘良家女曹淑婉，而自願為側室。別有少女喬夢蘭者，亦慕曜，與詩約婚，定期入贅。仙儔知之，至期，乃以轎迎曜，冒夢蘭名，而實與曹氏結婚。有殷嫗者，代定計，令曜偽作危病。後經調解，三女遂同心；共構一第以居曜，名其堂曰求鳳。《巧團圓》敘姚繼幼失二親，入嗣於姚器汝。他商於松江，有尹小樓者欲賣身為人父，繼見而心動，即買之為父。流賊起，父子分散。會仙桃鎮賣女，盛女於布囊中，繼乃買得一老嫗，奉之為母。不料即小樓妻。又買得一少女，卻即其聘妻。後遇小樓，過其家，宛如曾住過的。原來繼實為小樓子而失散者。《玉搔頭》敘明武宗微行大同，託名威武將軍，幸小家女劉倩，以玉搔頭爲信。中途失去，爲范欽女所得。後經波折，武宗乃並納二女爲妃。盛傳民間之「遊龍戲鳳」的故事，蓋即此劇前半段寫者。《意中緣》寫杭州有女子楊雲友、林天素者能僞作董其昌、陳繼儒書畫。以此生出許多波瀾。後乃嫁給其昌及繼儒。

《笠翁十種》，最少做作最近自然者當推《比目魚》。像〈投江〉的一折，簡直辨不出是戲中戲，還是眞實的放在目前的事；眞情噴薄，沒有不爲之感動的。至若《凰求鳳》、《巧團圓》等，過於求巧求新，便不免墮入惡道。

笠翁對於自己的戲曲是頗爲自負的。「可惜元人個個都亡了；若使至今還壽考，過予定不題凡鳥。」（《愼鸞交》）他是那麼努力的在尋找題材：「無事年來操不律。考古商今，到處搜奇跡。」（《比目魚》）然而立刻也顯出滑稽的作曲者的面目了：「年少塡詞塡到老，好看詞多耐看詞偏少。只爲筆端塵未掃，於今始夢江花澆。」（《愼鸞交》）「浪播傳奇八種，賺來一派虛名。閒時自閱自批評，愧殺無鹽對鏡。既辱知者謬賞，敢因醜盡藏形。再爲悅己效娉婷，似覺後來差勝！」（《巧團圓》）這是一種什麼樣的態度呢？簡直像告白：以前的都不好，這一本才是最妙的傑構。忠實的藝術家的態度，似不是那樣的滑稽的乞憐相的。在《閒情偶寄》裡，笠翁有許多對於戲曲的意見，頗可注意；他頗以闡忠說孝爲傳奇的目的，但同時，他自己的筆端卻也不大清白，正像他的《十二樓》一樣。

誤被坊賈們冒刻笠翁名以傳世的戲曲，尚有八種，實皆范希哲作。（據《千古麗情》曲名）希哲不知其生平，亦錢塘人。爲笠翁的友人。初印本的《八種曲》㊹的題頁上，嘗寫著「湖上李笠翁先生閱定」字樣。希哲喜化名，幾乎每種曲都別署一個筆名。《萬全記》（即《富貴仙》）署四願居士作，《雙錘記》（即《合歡錘》）署看松主人作，《十醋記》（即《滿床笏》）署西湖素岷主人作，《偷甲記》（即《雁翎甲》）署秋堂和尚作，《魚籃記》（即《雙錯卺》）署魚籃道人作，（以上五種，後印本題頁，僞稱笠翁《續刻五種》）《四元記》（即《小萊子》）署燕客退拙子作，《補天記》（即《小江東》）署小齋主人作，《雙瑞記》（即《中庸解》）署不解解人作。（以上三種，後印坊本僞稱《笠翁新傳奇三種》）這八種曲的作風和笠翁的所作大不相同。像《十醋》、《偷甲》諸記，今亦尚被傳唱。《萬全記》敘卜帙尚公主，生男子三人：得富、得貴、得仙，蓋爲蔡邕、楊修、禰衡所託生。後平蠻，成大功。《雙錘記》敘陳大力助張良擊始皇帝於博浪沙，誤中副車，逸去，投雙錘於海中，乃浮而不沉，爲琉球國女主姊妹二人所得，招以爲婿。助以獼猴兵，靖國難。《十醋記》以龔敬爲主人翁；雜以李白、郭子儀事。敬無子，妻師氏亦妒，故有十醋之目。後乃完滿解決。《偷甲記》本於《水滸傳》時遷偷甲，徐寧上山事。希哲云：「《雁翎》舊譜新辭」，則似此事舊亦有傳奇，惜不傳。《魚籃記》敘則天時，遣宮女尹若蘭冒爲太監，周歷天下，訪求美男事；事本《載花船》小說。《四元記》敘宋再玉與王安石女方雲戀愛事。《補天記》爲《單刀會》的翻案；寫關羽赴會，魯肅嘔血而亡，曹操歷受諸苦事。其以伏后爲呂后的投胎，蓋也本於司馬仲相斷獄的傳說。《雙瑞記》敘周處除三害，娶時、吉二女事。處有惡名，二女

* * *

㊹《希哲八種曲》（後附雜劇三種）有原刊本。

以醜著。然至婚夕，乃知二女實爲絕代美人，而處也已去邪歸正，從陸雲學。在這八種裡，《雙瑞》和《十醋》都是很動人的喜劇。惟像《萬全》、《補天》卻有些故意做作，未免弄巧成拙。

■參考書目

一、《新傳奇品》，清高奕編，有暖紅室刊本，有《重訂曲苑》本。（附《曲品》後）

二、《曲錄》，王國維編，有《晨風閣叢書》本，《王忠慤公遺書》本。

三、《暖紅室彙刻傳奇》，劉世珩編，近刻本。

四、《玉夏齋傳奇十種》，有明末刊本，罕見。（西諦藏）

五、《南詞新譜》，沈自晉編，有清順治間刊本，罕見。（西諦藏）

六、《重訂曲苑》，有石印本。

七、《閒情偶寄》，李漁編，有清康熙間原刊本，有《笠翁全集》本。

八、《綴白裘》，清錢德蒼編，原刊本絕罕見。有坊刊本，有石印本。

九、《集成曲譜》，王季烈等編，商務印書館出版。

十、《曲海總目提要》，有大東書局鉛印本。日本西京帝國大學所藏《傳奇彙考》，多此本所未收的材料。

十一、《今樂考證》，清姚燮編，原稿本，未刊。實王氏《曲錄》未出以前最重要的一種關於戲曲的專著。其中有一部分材料，也足以補正《曲錄》。（鄞縣馬氏藏）

十二、《小說考證》，又《續編》等，近人蔣瑞藻編，中多考證戲曲的材料。

十三、《曲錄校補》，任訥編，見《國聞週報》。

十四、《奢摩他室曲叢》，吳梅編，商務印書館出版。惜僅出二集，三集以下因抗日戰爭而中止刊行。

國家圖書館出版品預行編目資料

中國文學史／鄭振鐸著. ——初版. ——臺北市：五南, 2015.09
冊； 公分
ISBN 978-957-11-8302-2 (上冊 : 平裝). ——
ISBN 978-957-11-8303-9 (下冊 : 平裝)

1.中國文學史

820.9 104017064

1XDF

中國文學史（下）

作　　者 — 鄭振鐸
發 行 人 — 楊榮川
總 編 輯 — 王翠華
企劃主編 — 黃文瓊
責任編輯 — 吳雨潔　莊菀琪
封面設計 — 童安安
出 版 者 — 五南圖書出版股份有限公司
地　　址：106台北市大安區和平東路二段339號4樓
電　　話：(02)2705-5066　　傳　　真：(02)2706-6100
網　　址：http://www.wunan.com.tw
電子郵件：wunan@wunan.com.tw
劃撥帳號：01068953
戶　　名：五南圖書出版股份有限公司
法律顧問　林勝安律師事務所　林勝安律師
出版日期　2015年9月初版一刷
定　　價　新臺幣420元

凝煉知識品味閱讀